KB263807

두 도시 이야기

찰스 디킨스(Charles Dickens, 1812-1870)
(1867년경, 제러마이아 거니 촬영)

현대지성 클래식 71

두 도시 이야기

A TALE OF TWO CITIES

찰스 디킨스 | 정회성 옮김

현대
지성

일러두기

1. 이 번역본의 저본은 다음과 같다.

Charles Dickens, *A Tale of Two Cities*, Chapman & Hall, LD., London, 1898.

2. 이 책에는 『두 도시 이야기』 초판에 실린 해블롯 브라운(Hablot Knight Browne)의 삽화 16점과, 1871년 하우스홀드 판본(Household Edition)에 수록된 프레드 버나드(Fred Barnard)의 삽화 25점을 포함해 총 41점의 삽화를 수록했다. 모든 삽화는 퍼블릭 도메인(Public Domain)에서 가져왔다. 각 삽화가별 쪽수는 다음과 같다.

- 해블롯 브라운: 34, 89, 131, 141, 176, 188, 239, 260, 305, 336, 353, 411, 476, 482, 522, 543
- 프레드 버나드: 53, 71, 86, 103, 151, 166, 196, 217, 251, 277, 293, 327, 367, 371, 385, 413, 428, 457, 497, 516, 533, 548, 560, 600, 609

3. 본문 각주는 옮긴이의 것이다.

차례

찰스 디킨스의 문학 세계를 보여주는 작품 가운데『두 도시 이야기』라는 소설의 제목은 결코 우연히 붙인 것이 아니다. 이 소설은 디킨스가 유럽의 시민적 이상과 깊이 교감한 작품이라고 할 수 있다. 지금껏 디킨스의 소설은 한 도시를 배경으로 펼쳐졌다. 디킨스는 정서적으로 '런던내기(cockney)'였다. 비록 오늘에 와서 그 명칭이 천박한 사람을 의미하도록 부당하게 변질되었지만 말이다. 본래 런던내기란, 런던 세인트 메리르보(St Mary-le-Bow) 교회의 종소리가 들리는 반경에서 나고 자란 이를 의미한다. 다시 말해 고도의 도시 문명을 누리면서도 영원불변한 종교의 영향 아래서 감화를 받으며 자라난 사람들을 일컫는 말이다.

셰익스피어는 자신의 작품 속 환상적인 아든(Arden) 숲 한복판에서, 짐짓 갑작스럽고도 과장되게 돌아서면서, 런던내기의 삶이야말로 가장 참된 삶의 형태라고 선언한 적이 있다. 마치 농담을 던지듯, 기분 전환할 겸, 한 여름날의 사랑을 위해서, 혹은 따분한 여름날의 증오에서 벗어나기 위해서 아든 숲속을 산책하는 것은 좋은 방법이다. 사랑에 상처받았거나 사랑하는 대상이 없어 외로움에 지친 사람들, 왕궁의 어리석음에 신물이 났거나 귀족들의 얕은 꾀에 진절머리가 난 사람들이 숲의 반짝이는 황혼 속에 녹아드는 건 지극히 자연스러운 현상일 것이다. 그런데 바로 이곳에서 셰익스피어는 매우 인상적이면서도 놀라운 진실을 말한다. 이는 '셰익스피어 등장'이라고 적힌 무대 지문을 보는 것만큼이나 귀하고 흥분되는 순간이다.

셰익스피어는 궁정 생활 같은 일상에 지친 이들과 도시의 삶에 염증을 느낀 사람들에게 숲이 최고의 안식처임을 알렸고, 온전히 서정적인 감동에 젖어 숲의 아름다움을 노래했다. 그러나 이 낭만적인 풍경 속에 뜻밖의 인물이 등장할 때, 그가 도시 생활에 지친 사람이 아니라 굶주림에 시달리는 사람일 때, 왕궁의 허세가 싫어서가 아니라 단지 먼 길을 걸어 지친 나그네일 때, 셰익스피어는 주저하지 않고 목소리 높여 실용적인 인간 문명을 찬양했다.

만일 그대가 한때 좋은 시절을 보낸 적이 있다면
만일 그대가 훌륭한 분들의 만찬 자리에 앉은 적이 있다면
만일 그대가 교회 종소리가 울려 퍼지는 곳에 살았다면
만일 그대가 눈에서 흐르는 눈물을 닦아본 적이 있다면
그도 아니라면, 동정하고 동정받는다는 것이 무엇인지 안다면⋯.[1]

셰익스피어 작품에서 부유한 귀족들이 불편한 시골 생활을 흉내 내며 거짓된 전원생활을 하거나, 험한 세상을 경험한 굶주린 사내가 칼을 들고 나타나서는 도시 생활을 찬양하는 장면보다 더 인상적인 것은 없다. "만일 그대가 교회 종소리가 울려 퍼지는 곳에 살았다면" 이 말인즉 세인트 메리르보 교회의 종소리가 들리는 지역에서 나고 자랐다는 의미이며, 스스로 런던내기라고 인정할 만큼 자부심이 넘

◇◇◇◇

1 셰익스피어의 『뜻대로 하세요』(*As you like it*)에 나오는 남자 주인공 올란도의 대사 중 일부이다.

치면서도 행복한 삶을 누렸다는 의미이다.

디킨스를 이야기할 때는 이 차이를 항상 기억해야 한다. 디킨스는 비극적이고 희극적이면서 위대한 런던내기가 되어, 예술을 위한 예술을 논하는 미학자들의 한가로운 담론에 불쑥 끼어들어 "생존이 해결된 후에야 아름다움을 이야기할 자격이 있다"라고 선언한다.

디킨스가 본능적으로 옹호했던 것은 문명의 확산이었다. 만약 문명의 확산이 곧 도시의 확장을 의미한다면 우리는 이를 진지하게 생각해볼 필요가 있다. 오늘날 맨체스터나 버밍엄의 교외 지역 확장에 사람들이 반대하는 이유는 간단하다. 그런 교외 지역이 유럽의 어떠한 마을보다도 상상할 수 없을 정도로 야만적이기 때문이다. 이에 더해, 디킨스가 틀림없이 증오했으리라고 짐작되는 것이 있다면 자연을 연극적인 구경거리로 전락시키는 태도다. 즉, 자연을 부유층의 문화적 소비 대상으로 삼아 일종의 무대 장식처럼 대하는 시각이다.

디킨스는 영국 길가에 그림처럼 늘어선 아름다운 자연 풍경을 누렸음에도, 그는 대체로 자연보다는 도시 편에 서서, 벽돌과 석회로 지어진 인간의 세계를 더 가치 있게 여겼다. 디킨스는 한 사람의 시민이었다. 결국 시민이란 도시인을 의미하며, 작가로서 디킨스의 강점은 도시인이라는 사실에 있었다.

그런데 그의 약점, 다시 말해 치명적인 약점 역시 하나의 도시에만 갇혀 있었다는 점이다. 사실상 디킨스는 채텀과 런던 밖으로 벗어난 적이 거의 없었다. 유럽 대륙을 여행하기는 했지만 그 시대의 영국인 가운데 디킨스만큼 피상적으로 여행한 사람도 없었을 것이다. 디킨스는 일반 관광객보다도 더 피상적으로 여행했다. 마치 어린아이가 목마를 타고 주변을 구경하듯, 현지의 실제 삶과 접촉하지 않은 채 유럽을 스쳐 지나갔을 뿐이다.

영국인이 유럽을 진정으로 여행했는지를 가늠하는 기준이 있다. 영국인은 본질적으로 유럽인이기 때문에 유럽의 중심부에 다가갈수록 마치 집으로 돌아가는 듯한 느낌을 받아야 한다. 만약 그런 편안함을 느끼지 못한다면 차라리 집에 가만히 머무는 편이 나을 것이다. 영국인에게는 영국이 진정한 고향이고, 런던이 진정한 고향이다. 모험적이면서 그림 같은 분위기나 정취를 원한다면 밤에 에식스의 평지나 서리(Surrey)의 갈라진 구릉을 산책하는 것만으로도 충분히 만족할 수 있다. 마치 추방되었다가 다시 고향으로 돌아온 듯한 감정을 느끼지 못했다면 유럽 여행은 무의미하다. 로마를 처음 방문하면서도 친숙함을 느끼지 못한다면 그 여행은 헛된 것이다.

그런 면에서 디킨스의 외국 체험이나 유럽 여행은 별 의미가 없다. 디킨스는 마치 어린 시절 채텀 근처의 낯선 들판에서 뛰어놀았던 것처럼, 또는 성인이 되어 경비정을 타고 런던 동쪽 끄트머리의 펜스 지역을 돌아다니던 것처럼 유럽을 유람했다. 그는 어디까지나 먼 곳으로 떠난 런던내기였을 뿐, 고향으로 돌아온 유럽인은 아니었다. 디킨스는 여전히 화려한 런던내기 올란도였다. 그의 눈에는, 시골 풍경 속에서 행복해 보이는 낯선 이들이란 언제나 정체불명의 외국인 악당으로 비칠 수밖에 없었다.

만약 그가 남유럽의 느긋하고 웃음이 넘치는 문화권에 한마디 던질 수 있었다면 아마도 셰익스피어의 다음 대사와 비슷했을 것이다.

대체 그대는 누구이기에
가닿기 힘든 이 황량한 곳,
우울한 나무 그늘 아래에서
세월 가는 것도 잊은 채 시간을 헛되이 보내고 있는가?

만일 그대가 한때 좋은 것을 누린 적이 있고

만일 그대가 교회 종소리가 울려 퍼지는 곳에 살았더라면.[2]

요컨대 마지막 구절은 '세인트 메리르보 교회의 종소리가 들리는 곳에서 나고 자라는 혜택을 누린 적이 있다면'이라는 의미이다. 디킨스는 실제로 자신이 사는 런던 외에 다른 도시가 존재한다는 사실조차 상상하지 못했다.

디킨스가 유럽 대륙을 전혀 이해하지 못했다는 사실을 이렇게 강조할 필요가 있을까? 충분히 그럴 필요가 있다. 그래야만 디킨스가 『두 도시 이야기』에서 이뤄낸 놀라운 성취를 올바로 평가할 수 있기 때문이다. 무엇보다도 먼저 디킨스에게 런던은 세상의 중심이었다는 사실을 알아야 한다. 디킨스는 파리가 진정한 의미에서 유럽의 수도라는 점을 전혀 이해하지 못했다. 그는 모든 길은 로마로 통한다는 속담의 의미도 깨닫지 못했다. 영국인이 흔히 그렇듯, 자신이 런던 사람이기 전에 아테네 사람이라는 사실 또한 인지하지 못했다.

이렇게 모든 면에서 불리했음에도 불구하고 디킨스는 놀라운 일을 해냈다. 그는 두 도시에 관한 책을 쓰면서도 하나는 알지만 다른 하나는 전혀 알지 못했다. 그런데 놀랍게도 전혀 모르는 도시에 대한 묘사가, 잘 알고 그만큼 익숙한 도시보다 훨씬 뛰어났다. 바로 여기서 의심의 여지가 없이 디킨스의 천재성이 드러난다. 천재성이란 정확히 설명할 수는 없지만 누구나 마주치면 단번에 알아볼 수 있는 그것이다. 어쩌면 '바보'처럼 단순한 말일수록 더 깊은 의미를 간직하고 있는 것과 같은 이치다.

◇◇◇◇

2 같은 책.

『두 도시 이야기』는 디킨스가 만년에 쓴 작품 가운데 가장 비극적인 색채를 띤다. 디킨스가 나이 들면서 점차 침울해졌다고 주장하는 이들이 있지만 그런 주장은 두 가지 이유에서 잘못되었다. 첫째, 사람은 나이 들었다는 이유만으로는 침울해지지 않는다. 오히려 젊은 시절 한없이 우울했던 연인들도 40년 뒤에는 포트 와인을 마시면서 유쾌하게 웃고 있을 공산이 크다. 둘째, 디킨스는 육체적으로 늙을 줄을 몰랐다. 그가 피로한 기색을 보였던 때는 작가로서의 절정기였는데, 이는 나이 탓이 아니라 지나치게 많은 작업량과 모든 일을 과도하게 하려는 성향 탓이었다. 디킨스를 노년의 쓸쓸함에 빠진 노인으로 묘사하는 것은 일찍 세상을 떠난 키츠를 노인 취급하는 것만큼이나 터무니없는 일이다. 디킨스가 지친 이유는 생기가 소진되어서가 아니라, 오히려 그 반대로 내면의 에너지가 너무 강렬하게 타올랐기 때문이다. 그는 노쇠하여 지쳤다기보다는 왕성해서 지쳤던 셈이다.

비록 『두 도시 이야기』는 슬픔으로 가득하지만 열정 또한 그에 못지않게 가득하다. 그 슬픔은 젊은 날의 애절함에서 비롯한 것이지 노년의 애절함과는 아무런 상관이 없다. 하지만 『두 도시 이야기』가 디킨스 만년의 경향성을 보여주는 작품이라는 사실에는 변함이 없다. 여기서 한 가지 짚고 넘어갈 게 있다. 바로 디킨스가 빅토리아 시대의 또 다른 위대한 작가에게 적지 않게 의존했다는 사실이다. 우리는 이를 통해 앞서 언급한 진실, 즉 디킨스가 프랑스를 제대로 알지 못했기 때문에 직관적으로 통찰할 수 있었다는 놀라운 사실을 확인할 수 있다. 바로 이 지점에서 천재로서 디킨스의 특징을 분명하게 엿볼 수 있다. 말하자면 디킨스는 자신이 이해하지 못하는 것조차 이해할 수 있는 작가였다.

디킨스는 토머스 칼라일을 스승으로 삼아 그 영향 아래에서 프랑스 혁명을 연구했고, 그로부터 역사 소설을 쓰는 데 필요한 영감을 얻었다. 칼라일은 영국인들에게 그들의 모든 정책과 개혁의 기반이 된 프랑스 혁명을 재발견하도록 도왔다. 여기에는 재미있는 아이러니가 있는데, 프랑스 혁명이 그것을 진심으로 믿지 않았던 유일한 영국 작가의 작품을 통해 영국인들에게 알려졌다는 점이다. 최근의 권위 있는 비평가들은 이 위대한 르네상스를 논할 때 칼라일의 작품을 빼놓지 않는다. 그들은 칼라일의 작품이 프랑스 혁명을 가장 철저하면서도 세밀하게 다루었다는 데 동의한다.

칼라일은 프랑스 혁명을 다룬 방대한 자료를 섭렵했다. 하지만 디킨스는 칼라일의 저술 외에는 아무것도 읽지 않았다. 칼라일은 관련 문헌을 꼼꼼히 비교하고 참고 자료를 일일이 검증해 아이디어를 얻은 반면, 디킨스는 늘 같은 거리에서 마주치는 일상적인 단서를 통해 영감을 얻었다. 앞서 말했듯, 디킨스는 한 도시의 시민이었다. 칼라일은 그 나름의 학식을 갖추고 있었지만 디킨스는 모든 면에서 무지했다. 그는 프랑스와 단절된 영국인이었고, 칼라일은 역사적으로 프랑스와 관계가 깊은 스코틀랜드인이었다. 그런데 이 모든 사실을 고려하더라도 칼라일보다 디킨스가 더 정확하다. 디킨스가 묘사한 프랑스 혁명은 칼라일보다 역사적 진실에 더 가까워 보인다.

이처럼 확신에 찬 주장의 근거를 명확히 설명하기는 쉽지 않다. 어쩌면 불가능할지도 모른다. 나는 그저 존 헨리 뉴먼(John Henry Newman) 추기경이 가톨릭의 특징을 설명할 때 사용한 훌륭한 방식[3]을 빌려 말할 뿐이다.

<hr>

3 어떤 개념의 추상적 정의를 내리기보다, 실제로 관찰 가능한 여러 특징들을 체계적으로 수집하고 분석함으로써 본질에 접근하는 방법론을 의미한다.

프랑스 혁명에도 몇 가지 '특징'이 있다. 그중 하나는 어리석은 사람들은 낙천주의라 부르고, 현명한 사람들은 정신의 고양이라고 부르는 것이다. 칼라일은 영적인 에너지가 넘치는 작가였음에도 불구하고 정신이 고양된다는 것이 무엇인지 이해하지 못했다. 그래서 그는 시보다 산문을 선호했다. 칼라일은 목적이 있어야 하는 수사학은 이해했지만 행복할 때 자연스럽게 나오는 목적 없는 서정시의 아름다움은 이해하지 못했다. 수많은 사람의 검붉은 피로 물든 단두대라는 끔찍한 도구가 한가운데를 차지하고 있음에도, 프랑스 혁명은 이상하게도 정신적 고양으로 가득했다. 아니, 역설적이게도 일종의 집단적 희열로 넘쳐났다고 말하는 편이 더 정확할 것이다.

칼라일은 프랑스 혁명에서 아무런 명랑함과 경쾌함도 발견해내지 못했다. 이는 자기 내면에서 그런 것을 발견할 수 없었기 때문이다. 디킨스는 프랑스 혁명을 칼라일보다 알지 못했을지언정 명랑함과 경쾌함을 갖추고 있었다. 그는 불의나 부당함에 맞서면서도 프랑스 군중이 바스티유를 무너뜨렸을 때처럼 유쾌함과 활기를 잃지 않았다. 그는 특정 대상을 순수하게 믿었고, 그런 만큼 그 믿음을 위해 기꺼이 칼을 뽑아 들었다.

칼라일은 거의 모든 것을 절반 정도만 믿었다. 귀족들이 즐겨 보는 희극에 등장하는 투덜대는 늙은 하인처럼, 칼라일은 귀족을 따르면서도 늘 불평을 늘어놓았다. 눈에 띄게 비굴하게 굴지 않으면서도 복종했는데, 이를테면 케일럽 발더스톤[4]처럼 행동했다. 반면, 디킨스는

<hr>

4 케일럽 발더스톤(Caleb Balderstone)은 월터 스콧(Walter Scott)의 소설 『래머무어의 신부』(*The Bride of Lammermoor*)에 등장하는 인물로서 충성스럽고 헌신적인 하인이다. 겉으로는 비굴해 보이지만 내면에 나름의 신념을 지닌 것으로 묘사된다.

불평하지 않는 대신 반란을 일으킬 수도 있는 반골 기질이었다. 그는 바스티유를 습격한 사람들처럼 언제든 거리로 뛰쳐나가서 싸울 준비가 되어 있었다. 거리의 사람이라고 하면 영국인은 조용한 표정에 등이 구부정하고 심지어 연약한 사람을 떠올리기 쉽다. 하지만 프랑스에서 '거리의 사람'을 말할 때, 그것은 '거리의 피'를 의미한다.

디킨스와 그가 공공연히 모방했다는 칼라일 사이의 이런 근본적인 차이를 눈치채지 못할 사람은 없을 것이다. 칼라일이 묘사한 프랑스 혁명의 장면들이 아무리 훌륭하고 상징적일지라도, 막상 그런 장면들을 읽다 보면 모든 일이 마치 야음을 틈타 벌어지는 것 같은 묘한 느낌에 휩싸인다. 그런데 디킨스의 작품에서는 대학살조차 대낮에 벌어진다. 칼라일은 비극적인 사건이 벌어졌다면 그것을 일으킨 사람 역시 비극적인 감정을 느꼈을 것이라고 말한다. 하지만 디킨스는 최악의 비극을 행하는 사람은 희극적으로 느낀다는 것을 이해한다. 예컨대 대니얼 퀼프[5]가 바로 그런 인물이다.

프랑스 혁명은 칼라일이 이해하기에는 너무나 단순한 대상이다. 칼라일은 대단히 섬세하고 복잡하기 때문이다. 디킨스는 섬세하지도 않고, 복잡하지도 않다. 단순하면서도 직관적이다. 그렇기에 디킨스는 프랑스 혁명의 본질을 꿰뚫어 볼 수 있었다. 그는 명백한 정치적 불의에 맞선 사람들의 순수한 분노를 이해했고, 뒤따르는 순전한 복수심과 잔혹함 역시 이해했다. 디킨스는 미국의 한 노예 소유주를 향해서 이렇게 말했다. "잔인함과 절대 권력의 남용은 인간 본성의 두 가지 악한 감정입니다." 칼라일은 그처럼 고양된 상식의 경지에 오를 능력이 없었다. 그는 프랑스 혁명의 잔인함에서 무언가 신비로운 것

<hr>

5 디킨스의 소설 『오래된 골동품 상점』(*The Old Curiosity Shop*)에 등장하는 악덕 대부업자.

을 찾아내려고 했다. 혁명의 잔인함을 신비로운 악이라고 보고 무정부주의라고 부르든, 신비로운 선이라고 보고 강자의 지배라고 부르든, 신비화의 결과는 똑같이 나빴다. 칼라일은 어느 경우에도 디킨스와 프랑스 혁명이 보여준 상식적인 정의와 복수를 이해하지 못했다.

디킨스는 이 책에서 순수한 반란과 순수한 인간 본성에 대한 전체적인 구상에 마침표를 찍었다. 칼라일은 프랑스 혁명을 단지 하나의 비극으로 보았지만 디킨스는 프랑스 혁명을 비극 자체로 그리지 않았다. 디킨스가 보기에 시민 봉기가 비극인 경우는 드물었다. 시민 봉기는 오히려 비극을 피하기 위한 행위였다. 진정한 비극은 침묵이었다. 사람들이 격렬하게 소리치며 서로 싸우는 것은 그들이 기사도 정신과 변하지 않는 형제애를 간직하고 있기 때문이다. 그런데 언뜻 평온해 보이는 나무들은 침묵 속에서 싸운다. 그 이유는 서로를 잔혹하고 무자비한 대상으로 여기기 때문이다. 역사에서처럼 이 책에서도 단두대는 재앙이 아니라 오히려 재앙의 해결책이다. 시드니 카턴의 죄는 혁명을 따른 데 있지 않고, 오히려 인습에 순응한 데 있다. 그에게 드리운 음울한 어둠은 파리가 아닌 런던의 것이다. 그에게 자기 목이 떨어지는 순간처럼 행복했던 적은 없었다.

G. K. 체스터턴

윌키 콜린스의 『얼어붙은 바다』[6]를 아이들, 그리고 친구들과 함께 공연하던 중에 이 소설의 핵심 아이디어가 내 마음속에 처음 떠올랐다. 그때 이 아이디어를 직접 구현해보고 싶다는 강렬한 열망이 내 안에서 솟구쳤다. 마치 날카로운 시선을 가진 관객 앞에서 연기하듯, 나는 모든 관심과 주의를 기울여서 인물들의 심리 상태를 머릿속에 그려나갔다.

그 아이디어는 내게 점점 친숙해지면서 자연스럽게 현재의 형태로 구체화되었다. 그리고 작품을 써 내려가는 내내 그 아이디어가 나를 완전히 사로잡았다. 이 책에 묘사된 사건들과 인물들이 겪은 고통을 내가 직접 체험했다고 말할 수 있을 정도로, 나는 그들의 삶에 깊이 공감하며 이 이야기를 써내려갔다.

소설에서 혁명 이전이나 혁명 당시에 프랑스 민중이 처했던 상황을 언급한 부분은, 아무리 사소한 것일지라도 모두 신뢰할 만한 증언에 기초하여 진실되게 기록했다. 나는 이 작품이 대중적이고 생생한 방식으로 그 참혹한 시대를 이해하는 데 조금이나마 도움이 되기를

<hr>

6 윌키 콜린스(Wilkie Collins)의 연극 『얼어붙은 바다』(*The Frozen Deep*)는 1845년 북극해의 북서항로를 개척하러 떠났다가 전원 실종된 영국 프랭클린 원정대의 이야기를 다룬 것이다. 이 연극에서 찰스 디킨스는 자기를 희생하는 영웅인 리처드 워두어 역을 맡았는데, 그는 『두 도시 이야기』의 시드니 카턴과 비슷한 인물이다.

바랐다. 물론 칼라일 박사의 탁월한 저서[7]가 지닌 철학적 통찰은 아무것도 더하고 뺄 것 없이 그 자체로 충분하지만 말이다.

1859년 11월 런던 태비스톡 하우스에서

찰스 디킨스

◇◇◇◇

7 찰스 디킨스는 영국의 비평가이자 역사가인 토머스 칼라일(Thomas Carlyle)의 『프랑스 혁명사』(*The French Revolution: A History*, 1837)를 몇 년에 걸쳐 깊이 있게 탐독했다. 그리고 『두 도시 이야기』를 집필할 때 이 책을 주요 참고 자료로 활용했다.

· · ·제1부· · ·

다시 살아나다

1장

시대

최고의 시절이었고 최악의 시절이었다. 지혜의 시대였고 어리석음의 시대였다. 믿음이 솟구치던 시기였고 불신이 드리우던 시기였다. 빛의 계절이었고 어둠의 계절이었다. 그리고 희망의 봄이었고 절망의 겨울이었다. 사람들 앞에는 모든 것이 놓여 있었고, 또한 아무것도 없었다. 모두가 천국을 향해 나아가는 듯했고, 동시에 모두가 정반대 방향으로 달려가고 있는 것 같았다. 요컨대, 그 시대는 우리의 현재와 너무 흡사하여, 목소리 큰 일부 권위자들은 좋은 쪽으로든 나쁜 쪽으로든 극단적으로 비교해야만 당대의 상황을 알 수 있다고 주장했다.[8]

당시 영국의 왕좌는 강인한 턱의 왕과 평범한 얼굴의 왕비가 차지하고, 프랑스 왕좌는 강인한 턱의 왕과 아름다운 얼굴의 왕비가 앉아

◇◇◇◇

8 '그 시대'는 프랑스 혁명이 일어난 1789년 전후, '현시대'는 『두 도시 이야기』가 출간된 1859년 전후를 말한다.

있었다.[9] 양국에는 오병이어의 기적을 안겨준 사유 영지를 다스리는 귀족들이 있었는데, 그들은 현 상황이 영원히 지속되리라는 전망을 투명한 보석처럼 굳게 믿고 있었다.

서기 1775년, 그 무렵 영국은 오늘날과 마찬가지로 너도나도 영적 계시를 받아들이는 은혜로운 시기였다. 얼마 전 사우스콧 부인[10]이 스물다섯 번째 생일을 맞이했는데, 예지력을 지녔다는 근위 기병대 병사가 런던과 웨스트민스터를 집어삼킬 재앙이 머지않아 닥칠 거라고 공언하며 그녀의 숭고한 등장을 미리 알렸다. 더군다나 콕레인의 유령[11]에 대한 소문이 잦아든 지 채 열두 해가 지나지 않았고, 불과 일 년 전에도 혼령들이 (초자연적인 존재치고는 독창성이 부족했는지) 똑같은 방식으로 무언가 두드리는 식으로 메시지를 남기고 간 참이었다.

그런 와중에도 최근 미 대륙의 영국 신민 의회[12]에서 도착한 메시지는 영국 왕실과 백성에게 감흥 없이 받아들여졌다. 그러나 그 무심하게 여겨진 메시지가 콕레인의 사기꾼 무리가 꾸며낸 초자연적인 계시보다 인류에게 훨씬 중대한 것으로 밝혀졌다.

한편 프랑스는 방패와 삼지창을 든 자매국[13]에 비하면 영적인 데

◇◇◇◇

9 작품 배경인 1775년 당시 영국은 조지 3세와 샬럿 소피아 왕비, 프랑스는 루이 16세와 마리 앙투아네트 왕비가 재위했다. '강인한 턱(large jaw)'은 완고하고 냉혹하며 권위적인 성격을 상징한다.

10 Joanna Southcott(1750-1814). 예언가로 알려진 인물로, 42세에 신의 계시를 받았다고 한다.

11 1762년 경 런던 스미스필드 부근에 콕레인 유령 출몰 소동이 있었다. 훗날 사기극으로 밝혀진다.

12 미국 필라델피아에서 1774년 9월부터 10월까지 열린 제1차 미국 식민지 대륙회의. 이 자리에 모인 13개 식민지 대표 55인은 식민지의 권리와 자유를 지킴과 동시에 영국과 무역하지 않기로 결의했다.

13 로마 시대 영국 이름인 '브리타니아'는 종종 방패와 삼지창을 든 여자로 묘사된다.

관심이 없었다. 그저 종이돈을 마구 찍어내고 탕진함으로써 내리막 길로 막힘없이 치닫고만 있었다. 게다가 프랑스에서는 50미터쯤 떨어진 곳에서 비를 맞으며 지나가는 수사들의 초라한 행렬을 보고 무릎 꿇고 경의를 표하지 않았다는 이유로 한 젊은이의 양손을 자르고 집게로 혀를 뽑는 것도 모자라 산 채로 불태운 사건도 있었다. 이는 모두 가톨릭 사제의 비호 아래 벌어진 일이었는데, 그들은 이 행위를 인도적인 업적이라며 기뻐하기까지 했다.

그 젊은이가 고통 속에 죽어가던 순간에도, 프랑스와 노르웨이 숲에서는 이미 나무들이 뿌리를 내리고 자라나고 있었다. 훗날 그 나무들은 '운명이라는 벌목꾼'의 눈도장을 받아 톱으로 베어지고 널빤지로 다듬어져, 칼날과 자루가 달린 악명 높은 도구, 곧 이동식 틀[14]이 될 운명이었다. 파리 근교의 척박한 땅을 일구며 사는 농부들의 허름한 헛간에는 조잡하기 짝이 없는 수레가 당시 비바람을 피해서 놓여 있었을 데다. 그 진흙투성이 수레에 돼지들이 코를 들이대며 쿵쿵거렸고 가금류가 보금자리를 틀기도 하였는데, 수레는 그때부터 이미 '죽음이라는 농부'가 혁명의 사형수들을 실어나를 호송차로 점찍어 둔 것이었다. 이 '벌목꾼'과 '농부'는 쉬지 않고 부지런히 일하면서도 조용히 움직였기 때문에 그들이 은밀히 돌아다니는 소리를 듣는 사람은 아무도 없었다. 설령 그런 소리를 들었다고 해도 무신론자나 반역자로 몰릴 수 있었기에 감히 입 밖에 내지 못했다.

영국이라고 해서 국가적으로 내세울 만한 질서나 치안이 있지도 않았다. 런던에서는 무장한 괴한들의 대담한 절도 행각과 노상강도 사건이 매일 밤 횡행했다. 여행을 떠날 때는 안전을 위해 집 안의 가

---

14 단두대, 즉 기요틴을 말한다.

재도구를 가구업자의 창고에 맡겨두라는 권고가 공공연히 떠돌 정도였다. 밤에는 노상강도 짓을 하고 낮에는 런던 시내에서 장사하던 자가 있었는데, 여느 날처럼 그는 '두목' 노릇을 하면서 동료 상인을 멈춰 세우고 강도질을 하려다가 정체가 발각되자, 뻔뻔하게도 상대 머리에 총을 쏘고는 말을 타고 달아나버렸다.

역마차가 7인조 강도에게 습격당한 일도 있었다. 호위대원이 세 놈을 쏘아 죽였지만 나머지 네 놈의 총에 맞고 즉사했다. 이른바 〈탄약 부족의 결과〉[15]였다. 강도들은 더 이상 제지하는 이가 없자 역마차를 모조리 털어갔다. 권세를 떨치던 런던 시장께서도 터넘 그린 공원에서 노상강도 한 놈을 만났는데, 이 지체 높으신 분마저 수행원들이 지켜보는 앞에서 가진 것을 몽땅 털리는 판국이었다.

런던 감옥의 죄수는 툭하면 간수와 싸움을 벌였고, 그때마다 법 위에 군림하는 위풍당당한 자들은 죄수를 향해 탄환을 가득 장전한 나팔총을 쏘아댔다. 도둑은 궁궐의 접견실에 들어가서 귀족 나리들의 목에 걸린 다이아몬드 십자가를 낚아채 가기도 했다. 소총수들이 장물을 찾으러 세인트 자일스[16]에 출동하자 폭도들과 총격전이 벌어지기도 했다. 그러나 누구 하나 이를 이상하게 여기지 않았다.

이런 일이 빈번하다 보니, 늘 쓸데없이 바쁘기만 한 교수형 집행인을 찾는 횟수만 늘었다. 잡범들을 일렬로 세워 목매달기도 했고, 또 어떤 때는 화요일에 붙잡힌 강도를 토요일에 교수형에 처하기도 했

<hr>

15 1759년에 영국에서 창간된 『애뉴얼 레지스터』에 1775년 당시 실제로 기사로 실렸던 내용이다.

16 당시 런던의 빈민가.

17 당시 영국 식민지인 미국의 독립을 지지하는 내용이 적힌 전단지가 뿌려졌는데, 이것들을 모아서 처리하는 것도 교수형 집행인의 일이었다.

다. 그런가 하면 뉴게이트 교도소로 가서 열댓 명씩 손에 낙인을 찍었고, 웨스트민스터 홀 앞에서는 전단지를 불태웠다.[17] 오늘은 흉악한 살인자를 처형하고, 내일은 농부 아들에게서 고작 6펜스를 빼앗은 딱한 좀도둑을 교수대에 매다는 식이었다.

1775년이라는 특별한 해를 중심으로 앞서 언급한 일들이, 그리고 그 엇비슷한 무수한 일이 일어났다. '벌목꾼'과 '농부'가 묵묵히 일하는 동안, 강인한 턱의 두 왕과 평범하거나 아름다운 얼굴의 두 왕비는 고귀하면서도 신성한 자신들의 권리를 강압적으로 휘둘러댔다. 이렇게 1775년은 위대한 인물부터 하찮은 존재에 이르기까지, 그 가운데서도 특히 이 연대기에 등장하는 사람들을 그들 앞에 놓인 운명으로 이끌고 있었다.

◇◇◇◇

2장

역마차

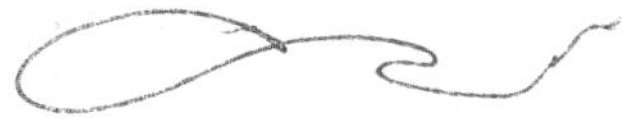

11월의 어느 금요일 늦은 밤, 이 이야기의 첫 번째 등장인물 앞에 도버 로드가 놓여 있었다. 길은 슈터스 힐을 힘겹게 오르는 도버행 역마차 너머로 이어져 있었다. 그는 다른 승객과 마찬가지로 역마차 옆에서 진창길을 걸어 올라가고 있었다. 자발적으로 걷는 사람은 아무도 없었다. 말들이 언덕이며 마구며 진창길이며 역마차며, 모든 게 너무나 버거웠던 나머지 이미 세 차례나 멈춰 섰던 데다가, 한번은 마차를 돌려 블랙히스로 되돌아가려는 반란까지 꾀했기 때문이다. 마부와 호위대원은 고삐와 채찍을 휘두르며 군율로 반란을 다스렸는데, 상황이 달랐더라면 이 반란이야말로 짐승들이 이성을 부여받았다는 주장을 입증하는 사례로 기록될 것이었다. 결국 말들은 굴복하고 자신의 임무를 수행해야 했다.

말들은 머리를 숙이고 꼬리를 부르르 떨면서 관절이 산산조각이라도 날 듯 이따금 버둥거리고 비틀거리며 질퍼덕거리는 진창길로 걸음을 내디뎠다. 마부가 잠시 말을 쉬게 하려고 조심스럽게 "워워, 자이만!" 하고 멈춰 세우면, 선두의 대장 말은 마차를 언덕 위로 도저히 끌고 갈 수 없다는 듯이 유난히 단호한 태도로 머리를 세차게 흔들어 댔다. 대장 말이 그렇게 덜거덕거릴 때마다 승객들은 예민한 사람이 깜짝 놀라듯 화들짝하며 불안해했다.

골짜기마다 안개가 언덕 위까지 자욱하게 피어올라서 꼭 쉴 곳을 찾아 헤매는 악령처럼 쓸쓸하게 여기저기를 배회하고 있었다. 축축 하고 극도로 차가운 안개가 공기 중에서 서서히 물결을 이루며 나아 갔는데, 불길한 바다의 파도를 보는 듯 하나의 물결에 뒤이어 다른 물결이 뒤따르고 서로 포개어지며 흩어지는 모습이 눈에 선했다. 짙 은 안개 탓에 마차의 램프 불빛에 의지해서 볼 수 있는 것이라고는 안개와 바로 앞 도로뿐이었다. 언덕을 힘겹게 오르는 말들이 연거푸 뜨거운 입김을 내뿜고 있어서인지 안개는 모두 녀석들이 만들어내는 것 같았다.

역마차 옆에는 이 이야기의 첫 번째 등장인물 외에도 승객 두 명이 터벅터벅 언덕을 오르고 있었다. 세 사람 모두 광대뼈가 튀어나온 얼 굴을 귀까지 꽁꽁 씨맨 데다가 무릎을 덮은 기다란 장화를 신고 있었 다. 서로 겉모습만 봐서는 나머지 두 사람이 어떻게 생겼는지 알 수 없을 터였다. 육신의 눈뿐 아니라 마음의 눈까지 겹겹이 가려 서로에 게 자신을 드러내지 않았던 것이다. 그 시절에는 여행자들이 길에서 낯선 사람을 만나면 쉽사리 마음을 터놓지 못했다. 누구든 강도이거 나 강도와 한 패거리일 수 있기 때문이었다.

특히 문제는 한패거리들이었다. 여관 주인에서 선술집 주인, 심지 어 하찮은 마구간지기에 이르기까지 누구든 '두목'의 심복일 수 있었 다. 1775년 11월의 금요일 밤, 도버행 역마차의 호위대원은 슈터스 힐을 힘겹게 느릿느릿 오르는 마차 뒤편의 자기 자리에서 바로 이런 위험을 경계하고 있었다. 그는 박자를 맞추듯 발을 구르면서도, 눈앞에 놓인 무기 상자에 한 손을 얹고 있었다. 상자 안 맨 위에는 장전된 나팔총 한 자루가 있었고, 그 아래에는 대형 권총 예닐곱 자루가 있었으며, 밑바닥에는 단검이 놓여 있었다.

도버행 역마차는 늘 그렇듯 평화로운 분위기에서도 호위대원은 승객을 의심했고, 승객은 서로 의심하면서 호위대원을 의심했다. 모든 사람이 자신을 제외한 나머지를 의심했으며, 마부는 말들 외에는 아무도 믿지 않았다. 하지만 말들이 이 험한 여정을 끝내지 못하리라는 것은 성경에 대고서도 맹세할 수 있었다.

"이랴!" 마부가 말했다. "자, 자! 한 번만 더 힘쓰면 언덕 꼭대기다. 이까짓 것 가지고 말썽을 부리다니, 빌어먹을 짐승들 같으니라고! 어이, 조!"

"그래!" 호위대원이 대답했다.

"지금 몇 시쯤 된 것 같나, 조?"

"11시 10분이야."

"젠장!" 마부가 짜증 섞인 목소리로 외쳤다. "아직 슈터스 힐 꼭대기에도 못 올랐는데, 시간이 벌써 그렇게 됐다니! 에이! 이랴, 어서 가자!"

단호한 태도를 보이던 대장 말은 마부의 명령을 거부하다가 매서운 채찍을 맞고서야 힘차게 움직였고, 나머지 세 필의 말도 그 뒤를 따랐다. 도버행 역마차는 다시금 힘겹게 전진했고, 장화를 신은 승객들도 그 옆에서 철벅거리며 언덕을 올라갔다. 그들은 마차가 멈추면, 함께 멈춰서 계속 곁을 지켰다. 셋 중 누구라도 마차에 앞서서 안개와 어둠 속으로 들어가려고 했다면 그 즉시 노상강도로 의심받아 총을 맞을 게 뻔했다.

    제1부 다시 살아나다

역마차는 마지막 힘까지 짜내어 마침내 언덕 꼭대기에 올랐다. 말들은 멈춰 서서 가쁜 숨을 내쉬었고, 호위대원은 마차에서 내려와서 내리막길에 대비하여 바퀴에 미끄럼 방지 장치를 달았다. 그러고는 승객들이 올라타도록 마차 문을 열었다.

"어이, 조!" 마부가 앉은 자리에서 호위대원을 내려다보며 조심스럽게 외쳤다.

"왜 그래, 톰?"

둘은 동시에 귀를 기울였다.

"말 한 마리가 이쪽으로 달려오는 것 같아, 조."

"그냥 달려오는 게 아니라 질주해 오는 것 같은데, 톰." 호위대원이 문에서 손을 떼고 재빨리 자기 자리로 뛰어오르며 말했다. "여러분! 어서 마차에 오르세요. 빨리요!"

호위대원은 그처럼 다급하게 외치면서 나팔총의 공이치기를 당기고 공격 태세를 갖추었다.

이 이야기의 첫 번째 등장인물은 발판에 발을 올리고서 마차에 오르려던 참이었고, 나머지 승객 둘도 뒤따라 오를 준비를 하고 있었다. 그러니까 첫 번째 등장인물은 발판을 디딘 채 몸의 절반은 마차 안에, 나머지 절반은 바깥에 둔 모습이었고, 승객 둘은 아직 길 위에 서 있었다. 그들은 마부와 호위대원을 연신 번갈아 바라보았다. 그러면서 가만히 귀를 기울였다. 이윽고 마부가 뒤돌아보았고, 호위대원도 뒤돌아보았다. 심지어 단호한 태도를 보이던 대장 말도 반항하지 않고 귀를 쫑긋 세운 채 뒤돌아보았다.

마차가 덜컹거리며 힘겹게 언덕을 오르는 소리가 멎은 뒤에 정적이 찾아들었고, 밤이 이슥해지자 사위는 쥐 죽은 듯 조용했다. 말들이 헐떡거리는 숨소리에 영향을 받아 마차가 흔들리는 것 같았다. 승객

안개 속에서 멈춰 선 역마차

들의 심장 뛰는 소리가 크게 들렸다. 정적 속에서, 마치 무언가를 기다리는 듯 숨죽인 사람들의 두근거림이 또렷이 들려왔다.

그와 동시에 질주하는 말발굽 소리가 점점 빠르고 격렬하게 언덕을 올라왔다.

"어이!" 호위대원이 있는 힘껏 큰 소리로 외쳤다. "어이, 거기! 멈춰! 가까이 오면 쏜다!"

말발굽 소리가 갑자기 멎더니 안개 속에서 철벅거리며 버둥대는 듯한 소리와 함께 남자의 목소리가 들려왔다. "도버행 마차 맞습니까?"

"그런 건 왜 묻지?" 호위대원이 쏘아붙였다. "뭐 하는 놈이야?"

"도버행 역마차가 맞습니까?"

"왜 알고 싶지?"

"승객 한 명을 찾고 있어요. 이 마차가 도버행이라면⋯."

                                        제1부 다시 살아나다

"어떤 승객?"

"자비스 로리 씨입니다."

남자가 대답하자 이 이야기의 첫 번째 등장인물이 그게 자기 이름이라고 말했다. 호위대원과 마부와 다른 두 승객이 미심쩍은 눈초리로 그를 바라보았다.

"당신, 거기서 꼼짝하지 말고 가만히 있어!" 호위대원이 안개 속의 남자에게 소리쳤다. "내가 까딱 실수라도 하면 넌 끝장이니 말이야. 자비스 로리라는 신사는 대답하세요."

"대체 무슨 일이오?" 첫 번째 등장인물이 약간 떨리는 목소리로 물었다. "누가 나를 찾는 거요? 혹시 제리인가?"

"저 녀석이 제리인가 본데 목소리가 영 마음에 안 드는걸." 호위대원은 목소리가 너무 거칠어서 거슬린다면서 혼잣말로 중얼거렸다.

"바로 접니다, 로리 씨."

"무슨 일인가?"

"T회사에서 보낸 급한 전갈이 있습니다."

"내가 아는 심부름꾼이오." 로리 씨가 길바닥에 내려서며 호위대원에게 말했다. 뒤에 있던 승객은 예의를 차리는 대신 신속하게 로리 씨를 도와서 내려준 뒤, 곧장 마차 안으로 뛰어 들어가더니 문을 닫고 창문도 위로 올려서 닫았다. "가까이 오게 해도 돼요. 이상한 사람 아니니까."

"그러면 좋겠지만 좀체 믿을 수가 있어야 말이지." 호위대원이 혼잣말로 퉁명스레 중얼거렸다. 그러고는 제리에게 소리쳤다. "이봐!"

"네, 말씀하세요." 제리가 아까보다 더 거친 목소리로 말했다.

"천천히 다가와. 알았나? 그리고 안장에 권총집이 있으면 그 근처에는 손을 대지 마. 나는 성미가 급해서 실수로 쏠지도 모르거든. 자,

이젠 얼굴 좀 보여줘 봐."

소용돌이치는 안개 속에서 말과 그 위에 탄 남자의 모습이 서서히 드러났다. 남자는 곧 승객이 서 있는 역마차 옆으로 다가왔다. 그러고는 호위대원을 힐끗 바라보고는 승객에게 조그맣게 접힌 종이쪽지를 건넸다. 남자가 타고 온 말이 숨을 헐떡였다. 말발굽은 물론이고 남자의 모자에도 진흙이 잔뜩 묻어 있었다.

"호위대원!" 승객이 무언가 비밀이라도 밝힐 듯 은밀한 목소리로 말했다.

"네, 손님." 호위대원이 짧게 대답하며, 오른손은 나팔총 개머리판에, 왼손은 총신에 올린 채 말을 탄 사내를 예의 주시했다.

"염려할 것 없습니다. 나는 텔슨 은행에서 일해요. 런던의 텔슨 은행 알지요? 나는 지금 업무차 파리에 가는 길입니다. 자, 이 돈으로 술이나 한잔 사 마시세요. 그럼 이 쪽지, 읽어봐도 되겠지요?"

"오래 걸리지 않는다면 그렇게 하세요, 손님."

승객은 마차의 램프 불빛에 의지해 쪽지를 읽기 시작했다. 처음에는 조용히, 나중에는 큰 소리로 읽었다. "'도버에서 숙녀분을 기다리시오.' 호위대원, 내용이 길지 않군요. 제리, 이렇게 대답했다고 전하게. '다시 살아나다'."

"참, 별 희한한 대답도 다 있네요." 말에 탄 제리가 흠칫 놀라면서 아까보다 더 거친 목소리로 말했다.

"그렇게만 전하면 된다네. 그럼 내가 전갈을 받았다는 걸 알 테니까. 자, 조심해서 돌아가게."

승객은 얘기가 끝나자마자 문을 열고 마차에 올라탔다. 이번에는 아무도 그를 도와주지 않았다. 나머지 승객들은 시계며 지갑 등을 장화 속에 재빨리 숨기고 잠든 척하고 있었다. 별다른 의도가 있어서 그런 것은 아니었다. 괜한 위험을 자초하고 싶지 않을 뿐이었다.

마차는 다시 느릿느릿 움직이기 시작했다. 이윽고 내리막길로 접어들자 한층 짙어진 안개가 마차를 에워쌌다. 호위대원은 나팔총을 무기 상자에 다시 넣고, 그 안에 있는 물건을 점검했다. 그러고는 허리춤에 찬 보조 권총을 확인한 뒤, 좌석 밑에 놓인 작은 상자를 열어 살펴보았다. 상자 안에는 연장 몇 점과 불을 붙일 홰 두어 개와 부싯깃 한 통이 들어 있었다. 이렇게 만반의 준비를 하고 있었기에, 이따금 램프 불이 폭풍우에 꺼지는 일이 벌어지더라도 마차 안에서 부싯돌과 쇳조각을 사용해서, 운이 좋다면 오 분 안에 쉽고 안전하게 불을 붙일 수 있었다. 그 외에는 불똥이 짚에 튀지 않도록 조심하기만 하면 되었다.[18]

"톰!" 마차 지붕 너머에서 부드러운 목소리가 들렸다.

"왜 그래, 조?"

"전갈 내용 들었어?"

"들었지."

"무슨 소리인지 알았어?"

"아니, 전혀."

"나하고 똑같네." 호위대원이 중얼거렸다. "나도 전혀 모르겠어."

제리는 안개와 어둠 속에 홀로 남겨졌다. 제리는 지친 말도 쉬게 할 겸 말에서 내린 뒤, 자기 얼굴의 진흙도 닦아내고, 모자챙에 족히 일 리터쯤 고인 물도 쏟아낼 참이었다. 잠시 뒤, 그는 진흙이 튄 팔에 고삐를 걸고 서 있었다. 그러다가 마차의 바퀴 소리가 잦아들고 밤의

◇◇◇◇

18 당시 마차는 짚으로 단열 처리한 데다 진흙탕 물이 스며들지 않도록 바닥에도 짚을 깔았다.

정적이 다시금 내려앉자, 몸을 돌려 언덕을 내려갔다.

"이봐, 늙은 아가씨. 템플 바[19]에서부터 여기까지 냅다 달려왔으니까 아가씨 다리가 성치 않겠구만. 평지에 들어서면 좀 나을 테지." 목이 쉰 심부름꾼이 암말을 바라보며 중얼거렸다. "'다시 살아나다'라니, 정말 희한한 전갈이군. 제리, 다시 살아나면 너한테 좋은 일은 하나도 없다고! 안 그래, 제리? 죽었다가 다시 살아나는 게 유행이라도 하면, 제리, 넌 손가락만 빨고 있어야 할걸."

<hr>

19 런던 서쪽 끝에 세워져 있던 문.

3장

밤의 그림자

한밤에 대도시에 들어서면, 모든 인간이 서로에게 심오한 비밀이자 수수께끼 같은 존재라는 생각이 들어 사뭇 엄숙해진다. 어둠 속에 옹기종기 모인 저 집들은 지마다 나름의 비밀을 간직하고 있으리라는 것, 방마다 각각의 비밀이 있을 뿐 아니라, 수십만의 가슴 속에 뛰는 심장 하나하나에도 가장 가까운 이들조차 모르는 비밀이 숨어 있다는 사실을 떠올려 보라! '죽음'이 끔찍한 이유도 바로 그 때문이리라.

애지중지하던 이 귀중한 책을 이제 더 읽지 못하며, 언젠가 다 읽으리라고 희망조차 품을 수 없다. 잠시 빛이 드는 순간 눈길을 끌었던 깊이를 모를 물속, 그 속에 잠긴 보물 같은 세계를 다시 들여다볼 수 없는 것이다. 책은 애초에 내가 고작 한 페이지밖에 읽지 못했는데도 느닷없이 덮여서, 영원히 그 상태로 남을 운명이었을지 모른다. 빛이 간지럼을 태우듯 수면 위에서 반짝일 때, 내가 아득한 물속에 무엇이 있는지 모르는 채 강가에 서 있던 그때부터도, 이미 물은 얼어붙어서 영원토록 봉인될 운명이었을지 모른다.

내 친구가 죽었고, 내 이웃이 죽었고, 내 사랑, 내 영혼의 연인도 죽었다. 죽음은 한 사람이 간직한 비밀을 얼어붙게 하고, 영원한 수수께끼로 남겨버린다. 나 또한 죽는 날까지 비밀을 간직하고 있을 것이다. 지금 내가 스쳐 지나가는 이 도시의 묘지에 누운 이들이, 정말로 거리에서 분주히 살아가는 사람들보다 더 알기 어려운 존재일까? 저마다 비밀을 간직했기에 그들이 내겐 이해하기 힘들고, 나 역시 내 비밀 때문에 그들에게 이해할 수 없는 사람일 텐데 말이다.

이런 비밀은 천부적으로 타고나는 것이지 후천적으로 물려받는 게 아니다. 그렇게 본다면 말을 탄 심부름꾼은 왕이나 재상이나 런던에서 최고로 부유한 상인 못지않은 무언가를 지닌 셈이었다. 느릿느릿 힘겹게 굴러가는 낡은 역마차의 좁은 객실에 갇힌 승객 세 명도 다르지 않았다. 마치 권위 있는 육두마차, 아니면 육십두마차에라도 타고 있는 듯, 서로 사이에 도시 하나만큼의 거리를 둔 채 여전히 수수께끼 같은 타인으로 남아 있었다.

심부름꾼은 말을 타고 천천히 돌아가는 길에 한잔 걸치려고 이따금 선술집에 들렀다. 그는 비밀을 드러내지 않으려는 듯 모자를 눈썹까지 푹 눌러쓰고 혼자서 조용히 술을 마셨다. 그의 두 눈은 모자와 묘하게 잘 어울렸지만 색도 형태도 깊이가 전혀 없는 듯 새까맸고, 서로 지나치게 가까이 붙어 있었다. 마치 서로 떨어져 있으면 무언가 들킬까 두려워하기라도 하는 듯했다. 심부름꾼은 흡사 세모난 침받이통처럼 생긴 낡은 삼각모를 뒤집어쓴 채, 기다란 머플러를 턱과 목에 친친 감고 무릎까지 늘어뜨리고 있었다. 눈빛은 왠지 모르게 음침했다. 그는 술을 마실 때 왼손으로 머플러를 풀어서 한쪽으로 치웠다가 오른손으로 술잔을 입에 털어 넣은 뒤, 다시금 머플러를 둘렀다.

"아니야, 제리. 아니라고!" 심부름꾼은 말을 타고 가는 내내 한 가지 생각에 몰두했다. "이러면 안 돼, 제리. 넌 성실한 장사꾼이잖아. 이건 네가 하는 일하고도 안 어울린다고! 다시 살아나다니…. 취해서 한 소리일 거야. 그래, 틀림없어!"

심부름꾼은 생각할수록 전갈 내용이 당혹스러워서 몇 번이나 모자를 벗고 머리를 긁적였다. 그의 머리는 정수리 부분만 듬성듬성 벗어져 있을 뿐 전체적으로 시커멓고 뻣뻣한 머리카락이 들쭉날쭉하게 솟아 있었다. 긴 머리카락은 그의 넓적하고 뭉툭한 코에 닿을 만큼 길었다. 언뜻 보아, 사람의 머리라기보다는 못을 잔뜩 박아놓은 대장장이 작품이거나 쇠꼬챙이를 촘촘히 꽂아놓은 담장 꼭대기 같았다. 그래서 제아무리 등 짚고 뛰어넘기를 잘하는 사람이라도 그를 보면 위험하다면서 손사래를 치며 뒷걸음질 칠 게 분명했다.

심부름꾼은 템플 바 근처 텔슨 은행의 정문을 지키는 야간경비원에게 전갈을 전했다. 그리고 경비원은 높은 사람에게 전갈을 전하려고 종종걸음으로 은행 안으로 들어갔다. 은행 밖에 있는 심부름꾼 눈에는 전갈의 내용처럼, 밤의 그림자들이 죽었다가 다시 살아나는 것처럼 보였다. 그가 타고 온 암말도 길 위에 불길한 그림자가 드리워질 때마다 겁을 집어먹고 뒤로 물러섰다.

같은 시각, 역마차는 속내를 알 수 없는 승객 셋을 태우고서 느릿느릿한 속도로, 덜컹거리고 흔들거리고 덜거덕거리면서 지루한 여정을 이어 나가고 있었다. 세 사람 앞에도 마찬가지로 밤의 그림자가 나타났고, 그들의 졸린 눈과 종잡을 수 없는 속내를 닮아 불안한 형상으로 어른거렸다.

역마차 안에서도 텔슨 은행의 업무가 이루어지고 있었다. 우리의 은행원 승객이 가죽 손잡이에 팔을 걸었다. 덕분에 마차가 심하게 흔들릴 때마다 옆 승객을 구석으로 밀치지 않을 수 있었다. 그는 반쯤 눈을 감은 채 졸고 있었고, 그 순간 마차 안은 작은 은행으로 변해 있었다. 창문 너머로 스며든 희미한 램프 불빛이 마치 은행 조명 같았고, 맞은편 승객이 안고 있는 커다란 꾸러미는 금고로 보였다. 달리는 말들의 마구 소리조차 동전이 부딪히는 소리처럼 들렸다. 오 분도 안 되는 시간 동안 마차 안에서 처리된 어음의 액수는, 국내외 수많은 거래처를 둔 텔슨 은행이 그 세 배의 시간을 들여서 처리한 액수보다 많을 것이었다.

곧 그의 눈앞에는 귀중품과 비밀문서가 빼곡히 쌓인 지하 금고의 풍경이 어른거렸다. 그는 그 금고의 사정을 누구보다 잘 알고 있었다. 커다란 열쇠 꾸러미와 꺼질 듯 흔들리는 촛불을 들고 지하로 내려가, 마지막으로 확인했을 때와 똑같이 모든 것이 안전하고 견고한 채 그대로 있는지 일일이 살펴보았던 것이다.

은행원 승객은 마차 안에서도 그렇게, 마치 아편에 취하기라도 한 것처럼 몽롱한 상태로 여전히 은행과 함께 있었다. 그런 와중에도 다른 환상이 그의 머릿속에 계속해서 떠올랐다. 그는 누군가를 무덤에서 파내러 가고 있었다.

그의 머릿속에 떠오른 수많은 얼굴 가운데 어느 얼굴이 무덤 안에 있는 이의 진짜 얼굴인지 밤의 그림자는 가르쳐주지 않았다. 모두 마흔다섯 살의 남자 얼굴이었는데, 표정도 제각각이었고, 지치고 핼쑥한 정도도 저마다 달랐다. 교만, 경멸, 저항, 고집, 복종, 한탄 같은 단어가 그의 뇌리를 스치고 지나갔다. 움푹 팬 뺨, 시체 같은 낯빛, 앙상한 두 손이 보였다. 얼굴들을 자세히 보고 있으면 이목구비는 제각기 조금씩 달랐으나, 머리카락이 하나같이 하얗게 센 한 사람의 얼굴이었다. 졸고 있는 승객은 이 유령에게 수없이 물었다.

"얼마나 오래 묻혀 계셨습니까?"

대답은 늘 똑같았다. "18년 다 되었소."

"누군가 무덤을 파서 꺼내줄 거란 희망을 품으셨습니까?"

"그런 희망은 오래전에 버렸소."

"다시 살아나게 된 걸 알고 계십니까?"

"그렇다고들 하더군요."

"살고 싶은 마음이 있으십니까?"

"잘 모르겠소."

"아가씨를 보여드릴까요? 와서 보시겠습니까?"

그 답변은 매번 달랐고, 서로 모순되었다. "잠깐만요! 그 아이를 너무 빨리 보면 나는 다시 죽을 거요"라고 불안한 목소리로 말하는가 하면, 애틋하게 눈물을 흘리면서 "그 아이에게 나를 데려다주시오"라고 애원하기도 했다. 또 어리둥절한 표정으로 빤히 바라보면서 "아가씨를 보여준다니? 대체 무슨 말인지 모르겠소"라고 시치미를 떼기도 했다.

우리의 승객은 이 상상의 대화를 나눈 뒤에도, 자신의 환상 속에서 파고, 파고 또 팠다. 때로는 삽으로, 때로는 커다란 열쇠로, 또 때로는 양손으로 쉼 없이 땅을 헤집었다. 그 가련한 인간을 꺼내주기 위해서였다. 그런데 얼굴과 머리카락이 온통 흙투성이였던 사람은 밖으로 나오자마자 먼지가 되어 흩어져버렸다. 승객은 깜짝 놀라 잠에서 깨어나며, 현실 세계의 안개와 빗방울을 뺨으로 느끼려고 마차의 창문을 열었다.

하지만 그가 눈을 뜨고, 안개와 비와 램프의 흔들리는 불빛과 마차 뒤로 휙휙 물러나는 길가의 울타리를 바라보는 동안, 밤의 그림자가 마차 안으로 흘러들었다. 마차 밖에서 어른거리던 밤의 그림자는 안으로 흘러드는 순간 마차 안에 있는 그림자와 섞였다. 템플 바 근처에 있는 현실의 은행 건물, 어제 처리한 진짜 업무, 진짜 금고, 그에게 날아온 진짜 속달 우편물, 그가 보낸 진짜 전갈 따위가, 앞선 모든 것이 눈앞에 있었다. 그리고 그 한가운데 유령 같은 얼굴이 떠올라 있어서 그는 다시 말을 걸었다.

"얼마나 오래 묻혀 계셨습니까?"

"18년 다 되어 가오."

"살고 싶은 마음이 있으십니까?"

"잘 모르겠소."

그는 파고, 파고, 또 쉼 없이 팠다. 그러던 중 두 승객 가운데 한 사람이 더는 못 참겠다는 몸짓으로 창문을 닫으라고 했다. 은행원 승객은 창을 닫고 가죽 손잡이에 팔을 단단히 걸고서 꾸벅꾸벅 조는 두 사람을 잠시 바라보았다. 이내 다시 은행과 무덤 속으로 미끄러져 들어갔다.

"얼마나 오래 묻혀 계셨습니까?"

"18년이 다 돼 가오."

"누군가 무덤을 파서 꺼내줄 거란 희망을 품으셨습니까?"

"오래전에 버렸소."

이 대화는 마치 방금 주고받은 것처럼, 그리고 지금껏 이렇게 생생하게 느껴본 적이 없을 정도로 그의 귓가에 또렷이 맴돌았다. 지칠 대로 지친 그가 곯아떨어졌다가 깨어났을 때는 동이 터 있었고, 밤의 그림자는 온데간데없었다.

그는 창문을 내리고 떠오르는 태양을 바라보았다. 쟁기로 갈아놓은 밭이랑이 보였다. 간밤에 말들에게서 벗겨낸 멍에가 쟁기와 함께 그대로 놓여 있었다. 그 너머로 고요한 관목숲이 보였는데, 타는 듯한 붉은빛과 노란 황금빛 이파리들이 아직 나무에 많이 매달려 있었다.

대지는 차갑고 축축했으나 하늘은 맑았고, 태양은 밝고 평온하고 아
름답게 빛났다.

"18년 다 돼 간다니!" 은행원 승객이 태양을 바라보며 중얼거렸다.
"맙소사! 산 채로 18년 동안 묻혀 있었다고!"

◇◇◇◇◇

4장

준비

이튿날 오전, 역마차가 도버에 있는 로열 조지 호텔에 도착하자 지배인이 마차 문을 열어주었다. 지배인은 과장되게 격식을 갖추어 문을 열었다. 그도 그럴 것이, 겨울철에 런던에서 이곳까지 마차를 타고 온다는 것은 용감한 여행자가 아니면 감히 할 수 없는 일로, 충분히 축하할 만한 성취이기 때문이었다.

축하를 받아 마땅한 여행자는 단 한 명밖에 남지 않았다. 다른 두 명의 승객은 도중에 각자의 목적지에서 내렸기 때문이다. 마차 안은 곰팡내가 났던 데다가, 축축하고 더러운 짚이 깔려 있고 어두컴컴하기까지 해서 커다란 개집 같았다. 로리 씨는 보풀투성이의 허름한 외투를 입고 후줄근한 모자를 쓴 채 온몸에 지푸라기를 묻히고 있었고, 다리에는 진흙이 덕지덕지 달라붙어 있어서 마치 커다란 개가 마차에서 내리는 것처럼 보였다.

"이보시오, 내일 칼레[20]로 가는 정기선 있소?"

"있습니다, 손님. 날씨가 좋고 바람이 세게 불지만 않으면요. 오후

두 시쯤이 물결이 가장 잔잔할 겁니다. 주무실 객실을 알아볼까요?”

“밤이 되기 전에는 잠을 잘 일도 없겠지만 아무튼 객실은 필요할 것 같소. 아, 이발사도 부탁합시다.”

“아침 식사는요? 아, 알겠습니다. 자, 이쪽으로 오시지요. 어이, 이 봐! 손님을 콩코드실로 안내해 드려! 손님 가방과 더운물도 가져다드리고 말이야. 장화도 벗겨드려. 질 좋은 천연 석탄으로 불도 지펴 놓도록 해. 마지막으로 이발사 올려보내는 것도 잊지 말고. 자, 어서 움직여! 서둘러, 콩코드실이야!”

콩코드실은 늘 역마차 승객에게 배정되었고, 역마차 승객은 언제나 머리부터 발끝까지 꽁꽁 싸매고 있었다. 그래서 그 객실은 로열 조지 호텔 직원들에게 호기심의 대상이자 묘한 흥밋거리였다. 콩코드실로 들어갈 때는 모든 승객이 똑같은 차림이지만 나올 때는 각양각색이어서 더 그랬다. 그래서인지, 또 다른 급사 하나와 짐꾼 두 명, 여종업원 서너 명에디가 여주인까지 우연을 가장하려는 듯 콩코드실과 카페 사이의 복도를 어슬렁거리고 있었다. 때마침 예순쯤 되어 보이는 신사가 큼직한 사각 커프스에 커다란 주머니 덮개까지 달린 갈색 양복을 입고 지나갔는데, 옷은 비록 낡기는 했으나 단정하게 손질되어 있었다. 그는 아침 식사를 하러 가는 길이었다.

그날 오전의 카페에는 갈색 정장을 입은 신사 외에 다른 손님은 없었다. 신사는 벽난로 앞에 가까이 놓인 식탁으로 가서 앉았다. 불빛을 온몸으로 받으며 식사가 나오기를 기다리는 그의 모습이 얼마나 차분해 보이던지 마치 가만히 앉아 있는 초상화 모델 같았다.

그는 무척 단정하고 세심한 사람처럼 보였다. 양쪽 무릎에 손을 하

---

20 도버 해협에 면한 프랑스의 항구 도시.

나씩 올려놓고 있었다. 단단히 여민 조끼 밑으로는 회중시계가 살짝 드러나 있었다. 그 시계는 제멋대로 활활 타오르는 벽난로 불빛의 경박함을 단호히 제어하듯, 재깍재깍 훈계조의 또렷한 소리를 끊임없이 내고 있었다.

그는 매끈한 다리를 돋보이게 하는 고급 원단의 얇은 갈색 스타킹을 신고 있었고, 버클 달린 구두는 특별히 화려하지는 않았으나 정성스레 손질되어 있었다. 머리에는 꼭 맞는 황갈색 가발을 눌러쓰고 있었는데, 윤기가 흐르고 빳빳해 언뜻 보면 진짜 머리카락 같았으나, 사실은 비단이나 유리섬유로 만들어진 듯했다. 셔츠는 스타킹만큼 고급스러워 보이지는 않았으나, 바닷가에서 부서지는 파도 마루처럼, 혹은 먼 바다의 햇빛 속에서 반짝이는 돛단배처럼 눈부시게 새하얗게 빛났다.

그의 얼굴은 평소 습관대로 감정이 드러나 있지는 않았지만 묘하게 생긴 가발 아래 촉촉하게 반짝이는 눈동자 덕분인지 맑게 빛나 보였다. 그의 두 눈을 보면, 짐작되는 사실이 있었다. 그는 지난 세월 텔슨 은행의 직원으로서 냉철하면서도 절제된 표정을 익히느라 오랜 기간 상당한 공을 들였을 것이었다. 얼굴 혈색은 전체적으로 건강해 보였고, 주름이 있기는 해도 고생한 흔적은 별로 없었다. 텔슨 은행의 신임받는 직원으로서 업무상 여러 사람의 걱정거리를 떠안아왔겠지만 그런 일은 쉽게 입었다가 버리고 마는 헌 옷처럼 그에게 그다지 중요하지도 않을 성싶었다.

한참 동안 초상화 모델처럼 앉아 있던 로리 씨는 꾸벅꾸벅 졸다가 그대로 잠들어버렸다. 이윽고 웨이터가 아침 식사를 가져왔을 때, 잠에서 깬 그가 의자를 당겨 앉으며 말했다.

“오늘 언제인지는 모르겠지만 젊은 숙녀 한 분이 올 테니까 그 전에 방을 하나 준비해놓게. 자비스 로리를 찾을 수도 있고, 그냥 텔슨 은행에서 온 사람을 찾을 수도 있을 거야. 아무튼 숙녀가 도착하는 대로 내게 알려주게."

"그러겠습니다, 손님. 그런데 런던의 텔슨 은행인가요?"

"그렇다네."

"알았습니다, 손님. 저희는 런던과 파리를 오가는 텔슨 은행 분들을 종종 모십니다. 텔슨 은행 분들은 출장이 잦더군요."

"맞네. 우리는 영국 은행이기도 하고, 프랑스 은행이기도 하니까."

"그렇군요. 그런데 손님께서는 출장을 자주 가시지 않나 봅니다. 그러신가요?"

"최근 몇 년 동안은 그랬지. 우리… 아니, 내가 마지막으로 프랑스에 다녀온 게 15년 전의 일이네."

"그렇습니까? 제가 여기에서 일하기 전이군요. 저희가 이곳에서 근무하기 전입니다. 그때는 이 조지 호텔이 다른 사람 소유였지요."

"그렇겠구먼."

"그런데 제 생각입니다만, 텔슨 은행은 15년 전은 물론이고 반세기 전에도 잘나갔을 것 같은데요. 그렇지 않았습니까?"

"그 세 배인 150년 전에도 그랬을 걸세."

"정말요, 손님?"

웨이터는 입을 오므리고 두 눈을 동그랗게 뜨고는 식탁에서 뒤로 물러나 오른팔에 걸었던 냅킨을 왼팔로 옮겨 걸었다. 그러고는 편안한 자세로 서서, 전망대나 망루에서 내려다보듯 손님이 식사하는 모습을 묵묵히 지켜보았다. 아주 오래전부터 종업원들이 지켜온 관례에 따른 것이었다.

아침 식사를 끝낸 로리 씨는 바닷가로 산책을 나갔다. 도버 마을은 작고 구불구불한 데다가 해안가 깊숙이 자리하고 있었는데, 마치 타조처럼 백악질 절벽 속으로 머리를 처박은 모양새였다. 바닷가는 파도에 떠밀려 온 해조류 더미와 돌무더기가 뒹구는 사막처럼 보였고, 바다는 제멋대로 온갖 것들을 파괴했다. 바다는 시내와 절벽을 향해 계속 으르렁거리면서 해안을 미친 듯이 갉아먹었다. 집과 집 사이를 메운 대기에는 생선 비린내가 진하게 배어 있었다. 비린내가 얼마나 심한지 병든 자들이 바닷물에 몸을 담그듯 병든 물고기들이 대기 속으로 뛰어든 게 아닌지 의심스러울 정도였다. 항구에는 낚시꾼이 몇몇 있었고, 이슥한 밤만 되면 항구를 배회하거나 바다 방향을 바라보는 사람이 많았다. 특히 밀물이 들어오는 만조가 가까워질 때면 그 숫자가 더 늘었다. 아무 사업도 벌이지 않은 영세한 상인들이 이따금 설명하기 어려울 정도의 큰 재산을 이루기도 했다. 사람들이 밤에 가로등 켜는 것을 싫어한다는 점도 무척 특이했다.[21]

오후가 되자 이따금 프랑스 쪽 해안이 보일 만큼 날씨가 맑아졌다. 그러다 대기가 다시금 안개와 수증기를 머금었다. 그 때문인지 로리 씨의 생각도 흐려지기 시작했다. 이윽고 날이 어두워지자, 그는 아침에 식사했던 카페의 불가에 앉아 저녁 식사가 나오기를 기다렸다. 그러는 동안 그의 마음은 붉게 이글거리는 석탄 속을 분주하게 파고, 파고, 또 파고들었다.

붉은 석탄을 캐던 광부 같은 그의 마음을 잠시 쉬게 해준 것은, 저녁 식사 뒤에 곁들인 질 좋은 적포도주 한 병이었다. 그렇게 오랫동안 한가로운 시간을 보내고 나서, 이제 막 마지막 잔을 따른 참이었다. 로리 씨의 얼굴에는 포도주 한 병을 다 비우고 난 혈색 좋은 노신

◇◇◇◇

21 도버는 예전에 밀수 항으로 유명했는데, 밀수업자들은 주로 밤에 움직였다.

사처럼 흡족한 표정이 떠올랐다. 바로 그때 바퀴가 덜거덕거리며 굴러가는 소리가 좁은 골목길을 따라서 호텔 안마당까지 들려왔다.

로리 씨는 잔을 입에 대지 않고 그냥 내려놓았다. "숙녀분께서 오셨군!" 그가 중얼거렸다.

잠시 뒤 웨이터가 달려와서 마네트 양이 런던에서 왔는데, 텔슨에서 온 신사분을 뵙고 싶어 한다고 말했다.

"이렇게 빨리?"

마네트 양은 오는 길에 식사했다며 따로 음식을 주문하지 않았고, 텔슨에서 온 신사분에게 실례가 되지 않는다면 지금 바로 뵙고 싶다고 전해왔다.

텔슨 은행에서 온 신사는 무덤덤한 표정으로 잔을 비우고서는 특이하게 생긴 아마빛 가발을 귀 가까이 당겨썼다. 그러고는 웨이터를 따라 마네트 양의 객실로 향했다. 객실은 넓고 어두웠다. 장례식이라도 치를 듯 곳곳이 말총을 섞어 짠 검은색 마미단으로 단장된 데다, 커다란 검은색 탁자들이 놓여 있었다. 탁자마다 여러 번 기름을 덧대어 칠한 모양이었다. 객실 한가운데 탁자에 놓인 두 개의 촛불 불빛이 탁자 표면으로 떨어져서 음울하게 반사되고 있었다. 마치 촛불들이 검은색 마호가니로 된 무덤 속에 깊이 파묻혀 있어서 그것들을 파내야만 비로소 빛을 기대할 수 있을 듯했다.

로리 씨는 튀르키예산 양탄자 위를 조심스레 걸었다. 앞이 잘 보이지 않을 만큼 어두웠다. 그러면서 마네트 양이 근처 객실에 있는 게 아닐까 생각했다. 그러다 기다란 촛불 두 개를 지나간 순간, 촛불과 벽난로 사이의 탁자 옆에서 자신을 맞이하는 여자를 보았다. 열일곱쯤 되어 보이는 젊은 여자는 승마용 망토를 두른 데다 여행용 밀짚모자의 리본을 손에 쥐고 있었다. 로리 씨는 작고 아름답고 가냘픈 몸매, 풍성한 황금빛 머리카락, 무언가를 묻기라도 하듯 그의 눈을 응시하는 한 쌍의 푸른 눈동자, 그리고 젊고 매끄러운 이마를 보았다. 특히 그 이마가 인상적이었다. 이마가 오르내리거나 찌푸려질 때마다 뭐라 설명하기 힘든 비범한 인상을 자아냈다. 당혹감도, 놀라움도, 불안함도 아니었다. 그렇다고 단순한 주시의 눈빛도 아니었다. 그러나 묘하게 그 네 가지가 모두 어우러진 표정이었다. 갑자기 생생하게 닮은 이미지가 로리 씨의 눈앞에 떠올랐다.

거센 바람과 함께 우박이 떨어지고 파도가 높게 일던 어느 추운 날, 그가 이 해협을 건넜을 때 품에 안았던 어린아이와 닮았던 것이다. 하지만 그 닮은 이미지는 젊은 여자의 등 뒤에 놓인, 삭막하고 큰 거울에 서린 입김처럼 금세 사라졌다. 거울 테두리에는 머리 없는 검은 큐피드들이 불구의 모습으로 줄지어 선 장면이 조각되어 있었는데, 그들은 검은 여신에게 바칠 소돔의 사과가 담긴 바구니를 들고 행진하고 있었다.

로리 씨는 마네트 양에게 정중한 몸짓으로 인사했다.

"앉으실까요, 선생님?" 무척이나 맑고 상냥한 데다 젊디젊은 목소리였다. 외국인 억양이 섞였지만 아주 조금이었다.

"손에 입맞춤하겠습니다, 아가씨." 로리 씨는 오래된 예법으로 말하면서 다시금 허리 굽혀 인사했다. 그러고는 의자에 앉았다.

"은행에서 보낸 편지를 어제 받았어요, 선생님. 거기에 어떤 정보가… 아니, 뭔가 발견되었다는….'

"어떻게 표현하든 괜찮습니다, 아가씨. 세세한 단어가 중요한 건 아니니까요."

"아주 오래전에 돌아가셔서… 한 번도 뵌 적 없는 불쌍한 제 아버지가 남기신 얼마 안 되는 재산에 관해….'

루시와 로리, 운명을 바꿀 순간의 시작

로리 씨는 의자에 앉은 채 몸을 움직이며 검은 큐피드의 행렬을 걱정스러운 표정으로 바라보았다. 마치 그 우스꽝스러운 바구니 속에 자기를 도울 단서라도 숨어 있는 듯이.

"제가 파리로 직접 가서 이번 일을 처리하려면, 은행에서 파견된 분과 연락하라고 하던데요."

"그게 바로 저입니다."

"그런 줄 알고 있었어요, 선생님."

마네트 양은 상대가 자기보다 나이도 훨씬 많고 식견도 높다는 것을 알고 있다는 뜻을 전하려고 무릎을 살짝 굽혀 인사했다. 당시 젊은 숙녀들은 으레 그렇게 인사했다. 로리 씨도 다시금 허리를 숙였다.

"그래서 은행으로 답장을 보냈어요. 저를 친절하고 현명하게 이끌어주시는 분들이 프랑스로 가야 한다고 하셨으니, 고아인 제가 함께 갈 친구도 없는 만큼 여행길에서 훌륭한 신사의 보호를 받을 수 있도록 배려해 달라고 썼지요. 그 신사분은 이미 런던을 떠나신 뒤였지만 심부름꾼이 뒤따라가 여기에서 저를 기다리라고 부탁한 걸로 알고 있어요."

"이번 일을 맡게 되어 기뻤습니다." 로리 씨가 말했다. "일을 마무리 잘하면 더 기쁘겠지요."

"선생님, 정말 감사합니다. 어떻게 감사하다는 말씀을 드려야 할지 모르겠어요. 은행 측에서는 그 신사분께서 이번 일에 대해 자세히 설명해주실 거라며 놀라운 내용이므로 마음의 준비를 하라고 했어요. 저는 각오를 단단히 다졌고, 당연히 그게 뭔지 몹시 궁금하답니다."

"당연히 궁금하시겠지요." 로리 씨가 말했다. "그러니까 제가…."

로리 씨는 잠시 말을 멈추었다가 곱슬곱슬한 아마빛 가발을 다시 귓가로 당기면서 덧붙였다.

"무슨 말부터 꺼내야 할지 모르겠군요."

로리 씨는 이야기를 계속하지 않고 잠시 우물거리다가 마네트 양과 시선이 마주쳤다. 마네트 양은 이마를 살짝 찌푸려 예쁘고 개성 있는 표정을 지었다. 그러면서 마치 지나가는 그림자를 멈추게 하거나 붙잡기라도 하려는 듯 손을 들었다.

"선생님, 혹시 저를 본 적 있으세요?"

"제가요?" 로리 씨는 두 손을 벌려 앞으로 내밀면서 자기 말이 옳다는 듯 은근한 미소를 지어 보였다.

마네트 양의 두 눈썹 사이, 그러니까 작고 여성스러운 콧잔등에 섬세하면서도 어여쁜 주름이 하나 생겼다. 그때까지 의자 곁에 서 있던 그녀는 자리에 앉아 생각에 잠긴 표정을 지었다. 로리 씨는 그런 그

　　　　　제1부　다시 살아나다

녀의 얼굴을 가만히 지켜보다가 그녀가 고개를 들자, 다시 말을 이어 갔다

"영국이 제2의 고국인 만큼 영국인 숙녀처럼 불러도 될까요, 마네트 양?"

"편하실 대로 하세요, 선생님."

"마네트 양, 저는 사무적인 사람입니다. 제게는 맡은 업무가 있고, 그저 그 일을 수행할 뿐이지요. 그러니 앞으로 제 얘기를 들으실 때 저를 단순히 말을 전달하는 기계라 여기셔도 좋습니다. 정말이지 저는 기계일 뿐이니까요. 괜찮으시다면 마네트 양에게 저희 고객 가운데 한 분의 사연을 들려드리고 싶습니다만."

"사연을요!"

로리 씨는 마네트 양이 되풀이한 단어를 잘못 들은 척하면서 서둘러 말했다. "네, 고객이었습니다. 은행에서는 저희와 거래하는 사람을 흔히 고객이리고 칭하지요. 아무튼 그 고객은 프랑스 신사였습니다. 의학과 과학에 두루 정통했고 학식이 아주 높은 분이었어요. 의사였지요."

"혹시 그분 보베[22] 출신인가요?"

"맞습니다, 보베 출신입니다. 아가씨의 부친인 마네트 씨처럼 그 신사도 보베 출신이지요. 그리고 마네트 씨처럼 그분 또한 파리에서 명성이 높았습니다. 저는 그분을 파리에서 알게 되었어요. 그분과는 사업상의 관계였지만 서로 각별하게 신뢰했지요. 당시 저는 프랑스 지점에서 근무하고 있었는데… 그러고 보니 벌써 20년 전 일이네요."

"당시가… 언제쯤인지 여쭤봐도 될까요, 선생님?"

◇◇◇◇

22 프랑스 남서부에 있는 상공업 도시다.

"20년 전입니다, 마네트 양. 그분은 영국 여자와 결혼했고, 저는 그분의 수탁자 중 한 사람이었어요. 여느 프랑스 신사나 고객의 일들처럼 그분의 일도 전적으로 텔슨 은행이 맡고 있었습니다. 저는 지금도 수십 명의 고객을 상대로 이런저런 방식의 수탁자 역할을 하고 있어요. 물론 업무상의 관계일 뿐입니다. 여기에는 우정이라든지 특별한 관심이나 감정 같은 건 개입되어 있지 않지요. 은행에서 업무를 보는 동안 하루에도 몇 번씩 이 고객에서 저 고객으로 옮겨가듯 저는 개인적인 일에서도 그렇게 하고 있습니다. 간단히 말씀드리자면, 저는 감정 없이 일하고 있어요. 한낱 기계일 뿐이지요. 이야기를 계속하자면….."

"제 아버지 이야기겠네요, 선생님. 그리고 제가 생각하기에….." 호기심에 이마를 살짝 찌푸린 마네트 양이 로리 씨를 바라보았다.

"아버지가 돌아가시고 2년 뒤 어머니마저 세상을 떠나시면서 제가 고아가 되었을 때, 저를 영국으로 데려온 분이 선생님일 것 같아요. 아니, 선생님이라는 확신이 들어요."

로리 씨는 자기를 신뢰한다는 뜻으로 조심스럽게 내민 조그만 손을 살짝 잡고는 정중하게 입술을 갖다 댔다. 그러고는 젊은 숙녀를 다시 의자에 앉힌 뒤, 왼손으로 의자 등받이를 잡고, 오른손으로는 턱을 쓰다듬기도 하고 가발을 귓가에 바짝 당겨쓰기도 하면서 숙녀의 얼굴을 내려다 보았다. 그러는 동안 마네트 양은 앉은 채 그를 가만히 올려다보고 있었다.

"마네트 양, '그렇습니다'. 제가 마네트 양을 데려왔습니다. 하지만 조금 전에 말씀드린 대로 제가 감정 없이 일한다는 말이 무슨 의미인지 이제부터 아시게 될 겁니다. 사람들과의 관계는 업무상의 관계일 뿐입니다. 그날 이후로 제가 마네트 양을 한 번도 만난 적이 없다는

     제1부 다시 살아나다

걸 생각해보세요. 마네트 양은 그 이후로 텔슨 은행의 피후견인 신분이었고, 저는 다른 부서 일을 하느라 바빴습니다. 저는 감정 따위에 신경 쓸 겨를도 없었고, 기회도 없었지요. 마네트 양, 저는 평생을 금전 업무를 처리하는 거대한 압착 롤러처럼 살았습니다."

로리 씨는 그처럼 자신의 일상적인 업무를 특이하게 설명한 뒤, 아마빛 가발이 반질반질 윤기가 흐를 정도로 잘 정돈되어 있는데도 양손으로 정성껏 매만지고는 이어서 말했다.

"지금까지는 아까 마네트 양이 말씀하셨듯 불쌍한 아버님에 대한 이야기였습니다. 이제는 다른 이야기를 해보지요. 혹시 아버님이 그때 돌아가신 게 아니라면…. 겁먹지 마세요! 놀라셨군요!"

마네트 양은 놀라서 움찔했다. 그녀는 로리 씨의 손목을 양손으로 덥석 잡았다.

"제발 진정하세요." 로리 씨는 의자 등받이에서 왼손을 떼어 자기의 오른쪽 손목을 움켜쥔 채 부들부들 떨고 있는 마네트 양의 손 위에 얹으며 달래듯 부드럽게 말했다. "자, 진정하십시오. 이건 어디까지나 사무적인 일입니다. 아까 말씀드렸듯이…."

그는 마네트 양의 표정을 보고 당황한 나머지 잠시 말을 멈추었다가 다시 이었다.

"만에 하나 마네트 씨가 돌아가신 게 아니라면, 그분이 어느 날 아무런 말도 없이 홀연히 사라지신 거라면 어떻겠습니까. 납치라도 당하신 거라면요. 그래서 그 끔찍한 장소를 짐작할 수는 있겠지만 행방을 추적하기는 불가능한 곳에 계시다면 어떻겠습니까. 만일 마네트 씨의 동포 가운데 대단한 특권을 가진 적(敵)이 있어서, 가장 용감하다고 말하는 자라도 바다 건너편에서조차 그 적을 두려워하며 쉬쉬하고는 했다면 어떨까요. 이를테면, 그 적이 누군가를 감옥에 무기한

가둘 수 있는 힘을 휘둘렀고, 부인께서 국왕과 왕비, 법원과 성직자에게까지 호소했지만 누구도 귀 기울이지 않았다면… 그렇다고 한다면 그 불행한 신사, 보베 출신의 의사 이야기가 곧 아버님의 이야기가 될 수도 있을 테지요.”

“무슨 말씀이에요? 자세히 말씀해주세요, 선생님.”

“네, 그러겠습니다. 그런데 감당하실 수 있을지 걱정되는군요.”

“아무것도 모른 채로 있는 것보다는 낫습니다.”

“침착하게 말씀하시네요. 마네트 양은… 침착해서 좋습니다!” 하지만 로리 씨의 태도는 말처럼 흡족해 보이지 않았다. “이건 제 업무의 일부입니다. 그러니까 꼭 처리해야 할 업무상의 문제라고 생각해주시기 바랍니다. 이어서 말하자면, 이후 의사 선생의 부인이 아무리 용기와 정신력이 대단한 분일지라도 배 속의 아이가 태어나기도 전에 그런 고통을 겪었다면….”

“그 아이는 딸이었죠, 선생님?”

“그렇습니다. 누차 말하지만 업무상 말씀드리는 것이니 괴로워하시지 말기 바랍니다. 마네트 양, 그 가엾은 여성은 작은 아이가 태어나기도 전부터 너무 괴로워했던 탓에, 아이가 당신의 고통을 물려받지 않도록 하겠다고 결심하고는, 딸에게 아버지가 죽었다고 믿게 했다면… 아니, 무릎 꿇지 마세요! 대체 왜 제 앞에서 무릎을 꿇으시는 겁니까?”

“진실을 말해주세요. 훌륭하고 자애로우신 선생님, 제발 진실을 말해주세요!”

“자, 이건… 업무상의 일입니다. 저를 혼란스럽게 하시는군요. 제가 혼란스러우면 어떻게 업무를 제대로 처리할 수 있겠습니까? 냉정하게 생각합시다. 잠시 머리를 좀 식힐까요? 마네트 양, 한번 알아맞혀 보세요. 구 곱하기 구는 얼마이고, 이십 기니는 실링으로 환산하면 얼마입니까? 계산해보면 머리가 좀 맑아지실 겁니다. 마네트 양의 마음이 편안해야 저도 편하게 일할 수 있습니다."

이 같은 호소에도 무릎을 꿇은 채 별다른 반응을 보이지 않던 마네트 양은 로리 씨가 다정하게 일으켜 세우자 의자에 가서 조용히 앉았다. 자비스 로리 씨는 아까부터 자기 손목을 꼭 잡고 있는 그녀의 손을 통해 그녀가 한결 침착해졌다는 걸 느끼고는 어느 정도 안심했다.

"그래요, 그러셔야지요! 용기를 내세요! 이 또한 업무입니다! 마네트 양이 감당해야 할 중요한 업무이지요. 마네트 양의 어머님께서 딸을 생각해 그런 결정을 내리신 겁니다. 부질없는 행동인 줄 알면서 아버님을 찾으려고 백방으로 애쓰다가 마지막 눈을 감는 순간 얼마나 마음 아프셨겠어요? 어머님은 두 살 난 딸이 예쁘고 건강하고 행복하게 자라기를 바라셨던 겁니다. 아버지가 감옥에서 비통하게 돌아가신 게 아닐까, 그곳에서 오래 셰시면서 쇠약해지신 건 아닐까 걱정하며, 마네트 양의 삶에 먹구름이 드리워진 채로 살지 않기를 간절히 바라셨던 거지요."

로리 씨는 말하는 내내, 마네트 양의 황금빛 머리카락을 연민 어린 눈길로 바라보았다. 마치 그 머리카락이 잿빛으로 물든 모습을 떠올리기라도 하는 듯한 표정을 지으면서.

"마네트 양도 아시다시피 아버님께는 재산이 별로 없었습니다. 어머니와 마네트 양에게 상속된 게 전부랄 수 있지요. 돈이든 땅이든 새로 발견된 건 없습니다. 그런데…."

로리 씨는 손목에서 악력이 느껴지자 말을 멈추었다. 조금 전 그의 시선을 강하게 사로잡았던, 그리고 이제는 딱딱하게 굳어버린 이마에는 고통과 두려움의 그림자가 짙게 드리워져 있었다.

"그런데 아버님을… 찾았습니다. 아버님께서는 살아 계십니다. 몰라보게 변하셨겠지만 그거야 당연한 현상이겠지요. 거의 폐인이 되셨을 수도 있습니다. 물론 건강하시길 바라야겠지만 말입니다. 아무튼 아버님은 살아 계십니다. 지금은 파리의 옛 하인 집에 모셔져 있고, 마네트 양과 저는 그곳으로 갈 겁니다. 저는 가급적 그분의 신원을 확인하고자 하며, 마네트 양은 아버님께 삶의 의욕과 사랑, 휴식과 위안을 드리려고 가는 것이지요."

마네트 양의 몸을 타고 전율이 흘렀고, 그것이 로리 씨에게도 전해졌다. 마네트 양은 마치 꿈결에 말하듯, 낮지만 뚜렷하게 경외감 가득한 목소리로 말했다.

"가서 아버지의 유령을 만나게 되겠군요! 그래요, 아버지가 아니라 유령이겠죠!"

로리 씨는 자기 팔을 잡은 마네트 양의 손을 부드럽게 쓰다듬었다. "자, 자! 진정하고 제 말 들어보세요! 저는 최선과 최악의 경우에 대해 말씀드렸어요. 마네트 양은 고통 속에서 사신 가엾은 분을 뵈러 가는 거예요. 바닷길도 뭍길도 순조롭기만 하다면 곧 그분 곁에 있게 될 겁니다."

마네트 양은 똑같은 어조로 나지막이 말했다. "저는 지금까지 자유로웠고 행복했어요. 지금까지 아버지의 유령이 저를 찾아온 적은 한 번도 없었습니다!"

"한 가지 더 말씀드릴 게 있습니다." 로리 씨는 마네트 양의 주의를 끌기 위해 한마디 한마디 힘주어 말했다. "그분은 다른 이름으로 발견되었어요. 어쩌면 본인 이름을 오래전에 잊어버렸거나 일부러 숨겼을지도 모르지요. 그 이유를 캐묻고 싶을 수도 있겠지만 그건 아무 소용이 없을 뿐 아니라 오히려 상황을 악화시킬 겁니다. 누군가 고의

제1부 다시 살아나다

로 그분을 방치했는지, 감금했는지 추적하려 드는 것은 도움이 되지 않을뿐더러 위험한 일이 될 수 있습니다.

아무튼 이 문제는 덮어두고 당분간은 그분을 프랑스 밖으로 모시는 게 좋겠습니다. 무슨 방법을 쓰든 말입니다. 영국인이라서 안전한 저나 프랑스 정부의 신임을 받는 텔슨 은행 사람들도 이 문제에 대해서는 일절 거론하지 않습니다. 이 문제를 공식적으로 언급한 문서는 없는 걸로 압니다. 극비 사항이니까요. 제 신임장, 기재 사항, 비망록은 모두 '다시 살아나다', 이 한 줄에 함축되어 있어요. 이 말은 여러 의미로 해석될 수 있습니다. 잠깐, 왜 그러는 거지요? 제 말을 한마디도 알아듣지 못하시는 것 같군요, 마네트 양!"

마네트 양은 의자에 기대지도 않고 얼빠진 모습으로 조용히 앉아 있었는데, 치켜뜬 둔 눈은 로리 씨에게 붙박여 있었다. 이마에는 그녀가 의식을 잃기 직전의 표정이 그대로 남아, 마치 낙인처럼 깊이 새겨져 있는 듯 보였다. 로리 씨는 자기 팔을 꽉 움켜쥔 마네트 양의 손을 떼어내려다가 그만두었다. 그렇게 하면 자칫 그녀가 비닥으로 굴러떨어져 다칠 수 있기 때문이었다. 그는 제자리에 선 채로 큰 소리로 도움을 요청했다.

성격이 괄괄하게 생긴 여인이 호텔 종업원을 앞세우고 들이닥쳤다. 로리 씨는 마음이 심란한 상태에서도 온통 불그스름한 모습을 한 여인을 신기한 눈초리로 바라보았다. 몸에 꽉 끼는 옷을 입고서, 붉은 머리카락에 엄청나게 큰 보닛을 쓰고 있었는데, 꼭 근위 보병의 모자 같기도 했고, 나무로 된 측정 장비 같기도 하였으며, 커다란 스틸턴 치즈 같기도 했다. 아무튼 여인은 억센 손으로 로리 씨의 가슴을 세게 밀어 가엾은 숙녀에게서 그를 떼어 놓았다. 벽 쪽으로 내동댕이쳐진 로리 씨는 '남자가 분명해. 여자가 이렇게 힘이 셀 리 없어'라고 생각하며 가쁜 숨을 몰아쉬었다.

"다들 뭐 하고 있는 거야!" 여인이 호텔 종업원들을 향해 고함쳤다. "거기 서서 빤히 쳐다보지만 말고 어서 뛰어가서 뭐라도 좀 가져와! 무슨 구경이라도 난 줄 알아? 어서 움직이란 말이야! 후자극제[23]랑 냉수랑 식초를 가져와! 당장 안 가져오면 나중에 가만 안 둘 거야. 빨리 서둘러!"

종업원들이 의식을 회복하는 데 필요한 걸 찾으러 뿔뿔이 흩어지자 여인은 환자를 조심스레 소파에 눕히고 능숙하면서도 부드럽게 돌보았다. 그녀는 마네트 양을 "빛나는 보석!"이라든가 "사랑스러운 새!"라고 부르면서 씩씩하면서도 세심한 손놀림으로 금빛 머리카락을 어깨 너머로 펼쳐놓았다

"저기요, 갈색 옷 입은 양반!" 여인이 화난 얼굴로 로리 씨를 돌아보며 소리쳤다. "꼭 이렇게 사람이 죽을 정도로 겁을 줘야 속이 시원해요? 말을 좀 가려서 해야지 않느냐고요? 봐요, 어여쁜 얼굴이 이렇게 창백하고 손도 얼음처럼 차갑잖아요. 이러는 게 은행원다운 처신인가요?"

로리 씨는 대답하기 힘든 질문 세례에 너무나 당황해서 멀찍이 서서는 여인의 말에 동의하듯 입을 다문 채 연민 어린 표정으로 젊은 숙녀를 바라만 보았다. "나중에 가만 안 둘 거"라는 식의 모호한 엄포를 놓으며 멀뚱히 서 있던 종업원들을 쫓아낸 억센 여인은 환자가 차츰차츰 기력을 되찾도록 보살피고 나서, 축 늘어진 머리를 자기 어깨에 기대놓았다.

"이제 좀 괜찮은 것 같군요." 로리 씨가 여인에게 말했다.

<hr>

[23] 의식을 잃은 사람의 코에 대어 정신이 들게 하는 회복제.

                    제1부 다시 살아나다

"그렇다손 처도 갈색 옷 입은 양반, 당신 덕분은 아닐 거요. 에고, 우리 예쁜 아가씨!"

"혹시 말이오…." 로리 씨는 그 말에 공감하면서도 걱정스러운 듯 잠시 머뭇거리다 입을 열었다. "마네트 양과 함께 프랑스로 가 주시 겠소?"

"무슨 잠꼬대 같은 소리예요!" 억센 여인이 말했다. "바닷물이나 건 너라고 나를 이 섬나라에 점지해주신 줄 아시나?"

그 역시 대답하기 어려운 질문이었다. 질문에 대한 대답을 생각하 려는 듯 자비스 로리 씨는 그 자리에서 몇 걸음 물러났다.

◇◇◇◇

5장

술집

커다란 포도주 통 하나가 길바닥에 떨어져 박살이 났다. 수레에서 통을 내리다 그만 사달이 난 것이다. 포도주 통은 굴러떨어지면서 쇠 테두리가 터져나갔고, 술집 문 앞에 깔린 돌바닥에 부딪혀 호두 껍데기처럼 부서졌다.

그러자 그 주변에서 일하거나 빈둥거리며 놀던 사람들이 우르르 몰려와 앞다투어 포도주를 들이켰다. 거칠고 울퉁불퉁한 돌바닥은 마치 다가오는 이들을 일부러 절뚝거리게 하려는 듯 길을 막았고, 흘러넘친 포도주가 그 틈에 가로막혀 작은 웅덩이를 이루었다. 웅덩이 크기에 따라 몇몇, 또는 떼를 지어 모인 사람들이 서로 밀치며 아우성쳤다. 무릎을 꿇고 두 손을 정성스레 모아 포도주를 떠서 홀짝거리는 사람들이 있는가 하면, 어떤 남자들은 포도주가 손가락 사이로 새어 나가기 전에 어깨 너머로 몸을 구부린 여자들이 마시도록 도와주기도 했다. 남자 여자 가릴 것 없이 이 빠진 사기 컵을 웅덩이에 담그기 바빴다. 심지어 머리에 쓴 수건을 벗어 웅덩이에 푹 담가서 적셨다가 아이 입에다 포도주를 짜서 넣어주는 여인도 있었다. 몇몇은 포도주가 흘러나가지 못하도록 진흙으로 조그맣게 둑을 쌓기도 했다.

그런가 하면 높은 창문에서 내다보는 구경꾼들이 일러주는 대로 이리저리 분주하게 뛰어다니며 새로운 방향으로 흘러내리는 포도주 줄기를 막는 사람도 있었다. 또 포도주가 묻은 통 조각을 혀로 핥아대는 사람이 있는가 하면, 어떤 사람은 그런 축축한 통 조각을 주워서 질겅질겅 씹기도 했다. 애당초 포도주를 흘려보낼 배수 시설도 없었건만, 사람들은 한 방울도 남김없이 모두 마셨고, 그도 모자라 포도주가 스며든 진흙을 삼키기도 했다. 그래서 거리는 마치 청소부가 다녀간 것처럼 보일 정도로 깨끗했다. 물론, 그곳에 청소부라는 기적 같은 존재가 있을 리는 없었지만 말이다.

포도주 쟁탈전이 벌어지는 동안, 거리에는 남녀노소 할 것 없이 낄낄거리는 웃음소리와 즐거운 목소리가 울려 퍼졌다. 배려심 넘치고 장난기 가득한 축제 같은 광경이었다. 모든 사람이 서로 어울리려는 마음이 있었기 때문에 동료애마저 느낄 수 있었다. 운이 좋아 포도주를 넉넉히 마셨거나 성격이 명랑한 사람들은 악수하기도 하고 서로 장난스레 껴안기도 했으며, 십여 명씩 손에 손잡고 어울려 춤을 추기도 했다. 그러다 포도주가 다 떨어지고 가장 흥건히 고였던 곳도 손가락으로 박박 긁은 바람에 갈퀴 자국만 남게 되자, 축제 같은 광경은 온데간데없이 사라져버렸다. 나무를 켜다 말고 톱을 놓고 달려온 남자는 다시 톱질하기 시작했다. 한 여인은 자신과 아이들의 얼어붙은 손발가락을 녹이려고 뜨거운 재가 담긴 작은 단지 앞에 앉아 있다가 황급히 뛰쳐 나온 바람에, 다시 단지가 놓인 문간으로 돌아가야 했다. 텁수룩한 머리를 한 지하생활자들은 겨울의 볕바른 자리로 나온 것도 잠시, 창백한 얼굴로 훤히 팔을 드러낸 채 다시 멀어지고 있었다. 이윽고 거리 위로 음울함이 밀려들었다. 이는 햇빛만큼이나 자연스러웠다.

적포도주가 쏟아진 파리 생탕투안[24] 근교의 좁은 길바닥은 붉게 얼룩져 있었다. 수많은 사람의 손과 얼굴과 맨발과 나막신도 붉게 물들어 있었다. 톱으로 나무를 켜던 남자의 손도 포도주 물이 들어서 나무조차 붉게 얼룩졌다. 아기를 돌보던 여인의 이마를 감싼 낡은 천에도 얼룩이 번져 붉게 물들었으며, 술통 조각을 게걸스럽게 빨던 이들의 입가는 마치 호랑이 주둥이처럼 물들어 있었다. 이윽고 키가 훌쩍 큰 농담꾼 하나가 나타나, 너무 더러워 헐렁한 자루처럼 머리에 걸쳐 쓴 나이트캡[25]을 이리저리 흔들며, 진흙투성이 포도주 찌꺼기에 손가락을 적셔 벽에 이렇게 끄적였다. '피'.

포도주를 머금은 그 붉은 글씨가 흘러내려 길바닥뿐 아니라 그곳의 수많은 사람까지 붉게 물들이는 날이 다가오고 있었다.

그리고 이제 먹구름이 성스러운 생탕투안을 잠시 비추던 햇빛을 몰아내면서 짙은 어둠이 내려앉았다. 그와 함께 추위, 먼지, 질병, 무지, 빈곤이 막대한 권세를 휘두르는 귀족들처럼 그 성스러운 곳을 지배하기 시작했다.

그중에서 빈곤이 가장 혹독했다. 길모퉁이마다 빈곤이라는 맷돌에 끔찍하게 갈리고 갈린 사람들이 몸을 떨고 있었다. 그들은 낡은 옷자락을 펄럭이며 모든 문간을 들락날락했고, 사람들은 창문을 통해 그런 그들을 내려다보았다. 그것은 노인을 젊은이로 만들었다는 마법의 맷돌이 아니었다. 오히려 젊은이를 노인으로 만드는 맷돌이었다.

---

24 바스티유 감옥 동쪽에 있는 빈민가.
25 프랑스 혁명 시기에 노동자와 빈민 계층이 썼던 모자.

아이의 얼굴은 일찌감치 늙어 보였고 목소리는 음침했다. 어른이고 아이고 할 것 없이 얼굴에 세월의 고랑이 패어 있었고, 거기에서는 '굶주림'이라는 조짐이 새로 움텄다. 굶주림은 모든 곳에 퍼져 있었다. 굶주림은 공동 주택에서 밀려 나와 낡은 옷과 함께 빨랫줄에 내걸렸다. 그 옷도 지푸라기와 누더기와 나무와 종이에다 굶주림을 덕지덕지 기워서 만든 것이었다. 굶주림은 톱질하는 남자가 잘라낸 나무 부스러기에도, 연기 나지 않는 굴뚝에도, 쓰레기 더미를 뒤져도 먹을 것 하나 없는 지저분한 거리에도 달라붙어 있었다. 빵집 선반과 몇 개 되지 않는 진열대의 질 나쁜 빵 덩이에도 새겨져 있었으며, 소시지 가게에서 팔려고 내놓은 죽은 개로 만든 음식에도 들어 있었다. 굶주림은 빙글빙글 돌아가는 원통 속의 군밤 사이에서도 마른 뼈처럼 덜거덕거렸고, 기름 몇 방울을 떨어뜨려서 껍질째 튀긴 감자튀김이 놓인 싸구려 접시에도 놓여 있었다.

굶주림은 어디에서든 똬리를 틀었다. 범죄와 악취로 가득한 좁고 구불구불한 거리, 거기에서 갈라져 나온 샛길에도 있었다. 그런 곳에서는 누더기를 걸치고 나이트캡을 쓴 사람들이 우글거렸고, 언제나 악취가 진동했다. 눈 닿는 곳마다 음울하니 병색을 띠었는데, 사람들은 쫓기다가 궁지에 몰렸을 때를 대비해 반격할 준비가 되어 있는 야생 동물처럼 보였다. 하나같이 우울하고 주눅 든 모습이었지만 사람들 사이에는 눈동자가 불덩이처럼 이글거리는 이도 끼어 있었다. 무언가 견디듯 새하얗게 질린 입술을 굳게 다물고 있는 사람도 있었다. 자신이 피해자가 되거나 가해자가 되는 상상을 한 탓에 이마에 교수대의 밧줄 같은 주름이 그어져 있는 사람도 있었다.

가게 수만큼이나 많은 간판에는 모두 '빈곤'이라는 음침한 삽화가 그려져 있었다. 푸줏간 주인은 말라비틀어진 고기를, 빵집 주인은 거칠고 딱딱한 빵을 간판에 그려 놓았다. 주점 간판에 그려진 사람들은 묽은 포도주와 맥주를 두고 걸걸한 목소리를 내며 음울하게 속삭이는 것 같았다. 어느 하나 풍요롭게 묘사되어 있지 않았다. 그러나 연장과 무기는 예외였다. 날붙이 장수의 칼과 도끼는 늘 날카롭게 빛났고, 대장장이의 망치는 묵직했으며, 총포 제작자의 무기는 살기가 등등했다. 노면에는 위험천만하게 돌들이 튀어나와 있어서 진흙탕과 물웅덩이를 여기저기에 만들어 놓았다. 인도 따위는 없었고, 집 문간을 나서면 바로 노면이었다. 마치 선심이나 썼다는 듯 배수로가 거리 한가운데 놓여 있었다. 큰비가 내려야 그곳에 물이 흐르는 것을 볼 수 있었지만 정작 불어난 도랑물이 집 안까지 흘러들어오기 일쑤였다. 도로 양쪽에는 어설픈 가로등이 밧줄과 도르래에 치렁하니 매달려 있었다. 밤이 되어 점등하는 사람이 등을 내리고 불을 붙여 내걸면, 가냘픈 심지를 태우는 희미한 등불이 마치 바다 한가운데 떠 있기라도 한 듯 머리 위에서 흔들렸다. 실제로 사람들은 바다 한가운데 있었으며, 배와 선원들은 폭풍이라는 위험 앞에 놓여 있었다.

그 지역의 삐쩍 마른 허수아비 같은 사람들은 게으름과 굶주림 속에서 점등하는 이를 오래 지켜보다, 언젠가는 등불 매다는 법을 '개선'하리라 마음먹었다. 등불 대신 밧줄과 도드래로 사람을 매달아 올려서 자신들이 처한 어둠을 불길처럼 세상에 드러낼 것이었다. 하지만 아직은 아니었다. 프랑스로 불어오는 바람을 맞으며 허수아비의 누더기는 홀로 펄럭였다. 그때까지도 노랫소리는 아름다웠고, 깃털 고운 새들은 바람이 보내는 경고를 알아채지 못하고 있었다.

모퉁이에 있는 주점은 겉모습에서든 속사정에서든 다른 가게보다는 나았다. 주점 주인은 노란색 조끼와 녹색 반바지를 입고 가게 밖에 서서 엎질러진 포도주를 놓고 벌이는 쟁탈전을 가만히 지켜보고 있었다. 그러다 어깨를 으쓱하며 "저건 나랑 상관없는 일이야"라고 중얼거렸다. "시장 사람들이 저런 짓을 한 거지. 다시 한 통 가져오라고 해야겠군."

그때 벽에 낙서하는 키 큰 남자가 그의 눈에 띄었다. 그는 길 건너편을 향해 소리쳤다.

"어이, 가스파르! 거기서 뭐 하는 건가?"

남자는 농담꾼들이 흔히 그러듯 자기가 쓴 낙서를 의미심장한 표정으로 가리켰다. 그러나 그 농담은 과녁을 빗나가 허공으로 흩어져 버렸다. 전혀 먹히지 않았고, 그들에겐 흔한 일이었다.

"뭐 하는 짓이냐고? 정신병원에 들어가려고 그런 미친 짓을 하는 거야?" 주점 주인은 길을 건너서 진흙을 한 움큼 집은 다음 북북 문질러 낙서를 지워 버렸다. "왜 사람 다니는 길에 이런 낙서를 하는 거야? 말해 봐, 이따위 낙서를 할 데가 여기뿐인가?"

주인은 농담꾼을 훈계하면서 낙서를 지운 손을 마치 우연인 듯(어쩌면 의도적으로) 남자의 가슴에 내려놓았다. 그러자 남자는 손으로 자기 가슴을 툭툭 두드리더니, 위로 날렵하게 뛰어올랐다가 춤추는 듯한 동작으로 사뿐히 내려왔다. 그러고는 한쪽 신발을 벗어서 손에 쥐고는 앞으로 쑥 내밀었다. 그 순간 그는 단순한 농담꾼이 아니라, 마치 늑대 같은 잔혹한 현실 감각을 지닌 자처럼 보였다.

"신발을 왜 벗는 거야? 도로 신어." 술집 주인이 말했다. "포도주는 포도주라고 하는 거야. 거기서 끝내." 그는 충고와 함께 진흙 묻은 손을 남자의 지저분한 옷에 쓱쓱 닦았다. 남자의 낙서 때문에 손이 더러워졌으므로 그래야 당연하다는 듯이. 그는 그러고 나서 다시 길을 건너 가게 안으로 들어갔다.

술집 주인은 목이 굵은 데다 타고난 싸움꾼처럼 보이는 서른 살가

량의 사내였다. 그는 다혈질이라서인지 날씨가 꽤 쌀쌀한데도 겉옷을 입지 않고 어깨에 걸치고 있었다. 게다가 셔츠 소매도 둘둘 말아 올려서 구릿빛 피부를 팔꿈치까지 훤히 드러내고 있었다. 검고 짧은 곱슬머리가 그대로 드러나 있었고 머리에는 아무것도 쓰고 있지 않았다. 피부는 전체적으로 가무잡잡했으며 눈은 선량한 인상이었지만 미간이 넓은 편이었다. 서글서글한 인상이기는 하지만 고집 하나는 어지간해 보였다. 의지가 강한 만큼 소신이 뚜렷한 사람 같기도 했다. 절대로 물러서지 않을 것이므로 깎아지른 절벽의 외나무다리 같은 데서 맞닥뜨려서는 안 될 상대였다.

그가 가게에 들어서자, 계산대 뒤에는 아내 드파르주 부인이 앉아 있었다. 그녀는 남편 또래의, 당당한 체구를 가진 여자였다. 무엇 하나 허투루 보아넘기지 않을 듯한 날카로운 눈빛, 반지가 여러 개 끼워진 손, 흔들림 없는 표정과 또렷한 이목구비, 그리고 깊은 평정심이 그녀를 더욱 인상적으로 보이게 했다. 드파르주 부인은 어느 일을 맡든 간에 작은 실수도 용납하지 않을 것처럼 치밀했다. 부인은 추위에 민감한 탓에 모피로 몸을 휘감은 데다 머리에는 밝은색 숄을 겹겹이 둘렀는데, 커다란 귀걸이는 가리지 않고 훤히 드러내고 있었다. 부인 앞에는 늘 뜨개질 거리가 놓여 있었다. 하지만 지금은 그것들을 내려놓고 이쑤시개로 이를 쑤시기에 바빴다. 왼손으로 오른쪽 팔꿈치를 받치고 이를 쑤시던 드파르주 부인은 남편이 들어왔는데도 아무런 말을 하지 않고 딱 한 번 기침을 뱉었다. 그러면서 이쑤시개를 문 채로 짙은 눈썹을 미세하게 올렸는데, 이는 남편에게 신호를 보내는 것이었다. 그가 길 건너편에 나가 있는 사이에 새로 손님이 들어왔는지 가게 안을 둘러보라는 의미였다.

주점 주인은 눈치를 읽고, 가게 모퉁이에 노신사와 젊은 여자가 앉

혁명의 불씨가 은밀히 타오르던 생탕투안의 포도주 가게

아 있는 모습을 발견했다. 거기에는 다른 손님들도 있었다. 둘은 카드 놀이를 하고 있었고, 둘은 도미노를 하고 있었고, 셋은 계산대 옆에서 얼마 안 되는 포도주를 홀짝이며 아껴 마시고 있었다. 주인이 계산대 뒤를 지나가다가 노신사가 젊은 여자에게 "저자가 바로 우리가 찾는 남자입니다"라고 말하는 것을 알아챘다.

"도대체 이런 지저분한 곳에 무슨 볼일이 있담? 모르는 사람들뿐인 데 말이야." 술집 주인인 드파르주 씨가 혼잣말로 중얼거렸다.

그러나 그는 두 이방인을 보지 못한 척했고, 카운터에서 술을 마시 던 세 손님과의 대화에 끼어들었다.

◇◇◇◇

26 '자크(Jacque)'라는 이름은 1358년 북프랑스에서 일어난 농민 봉기 '자크리의 난 (Jacquerie)'에서 유래했다. 당시 귀족들은 농민들을 '자크'라고 부르며 비하했는데, 농민 들도 스스로를 '자크'라고 부르면서 결속을 다졌다.

"어때, 자크?[26]" 그중 한 명이 드파르주 씨에게 말했다. "쏟아진 포도주는 다 마셨어?"

"한 방울도 안 남기고 다 마셨어, 자크." 드파르주 씨가 대답했다.

이들이 이처럼 서로 '자크'라고 부르며 이야기를 나누자 드파르주 부인이 이쑤시개로 이를 쑤시면서 다시 한번 잔기침을 하고는 보일락 말락 눈썹을 치켜세웠다.

"흔한 일은 아니지." 셋 가운데 두 번째 사내가 드파르주 씨에게 말했다. "이 가련한 짐승들이 포도주 맛을 보는 게 말이야. 허구한 날 시커먼 빵하고 죽음뿐이지. 안 그래, 자크?"

"자네 말이 맞아, 자크." 드파르주 씨가 대답했다.

자크들의 대화가 계속 이어지자, 드파르주 부인이 이번에도 태연하게 이쑤시개로 이를 쑤시면서 잔기침한 뒤 눈썹을 또 한 번 치켜세웠다. 그러고는 앉은 채로 몸을 살짝 움직였다.

"자, 이제 그만하자고." 드파르주 씨가 말했다. "저기 내 아내를 소개하지!"

세 손님은 드파르주 부인을 향해 모자를 벗고 흔들어서 인사했다. 부인은 세 사람을 재빨리 훑어보고 고개를 끄덕여 답례했다. 그러고는 무심하게 가게 안을 한 차례 살펴본 뒤, 차분한 표정으로 뜨개질에 몰두했다.

"자, 손님들!" 드파르주 씨가 반짝거리는 눈으로 아내를 유심히 바라보면서 말했다. "이제 그만들 가시오. 아, 잠깐만요. 아까 독신자용 숙소처럼 꾸민 객실을 보고 싶다고 물어봤을 때 내가 밖에 나가서 보았는데, 그 객실은 오 층에 있습니다. 올라가는 계단 입구는 저기 왼쪽에 있는 자그마한 뜰에 있고요." 드파르주 씨가 손으로 뜰 쪽을 가리키면서 계속 말했다. "우리 가게 창문과 가까운 곳입니다. 여러분

     제1부 다시 살아나다

가운데 한 분이 이미 가 보았을 테니 길을 알겠군요. 자, 그럼 안녕히 들 가시오!"

사내들은 값을 치르고 그곳을 떠났다. 드파르주 씨의 눈이 뜨개질 하는 아내를 살피고 있을 때, 노신사가 구석에서 나와 드파르주 씨에 게 잠깐 이야기 좀 하자고 말했다.

"그러시지요, 손님." 드파르주 씨가 대답하고는 노신사를 따라 조용 히 문 쪽으로 걸어갔다.

두 사람의 대화는 매우 짧았지만 인상적이었다. 노신사의 첫마디 에 드파르주 씨는 깜짝 놀란 표정을 지으며 귀를 기울였다. 그러고 나서 일 분도 채 안 되어 고개를 연신 끄덕이고는 문을 열고 밖으로 나갔다. 그러자 노신사가 젊은 여자를 손짓으로 불렀고, 곧 두 사람도 밖으로 따라 나갔다. 드파르주 부인은 차분한 표정을 지은 채 날렵한 손놀림으로 뜨개질을 했고, 아무것도 보지 않았다.

이렇게 자비스 로리 씨와 마네트 양은 술집에서 나온 뒤, 좀 전에 드파르주 씨가 손님들에게 알려준 장소에서 그와 합류했다. 그곳은 수많은 사람이 거주하는 집들과 연결된 공동 출입구였고, 악취가 진 동하는, 작고 시커먼 뜰과 이어져 있었다. 드파르주 씨는 칙칙한 타일 이 깔린 컴컴한 계단 입구에서 옛 주인의 딸 앞에 한쪽 무릎을 꿇고, 그녀의 손에 입을 맞추었다. 격식을 차린 몸짓 같았지만 실제로는 조 금도 격식 있지 않았다. 눈 깜짝할 사이에 그는 변해 있었다. 쾌활하 고 개방적인 표정은 온데간데없고, 어딘지 비밀스러우면서도 적개심 에 불타는 얼굴의 위험한 사내가 되어 있었다.

"계단이 가팔라서 오르기 힘드실 겁니다. 천천히 오르세요." 드파르 주 씨가 계단을 오르기 시작한 로리 씨에게 굳은 목소리로 말했다.

"그분 혼자 계십니까?" 로리 씨가 나지막이 물었다.

"당연하지요. 대관절 누가 함께 있겠어요?" 드파르주 씨도 나지막이 말했다.

"항상 혼자 계신단 말입니까?"

"네."

"그분이 원하셔서요?"

"그분이 그럴 필요가 있다고 생각하셨겠지요. 처음부터 그러셨습니다. 그 사람들이 저를 찾아와서 그분을 맡겠느냐고 묻고는, 위험을 각오해야 하니 신중히 결정하라고 말할 때부터 지금까지 줄곧 혼자셨습니다."

"그동안 꽤 변하셨지요?"

"변했느냐고요?"

주점 주인은 걸음을 멈추고 손으로 벽을 치면서 별안간 욕설을 중얼거렸다. 무슨 대답을 했든 그 짧은 몸짓만큼 강한 인상을 남기지는 못했을 것이다. 두 사람과 함께 계단을 밟으며 올라갈수록 로리 씨의 마음은 점점 무거워졌다.

오늘날도 별반 다르지는 않지만 당시 파리의 오래되고 혼잡한 구시가지의 계단 같은 시설은 조악하기 이를 데 없었다. 그런 장소에 이골이 난 사람이 아니고서야 끔찍할 정도였다. 초라한 둥지 같은 고층 주택 건물 하나에 수많은 가구가 다닥다닥 붙어 있었다. 주민들은 공용 계단으로 이어지는 문 뒤편 각자의 방에서 살았는데, 쓰레기를 문 앞의 층계참에 잔뜩 쌓아두거나 창문으로 내던지곤 했다. 통제할 수 없는 상황에서, 부패한 쓰레기 덩어리는 절망적이게도 나날이 커졌고, 가난과 결핍이라는 무형의 불순물이 더해지면서 대기를 오염시켰다. 숨쉬기조차 곤란했다. 오물과 독성이 가득한 대기 속, 그 어두컴컴한 풍경 너머로 통로가 가파르게 나 있었다.

　자비스 로리 씨는 자신도 마음이 심란한 터에 젊은 동행인까지 갈수록 불안해하자 두 번이나 걸음을 멈추고 쉬었다. 두 번 다 흉측하게 생긴 쇠창살 옆에서 멈추었는데, 미처 오염되지 않은 맑은 공기마저 창살 틈으로 다 빠져나가고, 부패하고 더러운 공기만 들어오는 듯했다. 녹슨 창살 너머 뒤죽박죽 뒤엉킨 바깥 풍경은 실제로 보이기보다는 그 분위기만 느낄 수 있을 뿐이었다. 노트르담 대성당의 높다란 두 첨탑보다 낮은 곳에서는 그 누구도 건강한 삶을 누리지 못하고 건전한 열망이나 희망도 품지 못할 것 같았다.

　일행은 마침내 계단 꼭대기에 이르렀고, 거기에서 세 번째로 멈추어 섰다. 다락이 있는 층에 이르려면 경사가 가파르고 폭도 좁은 계단을 올라가야만 했다. 젊은 여자가 곤란한 질문이라도 던질까 봐 두려운지 일행보다 앞서 로리 씨 곁에서 올라오던 술집 주인은 꼭대기에 이르자 몸을 돌려 어깨에 걸친 겉옷 주머니를 조심스레 더듬더니 열쇠 하나를 꺼냈다.

　"문이 잠겨 있는 겁니까?" 로리 씨가 놀라서 물었다.

　"네." 드파르주 씨가 짧게 대답했다.

　"그 불행한 분을 굳이 가둬둘 필요가 있다고 생각하시나요?"

　"열쇠로 잠가둘 필요는 있다고 생각합니다." 드파르주 씨는 그의 귀에 입술을 바짝 대고 속삭이듯 말한 뒤 얼굴을 찌푸렸다.

　"왜죠?"

　"왜라뇨! 그렇게 오랫동안 갇혔는데 문을 열어두면 어떡합니까? 무서워할 수도, 미쳐서 난리를 피울 수도, 몸을 갈가리 찢으며 자해할 수도 있잖아요. 죽을 가능성도 있고요. 무슨 행동을 할지 제가 어떻게 압니까?"

　"그럴 리가!" 로리 씨가 소리쳤다.

"그럴 리가라니요?" 드파르주 씨가 씁쓸하게 말했다. "이 아름다운 세상에 그런 일이란 게 얼마나 자주 벌어지는지 아시잖습니까. 얼마든 가능하지요. 가능할 뿐 아니라 날마다 벌어지는 일이지요. 악마도 혀를 내두를 겁니다. 그럼, 계속 갑시다."

이 대화는 속삭이듯 매우 낮은 목소리로 진행되었기 때문에 젊은 여자의 귓가에는 한마디도 들어가지 않았다. 하지만 그녀는 격한 감정에 몸을 부들부들 떨었다. 그런 데다 그녀의 얼굴에는 불안감, 무엇보다 두려움과 공포가 짙게 서려 있었다. 로리 씨는 그녀에게 한두 마디 격려의 말을 건네야겠다고 생각했다.

"용기를 내세요, 마네트 양! 용기를! 이건 업무일 뿐입니다! 머지않아 끝날 겁니다. 저 방문을 통과하기만 하면 최악의 상황은 끝나는 겁니다. 그러면 마네트 양이 그분에게 이런저런 좋은 얘기를, 이를테면 한없는 위안과 행복을 드리게 되는 겁니다. 저기 있는 우리 친구가 곁에서 도와드릴 겁니다. 그렇지요, 드파르주 씨? 자, 어서 갑시다. 이건 그냥 일입니다. 업무예요!"

일행은 한 걸음 한 걸음 천천히 조심스럽게 올라갔다. 계단이 짧아서 꼭대기에 금세 도착했다. 그들은 거기서 모퉁이를 돌다가 세 남자와 맞닥뜨렸다. 세 남자가 문 앞에서 고개를 숙이고 있었다. 조그만 틈이나 구멍을 통해 문 너머로 방 안을 들여다보고 있었다. 그러다 인기척을 느끼고선 일제히 돌아서서 몸을 일으켰다. 그들은 좀 전까지 주점에서 술을 홀짝이던 '자크'라는 동명의 삼인조였다.

"댁들이 갑자기 찾아오는 바람에 저들의 존재를 깜빡 잊고 있었네요." 드파르주 씨가 말했다. "어이, 저리들 좀 비켜줘! 이곳에 볼일이 있어서 왔으니까."

세 사내는 순순히 물러나서 조용히 계단을 내려갔다.

그 꼭대기 층에는 다른 문이 없는 것 같았다. 이윽고 일행만 남았을 때 술집 주인이 곧바로 그 문으로 다가가자 로리 씨가 약간 짜증난 목소리로 나지막이 물었다.

"마네트 씨를 구경거리로 만드는 겁니까?"

"방금 보셨다시피 선택된 몇 사람에게만 보여주는 겁니다."

"그래도 괜찮다고 생각합니까?"

"저는 괜찮다고 생각합니다."

"그 몇 사람이 누구입니까? 무슨 기준으로 선택하지요?"

"난 진짜배기 사내들하고만 어울립니다. 내 이름하고 똑같은 '자크'이고, 이런 걸 직접 보는 게 도움이 될 법한 사람들을 고릅니다. 설명은 이쯤하지요. 댁은 영국인이라 이해하지 못할 테니 말입니다. 미안하지만 잠깐 거기 계세요."

드파르주 씨는 일행에게 물러나 있으라고 손짓한 뒤, 몸을 숙여서 벽에 난 구멍을 통해 방 안을 들여다보았다. 그러고 나서 고개를 들고 문을 두어 번 세게 두드렸는데, 요란한 소리를 내는 것 말고는 특별한 의도는 없어 보였다. 그리고 큰 의미 없이 열쇠로 문을 서너 차례 긁어 소리를 내더니, 마침내 그것을 자물쇠에 서툴게 꽂아 힘주어 돌렸다.

문이 천천히 안으로 열렸고, 그가 방 안을 둘러보며 짧게 중얼거렸다. 그러자 뭐라고 웅얼거리듯 희미한 목소리가 들렸다. 한 음절 정도로 주고받는 짤막한 대화가 이어졌다.

드파르주 씨는 뒤돌아보면서 일행에게 들어오라고 손짓했다. 마네트 양은 방을 들여다보자마자 비틀거렸다. 로리 씨가 재빨리 그녀의 허리에 팔을 두르고 일으켜 세우지 않았다면 그 자리에 주저앉았을 것이다.

"그저 일, 일입니다!" 그는 마네트 양을 달랬다. 그런데도 그의 뺨에는 굵은 땀방울이 맺혀 있었다. "자, 안으로 들어갑시다!"

"두려워요." 마네트 양이 몸을 떨면서 말했다.

"뭐가요?"

"저분, 제 아버지가요."

로리 씨는 겁먹은 마네트 양과 재촉하는 안내자의 손짓을 보고서 곤혹스러워하며 어쩔 줄 모르다가, 이내 마네트 양이 자기 어깨를 잡은 채 떨고 있는 것을 보고서는 그녀의 팔을 자기 목에 둘러서 부축하여 방 안으로 이끌었다. 로리 씨는 마네트 양을 문 바로 안쪽에 앉힌 뒤 붙잡아주었는데, 그녀는 거의 매달려 있는 모양새였다.

드파르주 씨는 열쇠를 빼내고 문을 닫은 다음, 안쪽에서 잠그고 다시 열쇠를 빼내 손에 쥐었다. 그는 모든 동작을 기계적으로 빈틈없이 해냈다. 그러면서도 가능한 한 큰 소리가 나도록 일부러 거칠게 손을 놀려댔다. 이윽고 그는 창문이 있는 곳으로 뚜벅뚜벅 걸어갔다. 그러고는 그곳에서 걸음을 멈추고 뒤돌아보았다.

장작이나 잡동사니를 쌓아두려 지어진 다락방은 어두컴컴했다. 지붕창 모양의 창은 사실 창이 아니라 지붕에 난 문이었고, 그 위에는 거리에서 물건을 끌어올리기 위한 작은 기중기가 달려 있었다. 창문은 프랑스 건물에 흔히 붙은 문처럼 창유리 없이 양쪽으로 여닫는 식으로 되어 있었다. 추위를 막기 위한 듯 창문들 반은 꼭 닫혀 있었고, 나머지 반은 조금 열려 있었다. 햇빛이 적게 들어와서인지 맨 처음 방에 들어왔을 때는 사물을 제대로 분간하기 어려웠다. 모르긴 몰라도 이런 장소에서 섬세한 작업을 하려면, 오랜 세월 동안 이런 환경에 익숙해져야 할 것이었다. 심지어 다락방이라면 더 말할 것도 없었다. 머리가 허옇게 센 남자는 출입문을 등지고서, 주점 주인이 지켜보며 서 있는 창문 쪽으로 얼굴을 돌린 모습이었다. 남자는 나지막한 작업대 앞에 몸을 구부리고 앉아서 분주한 손놀림으로 구두를 만들고 있었다.

6장

구두장이

"안녕하십니까!" 드파르주 씨가 백발의 남자를 내려다보며 말했다. 그는 구부정하게 허리를 굽힌 채 구두를 만드느라 여념이 없었다.

남자는 머리를 들었고, 들릴 듯 말 듯 희미한 목소리로 대답했다. 마치 먼 곳에서 흘러나오는 듯한 목소리였다.

"안녕하시오."

"여전히 일에 파묻혀 사시네요, 안 그래요?" 드파르주 씨의 말에 한참 동안 대꾸하지 않고 있던 남자가 다시 고개를 들고 힘없는 목소리로 말했다.

"그래요… 일하는 중입니다." 남자는 퀭한 눈으로 상대를 힐끗 올려다보고는 이내 고개를 숙였다.

목소리가 어찌나 희미한지 애처롭기도 하고 소름끼치기도 했다. 단순히 육체적으로 허약해서 그렇다고 할 수는 없었다. 오랜 시간 갇혀 지낸 데다가 부실한 끼니 탓도 있었겠지만 말이다. 하지만 그보다는 오랫동안 외로이 지내며 말하지 않아서 목소리가 점점 희미해진 것 같았다. 남자의 목소리는 가냘픈 메아리처럼 들렸다. 인간의 목소리에서 느껴지는 생기나 울림이 전혀 없어서, 마치 한때 아름다웠던 색깔이 초라하고 희미한 얼룩처럼 바랜 듯한 인상을 주었다. 그런가 하면, 가라앉고 억눌려 있던 탓에, 꼭 지하에서 흘러나오는 것 같기도 했다. 그 목소리에서는 절망적이고 길 잃은 자의 모습이 생생하게 그려졌는데, 마치 홀로 황야를 떠돌던 나그네가 굶주리고 지쳐 쓰러져 죽기 직전, 고향과 친구를 그리워하며 목구멍 밖으로 가까스로 밀어내는 마지막 소리 같았다.

몇 분간 남자는 묵묵히 작업만 했다. 그러다 퀭한 눈으로 다시 올려다보았다. 딱히 흥미나 호기심 어린 눈빛이 아니었다. 흐리멍덩하고 기계적인 시선에 불과했다. 다만 앞서 보았던 방문객이 아직 서 있는 모습이 눈에 띄었기에 보았을 뿐이라는 인상을 주었다.

"괜찮으시면," 드파르주 씨가 구두장이에게서 눈길을 떼지 않고 말했다. "이곳에 햇빛이 좀 더 들어오게 했으면 좋겠습니다. 그래도 되겠습니까?"

구두장이는 손을 멈추고 잠시 마룻바닥 한쪽을 응시하며 곰곰이 듣는 듯하더니, 이내 고개를 들어 마침내 드파르주 씨를 바라보았다.

"뭐라고 하셨소?"

"햇빛이 좀 더 들어오게 해도 괜찮냐고 여쭈었습니다."

"참아야겠지요, 당신이 그러겠다면." 구두장이는 희미하게나마 뒷부분에 힘을 주어 말했다.

반쯤 열려 있던 문이 조금 더 열렸고, 한동안 그 각도로 고정되었다. 햇빛이 폭넓게 다락방에 쏟아져 들어오자, 만들다 만 구두 한 짝을 무릎에 얹은 채 작업을 멈춘 구두장이의 모습이 드러났다.

그의 발치와 작업대 위에는 흔히 볼 법한 도구 몇 점과 각기 다른 모양으로 재단된 가죽 조각이 어지럽게 놓여 있었다. 그의 턱수염은 희었고 들쭉날쭉했지만 너무 길지 않게 손질돼 있었고, 얼굴은 몹시 야위었지만 눈만은 형형하게 빛났다. 얼굴이 워낙 여윈 데다가 눈썹이 짙었고 머리카락이 너무 일찍 하얗게 센 탓인지, 두 눈이 그렇게 크지 않았음에도 실제보다 더 커 보이는 걸지도 몰랐다. 그가 입고 있는 누더기 같은 누런색 셔츠는 목 부분이 벌어져 있어서 쭈글쭈글한 피부가 훤히 보였다. 그뿐 아니라 낡은 캔버스 작업복, 헐렁한 양말, 너덜너덜한 옷가지들 모두가 제 빛을 잃어 서로 구별조차 힘들었다. 모두 오랫동안 햇빛과 신선한 공기를 쐬지 못한 탓에 양피지처럼 누렇게 색이 바랜 탓이었다.

구두장이는 시야 바깥에서 쏟아져 들어오는 햇빛을 가리려고 손을 들어 올렸다. 그 바람에 손의 뼈가 투명하게 비쳐 보였다. 그는 그렇게 하던 일을 멈추고 한참 동안 멍하게 앉아 있었다. 그는 언제나 자기 주변을 먼저 둘러본 다음에 눈앞의 사람으로 시선을 돌렸다. 마치 사람 있는 곳을 바라보는 법을 잊어버린 듯한 모습이었다. 그가 입을 열 때도 마찬가지였다. 꼭 어떻게 말을 시작해야 하는지조차 잊어버린 사람처럼, 한동안 둘러보다가 겨우 입을 떼곤 했다.

"그 구두, 오늘 안으로 다 만드실 겁니까?" 드파르주 씨가 로리 씨에게 가까이 다가오라고 손짓하면서 구두장이에게 물었다.

"뭐라고 하셨소?"

"그 구두, 오늘 안으로 다 만들 거냐고 여쭈었습니다."

"그럴 거라고는 할 수 없소. 어쩌면 그럴 수도 있겠지요. 잘은 모르겠소."

그는 드파르주 씨의 질문 때문에 하던 일이 무엇인지 떠올렸고, 다시 구두 쪽으로 고개를 숙였다.

로리 씨는 그의 딸을 문간에 남겨두고 조용히 앞으로 다가왔다. 그가 잠시 드파르주 씨 곁에 서 있자, 구두장이가 고개를 들었다. 그는 낯선 사람을 보고도 놀라는 기색은 없었지만 불안한 듯 손가락을 떨면서 입술을 더듬었다. 그의 입술과 손톱은 똑같이 창백한 납빛이었다. 그러다 다시금 일감을 잡고서, 재차 신발로 몸을 구부렸다. 이 모든 일은 순식간에 벌어졌다.

"저기, 손님이 찾아오셨습니다." 드파르주 씨가 말했다.

"뭐라고 하셨소?"

"손님이 찾아오셨다고요."

구두장이는 아까처럼 고개를 들었지만 여전히 일감을 손에 붙들고 있었다.

"저기 말입니다!" 드파르주 씨가 목소리를 조금 높여서 말했다. "구두를 볼 줄 아는 손님이 오셨습니다. 그러니 지금 만들고 있는 구두를 좀 보여드리세요. 자, 선생님. 이 구두를 받아서 살펴보세요."

로리 씨는 드파르주 씨가 내민 구두를 받았다.

"이 손님한테 이게 어떤 구두이고, 만든 사람이 누구인지 알려드리세요."

이전보다 훨씬 긴 침묵이 흐른 뒤, 구두장이가 입을 열었다.

"무얼 물으셨는지 잊어버렸소. 뭐라고 하셨지요?"

"그러니까 여기 있는 신사분께 어떤 구두인지 설명을 좀 해 드리라는 겁니다."

"이건 숙녀화요. 젊은 숙녀가 신고 다니는 보행용 구두지요. 현재 유행하는 것이랍니다. 제가 그 유행을 본 적은 없습니다. 다만 구두 본은 가지고 있지요." 구두장이는 자부심 어린 표정으로 구두를 내려다보았다.

"만든 분의 성함은 어떻게 됩니까?" 드파르주 씨가 물었다.

구두장이는 구두를 넘겨주어서 손에 쥘 것이 없었으므로 오른쪽 손가락 마디를 왼쪽 손바닥에 올려놓기도 하고, 왼쪽 손가락 마디를 오른쪽 손바닥에 올려놓기도 했다. 그러고는 한 손으로 턱수염을 쓰다듬기도 하는 등, 쉼 없이 같은 동작을 되풀이했다. 그런데 말하고 나서는 매번 정신이 오락가락한 것 같았다. 마치 쇠약한 사람을 기절 상태에서 깨어나게 하거나, 곧 죽어가는 사람에게서 마지막 말을 들으려고 노력하는 것만 같았다.

"내 이름을 물어보셨소?"

"그렇습니다."

"북탑 105호요."

"그게 다입니까?"

"북탑 105호요."

구두장이는 한숨도 신음도 아닌 지친 목소리로 대답하고는 다시 일하려고 허리를 구부렸다. 잠시 침묵이 이어지다가 깨졌다.

"구두 만드는 게 원래 직업은 아니지요?" 로리 씨가 구두장이를 뚫어지게 바라보며 물었다. 구두장이는 퀭한 눈으로 드파르주 씨를 바라보며, 그 질문을 그에게 넘기려는 듯했다. 하지만 드파르주 씨가 도와줄 기미를 보이지 않자, 바닥을 둘러본 뒤 질문자를 올려다보았다.

"구두 만드는 게 원래 직업이 아니냐고 물었소? 맞소이다. 원래 직업은 구두 만드는 게 아니오. 나는… 여기에서 이 일을 익혔소. 스스로 익혔지요. 허락을 받고서…."

그는 말꼬리를 흐리고 몇 분 동안 넋을 놓은 채 규칙적으로 손을 움직였다. 이윽고 그의 시선이 허공에 꽂혀 있다가 천천히 상대의 얼굴에 머물렀다. 순간 그가 흠칫 놀라는가 싶더니 갓 잠에서 깨어난

     제1부 다시 살아나다

사람이 간밤의 이야기를 하듯 계속 말했다.

"허락을 받고서 스스로 익혔던 거요. 허락을 받기까지 시간이 꽤 걸렸는데, 아무튼 그러고 나서 구두를 만들기 시작했지요."

구두장이는 자기에게서 가져간 구두를 돌려받으려고 손을 내밀었다. 로리 씨는 여전히 구두장이를 빤히 바라보며 말했다.

"마네트 씨, 제가 전혀 기억나지 않습니까?"

구두가 바닥에 툭 떨어졌고, 구두장이는 질문한 사람을 뚫어지게 쳐다보았다.

"마네트 씨." 로리 씨가 드파르주 씨의 팔에 손을 얹고 이어서 말했다. "이 사람은 어떻습니까? 기억나지 않습니까? 이 사람을 자세히 보세요. 저도 보시고요. 예전의 은행원, 예전의 일, 예전의 하인, 옛날 그 시절이 전혀 기억나지 않으세요, 마네트 씨?"

오랜 세월 갇혀 지낸 구두장이가 로리 씨와 드파르주 씨를 번갈아 뚫어지게 바라보았다. 동시에 그의 이미 한가운데에서 오래전에 자취를 감추었던 예리한 지성의 흔적이 그 모습을 드러냈다. 그를 에워싼 검은 안개를 헤치고. 그러나 그 흔적은 다시 안개에 휩싸여 차츰 흐려졌고, 이내 사라졌다. 그러나 거기 있었다는 사실은 틀림없었다.

이윽고 놀랍게도 마네트 양의 젊고 아름다운 얼굴에도 정확히 같은 표정이 되살아났다. 어느새 그녀는 조용히 벽을 짚고 다가와서 마네트 씨를 바라보고 있었다. 처음에는 그가 가까이 다가올까 두려워서, 혹은 의도적으로 그를 보지 않으려는 듯 두 손으로 얼굴을 가렸다. 하지만 곧 깊은 연민을 느끼며, 유령과 같은 그의 얼굴을 자신의 어리고 따뜻한 가슴에 품고 싶은 열망에 휩싸였다. 그를 사랑으로 감싸 그에게 생명력과 희망을 되찾아 주려고 그를 향해 두 손을 뻗었다. 그 젊고 아름다운 얼굴에 드러난 표정은 그와 꼭 닮아 있어서, 마

18년 만에 다락방에서 재회한 아버지와 딸

제1부 다시 살아나다

치 빛 같은 것이 그에게서 그녀로 옮겨가기라도 한 것 같았다. 물론 그녀의 표정이 더 강렬했지만 말이다.

다시금 그의 얼굴에는 어둠이 드리워져 있었다. 그는 두 사람에게 좀처럼 집중하지 못했다. 그의 두 눈은 원래처럼 우울하고 흐릿한 상태에서 바닥을 향했고, 주변을 두리번거렸다. 이윽고 그는 길고 깊은 한숨을 내뱉고는 구두를 집어 들고 작업을 계속했다.

"선생님, 이 숙녀분을 알아보시겠어요?" 드파르주 씨가 속삭이듯 물었다.

"네, 잠깐이지만…. 처음엔 영 생각나지 않았는데, 분명히 예전에 잠깐 본 적 있는 얼굴이군요. 저기, 조용히 좀 하고 뒤로 물러서시오."

어느새 마네트 양은 다락방 벽에서 떨어져나와 구두장이가 앉아 있는 작업대 바로 앞까지 다가와 있었다. 손만 뻗으면 닿을 수 있을 만큼 가까이 있었지만 그는 일감 위로 몸을 숙이고 있을 뿐 마네트 양을 의식하지 못하고 있었다. 그야말로 안타까운 장면이었다.

아무도 입을 열지 않았고, 아무런 소리도 내지 않았다. 마네트 양은 일에 몰두하고 있는 구두장이 옆에 유령처럼 서 있었다.

이윽고 구두장이가 손에 든 연장을 제화용 칼로 바꾸려고 했다. 그 칼은 마네트 양이 서 있는 쪽이 아니라 반대쪽에 있었다. 구두장이는 칼을 집어 들고 몸을 굽혀 다시 작업하려다가 마네트 양의 드레스 자락을 보게 되었다. 그는 고개를 들어 그녀의 얼굴을 쳐다보았다. 그때 뒤쪽에서 지켜보던 두 사람이 흠칫 놀라서 앞으로 튀어나왔다. 그러자 그녀가 손을 들어 그들을 제지했다. 두 사람과 달리 마네트 양은 구두장이가 자기를 칼로 찌를 것이라고 생각하지 않았다. 그래서 조금도 두려워하지 않았다.

구두장이는 불안한 표정으로 그녀를 올려보았다. 잠시 뒤 무언가 말하려는 듯 그의 입술이 조금 움직였지만 아무 소리도 나오지 않았다. 그가 점점 가쁘게 숨을 내쉬는가 싶더니 이렇게 말하는 소리가 들렸다.

"누구지요?"

마네트 양은 눈물을 뚝뚝 흘리며, 자기 두 손을 입술에 살짝 댔다가 떼면서 구두장이에게 입맞춤을 보냈다. 그러더니 헝클어진 그의 머리를 품에 안기라도 하듯 가슴께에서 양손을 움켜잡았다.

"당신은 간수의 딸 아니군요?"

"아니에요." 마네트 양이 한숨을 쉬고 대답했다.

"그럼 누구시오?"

마네트 양은 자기 입에서 어떤 목소리가 나올지 알 수 없어 불안한 표정으로 작업대로 다가가서 구두장이 옆에 앉았다. 구두장이가 움찔했지만 그녀는 그의 팔에 손을 살짝 얹었다. 그 순간 묘한 전율이 구두장이의 몸을 훑고 지나가는 게 선연히 보였다. 구두장이는 손에 쥔 칼을 조용히 내려놓고 젊은 여자를 바라보았다.

마네트 양은 길고 곱슬곱슬한 금발을 쓸어 넘겨서 목덜미 뒤로 늘어뜨리고 있었다. 구두장이는 천천히 손을 뻗어 마네트 양의 머리카락을 살짝 쥐고 살펴보았다. 그러다 잠시 생각에 잠긴 듯 멍한 표정을 짓더니 깊은 한숨을 내쉬며 구두 만드는 일로 돌아갔다.

하지만 오래 일하지는 않았다. 마네트 양이 그의 팔을 놓고 어깨에 손을 얹자, 그는 확인하려는 듯 두세 차례 그녀의 손을 의심 가득한 눈으로 살펴보았다. 그러더니 일감을 내려놓고 목을 더듬어 누더기 조각이 달린 검게 바랜 끈을 더듬어 풀었다. 그는 끈을 무릎에 놓고 조심스레 펼쳤는데, 거기에 금빛 머리카락 한두 가닥이 들어 있었다. 구두장이가 오래전 손가락에 감고 다녔던 머리카락이었다.

잃어버린 세월의 끝에서, 딸의 손길로 다시 깨어나다

구두장이는 다시금 젊은 여자의 머리카락을 손에 쥐고 자세히 들여다보았다.

"똑같군! 어떻게 이런 일이! 그게 언제였는데? 어떻게 이런 일이!"

구두장이 이마에 무언가 집중하는 기색이 나타났는데, 그는 마네트 양의 이마에도 비슷한 기색이 나타난다는 사실을 알아차린 듯했다. 그가 그녀를 바라보며 말했다.

"내가 불려 나간 날 밤, 그 아이는 내 어깨에 머리를 기대고 있었소. 내가 잘못될까 두려웠던 거지요. 나는 아무렇지 않았는데 말이오. 내가 북쪽 탑으로 끌려왔을 때 그들이 내 소매에서 이걸 발견했소. 당시 나는 그들에게 간청했다오. '그걸 내게 주면 안 되겠소? 그런 걸 갖고 있다고 해도 나는 여길 탈출하지 못할 거요. 그래도 그게 있다면 위안은 될 것 같소만.' 이게 그때 내가 한 말이었소. 아주 똑똑히 기억나요."

구두장이는 말을 내뱉기 전에 적당한 표현을 찾으려는 듯 몇 번이나 입술을 움찔거렸다. 그렇게 공을 들여서인지 좀 느리기는 했어도 말에 조리가 있었다.

"어떻게 이럴 수가 있지? 그러니까 그게 당신이었소?"

구두장이가 너무나 갑작스레 마네트 양에게 바짝 다가선 바람에 지켜보던 두 사람은 놀라서 다시금 흠칫했다. 마네트 양은 그에게 붙들렸는데도 아주 차분하게 앉아 두 사람을 향해 나지막이 말했다. "두 분은 너무 가까이 오지 마세요. 부탁해요. 말하지도, 움직이지도 마세요!"

"가만!" 구두장이가 외쳤다. "이건 누구 목소리지?"

구두장이는 마네트 양을 잡았던 손을 놓고 미친 듯이 흰머리를 쥐어뜯었다. 하지만 격앙된 감정은 곧 누그러졌다. 늘 그랬듯이 그는 구두 만드는 일로 되돌아갔다. 그는 작은 꾸머리를 다시 접어서 가슴께에 넣으려다가, 마네트 양을 우울한 얼굴로 바라보며 고개를 설레설레 저었다.

"아니, 아니, 아니오. 아가씨는 너무 젊고 고와요. 그럴 리 없지. 죄수 몰골을 한 나를 보시오. 이건 그 아이가 알던 손도 아니고 얼굴도 아니오. 이건 그 아이가 들었던 목소리도 아니고요. 아니, 아니, 아니오. 그 아이는… 그리고 그 사내는… 시간이 더디게 흐르던 북쪽 탑 들어가기 한참 전… 아주 오래전에나 존재했소. 그나저나 상냥한 아가씨, 그대 이름은 무엇이오?"

구두장이의 부드러운 목소리와 태도에 반색하며 그의 딸 마네트 양은 그 앞에 무릎을 꿇고 간청하듯 두 손을 그의 가슴에 얹었다.

"아, 제 이름이 무엇이고 제 어머니가 누구며 제 아버지는 또 누구인지, 제가 왜 고달프고 애달픈 두 분의 과거를 모르고 지냈는지는 다음번에 알려드릴게요. 여기서는 말씀드릴 수 없어요. 지금 제가 말씀드리고 싶은 건 단 한 가지예요. 저를 안아주시고, 제게 축복을 내려주세요. 그리고 제게 입맞춤을, 입맞춤을 해주세요! 오, 아버지!"

구두장이의 창백한 백발이 마네트 양의 빛나는 머리카락과 한데 섞였고, 그것은 마치 자유의 빛이 내리쬔 듯 따스하게 빛났다.

"바라건대 제 목소리가 한때 당신의 귓가에 달콤한 음악처럼 들렸던 때의 목소리와 조금이라도 닮았다면 마음껏 우세요! 혹시 지금 제 머리카락을 만지면서, 당신이 젊고 자유로웠던 시절에 당신의 가슴팍에 기대 있던 사랑스러운 사람이 떠오른다면 마음껏 우세요! 지금부터 제가 당신을 정성껏 보살필 집을 말할 때, 당신이 애타게 그리워한 세월만큼이나 오랫동안 황폐한 채로 있었을 우리 옛집이 조금이라도 떠오른다면 마음껏 우세요! 목 놓아 우세요!"

마네트 양은 구두장이의 목을 꼭 끌어안고, 그가 어린아이인 것처럼 품에 안고 얼렀다.

"제가 당신께 이제 고통 따위는 없을 거라고, 고통에서 당신을 구하려 제가 이곳까지 왔다고, 이제는 영국으로 모셔 함께 편안히 여생을 보낼 거라고 말씀드릴 때, 혹여 헛되이 낭비한 시간이 떠오르고, 당신을 잔인하게 내팽개친 조국 프랑스가 떠오른다면 마음껏 우세요! 또한 제가 저의 이름을 밝히고, 살아 계신 아버지와 돌아가신 어머니를 말씀드릴 때, 그 가엾은 어머니가 저를 사랑한 나머지 아버지의 고통을 알지 못하도록 하셨고, 제가 아버지 때문에 밤마다 애타지 않도록 하셨다는 그 사실을 떠올리신다면 오늘 이 자리에서 존경하는 아버지 앞에 무릎 꿇고 어머니께 용서를 빌어야 한다고 느끼신다면 마음껏 우세요! 어머니를 위해, 그리고 또 저를 위해서요! 친절하신 두 분, 감사합니다! 아버지의 신성한 눈물이 제 얼굴에 닿고, 아버지의 흐느낌이 제 가슴을 두드리는군요. 오, 보세요! 하느님, 감사합니다!"

구두장이는 딸의 팔에 안긴 채 그녀의 가슴에 얼굴을 묻고 있었다. 그야말로 감동적인 장면이지만 옆에서 지켜보던 두 사람은 이내 얼굴을 가렸다. 부녀가 그동안 겪은 부당한 처사와 고통이 얼마나 끔찍했는지 잘 알고 있기 때문이었다.

다락방의 정적은 한동안 이어졌고, 우리네 인생의 폭풍도 결국 잦아들어 안식과 함께 고요해지기 마련이듯, 구두장이의 들썩이던 가슴과 떨리던 몸도 고요히 가라앉았다. 두 사람은 바닥에서 아버지와 딸을 일으키려고 앞으로 나섰다. 구두장이는 바닥에 쓰러져 탈진한 채 누워 있었고, 마네트 양도 곁에 누워 아버지의 머리를 팔로 받치고 있었다. 아버지의 몸 위로 늘어진 그녀의 머리카락이 커튼처럼 햇빛을 가렸다.

"이분의 심기가 불편해지지 않았으면 해요." 로리 씨가 몇 번쯤 코를 풀고 나서 그들 위로 몸을 숙이자, 마네트 양이 손을 내밀며 말했다. "파리를 떠날 준비만 곧 마친다면 곧장 저 문을 통해서 모시고 나갈 수 있을 텐데요⋯."

"하지만 잘 생각해보세요. 이분이 여행을 감당하실 수 있을까요?" 로리 씨가 물었다.

"힘들겠지만 이 도시에 남는 것보다는 나을 듯싶어요. 이분한테는 이 도시가 지옥처럼 끔찍한 곳이니까요."

"맞습니다." 드파르주 씨가 무릎 꿇고 두 사람의 대화를 귀 기울여 듣다가 말했다. "그게 낫지요. 어떤 이유로든 마네트 씨는 프랑스를 벗어나는 게 최선입니다. 내친김에 마차와 말을 알아볼까요?"

"이건 업무입니다." 로리 씨가 재빨리 차분한 태도를 되찾고 말했다. "이 또한 일이라면, 당연히 제가 해야지요."

"그럼 제가 함께 여기 남아 있게 해주세요." 마네트 양이 힘주어 말했다. "지금 이분이 얼마나 차분해지셨는지 보이시죠? 이분과 저를 두고 가셔도 염려할 필요는 없어요. 전혀 그러실 필요 없어요. 안정을 취하는 데 방해되지 않도록 문만 잠가놓고 가신다면 다시 돌아오셨을 때는 지금처럼 안정된 모습으로 계실 거예요. 아무튼 제가 이분을 보살펴 드릴 테니 다시 돌아오면 그때 모시고 함께 여기를 떠나도록 해요."

로리 씨와 드파르주 씨 둘 다 마네트 양의 제안을 마뜩잖게 여겼다. 그들은 둘 중 한 사람은 남아 있는 게 좋다고 생각했다. 그들로서는 마차와 말뿐 아니라 여행 서류도 준비해야만 했다. 그런 데다가 해가 저물어 시간이 촉박했다. 두 사람은 의논 끝에 해야 할 업무를 나누고는 일을 처리하러 황급히 떠났다.

이윽고 어둠이 깊어지자 마네트 양은 딱딱한 바닥에 머리를 대고 아버지 곁에 누웠다. 그러고는 아버지를 가만히 지켜보았다. 어둠은 점점 더 깊어졌고, 두 사람은 여전히 말없이 누워만 있었다. 얼마쯤 시간이 흘렀을까, 벽의 틈새로 어슴푸레한 빛이 비어져 들어왔다.

드파르주 씨와 로리 씨는 여행 준비를 마친 뒤, 여행용 외투와 덮개, 빵과 고기, 포도주와 뜨거운 커피 따위를 챙겨왔다. 구두장이의 다락방에는 짚이 깔린 침대 말고는 아무것도 없었다. 드파르주 씨는 가져온 식량과 램프를 구두장이의 작업대에 올려놓았다. 그리고 로리 씨와 함께 이 죄수를 깨워서 일어서도록 도왔다.

제아무리 눈치 빠른 사람이라도 상대의 겁먹은 듯한 멍한 표정에서 수수께끼 같은 속마음을 금세 읽어낼 수는 없으리라. 구두장이가 지금껏 일어난 일을 알고 있는지, 그들이 그에게 했던 말을 기억하는

지, 이제 그가 자유롭다는 사실을 아는지는 아무리 현명한 이라도 알 수 없을 것이었다. 그들은 구두장이에게 말을 걸었지만 너무 혼란스러워하는 데다 대답도 느려서 당분간은 그를 성가시게 하지 않기로 했다. 그는 이따금 양손으로 머리카락을 세게 움켜쥐곤 했는데, 이제껏 보이지 않던 행동이었다. 하지만 그러다가도 딸의 목소리만 들리면 반색했고, 그녀가 말할 때는 어김없이 그쪽으로 고개를 돌렸다.

그는 강압적인 상황에서 오랫동안 복종하는 데 길들여진 사람 같았다. 순종적인 태도로 사람들이 주는 대로 먹고 마시고, 별다른 불평 없이 쥐어준 망토와 담요를 걸쳤다. 딸이 팔짱을 끼려고 하면, 기꺼이 양손으로 그녀의 손을 꼭 쥔 채 놓치지 않았다.

그들은 계단을 내려가기 시작했다. 드파르주 씨가 램프를 들고 앞장섰고, 로리 씨가 행렬의 끄트머리에 서서 뒤따라왔다. 기다란 계단을 채 얼마 내려가시도 않았을 때였다. 구두장이가 걸음을 멈추고 지붕과 벽을 둘러보았다.

"이곳 생각나세요, 아버지? 이곳에 올라오셨을 때가 생각나시지 않나요?"

"뭐라고 했지?"

마네트 양이 다시 묻기도 전에, 그는 꼭 재차 질문을 받기라도 한 것처럼 혼자 웅얼거렸다.

"생각나냐고? 아니, 생각나지 않아. 너무 오래전 일이라서."

구두장이는 자신이 감옥에서 어떻게 이곳으로 옮겨졌는지 기억하지 못하는 것처럼 보였다. 잠시 후 그는 "북탑, 105호"라고 혼잣말처럼 중얼거렸다. 그러고는 주위를 두리번거렸다. 마치 오랜 세월 자신을 가두어두었던 튼튼한 감옥 벽을 찾는 것만 같았다. 안뜰에 도착하자, 그는 감옥의 도개교를 보기라도 한 듯 본능적으로 발걸음을 늦추었다. 하지만 도개교는 없었고, 탁 트인 거리에서 기다리고 있는 마차를 보았을 때, 그는 딸의 손을 놓고 다시 머리를 움켜쥐었다.

문 주위에는 아무도 없었다. 무수한 창문 어디도 사람 그림자 하나 비치지 않았다. 거리에는 우연히 지나가는 행인도 없었다. 이상할 정도로 조용하고 썰렁하기만 했다. 딱 한 사람이 눈에 띄었는데, 다름 아닌 드파르주 부인이었다. 그녀는 아무것도 보지 않은 채 주점의 문설주에 기대어 뜨개질하고 있었다.

죄수가 마차에 타고, 뒤이어 그의 딸이 올라탔다. 이윽고 로리 씨가 마차 디딤판에 발을 올렸을 때였다. 이 죄수는 느닷없이 구두장이용 공구와 미처 완성하지 못한 구두를 찾았다. 그 바람에 로리 씨는 오르다 말고 멈추어 섰는데, 그때 드파르주 부인이 남편에게 그것들을 가져다주겠노라고 말하고선, 가로등 불빛을 넘어서 마당을 가로질러 갔다. 그 와중에도 뜨개는 손에서 놓지 않았다. 잠시 뒤 그녀는 그것들을 가져와서 그들에게 건넨 뒤 곧장 문설주에 기대어 뜨개질에 열중했고, 아무것도 보지 않았다.

이윽고 드파르주 씨가 마부석에 올라타더니 "성문으로!"라고 소리쳤다. 마부가 채찍질을 하자, 마차는 머리 위에서 흐릿한 불빛을 내며 흔들리는 가로등 아래를 달그락거리며 나아갔다.

부자들이 사는 거리는 밝았고 가난한 사람들이 사는 거리는 어둑했다. 일행은 머리 위에서 흔들리는 가로등 불빛 아래를 달렸고 늘어선 상점과 시끄러운 군중과 환하게 빛나는 카페와 극장가를 지나, 도시를 벗어나는 관문에 도착했다. 검문소에는 랜턴을 든 병사들이 있었다. 병사 하나가 "여행객들, 서류 좀 봅시다!"라고 말했고, 드파르주 씨는 마차에서 내려 진지한 표정으로 "장교님, 여기 있습니다"라고 말한 뒤, 그를 한쪽으로 데려갔다.

"이건 마차에 타고 계신 백발 신사분의 여행 서류입니다. 저 신사분과 함께 이 서류도 제가 맡게 되었는데…." 그는 목소리를 낮추었고, 곧이어 병사들의 군용 랜턴이 잠시 술렁이는가 싶더니, 그 가운데서 제복 차림의 팔 한쪽이 마차 안으로 랜턴을 불쑥 디밀었다. 그 팔의 주인은 수상쩍은 눈초리로 백발 신사를 바라보았다. 그러고는 "됐습니다. 가십시오!"라고 말했다. 드파르주 씨는 "수고들 하세요!" 하고 인사했다. 마차는 차츰 희미해지는 가로등의 관목숲을 지나, 장엄한 별빛 아래로 나왔다.

그곳은 같은 자리에 붙박인 영원한 별들의 궁륭 아래였다. 학자들은 말한다. 우주의 한 점에 불과한 지구에서 끊임없이 뭔가 일이 벌어지더라도, 어떤 별은 너무 멀리 있어 그 별빛조차 아직 닿지 못했을 거라고.

밤의 그림자들은 넓었고, 온통 섬게 드리워져 있었다. 동틀 때까지 이어지는 그 싸늘하고 불안한 시간 내내, 밤의 그림자는 로리 씨에게 오래된 질문을 속삭였다. 로리 씨는 여태 파묻혀 있다가 파내어진 사내의 맞은편에 앉아서 그가 무엇을 영영 잃어버렸는지, 또 그가 장차 무엇을 회복할지를 궁금해했다.

"다시 살고 싶으신가요?"

이윽고 오래된 대답이 돌아왔다.

"잘 모르겠소."

··•제2부•··

금빛 실

5년 후

템플 바 옆에 자리한 텔슨 은행은 1780년 당시에도 구식 건물이었다. 건물은 무척 좁았고, 지나칠 정도로 어두웠으며, 볼품없는 데다가 불편했다. 그럼에도 불구하고 경영진들은 은행이 좁고, 어둡고, 볼품없고, 불편하다는 사실이 마치 미덕이라도 되는 양 자랑스러워했다. 그들의 사고방식이 건물보다 더 구식이었다. 그들은 심지어 은근히 뽐내기까지 하면서, 혹여 은행이 쾌적한 공간이 되면 자기네들이 존경받지 못할 것이라고 확신하고 있었다. 이것은 단순한 신념에 그치지 않았다. 더 쾌적한 시설이 있는 경쟁업체를 적극적으로 공격하는 무기가 되었다. 텔슨 은행에는 널찍한 공간도, 밝은 조명도, 화려한 장식도 필요 없다고 큰소리쳤던 것이다. 노크스 은행이나 스눅스 브라더스 은행이었다면 그런 게 필요할지도 모르겠지만 텔슨 은행으로서는 고맙지만 사양하겠다는 식의 태도를 보였다.

경영진들은 텔슨 은행을 재건축한다는 말만 나와도, 심지어 그게 자기 아들의 의견이라 해도 용납하지 못할 정도였다. 그런 면에서 텔슨 은행은 영국이라는 국가와 꼭 닮아 있었다. 영국에서도 법과 관습을 개선하자고 제안하는 왕자의 상속권이 박탈된 적이 있었다. 그런 법과 관습은 오랫동안 매우 불합리한 것이었음에도, 아이러니하게도 바로 그런 이유에서 더욱 존경받았던 것이다.

이렇게 해서 텔슨 은행은 뻔뻔하게도 불편을 정당화하기에 이르렀다. 그리하여 귀에 거슬리는 삐걱거리는 소리를 내는, 어리석을 정도로 고집 센 문을 억지로 열고 두 계단만 내려가면, 누구라도 작은 창구 두 개가 있는 좁고 초라한 텔슨 은행이라는 공간에 와 있다는 걸 실감하게 되리라. 한쪽 창구에서는 늙디늙은 직원이 손을 덜덜 떨면서 수표를 셌고, 다른 쪽 창구 직원은 수표의 서명을 살폈다. 그들 곁의 더러운 창문들은 플리트 거리에서 불어닥친 흙먼지를 뒤집어쓴 데다, 쇠창살의 거무칙칙한 색깔과 템플 바의 짙은 그림자 때문에 더욱 우중충해 보였다.

만일 당신이 은행장에게 용무가 있다면 뒤편에 있는 유치장 같은 곳으로 안내되어 이제껏 잘못 살아온 인생을 한참 동안 반추하게 될지도 모른다. 그러다 마침내 은행장이 양손을 주머니에 넣고 나타나면, 눈 한 번 깜빡하지 못하고 음침한 어스름 속에서 가만히 앉아 있어야 한다. 당신의 돈은 벌레 먹은 낡은 나무 서랍에서 나오거나 그 속으로 들어갈 테고, 서랍이 여닫힐 때마다 먼지가 콧속이나 목구멍 속으로 빨려들어간다. 지폐는 퀴퀴한 곰팡내를 풍기다 못해 넝마가 되어 썩어갔다. 금붙이는 지저분한 곳에 처박혀 사악한 기운에 물든 나머지 하루이틀 만에 광택을 잃어버렸다. 또 각종 증서는 부엌과 식기 보관실을 개조해 만든 임시 귀중품실에 넣어진 탓에, 양피지로 된 증서는 기름기를 잃고 바스러질 듯 푸석해졌다. 가문의 문서가 담긴 가벼운 상자들은 위층으로, 늘 커다란 식탁만 있고 음식은 한 번도 차려지지 않은 바르메사이드[27]의 만찬장으로 옮겨졌다. 그나마 옛 연인이나 어린 자식이 처음으로 써준 편지들은 상자에 보관한 덕분에, 1780년 템플바에 내걸린 잘린 머리들의 공포스러운 시선과 마주하지 않아도 되었다. 그 머리들은 거리의 창문을 향해 내걸려 있었다. 아비시니아[28]나 아샨티 왕국[29]에서나 볼 법한 무심하고 잔혹한 광경이었고, 가히 흉포한 방식으로 전시되어 있었다.

당시에는 진정 이런 죽음이 업종과 직종을 가리지 않고 일종의 처방법처럼 널리 성행했는데, 텔슨 은행에서도 마찬가지였다. 자연에서 죽음이 만병통치약이었다면 법률에서도 사형이 해결책이었다. 법에 따라 위조범은 사형에 처해졌다. 위조 화폐를 유통시킨 자도 사형이었고, 편지를 불법으로 열어본 자도 사형이었다. 고작 40실링 6펜스를 훔친 자도 사형이었고, 텔슨 은행 입구에서 말을 훔쳐 타고 달아난 자도 사형이었으며, 위조 동전을 만든 자도 사형이었다. 대부분의 범죄자는 가차 없이 사형이었다. 그러나 범죄를 예방하는 데는 조금도 효과가 없었다. 오히려 정반대의 효과가 있었다. 그럼에도 사형을 집행하면, 여러 사례를 골치 아프게 개별적으로 다뤄야 하는 문제가 사라질 뿐 아니라, 추후 계속해서 살피지 않아도 되었다. 텔슨도 동시대의 더 큰 은행들과 마찬가지로 한창 잘 나갈 때는 많은 이들의 목숨을 앗아가는 데 도움을 주었다. 텔슨 은행 때문에 잘려 나간 머리를 템플 바에 줄지어 매달아 놓았더라면, 아마 은행 일 층에는 햇빛조차 들지 않았을 것이다.

◇◇◇◇

27 『아라비안나이트』에 나오는 바그다드의 거부로, 가난한 사람을 잔치에 불러 빈 그릇만 내놓았다.

28 에티오피아의 옛 이름.

29 아프리카 서부의 옛 왕국.

텔슨의 늙은 은행원들은 어두침침한 선반과 서류함 사이의 비좁은 틈에 끼여서 엄숙하게 일했다. 젊은이가 텔슨 은행의 런던 지점에 채용되면, 그가 늙을 때까지 어딘가에 처박아두었다. 그들은 젊은이를 치즈처럼 어두운 곳에 보관했는데, 그에게 완전히 텔슨 은행의 냄새가 폭 배고 푸른곰팡이가 낄 정도가 되고 나서야 비로소 두꺼운 장부를 엄숙하게 들여다보거나 반바지와 각반 차림으로 사람들 앞에 모습을 드러냄으로써 은행의 권위에 힘을 실어주었다.

한편, 텔슨 은행 밖에는 잡역부 한 명이 있었다. 그는 호출되기 전까지는 절대로 안에 발을 들이지 못했다. 짐꾼이자 심부름꾼 역할을 겸하는 그는 은행의 살아 있는 상징 같은 존재였다. 심부름을 가지 않는 한, 그가 영업시간에 자리를 비우는 경우는 거의 없었다. 심부름을 가야 할 때는 자기 대신 아들을 자리에 앉혀놓았다. 제 아버지를 쏙 빼닮은 열두 살짜리 아들은 밉살맞기 그지없는 말썽꾸러기였다. 텔슨 은행에서 한낱 잡역부에게 시혜를 베풀고 있다는 것은 세상이 다 아는 사실이었다. 은행 측은 그런 일을 맡아줄 사람이 필요했고, 세월이 그를 그 자리로 떠밀었다. 이 잡역부의 성은 크런처였다. 젊은 시절 동부의 하운즈디치 교구 교회에서 보증인을 세우고, 다시는 사악한 짓을 하지 않겠노라고 선언함으로써 제리라는 이름을 얻게 되었다.

크런처 씨의 집은 화이트프라이어스의 행잉 소드 골목에 있었다. 때는 서기 1780년 3월의 어느 날 아침 7시 반이었고, 그날따라 바람이 많이 불었다. 그로 말할 것 같으면, 그리스도의 해를 가리키는 '안노 도미니'(Anno Domini)를 매번 '안노 도미노'라고 부르는 사람이었다. 짐작건대 그는 기독교의 서력이 도미노 게임을 발명한 어떤 여자의 이름에서 유래했다고 믿었던 것 같다. 크런처 씨의 집은 썩 좋지

텔슨 은행 바깥에 자리한 크런처 씨와 그의 아들

않은 동네에 있었고, 방도 두 개뿐이었다. 유리창 하나가 달린 벽장도 방으로 칠 수 있다면 말이다. 그래도 집 안은 아주 깔끔하게 정돈되어 있었다. 바람 부는 3월의 이른 아침이지만 크런처 씨가 누워 있는 방은 벌써 깨끗이 닦여 있었다. 통나무를 잘라 만든 식탁에는 눈부시게 하얀 식탁보가 깔려 있었고, 아침 식사를 위해 놓아둔 찻잔과 접시도 있었다.

크런처 씨는 집에서 편안히 쉬는 할리퀸[30]처럼 조각보 이불을 덮고 누워 있었다. 그는 처음에는 곤히 잠들었으나 웬만큼 시간이 흐르자 점점 몸을 뒤척이더니 이불 밖으로 나왔다. 그의 삐죽삐죽한 머리카락이 꼭 침대보를 찢을 것만 같았다.

"누구 망하는 꼴을 보려고 저러나? 또 저러고 있네!"

단정하면서도 부지런해 보이는 한 여인이 구석에서 무릎을 꿇고 있다가 허둥지둥 일어섰다. 당황한 모습으로 보건대 크런처 씨가 말한 이가 그 여인인 것 같았다.

"왜 또 그 짓거리야?" 크런처 씨가 장화를 찾으려고 침대 밖을 살피며 소리쳤다.

그는 그렇게 두 차례 아침 인사를 건넨 뒤, 세 번째 인사로 여인을 향해 장화 한 짝을 집어던졌다. 장화는 진흙투성이였는데, 이를 통해, 크런처 씨네가 처한 독특한 상황을 미루어 짐작할 수 있으리라. 그가 은행 업무시간이 끝나고 집으로 돌아올 때는 장화가 깨끗했다. 그런데 이튿날 아침에는 같은 장화임에도 진흙투성이가 되어 있곤 했다.

"왜야?" 장화가 엉뚱한 곳으로 날아가자 크런처 씨가 다그치듯 물었다. "무슨 꿍꿍이로 그러는 거냐고, 이 망할 여편네야?"

<hr>

30 이탈리아 희극에 나오는 어릿광대로 조각보처럼 알록달록한 옷을 입고 있다.

"그냥 기도하고 있었을 뿐이에요."

"기도하고 있었을 뿐이라고? 잘한다! 무릎 꿇고 앉아서는 나 망하라고 빌었단 말이군. 안 그래?"

"당신 망하라고 빌지 않았어요. 잘되라고 기도했죠."

"거짓말하지 마! 내가 속을 줄 알고? 어이, 아들! 네 엄마는 정말 대단한 여자야. 아비가 잘못되라고 기도하잖아. 네 엄마처럼 행실 바르고 독실한 사람도 없을 테지. 하나뿐인 제 자식 입에 음식 들어가는 꼴 좀 면하게 해달라고 기도하는 꼴을 봐라!"

속옷 차림의 아들 크런처는 아버지 말을 듣고서 화를 내면서, 어머니 쪽으로 돌아서더니, 그러게 왜 기도를 해서 자기 먹을거리를 빼앗느냐고 구시렁거렸다.

"이 형편없는 여편네, 대체 무슨 생각으로 그런 짓을 하는 거야?" 크런처 씨가 정신 나간 사람처럼 횡설수설했다. "당신 기도가 무슨 가치가 있어? 말해 봐, 얼마나 가치가 있는지 말이야!"

"제리, 그냥 마음에서 우러나서 하는 기예요. 그 이상도 이하도 아니에요."

"그 이상도 이하도 아니라고?" 크런처 씨가 되풀이했다. "그럼 가치도 없는 기도는 왜 하는 거지? 뭐가 됐든 경고하는데 당신 기도에 날 끌어들이지 마. 알았어? 그런 기도 더는 못 봐주겠어. 당신이 몰래 하는 기도 때문에 내가 불행해질 수는 없다고. 굳이 엎드려 빌어야겠다면 진심으로 남편과 자식을 위해 빌어. 우리 골탕 먹이지 말고. 나한테 당신 같은 못된 여편네 말고 제대로 된 여편네가 있었다면 이 불쌍한 녀석한테 머리가 돈 엄마 말고 정신이 온전한 엄마가 있었다면 이렇게 되지는 않았을 거야. 당신이 가만히 있었더라면 난 지난주에 큰돈을 만졌을 거야. 빌어먹을 기도를 하는 바람에 재수 옴 붙어서 개털이 된 거야. 젠장!”

크런처 씨는 옷을 걸치면서 계속 떠들었다.

“신앙심이니 기도니 하는 염병할 것 때문에, 지난주에는 부정이라도 탔는지 성실한 장사꾼인 불쌍한 나한테까지 그런 불운이 닥친 거라고! 아들아, 어서 옷 입어라! 그리고 아버지가 장화를 닦는 동안 네 엄마를 지켜보다가 행여 무릎 꿇을 기미라도 보이면 곧장 내게 말하거라. 당신 내 말 똑똑히 들어!”

크런처 씨는 다시금 아내 쪽으로 고개를 돌렸다. “이런 식으로 당하고만 있지 않을 거야. 내가 지금 어떤 상태인지 알아? 고장 난 짐마차처럼 흔들거리고, 아편에 취한 것처럼 정신이 몽롱하고, 허리는 끊어질 듯 아파. 얼마나 아픈지 내 몸이 내 몸 같지 않다고. 이렇게 갖은 고생을 하는데도 좋아지는 건 하나도 없고 점점 나빠지기만 해. 내 보기엔, 당신이 나 잘되지 말라고 기도하고 있었단 거야. 안 그래? 나도 더는 안 참아. 어이, 입이 있으면 말 좀 해봐!”

크런처 씨는 잠시 말을 멈추었다가 낮은 목소리로 덧붙였다. “그래, 그렇긴 하지! 당신은 신앙심이 깊은 여자야. 그래서 남편과 자식한테 해될 일은 하지 않겠지. 어때, 내 말 맞나? 어림도 없는 소리인가? 그렇다고?”

그는 분노로 이를 아득바득 갈면서도, 침을 튀기며 비아냥을 쏟아냈다. 그러고는 장화를 닦고 출근 준비를 했다. 한편, 아버지보다는 덜했지만 머리카락이 삐죽삐죽 서 있고 두 눈이 가운데로 몰린 아들은 시키는 대로 어머니를 감시했다. 녀석은 골방 침실에서 몸단장하다 말고 뛰어나와 “여기요, 아버지, 어머니가 지금 기도하려고 해요!”라고 큰 소리로 거짓말함으로써 불쌍한 여인을 화들짝 놀라게 한 뒤, 짓궂게 웃으며 다시 골방으로 뛰어 들어갔다.

크런처 씨는 아침 식사를 하면서도 기분이 풀리지 않았다. 그는 식사 전에 아내가 기도를 하면 반감을 드러내며 벌컥 화를 냈다.

"이 망할 여편네야! 대체 뭐 하는 거야? 또 그 짓을 해?"

그의 아내는 단지 축복을 구했을 뿐이라고 말했다.

"당장 때려치워!" 크런처 씨는 아내의 기도로 빵이라도 사라진 건 아닌지 의심스러운 듯 주변을 둘러보았다.

"이놈의 집구석에서 하느님의 축복 따위는 받을 생각 없어. 내 식탁에서 음식이 사라지는데 가만히 손 놓고 있을 것 같아? 그러니 그냥 가만히 찌그러져 있으란 말이야!"

제리 크런처는 마치 간밤에 술판이라도 벌인 듯, 두 눈이 시뻘겋게 충혈되고 험상궂은 기색으로 음식 앞에서 네 발 달린 짐승처럼 으르렁거렸다. 그러다 아홉 시가 다가오자 불편한 기색을 억누르고, 속마음이야 어떻든 겉으로는 점잖고 사무적인 태도로 가장한 채 일터로 향했다.

제리 크런처는 자신을 '성실한 장사꾼'으로 소개하기를 좋아했지만 그가 하는 일은 장사와는 거리가 멀었다. 그의 장사 밑천이라고 해봐야 등받이가 부서진 의자를 잘라 만든 나지막한 나무 의자 하나뿐이었다. 제리의 아들은 아침마다 그 걸상을 들고 아버지를 따라가서 템플 바 근처의 은행 창문 밑에 놓았다. 그러고는 아버지와 함께 지나가는 마차에서 떨어진 짚 한 움큼을 주워다가, 추위와 습기로부터 발을 보호할 자리를 마련하면, 그날의 작업장이 완성되었다. 크런처 씨는 줄곧 그 자리를 지키고 있었기 때문에 근방에서 플리트 거리와 템플 못지않게 잘 알려져 있었고, 그런 만큼 은행 내부 사정을 꿰뚫고 있는 듯했다.

바람 부는 3월의 어느 날 아침, 제리는 9시가 되기 15분 전부터 자리를 잡았다. 텔슨 은행으로 들어가는 나이든 직원들에게 삼각모에 손을 얹고 인사하기에 맞춤한 시간이었다. 옆에는 어린 제리가 서 있었다. 그 자리에 서 있지 않았더라면 템플 바를 쏘다니며 자기보다 어린아이들을 신체적으로나 정신적으로 괴롭히고 다녔을 것이다. 판박이처럼 닮은 아버지와 아들은 두 눈이 가깝게 붙은 만큼이나 서로 머리를 바짝 붙이고 플리트 거리를 지나가는 마차들을 말없이 바라보고 있었는데, 그 모습이 한 쌍의 원숭이와 흡사했다. 아들 제리가 호기심 어린 눈을 반짝거리며 아버지의 얼굴과 플리트 거리를 살피는 동안, 아버지 제리는 지푸라기를 질겅질겅 씹다가 뱉곤 했다. 영락없는 한 쌍의 원숭이였다.

이윽고 텔슨 은행에서 심부름하는 사람이 문밖으로 머리를 삐죽 내밀고는 소리쳤다.

"짐꾼 있나요?"

"와, 아버지! 오늘은 일찍부터 일이 들어왔네요!"

제리 크런처가 자리를 뜨자 아들 제리는 아버지의 일이 잘되기를 기원한 뒤, 걸상에 걸터앉아서 아버지가 씹다 남긴 지푸라기를 질겅질겅 씹었다. 그러면서 곰곰이 생각했다.

"늘 녹물이 들어 있어. 허구한 날 아버지 손가락은 녹물이 들어 있다고." 어린 제리가 중얼거렸다. "대체 아버지는 어디서 녹물이 든 거지? 여기에서는 녹물이 들 일이 없는데 말이야!"

2장

구경거리

"자네, 올드 베일리[31] 잘 알지?" 가장 나이가 많은 서기가 심부름꾼 제리에게 물었다.

"네." 제리가 자신만만하게 대답했다. "베일리라면 빠삭하지요."

"잘됐군. 그럼 로리 씨도 알겠구먼."

"로리 씨는 베일리보다 더 잘 알지요. 훨씬 더요." 제리는 마지못해 불려 나온 증인처럼 대꾸했다. "성실한 장사꾼인 저로서는 법원보다야 로리 씨를 더 잘 압니다."

"알겠네. 가서 증인들이 드나드는 문을 찾게. 그리고 수위에게 이 편지를 보여주면서 로리 씨에게 전할 거라고 하게나. 그러면 안으로 들여보내 줄걸세."

"법정 안으로 말인가요?"

"그래, 법정 안으로."

◇◇◇◇

31 런던 중앙 형사 법원. 18세기에는 옆에 뉴게이트 감옥이 있었다.

제리 크런처의 두 눈이 서로 가까워지면서, '이 사람 말을 어떻게 받아들여야 하지?'라고 질문을 주고받는 듯했다.

"그러니까 저보고 법정 안에 들어가서 기다리라는 말씀입니까?" 두 눈이 논의 끝에 결정을 내린 듯 제리의 입에서 이런 질문이 나왔다.

"다시 한번 말하겠네. 수위가 로리 씨에게 쪽지를 전달할 테니, 무슨 수를 써서든 로리 씨에게 자네의 위치를 알리게. 그런 뒤에 자네는 로리 씨가 부를 때까지 대기하면 된다네."

"그게 다인가요?"

"그게 다라네. 로리 씨가 심부름꾼을 언제든 부를 수 있도록 대기시켜 달라고 했거든. 이 편지에는 자네가 거기서 대기하고 있다는 걸 알려주는 내용이 적혀 있다네."

나이든 서기가 편지를 조심스럽게 접고, 겉봉에 이름을 썼다. 이윽고 잉크가 번지지 않도록 압지로 이름을 눌렀을 때, 크런치 씨는 조용히 입을 열었다.

"오늘 오전에는 화폐 위조범 재판이 열리나요?"

"반역죄라네!"

"그렇다면 사지를 찢는 형벌이잖아요. 야만적이군요!"

"그게 법일세." 늙은 서기가 제리의 반응에 놀란 표정을 지으며 말했다. "법대로 해야지."

"아무리 법이라지만 사람 몸을 훼손하다니 가혹하지 않습니까. 죽이는 걸로도 충분한데 못쓰게 만드는 건 너무 가혹해요."

"쓸데없는 소리하지 말게." 늙은 은행원이 말했다. "법에 대해 그렇게 말하면 안 돼. 충고하는데, 자네는 몸 간수나 잘하게. 법은 법이 알아서 하도록 놔두게나."

"이게 다 습기 때문입죠. 몸 간수하기가 여간 어려운 게 아닙니다."

제리가 말했다. "습한 데서 먹고살려고 얼마나 애쓰면 제 목소리가 이러겠습니까?"

"흠." 늙은 은행원이 말했다. "다들 자기 자리에서 먹고살려고 애쓰지 않나. 습한 데서 일하는 사람이 있는가 하면, 건조한 데서 일하는 사람도 있겠지. 자, 편지 여기 있네. 그만 가보게."

제리는 편지를 받았다. 그는 공손하게 허리 숙여 인사했지만 속으로는 '비열한 늙은이'라고 욕했다. 그런 다음 아들 곁을 지나가면서 행선지를 알려주고 길을 나섰다.

당시에는 타이번[32]에서 교수형을 집행했다. 뉴게이트 감옥 밖의 거리가 교수형 집행 장소로 악명을 떨친 것은 나중의 일이었다. 하지만 당시에도 뉴게이트 감옥은 방탕과 악행을 일삼던 무리의 집합소였을 뿐 아니라 각종 질병이 창궐하던 장소였다. 그곳에서 창궐한 끔찍한 질병은 죄수와 함께 법정 안으로 들어왔고, 재판장을 급습해서 자리에서 끌어내리기도 했다. 검은 모자를 쓴 판사가 죄수뿐 아니라 자신의 운명도 선고한 나머지 죄수보다 먼저 죽는 일도 비일비재했다.

일반인들에게 올드 베일리는 죽음의 마당으로 악명이 높았다. 안색이 파리한 사형수들이 끊임없이 마차나 수레에 실려 와서는 저세상으로 가는 험난한 여행길에 올랐다. 그들이 작은 길과 큰길을 번갈아서 대략 4킬로미터 되는 거리를 가는 동안, 몇몇 선량한 시민은 차마 눈길을 주지 못한 채 고개를 돌리곤 했다. 물론 그런 이는 극히 드물었다.

관행의 힘이란 실로 강력하기에, 그게 무슨 일이든 처음부터 바람직하게 실행되어야 함은 물론이다. 그런데도 올드 베일리에서는 예

---

32 1196년부터 1783년까지 공개 처형장이 있던 곳. 오늘날 런던의 마블 아치 지점이다.

로부터 형틀을 씌우기로 유명했다. 이 대단하면서도 사려 깊은 제도 덕분에, 처벌의 강도는 감히 가늠하기조차 어려웠다. 그뿐 아니라, 기둥에 매어 두고 채찍질을 가하기로도 유명했다. 예로부터 소중히 내려오는 이 제도를 보고 있노라면 사람들은 그것이 인간적이며 사려 깊다고 느낄 정도였다.

또한, 올드 베일리는 현상금 제도로도 유명했다. 선조의 지혜가 담긴 이 제도 덕분에, 오직 돈벌이를 목적으로 하는, 감히 어디서도 본 적 없는 범죄들이 체계적으로 정착되었다. 이 모든 걸 종합하자면, 당시의 올드 베일리는 "존재하는 건 무엇이든 옳다"라는 경구의 산증인이었다. 이 경구는 강렬했지만 그만큼 안일하기도 했다. 과연 그 말이 옳다면 "과거를 통틀어 이제껏 존재한 모든 것이 옳았다"는 다소 골치 아픈 결론도 거부할 수 없을 터였다.

심부름꾼은 끔찍한 처형 장면을 구경하려고 삼삼오오 모여 있는 지저분한 군중 사이를 익숙한 몸놀림으로 요령 있게 빠져나와서 원하던 문을 찾아 창살 틈으로 편지를 전해주었다. 그 시절 올드 베일리의 공연을 보려면 돈을 지불해야 했는데, 이는 베들램[33]을 구경하면서 돈을 지불하는 것이나 별반 다르지 않았다. 단, 올드 베일리의 입장료가 훨씬 비싸다는 차이점은 있었다.

올드 베일리의 모든 문은 언제나 경비가 삼엄했다. 하지만 죄인들이 들어가는 문만은 늘 활짝 열려 있었다.

제리 크런처는 수위와 잠시 실랑이를 벌인 끝에, 문이 삐걱거리며 살짝 열린 틈을 타서 잽싸게 몸을 비집고 법정 안으로 들어가는 데

---

[33] 13세기에 설립된 영국 최초의 정신병원, 18세기 부유층의 오락거리 중 하나는 이곳의 환자들을 구경하는 것이었다.

성공했다.

"지금 어떤 재판이 열리는 거요?" 제리가 옆에 선 남자에게 귓속말로 물었다.

"아직 시작하지 않았소."

"무슨 죄랍니까?"

"반역죄요."

"능지처참감이군요. 그렇지요?"

"그래요!" 남자가 신이 난 듯 말했다. "수레에 싣고 가서 목매달아 반쯤 죽인 뒤, 형틀에 묶어 끌고 와서는 살점을 베어 내고, 내장을 꺼내 불태우고, 그다음에는 목을 쳐서 사지를 갈기갈기 찢는 거요. 그게 벌이라오."

"유죄라면 그렇게 한다는 거지요?" 제리가 단서를 붙여서 물었다.

"유죄는 불 보듯 뻔하지요." 남자가 말했다. 그나저나 "별걸 다 궁금해하는군요."

이쯤에서 크런처 씨의 관심은 수위에게 쏠렸다. 수위는 편지를 들고 로리 씨에게 다가가고 있었다. 로리 씨는 가발을 쓴 신사들과 함께 탁자 앞에 앉아 있었다. 신사들 앞에는 서류 더미가 높이 쌓여 있었다. 그리고 그들 맞은편에는 또 다른 가발 쓴 신사가 양손을 주머니에 넣고 앉아 있었는데, 제리 크런처가 보기에 그는 오로지 법정 천장에만 관심이 있는 것 같았다. 제리는 몇 차례 기침도 하고, 턱을 쓱쓱 문지르기도 하며, 손을 까딱거리면서 신호를 보냈다. 그렇게 로리 씨의 주의를 끌 수 있었다. 로리 씨는 자리에서 일어나 제리를 쳐다보고 조용히 고개를 끄덕인 뒤 다시 앉았다.

"저분은 이 사건과 무슨 관련이 있나요?" 조금 전에 이야기를 나누었던 남자가 제리에게 물었다.

"나도 그게 궁금합니다." 제리가 대답했다.

"실례되는 질문이겠지만 맥은 이 사건과 무슨 관련이 있지요?"

"그러게 말입니다. 그것도 궁금하네요." 제리가 퉁명스레 말했다.

판사가 등장하자 법정 안이 크게 술렁거렸다가 이내 가라앉으면서, 대화 소리도 잦아들었다. 사람들의 시선이 일제히 피고석에 쏠렸다. 이윽고 그곳에 서 있던 간수 둘이 밖으로 나가더니 피고를 데려와서 판사 앞에 세웠다.

천장만 쳐다보는 신사를 제외한 나머지 사람들이 모두 피고를 바라보았다. 그곳에 모인 모든 사람의 숨결이 파도처럼, 바람처럼, 불처럼 피고에게 몰려갔다. 흥분한 사람들이 어떻게 해서든 피고를 보려고 기둥과 구석에서 목을 길게 빼고 얼굴을 내밀었다. 맨 뒷자리의 방청객들은 피고의 머리카락 한 올이라도 놓치지 않으려는 듯 자리에서 일어섰다. 맨 아래쪽 방청객들도 남이야 불편하든 말든 앞사람의 어깨를 짚은 채, 까치발을 하거나 계단에 올라서서 목을 쭉 빼 들었다. 이들 무리 속에서도 특별히 눈에 띄는 사람이 있었다. 그는 제리 크런처로, 마치 뉴게이트의 뾰족한 담벼락에서 떨어져 나온 조각이 살아 움직이는 듯했다.

제리는 입을 크게 벌려서 피고를 향해 맥주 냄새가 뒤섞인 숨을 뱉었다. 오는 길에 한잔 걸친 탓이었다. 그 냄새는 다른 이들이 풍기는 맥주와 진, 차와 커피 냄새와 뒤섞여 퍼져 나갔고, 마침내 피고 뒤편의 커다란 창문에 부딪혀 불순한 안개와 비처럼 흘러내렸다.

수많은 사람이 바라보며 고함치는 대상은 스물다섯 살 정도 될 법한 건장하고 잘생긴 청년이었다. 뺨이 햇볕에 그을려 있었고 눈이 검었다. 그는 전형적인 젊은 신사처럼 보였다. 검정인지 짙은 회색인지 모를 수수한 옷차림을 하고, 검고 긴 머리를 목뒤로 넘겨서 리본으로 묶은 모습이었다. 멋을 부렸다기보다는 거치적거려서 그렇게 한 것 같았다. 마음이 몸이라는 거죽을 통해 그대로 드러나듯, 그가 처한 상황 탓인지 그의 구릿빛 뺨도 창백해져 있었다. 이것은 영혼이 태양보다 강함을 보여주는 것일지도 몰랐다. 판사에게 허리를 숙인 뒤, 말없이 서 있는 모습은 그가 놓인 상황과 달리 무척 침착했다.

그 청년을 향한 사람들의 강렬한 시선과 관심은 고결한 인간애와는 거리가 멀었다. 만일 그가 조금이나마 덜 끔찍한 형벌을 선고받았더라면, 그리하여 야만적인 형벌을 일부나마 면했다고 한다면 사람들의 관심과 흥미도 사그라들었을 것이다. 청년의 몸은 난도질당할 운명에 놓여 있었고, 사람들에게는 흥미진진한 구경거리였다. 사람들은 촉각을 곤두세우고서 곧 도륙당하고 찢겨나갈 연약한 몸에 집중했다. 아무리 그럴듯한 명분으로 포장해도, 그들의 호기심 밑바닥에는 짐승 같은 잔혹함이 도사리고 있었다.

마침내 재판이 시작되었다.

"모두 정숙, 정숙하시오! 피고 찰스 다네이는 어제 자신을 고발한 기소 내용에 대하여 무죄를 주장했소. 피고는 우리의 온화하고 영명하고 인자하며 훌륭하신 국왕 폐하에 맞서, 전쟁을 벌이려는 프랑스 왕 루이스[34]에게 이롭도록 갖가지 기회를 제공하고, 수단과 방법을 모두 동원하여 도왔다는 혐의를 받고 있소. 다시 말해 피고는 전술한 우리의 온화하고 영명하고 인자하며 훌륭하신 국왕 폐하의 영토와 전술한 프랑스 왕 루이스의 영토 사이를 오갔고, 전술한 우리의 온화하고 영명하고 인자하며 훌륭하신 국왕 폐하께서 캐나다와 북아메리카에 군대를 파견할 준비를 하고 계시다는 정보를 전술한 프랑스 왕

---

34 당시 프랑스 왕은 루이(Louis) 16세인데, 제리는 루이스(Lewis)로 잘못 알아들었다.

루이스에게 발설함으로써 부도덕하고 부정하고 반역적인 행위를 했
던 것이오."

쏟아지는 법률 용어 때문에 제리는 머릿속이 복잡해진 나머지 가
뜩이나 삐쭉삐쭉한 머리카락이 한층 날카롭게 곤두서는 기분이었다.
그래도 몇 번이나 반복되는 어쩌고저쩌고 하는 말을 듣다 보니, 그나
마 몇 가지를 그럭저럭 알아차릴 수 있었고, 스스로 그것을 알아챘다
는 데서 큰 기쁨을 느꼈다. 그 말인즉, 찰스 다네이가 눈앞에서 재판
을 받고 있으며, 배심원단이 선서하고 있었으며, 왕실법무관[35]이 곧
발언할 준비를 하고 있다는 것이었다.

피고 자신도 알고 있었겠지만 법정에 있는 모든 사람의 상상 속에
서 그는 이미 목이 매달려 있었다. 어디 그뿐일까. 목이 잘린 채 몸이
네 조각으로 나뉠 터였다. 하지만 그는 그런 상황에서도 움츠러들지
않았을 뿐 아니라 과장된 태도를 취하지도 않았다. 오히려 그는 엄숙
한 표정으로 묵묵히 주의를 기울이면서 재판 절차를 지켜보았다. 양
손을 나무 난간에 얹고 서 있는 그의 모습이 어찌나 침착하던지 주위
에 뿌려 놓은 허브의 잎사귀 하나도 흐트러져 있지 않은 듯 보였다.
법정에는 감옥의 공기에서 옮겨왔을 법한 전염병을 예방하려고 식초
에 절인 허브가 여기저기 흩뿌려져 있었다.

피고 머리 위에 걸려 있는 거울에 그의 모습이 비쳐 보였다. 과거
에 그 거울 빛을 받았던 무수한 악당과 가련한 희생자는, 이제 거울
뿐 아니라 지구상에서 영원히 사라지고 없었다. 바다가 주검을 토해
내듯 거울이 지금껏 제 속에 담았던 이들을 모두 내놓는다면 이 법정

<hr>

35 18세기 영국에서는 국가 안보 및 반역죄 같은 중요한 재판에서는 왕실법무관(Attorney-
General)이 직접 기소를 주도했다.

은 악령들로 가득한 무시무시한 곳이 될 것이다. 죄수는 자기 모습이 비친 거울을 보면서 오명과 치욕으로 가슴이 쓰렸을지도 모른다. 아무튼 빛을 의식한 피고는 고개를 들어 거울에 비친 자기 모습을 보더니 얼굴을 붉히면서 오른손으로 허브를 한쪽으로 밀쳤다.

그렇게 되면서 피고의 얼굴이 자연스레 왼쪽을 향하게 되었다. 그의 눈높이에 있는 판사석 쪽에 두 사람이 앉아 있었다. 피고는 두 사람에게 시선을 고정했다. 피고가 갑작스레 고개를 돌렸기 때문에 방청객의 시선도 두 사람을 향하게 되었다.

스물을 갓 넘긴 듯한 젊은 여자와 그녀의 아버지로 보이는 신사가 거기 있었다. 신사는 독특한 외모로 머리는 새하얀 백발인데 얼굴에서는 뭐라 설명하기 어려운 강렬한 분위기가 느껴졌다. 활기 넘치고 적극적인 것이 아니라 사색하고 성찰하는 듯한 분위기였는데, 그런 표정을 띨 때면 그는 얼핏 노인처럼 보였다. 하지만 딸과 대화할 때는 그런 표정은 온데간데없어지고, 인생의 전성기도 지나지 않은 잘생긴 남자가 되었다.

딸은 아버지 곁에 앉아서 한 손은 아버지 옆구리에 끼고 다른 손으로는 아버지 팔을 꽉 붙잡고 있었다. 눈앞에 펼쳐진 광경이 무서웠던 데다가 피고가 너무 가련했기에 여자는 아버지 곁에 더욱 바싹 붙었다. 여자는 두려움과 연민에 휩싸인 나머지 이마를 잔뜩 찌푸렸다. 그 모습이 어찌나 자연스럽게 도드라지면서도 강렬했던지, 피고에게 동정심을 느끼지 못한 사람들까지도 그녀를 본 순간 마음이 흔들리는 듯했다. 여기저기서 속삭이는 소리가 들렸다.

"저 사람들은 누구지?"

심부름꾼 제리는 자기 손가락에 묻은 쇳녹을 입으로 빨면서 눈앞의 광경을 유심히 지켜보고 있다가, 사람들이 무슨 말을 하는지 들으

려고 목을 길게 뺐다. 그를 둘러싸고 있던 군중 사이에서 두 사람의
정체를 둘러싼 몇 마디 말이 오갔고, 그 말들은 가까이 있는 이들에
게 차례차례 전해지면서 이윽고 제리의 귀에도 들어왔다.

"증인들이랍니다."

"누구 쪽인가요?"

"반대쪽입니다."

"누구의 반대쪽이지요?"

"피고의 반대쪽입니다."

판사는 법정을 둘러보던 시선을 거두어들이고는, 의자 등받이에
몸을 기대어 사내를 바라보았다. 사내의 생사는 판사의 손에 달려 있
었다. 바로 그때 왕실법무관이 자리에서 일어났는데, 마치 밧줄을 꼬
고 도끼날을 갈며 교수대에 못을 박으려는 듯한 기세였다.

3장

실망

왕실법무관이 배심원단 앞에 나서서 말했다. "여러분 앞에 서 있는 피고는 비록 나이는 젊으나 오랫동안 반역 행위를 저지른 만큼 사형에 처함이 마땅합니다. 그가 공공의 적과 내통한 건 어제오늘 일도, 작년이나 재작년의 일도 아닙니다. 피고는 그보다 오랜 기간에 걸쳐서 프랑스와 영국을 빈번하게 오가며 비밀 업무를 수행했음에도 이를 정직하게 실토하지 않고 있습니다.

그의 반역 행위가 성공하지 않았기에 망정이지, 만일 성공했더라면 그의 사악한 범죄 행위는 영원히 묻혀 버렸을지도 모릅니다. 하지만 신께서는 두려움과 치욕을 극복한 자의 마음에 임하시어 피고의 계략을 간파하게 하셨습니다. 그자는 경악을 금치 못한 채 국무장관과 추밀원에 피고를 고발했습니다. 그 애국자를 이 자리에서 여러분에게 소개하고자 합니다. 애국자가 보여준 자세와 태도는 대체로 훌륭했습니다. 그는 피고의 친구였으나, 천만다행으로 피고의 악행을 간파하고 한동안 괴로워하다가 반역자를 더 이상 가슴에 품을 수 없다고 판단하고는 조국의 신성한 제단에 바치기로 결심했다고 합니다. 고대 그리스나 로마처럼 영국에서도 의로운 시민을 동상을 세워 기리는 법이 제정된다면 이 훌륭한 시민도 동상으로 세워져야 마땅할 겁니다. 하지만 애석하게도 영국에는 그런 법이 제정되어 있지 않으므로 그의 동상이 세워지지는 않겠지요.

자고로 시인들이 수많은 구절에서 칭송했지만(왕실법무관은 자신이 시구절을 암송하면 배심원들이 토씨 하나 빠뜨리지 않고 외울 거라고 생각했다. 하지만 배심원들은 그런 걸 전혀 알지 못해 죄송할 따름이라는 식의 표정을 짓고 있었다), 미덕은 전염성이 강합니다. 그중에서도 애국심 또는 조국애라고 불리는 훌륭한 미덕은 더욱 그렇습니다. 본인은 이 증인을 조금이나마 언급하게 된 것을 큰 영광으로 여깁니다. 미덕의 고귀한 본보기로 삼는 데 있어 부족함이 전혀 없는 이 증인은 피고의 하인을 설득하여 주인의 책상 서랍과 주머니를 뒤져 은밀히 서류를 빼내 오게 하는 숭고한 결심을 내렸습니다. 왕실법무관인 본인은 이 훌륭한 하인이 주인을 배신했다는 이유로 받게 될 비난을 대신 감수할 각오가 되어 있습니다. 왜냐하면 본인은 피고의 하인을 형제자매보다 더 좋아하며 부모보다 더 존경하기 때문입니다. 본인은 배심원 여러분도 그러기를 바라 마지않습니다.

피고의 친구와 하인, 두 증인의 증언과 더불어 곧 제출할 그들이 찾아낸 문서로 보아, 피고는 국왕 폐하의 육군과 해군의 병력 규모, 병력 배치, 군비 현황에 관한 목록을 소지하고 있고, 그런 만큼 중요한 정보를 상습적으로 적국에 제공한 게 확실합니다. 그 목록에 적힌 글이 피고의 필체가 아닐 수도 있습니다. 하지만 그렇더라도 결과는 마찬가지일 것입니다. 오히려 피고의 용의주도함을 입증하는 증거로 기소에 도움이 될 수도 있으니까요. 그 증거는 오 년 전으로 거슬러 올라갑니다. 당시는 영국 군대와 아메리카 식민지 사이에 최초의 무력 충돌이 벌어지기 몇 주 전인데, 여러 증거에 의해 피고는 그때부터 사악한 임무에 가담한 게 밝혀졌습니다.

이 같은 사실을 근거로 (자신의 직분을 잘 알고 계시는) 충성스러운 배심원들은 (모두가 잘 아시겠지만) 좋든 싫든 책임감을 가지고 피고가 유죄임을 인정하고 사형을 선고해주실 것으로 믿습니다. 피고의 머리를 치지 않으면 여러분을 비롯해 여러분의 아내나 자식들도 절대로 머리를 편안히 베개에 뉘지 못할 것입니다. 재차 말씀드립니다만, 여러분은 물론이고 여러분의 가족까지도 편안히 베개에 머리를 뉘지 못하게 될 수도 있다는 사실을 깊이 명심하시기 바랍니다. 생각만 해도 얼마나 끔찍한 일입니까?"

왕실법무관은 이렇게 일장 연설을 한 뒤, 자신의 머릿속에 든 모든 논거를 바탕으로 피고를 이미 죽은 목숨으로 간주한다면서 배심원들에게 피고의 머리를 내놓으라고 요구했다.

말이 끝나기가 무섭게 법정이 소란스러워졌다. 마치 피고가 곧 어떤 꼴을 당할지 짐작한 파리 떼가 윙윙거리며 주변으로 몰려드는 것 같았다. 이윽고 소란이 가라앉자 더할 나위 없이 고결한 애국자가 증인석에 모습을 드러냈다.

법무차관이 상관의 지시에 따라 애국자를 심문했다. 존 바사드라는 이름을 가진 남자였다. 순수한 영혼에서 우러난 존 바사드의 진술은 왕실법무관이 앞서 주장한 바와 다르지 않았다. 굳이 흠을 잡자면, 두 사람의 진술이 공교롭게도 정확히 일치한다는 사실이었다. 존 바사드가 고결한 가슴을 짓누르는 짐을 내려놓고, 겸손하게 자리에서 물러나려고 했다.

그런데 로리 씨에게서 그리 멀지 않은 곳에 앉아 있던 한 가발 쓴 신사가 증인에게 질문 몇 가지만 해도 되느냐며 끼어들었다. 그는 서류를 앞에 잔뜩 쌓아두고 있었고, 그 맞은편에 앉은 또 다른 신사는 여전히 법정 천장만 올려다보고 있었다.

"증인은 첩자로 활동한 적 있습니까?" 서류 앞의 신사가 묻자, 존 바사드는 질문의 숨은 의도를 간파하고는 "아니요"라고 아주 불쾌한 목소리로 대답했다.

"생계는 어떻게 꾸려가고 있습니까?" "재산이 좀 있소." "어디에 있습니까?" "어디에 있는지 정확히 기억나지 않소." "그게 어떤 재산입니까?" "상관할 일이 아니지 않소." "상속받은 겁니까?" "상속받았지요." "누구한테 상속받았지요?" "먼 친척한테." "아주 먼 친척입니까?" "네, 그래요." "감옥에 간 적 있습니다?" "아니요." "채무 때문에 감옥 간 적도 없어요?" "그런 질문은 왜 합니까?" "다시 묻겠습니다. 채무 때문에 감옥 간 적이 정말 없습니까?" "있긴 합니다." "몇 번이나 갔지요?" "두세 번쯤." "대여섯 번이 아니고요?" "그 정도일지 모르겠소." "직업은 뭡니까?" "신사입니다." "남에게 걷어차인 적 있습니까?" "있겠지요." "자주 있었습니까?" "자주는 아닌 것 같소만." "아래층으로 굴러떨어진 적은?" "전혀 없소. 예전에 한 번 계단 꼭대기에서 누군가 발길질하기에 일부러 굴러떨어진 적은 있습니다." "주사위 노름에서 속임수를 쓴 바람에 그런 일을 당한 게 아닙니까?" "그때 나한테 발길질한 술주정뱅이 말을 들으셨나 본데, 거짓말이오. 절대 사실이 아닙니다." "사실이 아니라고 맹세할 수 있습니까?" "얼마든지요." "본인은 사기도박으로 먹고살지 않았습니까?" "그렇지 않았습니다." "카드놀이 같은 노름은 했겠지요?" "다른 신사들보다 더하지는 않았어요." "피고에게 돈을 빌린 적 있지요?" "그렇소." "갚았습니까?" "아직." "피고와는 친분이 별로 없을 듯한데요. 마차나 여관 또는 배에서 피고에게 접근해 아는 척한 정도가 아니었습니까?" "아닙니다." "피고가 이 목록을 가지고 있는 걸 봤다고 했는데, 사실입니까?" "네, 사실입니다." "혹시 목록에 대해 더 아는 것 있습니까?" "없습니다." "이를테면 증인이 목록을 직접 입수한 게 아닐까요?" "전혀 그렇지 않습니다." "이 증언으로 뭔가 얻게 되기를 기대하나요?" "절대로 그렇지 않습니다." "모함 같은 걸 해서 정부 기관으로부터 정기적으로 돈을 받기로 하지는 않았나요?" "맹세코 그런 적 없습니다." "다른 일을 해서도요?" "없어요." "맹세할 수 있어요?" "백번 천번 맹세할 수 있습니다." "순수한 애국심 외에 다른 동기는 없었나요?" "네, 없었습니다."

다음으로 충직한 하인 로저 클라이의 증인 선서는 아주 빠르게 진행되었다. 그는 사 년 전부터 성심껏 피고의 하인으로 일해왔다. 그가 피고의 하인으로 고용된 건 칼레로 향하는 우편선에서 우연히 만나 하인이 필요하지 않냐고 물었기 때문이다. 그는 피고에게 자선을 베푸는 셈 치고 자기를 고용해달라고 부탁하지 않았다. 그런 마음은 아예 품지도 않았다.

그런데 얼마 지나지 않아 그는 피고를 미심쩍게 여기면서 행동을 예의 주시하기 시작했다. 의심스러운 점이 헤아릴 수 없이 많았다. 그는 여행 중에 피고의 옷가지를 정리하다가 주머니에서 재판정에서 언급한 것과 비슷한 명단 목록을 여러 번 보았다. 피고의 책상 서랍에서 목록을 발견한 적도 있었다. 그는 피고가 칼레에서 이번 것과 똑같은 목록을 프랑스 신사들에게 보여주는 장면을 목격하기도 했다. 칼레뿐 아니라 불로뉴에서도 비슷한 목록을 프랑스 신사들에게 보여주는 걸 보았다. 그는 조국을 사랑하기 때문에 가만히 두고 볼 수 없었다. 그래서 당국에 이 사실을 보고하게 되었다.

그는 은제 찻주전자를 훔쳤다는 의심 따위도 받은 적 없는 사람이었다. 겨자 단지를 훔쳤다는 모함을 받은 적은 있었지만 사실 그것은 은도금한 싸구려 물건에 불과했다. 그가 조금 전에 나온 증인과 알고 지낸 지는 칠팔 년쯤 되었다. 그것은 순전히 우연의 일치였다. 우연의 일치는 대부분 특별하기 마련인데, 둘의 만남은 전혀 그렇지 않았다. 그가 증거를 제시하게 된 동기는 순수한 애국심 외에 다른 건 없지만 그렇다고 이는 특별한 우연의 일치랄 수 없었다. 그는 진정한 영국인이고 자기와 같은 사람이 많이 나오기를 바랄 뿐이라고 했다.

다시 파리 떼가 윙윙거리는 가운데 왕실법무관이 자비스 로리 씨를 증언대에 세웠다.

"자비스 로리 씨, 당신은 텔슨 은행 직원입니까?"

"그렇습니다."

"증인은 1775년 11월의 어느 금요일 밤에 런던과 도버 사이를 역마차를 이용해 업무차 여행한 적이 있지요?"

"있습니다."

"그때 역마차에 다른 승객도 타고 있었습니까?"

"두 명 있었습니다."

"그날 밤 그들은 도중에 내렸습니까?"

"그랬습니다."

"로리 씨, 피고를 봐주십시오. 피고가 두 승객 중 한 명입니까?"

"그렇다고 단언할 수는 없습니다."

"피고가 두 승객 중 한 명과 닮지 않았습니까?"

"두 사람 모두 온몸을 옷으로 겹겹이 싸맨 데다 아주 캄캄한 밤이었습니다. 게다가 모두 말수가 적어서 닮았는지 어떤지 알 수 없었습니다."

"로리 씨, 피고를 다시 한번 보십시오. 피고가 두 승객처럼 온몸을 옷으로 감싸고 있다고 가정해봅시다. 체격이나 키로 미루어 짐작건대 피고가 두 사람 중 한 명일 가능성을 배제할 순 없지 않습니까?"

"모르겠습니다."

"로리 씨, 피고가 그중 한 명이 아니라고 맹세할 수 있습니까?"

"못합니다."

"못한다고요? 그렇다면 적어도 둘 중 한 명일 가능성이 있다는 겁니까?"

"네. 다만 제가 기억하기에 그 승객들은 저와 마찬가지로 노상강도를 만날까 봐 잔뜩 겁먹고 있었는데, 지금 피고에게서는 그런 기색이 전혀 보이지 않습니다만."

"거짓으로 겁먹은 척하는 사람을 본 적이 있습니까. 로리 씨?"

"물론 있습니다."

"로리 씨, 다시 한번 피고를 보십시오. 자, 피고를 전에 본 적 있습니까?"

"있습니다."

"그게 언제였습니까?"

"며칠 뒤 프랑스에서 돌아오는 길이었습니다. 칼레에서 제가 탔던 우편선에 피고도 승선해서 저와 함께 여행했습니다."

"피고가 배에 탄 게 몇 시입니까?"

"자정이 조금 지나서였습니다."

"한밤중이었다는 말이군요. 때아닌 그 시각에 승선한 승객이 피고 한 명이었다는 말이지요?"

"우연히도 유일한 승객이었습니다."

"'우연히'라는 단어는 빼고 답변하십시오, 로리 씨. 저 사람이 한밤중에 승선한 유일한 승객이었던 말인가요?"

"그렇습니다."

"로리 씨, 당신은 혼자 여행 중이었습니까, 아니면 동행인이 있었습니까?"

"저 말고도 두 사람이 있었습니다. 신사와 숙녀 한 명씩이요. 이 자리에 와 있습니다."

"여기에 와 있군요. 피고와 대화를 나눠보았습니까?"

"제가요? 그럴 기회가 거의 없었습니다. 날씨가 사나워 뱃길이 험한 데다, 항해가 길어져서 저는 그쪽 해안을 떠나 이쪽 해안에 닿을 때까지 줄곧 소파에 누워 있었습니다."

"마네트 양!"

조금 전, 한 차례 모든 이의 관심을 끌었던 숙녀에게 다시 한번 사람들의 눈과 귀가 집중되었다. 마네트 양이 자리에서 일어섰다. 아버지도 덩달아 일어나 딸의 손을 자기 팔에 끼웠다.

"마네트 양, 피고를 봐주십시오."

피고로서는 군중을 마주하는 일보다, 연민 어린 시선으로 자신을 바라보는 젊고 아름다운 숙녀를 대면하는 일이 훨씬 어려웠다. 호기심 어린 군중의 시선이야 무시하면 그만이었다. 그러나 지금은 마치 자신의 무덤가에 그녀가 서 있기라도 한 듯, 그는 더할 나위 없이 고통스러웠다. 평정심을 유지하려고 안간힘을 써야 했다. 그의 떨리는 오른손이 앞에 놓인 허브 조각을 만지작거렸고, 마치 상상의 화단을 가꾸기라도 하는 듯 이리저리 배열했다. 그는 호흡을 가다듬으려고 애썼다. 그럼에도 불구하고 모든 피가 심장으로 달아난 듯 창백한 입술이 파르르 떨렸다. 거대한 파리 떼가 다시금 시끄럽게 윙윙거렸다.

"마네트 양, 피고를 전에 본 적 있습니까?"

"네, 있습니다."

"어디에서였지요?"

"로리 씨가 방금 말씀하신 우편선에서였습니다."

"앞의 증인이 말한 젊은 숙녀가 마네트 양입니까?"

"몹시 애석하게도 그렇습니다."

"사적인 감정은 드러내지 말고 묻는 말에만 솔직하게 대답하세요."

마네트 양의 동정 어린 애절한 목소리가 판사의 단호한 목소리에 덮여버렸다. 판사는 매섭게 다그쳤다.

"마네트 양, 해협을 건너는 동안 피고와 대화를 나누었습니까?"

"네, 그랬습니다."

"무슨 대화였는지 말해보세요."

숨 막히는 정적이 흐르는 가운데 마네트 양의 입에서 가냘픈 목소리가 흘러나왔다. "저분이 배에 탔을 때…."

"피고를 말하는 겁니까?" 판사가 이마를 찌푸리며 물었다.

"그렇습니다, 판사님."

"그렇다면 피고라고 히세요."

마네트 양은 다정한 눈빛으로 옆에 앉은 아버지를 바라보면서 답변을 이어갔다.

"피고가 배에 탔을 때, 그는 제 아버지가 건강이 악화된 데다 몹시 지쳐 있는 걸 금세 알아봤습니다. 아버지는 너무 쇠약해서 공기가 탁한 실내에 모시기가 두려웠습니다. 그래서 객실을 빠져나와 갑판으로 연결된 계단에 침대를 마련하고, 곁에서 아버지를 돌보고 있었습니다. 그날 밤엔 우리 넷 말고 다른 승객이 없었습니다.

아무튼 그때 피고는 제게 다가와서 감히 조언을 해도 되겠느냐고 묻고는, 비바람이 들이치지 않는 곳으로 아버지를 모시는 게 좋겠다고 했습니다. 당시 저는 구체적으로 어떻게 모셔야 할지 전혀 알지 못한 채 승선했습니다. 배가 항구에서 벗어나면 바람이 어떤 식으로 부는지, 이런저런 상황을 어떤 방법으로 대처해야 하는지 전혀 몰랐습니다. 저분은 그런 제게 조언을 해주었던 겁니다. 저분은 아버지의 상태를 신중하게 살피고 친절히 설명해주었습니다. 저는 그때 저분의 진심을 느꼈습니다. 그렇게 저희는 대화하기 시작했습니다."

"잠시, 한 가지 묻겠습니다. 당시 피고 혼자 배에 탔습니까?"

"아닙니다."

"그러면 몇 명이 함께 있었습니까?"

"프랑스 신사 두 명입니다."

"그들이 함께 이야기를 나누었습니까?"

"프랑스 신사들이 보트로 갈아타는 순간까지 뭔가를 계속 의논했던 것 같습니다."

"이 목록과 비슷하게 생긴 서류를 주고받지 않았습니까?"

"서류를 주고받기는 했지만 어떤 것인지는 모르겠습니다."

"크기와 모양이 비슷하지 않았습니까?"

"비슷한 것 같기도 한데, 정확히는 모르겠어요. 그 사람들이 저와 아주 가까운 곳에서 속삭였지만 들을 수도 없었습니다. 그들은 불빛이 필요해선지 램프가 걸린 객실 계단 꼭대기에 있었고, 나지막이 이야기하고 있었어요. 그래서 들을 수도 없었지만 램프 불빛이 침침한 탓에 그들이 서류를 보고 있다는 사실만 알아차렸습니다."

"마네트 양, 이제 피고와 어떤 대화를 주고받았는지로 넘어갑시다."

"피고는 친절하고 다정하게 제 아버지를 도왔을 뿐 아니라 어쩔 줄 몰라 하는 제가 딱했던지 마음을 열고 따뜻하게 조언해주었습니다. 간청하건대 오늘 제가…," 마네트 양은 갑자기 눈시울을 붉혔다. "해되는 말로 저분의 친절을 배신하는 말은 하지 않도록 해주시면 감사하겠습니다."

다시금 파리 떼가 윙윙거리듯 법정 안이 소란해졌다.

"마네트 양, 증인은 사실을 진술할 의무가 있습니다. 내키지 않아도 증인으로서 반드시 증언해야 하며, 이 자리에 있는 모든 이가 마땅히 그렇게 생각할 겁니다. 여기에 동의하지 않을 사람은 피고밖에 없을 테지요. 자, 계속하십시오."

"피고는 뭔가 복잡하고 난처한 일 때문에 여행하고 있다고 했습니다. 그리고 사람들을 곤란하게 할 수 있어서 가명을 쓴다고 했지요. 또 그런 일로 며칠 전 프랑스에 다녀왔는데, 앞으로도 한동안은 프랑스와 영국을 오가야 할 것 같다고 했습니다."

"마네트 양, 피고가 아메리카에 대해서도 말하지 않았나요? 그랬을 텐데, 구체적으로 말해보세요."

"피고는 전쟁이 왜 일어났는지 설명했는데, 본인 생각으로는 영국이 잘못했으며 어리석었다고 했습니다. 그러면서 어쩌면 조지 워싱턴이 조지 3세 못지않게 위대한 인물로 역사에 기록될지도 모른다고 말했어요. 그런데 무슨 악의가 있어서 하는 말 같지는 않았습니다. 웃으면서 농담하듯 말했거든요."

흥미로운 장면에서는 관객들 대부분의 시선이 주연배우의 얼굴에 자연스레 쏠리게 되고, 그 표정에 따라 일희일비하게 마련이다. 마네트 양은 진술할 때마다 집중하느라, 긴장하고 고통스러운 기색이 이마에 고스란히 드러났다. 자신의 진술을 판사가 기록하려고 잠시 멈출 때면 변호인과 상대측을 번갈아 힐끗힐끗 쳐다보았다.

법정을 가득 채운 방청객들도 마네트 양과 똑같은 표정을 짓고 있었다. 특히 판사가 조지 워싱턴에 관한 '불경스러운' 진술을 듣고서 눈을 부릅뜨며 고개를 들었을 때, 군중의 이마는 거울이 되어 증인을 비추는 것만 같았다.

왕실법무관은 만일을 대비하여, 형식상으로라도 젊은 숙녀의 아버지인 마네트 박사를 부를 필요가 있다고 판사에게 말했다. 이에 따라 마네트 박사가 증언대에 섰다.

"마네트 박사, 피고를 보십시오. 전에 피고를 본 적 있습니까?"

"딱 한 번, 피고가 런던의 제 집에 들렀을 때였습니다. 3년 반쯤 전의 일입니다."

"피고가 우편선에 함께 탔던 승객인지 확인해줄 수 있습니까? 아니면 피고가 따님과 나눈 대화에 대해 진술해줄 수 있습니까?"

"두 가지 다 불가능합니다."

"불가능하다고 했는데, 특별한 이유라도 있습니까?"

"있습니다." 마네트 박사가 낮은 목소리로 대답했다.

"조국에서 재판도 없이, 심지어 기소 과정도 없이 오랫동안 감금되었던 불행한 경험 때문입니까, 마네트 박사?"

판사의 질문에 마네트 박사는 모든 방청객의 가슴을 찌르는 듯한 말투로 대답했다. "그렇습니다. 오랫동안 갇혀 있었습니다."

"지금 문제 삼고 있는 시점은 증인이 막 풀려난 직후였지요?"

"그렇다고들 하더군요."

"당시의 기억이 전혀 없습니까?"

"없습니다. 제 머릿속은 공백 상태였습니다. 정확히 언제부터였다고 말하기는 어렵습니다만, 아마 감옥에 갇혀 구두를 만들던 무렵부터 여기 런던에서 사랑하는 제 딸과 함께 살고 있다는 사실을 깨달은 시점까지일 테지요. 전혀 기억나지 않습니다. 자비로운 하느님께서 제게 정신을 돌려주셨을 때 천만다행히도 제 곁에 딸이 있었습니다. 하지만 어떻게 그렇게 되었는지는 설명할 수 없습니다. 그 과정을 전

법정을 술렁이게 한 두 남자의 닮은 얼굴

혀 기억하지 못하기 때문입니다."

왕실법무관이 착석했고, 아버지와 딸도 자리에 앉았다.

그때 재판에서 특이한 상황이 벌어졌다. 새로운 쟁점이 생겼다. 바로, 피고가 5년 전 11월의 그 금요일 밤에 신원이 밝혀지지 않은 동조자와 함께 도버행 우편마차를 타고 가던 도중, 이슥한 밤을 틈타 마차에서 내렸으나 그곳에 머물지 않고 다시 20킬로미터쯤 왔던 길을 되돌아갔고, 국경 수비대와 항만시설이 갖춰진 마을에 가서 정보를 수집했다는 것이었다.

마침 한 증인이 나와, 바로 그 시각 그 마을의 호텔 카페에서 누군가를 기다리던 피고를 목격했다고 증언했다. 피고측 변호인이 반대신문을 했으나 별 성과는 없었다. 증인이 피고를 본 것은 그때가 유일하다는 사실만 확인되었을 뿐이었다. 그러던 차에 줄곧 법정 천장만 쳐다보던 가발 쓴 신사가 작은 종이쪽지에 한두 마디를 쓰더니, 종이를 구깃구깃 뭉쳐서 변호인에게 던졌다. 변호인은 잠시 변론을 멈추고 쪽지를 펼쳐 읽고 나서 짐짓 과장되게 주의를 기울여, 피고를 빤히 바라보았다.

"그때 본 사람이 피고라고 확신합니까?" 변호인이 물었다.

증인은 확신한다고 대답했다.

"피고와 똑 닮은 사람을 본 적 있습니까?"

증인은 착각할 정도로 닮은 사람을 본 적은 없다고 대답했다.

"좋습니다. 그럼 저기 있는 신사를, 제 박식한 동료 변호사를 한번 봐주십시오." 변호인이 자신에게 종이쪽지를 던져준 사람을 가리켰다. "그러고 나서 피고를 잘 보십시오. 어떻습니까? 두 사람이 똑 닮지 않았습니까?"

변호인의 박식한 동료는 어딘지 외모가 단정치 못하고 부주의한 면모도 느껴졌으며, 어찌 보면 방탕해 보이기도 했다. 하지만 그 점을 감안하고서라도 두 사람은 놀랄 만큼 서로 닮아 있었다. 증인뿐 아니라 법정 안에 있는 모든 사람이 둘의 닮은 모습을 보며 놀라워 했다.

이윽고 변호인은 자신의 박식한 친구가 가발을 벗도록 명령해달라고 판사에게 요청했고, 판사는 마지못해 동의했다. 가발을 벗자 둘은 누가 누구인지 모를 정도로 닮아 보였다. 판사는 피고의 변호인 스트라이버 씨를 향해, 그렇다면 다음 차례에는 동료 카턴 씨를 반역죄로 재판대에 세울 생각이냐고 묻자, 스트라이버 씨는 단호히 아니라고 답했다. 그러고는 증인에게 몇 가지를 묻겠다고 했다. 변호인은 한 번 실수한 사람이 두 번 실수하지 말라는 보장이 있는지, 자신의 성급함을 인정한다면 과연 지금처럼 확신할 수 있겠는지, 그리고 이 상황을 눈앞에서 보고도 여전히 그렇게 단언할 수 있겠느냐고 추궁했다. 결국 증인은 깨진 도기 그릇처럼 산산조각이 났고, 증언은 아무짝에도 쓸모없는 쓰레기 꼴이 되었다.

제리 크런처는 증언을 들으면서 손가락에 묻은 쇳녹을 계속 핥아

먹었다. 얼마나 핥아먹었는지 점심을 먹지 않아도 될 것 같았다. 이제 제리 크런처는 스트라이버 씨가 배심원단 앞에 깔끔하게 정돈된 옷을 내놓듯 피고를 변론하는 모습을 보고 있었다. 스트라이버 씨는 애국자 바사드가 고용된 첩자이자 반역자이고, 뻔뻔스럽고 파렴치한 악덕 상인이며, 저주받아 마땅한 유다 이후로 지상에서 가장 비열한 악당이라면서 생김새까지 유다를 닮았다고 주장했다. 그리고 클라이는 바사드의 충직한 하인인 동시에 친구이자 동업자로, 바사드 못지않게 가증스러운 위인이라고 말했다.

또한 세밀히 관찰한 결과, 위조와 위증에 능한 그 둘은 피고를 희생양으로 삼았다며, 그렇게 된 것은 프랑스 출신인 피고가 가족 일로 영국 해협을 여러 차례 건넜기 때문이라고 했다. 그러면서 덧붙이기를, 피고의 가족에 관해서는 피고에게 가장 가깝고 소중한 사람들인 만큼 제아무리 그의 목숨이 달린 문제라 해도 배려 차원에서 밝힐 수 없다고 단언했다. 스트라이버 씨는 젊은 숙녀에게 억지로 받아낸 증언은 왜곡되었다고 언급하면서, 실제로는 아무 의미가 없다고 주장했다. 배심원들이 목격했듯이 젊은 숙녀가 고뇌하면서 말했던 그 증언은, 그저 한 젊은 신사와 숙녀 사이에서나 오갈 법한, 순수한 호의와 사소한 친절일 뿐이라고 했다. 다만 조지 워싱턴에 대한 언급 또한 너무 엉뚱하고 터무니없기에, 실없는 농담 이상도 이하도 아니라고 했다.

나아가 스트라이버 씨는, 저급한 국민적 반감과 공포감을 자극하여 얄팍하게 대중에 영합하려고 한 정부의 시도는 큰 약점으로 돌아올 것이라고 말하면서, 왕실법무관이 이러한 반감과 공포감을 최대한 활용했음을 은근히 지적했다. 그럼에도 자격 미달의 형편없는 증인들을 내세웠고, 제대로 된 증거 하나 제시된 것이 없다고 말했는데,

이 나라의 국사범 재판이 어쩌다 이렇게 비열하고 파렴치한 위증으로 채워졌는지 모르겠다며 한탄했다. 하지만 거기서 판사가 제지했다. 판사는 마치 그것이 사실이 아니라는 듯 근엄한 표정으로 판사석에 앉아서, 그런 식의 모욕은 절대로 용납할 수 없다고 말했다.

이윽고 스트라이버 씨는 몇 안 되는 증인들을 불렀고, 그 뒤를 이어 크런처 씨는 스트라이버 씨가 배심원들에게 맞춰 입힌 옷을 왕실법무관이 뒤집어버리는 듯한 장면을 보았다. 왕실법무관은 바사드와 클라이가 생각보다 백배는 더 훌륭한 반면, 피고는 백배나 더 악질이라고 몰아붙였다. 마지막으로 판사가 나서서 그 옷을 이리저리 뒤집어 보더니, 단호하게 마름질하고 다듬어 결국 피고에게 씌울 수의로 내놓았다.

이제는 배심원들이 나설 차례였다. 그들이 평결을 내리기 위해 모이자, 거대한 파리 떼가 다시금 윙윙거렸다.

이처럼 시끌벅적한데도 카턴 씨는 오랫동안 법정의 천장을 바라보고 앉아서, 조금도 자세를 바꾸지 않았다. 그의 박식한 친구 스트라이버 씨는 눈앞에 서류 더미를 잔뜩 쌓아둔 채 곁에 앉은 사람들과 수군거리며 이따금 불안한 표정으로 배심원단 쪽을 흘깃거렸다. 그러는 동안에도 방청객들은 자리를 옮겨 삼삼오오 무리를 이루었다. 심지어 판사까지 자리에서 일어나더니 단상 위를 어슬렁거렸다. 사람들은 마음속으로 혹시 판사가 열병에 걸린 게 아닌지 의심했다.

이런 흥분된 상황 속에서도, 오직 한 사람만이 등받이에 기대어 앉아 있었다. 찢긴 법복이 반쯤 벗어진 모습이었고, 한번 벗었던 지저분한 가발은 제대로 쓰지 않고 머리 위에 엉성하게 올려놓았으며, 손을 주머니에 넣고서 온종일 그랬듯이 천장만 올려다보고 있었다. 그런 심드렁한 태도 때문에 그는 품위 없게 보였을 뿐 아니라 피고와 닮았다는 느낌도 급격히 반감되었다. (사람들이 두 사람의 얼굴을 비교할 적에는 그가 순간적으로 진지한 표정을 지었기 때문에 닮아 보였을 것이다.) 방청객 대다수는 그를 바라보면서 왜 둘이 똑 닮았다고 하는지 모르겠다며 자기들끼리 수군거렸다. 제리 크런처도 옆 사람에게 그런 식으로 말하고는 이렇게 덧붙였다. "저 사람은 법률 관련 일을 전혀 못 맡을 거라는 데에 금화 반 닢을 걸겠소. 도무지 안 어울리잖소. 그렇지 않은가요?"

하지만 카턴 씨는 겉보기와 다르게 돌아가는 상황을 자세히 관찰하고 있었다. 마네트 양의 머리가 아버지의 가슴께에 힘없이 떨어졌을 때, 큰소리로 알린 사람도 카턴 씨였다. "관리! 저 아가씨에게 가봐요! 저 신사를 도와 아가씨를 밖으로 옮겨요! 지금 쓰러지지 않았소!"

관리들이 달려와 마네트 양을 옮겼고, 여기저기서 가엾다는 소리가 들렸다. 그녀의 아버지를 동정하는 사람도 많았다. 감옥에서의 시간을 떠올리는 것은 그에게 크나큰 고통일 터였다. 그가 질문을 받았을 때 심적인 동요가 보였는데, 계속 감옥 생활을 떠올리고 있어서인지 얼굴 가득 먹구름이 드리운 것처럼 몹시 늙어 보였다. 그가 법정에서 나가자, 자리에 착석한 배심원들이 토의를 중단하고 배심원 대표를 통해 판사에게 의견을 전달했다.

배심원들은 합의에 이르지 못했으므로 평결을 위해 물러가겠다고 했다. 판사는 온통 조지 워싱턴에 대한 이단적인 발언에 사로잡혀 있던 터라, 배심원들이 합의에 이르지 못했다는 사실에 조금 당혹스러워 했지만 그들이 부단히 주의하고 감시하겠다고 말했으므로 허락하고 나서, 자신도 퇴정했다. 재판은 종일 계속되었고, 잠시 후 램프가 켜지면서 법정 안을 밝혔다. 배심원들이 오랫동안 법정 안으로 돌아오지 않을 거라는 말이 돌더니 방청객들이 요기를 하려고 하나둘씩 자리를 떴다. 피고도 피고석 뒤쪽으로 물러나 의자에 앉았다.

젊은 숙녀와 그녀의 아버지를 따라 밖으로 나갔던 로리 씨가 법정 안으로 돌아오더니 손짓으로 제리를 불렀다. 제리는 사람들의 관심이 느슨해진 틈을 타서 로리 씨 곁으로 다가갔다.

"제리, 나가서 요기 좀 하고 오게. 다만 멀리는 가지 말고. 배심원들이 돌아올 것 같으면 먼저 달려와야 하니까. 그들보다 조금이라도 뒤처지면 안 되네. 평결이 나면 자네가 곧장 은행으로 달려가서 알려야 하니까 말이야. 내가 알기로 자네는 세상에서 가장 빠른 전령이니까 나보다 훨씬 먼저 템플 바에 도착할 걸세."

제리는 로리 씨가 말을 전달하자마자 알겠다는 의미로 손가락 마디로 이마를 톡 쳤다.[36] 보답의 의미로 실링을 받은 것에 감사하기도 했고, 제리도 그 정도 격식은 차릴 줄 알았다. 그때 카턴 씨가 다가와서 로리 씨의 팔을 잡았다.

"숙녀분은 좀 어떻습니까?"

"몹시 고통스러워 보이지만 아버지가 위로하고 있는 데다 법정 밖에 있어서 안정을 찾아가고 있는 것 같더군요."

"피고에게 그렇게 전하겠습니다. 선생님 같은 점잖은 은행원이 공공연하게 피고와 이야기하는 모습을 보이면 좋을 게 없을 테니까요."

로리 씨는 속으로 고민하던 문제를 들켰다고 생각하는 듯 얼굴을 붉혔고, 카턴 씨는 잠시 머뭇거리다가 법정과 방청석 사이의 난간 밖으로 나갔다. 법정을 나가려면 그쪽으로 가야 하므로 제리도 눈을 똑바로 뜨고 귀를 기울이면서 그의 뒤를 따라나섰다.

◇◇◇◇

36 18세기 영국에서 남자 하인은 주인의 말을 알아들었다는 표시로 손가락 마디를 이마에 갖다 댔다. 이는 존경과 복종의 표시이기도 했다.

"다네이 씨!"

피고가 앞으로 나왔다.

"증인인 마네트 양의 상태가 어떤지 궁금하지 않아요? 괜찮을 겁니다. 아까 같은 최악의 상황은 지나간 듯합니다."

"저 때문에 그런 것 같아 마음이 무겁습니다. 진심으로 감사드린다고 대신 전해주실 수 있습니까?"

"네, 그러지요. 당신이 부탁한다면야."

카턴 씨의 말투는 무례하다 싶을 정도로 심드렁했다. 태도도 마찬가지였다. 그는 피고에게서 몸을 반쯤 돌리고 팔꿈치를 난간에 느긋하게 걸치고 서 있었다.

"부탁합니다. 진심으로 감사드리고요."

"어떤 결과가 나올 것 같습니까, 다네이 씨?" 카턴 씨가 여전히 몸을 반쯤 돌린 채 물었다.

"최악일 것 같습니다."

"그럴 확률이 높다고 생각하는 게 현명할 겁니다. 하지만 배심원들이 퇴정한 걸 보면 댁한테 유리할 것도 같습니다."

법정을 나가는 길에 어슬렁거리는 건 허용되지 않았으므로 제리는 그들의 대화를 들을 수 없었다. 제리는 나란히 서 있는 두 사람을 두고 떠났다. 둘의 외모는 무척 닮았지만 태도는 딴판이었고, 그들 머리 위에 있는 거울이 그 광경을 비추고 있었다.

도둑과 불량배가 들끓는 아래층 통로에서 한 시간 반을 기다리는 것은 지루하기 짝이 없는 일이었다. 양고기 파이와 맥주가 있어도 상황은 다르지 않았다. 목이 쉰 심부름꾼은 간단히 요기한 다음, 등받이 없는 긴 의자에 불편하게 앉아 꾸벅꾸벅 졸고 있었다. 그때 왁자지껄한 소리가 들렸고, 그는 법정 가는 계단으로 밀려오는 인파에 그만 휩쓸려버렸다.

"제리! 제리!" 그가 법정에 이르렀을 때 로리 씨가 문간에서 그를 불렀다.

"여깁니다, 나리! 이곳에 다시 들어오는 게 전쟁터네요. 저, 여기 있습니다!"

로리 씨는 인파를 뚫고 다가와서 제리에게 종이쪽지를 건넸다. "잘 받았나?"

"네, 받았습니다!"

종이쪽지에 급히 휘갈긴 단어는 바로 '무죄'였다.

제리가 돌아서며 중얼거렸다. "만약 '다시 살아나다'라는 전갈을 다시 보내셨다면 이번에는 무슨 뜻인지 제대로 알았을 텐데."

제리는 올드 베일리를 벗어날 때까지 다른 말은커녕 생각조차 할 마음의 여유가 없었다. 사람들이 정신없을 정도로 맹렬하게 쏟아져 나와서 똑바로 서 있기도 힘들었다. 마치 실망한 파리 떼가 또 다른 썩은 고기를 찾아 흩어지듯 요란하게 윙윙거리는 소리만 거리를 가득 메웠다.

　　　　　　　　　　　　　　　　

⬥⬥⬥⬥

4장

축하

법정의 복도에는 어둑한 불빛이 비치고 있었고, 온종일 들끓던 인간 파리 떼들도 거의 다 빠져나간 참이었다. 마네트 박사와 그의 딸 루시 마네트, 로리 씨, 피고 측 사무 변호사, 피고 측 법정 변호사인 스트라이버 씨가 방금 석방된 찰스 다네이 주위에 모여 죽음을 면한 것을 축하하고 있었다.

설령 불빛이 환했더라도 마네트 박사에게서 다락방 구두장이의 모습을 찾아보기란 쉽지 않았을 것이다. 얼굴은 지적이었고 자세도 꼿꼿이 유지하고 있었다. 누구든 그를 한 번만 보고 지나치는 사람은 없었다. 하지만 여러 번 봤다고 해도, 그의 낮고 진지한 목소리에 스민 우울한 기색이나, 아무 이유도 없이 순간적으로 얼굴에 비치는 공허한 그림자를 알아채긴 어려웠을 것이다.

이따금 사건이라도 벌어지면, 그러니까 재판할 때도 보았듯이 마음속 깊숙이 자리 잡고 있던 해묵은 기억이 소환되기라도 하면 음울한 그늘이 얼굴에 드리워졌다. 그를 모르는 사람들에게는 마치 바스티유 감옥의 여름 햇빛이 그의 얼굴에 그림자를 드리우기라도 하는 듯, 이해하기 어려운 일이었다. 실제로 바스티유는 500킬로미터 떨어진 곳에 있었다.

오직 그의 딸 마네트 양에게만 그의 마음속에 깃든 음울한 어둠을 몰아낼 힘이 있었다. 그녀는 아버지에게 금실 같은 존재였고, 비참한 고통을 겪기 이전의 과거와 고통에서 벗어난 현재를 이어주는 다리였다. 그녀의 목소리와 얼굴과 손길은 언제나 그에게 좋은 영향을 끼쳤다. 어쩔 수 없는 경우도 더러 있기는 했다. 하지만 그런 경우는 거의 없었기에, 이제 마네트 양은 그 음울한 어둠을 모두 몰아내었다고 믿었다.

다네이 씨는 그녀의 손에 대고 뜨거운 감사의 입맞춤을 한 뒤, 스트라이버 씨를 돌아보며 진심으로 고맙다고 말했다. 스트라이버 씨는 서른을 갓 넘겼으나 스무 살은 더 들어 보이는 사내로, 목소리가 호탕하고 얼굴에는 혈색이 돌았으며 풍채가 늠름했다. 한눈에 보아도 섬세함이나 예민함과는 거리가 먼 사람 같았다. 오히려 정신적으로나 육체적으로나 허세가 있고 거칠어 보였는데, 사람들과의 대화에 끼어들 때면 무턱대고 어깨부터 밀고 들어오곤 했다. 출세 또한 마치 어깨로 문을 밀어젖히듯, 저돌적으로 길을 열어온 사람이었다.

여전히 가발에 법복 차림인 스트라이버 씨는 의뢰인과 이야기하는 한편, 어깨를 움직여 죄 없는 로리 씨를 무리 밖으로 밀어냈다. "명예를 되찾게 해드려 이루 말할 수 없이 기쁩니다, 다네이 씨. 애초부터 부당한 기소였습니다. 말도 안 되는 기소였지요. 그렇다고 해서 원고 측이 승소하지 말란 법은 없습니다만."

"그런 의미에서 제가 아주 큰 신세를 졌습니다." 다네이 씨가 스트라이버 씨의 손을 잡고 말했다.

축하를 건네는 스트라이버 씨

"저로서는 최선을 다한 재판이었습니다. 최선을 다하는 것만큼은 누구한테도 뒤지지 않는다고 자부합니다."

이 대목에서 누군가가 나서서 "그렇고말고요"라고 말해주기를 바라는 눈치였으므로 로리 씨가 그 역할을 맡았다. 아무 사심 없이 말해준 것은 아니었다. 로리 씨는 자신도 대화에 끼고 싶은 눈치였다.

"과연 그렇게 생각하시는군요." 스트라이버 씨가 반색했다. "하기는 온종일 그 자리에서 지켜봤으니 잘 아시겠군요. 더욱이 어떻게 해야 일이 돌아가는지 잘 아시는 분이니까요."

"말이 나왔으니 드리는 말씀입니다만…." 로리 씨가 말했다. 박식한 변호인은 조금 전에 로리 씨를 어깨로 밀어냈던 것처럼 다시 어깨로 밀어 그를 무리 안으로 넣어주었다. "마네트 박사님께 한 말씀 드리겠습니다. 사람들에게 이제 그만 해산하고 각자 집으로 돌아가라고 말씀해주십시오. 루시 양도 안색이 영 좋지 않고, 다네이 씨도 온종일 고초를 겪은 데다 다들 지칠 대로 지쳤으니까요."

"글쎄요, 로리 씨." 스트라이버 씨가 퉁명스레 말했다. "저는 밤에도 할 일이 있습니다. 그건 그쪽 생각이겠지요."

"제 생각만 해서 그러는 게 아닙니다. 다네이 씨와 루시 양도 그렇게 느낄 테지요." 로리 씨가 말했다. "루시 양, 제가 우리 모두의 입장을 대변하지 않았습니까?" 그는 그녀를 콕 집어 질문하면서 그녀의 아버지를 힐끗 바라보았다.

마네트 박사는 얼음처럼 차가운 표정으로 찰스 다네이를 뚫어져라 바라보고 있었다. 그런 박사의 눈초리에는 혐오와 불신뿐 아니라 두려움도 서려 있었다. 묘한 표정으로 보건대 그는 아주 복잡한 상념에 젖어 있는 게 틀림없었다.

"아버지." 루시가 부드럽게 박사의 손을 잡고 말했다.

마네트 박사는 조금 밝은 표정으로 딸을 돌아보았다.

"이제 그만 집에 갈까요, 아버지?"

박사가 길게 한숨을 내쉬고는 짧게 대답했다. "그러자꾸나."

자유의 몸이 된 죄수의 동료들은 이미 뿔뿔이 흩어지고 없었는데, 분위기로 보아 그날 밤에는 그가 풀려나지 못하리라고 보았기 때문이었다. 복도의 불은 거의 꺼졌고, 철문도 삐걱삐걱 덜컹거리며 닫히고 있었다. 그 음울한 공간은 이튿날 아침까지는 비어 있을 터였다. 그곳은 아침이 되면 다시금 교수대와 형틀과 태형 기둥과 낙인 도구 따위를 기대하는 이들의 열망으로 채워질 것이다. 루시 마네트는 아버지와 다네이 씨 사이에서 걸으며 바깥으로 빠져나왔다. 이윽고 마차가 불려 왔고, 아버지와 딸은 그것을 타고 떠났다.

스트라이버 씨는 복도에서 어깨로 밀치듯 사람들 틈을 빠져나와 법복을 갈아입으려고 탈의실로 향했다. 그리고 그때까지도 한 사람만은 무리에 끼지도 않고 입도 뻥긋하지 않은 채 남아 있었다. 그는 그림자가 드리운 벽에 기대어 있다가 일행 뒤를 조용히 따라가서 마차가 떠나는 모습을 지켜보았다. 그러고선 마차가 시야에서 사라지자 로리 씨와 다네이 씨가 서 있는 보도로 다가왔다.

"자, 로리 씨! 이제 다네이 씨와 사업 이야기를 좀 나눠볼까요?"

아무도 그날 재판 과정에서 시드니 카턴이 무슨 역할을 했는지 알아차리지 못했다. 심지어 역할을 맡았다는 사실조차 몰랐다. 시드니는 법복을 벗었지만 평복 차림의 그는 더욱 초라해 보였다.

"일은 철저히 직업정신에 바탕을 둬야 하지요. 하지만 이따금 그일이란 게 인간적인 감정과 맞닥뜨릴 때면 고충이 커지게 마련이지요. 재밌지 않습니까, 다네이 씨?"

카턴 씨의 말에 로리 씨가 얼굴을 붉히며 발끈해서 대꾸했다. "그말은 전에도 했잖습니까? 우리처럼 회사에 몸담은 사람들은 자기 뜻대로 움직이지 못합니다. 자기보다 회사를 먼저 생각해야 한다, 이겁니다."

"압니다, 저도 잘 알아요." 카턴 씨가 심드렁하게 말했다. "그렇게 역정 내실 필요 없습니다, 로리 씨. 선생께서는 그 누구 못지않게 성실한 분입니다. 아니, 그 누구보다 훌륭한 분이지요."

"하지만 말입니다." 로리 씨는 칭찬에 아랑곳하지 않고 말했다. "나는 솔직히 카턴 씨가 이번 일과 무슨 관계가 있는지 모르겠습니다. 댁보다 내가 훨씬 더 연장자니까 이렇게 말해도 이해하시오. 도대체 이번 일과 선생이 무슨 관련이 있습니까?"

"저하고 무슨 관련이 있냐고요? 일없어요, 없습니다." 카턴 씨가 말했다.

"그러시다니 유감이군요."

"저도 그렇게 생각합니다."

"아쉽네요. 카턴 씨가 이번 일과 관련되어 있었더라면 아마 신경이 쓰이셨을 텐데요." 로리 씨가 말했다.

"아니, 그럴 리 없습니다. 전 그런 사람 아니니까요." 카턴 씨가 잘라 말했다.

"그렇군요!" 로리 씨가 삐딱한 카턴 씨의 태도에 화가 나서 소리쳤다. "일이란 성스러운 겁니다. 존중받아 마땅한 것이지요. 일을 맡게 되면 때로는 자신을 통제하고 입을 무겁게 닫기도 해야 합니다. 다네이 씨가 너그러운 젊은 신사답게 오늘 이 상황을 이해하고 넘어간 것처럼 말입니다. 다네이 씨, 안녕히 가십시오. 신의 축복이 있기를! 아무쪼록 건강하고 행복하게 사시기를 바랍니다. 어이, 마차!"

로리 씨는 카턴 씨뿐 아니라 자기에게도 화가 난 것 같은 표정으로 부산스레 마차에 올라타고는 텔슨 은행을 향해 떠났다. 카턴 씨는 어처구니없다는 듯 웃으면서 다네이 씨 쪽으로 몸을 돌렸다. 카턴 씨에게서는 포트와인 냄새가 풍겼는데, 그래서인지 정신이 멀쩡한 것 같지 않았다.

"이렇게 댁과 함께 한 공간에 있는 것도 인연이겠지요. 어색하기는 하지만 말입니다. 어떻습니까? 오밤중에 생김새가 비슷한 댁과 내가 이런 길바닥에 서 있다는 게 아주 묘한 인연 아닙니까?"

"아직 실감 나지 않습니다. 이 세상에 다시 돌아온 게 말입니다." 찰스 다네이가 말했다.

"그럴 만도 하지요. 저세상으로 갈 뻔하다가 돌아왔으니까요. 그나저나 목소리에 기운이 하나도 없군요."

"저도 기운이 없다고 생각하던 참입니다."

"그럼 식사하는 게 어떻습니까? 나는 아까 얼간이들이 댁을 저승으로 보낼지 이승에 남겨둘지 궁리하고 있을 때 요기를 좀 했습니다만, 가까운 곳에 제대로 식사할 만한 주점이 있으니까 함께 갑시다."

시드니 카턴은 찰스 다네이에게 팔을 끼고, 루드게이트 힐을 내려와서 플리트 거리의 포장된 길을 따라 술집으로 향했다. 두 사람은 술집에서 작은 방으로 안내되었다. 찰스 다네이는 조촐하고 정갈한 식사와 질 좋은 포도주를 즐기며 기력을 되찾았다. 시드니 카턴은 포트와인 한 병을 앞에 두고 식탁 맞은편에 앉아 있었는데, 그가 다소 무례한 태도로 물었다.

"이제 저세상 문턱에 갔다가 돌아온 실감이 납니까, 다네이 씨?"

"여기가 어딘지 시간이 얼마나 되었는지도 헷갈립니다만, 어느 정도는 회복된 것 같습니다."

"흡족하시겠군요!"

카턴 씨가 비아냥거리듯 말하고 다시 잔을 채웠다. 제법 커다란 잔이었다.

"나는 말이오, 내가 이 세상에 속해 있다는 사실을 잊어버리고 싶습니다. 그게 내 커다란 소망이지요. 이렇게 술을 마실 때를 빼고는 세상에 좋은 일이 하나도 없는 것 같으니까요. 이런 포도주 말고 좋은 것도 없고요. 이런 면에서 보면, 댁과 나는 닮은 점이 없는 것 같습니다. 사실 우리는, 댁과 나 말입니다만 어느 모로 보나 닮지 않았다고 생각하고 있습니다."

찰스 다네이는 그날 겪은 감정 때문에 혼란스러운 터에 외모만 닮았을 뿐 행동이나 태도는 거칠기 짝이 없는 사내와 함께 있는 게 악몽처럼 느껴져 뭐라고 대꾸해야 할지 막막한 기분이었다. 결국 그는 아무 말도 하지 않았다.

"자, 식사를 끝냈으니 건배하는 게 어떻습니까, 다네이 씨?" 시드니 카턴이 잔을 들고 말했다.

"건배 말인가요? 누구를 위해 축배를 들지요?"

"댁의 입속에서 맴도는 이름이 있잖습니까? 분명히 있잖아요? 없어요? 정말입니까?"

"좋습니다. 마네트 양을 위하여!"

"그래요, 마네트 양을 위하여!"

시드니는 술잔을 입에 대고 찰스 다네이의 얼굴을 빤히 바라보더니 갑자기 잔을 어깨 너머 벽 쪽으로 휙 던졌다. 잔은 벽에 부딪혀 산산조각 났다. 시드니는 종을 울려 잔을 하나 더 가져오라고 했다.

"어둠 속에서 마차에 태워 보낸 그 젊고 아름다운 아가씨 말인데요, 다네이 씨!" 시드니가 새 잔에 술을 채우며 말했다. 다네이 씨가 얼굴을 찡그리며 "네"라고 짧게 대답했다.

"그렇게 참하고 예쁜 아가씨가 댁에게 연민을 품고 댁을 위해 흐느껴 울다니, 기분이 어떻습니까? 그런 아가씨에게 연민과 동정을 받을 수 있다면 목숨을 걸고 재판받을 만한 가치가 있지 않겠습니까, 다네이 씨?"

다네이 씨는 이번에도 아무런 대답을 하지 않았다.

"댁의 말을 전해줬더니 아주 좋아하더군요. 내색은 하지 않았지만 내 눈에는 분명히 그렇게 보였습니다."

다네이 씨는 이 유쾌하지 않은 동행인이 의지를 발휘하여 재판장에서 곤경에 처한 자신을 도와주었다는 사실을 떠올렸다. 그래서 화제를 바꾸어, 카턴 씨에게 고맙다고 말했다.

"고맙다는 인사는 받고 싶지 않아요. 그럴 만한 일을 한 것도 아니니까요." 카턴 씨가 심드렁하게 대꾸했다. "사실 별로 한 일이 없잖아요. 그런 데다 내가 왜 그랬는지도 모르겠어요. 그나저나 다네이 씨, 한 가지 물어봅시다."

"그러세요. 도와준 데 대한 작은 보답이라도 되면 좋겠습니다."

"내가 댁한테 특별히 호의를 품고 있다고 생각합니까?"

"카턴 씨, 그건…." 뜻밖의 질문에 다네이 씨는 당황한 표정을 지었다. "생각해본 적이 없습니다."

"그렇다면 지금 생각해봐요."

"저를 좋아하는 것처럼 행동하긴 했지만 진심은 그런 것 같지 않습니다."

"내 생각도 그렇습니다." 카턴 씨가 말했다. "댁은 사람을 아주 잘 파악하는군요."

"저를 좋아하지 않는다고 해도…." 다네이 씨가 종을 울리려고 자리에서 일어나며 말했다. "술값을 내지 못한다든지, 댁과 불쾌하게 헤어질 이유는 없겠지요."

카턴 씨가 "그렇겠지요!"라고 맞장구쳤고, 다네이 씨는 다시 한번 종을 울렸다.

"전부 계산할 겁니까?" 카턴 씨가 물었다. 다네이 씨가 그렇다고 대답하자, 카턴 씨가 큰 소리로 "좋습니다. 어이, 여기 반 리터짜리 한 병 더 가져와! 그리고 내일 아침 열 시에 나 좀 깨워주게!"

찰스 다네이는 자리에서 일어나 술값을 계산하고 카턴 씨에게 잘 자라고 인사했다. 카턴 씨가 답례 인사도 하지 않고 자리에서 벌떡 일어나 도발적으로 물었다. "마지막으로 하나 더 물읍시다. 다네이 씨, 내가 취했다고 생각합니까?"

"이미 많이 취하신 것 같네요, 카턴 씨."

"같다니요? 내가 계속해서 마시는 걸 직접 봤잖습니까?"

"그렇게 대답하길 원한다면 좋습니다. 계속해서 마시는 걸 직접 봤습니다."

"그렇다면 왜 내가 술을 마셨는지도 알아야지요. 나는요, 절망한 노역꾼입니다. 나는 이 세상 누구도 좋아하지 않아요. 이 세상 누구도 나를 좋아하지 않고요."

"안타깝군요. 댁의 재능을 더 좋은 데 사용할 수도 있었을 텐데요."

"그럴지도 모르지요, 다네이 씨. 아닐지도 모르고요. 그렇다고 제정신인 얼굴 하나 믿고 너무 우쭐대지는 마시오. 사람 일은 알 수 없으니까. 잘 가시오!"

카턴 씨는 혼자 남게 되자 촛불을 들고 벽에 걸린 거울 앞으로 다가갔다. 그러고는 거울에 비친 자기 모습을 한참 동안 들여다보았다.

"너, 저 녀석이 그렇게 좋지도 않잖아?" 그는 거울 속의 자기를 향해 중얼거렸다. "고작 널 닮았단 이유로 맘에 들어 하는 게 말이 된다고 생각해? 애초에 너한텐 맘에 들 만한 구석이 하나도 없는데? 그건 너도 잘 알잖아. 빌어먹을! 넌 참 많이 변했구나! 그래서, 저자가 괜찮다는 거야? 네가 잃어버린 것을 저자가 갖고 있어서? 네가 바라 마지않던 모습을 그에게서 봤다는 이유로? 만약 네 처지와 그와 바뀌었더라면 어땠을까? 그 푸른 눈이 저자를 바라보듯 널 바라봤을까? 근심 가득한 얼굴로 동정한 것처럼 너를 동정할까? 자, 그만 솔직하자고! 너는 저자를 증오하고 있어. 증오한다고!"

카턴 씨는 울적한 마음을 달래려는 듯 반 리터짜리 포도주 한 병을 단 몇 분 만에 몽땅 마시고는 팔을 베고 잠들었다. 탁자 위에는 그의 머리카락이 지저분하게 흐트러져 있었고, 촛불에서 흘러내린 촛농이 마치 기다란 수의처럼 그의 몸 위로 드리워지는 것만 같았다.

5장

자칼

음주의 시대였고, 남자들은 대부분 코가 비뚤어지도록 술을 퍼마셨다. 세월이 흐르면서 그런 관습은 크게 개선되었지만 그 시절 남자들이 '완벽한 신사'라는 명성을 잃지 않고도 하룻밤에 들이켰던 술의 양을 지금 사람들에게 그대로 말한다면 아마 우스꽝스러운 허풍쯤으로 여겨질 게 뻔하다. 진탕 마셔야 직성이 풀리는 술버릇만 보자면, 박식한 법조계도 다른 어떤 박식한 직종에 밀리지 않았다. 스트라이버는 돈이 된다 싶으면 마구 돌진하여 어깨로 밀치며 의뢰인을 확보했는데, 법조계 특유의 무미건조한 일을 처리하는 능력 못지않게 주량에서도 동료들에게 조금도 뒤지지 않았다.

올드 베일리는 물론이고 하급 법원에서도 인기가 높은 스트라이버는 사다리를 한 칸 밟고 올라서면 아래 칸을 슬그머니 잘라내는 사람이었다. 아무튼 이제 하급 법원과 올드 베일리에서는 법조계의 총아인 그에게 앞다투어 손을 내밀 수밖에 없었다. 스트라이버의 혈색 좋은 얼굴은 가발을 뒤집어쓴 동료 변호사들을 제치고 툭 튀어나와, 왕좌 재판소의 법정에서 누구보다 먼저 눈에 띄었다. 마치 정원 가득 활짝 핀 수많은 꽃 가운데에서 커다란 해바라기가 태양을 향해 고개를 높이 쳐드는 듯했다.

한때 법조계에서는 스트라이버가 언변이 뛰어난 데다 염치없고 부도덕하며 대담하고 용의주도한 반면에 변호사에게 필수적인 능력, 즉 수많은 진술 속에서 핵심을 뽑아내는 능력은 부족하다는 평판이 있었다. 하지만 그는 그런 단점도 비범하게 극복해냈다. 그가 사건을 맡는 횟수가 늘면 늘수록 사건의 골자를 파악하는 능력도 차츰 나아지는 듯했다. 시드니 카턴과 밤늦게까지 흥청망청 마셔도 그는 이튿날 아침 변론의 요점을 훤히 꿰차고, 멀쩡한 얼굴로 법정에 나타났다.

게으르기 짝이 없는 데다 가망도 없는 시드니 카턴은 스트라이버에게 훌륭한 조력자였다. 두 사람이 함께 힐러리 개정기부터 미클마스 개정기까지[37] 퍼마신 술의 양을 합치면 국왕의 배도 띄울 수 있을 터였다. 스트라이버가 사건을 맡으면 시드니도 같은 법정에서 주머니에 양손을 찔러넣은 채 천장을 바라보고 있었다. 순회재판에도 두 사람은 함께 있었고, 재판이 끝나면 어김없이 밤늦도록 술판을 벌였다. 그런 날이 얼마나 많았던지 술에 취한 시드니 카턴이 방탕한 고양이처럼 벌건 대낮에 비틀거리며 숙소로 들어가더라는 소문이 여기저기서 들렸다. 더욱이 그런 소문을 퍼뜨리는 사람들 사이에서 시드니 카턴은 '사자'는 못 되어도 놀랍도록 훌륭한 '자칼'[38]은 되기 때문

<hr>

37 영국의 법정 개정기 중 힐러리 개정기는 1월 11일부터 부활절 직전 수요일까지, 미클마스 개정기는 11월 2일부터 11월 22일까지다. '힐러리 개정기부터 미클마스 개정기까지'란 '1년 내내'라는 뜻이기도 하다.

38 야행성 동물로 이따금 사자에게 먹이를 공급하기 때문에 '사자의 부양자'(lion's provider)라는 별명으로 불리기도 한다.

사자와 자칼: 앞에서 포효하는 자, 뒤에서 일하는 자

에, 보조적인 역할을 하며 스트라이버를 섬기고 있다는 것이었다.

"열 시입니다, 손님." 시드니 카턴을 깨우기로 한 술집 직원이 다가와서 말했다.

"뭐가 어쨌다고?"

"열 시입니다, 손님."

"뭐라고? 밤 열 시야?"

"네, 손님. 깨워달라고 하셨잖아요."

"아, 그랬지! 좋아, 아주 잘했어!"

시드니는 그렇게 말하면서도 몇 번이나 다시 잠을 청하려고 했다. 하지만 직원이 오 분 동안 요란스럽게 난롯불을 들쑤시며 방해하는 바람에 하는 수 없이 일어나서 모자를 쓰고 밖으로 나왔다. 그러고는 템플[39] 쪽으로 걸음을 옮겨, 킹스 벤치워크와 페이퍼빌딩 근방의 보도를 두어 번 오가면서 정신을 차린 다음, 스트라이버의 사무실로 향했다.

스트라이버의 사무실 서기는 두 사람의 모임에 참석하는 법이 없었기에 집에 가고 없었다. 스트라이버 본인이 문을 열어주었다. 그는 슬리퍼에 헐렁한 가운을 걸치고 있었는데, 편안하게 목 부분을 풀어헤치고 있었다. 그의 두 눈 주변에는 다소 거칠고, 긴장으로 상기된 자국 같은 것이 언뜻 보였다. 이는 제프리스 판사[40]의 초상화에서나 볼 법한, 법조계 특유의 방탕한 생활을 하는 사람들에게서 엿볼 수 있는 특징이었다.

"이봐, 걸어 다니는 사전 양반, 좀 늦었군." 스트라이버가 말했다.

"평소하고 같아. 15분쯤 늦었거나."

두 사람은 어두침침한 방으로 들어갔다. 방은 책으로 둘러싸인 데다가 서류가 어수선하게 흩어져 있었고, 벌겋게 타오르는 난로가 있었다. 화로 위에서는 주전자가 김을 내뿜고 있었고, 서류투성이 사이로 번쩍이는 탁자가 보였다. 그 위에는 상당한 양의 포도주가 있었고, 그 외에 브랜디, 럼주, 설탕, 레몬도 있었다.

"보아하니 벌써 한 병을 마시고 왔구먼, 시드니."

"오늘 밤엔 두 병 마셨지. 의뢰인과 함께 저녁을 먹었거든. 아니, 저녁은 의뢰인만 먹었어. 나는 먹는 걸 구경했고 말이야. 그 말이 그 말이지만 아무튼 나는 저녁은 먹지 않았지."

◇◇◇◇

39 런던의 법률 거리. 법학원인 이너 템플과 미들 템플 등으로 이루어져 있다. 킹스 벤치 워크(King's Bench-walk)와 페이퍼빌딩(Paper-buildings)은 이너 템플에 있는 산책로와 건물이다.

40 17세기 말 영국의 법관이었던 조지 제프리스(George Jeffreys)를 말한다.

"닮은 점에 주목하다니, 정말 기발한 생각이었어! 어떻게 그런 생각을 했나, 시드니? 언제 그런 생각이 들었지?"

"처음에 그를 보고선 꽤 잘생겼다고 생각했어. 그리고 나도 운이 좋아 잘 풀리기만 했다면 그와 꽤 비슷한 얼굴을 하고 있지 않았을까 싶었지."

스트라이버는 불룩 튀어나온 배가 요동칠 만큼 크게 웃었다. 나이를 감안하더라도 지나치게 튀어나와 있었다.

"시드니, 자네답지 않게 운 타령을 하다니! 자, 어서 일이나 하세!"

자칼은 뚱한 표정으로 옷을 느슨하게 풀고 옆방으로 들어갔다. 그러고는 냉수가 담긴 커다란 물병을 비롯해 대야와 수건 한두 장을 들고 돌아와서는 수건을 물에 담갔다가 살짝 비틀어 짠 다음, 그것들을 접어 볼썽사납게 머리에 얹더니 탁자 앞에 앉으며 말했다. "자, 나는 준비됐어!"

"오늘 밤에는 요약할 게 별로 없어, 사전 양반." 스트라이버가 서류를 훑어보며 쾌활하게 말했다.

"얼마나 되는데?"

"겨우 두 건이야."

"그럼 제일 까다로운 것부터 줘 봐."

"여기, 시드니. 시작하자고!"

사자가 소파에 등을 대고 편안히 앉았다. 술이 놓인 탁자 바로 옆이었다. 자칼은 그 반대편에 있는 서류투성이 탁자 앞에 앉았다. 마찬가지로 술병과 잔이 손 닿는 곳에 있었다. 둘 다 술이 놓인 탁자에 부지런히 손을 뻗었지만 각자 방식이 달랐다. 사자는 대체로 양손을 허리에 얹고 비스듬히 소파에 기댄 채 벽난로의 불을 바라보거나, 이따금 손을 뻗어 비교적 가벼운 서류를 뒤적였다.

이와 대조적으로 자칼은 미간을 찌푸린 채 온통 서류에 몰두해 있었다. 술잔에 손을 뻗을 때조차 눈길은 글자에 박혀 있었고, 한참을 더듬은 끝에야 잔을 찾아 입술에 댈 수 있었다. 복잡한 사건을 다룰 때는 두세 번이나 벌떡 일어나 수건을 새로 적셔 와서는, 물이 뚝뚝 흐르는 수건을 머리에 얹은 괴상한 몰골로 돌아오곤 했다. 지나치게 열성적인 그 표정은 오히려 우스꽝스럽기까지 했다.

이윽고 자칼은 작은 먹잇감을 모아 사자의 밥상을 차렸고, 사자는 주의 깊고 신중하게 골라 먹으면서 이러쿵저러쿵 음식을 평가했다. 자칼은 그런 사자 곁에서 정성껏 시중들었다. 음식을 배불리 먹고 나자 사자는 다시 양손을 허리에 얹고 자리에 누워 명상에 잠겼다. 자칼은 술로 목을 축인 뒤 머리에 물수건을 얹어 기운을 차리고는 두 번째 식사를 준비하기 시작했다. 두 번째 식사도 똑같은 방식으로 사자 앞에 차려졌다. 그리고 식사는 시계가 새벽 세 시를 가리킬 때까지 계속되었다.

"시드니, 이제 다 끝났으니까 펀치나 한 잔 가득 따라줘." 스트라이버가 말했다.

자칼은 김이 모락모락 피어오르는 젖은 수건을 머리에서 걷어내고 기지개를 켜며 늘어지게 하품하고는 몸을 부르르 떤 뒤, 사자의 지시에 따랐다.

"시드니, 오늘 왕실 측에서 준비한 증인들을 대처할 땐 아주 완벽했어. 이런저런 질문이 쏟아졌는데도 말이야."

"나야 늘 잘 대처하지. 안 그래?"

"부정할 수 없지. 그런데 왜 그렇게 떨떠름한 표정이지? 펀치 좀 마시고 기분 풀어."

자칼은 그렇지 않다는 듯 혼자서 구시렁거리면서도 사자의 말을 따랐다.

"옛날 슈루즈베리 학교에 다니던 때의 시드니 카턴은 말이야…." 스트라이버가 현재와 과거의 시드니를 비교하듯 말했다. "오르락내리락 시소를 타는 것 같았지. 한순간 쑥 올라왔다가 다음 순간 쑥 내려가곤 했으니까. 활기에 넘쳤다가 금세 의기소침했어!"

"아!" 시드니가 한숨을 쉬며 대꾸했다. "맞아! 예나 지금이나 변함이 없어. 심지어 그때도 나는 다른 아이들 숙제는 대신 해주면서, 내 건 거의 안 했지."

"왜 그랬는데?"

"나도 몰라. 그게 내가 사는 방식인 모양이지."

시드니는 양손을 주머니에 넣고는 두 다리를 앞으로 쭉 뻗고 앉은 채 불길을 바라보았다.

"어이, 시드니!" 스트라이버는 마치 벽난로가 쉴 틈 없이 노력을 벼려내는 용광로인 것처럼 굴었다. 그는 그 옛날 슈루즈베리 학교 시절의 시드니 카턴을 위해 할 수 있는 일이란, 그를 억지로 불길 속에 밀어 넣는 것뿐이라는 듯, 어깨를 떡 벌리고 위압적인 태도로 말했다. "자네의 방식은 옛날이나 지금이나 잘못된 거야. 자네는 열정도, 목표도 없어. 나를 똑바로 봐."

"왜 그러는 거야?" 시드니가 가볍게 웃으며 쾌활한 투로 말했다. "누구보다 자네한테는 설교 따위 듣고 싶지 않아!"

"내가 지금까지 어떻게 일해왔지?" 스트라이버가 물었다. "내가 어떻게 일한 줄 알아?"

"부분적으로는 내 도움을 받았지. 지금도 그렇고. 뭐, 따지자는 게 아니니까 그런 말은 그만하자고. 자네가 하고 싶은 일을 하면 되는 거야. 지금까지 그랬던 것처럼. 자네는 늘 앞줄에 있었고, 나는 늘 뒷줄에 있었지.”

“난 앞줄에 서려고 애썼어. 애초에 거기서 태어나질 못했으니까. 그렇지?”

“글쎄, 자네가 태어나는 모습을 난들 봤겠나?” 시드니는 이렇게 말하고 웃었다. 스트라이버도 덩달아 웃음을 터뜨렸다.

“슈루즈베리 이전에도, 슈루즈베리 시절에도, 슈루즈베리 이후에도….” 시드니가 계속해서 말했다. “자네는 늘 자네 자리를 배정받았지. 나는 내 자리를 따로 받았고. 심지어 우리가 카르티에라탱[41]에서 프랑스어와 프랑스 법과 씨름하면서 허튼 프랑스 지식 부스러기 따위나 주워 먹던 동급생 시절에도 자네는 늘 어딘가에 소속되어 있었고, 나는 아무 데도 소속되어 있지 않았지.”

“그게 내 탓이라는 건가?”

“맹세코 자네 탓이 아니라고는 장담할 수 없지. 자네는 잠시도 가만히 있지 않았어. 늘 붙잡고 밀치고 어디론가 내달리는 통에, 난 그때마다 뒤처져 녹슬어버렸지. 아무튼 그만하자고. 날이 밝아오는데 지난날 얘기만 늘어놓으니까 우울한 기분이 드는군. 헤어지기 전에 다른 화제로 좀 바꿔보자.”

“좋아! 그 아리따운 증인을 위해 건배나 하자고!” 스트라이버가 잔을 들고 말했다. 그러고는 잠시 뒤 물었다. “어때, 이제 기분이 좀 나아졌지?”

그렇지 않았다. 시드니는 다시 우울한 표정을 지었다.

“아리따운 증인이라….” 시드니가 술잔을 내려다보며 중얼거렸다. “오늘 하루 종일 수많은 증인을 봤는데, 누구를 말하는 건지 모르겠

◇◇◇◇

41 파리 센강 왼쪽의 대학과 문화 시설이 있는 지역.

　　　　　　　　　　　　　

군. 자네가 말하는 아리따운 증인이 대체 누구야?"

"의사의 그림처럼 예쁜 딸, 마네트 양 말이야."

"그 여자가 예뻐?"

"그렇지 않나?"

"아니야."

"무슨 소리를 하는 거야? 법정에 있던 사람 모두 그 여자를 보고 감탄하던데!"

"법정에 있던 사람 모두 감탄했다니 웃기는군! 아니, 누가 올드 베일리를 미인 심사하는 곳으로 만들었지? 내 눈에는 그저 금발 인형으로 보였어!"

"이봐, 시드니!" 스트라이버가 날카로운 눈으로 시드니 카턴을 쏘아보면서 한 손으로 불그레한 얼굴을 천천히 쓰다듬었다. "아까는 자네가 그 금발 인형을 동정하는 것 같았어. 그 인형이 기절한 걸 발견한 것도 자네였지 않나?"

"발견했다고? 상대가 인형이든 아니든 그렇게 가까이서 기절하면, 누구라도 알 수 있네. 맹세컨대 미인은 아니었어. 이제 술은 더 안 마실래. 그만 자러 가야겠어."

주인이 촛불을 들고 계단까지 손님을 따라와서 아래쪽을 비추어 주었다. 지저분한 창문을 통해 차가운 아침 햇살이 비쳐 들었다. 밖으로 나온 시드니 카턴의 가슴에 차가운 공기와 함께 서글픔이 밀려들었다. 칙칙한 하늘 가득 구름이 끼었고, 강물은 어둡고 흐린 빛을 띠어 풍경 전체가 생명 없는 사막처럼 보였다. 한차례 돌풍이 불었고 먼지로 된 소용돌이들이 빙글빙글 돌았는데, 사막의 모래가 멀리서부터 일어나기 시작하여 이제 막 도시를 뿌옇게 집어삼킬 것 같았다.

시드니의 기력은 모두 소진되었고, 주위는 사막처럼 황량하기만 했다. 그는 양옆으로 건물이 늘어선 고즈넉한 거리를 걷다가 잠시 멈추어 섰다. 눈 앞에 펼쳐진 황무지에서 명예로운 야망과 자제력과 인내심이라는 이름의 신기루가 어른거렸기 때문이다. 이 환상 속의 아름다운 도시에는 사랑과 은총으로 그를 내려다보는 높은 회랑이 있었고, 생명의 열매가 무르익어가는 정원이 펼쳐져 있었으며, 반짝이며 빛나는 희망의 샘이 있었다. 하지만 그 모든 것은 한순간에 사라졌다. 시드니는 다닥다닥 붙은 건물 가운데 한 곳의 꼭대기 층에 있는 방으로 들어가서 옷도 벗지 않은 채 아무렇게나 놓인 침대 위에 몸을 던졌다. 저도 모르게 흘러나온 눈물이 베개를 적셨다.

잠시 뒤 슬프게도 태양이 떠올랐다. 햇빛을 받으며 누워 있는 남자가 있는 이 풍경은 이루 말할 수 없이 슬퍼 보였다. 시드니 카턴은 재능도, 따뜻한 마음도 지니고 있었지만 그것을 올바른 방향으로 펼치지도 못했고 자신의 행복을 위해서조차 쓰지 못했다. 무엇이 자신을 병들게 하는지 알면서도 모든 것을 포기한 채 수수방관하고 있었다.

6장

수백 명의 사람들

마네트 박사의 조용한 거처는 소호 광장에서 그리 멀지 않은 한적한 길모퉁이에 있었다. 반역죄 재판이 열리고 넉 달이 지났다. 파도처럼 밀려왔던 사람들의 관심과 기억은 썰물처럼 빠져나가 세월에 묻혀버렸다. 그 무렵, 어느 화창한 일요일 오후였다. 자비스 로리 씨는 마네트 박사 집에서 저녁을 먹으려고 클러큰웰에 있는 자기 집에서 나와 햇살이 쏟아지는 거리를 걷고 있었다. 여러 차례 박사와 관련된 일에 참여하다 보니 두 사람은 어느 틈에 친구 사이로 발전해 있었고, 로리 씨는 그 한적한 길모퉁이를 걸으며 일상적인 기쁨을 누렸다.

화창한 그날 오후, 로리 씨가 여느 때처럼 일찌감치 소호를 향한 데에는 세 가지 이유가 있었다. 먼저, 화창한 일요일 오후에 로리 씨는 마네트 박사와 그의 딸 루시와 함께 저녁 먹기 전에 산책하곤 했기 때문이었다. 다음으로, 날씨가 궂은 일요일에는 친구로서 그들 가족과 대화를 나누고 책을 읽거나 창밖을 내다보며 하루를 소일했기 때문이었다. 마지막으로, 그에게는 나름대로 고민할 문제가 늘 있었는데, 박사 가족과 어울리다 보면 실마리가 풀렸기 때문이다.

런던에서 마네트 박사가 거주하는 길모퉁이보다 고풍스럽고 진귀한 곳은 찾아보기 어려웠다. 그곳은 막다른 골목으로 이어지는 모퉁이에 있었고, 박사의 집 앞쪽 창문으로는 고즈넉하고 아름다운 풍경이 펼쳐져 있었다. 당시 옥스퍼드 거리 북쪽으로는 건물이 드물었던 데다 들판 가득 나무가 울창하고 산사나무꽃을 비롯해 야생화가 지천으로 깔려 있었다. 그래서 시골의 산들바람이 소호 주변을 자유롭고 활기차게 맴돌았는데, 정처 없이 떠도는 부랑자들이 교구로 축 늘어진 채 밀려드는 모습과는 상반되었다. 멀지 않은 곳에서는 수많은 복숭아가 제철을 맞아 남쪽 벽을 따라서 탐스럽게 익어갔다.

이른 아침부터 여름 햇살이 길모퉁이에 눈부시게 쏟아졌다. 그러다 한낮이 되어 기온이 올라가면 거리에 나무 그늘이 졌다. 완전히 어두운 그늘은 아니었고 그 너머로는 여전히 눈부신 햇살을 볼 수 있었다. 박사의 집은 그 속에서도 시원하고 호젓하며, 활기가 돌고 메아리가 울리는 아름다운 곳이었다. 마치 거리의 소음을 피해 찾아드는 작은 항구 같았다.

그런 정박지에는 돛단배 한 척이 평화롭게 떠 있기 마련인데, 말하자면 박사의 거처가 그 돛단배였다. 박사는 크고 견고한 건물의 두 층을 사용하고 있었다. 낮 동안 무슨 일이 오가기는 했으나 바깥으로 소리가 새어 나오는 일은 드물었다. 게다가 밤이면 사람들 발길이 끊겨 쥐죽은 듯 고요해졌다.

뒤편에는 안뜰을 거쳐야 들어갈 수 있는 건물도 있었다. 플라타너스가 푸른 잎을 흔들며 바스락거리는 안뜰이었다. 그 건물에서는 교회 오르간도 만들고 은도 세공한다는 소문이 돌았다. 현관 바깥 벽에는 신화 속 거인의 팔처럼 황금 팔이 불쑥 튀어나와 있었는데, 그것은 마치 자신이 금을 두드려 팔을 만든 것처럼 찾아오는 방문객에게도 똑같이 해주겠다는 위협처럼 보였다.

아무튼 그런 일을 하는 사람들이든 위층에 산다는 외톨박이 세입자든 아래층에 회계 사무실이 있다고 주장하는 어수룩한 마차 장식업자든 좀처럼 모습을 드러내지 않았다. 이따금 떠돌이 노동자 차림의 사내가 외투를 걸치며 현관을 가로지르거나 낯선 나그네가 밖에서 기웃거리는 모습은 볼 수 있었다. 또 안뜰 너머에서 희미하게 쨍강쨍강 소리가 나거나 황금 팔 거인이 쿵쾅거리는 소리가 들리기도 했다. 하지만 이런 소리는 일부에 불과했고 참새 떼 지저귀는 소리나 집 앞 모퉁이에서 웅성거리는 메아리 소리가 더 일상적으로, 그러니까 일요일 아침부터 토요일 밤까지 들려왔다.

마네트 박사와 관련된 이야기가 소문처럼 퍼지면서 그는 다시 명성을 얻었고 그때부터 환자를 받아들이기 시작했다. 박사는 풍부한 과학 지식을 갖추었고, 주의 깊은 솜씨를 가지고서 뛰어난 연구를 해본 경험이 있어서인지 다른 방면으로도 일을 많이 요청받았다. 그 덕에 환자는 나날이 늘었고, 원하는 만큼 돈도 벌게 되었다.

이것이 그 화창한 일요일 오후, 자비스 로리 씨가 길모퉁이 조용한 집 현관에서 초인종을 울렸을 때, 머릿속으로 생각한 내용이었다.

"마네트 박사님 계신가?"

로리 씨가 묻자, 하녀가 곧 돌아올 거라고 대답했다.

"루시 양은?"

이번에도 곧 돌아올 거라는 대답이었다.

"프로스 양은 있나?"

아마도 있을 텐데, 손님을 들이고 싶은지 어떤지 의중을 알 수 없다고 하녀는 대답했다.

"일행은 없으니 내가 직접 위층으로 올라가겠네." 로리 씨는 하녀 한테 이렇게 말했다.

박사의 딸은 자신의 모국에 대해서는 아무것도 몰랐다. 하지만 프랑스인 특유의 능력을 물려받은 듯했다. 바로, 보잘것없는 재료로 유용한 물건을 만들어내는 재능이었다. 가장 유용하고 본받을 만한 능력이라고 할 수 있었다.

가구는 대체로 소박한 데다 딱히 가치는 없어 보였다. 하지만 자잘한 장식이 많아서 만든 사람의 취향과 심미안이 돋보였고, 그 때문에 보는 즐거움도 컸다. 커다란 물건부터 작은 물건에 이르기까지 방 안에 있는 모든 물건에는 정성이 담겨 있었다. 사소한 부분에도 섬세한 손길과 맑은 눈길과 뛰어난 분별력과 절제가 느껴졌다. 거기에 우아함과 다양성, 변화와 대비가 더해져 조화로움이 두드러졌고, 동시에 주인의 취향도 생생히 느낄 수 있었다. 로리 씨가 방 안을 둘러보며 서 있을 때는 의자와 탁자조차도 이제껏 그에게 익숙하면서도 독특한 인상을 자아내며, 보기에 흡족하신지 묻는 것만 같았다.

층마다 방이 세 개씩 있고 방문이 활짝 열려 있어서 환기가 잘 되었다. 로리 씨는 여유 있게 이 방 저 방을 둘러보았다. 그러고는 모든 장식물이 희한할 정도로 주인과 닮은 것을 발견하고 슬며시 미소를 지었다. 첫 번째 방은 접견실로, 루시의 새와 꽃과 책과 책상과 작업대와 수채화 물감 상자가 있었다. 두 번째 방은 박사의 상담실이었는데, 식당으로도 쓰이고 있었다. 세 번째 방은 안뜰의 플라타너스잎이 바스락거리며 시시각각 색다른 그림자를 드리우는 곳으로 박사의 침실이었다. 이 방의 한쪽 구석에는 이제 쓰이지 않는 구두장이 작업대와 도구함이 놓여 있었다. 파리 생탕투안 교외의 술집 옆에 있던, 음울한 주택 오 층에 있던 물건들이었다.

"그것 참 이상하군." 방을 둘러보던 로리 씨가 걸음을 멈추고 말했다. "고통스러운 과거를 떠올리게 하는 물건을 곁에 두고 있다니 말이야!"

"그게 왜 이상해요?" 불쑥 날아온 질문에 로리 씨는 깜짝 놀랐다.

질문한 사람은 프로스 양이었다. 프로스 양은 괄괄한 성격에 손힘이 세고 얼굴이 불그스름한 여자로, 도버의 로열 조지 호텔에서 처음 만난 이후 로리 씨와 친분을 쌓아왔다.

"그거야 당연히⋯."

"뭐가 당연하다는 거예요?" 프로스 양의 당돌한 질문에 로리 씨는 말을 잇지 못했다.

"잘 지내셨죠?" 프로스 양이 또 물었다. 날카롭기는 했지만 악의는 없다는 점을 드러내고 싶은 말투였다.

"덕분에 잘 지냈습니다." 로리 씨가 부드럽게 말했다. "프로스 양은 어떻게 지냈어요?"

"그럭저럭 지냈어요." 프로스 양이 대답했다.

"아, 그래요?"

"네, 그래요." 프로스 양이 말했다. "우리 아가씨 때문에 힘들긴 했지만요."

"그래요?"

"저기, '그러냐'는 말 말고 다른 말을 좀 하면 안 돼요? 듣고 있자면 아주 죽을 노릇이에요." 프로스 양이 말했다. 그녀는 덩치에 맞지 않게 성미가 급했다.

"그럼, 정말로요?" 로리 씨가 고쳐 말했다.

"'정말로'도 마음에 안 들어요." 프로스 양이 대꾸했다. "그래도 좀 낫네요. 아무튼 힘들어 죽겠어요."

"이유가 뭔지 물어도 될까요?"

"아가씨와 어울리지도 않는 사람이 수십 명씩 몰려와서 아가씨를 찾으니까요." 프로스 양이 말했다.

"정말로 수십 명이 그런 목적으로 옵니까?"

"수백 명이에요." 프로스 양이 고쳐 말했다.

예나 지금도 많은 이가 그러듯이 프로스 양도 의구심을 제기하면 과장해서 말하는 버릇이 있었다.

"저런!" 로리 씨는 이렇게 대꾸하는 게 가장 무난하다고 생각했다.

"저는 사랑스러운 아가씨를 열 살 때부터 데리고 살았어요. 정확히 말하면 아가씨가 저를 데리고 살았다고 해야겠죠. 저는 보수를 받았으니까요. 하지만 맹세컨대 보수가 없어도 전 아가씨를 돌봤을 거예요. 제가 저나 아가씨를 건사할 수 있었다면 말이죠. 전 아가씨를 열 살 때부터 돌보는 일을 했어요. 아무나 못할 일이죠." 프로스 양이 힘주어 말했다.

무엇이 그렇게 힘들다는 것인지 정확히 알 수는 없었지만 로리 씨는 고개를 끄덕였다. 그는 이 중요한 신체 부위를 어디에나 딱 들어맞는 요정 망토처럼 사용했다.

"우리 아가씨가 상대할 가치라곤 전혀 없는 온갖 부류의 사람들이 불쑥불쑥 찾아온다고요." 프로스 양이 말했다. "로리 씨가 이 일을 벌인 뒤부터…."

"내가 일을 벌였다고요, 프로스 양?"

"안 그래요? 아가씨의 아버지를 되살려놓은 사람이 누구죠?"

"아! 말하자면 그때부터 일이 꼬이기 시작했다는…." 로리 씨가 말끝을 흐렸다.

"아직 한도 끝도 없어요, 그죠? 물론 로리 씨가 처음에 이 일을 벌였을 때도 무척 힘들었어요. 그렇다고 마네트 박사님이 힘들게 했다는 건 아니에요. 그만한 딸을 둘 위인이 못 되는 것 말고 박사님이 특별히 원망을 살 일은 없죠. 사실 이 세상을 다 뒤져도 그런 딸이 과분하지 않을 아버지는 없을 거예요. 제가 힘들어하는 이유는 박사님이 돌아온 뒤로 사람들이 개미 떼처럼 찾아왔기 때문이죠. 그 사람들이 제게서 아가씨의 애정을 송두리째 빼앗아가지만 않았어도 참을 만했어요. 저한테는 그게 가장 힘들어요."

로리 씨는 프로스 양이 질투심이 강한 여자라는 걸 알고 있었다. 그런데 최근에 또 알게 된 사실이 있었다. 바로 유난스러울 정도로 마네트 양을 보살피는 행동의 이면에는 이타심이 작용하고 있다는 점이다. 그것은 오직 여자들에게서만 찾아볼 수 있었다. 이런 여자들은 순수한 애정과 흠모의 대상을 위하여 자신을 희생한다. 잃어버린 젊음을 대신해서, 한 번도 누려보지 못한 아름다움을 대신해서, 운이 따라주지 않아 가지지 못한 재능을 대신해서, 그리고 자신의 암울한 삶에 한 번도 비치지 않았던 눈부신 희망을 대신해서, 기꺼이 노예가 되려는 것이다. 로리 씨는 세상을 겪을 만큼 겪었다. 아무런 조건이 붙지 않는 헌신보다 더 고귀한 건 없다는 사실을 잘 알고 있었다. 그리고 그런 사실을 아는 만큼 프로스 양의 태도를 존경했다.

다들 그러하듯이 로리 씨도 마음속으로 타인을 평가하였는데, 그 중에서도 프로스 양을 매우 높은 위치에 점찍어두었다. 텔슨 은행에서 만난 많은 부인들은 잔고가 두둑하고, 타고나거나 꾸며낸 조건이 훨씬 나아 보였지만 로리 씨의 눈에는 그들보다 프로스 양이 훨씬 더 천사에 가까워 보였다.

"우리 아가씨의 상대가 될 남자는 예전에도 앞으로도 딱 한 명뿐이에요." 프로스 양이 말했다. "바로 내 동생 솔로몬이죠. 그 아이가 일

루시 곁을 지키는 충직한 동반자 프로스

생일대의 실수만 저지르지 않았어도….”

또 그 이야기였다. 로리 씨가 알아낸 프로스 양의 개인사는 이랬다. 그녀의 남동생 솔로몬은 그녀가 모아놓은 전 재산을 투자 목적으로 강탈하다시피 해서 몽땅 탕진해버렸다. 그는 누나를 빈곤의 구렁텅이로 밀어놓고도 아무런 양심의 가책을 느끼지 않았다. 한 마디로 솔로몬은 비정하기 짝이 없는, 건달 중의 건달이었다. 그럼에도 프로스 양은 동생 솔로몬을 좋게 보았고, 이는 로리 씨에게 꽤 심각한 문제였다. 하지만 그러한 사실을 차치하고라도 동생을 믿는 프로스 양의 태도에 감동하여, 로리 씨는 그녀에게 한층 더 호감을 느끼게 되었다.

“어쩌다 보니 우리 둘만 남았네요. 우리 둘 다 고용된 처지이기에 묻습니다만….” 두 사람이 접견실로 돌아와 사이좋게 자리에 앉았을 때 로리 씨가 입을 열었다. “박사님이 루시와 이야기하면서 구두 만들던 시절을 언급한 적이 없었나요?”

“없었어요.”

“구두를 만들 때 쓰는 작업대와 연장을 곁에 두고 있었는데도요?”

“아!” 프로스 양이 고개를 저으며 말했다. “마음속으로 벌어지는 일을 난들 알겠어요.”

“박사님이 그 시절을 자주 떠올리는 것 같던가요?”

“네, 그랬어요.”

“그렇다면 한번 상상을 해보자구요….” 로리 씨가 말하려고 하자 프로스 양이 가로막았다.

“상상 같은 건 됐어요. 헛된 상상은 질색이에요.”

“그럼 정정하겠습니다. 이런 추측은… 이따금 추측은 하시죠?”

“이따금 하긴 하죠.” 프로스 양이 대꾸했다.

“그럼 이런 추측도 하실 수 있을 듯한데요.” 로리 씨는 반짝이는 눈에 웃음기를 머금고 프로스 양을 다정하게 바라보며 말했다. "마네트 박사님에게 그 긴 세월 동안 간직해온 생각 같은 게 있지 않을까요? 이를테면 본인이 왜 그렇게 오랫동안 억압되어 있었는지, 누가 억압했는지 같은 걸 추측할 수 있을 듯합니다만."

"그 점에 대해서는 추측한 적 없어요. 아가씨가 말한 걸 기억하고는 있지만요."

"그래요? 그게 뭔데요?"

"아가씨 말로는 아버지에게 뭔가 사연이 있는 것 같대요."

"이런 걸 묻는다고 언짢아하진 마세요. 나는 업무 파악이 둔하지만 프로스 양은 그렇지 않으니까 묻는 겁니다."

"둔하다고요?" 프로스 양이 차분한 목소리로 물었다.

"아니, 아닙니다. 꼭 그런 건 아니에요." 로리 씨는 괜히 겸손한 표현을 썼다고 후회하면서 대답했다.

"자, 업무 이야기로 돌아갑시다. 모두 알다시피 마네트 박사님은 무고한 사람이지요. 그런데도 그에 대해 한마디도 언급하지 않는 게 좀 이상하지 않나요? 나한테도 그렇고 말입니다. 그분과 나는 십수 년 전에 업무상 서로 알게 되었지만 지금은 아주 친밀한 사이라고 할 수 있지요. 그럼에도 일언반구도 없습니다. 딸에게도 그런다면서요? 금이야 옥이야 아끼는 딸이고, 딸 또한 아버지를 극진히 모시는데도 말이에요. 어떻게 그런 딸한테조차 말하지 않을 수 있는 거지요? 프로스 양, 나는 단순한 호기심에서 묻는 게 아닙니다. 중대한 이해관계가 있어서 묻는 겁니다."

"글쎄요, 제가 아무리 이해하려고 애써도 한계가 있는 것 같아요. 충분히 짐작하시겠지만 말이에요." 로리 씨의 부드러운 말투에 프로스 양의 마음은 한껏 누그러졌다. "박사님은 이런 이야기를 두려워하시는 것 같아요."

"두려워 한다고요?"

"왜 그러시는지 이유는 간단하지요. 끔찍한 기억이잖아요. 정신 이상도 그래서 생겼고요. 본인이 어떻게 정신을 잃었는지, 또 어떻게 회복하게 되었는지도 모르는데, 앞으로 그런 일이 또 벌어지지 말란 법 있겠어요? 제 생각으로는 그 하나만으로도 충분한 이유가 되지요."

이것은 로리 씨가 기대하던 것보다 심오한 대답이었다. "맞는 말입니다." 그가 말했다. "다시 생각하기 두렵겠지요. 하지만 프로스 양, 마네트 박사님이 그런 억압된 감정을 마음에 가둬두고 있어도 과연 괜찮을지 의문입니다. 사실 이런 의문과 함께 이따금 고개를 드는 불안감 때문에 프로스 양과 대화를 나누고 있는 것이기도 하지요."

"그렇더라도 어쩔 수 없는 일이에요." 프로스 양이 고개를 저으며 말했다. "그 문제를 건드리면 박사님 상태는 당장 더 나빠질 테니까요. 내버려두는 게 좋아요. 로리 씨가 원하든 원하지 않든 놔둬야 합니다. 이따금 그분은 한밤중에 일어나서 방안을 어슬렁거려요. 그냥 이리 걸었다 저리 걸었다 그러시죠. 위층에 있는 우리 귀에 발소리가 다 들리도록요. 그럴 때 아가씨는 눈치채죠. 아버지가 기억 속의 옛 감옥 안을 이리저리 걷고 있다는 것을요.

아가씨는 급히 아래층으로 내려가서 아버지와 함께 걸어요. 이리 걸었다 저리 걸었다 그러는 거죠. 아버지 마음이 진정될 때까지요. 하지만 박사님은 자신이 왜 그렇게 안절부절못하는지 딸한테 한마디도 하지 않아요. 아가씨도 아무런 내색하지 않고 가만히 있는 게 최선이라고 생각하고요. 두 사람은 아무 말 없이 함께 이리 걸었다 저리 걸었다만 하는 거예요. 아가씨가 사랑과 정성을 기울여서 박사님이 정상으로 돌아올 때까지 둘은 그렇게 함께 걷는 거죠."

프로스 양은 자기가 상상할 줄 모른다고 했지만 '이리 걸었다 저리 걸었다'라는 구절을 반복하는 것으로 보아, 두 사람이 슬픔에 젖어 고통스러워한다는 점을 충분히 인지하고 있었다. 그녀에게 상상력이 있기에 가능한 일이었다.

앞서 언급했다시피 집은 메아리가 울리는 모퉁이에 자리하고 있었다. 그래서 그곳에서는 다가오는 발소리도 아주 크게 들렸다.

"두 분이 오시나 보네요!" 프로스 양이 말을 멈추고 일어서며 말했다. "두고 보세요. 곧 수백 명이 몰려올 테니까요!"

그 길모퉁이는 소리를 수집하는 특성이 있는 신기한 곳이었다. 마치 거대한 귀처럼 독특한 장소였다. 로리 씨는 활짝 열린 창가에 서서, 발걸음 소리의 주인인 아버지와 딸이 끝내 모습을 드러내지 않는 게 아닌가 하고 생각했다. 발소리가 다른 곳으로 떠난 듯 메아리가 사라졌는데, 이상하게도 그곳에 오지도 않은 다른 발소리의 메아리가 대신 들렸다. 하지만 그 또한 아주 가까이 다가왔다 싶으면 금세 사라져버렸다. 하지만 아버지와 딸은 얼마 뒤 모습을 드러냈고, 프로스 양은 그들을 맞으러 바깥 현관으로 달려 나갔다.

프로스 양은 괄괄한 성격에 조금은 거칠고 퉁명스러웠지만 박사의 딸 앞에서는 고분고분 행동했다. 그녀는 사랑하는 아가씨가 위층으로 올라오자 보닛을 벗겨서 손수건으로 손질하고 입으로 후후 불어 먼지를 털어냈다. 그러고는 망토를 벗겨 가지런히 갠 다음 아가씨의 풍성한 머리카락을 매만졌다. 마치 세상에서 가장 허영심 많고 아름다운 여성이 자기 머리카락을 보며 뿌듯해하듯 흐뭇한 표정을 지었다. 박사의 딸도 흐뭇한 표정을 지은 채 프로스 양을 껴안고 고마운 마음을 전했다. 그러면서 자기 때문에 너무 고생한다며 프로스 양의 손길을 부드럽게 뿌리쳤다. 물론 그것은 장난으로 한 행동이었다. 정색하고 손길을 뿌리쳤다면 프로스 양은 마음에 상처를 입고 자기 방으로 뛰어 들어가서 서럽게 울었을 것이다.

박사도 흐뭇한 표정이었다. 그는 두 여자의 정겨운 모습을 바라보며 프로스 양이 루시를 지나치게 애정하고 감싸고 도는 바람에 버릇이 나빠질 것 같다고 책망하듯 말했다. 하지만 그런 그도 프로스 양 못지않게 루시를 대할 때는 말투와 눈빛에 애정을 듬뿍 담았다. 여건만 허락되었더라면 지금보다 훨씬 많은 애정을 쏟았을 기세였다. 작은 가발을 쓴 로리 씨도 환하게 미소 띤 얼굴로 모든 장면을 바라보며, 늘그막에 자신을 '가정'이라는 따뜻한 품으로 이끌어준, 평생 독신으로 살아온 자신의 운명에 감사했다. 하지만 '수백 명'의 사람들은 아직 이 장면을 보러 오지 않았고, 로리 씨는 프로스 양의 예언이 실현되기를 부질없이 기다리고 있었다.

정찬 시간이 되었지만 여전히 '수백 명'의 사람들은 오지 않았다. 프로스 양은 아래층 하인들 구역을 책임지는 한편, 이 작은 가정을 순조롭게 꾸려나갔다. 그녀가 차린 정찬은 소박했지만 영국식과 프랑스식을 반반씩 섞은 조화로운 요리의 맛은 나무랄 데 없이 훌륭했다. 프로스 양은 사람을 실속 있게 사귀었다. 그녀는 가난한 프랑스인들을 찾아 소호와 인근 지역을 샅샅이 뒤지고 다니며 1실링이나 반크라운쯤 주고 그들로부터 요리 비법을 배웠다. 한번은 몰락한 갈리아의 아들딸들로부터 신기한 요리 비법을 얻어내자, 그 집에서 하녀로 일하는 아낙네들과 소녀들은 그녀를 마법사나 신데렐라의 대모라도 되는 것처럼 쳐다보았다. 프로스 양은 닭 한 마리, 토끼 한 마리, 그리고 텃밭의 채소 두어 개를 가져오게 했고, 그것들로 무슨 요리든 만들 수 있었다.

그녀는 일요일에는 박사의 식탁에서 함께 식사했다. 하지만 다른 요일에는 아무도 모르게 아래층 하인들 구역이나 이 층에 있는 자기 방에서 음식을 먹었다. 말려도 고집스레 그렇게 했다. 그녀의 방은 아가씨 말고는 아무도 들어가지 못하는 푸른 방이었다. 프로스 양은 아가씨의 즐거운 표정과 자신을 기쁘게 해주려는 다정한 마음에 화답하듯, 편안한 얼굴로 두 사람과 함께 식사했다. 정찬은 그 어느 때보다 유쾌한 시간이었다.

그런데 날씨가 숨 막힐 정도로 후텁지근해서, 정찬이 끝난 뒤 루시는 플라타너스 아래로 포도주를 가져가 잔디 위에 앉자고 제안했다. 모두 루시의 결정을 따랐고, 매사가 그녀를 중심으로 돌아갔기 때문에 그들은 플라타너스 아래로 나갔다. 루시는 특별히 로리 씨를 위해 포도주를 챙겼다. 얼마 전부터 그녀는 로리 씨의 술잔을 채우는 일을 도맡아 했는데, 그들이 플라타너스 아래 앉아 이야기를 나눌 때도 계속해서 그의 잔을 채워주었다. 그들이 대화를 나누는 동안 주위를 에워싼 신비로운 건물들의 측면과 후면이 그들을 훔쳐보았고, 플라타너스 잎도 머리 위에서 수런거리며 그들에게 속삭였다.

여전히 '수백 명'의 사람들은 나타나지 않았다. 그들이 플라타너스 아래 앉아 있을 때 찰스 다네이가 오기는 했지만 여태 방문객이라고는 그 '혼자'였다.

마네트 박사는 다네이를 친절하게 맞았고, 루시도 반겼다. 하지만 프로스 양은 갑자기 머리와 온몸이 떨린다면서 집 안으로 들어갔다. 그녀는 자주 그 같은 증상에 시달리곤 했는데, 그녀 스스로 이를 '경련 발작'이라고 불렀다.

마네트 박사는 건강이 아주 좋은 데다 유난히 젊어 보였다. 이런 때는 그와 루시가 닮은 점이 더욱 도드라졌다. 둘은 나란히 앉아 있었다. 루시는 아버지 어깨에 기대고 박사는 딸의 의자 등받이에 팔을 없고 있었는데, 이때를 틈타 둘의 닮은 점을 눈여겨보는 건 즐거우면서도 아주 흐뭇한 일이었다.

박사는 평소와 달리 다양한 주제를 놓고 활달하게 말했다.

"그런데 마네트 박사님." 그들이 플라타너스 아래 앉아 있을 때 다네이가 말했다. 마침 그들은 런던의 오래된 건물들에 관해 이야기를 나누던 참이었다. "런던탑[42]을 둘러보신 적 있습니까?"

"루시와 함께 가보긴 했지만 그냥 우연히 들른 거였소. 충분히 둘러보았고 흥미로운 곳이었지만 그뿐이었지요."

"전에 말씀드렸듯 저도 그곳에 가보았습니다." 다네이는 약간 못마땅한 표정이면서도 웃으며 말했다. "그땐 상황이 달랐고, 한가롭게 구경할 만한 신분은 아니었지만요. 그런데 거기서 흥미로운 이야기를 들었습니다."

"무슨 이야기였는데요?" 루시가 물었다.

"일꾼들이 그곳 개축 공사를 하던 중 지하 감옥을 발견했는데, 아주 오랫동안 그 존재를 아무도 몰랐던 모양입니다. 그곳 내벽은 죄수들이 새긴 글, 그러니까 날짜와 이름과 한탄과 기도 같은 것으로 덮여 있었다는군요.

특히 한쪽 벽 모서리의 주춧돌에 처형된 것으로 보이는 죄수의 마지막 글이 새겨져 있더랍니다. 보잘것없는 도구로 손을 떨면서 서툴게 세 글자를 새겨놓았는데, 처음엔 그것이 'D. I. C.'인 줄 알았답니다. 그런데 자세히 살펴보니까 마지막 글자가 'G'였다는군요. 그런 머리글자를 쓰는 죄수는 기록으로도 소문으로도 전해진 바 없어서 과연 그게 무엇인지를 놓고 헛된 추측만 난무했지요. 그러던 중 그게

---

42 18세기에는 국사범을 수용하는 감옥이었다.

머리글자가 아니라 '파다'라는 뜻의 영어 'DIG'일지 모른다는 의견이 나왔습니다. 그리고 글자가 새겨진 주춧돌 아래 바닥을 훑었더니, 돌과 타일, 포석 조각 아래에 있던 흙 속에 뭔가 섞여서 나왔지요. 타다 만 종잇조각이었지요. 작은 가죽 상자나 가방을 태우고 남은 재와 뒤섞여 있더랍니다. 그 죄수가 무슨 뜻으로 그런 글자를 남겼는지는 알 수 없겠지만 그는 뭔가를 써서 간수 눈에 띄지 않게 숨긴 것만은 분명한 듯합니다."

"아버지!" 갑자기 루시가 소리쳤다. "어디 편찮으세요?"

박사가 양손으로 머리를 감싸고 벌떡 일어나 있었다. 그의 태도와 표정에 모두가 겁을 먹었다.

"아니, 괜찮다. 굵직한 빗방울이 떨어져서 놀랐을 뿐이야. 이만 안으로 들어가는 게 좋겠구나."

박사는 곧바로 평온을 되찾았다. 실제로 굵은 빗방울이 떨어지고 있었다. 박사가 손등에 떨어진 빗방울을 보여주었다. 하지만 그는 다네이가 앞서 발견했다는 것에 관해서는 한마디 언급도 없었다. 집 안으로 들어갈 때, 로리 씨는 자신의 실무적인 눈으로 무언가를 감지했다. 아직 착각인지 아닌지는 확실치 않았지만 바로 찰스 다네이를 향하는 박사의 표정이었다. 올드 베일리 법정 복도에서 다네이를 향하던 박사의 그것과 너무 흡사했다.

그러나 박사가 너무도 빠르게 평온한 모습을 되찾았기 때문에, 로리 씨는 방금 자신이 잘못 보았던 것은 아닌가 하는 의구심마저 들었다. 박사는 현관 벽 거인의 황금 팔 아래 서서, 빗방울 같은 것에도 놀라는 걸 보니 자신은 아직 사소한 일에도 마음이 약한 모양이라고 말했다. 그렇게 말하는 박사의 모습은 거인의 황금 팔보다 더 굳건해 보였다.

티타임을 위해 분주히 움직이던 프로스 양은 또 한차례 경련 발작을 겪은 뒤에야 차를 준비했다. 하지만 여전히 '수백 명'의 사람들은 나타나지 않았다. 시드니 카턴이 어슬렁거리며 모습을 드러냈지만 그래 봐야 방문객이라고는 '두 사람'에 불과했다.

그야말로 푹푹 찌는 밤이었다. 문이란 문, 창문이란 창문은 몽땅 열어젖혀 두고 가만히 앉아 있는데도 다들 열기에 맥을 못 추고 있었다. 차를 다 마시고 난 뒤, 그들은 창가로 가서 땅거미 진 바깥을 내다보았다. 루시는 아버지 곁에, 다네이는 그녀 곁에 앉았다. 시드니는 창가에 기대어 서 있었다. 길모퉁이에서 불어온 돌풍 탓에 기다란 흰색 커튼이 천장까지 휘날리며 음산한 날개처럼 펄럭거렸다.

"여전히 빗방울이 떨어지는군. 꽤 굵구먼." 마네트 박사가 중얼거리듯 말했다. "폭풍이 서서히 다가오는 모양이오."

"정말로 큰 게 올 듯하네요." 시드니가 말했다.

무언가를 조용히 지켜보거나 캄캄한 방에서 불이 들어오기를 기다리는 사람들이 그러하듯, 그들은 목소리를 한껏 낮추어 말했다.

폭풍이 몰아치기 전에 피할 곳을 찾아 바삐 움직이는 사람들로 거리는 몹시 부산스러웠다. 메아리가 울리는 길모퉁이는 발소리로 요란했지만 희한하게 누구의 발도 보이지는 않았다.

"수많은 사람이 오가는데도 적막하구나!" 한동안 창밖의 소리에 귀를 기울이던 다네이가 중얼거리듯 말했다.

"정말 인상적이지 않아요, 다네이 씨?" 루시가 물었다. "저녁 무렵 이따금 이곳에 앉아서 이런저런 상상에 젖어 들고는 했지요. 그런데 오늘 밤은 모든 게 너무 어둡고 심각해 보여서인지 허무맹랑한 상상만 해도 기분이 오싹할 것 같네요."

"함께 오싹한 기분을 느껴봅시다. 어떤 상상인지 궁금하네요." 다네

거대한 나무 그늘이 품은 한때의 평안

이가 말했다.

"아마 시시하다고 느낄 거예요. 그런 상상은 변덕스럽기 때문에 지어내는 순간에만 인상적이라고 생각해요. 다른 이에게 전달될 수 있는 게 아니거든요. 저는 이따금 여기 혼자 저녁에 앉아서 귀를 기울이고는 했어요. 그러다 보면 그 메아리들이 머지않아 우리 삶 속으로 들어올 사람들의 발걸음 소리처럼 느껴지곤 했어요."

"그렇다면 언젠가 엄청난 수의 군중이 우리 삶 속으로 밀려들겠군요." 시드니 카턴이 특유의 시무룩한 분위기를 풍기며 끼어들었다.

발소리가 끊임없이 이어졌다. 사람들이 차츰 빨리 움직이는 것 같았다. 길모퉁이에서 사람들의 발소리가 메아리치고 또 메아리쳤다. 어떤 발소리는 창문 바로 아래에서 나는 것 같았다. 방 안에서 나는 듯한 발소리도 있었다. 점점 다가오는 발소리가 있는가 하면 점점 멀어지는 발소리도 있었다. 어디론가 사라지는 발소리가 있는가 하면 뚝 끊기는 발소리도 있었다. 모든 소리가 멀리서 들려왔고 눈에는 아무것도 보이지 않았다.

"마네트 양, 이 모든 발소리가 우리 모두를 향해 다가오는 걸까요, 아니면 우리 각자 서로 다른 길로 이끌어갈까요?"

"모르겠어요, 다네이 씨. 허무맹랑한 상상이라고 말했는데 당신이 물어보셨잖아요. 상상에 잠길 때는 늘 혼자였는데, 그때 저는 사람들의 발소리가 제 삶과 아버지의 삶 속으로 들어오게 되리라고 상상하곤 했어요."

"저는 그 모든 발소리를 제가 짊어지려고 합니다!" 시드니가 말했다. "저는 아무것도 묻거나 따지지 않겠습니다. 마네트 양, 거대한 군중이 우리를 향해 돌진하고 있군요. 제 눈에는 보여요. 번갯불이 번쩍 빛나는 순간 보이곤 합니다." 시드니 카턴의 말이 끝나자마자 번개가

쳤다. 번개의 섬광에 창가에 기댄 시드니의 모습이 반짝 빛나 보였다.

"소리도 들립니다!" 천둥이 울리자 시드니가 다시 입을 열었다. "저들이 오는군요. 빠르고 거칠고, 맹렬하게 몰려옵니다!"

시드니 카턴이 말한 것은 요란하게 퍼붓는 빗줄기였다. 빗소리 때문에 어떤 목소리도 들리지 않았기 때문에 그는 말문을 닫았다. 폭우와 함께 가공할 만한 천둥과 번개가 내리쳤다. 고막을 찢을 듯한 굉음과 번쩍이는 불빛과 휘몰아치는 빗줄기는 쉴 새 없이 이어졌고, 달이 떠오른 자정 무렵에야 멈추었다.

맑게 갠 대기 속에서 세인트폴 성당의 커다란 종이 새벽 한 시를 알렸다. 로리 씨는 장화를 신고 랜턴을 든 제리의 호위를 받으며 클러큰웰을 향해 출발했다. 소호와 클러큰웰 사이에는 인적이 드문 구간이 있었다. 로리 씨는 노상강도의 습격에 대비해 제리에게 호위를 부탁했다. 그런데 이번에는 평소와 다르게 출발하고 두 시간이 지난 뒤에야 그 일을 맡겼다.

"정말 대단한 밤 아닌가! 죽은 자들을 무덤에서 일으켜 세울 만한 밤이었어." 로리 씨가 제리에게 말했다.

"전 그런 밤 따윈 못 봤어요, 나리. 그리고 그건 앞으로도 마찬가지일 겁니다. 죽은 자들이 일어나다니요." 제리가 말했다.

"안녕히 가시오, 카턴 씨!" 은행원이 말했다. "다네이 씨도 안녕히 가시오. 우리가 언제 또다시 이런 밤을 함께 보게 될지 모르겠지만!"

어쩌면, 정말 어쩌면 또 보게 될지도 몰랐다. 함성을 지르며 돌진해 오는 엄청난 수의 군중을.

◇◇◇

7장

도시 귀족

궁정에서 권세를 떨치는 벼슬 높은 귀족이 파리의 호화로운 저택에서 격주마다 연회를 열었다. 이 귀족 나리는 내실에 있었다. 바깥방에 모여 든 숭배자들의 눈에는 그곳이 지극히 거룩한 지성소, 감히 범접할 수 없는 곳처럼 보였다. 귀족 나리는 이제 막 코코아를 마시려는 참이었다. 그는 먹성 좋게 여러 음식을 한입에 먹을 수 있었는데, 못마땅히 여기는 몇몇 이들은 그가 프랑스마저 빠르게 집어삼킬 모양이라고 믿었다. 귀족 나리가 그렇게 매일 아침 코코아를 목구멍으로 삼키려면 요리사를 비롯하여 네 명이나 되는 건장한 하인들이 도움을 받아야만 했다.

과연 그러했다. 귀족 나리 곁에는 화려한 장신구를 두른 하인이 넷이나 필요했다. 개중 우두머리는 주머니에 금시계를 두 개나 넣고 있었는데, 귀족 나리의 고상하고도 소박한 취향을 곁에서 보고 배운 덕분이었다. 첫 번째 하인이 코코아 단지를 성스러운 귀족 나리 앞으로 가져오면, 두 번째 하인이 맞춤한 작은 도구로 코코아를 휘저어 거품을 냈다. 그러고 나서 세 번째 하인이 특별한 냅킨을 대령하면, 마지막으로 금시계가 두 개나 있는 네 번째 하인이 고급스러운 그릇에 코코아를 따랐다. 넷 중 하나라도 없다면 귀족 나리는 하늘의 축복 아래에서 누리는 그 찬란한 위세를 유지할 길이 없었을 것이다. 그중에서 한 명이라도 빠진다면 가문의 명예가 실추되었을 것이고, 두 명이 빠진다면 그는 죽고 말 것이었다.

어젯밤 귀족 나리는 희극과 그랜드 오페라가 상연되는 아름다운 연회장에서 가벼운 만찬을 들었다. 그는 거의 매일 저녁 한껏 멋을 부린 일행과 만찬을 즐기려고 만찬장에 들렀다. 그토록 점잖고 감수성이 풍부한 인물이었던 귀족 나리에게는 국정이나 국사(國事)의 따분한 조항들보다 희극과 그랜드 오페라가 훨씬 더 큰 영향을 미쳤다. 프랑스 전체의 필요보다도 말이다. 프랑스로서는 참으로 잘 돌아가는 꼴이라고 할 수 있었다! 비슷하게 굴러가던 나라들처럼 '은혜로운 시기'를 보내고 있었다. 이를테면, 한심한 스튜어트[43]가 나라를 팔아먹은 그 통탄할 만한 시절과 다름없었다.

귀족 나리는 전반적인 공적 업무에 대해 참으로 고귀한 생각을 품고 있었는데, 이는 매사를 저절로 흘러가도록 내버려두어야 한다는 것이었다. 개별적인 공무에 관한 그의 생각 또한 참으로 고귀했다. 모든 사안이 자기 뜻대로 흘러가야 했고, 그리하여 모든 것이 자신의 권세를 드높이고 주머니를 두둑하게 해야 한다고 생각했다. 다만 쾌락에 관해서는 한결 관대했다. 온 세상이 자신을 즐겁게 해 주기 위해 존재한다고 믿는, 그야말로 고귀한 생각의 소유자였다. 나리의 공

◇◇◇◇

43 스튜어트 왕조의 국왕, 특히 가톨릭 신자인 찰스 2세는 프랑스의 루이 14세와 도버 조약(1670)을 맺어, 프랑스의 대(對) 프로테스탄트 전쟁 비용을 대신 부담했다.

    제2부 금빛 실

무 집행 결의서는 다음 문장으로 시작되었다. "땅과 거기에 충만한 것과 세계와 그 가운데 사는 자들은 다 나리의 것이로다."[44] 그가 신봉하는 경전에서 대명사 하나만 바꾼 것이었다.

하지만 귀족 나리는 최근 공적으로든 사적으로든 골치 아프고 곤란한 문제가 하나둘씩 끼어들고 있다는 사실을 알아차렸다. 나리는 부득이하게 징세 도급인[45]과 손을 잡았다. 공적인 재정 문제를 해결하기 위해서는 무엇을 어떻게 해야 하는지 그로서는 아는 게 하나도 없었다. 따라서 누군가에게 맡길 필요가 있었다. 사적인 재정 문제를 해결하기 위해서라도 하루빨리 부유한 징세 도급인과 가까워질 필요가 있었다. 귀족 나리의 가문은 여러 대에 걸친 사치와 향락 탓에 차츰 가난해지고 있었다. 급기야 귀족 나리는 누이가 수녀가 되어 싸구려 수녀복과 베일을 쓰기 전에 서둘러 수녀원에서 그녀를 빼낸 뒤, 돈은 엄청나게 많으나 가문은 보잘것없는 징세 도급인에게 물건 건네듯 주었다. 징세 도급인은 지팡이를 짚고 있었는데, 자신의 부에 걸맞게 지팡이 꼭대기에 황금으로 빚은 사과가 장식되어 있었다. 그는 귀족 나리의 접견실에서 다른 무리와 놀고 있었고, 다들 그 앞에서 굽실거렸다. 그러나 귀족 나리의 혈통인 우월한 인류는 예외였다. 귀족 나리의 아내를 비롯하여 그의 혈족들은 한껏 거만한 표정을 지으며 징세 도급인을 업신여겼다.

그는 사치스러운 남자였다. 마구간에는 말 서른 필, 저택에는 남자 하인 스물네 명이 있었다. 그리고 여섯 명의 몸종이 그의 아내 시중

---

44 성경의 「시편」 24편 1절에 나오는 구절에서 '여호와'만 '나리'로 바꿨다.

45 프랑스 혁명 전 왕실의 조세 징수원. 이들은 정부에 납부한 금액보다 엄청나게 많은 세금을 징수해 막대한 부를 쌓아 귀족 지위와 영지를 사기도 했다.

을 들었다. 징세 도급인은 어디서든 기회만 있으면 수탈과 징벌을 공공연히 일삼으면서도 적어도 위선이나 가식은 없었다. 그날 나리의 저택에 참석한 인물들 가운데서는 가장 진실한 인물이라고 할 수 있었다. 그가 혼인을 치름으로써 사회 도덕에 미치는 영향은 잠시 접어 두고 보더라도 말이다.

접견실은 보기에 무척 아름다웠다. 당대 최고의 취향과 기술로써 가능한 온갖 장식으로 그득했다. 그러나 그리 건전한 장소라 할 수는 없었다. 멀지 않은 곳에서 누더기를 걸치고 나이트캡을 쓴 허수아비 같은 사람들을 생각하면 도덕적으로 형편없는 곳이었다(노트르담의 망루에서 내려다보면 귀족 나리의 저택과 빈민굴은 서로 멀지 않았다).

저택에 참석한 사람들은 저마다 자기의 직분을 내세웠지만 실속은 없었다. 육군 장교들은 군사 지식이 없었고, 해군 장교들은 배에 관해 아무것도 몰랐다. 공무원들은 공무에 대한 개념조차 없었으며, 성직자들은 음탕한 눈빛에 문란한 말을 내뱉는 속물들이었다. 그들은 모두 자신이 제 직분에 어울리는 사람인 양 뻔뻔하게 굴었다. 높은 자나 낮은 자나 귀족 나리의 무리에 속해 각종 공직을 차지하고는 권세와 이익을 탐냈다. 이런 자들이 셀 수도 없었다.

귀족 나리와 정부의 일과 무관한 사람들도 넘쳐났다. 이들은 현실적인 일에 아무런 신경도 쓰지 않았고, 지상의 진실한 목적지를 향하여 곧게 나아가는 삶과도 무관하게 살았다. 걸리지도 않은 질병을 치료한답시고 섬세한 손놀림으로 환자를 속여 막대한 부를 축적한 의사들은 귀족 나리의 접견실에서 궁정 출신의 환자들을 향해 연신 미소를 지었다. 이론가들은 국가 정책을 해치는 작은 비리를 해결할 갖가지 대책을 세워 놓았다고, 번지르르하게 말을 늘어놓았다. 하지만 단 하나의 죄목조차 해결하지 못했다. 그들은 귀족 나리의 연회에서 이 사람 저 사람 붙잡고 횡설수설 떠벌렸다. 그 밖에도 새 언어로 세상을 다시 세우고 바벨탑을 하늘 끝까지 쌓아 올리려는 엉터리 철학자들과, 쇠붙이를 금이나 은으로 바꾸려고 안간힘을 쓰는 얼치기 화학자들이 귀족 나리의 접견실에서 삼삼오오 모여 이야기를 나누었다. 좋은 가문에서 나고 자란 교양 있는 신사들도 있었다. 하지만 그들에게 교양이란 무관심에 지나지 않았다. 그 경이로운 시대부터 지금까지도 줄곧 그들은 사람이라면 당연히 관심을 가질 법한 일도 그냥 지나쳤기에 귀족 나리의 화려한 저택에서도 피로한 기색을 적나라하게 드러내고 있었다.

파리의 세련된 사교계에서도 사정은 다르지 않았다. 그곳의 귀족들은 가정사 따위는 내팽개친 지 오래였다. 귀족 나리의 추종자들 가운데에는 거의 절반이 첩자였는데, 그들은 거기에 모인 고귀한 무리 가운데서 태도로나 외모로나 '어머니'라고 할 만한 여인을 발견하지는 못했다. 유행에 민감한 상류 사교계에서 아이를 키운다는 것은 그 개념조차 찾아보기 어려운 일이었다. '아이'라는 성가신 존재를 세상에 내놓았다고 해서 모두 어머니라고 불릴 수는 없는데도 말이다. 그렇게 농부 아낙네들이 아이를 키우는 유행에 뒤처진 일을 도맡는 동안, 상류 사교계의 예순 넘은 할머니들은 스무 살 처녀처럼 옷을 화려하게 차려입고 우아하게 음식을 입에 넣었다.

비현실이라는 나병은 귀족 나리를 떠받드는 사람들의 모습을 흉하게 일그러뜨렸다. 가장 바깥쪽 별실에는 희한한 사람들이 몇몇 있었다. 지난 몇 년 동안 상황이 좋지 않게 전개되는 것을 막연하게나마 느끼고 불안해하는 사람들이었다. 세상이 잘못 흘러가는 것을 바로잡을 방법이라도 되는 듯, 그들 여섯 명 중 절반은 '경련주의자'[46]라 불리는 괴이한 종파에 들어가 있었다. 그리고 그 순간에도 그들은 서로 의논하고 있었다. 지금 이 자리에서 거품을 물고 고함을 지르며 발작을 일으킨 채 쓰러져 버릴까 하고 말이다. 그렇게 하면, 미래를 가리키는 아주 명확한 이정표 하나를 세워 귀족 나리에게 길을 보여 줄 수 있으리라는 것이었다.

데르비시 고행승들 외에도 또 다른 세 사람이 있었다. 그 셋은 "진리의 중심"이라는 기묘한 말장난으로 세상의 문제를 바로잡을 수 있다고 믿는 별난 종파의 신도들이었다. 그들의 주장에 따르면 인간은 이미 '진리의 중심'에서는 벗어났으나 아직 '진리의 둘레' 밖으로 완전히 이탈한 것은 아니었다. 따라서 인간이 다시 중심에 들어서려면 금식과 함께 성령을 접해야 한다고 주장했다. 이들 가운데 상당수가 영들과 많은 대화를 나눴다고 했지만 그런 대화가 세상에 얼마만큼 도움이 될지는 아무도 몰랐다.

그나마 위안이 되는 건, 귀족 나리의 호화로운 저택에 와 있는 모든 사람이 의상만은 완벽하게 차려입었다는 점이었다. 만약 '심판의 날'이 복장 점검의 날이었다면 그 자리에 있던 이들은 한 사람도 빠짐없이 모두 구원받았을 것이다. 곱슬곱슬하게 지진 머리카락에 분을 뿌려 위로 뻗게 하고, 얼굴을 아름답게 가꾸고, 보기에도 위용 넘치는 칼을 차고, 후각을 섬세하게 자극하는 향을 뿌린 그들의 삶은 영원히 지속될 것이었다. 좋은 가문에서 교양 있게 자란 세련된 신사들, 그들이 나른한 몸짓으로 움직일 때마다 목에 건 펜던트가 흔들리며 찰랑찰랑 은방울 같은 소리가 났고, 실크와 양단과 고급 리넨으로 지은 옷자락이 사각거리면서 공중에서 펄럭였다. 그 펄럭임이 배꼽

---

46 Convulsionists, 18세기 중반 프랑스에서 성행한 광신도 종파로, 이들은 종교적 영감을 받을 때 경련을 일으키며 방언을 터뜨렸다고 한다.

은 이들의 입에서 비어져 나오는 신음을 저멀리 부채질했다.

의복은 제자리를 지키고 유지하게 하는, 확실한 부적이자 주문이었다. 모든 사람이 영원할 것 같은 '가장무도회'를 위해서 차려입었다. 튀일리 궁전에서부터 귀족 나리와 궁정 대신은 물론이고 각종 집무실과 법정을 거쳐 사회 각계각층에 이르기까지, 모든 이가 무도회를 위해 차려입었다. 심지어 사형 집행인까지 가담해야 했다. 그들은 "곱슬곱슬 지진 머리카락에 분을 뿌리고, 금빛 레이스가 달린 상의를 입고서 굽 높은 구두 흰색 비단 양말을 신고서" 직무를 수행했다. 소위 '파리 씨'로 불리던[47] 한 사형 집행인이 있었고, 그는 사형 집행인들 사이에서 마치 '오를레앙 씨'처럼 지역 이름으로 불렸는데 교구의 주교나 다름없었다. 그 역시 교수대와 거열형 틀에서 고상한 차림으로 형을 집행했다. 오직 허수아비 같은 사람들만 남루한 차림이었다.

서기 1780년, 파리 생탕투안에서 열린 귀족 나리의 연회에 참석한 무리는 믿어 의심치 않았다. 곱슬한 머리에 분을 바르고, 금빛 레이스를 두르고, 굽 높은 구두에 흰색 비단 양말을 신은 사형 집행인에게 의지하는 자신들의 체제가 밤하늘의 별처럼 영원하리라는 것을!

귀족 나리는 네 하인의 부담을 덜어주려고 코코아를 재빨리 들이켜고는 성스럽기 이를 데 없는 성소의 문을 활짝 열도록 한 뒤, 밖으로 나왔다. 그러자 추종자들이 서로 앞다투어 달려와 머리를 조아리고 굽신거리면서 천박하게 아양을 떨었다. 납작 엎드려 절하는 모습을 보고 있노라면 천국의 자리는 안중에도 없어 보였다. 아니, 오히려 천국을 전혀 신경 쓰지 않았기에 그렇게 할 수 있는지도 몰랐다.

귀족 나리는 이쪽에서는 약속의 말을 내뱉고, 저쪽에는 미소를 남

---

47 당시 프랑스의 사형 집행인은 각각 주재하는 지역 이름으로 불리곤 했다.

기는 한편, 자기를 보고 행복해하는 노예에게는 두어 마디 속삭이고 그 옆의 노예에게는 손을 흔들어주었다. 그러면서 우아하게 몇 개의 방을 지나, 가장 바깥쪽 방에 도착했다. 앞서 말한 "진실의 둘레" 종파가 모여 있는 먼 지역이었다. 하지만 그는 '진리의 변방'이라고 할 수 있는 그곳에서 잠시 머물렀다가 이내 몸을 돌려 코코아의 시중꾼들이 기다리는 성소로 돌아왔다. 그러고는 모습을 드러내지 않았다.

연회가 끝나자 공기의 떨림이 작은 폭풍을 일으켰다. 앙증맞은 방울들이 찰랑찰랑 소리를 내면서 아래층으로 내려갔다. 이제 귀족 나리의 접견실에는 단 한 명만 남아 있었다. 그는 겨드랑이에 모자를 끼고 손에는 코담뱃갑을 든 채 여러 개의 거울 사이를 지나 출구로 향했다.

"악마에게나 떨어지라지!" 그가 마지막 문에서 걸음을 멈추고 성소 쪽을 돌아보며 말했다.

그는 그 말을 내뱉자마자 발에서 먼지를 털듯 손가락에서 코담배 가루를 털어내고는 조용히 아래층으로 내려갔다.

예순쯤으로 보이는 남자였다. 그는 옷을 근사하게 차려입었고, 태도가 거만했으며, 얼굴이 투명할 정도로 창백했다. 그리고 마치 가면을 쓴 듯 이목구비가 또렷하고 표정이 딱딱했다. 특히 코는 모양이 아름다웠는데, 양쪽 콧구멍 끝이 살짝 좁혀져 있었다. 묘하게도 그의 표정 변화는 콧등을 중심으로 양쪽으로 오목하게 들어간 곳에서 미미하게 드러났다. 그곳은 신기하게도 이따금 색깔이 변했고, 희미한 맥박에 따라 팽창하고 수축하기를 반복했다. 그럴 때면 얼굴 전체에서 잔인한 배신자의 분위기가 풍겼다. 자세히 보면 그의 냉정한 인상은 입술과 눈매의 선에서 비롯되었다. 입가와 눈가의 선이 지나치게 가늘고 수평으로 뻗어 있었던 것이다. 그럼에도 그의 얼굴은 전체적으로 수려했고 한눈에 띄었다.

그 얼굴의 주인은 아래층으로 내려갔다가 안뜰에서 마차를 타고 떠났다. 귀족 나리의 연회에서 그와 이야기를 나눈 사람은 많지 않았다. 그는 줄곧 따로 떨어져 서 있었다. 귀족 나리가 그런 그를 좀 더 살갑게 대하면 좋았을 테지만 그렇게 하지 않았다. 그런 상황에 있다가 그가 말을 몰고 나설 때 평민들이 허둥지둥 흩어져 그의 말굽에 차이지 않으려 비켜서는 모습을 보며 묘한 만족을 느끼는 듯했다. 그의 마부는 마치 적에게 돌진하듯 마차를 몰았다. 그런 무모한 질주를 보고도 그의 얼굴과 입술은 평소처럼 태평하기만 했다.

제아무리 귀와 입을 틀어막는 시대였다지만 이따금 항의하는 목소리가 울려 퍼진 적도 있었다. 인도도 없는 좁은 길에서 마차를 험하게 모는 귀족들의 야만적인 관습 탓에 일반 평민이 위험에 빠지거나 불구가 되었다는 것이었다. 하지만 그런 문제를 두 번 생각할 정도로 관심을 기울이는 귀족은 거의 없었고, 비천한 사람들은 다른 사안과 마찬가지로 저마다 알아서 위험을 피할 도리밖에 없었다.

마차는 요란하게 덜컹거리고 달그락거리면서 거리를 거침없이 질주하다가 모퉁이를 휩쓸 듯이 돌았다. 요즘 같으면 생각도 하지 못할 만큼 비인간적이고 배려없는 짓이었다. 여자들은 달리는 마차에 치일까 봐 비명을 질렀고, 남자들은 서로 끌어당기거나 아이들을 와락 끌어안아서 길 밖으로 피신시켰다. 이윽고 분수 옆 길모퉁이를 급히 돌던 중 마차 바퀴 하나가 흔들거리는가 싶더니 거기에서 굉음이 터져 나왔다. 순간 사람들의 비명이 날카롭게 울렸고, 말들이 앞발을 쳐들었다가 뒷발을 쳐들었다가 하면서 요동쳤다.

말들이 그렇게 난리를 치지 않았다면 마차는 멈추지 않았을 것이다. 마차를 몰다가 사람이 다치든 말든 별 신경도 쓰지 않는다는 것

귀족의 마차가 지나간 뒤, 분수대 앞에 남은 사람들

은 이미 다들 아는 사실이었다. 그런데 다행스럽게도 겁먹은 하인들이 재빨리 마차에서 내렸고, 스무 개의 손이 말고삐를 잡아챘다.

"뭐가 잘못된 건가?" 마차에 탄 고귀한 인물이 밖을 내다보며 침착하게 물었다.

나이트캡을 쓴 키 큰 사내가 말발굽 사이에서 꾸러미 같은 것을 안아서 분수대 바닥에 내려놓고는 진흙탕에 주저앉아 짐승처럼 울부짖었다.

"용서하십시오, 후작 나리!" 순종적인 얼굴에 누더기를 입은 남자가 납작 엎드려서 말했다.

"어린애입니다."

"저자는 왜 시끄럽게 구는 거냐? 저자의 아이인가?"

"송구합니다, 후작 나리. 안타깝게도 그러합니다."

길가에 가로세로 10에서 12미터쯤 되는 공터가 있었고, 그 바로 옆에 분수대가 있었다. 키 큰 사내가 진흙탕에서 일어나 마차를 향해 달려오자 후작이 재빨리 칼자루를 움켜잡았다.

"아이가 죽었습니다!" 키 큰 사내가 양팔을 머리 위로 쳐들고 후작을 응시하며 절망감에 젖은 목소리로 거칠게 소리쳤다. "아이가 죽었어요!"

사람들이 모여들어 후작을 바라보았다. 그를 바라보는 수많은 눈동자에는 경계심과 간절함뿐 다른 감정은 배어 있지 않았다. 위협이나 분노의 기미도 배어 있지 않았다. 사람들은 또 아무 말도 하지 않았다. 맨 처음 비명이 터져 나온 뒤로는 모두 조용했다. 조금 전 엎드리고 말했던 순종적인 남자의 목소리는 고분고분하면서도 단조롭고 무기력했다. 후작이 사람들을 쓱 훑어보았다. 시궁창에서 기어 나온 쥐를 보듯 경멸하는 눈초리였다.

이윽고 후작이 지갑을 꺼냈다.

"정말 한심한 인간들이군." 후작이 말했다. "네놈들은 어째서 제 몸뚱이도, 자식들도 건사할 줄 모르는 거냐? 이놈이나 저놈이나 허구한 날 길바닥에 널브러져 있거나 하고 말이야. 네놈들 때문에 내 말이 다치기라도 하면 어떡할 건가? 어이! 이걸 저자에게 갖다줘라."

후작은 하인 앞에 금화 한 닢을 던졌다. 사람들은 떨어지는 금화를 눈으로 좇으면서 목을 앞으로 길게 뺐다. 키 큰 사내는 다시 한번 섬뜩한 목소리로 울부짖었다. "죽었습니다!"

그때 한 남자가 재빨리 달려와서 키 큰 사내를 제지했다. 나머지 사람들은 남자에게 길을 내주었다. 불쌍한 사내는 남자의 어깨에 기대어 흐느끼고 울부짖으면서 분수대를 가리켰다. 그곳에서는 몇몇 여인들이 꾸러미처럼 아무 움직임이 없는 아이를 내려다보며, 그 주위를 천천히 오가고 있었다. 여인들도 남자들처럼 조용했다.

"알아, 안다고." 마지막에 온 남자가 말했다. "힘내게, 가스파르! 저 가엾은 아이는 사는 것보다 저렇게 죽는 게 나아. 고통 없이 한순간에 죽었으니까. 저 어린 것이 한 시간이라도 행복하게 살았겠는가?"

"철학자 납시었군그래." 후작이 웃으며 말했다. "이름이 뭔가?"

"드파르주라고 합니다."

"무슨 일을 하지?"

"술장사를 합니다요, 후작 나리."

"어이, 술장수 겸 철학자." 후작이 금화 한 닢을 더 던지며 드파르주에게 말했다. "그걸 주워 요긴하게 쓰게. 거기 말들은 어떤가? 아무 이상 없나?"

후작은 더는 군중을 거들떠보지도 않았고 곧 떠날 채비를 했다. 어쩌다 실수로 하찮은 물건 하나를 깨뜨렸지만 그에 대해 배상한 만큼 홀가분하다는 듯한 태도였다. 그런데 후작이 신사다운 분위기를 풍기며 등받이에 등을 기댔을 때, 동전 한 닢이 마차 안으로 날아들었다. 동전이 쨍그랑 소리와 함께 바닥에 떨어져서 그의 평온함을 흩뜨려 버렸다.

"멈춰라!" 후작이 소리쳤다. "말을 멈춰! 누가 던졌느냐?"

후작은 술장수 드파르주가 조금 전에 서 있던 곳을 바라보았다. 하지만 그곳에는 아이를 잃은 가엾은 아버지가 바닥에 고개를 처박은 채 엎드려 있었고, 그 옆에는 가무잡잡하고 건장한 여인이 뜨개질하며 서 있을 뿐이었다.

"버러지 같은 놈들!" 후작이 말했다. 의외로 차분한 목소리였고, 콧등을 중심으로 양쪽으로 오목하게 들어간 부분을 빼고는 표정 변화도 없었다. "어떤 놈이든 걸리기만 해봐라. 당장이라도 마차로 깔아뭉개 저세상으로 보내줄 테다. 어떤 놈이 동전을 던졌는지 나와보라고.

　　　　　　　　　　　　　제2부　금빛 실

마차 바퀴로 짓이겨줄 테니까 말이야!"

사람들은 겁에 질렸다. 입을 여는 사람은 아무도 없었다. 후작이 법을 넘나들며 어떤 짓을 할 수 있는지 오랜 경험을 통해 익히 알고 있었기 때문이었다. 심지어 누구 하나 고개를 쳐드는 사람도 없었다. 남자들은 더 그랬다. 그런데 뜨개질하며 서 있는 여인만은 달랐다. 그녀는 고개를 똑바로 들고 후작의 얼굴을 쳐다보았다. 눈빛도 흔들리지 않았다. 부러 그녀에게 주목한다는 것은 후작의 위신에 어울리지 않는 행동이었다. 그래서 후작은 경멸 어린 시선으로 그녀와 그 주변의 쥐 떼를 훑어보았다. 그러고선 다시금 등받이에 등을 기댄 채 큰 소리로 명령했다. "가자!"

후작이 탄 마차는 전속력으로 달렸다. 다른 마차들도 연이어 빠르게, 회오리바람처럼 지나갔다. 장관, 정책 자문관, 징세 도급인, 의사, 변호사, 성직자 들이 마차를 타고 지나갔다. 그랜드 오페라와 희극 공연을 보러 가는 사람들도 지나갔다. 마치 밝고 화려한 가장무도회의 행렬이 끊이지 않고 회오리바람처럼 지나가는 것만 같았다. 쥐들이 시궁창에서 기어나와 한참 동안 마차 행렬을 구경했다. 군인과 경찰이 사람들 사이를 지나다니며 이따금 시야를 가리곤 했는데, 그러면 쥐들은 그들 뒤에서 틈을 찾아 살금살금 움직이며 빼꼼히 내다보곤 했다. 아이 아버지는 이미 한참 전에 꾸러미를 가지고 자리를 떴다. 그 꾸러미 같은 아이가 분수대 바닥에 놓였을 때도 그것을 지켜주던 여인들은 이제 자리에 앉아 흘러내리는 물줄기와 마차 행렬을 바라보고 있었다. 좀 전에 뜨개질하며 서 있던 여인도 눈에 띄었는데, 그녀는 운명의 여신처럼 굳건한 자세로 계속해서 뜨개질하고 있었다.

분수의 물이 흘렀고, 거센 강물이 흘렀고, 낮이 저녁으로 흘러갔다. 도시의 그토록 많은 생명이 규칙에 따라 죽음으로 흘러갔다. 언제나 그러했듯 시간과 흐르는 강물은 사람을 기다려 주지 않았다. 쥐들은 다시 어두운 시궁창으로 기어들어가 서로 몸을 바짝 붙인 채 잠들었고, 무도회장은 화려한 만찬을 위해 불을 밝혔다. 그렇게 모든 것이 제 갈 길을 찾아 흘러가고 있었다.

◇◇◇◇◇

8장

시골 귀족

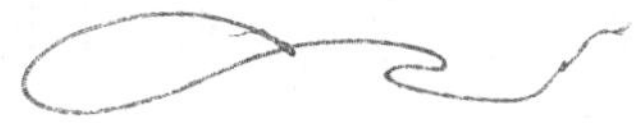

곡물이 노랗게 익어가며 빛나는 아름다운 풍경이었지만 어쩐 일인지 풍성해 보이지는 않았다. 밀밭이 있을 법한 자리에는 초라한 호밀밭과 채소밭이 있었고, 완두콩과 강낭콩밭도 볼품없기는 마찬가지였다. 생기를 잃은 작물들은 이것들을 재배하는 사람들처럼 마지못해 살아가는 듯 보였다. 실의에 젖은 채 남은 삶을 포기하고 그저 시들시들 말라가기만 하는 것 같았다.

후작은 말 네 필과 마부 두 명이 모는 여행용 마차를 타고 가파른 비탈길을 힘겹게 오르고 있었는데, 마차가 가벼워질 날은 요원해 보였다. 후작의 얼굴에 비친 붉은빛은 그의 고귀한 혈통을 손상시키지 못했다. 그 홍조는 내면에서가 아니라 외부 환경에서 비롯된 것으로, 지는 해 때문이었다.

석양빛이 얼마나 강렬하게 비치는지 마차가 언덕 꼭대기에 올랐을 때는 마차에 탄 사람이 온통 진홍색으로 물들었다. "곧 해가 지겠군." 후작이 자기 손을 흘깃 보면서 중얼거렸다.

후작의 말대로 해가 점점 낮아지더니 어느 순간 보이지 않았다. 묵직한 제동장치를 바퀴에 장착한 마차가 석탄재 냄새와 함께 먼지를 일으키며 언덕 아래로 내려가자 붉은빛도 순식간에 사라졌다. 해와 더불어 후작의 얼굴빛도 지고 있었기에, 바퀴에서 제동장치를 떼어 냈을 때는 그의 얼굴에 남은 홍조 또한 자취를 감추었다.

눈앞에 황폐한 시골 풍경이 가파르게 펼쳐져 있었다. 언덕 아래에 작은 마을이 있었고, 그 너머로 널찍한 벌판과 언덕, 교회 탑, 방앗간, 사냥터가 있는 숲이 보였다. 험준한 바위산과 감옥으로 쓰이는 그곳의 요새도 눈에 들어왔다. 땅거미가 지며 사물들이 하나둘 어둠에 잠기자, 후작은 그 모든 풍경을 천천히 둘러보았다. 그의 표정에는 마치 집에 거의 다다른 사람이 느끼는 여유가 어려 있었다.

마을에는 초라한 길이 하나 나 있었다. 길가에는 양조장, 피혁 공장, 역마를 교체하기 위한 마구간, 우물터처럼 평범한 시설이 갖추어져 있었는데, 하나같이 누추하니 가난의 냄새가 배어 있었다. 마을 사람들도 그지없이 초라했다. 그들은 대부분 문간에 앉아 저녁에 먹을 말라비틀어진 양파를 썰거나, 샘터에 모여 이파리며 풀이며 땅에서 나는 먹을 만한 것들을 씻고 있었다. 하나같이 보잘것없었다. 무엇이 그들을 가난의 구렁텅이로 내몰았는지 그 이유는 명백했다. 국가에 내는 세금, 교회에 내는 세금, 영주에 내는 세금, 여기에 더하여 지방세와 일반세를 납부해야 했다. 이 작은 마을의 비문에 엄숙히 새겨져 있는 의무였다. 그렇게 많은 세금을 내고도 마을이 아직 존재한다는 사실이 신기할 지경이었다.

마을에서 아이들은 거의 보이지 않았다. 개도 눈에 띄지 않았다. 성인 남녀가 이 지상에서 선택 가능한 길이란 두 가지밖에 없었다. 방앗간 아래의 작은 마을에서 겨우 삶을 근근이 이어가거나, 바위산에 우뚝 솟은 감옥에 갇혀 죽음을 맞이하거나 둘 중 하나였다.

전령이 미리 도착을 예고했고, 마부들이 저녁 하늘을 향해 뱀 같은 채찍을 머리 위로 휘두르는 날카로운 소리가 났다. 마치 복수의 여신들이 곁에서 수행하는 것만 같았다. 마차에 탄 후작은 우물터와 가까운 역참 건물 앞에서 멈추었다. 그러자 소작농들이 일손을 멈추고 그를 바라보았다. 후작도 그들을 지켜보았다. 하지만 그들의 얼굴이 가난에 찌들어 여위고 몸매가 서서히 파리해져 가는 모습을 보면서도, 그것이 무엇을 의미하는지 후작은 알지 못했다. 이런 이유로 훗날 영국인은 프랑스인이 왜소하다는 선입견을 지니게 되었는지도 모른다. 그 미신은 무려 한 세기 동안 진실로 받아들여질 것이었다.

후작은 자신을 향해 순종적으로 머리를 조아리는 사람들을 훑어보았다. 궁정의 대귀족 나리 앞에서 자신이 고개를 숙였던 모습과 같았다. 다만 다른 점이 있다면 지금 그들은 비위를 맞추기 위해서가 아니라 그저 피곤해서 머리를 조아리고 있었다. 그때 무리 중에서 머리가 희끗희끗한 도로 보수공이 눈에 띄었다.

"저자를 이리 데려와라!" 후작이 전령에게 소리쳤다.

도로 보수공이 손에 모자를 든 채 불려 나왔다. 그러자 구경꾼들이 보고 들으려고 빙 둘러섰는데, 영락없이 파리 분수대 주변에 있던 사람들의 모습이었다.

"내가 길에서 너를 지나쳤지?"

"그렇습니다, 나리. 영광스럽게도 나리께서 저를 지나쳐 가신 적이 있습니다."

"언덕을 올라가던 때와 언덕 꼭대기에 도달했던 때, 두 번 다였나?"

"그렇습니다, 나리."

"뭘 그렇게 빤히 보고 있었지?"

멈춰 선 마차, 멈추지 않는 절망

“나리, 저는 그냥 그 남자를 보고 있었을 뿐입니다.”

도로 보수공은 허리를 살짝 숙이고 너덜너덜한 파란 모자로 마차 아래를 가리켰다. 구경꾼들도 마차 아래를 보려고 일제히 허리를 숙였다.

“마차 아래를 봤다고? 이 돼지 같은 놈아, 그곳은 왜 봤느냐?”

“송구합니다, 나리. 그 남자가 바퀴 쪽, 그러니까 제동장치의 쇠사슬에 매달려 있었습니다.”

“어떤 놈이 매달렸는데?” 후작이 채근했다.

“그 남자가 말입니다, 나리.”

“이런 멍청한 놈을 보았나! 그 남자라니, 누구를 말하는 거냐? 누군지 이름을 대라! 네놈은 이 마을 사람들을 죄다 알 것 아니냐? 도대체 그 남자란 놈이 누구야?"

"고정하십시오, 나리. 그자는 이 마을 사람이 아닙니다. 제 평생 처음 보는 자였습니다."

"쇠사슬에 매달려 있었다고? 목 졸려서 죽으려고?"

"나리께 이런 말씀을 드리기 송구합니다만, 그게 아주 이상했습니다. 그자의 머리가 매달려 있었습니다. 이렇게 말입니다!"

도로 보수공은 마차 옆으로 가서 얼굴을 하늘 쪽으로 들고 머리는 늘어뜨린 채 몸을 뒤로 젖혔다. 그러고는 일어나서 모자를 만지작거리며 머리를 조아렸다.

"어떻게 생긴 놈이었느냐?"

"방앗간 주인보다 얼굴이 더 하얬습니다, 나리. 온통 먼지를 뒤집어쓴 데다 유령처럼 희고, 유령처럼 키도 컸습니다!"

도로 보수공이 설명하자 둘러선 사람들이 갑자기 술렁거렸다. 그리고 모든 눈이 후작에게 쏠렸다. 공중에서 서로 시선이 마주쳐서 의견을 나눌 새도 없었다. 마치 후작에게 양심에 거리낄 만한 유령이라도 붙어 있는지 알아보기 위해서인 것 같았다.

"아주 잘들 하는구나." 후작은 이런 버러지 같은 인간이 자기의 심기를 건드리는 걸 조금도 용납할 수 없다는 듯 말했다. "도둑놈이 내 마차에 매달린 것을 보고도 네놈은 주둥이를 열지 않았단 말이지. 그래, 잘들 한다, 잘들 해. 어이, 가벨! 저놈을 내 눈앞에서 치우게!"

가벨은 우두머리인 역참장으로, 세금 걷는 일도 겸하고 있었다. 그는 아까부터 후작의 심문을 거드느라 굽실거리며 앞으로 나와 있었고, 공무를 집행하듯 심문받는 자의 소매를 붙잡고 있었다.

"이놈아, 저리 꺼져라!" 가벨이 소리쳤다.

"이봐, 가벨! 오늘 밤 낯선 자가 마을에서 잠잘 곳을 찾거든 바로 붙잡아서 무슨 꿍꿍이가 있는지 조사해!”

“소인, 후작 나리의 명을 따르게 되어 영광입니다.”

“그런데 마차 밑에 있던 그자는 달아난 것이냐? 뭐야, 이 빌어먹을 놈은 어디로 또 사라진 거야?”

그 빌어먹을 놈은 대여섯 명의 친구들에 둘러싼 채 마차 밑에 기어 들어가서 파란 모자로 쇠사슬을 가리키고 있었다. 이윽고 다른 친구들이 즉시 그를 끄집어냈고, 숨을 헐떡이는 그를 후작 앞에 데려왔다.

“어이, 멍청한 놈. 제동장치 때문에 마차가 멈췄을 때 그자가 달아나더냐?”

“나리, 그자는 산비탈 아래로 몸을 던졌습니다. 꼭 강물에 뛰어드는 사람처럼요.”

“가벨, 가서 확인하게. 자, 이제 출발하자!”

대여섯 명은 바퀴 주위의 쇠사슬을 살펴보다가 갑자기 바퀴가 돌아가자 재빨리 물러섰다. 조금이라도 지체했으면 살가죽이 찢기고 뼈가 부러졌을 터였다. 그래 봐야 후작 일행은 눈 하나 깜빡하지 않겠지만 어쨌든 운이 좋았다고 할 수 있었다.

마차는 요란하게 마을을 떠나서 너머에 있는 언덕길을 올라갔다. 언덕이 워낙 가팔라 점점 속도가 줄었고, 마차는 이내 걸음처럼 느려지더니 여름밤의 온갖 달콤한 향기 속에서 흔들거리고 삐걱대면서 오르막길을 올랐다. 마차 주위로 복수의 여신은커녕 무수한 각다귀가 날아들었고, 마부들은 조용히 채찍 끄트머리의 매듭을 고쳐 묶었다. 시종은 말과 나란히 걸었고, 어스름히 보이는 거리 저편으로 전령이 말을 달리며 멀어지는 소리가 들렸다.

언덕의 가장 가파른 지점에는 조그만 묘지가 있었다. 그곳에 가까이 다가가자 십자가와 큼지막한 구세주 조각상이 보였다. 조각상은

     제2부 금빛 실

나무를 깎아 만든 것이었고, 미숙한 시골 조각가의 작품인 듯 조악했다. 조각상이 무척이나 야윈 것을 보면 조각가는 아무래도 자신의 삶을 거기에 투영한 모양이었다.

오랫동안 차츰 나빠져 왔고 앞으로도 계속 나빠질 그 우울한 상징 앞에, 한 여인이 무릎을 꿇고 있었다. 그러다가 마차가 다가오자 고개를 돌리는가 싶더니 재빨리 일어나서 마차 문 앞에 섰다.

"후작 나리시지요? 나리, 청이 있습니다!"

여인은 조급히 외쳤지만 후작은 눈썹 하나 까딱하지 않은 채 밖을 내다보았다.

"뭐야? 너희들은 시도 때도 없이 청 타령이냐?"

"나리, 제발 부탁입니다! 제 남편은 산지기인데요….''

"그래서 뭘 어쨌다는 거야? 너희들은 늘 똑같구나. 남편이 무슨 세금을 내지 못한 거냐?"

"세금은 다 냈습니다, 나리. 그이는 죽었습니다."

"그래? 그렇다면 그놈은 나불대지 않겠구나. 설마 나더러 다시 살려 내라는 건 아니겠지?"

"아닙니다, 나리! 그이는 지금 저쪽 초라한 풀 더미 아래 누워 있습니다."

"그래서?"

"나리, 초라한 풀 더미가 많지 않습니까?"

"그래서?"

여인은 늙어 보였지만 사실은 꽤 젊었다. 그 태도에는 슬픔이 진하게 배어 있었다. 여인은 핏줄이 서고 굳은살이 박인 두 손을 번갈아 움켜쥐더니 한 손을 마차 문에 올려놓았다. 마치 마차 문이 사람의 가슴이라서 자신의 간절한 손길이 느껴지리라 기대하는 것 같았다.

"나리, 제발 제 말씀을 들어주세요! 제 청을 들어주세요, 나리! 제 남편은 가난한 탓에 죽었습니다. 남편만이 아니라 너무나 많은 사람이 가난 때문에 죽습니다. 앞으로도 계속 수많은 사람이 가난 때문에 죽을 겁니다."

"그래서? 내가 너희 같은 자들을 먹여 살려야 한단 말이냐?"

"나리, 하느님께서도 아시겠지만 제 말씀은 그게 아닙니다. 제 청은, 남편이 어디에 묻혀 있는지 알 수 있도록 남편 이름을 새긴 돌조각이나 나뭇조각을 남편이 누운 곳에 놓도록 허락해주십사 하는 겁니다. 그렇게 하지 않으면 남편이 누운 곳은 금세 잊히게 되겠지요. 더욱이 제가 같은 병으로 앓다 죽으면 아무도 그곳을 찾지 못하게 될 겁니다. 저 또한 초라한 풀 더미 아래 묻히고 말 겁니다. 나리, 그렇게 풀 더미 아래 아무렇게나 묻힌 이들이 너무나 많고, 그 수도 빠르게 늘고 있습니다. 다들 너무 가난합니다. 나리!"

시종이 마차 문에서 여인을 떼어냈고, 마차는 다시 힘차게 달렸다. 마부들은 마차 속도를 높였고 여인은 점점 뒤로 멀어져 갔다. 후작은 다시금 복수의 여신들에게 호위를 받으며, 저택까지 10킬로미터쯤 되는 거리를 빠르게 갔다.

여름밤의 달콤한 향기가 후작의 주위를 감쌌다. 그 향기는 공평하게 내리는 비처럼, 멀지 않은 우물터 근처의 누더기 차림 가난한 이들까지도 감싸고 있었다. 도로 보수공은 여전히 자기 정체성이나 다름없는 파란 모자를 쓰고서 유령 같은 남자에 대한 이야기를 늘어놓고 있었다. 그는 계속해서 떠들 기세였다. 사람들은 더는 참을 수 없었기 때문에 하나둘 자리를 떴다. 잠시 뒤 여기저기 작은 창에 불빛이 반짝거렸다. 잠시 뒤 창문의 불빛이 잦아들자 차츰 더 많은 별이 나타났다. 창가의 불빛이 꺼지지 않고 하늘로 솟아오른 것만 같았다.

그 시각, 후작의 머리 위로 지붕 높은 대저택과 가지를 늘어뜨린 나무가 그림자를 드리우고 있었다. 마차가 멈추고 성문이 열리면서 웅장한 성이 그를 맞이하자 횃불의 불빛이 그림자를 밀어냈다.

"영국에서 샤를이 오기로 했는데, 도착했느냐?"

"후작 나리, 아직 도착하지 않으셨습니다."

◇◇◇◇

9장

고르곤 머리

후작의 성은 거대한 석조 건물이었다. 앞에는 널따란 돌 마당이 있었고, 정문 앞에서 테라스까지 두 갈래의 돌계단이 완만한 곡선을 그리며 이어져 있었다. 무거운 돌 난간과 돌 항아리, 돌로 된 얼굴상 그리고 돌로 된 사자 머리에 이르기까지, 온통 돌투성이였다. 두 세기 전, 건물을 지을 당시 고르곤[48]의 머리가 이 건물을 크게 한 바퀴 훑고 지나가기라도 한 것 같았다.

후작은 마차에서 내려, 횃불을 앞세우고는 단이 얕고 널찍한 계단을 올라갔다. 횃불에 어둠이 옅어지자 저 멀리 나무들 사이로 드러난 커다란 건물 지붕에서 올빼미가 항의하듯 큰 소리로 울었다. 그 외에는 조용한 편이었는데, 계단을 밝힌 횃불과 정문에 세워진 횃불이 마치 탁 트인 야외의 밤공기가 아니라 밀폐된 응접실에 있는 듯 소리

◇◇◇◇

48 그리스 신화에 나오는 괴물. 머리카락이 뱀으로 이루어져 있는데, 이들과 눈이 마주치면 그 자리에서 돌로 변한다고 한다.

 　　　　　　　　　　　　　　　　제2부　금빛 실

없이 타올랐다. 이따금 올빼미 소리와 분수대의 돌 수반에 물 떨어지는 소리만 들렸다. 어둠이 한참 동안 숨을 참았다가 나지막이 길게 숨을 내쉬고 다시금 참는 듯한, 그런 캄캄한 밤이었다.

커다란 문이 뒤에서 쾅 소리를 내며 닫혔고, 후작은 오래된 멧돼지 사냥용 창과 커다란 검과 사냥용 칼 따위가 벽에 걸려 있어 음침한 분위기를 풍기는 현관을 지나갔다. 무거운 승마용 막대기와 채찍은 음산하기까지 했다. 주인이 분노에 휩싸여 그것들을 휘두르면 소작농들은 그 고통을 온몸으로 견뎌야 했다. 자비롭게도, 이제 그들은 모두 죽고 없었다.

후작은 횃불을 든 하인을 앞세우고 밤에는 문을 잠가두는 어두컴컴한 방들을 지나쳤다. 그리고 계단을 올라가서는 복도에 있는 문 앞에 멈추어 섰다. 후작은 문이 열리자 침실과 다른 두 방으로 이루어진 개인 거처로 들어갔다. 거기에는 둥글고 높은 천장, 카펫을 깔지 않은 차가운 바닥이 있었다. 겨울이면 장작을 태워야 했기 때문에 벽난로 앞에 커다란 장작 받침도 있었다. 과연 사치스러운 시대와 후작이라는 신분에 걸맞게 온갖 호화로운 물건이 갖추어져 있었다. 그곳의 가구에서는 한때 영원할 것 같았던 태양왕 루이 14세 시대의 호화로운 양식이 눈에 띄었다. 그뿐 아니라 프랑스 역사를 장식했던 수많은 물건도 갖추어져 있었다.

세 번째 방에는 두 사람을 위한 만찬이 차려져 있었다. 성에는 끄트머리가 원뿔 모양인 탑이 네 개 있었는데, 그 방은 그중 한 곳에 있었다. 작고 높은 방의 창문은 활짝 열려 있었지만 나뭇살 덧창이 닫혀 있어서 돌 색깔의 덧창 사이로 어두운 밤이 검은 수평선처럼 번갈아 비쳤다.

"내 조카 말인데," 음식이 차려져 있는 식탁을 흘깃 보면서 후작이 말했다. "아직 도착하지 않았다더군."

"아직 오시지 않았습니다. 저희는 후작 나리와 함께 오시는 줄 알았습니다."

하인의 말에 후작은 이렇게 대꾸했다. "그렇다면 오늘 밤에 도착할 것 같지 않군. 어쨌든 식탁은 그대로 둬라. 15분 뒤에 준비하고 다시 올 테니까."

15분 뒤 후작은 준비를 마치고 홀로 앉아서 화려하고 먹음직스러운 만찬을 들기 시작했다. 의자는 창문 맞은편을 향하고 있었다. 그는 수프를 마시고 나서 보르도산 포도주를 입에 대려다 말고, 잔을 내려놓았다.

"저게 뭐지?" 후작이 검은색과 돌색이 번갈아 나타나는 덧창을 주의 깊게 바라보았다.

"후작 나리, 저것이라니요?"

"덧창 밖 말이다. 덧창을 열어봐라!"

하인이 덧창을 열었다.

"뭐냐?"

"후작 나리, 아무것도 아닙니다. 나무들과 밤이 있을 뿐입니다."

하인은 그렇게 말하고 덧창을 활짝 열었다. 그리고 텅 빈 어둠을 내다본 뒤, 그 공허를 등지고 섰다.

"됐다. 그만 닫아라." 후작이 말했다.

하인이 덧창을 닫았고, 후작은 식사를 계속했다. 반쯤 식사했을 때 밖에서 마차 바퀴 소리가 들렸다. 후작은 포도주를 마시려다 잔을 들고 멈추었다. 바퀴 소리가 활기차게 성 앞쪽으로 달려오고 있었다.

"누가 왔는지 알아봐라!"

후작의 조카였다. 그는 후작 마차보다 10여 킬로미터 뒤에서 따라

오고 있었다. 그는 후작과의 거리를 좁히려고 서둘렀지만 끝내 따라잡지 못했던 것이다. 역참에서 후작이 먼저 지나갔다는 소식을 전해 들은 터였다.

후작은 하인에게 만찬장에서 기다리고 있으니 와서 같이 즐기라는 말을 전하라고 했다. 잠시 뒤 후작의 조카가 나타났다. 그는 영국에서 찰스 다네이로 알려진 인물이었다.

후작은 품위 있게 조카를 맞았다. 하지만 서로 악수를 나누지는 않았다.

"어제 파리를 떠나셨습니까?" 조카가 식탁 앞에 앉으며 후작에게 물었다.

"그랬다. 너는?"

"저는 바로 왔습니다."

"런던에서 말이냐?"

"네."

"오는 시간이 꽤 오래 걸렸구나." 후작이 미소를 지으며 말했다.

"그 반대입니다. 곧장 왔습니다."

"이런! 내 말은 오는 데 시간이 오래 걸렸다는 게 아니다. 오기로 결심하기까지 오래 걸렸다는 뜻이다."

"이러저러한 일로 지체되었습니다" 찰스 다네이는 잠시 말을 멈춘 뒤, 이어서 말했다.

"물론 그랬겠지." 품위 있는 숙부가 말했다.

하인이 곁에 있는 동안에는 별다른 대화가 오고가지 않았다. 커피가 나오고 단둘만 있게 되자, 다네이가 숙부의 정교한 가면 같은 얼굴에 박힌 두 눈을 똑바로 응시했다. 이윽고 두 사람의 대화가 시작되었다.

"숙부님께서도 예상하셨겠지만 저는 애당초 이 집을 떠난 목적을 이루고자 다시 왔습니다. 그 과정에서 예상치 못한 커다란 위험에 빠졌지요. 하지만 그건 아주 신성한 목적이었습니다. 설령 저를 죽음에 이르게 할지언정 그 목적 하나로 버텼을 정도지요."

"죽음까지는 아니지," 숙부가 말했다. "죽음이라고 말할 정도는 아니야."

"그런데 말입니다." 조카가 말했다. "제가 정말로 죽음의 문턱까지 갔더라도 숙부님께서 저를 구제할 마음이 있었을지 궁금합니다."

후작은 코 옆 부분이 더욱 깊게 팼고, 가늘고 곧은 얼굴선마저 더 길어져 있어서 한층 잔인한 인상이었다. 그는 부정하듯 우아한 몸짓을 시연해 보였지만 그것은 그저 혈통 좋은 가문 사람들이 흔히 취하는 몸짓이었기 때문에 그다지 설득력이 없었다.

"실제로 그랬는지는 잘 모르겠습니다만…" 다네이가 이어서 말했다. "예, 숙부님. 제가 아는 한, 숙부님께서는 제 주변의 수상한 정황을 일부러 더 의심스럽게 보이도록 만드신 것 같군요."

"아니, 아니지." 숙부가 짐짓 유쾌하게 말했다.

"어쨌든 말입니다." 다네이가 불신의 눈초리로 후작을 바라보면서 말했다. "숙부님은 수완이 좋은 분이니, 무슨 수를 써서든 저를 막으려 하실 겁니다. 일말의 망설임도 없이 말입니다."

"이보게, 조카. 내가 이미 말했잖은가." 숙부의 코 옆 부분이 미세하게 옴찔거렸다. "오래전에 내가 말한 걸 기억해보라고."

"기억합니다."

"고맙구먼." 후작이 말했다. 무척이나 상냥한 목소리였다. 후작의 목소리가 마치 악기에서 흘러나오듯 허공에 울려 퍼졌다.

"결과적으로는 이렇게 되었지요." 다네이가 계속 말했다. "제가 프랑스에서 지금껏 감옥에 들어가지 않은 건 숙부님에겐 불운이고, 제게는 행운이라고 생각합니다."

"무슨 말인지 모르겠구나." 숙부가 커피를 홀짝이며 대꾸했다. "무슨 말인지 설명 좀 해주겠나?"

"제 생각에 숙부님께서 왕실의 눈 밖에 나서 지난 몇 년간 무색한 처지에 있지만 않으셨어도, 밀서 한 장만으로 저는 어느 요새 감옥에 갇혀 있었을 거란 말입니다."

"그럴 수 있지." 숙부가 아주 태연하게 말했다. "가문의 명예를 위해서라면 그 정도 결심은 얼마든 할 수 있었지. 너에게는 미안하지만 말이다!"

"저한테는 참으로 다행스러운 일이지만 그저께 있었던 연회에서도 여느 때처럼 푸대접을 받으셨다더군요." 다네이가 당당하게 말했다.

"조카야, 내가 너라면 다행스러운 일이라고 말하지는 않을 거다." 숙부가 점잖게 말했다. "푸대접을 받았는지 어떤지도 알 수 없지. 고독이 차라리 나을지도 모르지. 갈피를 못 잡고 나대는 것보다 말이야. 혼자 숙고하는 게 네 운명에도 아주 바람직한 영향을 줄지 누가 알겠니? 하지만 이런 문제를 논의한들 무슨 소용이 있겠나 싶구나. 네 말대로 나는 불리한 처지에 놓여 있으니 말이다.

이제는 가문의 권력과 명예를 지키려고 외부의 도움을 청하기 어려울 테고, 널 불편하게 할 방안을 강구하기도 쉽지 않겠지. 그러려면 이런저런 연줄을 이용하고 또 누군가에게 간청해야 하니까. 원래 부탁하는 사람은 많아도 그걸 들어줄 사람은 많지 않은 법이거든. 예전만 해도 그러지 않았는데 말이야. 프랑스는 점점 상황이 나빠지고 있어. 한때 우리의 조상은 저 천한 것들의 생사여탈권을 틀어쥐고 있었지. 이 방에서도 개만도 못한 놈들이 수없이 끌려와서는 교수형을 당했어. 여기 옆방 내 침실에서 한 작자는 그 자리에서 단도에 찔려 죽었단다. 자기 딸이 몹쓸 짓을 당했다며 되지도 않은 소리를 했다가 말이다. 그깟 딸 때문에 죽다니…. 아무튼 예전에 비하면 우리는 헤아릴 수 없이 많은 특권을 잃었어. 새로운 철학이 유행하고 있지. 오늘날에는 우리의 지위를 내세우고 권력을 행사하다가는 자칫 큰코다칠 수 있어. 꼭 그렇게 될 거란 말은 아니야. 그렇게 될 수도 있다는 말이지. 어쨌든 모든 게 형편없이 나빠졌어. 아주 엉망이지!"

후작은 품위 있게 코담배를 집어 들면서 고개를 저었다. 자신 같은 존재가 아직 남아 있는 한 이 나라에 재생의 희망이 있다고 굳게 믿는 사람처럼 한껏 우울한 표정을 지었다.

"우리는 예전에도 지금도, 우리의 지위를 지나치게 내세워왔습니다." 후작의 조카 다네이가 침울하게 말했다. "그래서 우리는 지금 프랑스에서 어떠한 가문보다 증오받고 있습니다."

"제발 그랬으면 좋겠구나." 숙부가 말했다. "우리 같은 상류층에 대한 증오는 하층민들이 본능적으로 보이는 존경심 같은 거니까."

"이 나라 전체에서 저를 존경의 눈으로 바라보는 사람은 이제껏 한 명도 없었습니다." 다네이는 마찬가지로 침울하게 말했다. "다들 두려워하면서 굴종적인 노예처럼 존경하는 척할 뿐이었지요."

"그거야말로 가문의 위엄에 대한 훌륭한 찬사로군." 후작이 대꾸했다. "우리 가문이 대대로 그 위엄을 지켜온 결과로 마땅히 얻은 존경이지. 하하!" 후작은 다시 우아하게 코담배를 집은 뒤 가볍게 다리를 꼬았다.

그러고는 조카가 식탁에 팔꿈치를 대고 낙담한 표정으로 생각에 잠긴 듯 두 손으로 눈을 가리자, 정교한 가면 같은 얼굴을 하고 흘끔거렸다. 후작은 애써 무관심한 표정을 지으려고 했지만 예리하면서도 엄중한 눈빛에는 혐오의 감정이 짙게 배어 있었다.

"탄압이야말로 유일하게 영속적인 철학이지. 두려워서든 짓밟혀서든 놈들은 우리에게 경의를 표할 수밖에 없어. 노예근성에 젖은 놈들은 채찍 앞에 무릎 꿇게 되어 있지." 후작이 고개를 들어 위를 올려다보며 말했다. "이 지붕 아래 우리가 군림하는 한, 절대로 변하지 않을 거야."

하지만 후작의 생각과 달리 그리 오래 지속되지 않을지도 몰랐다. 그로부터 불과 몇 년 뒤, 그의 성을 비롯하여 쉰 채에 이르는 성과 저택들이 어떤 모습으로 변했는지 후작에게 미리 보여줄 수 있었다면 그는 불길에 삼켜져 흉측한 잿더미로 변한 폐허 속에서 자기 성이 어디였는지조차 알아보지 못했을 것이다. 그가 믿고 의지하는 성의 지붕 역시 전혀 다른 모습으로 하늘을 새까맣게 덮을지도 모를 일이었다. 정확히 말하자면 지붕의 납이 수십만 자루의 머스킷 총 탄환으로 바뀌어서[49] 그가 영원히 하늘을 보지 못하도록 두 눈을 멀게 할 수도 있었을 것이다.

"네가 하지 않겠다면." 후작이 말했다. "나 혼자만이라도 가문의 명예와 안전을 지킬 것이다. 그나저나 오늘 밤은 피곤할 테니 그만 이야기하자."

"조금만 더 하시죠."

"그럼 한 시간 정도만 하지."

"숙부님, 그동안 우리는 잘못을 숱하게 저질렀습니다." 다네이가 말했다. "이제 그 대가를 마주할 때가 되었습니다."

"우리가 잘못을 저질렀다고?" 후작이 되묻고는 미소를 지으며 조카

---

49 프랑스 혁명 무렵 건물 지붕에서 모은 납을 녹여 탄환을 만들기도 했다.

와 자신을 손가락으로 번갈아 가리켰다.

"우리 가문, 명예로운 우리 가문을 말하는 겁니다. 가문의 명예는 숙부님과 제게 굉장히 중요하지요. 하지만 명예를 지키는 방식은 서로 다릅니다. 불과 얼마 전, 그러니까 아버지 때에도 우리는 온갖 악행을 저질렀어요. 누가 되었든 우리 쾌락을 방해하는 이가 있으면 가차없이 해치워버렸지요. 어디 아버지 시절만의 얘기인가요? 숙부님 시절이기도 하지요. 아버지의 쌍둥이 동생이자 공동 상속자이고, 그 지위까지 계승한 분을 아버지와 따로 떼어 생각할 필요는 없겠지요. 안 그렇습니까?"

"죽음은 우리를 떼어놓았지!" 후작이 말했다.

"그리고 저를 남겨두었습니다." 조카 다네이가 말했다. "저 역시 이 제도에 묶여 있는 처지입니다. 저 나름으로 그 속에서 책임을 지려고 해도, 저는 무력하기만 합니다. 사랑하는 어머니가 마지막 눈빛과 함께 당부하셨던 말씀이 있습니다. 바로 자비를 베풀고 잘못을 바로잡으라고요. 전 그 말씀을 따르려고 애썼지만 소용이 없었습니다. 그래서 고통받고 있고요."

후작이 벽난로 쪽으로 걸어가자 다네이도 따라갔다. 두 사람이 벽난로 앞에 마주 서자, 후작이 조카의 가슴을 손가락으로 노크하듯 톡톡 두드리며 말했다.

"내게 그런 걸 바랐다면 달리 소득은 없을 거다. 명심해라."

후작은 그렇게 말한 뒤 코담뱃갑을 손에 들고 조용히 조카를 바라보았다. 후작의 창백한 얼굴은 잔인하고 교활한 표정으로 굳어져 있었다. 후작은 다시금 조카의 가슴을 톡톡 두드렸다. 마치 손가락이 작고 예리한 칼끝이라도 되는 듯, 섬세한 솜씨였다.

"조카, 나는 내가 살아온 이 체제를 끝까지 지키다 죽을 거다."

후작은 말하고 나서 마지막으로 코담배를 집어 들고는 담뱃갑을 주머니에 넣었다.

"이성적으로 생각해." 후작이 탁자 위에 놓인 작은 종을 울리고 나서 덧붙였다. "타고난 운명을 받아들여야 하지. 그런데 내가 보기에 샤를, 너는 가망이 없는 것 같구나."

"제게는 이 많은 재산과 프랑스야말로 가망 없어 보입니다. 저는 차라리 전부 포기하겠습니다." 조카가 쓸쓸하게 말했다.

"네가 포기하고 자시고 할 수 있는 것들인지 모르겠군. 프랑스는 그럴 수 있을지 모르겠지만 이 재산은? 아직 네 것이기나 한지 모르겠다."

"그게 제 소유라고 주장할 의도는 없었습니다. 다만 당장 내일이라도 숙부님께서 저에게 주시겠다고 가정한다면….."

"과연 그런 일이 일어날까 싶구나."

"아니면 20년쯤 뒤가 될지도 모르지요."

"너는 나를 아주 높이 사는 모양이구나." 후작이 말했다. "그래도 그때까지 내가 살아 있을 거라고 생각해주다니 기분이 나쁘지는 않군."

"저는 모두 다 버리고 다른 곳에서 다르게 살 작정입니다. 특별히 버린다고 할 것도 없지만 말입니다. 이 비참하고 황폐한 황무지에서 제가 뭘 더 바라겠습니까?"

"하!" 후작이 호화로운 방을 둘러보며 콧방귀를 뀌었다.

"물론 겉으로 보기에는 대단히 아름답지요. 하지만 환한 햇빛 속에서 보면 달리 보입니다. 온갖 사치, 부정부패, 강탈, 고리대금, 저당, 탄압이 득시글거리고 그로 인한 굶주림과 헐벗음, 고통 속에서 무너지고 있는 탑일 따름입니다."

"하하!" 후작이 아주 만족한 표정으로 감탄했다.

"이곳이 언젠가 제게 넘어온다면 걸맞은 자격을 갖춘 이의 손에 맡기겠습니다. 저 압제의 무게를 가능한 한 조금씩 덜어줄 사람에게 말입니다. 그렇게 해서 이곳을 벗어나지 못하고 탑 아래 짓눌려 신음하는 사람들이 적어도 다음 세대에는 덜 고통받을 수 있도록 하겠습니다. 그러나 그것은 결코 저 자신을 위한 일은 아닐 것입니다. 이 땅에는 이미 우리 가문의 죄가 스며 있고, 우리의 모든 영지마다 피와 눈물의 역사가 서려 있으니까요."

"그렇다면 너는?" 숙부가 말했다. "궁금해서 하는 말인데, 그렇다면 너는 그 잘나 빠진 새로운 철학에 따라 살아갈 생각이냐?"

"살기 위해서는 그래야겠지요. 다른 동포들도 언젠가는 일을 해야 합니다. 귀족의 후원을 받고 있는 사람들조차도 말입니다."

"이를테면 영국에서 말이냐?"

"그렇습니다. 제가 이 나라를 떠나면 가문의 명예를 해칠 일은 없겠지요. 다른 곳에서도 저 때문에 가문의 이름이 더럽혀질 일은 없을 겁니다. 어디에서든 그 이름을 쓰지 않을 테니까요."

종이 울리고 나서 옆 침실에 불이 켜졌다. 이어진 문을 통해 불빛이 환히 비쳤다. 후작은 그쪽을 바라보며 멀어지는 시종의 발소리에 귀 기울였다.

"혼자서도 잘 지내는 걸 보니, 너한테는 영국이 꽤 매력적인 곳인가 보구나." 후작이 조카를 향해 고개를 돌리고 차분하게 미소 지으며 말했다.

"이미 말씀드린 대로, 영국에서 제가 어느 정도 자리를 잡을 수 있었던 건 숙부님 덕분이겠지요. 하지만 그 밖의 모든 것은, 제게 피난처가 되어 주었습니다."

"허세 부리길 좋아하는 영국인들이라지. 수많은 사람이 영국을 피난처로 삼는다고 자랑하더군. 그런데 자네, 그곳에서 피난처를 찾은 동포 한 사람을 알고 있나? 의사라던데, 들어본 적 있나?"

"네, 압니다."

"딸이 하나 있다며?"

"네."

"그렇군." 후작이 말했다. "피곤하겠구나. 그만 가서 자거라!"

후작이 품위 있게 고개를 숙였을 때 그가 지은 미소 속에는 무언가 비밀이 숨겨져 있는 것 같았다. 그의 말에도 무언가 수상쩍은 기색이 있었다. 다네이의 눈과 귀가 예민하게 반응했다. 동시에 후작의 가늘고 곧은 눈매와 입술에 차갑고 악의적인 미소가 번졌다.

"딸이 하나 있는 의사라…." 후작이 다시 입을 열었다. "그렇군. 그렇게 새로운 철학이 시작되려나 보구나. 피곤하겠구나. 잘 자거라!"

후작에게 무언가를 물을 바에는 성 밖의 돌조각상에게 묻는 것이 나을 터였다. 다네이는 문으로 걸어가면서 다시 한번 숙부를 돌아보았다, 아무 소용 없을 줄 알면서두.

"잘 자거라!" 숙부가 말했다. "내일 다시 보기를 기대하마. 편히 쉬어라! 여봐라, 조카의 침실까지 불을 밝혀 안내하거라! 마음 같아서는 침대째로 태워버리고 싶다만." 후작은 혼잣말로 중얼거리고는 작은 종을 다시 울려 자기 침실로 시종을 불렀다.

후작은 시종이 왔다 간 뒤, 느슨한 가운 차림으로 방을 이리저리 거닐었다. 무겁고 고요한 밤이었다. 후작은 푹신푹신한 슬리퍼를 신은 발로 아무 소리도 나지 않게 움직였다. 그의 움직임은 마치 세련된 호랑이 같았다. 그 모습은 마치 동화 속, 끝내 뉘우침 없이 사악한 후작이 주기적으로 호랑이로 변신했다가 막 인간으로 돌아왔거나 혹은 이제 막 다시 호랑이로 변해 가는 듯한 모습이었다.

후작은 사치스러운 침실을 끝에서 끝까지 오가며 그날 여행 중에 일어났던 일을 하나하나 머릿속에 떠올렸다. 해 질 무렵 느릿느릿 힘겹게 올랐던 언덕, 석양, 내리막길, 방앗간, 바위산 위의 감옥, 골짜기의 작은 마을, 샘터의 소작농들, 파란 모자로 마차 아래의 쇠사슬을 가리키던 도로 보수공, 파리의 분수대, 단에 놓인 작은 꾸러미, 그것을 들여다보던 여인들, 양팔을 쳐들고 "아이가 죽었습니다!"라고 외치던 키 큰 사내도 떠올렸다.

"이제 좀 시원해졌군." 후작이 중얼거렸다. "잠자리에 들어야겠어."

후작은 커다란 벽난로에 자그마한 촛불만을 남겨두고 얇은 커튼을 둘러쳤다. 그런 다음 잠을 청하려는데, 밤이 적막을 깨고 긴 한숨을 내쉬는 소리가 들려왔다.

외벽의 돌로 된 얼굴상은 세 시간 동안 컴컴한 밤을 멀거니 지켜보았다. 그 기나긴 시간 동안 마구간의 말들은 구유를 덜거덕거렸다. 개들은 요란하게 짖어댔으며, 올빼미는 시인들이 묘사한 것과는 전혀 다른 소리를 냈다. 하지만 동물이 사람의 기대와 다르게 움직이는 것은 자연스러운 일이었다.

죽은 듯한 어둠이 모든 풍경을 뒤덮고 있었고, 길 위에 있는 고요한 먼지 위로 적막이 내려앉았다. 마을 공동묘지의 초라한 풀더미들은 어두워서 서로 분간이 가지 않았다. 십자가에 매달린 형상도 거의 보이지 않아 밑으로 떨어진 건 아닌지 의심이 들었다. 마을에서는 세금을 매기는 자들과 세금을 내는 자들 모두 깊은 잠에 빠져 있었다. 비쩍 마른 마을 주민들은 잠자는 동안만이라도 굶주린 자들이 흔히 그러듯 배불리 먹는 만찬의 꿈을 꾸거나, 혹사당하는 노예나 멍에를 쓴 소가 그러듯 자유롭게 편안히 쉬는 꿈을 꿀지도 몰랐다.

마을의 우물터는 보이지도 않았고 물소리마저 들리지 않았다. 성

　　　　　　　　　　　　　　　제2부　금빛 실

의 분수대도 마찬가지였다. 시간의 샘에서 매분 매초 물이 흘러나오고 또 조용히 사라지듯이. 암흑에 잠긴 그 세 시간 동안 벌어진 일이 바로 이러했다. 그러다 분수의 회색빛 물이 빛을 받아 흐릿하게 드러나기 시작했고, 돌로 된 얼굴상이 하나둘 눈을 떴다.

날이 점점 밝아지면서 태양이 고요하게 서 있는 나무 우듬지를 흔들고 언덕 위로 빛을 쏟아냈다. 햇빛 속에서 성의 분수대 물은 핏물로 바뀐 듯 보였고, 돌조각 얼굴들도 진홍색으로 물들었다. 새들이 지저귀는 소리가 점점 높아지고 커졌다. 후작 침실의 커다란 창문 창틀은 비바람에 낡을 대로 낡았는데, 거기에 앉은 작은 새 한 마리가 아름다운 노래를 불렀다. 가장 가까운 얼굴상은 마치 놀란 듯, 입을 벌리고 아래턱을 떨구며 경외에 찬 표정을 짓고 있었다.

이윽고 태양이 하늘 높이 떠오르자 마을 사람들이 움직이기 시작했다. 여기저기 창문이 열리고 문의 빗장이 풀리면서 삐걱대는 소리가 시끄럽게 났다. 그와 동시에 아직은 신선하고 상쾌한 공기가 춥게 느껴지는지 사람들이 몸을 부르르 떨며 하나둘 밖으로 나왔다. 이제 그 사람들 앞에는 하루치의 고달픈 노동이 기다리고 있었다. 우물터 방향으로 가는 사람이 있는가 하면, 들판을 향해 걷는 사람도 있었다. 남자 여자 할 것 없이 여기서는 땅을 파고, 저기서는 말라빠진 가축을 돌보았다. 몇몇 남자가 풀 뜯을 만한 곳을 찾아서 뼈만 앙상하게 남은 소들을 끌고 갔다. 교회 십자가 앞에는 두 사람이 무릎을 꿇고 있었고, 기도하는 그들 곁에는 끌려 나온 소가 발밑에 듬성듬성나 있는 잡초를 헤집으며 아침거리를 찾고 있었다.

성은 그 품격에 걸맞게 느지막이, 그러나 차츰 분명하게 잠에서 깨어나고 있었다. 무엇보다, 외로이 걸려 있는 멧돼지 창과 사냥칼이 예전처럼 붉게 빛났다. 그 날붙이가 햇빛 속에서 날카롭게 반짝였다. 이제 문과 창문이 활짝 열렸고, 마구간의 말들이 문으로 쏟아져 들어오는 햇빛과 상쾌한 공기를 맞이하려고 어깨 너머를 돌아보았다. 나뭇잎은 쇠창살이 달린 창가에서 반짝이며 바스락거렸고, 개들은 목줄을 당기면서 풀어달라고 조급하게 뒷다리로 섰다.

그 같은 사소한 일들은 매일 아침 되풀이되는 일상이었다. 그러나 성의 커다란 종소리나 계단을 허둥지둥 오르내리는 발걸음 소리는 분명 일상적이지 않았다. 테라스를 분주히 돌아다니는 사람들도, 여기저기서 장화를 신고 뛰어다니는 소리, 허겁지겁 말에 안장을 씌우고 어디론가 달려가는 것 따위도 반복되던 일상이 아니었다.

대관절 무슨 소식이기에 마을 너머 언덕배기에서 일하던, 머리가 희끗한 도로 보수공이 허둥거리는 것일까? 심지어 그의 점심 꾸러미는 돌무더기 위에 고스란히 놓여 있었는데, 너무 보잘것없어서 까마귀조차 쪼아댈 가치가 없을 터였다. 혹여 새들이 씨앗을 물고 날아가다가 떨구듯이 누가 그 앞에 소문이라는 씨앗을 떨어뜨린 것일까? 사실이야 뭐가 되었든, 그는 무더운 아침에 목숨이 경각에 달린 사람처럼 언덕을 뛰어 내려갔다. 무릎까지 먼지를 일으키며 분수에 닿을 때까지 멈추지 않았다.

마을 사람 모두 궁상맞은 모습으로 샘터에 모여 나지막이 수군거리고 있었다. 표정에서는 음산한 호기심과 놀라움이 느껴졌다. 소들은 급하게 끌려 나와 아무 데나 매인 채, 사람 구경을 하거나 한가롭게 어슬렁거리며 되새김질하고 있었다. 성에서 근무하던 사람들과 역참 사람들, 세무 관리원들이 무장한 채 거리 건너편에 몰려 있었다. 하지만 그들도 무엇을 해야 하는지 모르는 듯했다.

도로 보수공은 쉰 명의 동료들 한가운데에 파고들어 파란 모자로 자기 가슴을 세게 치고 있었다. 이 모든 게 대체 무슨 전조일까? 가벨

'그를 말에 태우고 무덤으로 달려가라! 자크로부터.'

이 하인의 말 뒤에 급히 올라타서는, 평소 두 배나 되는 짐을 말 등에 싣고서 독일 발라드 「레오노라」[50]에서 보듯 급작스럽게 떠난다는 것은 또한 무엇을 의미할까?

그것은 후작의 성벽에 얼굴 석상이 하나 늘었음을 암시했다.

간밤에 고르곤이 성을 죽 훑어본 뒤, 부족한 석상 하나를 보태었던 것이다. 그것은 200년 가까이 기다려온 얼굴이었다.

그 얼굴의 주인은 지금 후작의 베개 위에 누워 있었다. 놀라움과 분노가 뒤섞인 채 그대로 굳어버린, 잘 빚은 가면 같았다. 그 가면 주인의 심장 깊숙이 칼 한 자루가 박혀 있었고, 그 칼자루에는 종이 한

◇◇◇◇

50 독일 낭만주의 초기의 대표적인 서정시로, 전쟁에 나간 약혼자 빌헬름이 돌아오지 않자 절망한 레오노라가 한밤중에 나타난 그의 '유령'을 따라 말을 타고 달려가는 이야기이다. 그녀는 그가 살아 있다고 믿고 무덤까지 질주하지만 도착한 곳은 무덤이었고, 그제야 자신이 죽음으로 끌려가고 있었음을 깨닫는다.

장이 감겨 있었다. 종이 위에는 단 몇 줄의 문장이 거칠게 휘갈겨져
있었다.

'그를 말에 태우고 무덤으로 달려가라! 자크로부터.'

10장

두 가지 약속

열두 달이라는 시간이 흘렀다. 그동안 찰스 다네이는 영국에서 프랑스 문학에 일가견이 있는 고급 프랑스어 교사로 자리를 잡았다. 오늘날이라면 그 직업을 교수라고 칭했겠지만 그 시절에는 가정교사였다. 다네이는 전 세계에서 사용되는 살아 있는 언어[51]를 배울 의지와 여유가 있는 젊은이들을 가르쳤다. 프랑스어라는 지식을 가르쳐주었을 뿐 아니라 풍부한 상상력을 일깨워주기도 했다. 그는 수준 높은 영어를 구사할 줄 아는 데다 여러 언어를 고급 영어로 번역할 줄도 알았다. 당시에는 그런 스승을 구하기가 쉽지 않았다. 한때 왕손이었거나 왕좌에 오를 예정인 이들이 교사가 되는 일은 극히 드물었다. 아무리 몰락한 귀족일지라도 텔슨 은행의 장부에서 사라진 후에 요리사나 목수가 되는 일은 극히 드물었다.

---

51 프랑스어는 17세기에서 19세기까지 세계 공용어였다. 교양 있는 유럽인이라면 프랑스어를 어느 정도 구사할 줄 알아야 했다.

학식이 풍부한 다네이는 젊은 교사로서 학생들이 유익하고 즐겁게 공부하도록 지도했다. 또한 번역할 때는 단순한 사전적 지식을 넘어선 내용을 전달함으로써 세련된 번역가로 명성을 얻었다. 당시는 프랑스의 정세에 대한 관심이 고조된 때라서 모국의 상황에 정통한 다네이에게는 잘된 일이었다. 그에게 주목하는 이들이 나날이 늘어갔다. 다네이는 그렇게 불굴의 끈기와 꾸준한 노력으로 하루가 다르게 성장했다.

런던에서 황금으로 포장된 길을 걷는다거나 장미꽃잎이 뿌려진 침대에 눕는다는 기대 따위는 한 적이 없었다. 그런 허망한 꿈을 꾸었다면 결코 성공하지 못했을 것이다. 다네이는 땀 흘려 일하는 삶을 기꺼이 택했고, 그런 만큼 최선을 다했다. 이것이 그가 성공한 비결이었다.

찰스 다네이는 케임브리지에서 한동안 밀수꾼 노릇을 했다. 이를테면 세관을 통해 그리스어나 라틴어를 들여오는 게 아니라 유럽 언어를 몰래 수입해 학생들을 가르쳤던 것이다. 나머지 시간은 런던에서 보냈다.

늘 여름과 같았던 에덴동산 시절부터 추운 겨울이 일상인 오늘의 타락한 시절에 이르기까지, 세상 남자들은 줄곧 한 길을 걸어왔다. 바로 한 여자를 사랑하는 길이었고 찰스 다네이도 마찬가지였다.

다네이는 목숨을 잃을 뻔한 그때부터 줄곧 루시 마네트를 사랑했다. 그는 그녀의 연민 어린 목소리보다 더 달콤하고 사랑스러운 소리를 들은 적이 없었다. 자신을 묻으려고 파놓은 무덤 가장자리에서 보였던 그 애틋하고 아름다운 얼굴은 본 적이 없었다. 하지만 다네이는 여태 그녀에게 이 얘기를 꺼내놓지 않았다.

저 멀리 파도가 넘실대는 바다 너머 먼 곳, 기나긴 흙먼지 길 너머의 버려진 성에서 암살 사건이 벌어진 지 한 해가 지났다. 그 단단한 석조 건물은 이제 꿈속의 안개처럼 흐릿했다. 그런데도 그는 여태 자신의 마음 상태를 그녀에게 한마디도 털어놓지 않았던 것이다.

여기에는 다네이 자신도 잘 아는 나름의 이유가 있었다. 다시 찾아온 어느 여름날, 대학에서의 일을 마치고 런던에 도착한 그는 마네트 박사에게 자신의 마음을 털어놓을 기회를 엿볼 겸 소호의 조용한 길모퉁이로 들어섰다. 여름 해가 저물 무렵이었고, 그쯤이면 루시가 프로스 양과 외출한다는 것을 다네이는 알고 있었다.

그가 도착했을 때 마네트 박사는 창가의 안락의자에 앉아서 책을 읽고 있었다. 최근의 그는 눈에 띄게 활기를 되찾은 모습이었다. 그 활력은 오랜 세월 그를 버티게 해 준 힘이자, 동시에 고통을 더욱 예민하게 만든 원천이었다. 이제 박사는 정말로 혈기 왕성한 사람이 되어 있었다. 확고한 목적의식과 강인한 결단력이 있었고, 활기 넘치는 행동력도 있었다. 되찾은 활기는 이따금 변덕스럽고 갑작스러웠다. 다른 능력을 되찾았을 때와 마찬가지였다. 하지만 그런 일이 자주 있지는 않았고, 차츰 더 드물어질 것이었다.

마네트 박사는 연구 시간을 늘리는 대신에 수면 시간은 줄였다. 피로가 몰려와도 꿋꿋하게 견뎠고, 한결같이 쾌활했다. 찰스 다네이가 방에 들어서자 그는 책을 내려놓고 손을 내밀었다.

"찰스 다네이, 잘 왔소! 그렇지 않아도 사나흘 전부터 그대가 돌아올 거라고 기대했다오. 어제 스트라이버 씨와 시드니 카턴 씨가 다녀갔는데, 둘 다 다네이 씨가 지금쯤이면 와 있어야 한다고들 말했소."

"그렇게 다들 저한테 관심을 보이다니, 고맙군요." 다네이는 다른 사람들에 대해서는 다소 냉담하게 반응했지만 박사에게는 아주 따뜻하게 말했다. "마네트 양은…."

"잘 있소." 박사가 다네이의 말을 끊고 덧붙였다. "다네이 씨가 돌아와서 다들 기뻐하겠군. 집안일로 잠시 외출했는데, 곧 돌아올 거요."

"박사님, 마네트 양이 지금 없다는 걸 알고 있습니다. 마네트 양이 없는 자리에서 박사님께 드릴 말씀이 있습니다."

잠시 침묵이 흘렀다.

"그래요?" 박사는 긴장한 기색이 역력했다. "그렇다면 의자를 이쪽으로 가져와서 이야기하도록 합시다."

다네이는 박사가 시키는 대로 의자를 가져왔지만 말을 꺼내기는 쉽지 않은 표정이었다.

"마네트 박사님, 제가 이곳에서 박사님 가족과 친분을 쌓게 된 것은 저에게 이루 말하기 힘든 행운이었지요." 다네이는 마침내 말하기 시작했다. "벌써 1년 반이나 되었네요. 아무쪼록 제가 지금부터 말씀 드리려는 것 때문에 불편해하시지 않기를⋯."

다네이는 박사가 손을 내밀어 제지하는 바람에 말을 멈추었다. 박사는 잠시 그렇게 있다가 손을 거두며 말했다.

"루시에 관한 이야기요?"

"그렇습니다."

"내 딸에 관해 이야기하는 건 언제든 내겐 아주 힘든 일이오. 더욱이 지금 같은 어조로 루시에 관해 듣는 건 내게 가혹한 일이라오, 찰스 다네이."

"루시를 진심으로 존경하고, 마음 깊이 사랑하기에 이런 말투가 되는 겁니다. 마네트 박사님!" 다네이가 한껏 공손하게 말했다.

다시 무거운 침묵이 흐른 뒤 박사가 입을 열었다.

"그 말을 믿겠소. 그대를 신뢰하오."

박사가 긴장한 기색이 너무나 뚜렷한 데다 딸 얘기를 꺼내는 것을 마뜩잖게 여긴다는 사실을 눈치챘기 때문에 찰스 다네이는 머뭇거릴 수밖에 없었다.

"계속 말씀드려도 될까요, 박사님?" 다네이가 조심스럽게 물었다.

또다시 무거운 침묵이 흘렀다.

"좋소, 계속하시오."

"제가 어떤 말씀을 드릴지 이미 짐작하셨을 겁니다. 하지만 제가 얼마나 간절한 마음으로 이런 말씀을 드리려는지, 제 감정이 얼마나 절실한지는 모르실 테지요. 제 마음속 비밀과 오랫동안 그것을 짓눌러온 희망과 두려움, 불안을 알기는 어려우니까요. 마네트 박사님, 저는 따님을 정말로 애틋하게, 사심 없이, 온 마음을 다해 사랑합니다. 세상에 사랑이라는 게 있다면 저는 그 사랑을 따님에게 드리려고 합니다. 박사님께서도 사랑에 빠지신 적이 있겠지요. 부디 그 사랑을 떠올려서, 제 마음을 헤아려주십시오!"

박사는 고개를 돌린 채 눈을 바닥으로 떨구고 조용히 앉아 있었다. 그러나 상대의 마지막 말을 듣자마자, 그는 갑자기 몸을 일으키며 손을 뻗었다.

"제발 그것만은 그냥 놔두시오! 부탁하오! 내게 떠올려보라고 하지 마시오!"

박사의 외침은 고통스러울 때 내지르는 비명 같아서 말을 마친 뒤에도 찰스 다네이의 귓가에 한참 동안 맴돌았다. 앞으로 뻗은 박사의 손이 마치 다네이에게 그만하라고 호소하는 것 같았다. 다네이는 그렇게 이해하고 조용히 침묵을 지켰다.

"미안하오." 웬만큼 시간이 흐른 뒤 박사가 가라앉은 목소리로 말했다. "루시를 사랑한다는 그 말을 의심하지는 않소. 그 점은 안심해도 좋아요."

박사는 다네이를 향해 돌아앉았다. 하지만 얼굴을 바라보지 않았다. 눈을 들지도 않았다. 가만히 턱을 괴고 있는 그의 얼굴 위로 희끗희끗한 머리카락이 흘러내렸다.

"루시에게 말했소?"

"말하지 않았습니다."

"편지도 안 썼소?"

"네, 안 썼습니다."

"그렇게 하지 않은 이유가 사랑하는 여인의 아비를 배려한 것이란 걸 모른 척한다면 옹졸한 짓이겠지요. 아비로서 고맙소."

박사가 손을 내밀었다. 하지만 시선은 다른 데 두고 있었다.

"저도 압니다." 다네이가 공손하게 말했다. "제가 어떻게 모르겠습니까? 마네트 박사님, 지금까지 매일 두 분을 지켜봐 왔습니다. 박사님과 마네트 양, 두 분의 애정이 얼마나 각별한지 감동하며 지켜봐 왔지요. 힘겨운 상황을 겪으면서도 서로 의지하며 애정을 돈독히 하셨지요. 세상 어느 부녀지간도 두 분에 비할 바 없다는 것을 누구보다 제가 잘 압니다.

박사님, 제가 어떻게 모르겠습니까? 따님의 마음속에 장성한 여인으로서 아버지에게 가질 법한 애정과 도리는 물론, 언제까지고 아버지께 기대고 싶은 응석도 섞여 있다는 걸 저도 압니다. 지금도 변함없는 정성과 따뜻한 마음으로 박사님을 돌보고 있다는 것도 잘 압니다. 어린 시절 부모님이 곁에 계시지 않았기에 아버지의 존재를 몰랐던 시절의 믿음과 애정까지 모두 쏟으려는 것일 테지요.

저 역시 분명히 알고 있습니다. 따님의 눈에 지금 박사님은 이루 말할 수 없이 신성한 존재입니다. 박사님께서 저세상에서 다시 살아 돌아오셨다고 해도 지금보다는 아닐 테지요. 따님이 박사님께 매달릴 때면 그 안에 아기와 소녀 그리고 한 여인의 마음이 모두 담겨 있다는 것이 느껴집니다. 그 마음은 어머니 또래의 여인으로서 드리는 사랑이자, 제 또래의 남자에게 품을 법한 사랑이기도 합니다. 또한 상처 입은 어머니에게 바치는 사랑이며, 가혹한 시련을 견디고 축복처럼 회복 중인 아버지께 드리는 사랑이기도 합니다. 그 모든 마음이 하나로 모여 박사님께 향하고 있다는 걸, 저는 알고 있습니다. 박사님 댁에서 두 분을 뵈며 저는 며칠 만에 이런 사실을 알게 되었습니다.”

마네트 박사는 고개를 숙인 채 말없이 앉아 있었다. 그의 호흡이 조금씩 가빠졌지만 마음의 동요는 좀처럼 드러내지 않았다.

“존경하는 마네트 박사님, 저는 이 같은 사실을 잘 알기 때문에 언제나 신성한 빛에 둘러싸인 박사님과 따님을 보면서, 참고 또 참았습니다. 인간된 본성이 허락하는 한은 그러려고 했습니다. 두 분이 함께한 역사에 비추어 볼 때, 저 혼자만의 짝사랑이 두 분 사이에 끼어들기에는 턱없이 부족하다는 걸 예전에도 느꼈습니다. 지금도 느끼고 있습니다. 하지만 저는 따님을 사랑합니다. 하늘에 맹세코 마네트 양을 사랑합니다!”

“그 말을 믿소.” 박사가 쓸쓸하게 말했다. “전부터 그럴 거라고 생각했소이다. 그 말을 믿소.”

박사의 쓸쓸한 목소리가 다네이 귀에는 책망하는 것처럼 들렸다.

“하지만 제 말을 오해하지는 마십시오. 만약 제 운명이 언젠가 따님을 아내로 맞이할 수 있는 행복으로 이어진다 해도, 그 일로 두 분 사이에 조금이라도 틈이 생긴다면 저는 지금 이 말을 단 한마디도 꺼내지 않았을 겁니다. 그건 불가능한 일일 뿐 아니라, 제게는 비열한 짓이기 때문입니다. 혹시라도 먼 훗날 제가 그럴 가능성을 내비치거나 마음속에 숨기고 있다면 그리고 한순간이라도 그런 생각을 품는다면 감히 어떻게 박사님의 고귀한 손을 잡을 수 있겠습니까? 절대로 그렇게 하지 못할 것입니다!"

다네이는 그렇게 말하고 나서 박사의 손에 자기 손을 얹었다.

"존경하는 마네트 박사님, 저 또한 박사님처럼 자발적으로 프랑스 땅을 등졌습니다. 박사님처럼 그곳의 혼란과 억압과 불행에 의해 쫓겨났으며, 박사님처럼 더 나은 미래에 대한 꿈을 키우며 오로지 제 힘으로 타지에서 살아가려 애쓰고 있습니다. 저는 그저 박사님과 운명을 함께하고 싶습니다. 박사님의 삶과 가정을 함께 나누며, 죽을 때까지 박사님께 충실한 사람이 되고 싶을 뿐입니다. 저는 마네트 양에게서 박사님의 딸이자 동료이자 벗인 특권을 빼앗지 않고, 오히려 그 특권을 누리도록 돕겠습니다. 그리고 가능하다면 박사님과 더욱 가까이 지내도록 하여 마네트 양을 박사님 곁에 있게 하겠습니다."

다네이의 손은 여전히 박사의 손 위에 머물러 있었다. 박사는 다네이의 손길에 화답하듯 잠깐이지만 차갑다는 인상을 주지 않도록 다네이의 의자 팔걸이에 양손을 올려놓았다. 그러고는 다네이와 대화를 시작한 뒤 처음으로 눈을 들어 올려다보았다. 박사의 얼굴에는 마음속 무언가를 억누르려 애쓰는 듯 근심과 두려움이 뒤섞인 표정이 어려 있었다.

"찰스 다네이, 그렇게 열정적으로 남자답게 말해주니 진심으로 고맙소. 내 마음도 활짝 열릴 것 같군요. 아니, 벌써 열렸소. 그런데 루시가 다네이 씨를 좋아한다고 믿을 만한 근거가 있소?"

"아직은 없습니다."

"그럼 내게 속마음을 털어놓는 이유가 그거요? 일단 내가 알고 있는 루시의 마음이 어떤지 확인하고 싶어서?"

"그건 아닙니다. 그런 의도였다면 이렇게 몇 주씩 기다리지 않았을 겁니다. 당장 내일이라도 용기를 내어 알아보았을 겁니다."

"내가 뭔가 조언해주길 바랍니까?"

"아무것도 바라지 않습니다, 박사님. 하지만 박사님께서 제가 하려는 일이 옳다고 판단하시면 제게 조언해주실 수도 있다는 생각은 했습니다."

"혹시 내게서 얻고 싶은 약속 같은 게 있소?"

"네, 있습니다."

"어떤 약속이오?"

"박사님 없이는 제게 아무런 희망이 없다는 걸 잘 알고 있습니다. 감히 주제넘게 가정을 해보자면 설령 지금 이 순간 마네트 양의 고결한 마음속에 제 자리가 있다 하더라도 아버지를 향한 사랑을 밀쳐내고 제가 그 가슴에 계속 머물러 있지 못하리라는 것도 잘 압니다."

"그렇다면 내 딸이 마음을 정하는 데 다른 요인이 작용할 수 있다고 생각하는 거요?"

"구혼자가 누구든 그 사람에 대한 아버지의 한마디가 따님 자신의 감정이나 세상의 평가보다 중요하리라는 걸 알고 있습니다." 다네이는 잠시 호흡을 가다듬고 정중하면서도 단호하게 말했다. "하지만 마네트 박사님, 저는 그런 부탁은 드리지 않겠습니다. 제 목숨이 달려있다 해도 말입니다."

"알겠소, 찰스 다네이. 서로 멀어져 있을 때만 비밀이 생겨나는 것이 아니라오. 아무리 가깝게 사랑하는 사이라고 해도 비밀은 있게 마련이오. 오히려 가깝기 때문에 비밀은 더욱 섬세하고 미묘해서 꿰뚫어 보기 힘들지요. 그런 점에서 내 딸 루시는 내게 수수께끼 같은 존재랄 수 있소. 그 아이 마음이 어떤지 나는 짐작조차 할 수 없소."

"그럼 박사님, 혹시 따님에게…" 다네이가 머뭇거리자 박사가 나머지 말을 대신해서 했다.

"다른 구혼자가 있느냐고 묻고 싶은 거요?"

"네, 제가 여쭙고 싶은 말이 그겁니다."

박사는 잠시 생각에 잠겼다가 입을 열었다.

"이곳에 온 카턴 씨는 직접 보셨을 테고, 스트라이버 씨도 이따금 들르곤 합니다. 만약 다른 구혼자가 있다면 둘 중 한 명이겠지요."

"어쩌면 둘 다일 수도 있겠네요." 다네이가 말했다.

"둘 다라는 생각은 하지 않았소. 어쩌면 둘 다 아닐 수도 있어요. 아까 나한테 얻고 싶은 약속이 있다고 했는데 그게 뭔지 말해보시오."

"그건 말입니다. 제가 지금까지 박사님께 용기 내어 속마음을 털어놓았듯 언젠가 마네트 양이 박사님께 절 향한 마음을 내비친다면 오늘 제가 드린 말씀과 함께 박사님께서 제 말을 믿는다는 증언을 해달라는 겁니다. 바라건대 박사님께서 저를 좋게 보시어 제게 불리한 말은 하지 않기를 부탁드립니다. 제가 바라는 건 그뿐입니다. 이게 제가 바라는 약속이기도 하고요. 이런 부탁에는 당연히 조건이 따르고 박사님께서는 조건을 요구하실 권리가 있겠지요. 말씀하시면 즉각 따르겠습니다."

"약속하겠소." 박사가 말했다. "아무 조건 없이 말이오. 다네이 씨가 요구하는 바가 지금껏 말한 그대로 순수하고 진실하다고 믿소. 나와 내 소중한 딸 사이를 떼어놓으려는 게 아니라 계속 이어주려고 한다는 것도 믿소이다. 내 딸아이가 온전히 행복해지는 데 자네가 꼭 필요하다면 기꺼이 허락하겠소. 그런데 만에 하나, 찰스 다네이, 만에 하나 말일세…."

젊은이는 감격에 겨워 박사의 손을 덥석 잡았다. 그렇게 손을 맞잡은 채로 박사가 이어서 말했다.

  제2부 금빛 실

"그 아이가 사랑하는 남자에게 말이오, 어떤 우려스러운 이해관계나 불안한 요소가 있다고 해도, 그가 직접 저지른 잘못이 아니라면 딸아이를 위해 그런 것쯤은 모두 없는 셈치겠소. 그 아이는 내 전부요. 내게 딸아이는 그만큼 중요한 존재라오. 내가 겪은 시련이나 부당한 학대는 그에 비하면 아무것도 아니지. 이런! 쓸데없는 얘기를 하고 말았군요."

박사는 그렇게 말하고는 알 듯 모를 듯한 침묵에 잠겼다. 그러면서 다네이를 뚫어지게 바라보았는데, 그 시선이 너무나 이상해서 다네이는 박사의 손에 쥐어진 자기 손이 차가워지는 느낌을 받았다. 잠시 후 박사는 다네이의 손을 슬며시 놓았다.

"다네이 씨가 뭔가 중요한 말을 할 것 같은데…." 마네트 박사가 어색하게 웃으며 말했다. "그게 무슨 말인가요?"

다네이는 어떻게 대답해야 할지 몰라 망설이다가 조건에 대해 말한 걸 떠올렸다. 그는 안도하는 표정으로 입을 열었다.

"저를 믿고 모든 걸 말씀해주셨으니 저 또한 솔직하게 말씀드리겠습니다. 제가 지금 쓰고 있는 이름은 본명이 아닙니다. 어머니의 이름을 살짝 바꾼 것이지요. 제 원래 이름이 무엇이고, 제가 왜 영국에 와 있는지 이제부터 말씀드리겠습니다."

"잠깐!" 보베 출신의 의사가 다네이의 말을 막았다.

"저는 솔직하게 털어놓고 싶습니다. 박사님께 아무런 비밀이 없어야 박사님으로부터 전적인 신뢰를 받을 수 있을 테니까요."

"그만하시오!"

박사는 양손으로 자기 귀를 막더니 순간적으로 다네이의 입까지 틀어막았다.

"내가 묻거든 그때 말해주게. 다네이 씨의 구혼이 성공하고, 루시가 다네이 씨를 진정으로 사랑해서 결혼식을 올리게 되면 그날 아침에 내게 말해주시오. 약속하시겠소?”

“물론입니다.”

“손을 이리 주시오. 그 아이는 곧 돌아올 거요. 오늘 밤엔 우리가 함께 있는 모습을 보이지 않는 게 좋겠소. 자, 그만 가 보시오! 하느님의 은총이 있기를!”

찰스 다네이가 박사의 집을 나왔을 때는 날이 어두워져 있었다. 루시는 그로부터 한 시간이 지나서, 주변이 어두컴컴해져서야 집에 돌아왔다. 프로스 양이 곧장 위층으로 올라가서 루시도 서둘러 같은 층에 있는 방에 들어갔다. 문을 연 순간 루시는 아버지의 독서용 의자가 비어 있는 걸 보고 당황했다.

“아버지!” 그녀가 박사를 불렀다. “아버지!”

아무 대답도 없었지만 박사의 침실에서 망치질 소리가 희미하게 들렸다. 루시는 중간 방을 재빨리 지나쳐서 침실 문 안을 들여다보았다. 그리고 피가 얼어붙는 듯 오싹한 기분에 뒤로 얼른 물러서며 소리쳤다.

“어떡해! 어떡하면 좋아!”

하지만 루시는 이내 정신을 가다듬고 급히 돌아가서 침실 문을 가볍게 두드리고는 아버지를 불렀다. 잠시 뒤 망치질 소리가 그치고 박사가 나타나더니 딸의 곁으로 다가왔다. 둘은 한참 동안 방안을 서성였다.

그날 밤, 루시는 침대에서 일어나 잠든 아버지를 살피러 아버지 침실에 갔다. 박사는 곤히 잠들어 있었고, 구두장이 연장과 미처 완성하지 못한 구두는 평소처럼 그 자리에 놓여 있었다.

　　　　　　　　　　　　　　　

11장

이상적인 배우자

한편, 같은 날 밤이거나 이튿날 새벽 무렵이었다.

"어이, 시드니! 펀치 한 잔 더 만들어줘. 자네한테 할 이야기가 있으니까." 스트라이버가 자칼에게 말했다.

시드니 카턴은 그날도 밤낮없이 일하고 있었디. 그 전날 밤도, 그 전전날 밤에도, 아니 그 이전부터 여러 밤 동안 그렇게 했다. 긴 휴정기[52]가 시작되기 전에 스트라이버의 서류를 대대적으로 정리해야 했기 때문이다. 덕분에 스트라이버의 밀린 일은 모두 마무리되었다. 이제 11월이 되어 안개가 자욱이 깔리고, 법정에 다시 복잡한 사건들이 밀려들며 사무실이 분주해질 때까지는 잠시 숨을 돌릴 수 있었다.

하지만 시드니에게는 아직 해야 할 일이 산더미처럼 남아 있었기에 조금도 활기를 찾지 못했고 정신이 맑을 리도 없었다. 그날 밤을 버티려면 평소보다 포도주를 더 들이부어야 했고, 물수건도 머리에

---

52 영국의 법정 휴정기는 7월부터 10월까지다.

더 얹어야 했다. 머리에 얹은 수건을 물이 담긴 대야에 던지기를 여섯 시간 정도 반복했을 즈음이었다. 시드니는 거의 탈진 상태였다.

"펀치 한 잔 더 만들고 있나?" 뚱뚱한 스트라이버가 허리춤에 양손을 얹은 채 소파에 몸을 기댄 상태로 주변을 힐끔 돌아보며 물었다.

"만들고 있어."

"어이, 여기 좀 봐! 내가 깜짝 놀랄 만한 이야기를 해줄게. 아마 자네가 평소에 생각하는 것만큼 내가 현명하지 않다고 여길지도 모르겠군. 나 결혼하려고 해."

"그래?"

"응. 그런데 돈 보고 하는 결혼은 아니야. 어떻게 생각해?"

"글쎄, 지쳐서 생각할 힘도 없어. 상대는 누군데?"

"맞혀 봐."

"내가 아는 여자인가?"

"맞혀 보라니까."

"지금은 새벽 다섯 시야. 가뜩이나 머릿속이 지글지글 끓고 있는데, 딴생각할 정신이 어디 있겠어? 맞혀 보게 하려면 식사에 초대라도 하든지 해."

"그렇다면 그냥 말해주지." 스트라이버가 느릿느릿 앉으며 말했다. "시드니 자네한테 나를 이해시키는 거 단념했어. 감수성이 없는 놈한테 뭘 바라겠냐고."

"그렇게 말하는 자네는 어떻고?" 시드니가 분주하게 펀치를 만들며 말했다. "감수성이 아주 풍부하신가? 이제는 시적인 영혼까지 지니셨나 보군…."

"그만해!" 스트라이버가 과장되게 웃으며 대꾸했다. "비록 내가 로맨스의 주인공은 못 되지만 자네보다는 다정다감한 인간일걸."

　　　　　　　　　　　　　　　　

"나보다 운 좋은 인간이긴 하지."

"그런 뜻이 아니야. 그러니까 내 말은 자네보다 좀 더… 좀 더…."

"좀 더 뭐? 여자들한테 점수를 좀 더 잘 딴다는 거 아닌가? 마음만 먹으면 말이야." 시드니가 빈정거리듯 말했다.

"그래! 여자들한테 점수를 좀 더 잘 딴다는 거야. 그러니까 내 말은…." 스트라이버는 펀치를 만드는 친구를 향해 의기양양하게 말했다. "여자하고 있을 때는 호감을 주려고 신경도 쓰고, 애쓰기도 하지. 자네보다야 호감을 주는 데 능숙하지 않겠나?"

"계속해 봐." 시드니 카턴이 말했다.

"계속하라고? 아니, 그러기 전에…." 스트라이버가 건들거리듯 고개를 저으며 말했다. "자네랑 이 이야기부터 해야겠어. 자네는 마네트 박사 댁에 나만큼, 아니 나보다 더 자주 들락거렸지. 그런데 자네가 거기에서 왜 그렇게 뚱하게 행동하던지 지켜보는 내가 다 창피했어. 시무룩한 표정에 말도 없이 그저 쭈뼛거리기만 하는 자네 때문에 정말이지 창피해서 혼났다고!"

"자네처럼 법조계에서 일하는 변호사들은 좀 창피해할 필요가 있지. 그런 의미로 자네는 나한테 고마워해야 해."

"그런 식으로 얼렁뚱땅 넘어가려고 하지 마." 스트라이버가 시드니의 답변을 어깨로 밀쳐내듯 말했다. "시드니, 내겐 자네에게 이런 말을 전할 의무가 있어. 다 자네 잘되라고 하는 이야기야. 자네는 그런 종류의 사교 모임에는 어울리지 않아. 어울리기는커녕 사람들에게 불쾌한 인상만 준다고."

시드니는 자기가 만든 펀치를 한 잔 가득 들이켜고 나서 큰 소리로 웃었다.

"나를 좀 봐!" 스트라이버가 자세를 가다듬고 말했다. "나는 호감을 사려고 애쓰지 않아도 되는 사람이야. 그럴 형편이나 여유가 좀 되기도 하니까. 그럼에도 내가 이렇게 애쓰는 이유는 뭘까? 뭐라고 생각하나?"

"나는 자네가 애쓰는 걸 본 적이 없는데." 시드니가 중얼거리듯 말했다.

"본 적 없겠지. 그만큼 내가 현명하게 처신한다는 거야. 의도적으로 그렇게 행동하는 거라고. 나를 봐! 처신을 잘하고 있잖아."

"그런데 결혼 얘기는 대체 언제 할 건가." 시드니가 심드렁하게 말했다. "옆길로 새지 말고 이야기를 마무리 지으면 좋겠어. 내가 구제 불능이라는 걸 모르는 사람은 없잖아." 시드니는 비아냥거리는 듯한 표정을 지었다.

"아니, 어디를 봐서 자네가 구제 불능이라는 거야?" 딱히 위로하려는 어조가 아니었다.

"뭐 하나 제대로 할 줄 아는 게 없는데, 뭐." 시드니 카턴이 말했다. "그런데 상대 여자가 누구야?"

"시드니, 내가 이름을 말해도 언짢아하지 마." 스트라이버는 이름을 밝히기에 앞서, 둘도 없이 친한 사이인 척 부드럽게 말했다. "자네가 마음에 없는 말을 곧잘 한다는 거 누구보다 잘 알아. 설령 마음에 있는 말을 한다고 해도 나는 개의치 않을 거야. 내가 이렇게 서론을 다는 이유는 언젠가 자네가 그 여자에 대해 얕보는 투로 말한 적이 있어서 그래."

"내가 그랬어?"

"그랬어. 그것도 바로 이 방에서."

시드니 카턴은 잔에 든 펀치를 들여다보고 득의양양한 친구를 바라보았다. 그리고 펀치를 비우고는 득의양양한 친구를 다시 보았다.

"자네는 그 여자가 금발 인형으로 보인다고 했어. 누군지 알겠지? 바로 마네트 양이야. 조금이라도 감수성이나 섬세함이 있는 사람이 그렇게 말했다면 아마 난 기분이 썩 좋지는 않았을 거야. 근데 자네는 아니지 않나. 자네는 감수성 같은 게 없어. 그래서 개의치 않았던 거지. 그림을 알아보는 눈이 없는 사람이 내 그림을 보고 이러쿵저러쿵 평하거나 음악을 알아보는 귀가 없는 사람이 내 음악을 평해도 그러거나 말거나 신경 쓰지 않는 것과 마찬가지랄 수 있어."

시드니 카턴은 펀치를 엄청난 속도로 마셨다. 그는 친구를 힐끗힐끗 쳐다보면서 펀치를 쉬지 않고 입안에 갖다 부었다.

"내 말은 이게 다야, 시드니." 스트라이버가 말했다. "나는 재산 따위 별로 관심 없어. 그녀는 매력적인 여성이야. 나는 내 뜻대로 하기로 마음먹었지. 요컨대 내겐 그럴 여유도 있으니까 말이야. 꽤 성공한 데다 능력도 탁월하고 앞으로 더 발전할 남자를 남편으로 맞이하는 거야. 그녀에게는 행운이지. 하지만 그녀는 그 정도의 행운을 누릴 자격이 충분한 여자야. 놀랐나?"

"놀랐냐고?" 시드니는 여전히 펀치를 들이키며 대꾸했다. "왜 놀라야 하는데?"

"동의는 하지?"

시드니는 계속 펀치를 들이키며 대꾸했다. "내가 동의하고 말고 할 것도 없지."

"좋아!" 시드니의 친구 스트라이버가 말했다. "생각보다 더 쉽게 받아들이는군. 자네라면 날 위해 금전적으로 이것저것 따져가면서 조언할 줄 알았는데 그러지도 않고. 하기는 이제 자네도 오랜 친구가 얼마나 의지가 강한 사람인지 알 테지. 시드니, 아무런 변화 없이 맹숭맹숭 사는 생활은 이제 질렸어. 남자에게 마음이 내키면 돌아갈 가정이 있다는 건 기분 좋은 일 같아. 뭐, 내키지 않으면 떠돌이로 죽 살아도 되겠지만 말이야.

내 생각에 마네트 양은 어디 가도 눈에 띌 여성이야. 내 평판에도 보탬이 될 테지. 그래서 결심했다네. 그건 그렇고 시드니, 자네 앞날에 대해서도 친구로서 한마디 할게. 알겠지만 자네는 지금 멋대로 살고 있어. 형편없이 살고 있다고. 자네는 돈 가치를 모른 채 방탕한 생활을 하는데, 그렇게 하다가는 얼마 못 가서 자네 인생이 망가지고 말 거야. 빈털터리에 병까지 들게 될 걸. 이참에 자네를 제대로 돌봐줄 사람을 진지하게 생각해봐."

시드니의 눈에 스트라이버는 실제보다 몸집이 두 배나 크게 보였고, 네 배는 불쾌하게 느껴졌다. 꼭 시혜라도 베푸는 듯 으스대는 태도 때문이었다.

"그러니까 내 말은….." 스트라이버가 이어서 말했다. "현실을 직시하라는 거야. 나는 나름대로 현실을 직시하면서 살고 있어. 자네도 자네 나름대로 현실을 직시하며 살아야지. 결혼해. 자네를 돌봐줄 여자를 구하라고. 자네는 여자들과 어울리는 걸 즐길 줄도 모르고, 여자를 이해할 줄도 모르며, 여자를 사귈 줄도 모르는 친구이긴 해. 하지만 그런 거 신경 쓰지 말고 일단 마땅한 사람을 찾아봐. 기왕이면 재산도 좀 있고 남 보기에도 괜찮은, 이를테면 셋방을 놓거나 하숙을 치는 그런 여자를 찾아 결혼하란 말이야. 병든 몸에 빈털터리일 때를 대비해야지. 자네한테는 그런 여자가 필요해. 내 말 잘 생각해 봐, 시드니."

"생각해보지." 시드니 카턴이 말했다.

　　　　　　　　　　　　　　　　　　　　　제2부　금빛 실

12장

섬세한 남자

스트라이버는 박사의 딸에게 이 대단한 행운을 베풀어주기로 마음을 굳혔다. 휴정기를 맞아 교외로 여름휴가를 떠나기 전, 마네트 양을 찾아가서 행복을 선사하기로 했다. 심사숙고 끝에 그는 모든 사전 작업을 미리 마무리하는 게 좋겠다고 생각했다. 그래야만 결혼식을 미클마스 개정기를 한두 주일 앞두고 올릴지, 아니면 미클마스와 힐러리 개정기 사이의 짧은 크리스마스 연휴 기간에 올릴지를 충분히 여유 있게 결정할 수 있을 테니까.

자신이 맡은 사건의 탄탄함에 대해 스트라이버는 추호의 의심도 없었다. 승소까지 내다보이는 길이 환히 보였다. 배심원들을 설득하는 일도 간단했다. 세속적이고 실질적인 근거—세상에서 유일하게 통하는 근거—만 제시하면 충분했기 때문이다. 그의 사건은 단순했고, 흠잡을 데라곤 한 군데도 없었다.

그는 스스로 원고 측 증인으로 나서 결정적 증거를 제시했다. 그 증거를 뒤집을 방법은 없었다. 결국 피고 측 변호인은 변론을 포기했고, 배심원단은 별다른 논의조차 하지 않았다. 재판을 마친 스트라이버는 이렇게 결론지었다. 이보다 더 명백한 사건은 세상에 없다고.

여름휴가가 시작되자마자 스트라이버는 마네트 양에게 복스홀 가든에 가자고 정식으로 제안했다가 거절당하자, 래닐러 가든[53]에 가는 건 어떻겠느냐고 물었다. 하지만 무슨 이유에서인지 이 제안마저 거절당하자 그는 자신이 직접 소호에 가서 자신의 고결한 계획을 밝히는 게 좋겠다고 결론지었다.

스트라이버는 갓 시작된 여름휴가의 달뜬 분위기가 여전히 남아 있는 템플 바를 떠나 어깨를 으쓱거리며 소호를 향해 나아갔다. 그는 행인들을 마구 밀치며 소호 쪽으로 기세등등하게 활보하였는데, 그런 모습을 템플 바의 세인스 던스턴 교회에서 보았다면 아마도 함부로 대할 수 없는 엄청난 권력자로 여겼으리라.

스트라이버는 마침 텔슨 은행을 지나는 참이었다. 은행과 거래하고 있던 데다 로리 씨가 마네트 부녀와 아주 가까운 사이라는 것을 알고 있었으므로, 가서 로리 씨에게 소호의 지평선을 찬란하게 밝힐 자신의 계획을 슬그머니 귀띔해야겠다고 생각했다. 그는 약한 쇳소리를 내는 문을 밀고 들어가, 두 계단을 비틀거리며 내려간 다음, 늙은 출납원 둘을 지나 곰팡내 나는 뒷방으로 밀고 들어갔다. 로리 씨는 숫자를 기입하는 커다란 장부들 앞에 앉아 있었다. 창문에는 세로로 쇠창살이 박혀 있었는데, 마치 그 쇠창살조차 숫자를 적기 위해 그어진 줄인 듯 보였다. 구름 아래 모든 것을 계산하려는 모양이었다.

"안녕하십니까!" 스트라이버가 말했다. "어떻게 지내십니까? 별일 없으시지요?"

<hr>

[53] 복스홀 가든과 래닐러 가든은 18세기 런던에서 인기 있는 공원이었다.

자신의 '위대한 계획'을 자랑하러 텔슨 은행에 들른 스트라이버

스트라이버는 어떤 장소나 공간에 있어도 그곳을 비좁게 만드는 특징이 있었다. 텔슨 은행에서도 어찌나 커 보였던지 먼 구석 자리의 늙은 직원들조차 그가 자기들을 벽에 밀어붙이기라도 한 듯 항의하는 눈초리로 쳐다보았다. 은행장도 꽤 멀리 떨어진 자리에서 위엄 있게 신문을 읽고 있다가 불쾌하다는 듯 눈살을 찌푸렸다. 마치 스트라이버의 머리가 자기 아랫배를 들이받기라도 한 것 같았다.

매사에 신중한 로리 씨는 본보기가 될 만한 목소리로 말했다. "안녕하십니까, 스트라이버 씨? 그동안 잘 지내셨습니까?" 그는 그렇게 인사하며 악수를 청했다. 그가 악수하는 방식은 독특한 점이 있었는데, 은행장이 보고 있을 때 텔슨의 모든 직원이 고객과 악수하는 방식이었다. 로리 씨는 평소의 자신을 감추고 텔슨 은행을 대표하는 사람처럼 악수했다.

"무엇을 도와드릴까요, 스트라이버 씨?" 로리 씨가 사무적인 말투로 물었다.

"아, 아닙니다. 개인적인 일로 찾아왔습니다. 따로 드릴 말씀도 있고 해서요."

"아, 그렇습니까?" 로리 씨는 상대방의 말을 들으려고 귀를 기울이면서도 먼 곳에 있는 은행장의 눈치를 살폈다.

"저기, 제가 말입니다." 스트라이버는 은밀한 태도로 팔을 책상에 기대며 입을 열었다. 커다란 이인용 책상인데도 스트라이버에게는 반쪽짜리 책상에도 못 미치는 듯 보였다. "제가 댁의 상냥한 친구분인 마네트 양에게 청혼하려고 합니다, 로리 씨."

"아니, 이런!" 로리 씨가 턱을 문지르면서 방문객을 미심쩍게 바라보며 외쳤다.

"'아니, 이런!'이라뇨?" 스트라이버가 뒤로 물러서며 되물었다. "그게 무슨 뜻입니까, 로리 씨?"

"제 말은…." 사무를 보는 사람답게 로리 씨가 차분히 말했다. "친근함과 반가움에서 내뱉은 겁니다. 댁한테 무척이나 기쁜 일일 테니까요. 그러니까 제 말은 댁이 바라는 대로 모든 게 이루어지기를 기원하는 뜻으로 한 겁니다. 정말이지… 뭐랄까… 스트라이버 씨는…."

로리 씨는 말을 멈추고 아주 이상한 태도로 고개를 설레설레 저었다. 속으로는 '당신에게는 너무 과분한 상대라는 걸 아시잖소!'라고 덧붙이지 않고는 못 배기겠다는 듯한 태도였다.

"그러니까!" 스트라이버는 다툼이라도 할 듯 손으로 책상을 내리치고 눈을 크게 부라리며 숨을 길게 들이마셨다. "도무지 이해가 안 되는군요, 로리 씨!"

로리 씨는 대답 대신 귀 위의 작은 가발을 만지작거리고는 펜에 달린 깃털을 앞니로 잘근잘근 씹었다.

"젠장!" 스트라이버가 로리 씨를 노려보며 말했다. "제가 그럴 자격이 안 된다는 겁니까?"

"아니, 그렇지 않아요! 절대 그렇지 않습니다. 자격이 됩니다!" 로리 씨가 서둘러 말했다. "안 될 이유가 무엇이겠습니까? 얼마든지 자격이 됩니다."

"그럼 내가 재력이 달립니까?" 스트라이버가 물었다.

"천만에요! 재력으로 말할 것 같으면, 충분하잖아요." 로리 씨가 말했다.

"그럼 내가 출세를 못했나요?"

"출세요? 출세로 따지면 아무도 토 달지 못할 테지요." 로리 씨는 다시금 맞장구쳐 줄 기회가 생겨 다행이라고 생각하며 말했다.

"그렇다면 아까 그 말은 무슨 뜻으로 하신 겁니까, 로리 씨?" 스트라이버가 눈에 띄게 기운 빠진 표정으로 물었다.

"글쎄요, 그건… 그나저나 지금 그리로 가실 겁니까?" 로리 씨가 물었다.

"그럴 겁니다!" 스트라이버가 통통한 주먹으로 책상을 내리치며 대답했다.

"제가 댁이라면 가지 않을 겁니다."

"뭐요?" 스트라이버가 말했다. "아무래도 확실하게 따지고 넘어가야겠군요." 그는 로리 씨를 신문하듯 검지를 흔들며 말했다. "댁은 실무에 종사하는 분이니까 아무런 이유 없이 말하지 않을 거요. 자, 이유를 말해보세요. 왜 안 된다는 겁니까?"

"그건 말입니다." 로리 씨가 말했다. "성공을 확신할 근거도 없이 가는 건 섣부른 행동이기 때문입니다.”

“젠장! 어처구니없군!” 마침내 스트라이버가 크게 소리쳤다.

로리 씨는 멀리 떨어져 있는 은행장을 흘끗 쳐다보고, 씩씩거리는 스트라이버를 흘끗 바라보았다.

“금융계의 실무자인 데다 연륜도 있고, 경험도 많으시지 않습니까.” 스트라이버가 말했다. “자격도 되고 재력도 있고 출세도 했다고 하실 때는 언제고 갑자기 성공을 확신할 근거가 없다니요. 어떻게 그런 말 같지도 않은 말을!” 스트라이버는 상대의 정신이 나가지 않고서야 그렇게 말할 수는 없다는 듯한 말투였다.

“제가 말하는 ‘성공’이란, 그 숙녀분과의 일이 순조롭게 이루어질 만한 충분한 근거와 이유가 있어야 한다는 뜻입니다. 숙녀분의 마음을 얻을 수 있다고 확신할 만한 근거와 이유 말입니다.” 로리 씨가 스트라이버의 팔을 가볍게 톡톡 치며 말했다. “스트라이버 씨, 숙녀분만 생각하세요. 그 숙녀분이 다른 무엇보다 중요합니다.”

“그렇다면 로리 씨.” 스트라이버가 팔꿈치를 똑바로 하며 말했다. “로리 씨는 그 아가씨가 제 앞에서 점잔이나 뺄 바보라고 보시는 겁니까?”

“그런 뜻이 전혀 아닙니다.” 로리 씨가 얼굴을 붉히며 말했다. “누가 되었든 간에 그 숙녀분을 모욕하는 건 용납할 수 없습니다. 그런 사람이 없기를 바라지만 만약 제가 아는 누군가가 천박한 성품과 거만한 태도로 그분을 두고 모욕적인 말을 내뱉는다면, 이곳이 텔슨 은행이더라도 그 작가를 가만두지 않을 겁니다.”

스트라이버는 화를 참느라 혈관이 터질 지경에 이르렀다. 로리 씨도 화를 참고 있기는 매한가지라서 평온하던 평상시와는 달랐다.

“이게 제가 하고 싶었던 말입니다.” 로리 씨가 조금은 단호하게 말했다. "부디 오해 없기를 바랍니다."

스트라이버는 한동안 자로 끝을 입에 물고 있더니 이번엔 그 자로 이를 두드리며 장단을 맞췄다. 아무래도 그 때문에 잇몸이 아플 것 같았다. 잠시 후 그가 어색한 침묵을 깨고 말했다.

"로리 씨, 정말이지 뜻밖이군요. 댁은 지금 저더러 소호에 청혼하러 가지 말라고 조언하는 겁니까? 왕실 재판소의 이 스트라이버한테 조언을 한 거요?"

"제가 조언해주길 바라시지 않았던가요, 스트라이버 씨?"

"그랬습니다만."

"그렇게 말씀하신다면 좋습니다. 제 조언은 끝났으니까 그대로 따라 하시든지 말든지 마음대로 하십시오."

"달리 할 말이 없군요. 하, 하!" 스트라이버가 허탈하게 웃었다. "이렇게 어처구니없는 경우는 이전에도 없었고 아마 앞으로도 없을 겁니다."

"솔직히 말씀드리겠습니다." 로리 씨가 말을 이었다. "실무에 종사하는 사람으로서 저는 이 문제에 대해 이러쿵저러쿵 말할 자격이 없습니다. 잘 알지 못하니까요. 실무적인 일만 할 줄 알지 달리 아는 게 없습니다. 다만 저는 마네트 양을 품에 안고 바다를 건너온 사람, 마네트 양과 그녀의 아버지에게 믿을 만한 친구이자 그 둘에게 깊은 애정을 품은 사람으로서 말씀드린 겁니다. 기억하시겠지만 지금 대화는 제가 시작한 게 아닙니다. 어떻습니까, 제 말이 틀렸다고 하시지는 않겠지요?"

"물론 아니지요." 스트라이버가 휘파람을 불며 말했다. "아무래도 상식 있는 제삼자를 찾는 일은 틀려먹은 것 같군요. 제 스스로 판단하도록 하겠습니다. 저는 지금 저와 수준이 비슷한 사람들 사이에서 통용되는 상식을 논하는데, 당신은 좀스럽고 감상적인 소리나 늘어놓으시는군요. 저에게는 신선한 관점입니다. 하긴, 당신 같은 분들은 그렇게 생각하겠지요."

"제가 추구하는 게 상식적인지 아닌지는… 스트라이버 씨, 제가 판단합니다. 그리고 외람된 말씀이지만 스트라이버 씨." 로리 씨가 금세 얼굴을 다시 붉히며 말했다. "저는 누구든 저를 함부로 평가하는 건 용납하지 않겠습니다. 이곳이 텔슨 은행이더라도요."

"오, 이런! 실례를 용서하십시오!" 스트라이버가 재빨리 말했다.

"그러지요. 감사합니다. 스트라이버 씨, 그러니까 제가 하는 말을 귀담아두십시오. 본인 생각이 틀렸다는 걸 알면 스트라이버 씨도 괴로우실 겁니다. 마네트 박사도 스트라이버 씨한테 솔직하게 말해야 하는 입장이라 괴롭겠지요. 당연히 마네트 양도 댁한테 솔직하게 털어놓는 게 너무나 괴로울 테고요. 아시다시피 저는 영광스럽게도 마네트 부녀와 친분이 아주 두텁습니다. 제가 댁의 위임을 받은 것도, 대리인도 아니지만 더 확실하게 알아보고 제 조언이 틀렸다면 정정히도록 하겠습니다. 그때도 제 조언이 마음에 들지 않으면 그게 옳은지 어떤지 시험해보시기 바랍니다. 그러면 되잖겠습니까? 반면에 댁이 제 조언을 좋게 이해하고 받아들이게 되면 모든 당사자가 굳이 겪지 않아도 될 일을 피할 수 있을 겁니다. 그렇지 않겠습니까?"

"그렇게 하려면 제가 얼마나 기다려야 합니까?"

"아! 몇 시간이면 됩니다. 저녁에 소호에 갔다가 이후에 댁의 거처로 가겠습니다."

"좋습니다." 스트라이버가 말했다. "지금은 그곳에 가지 않겠습니다. 급하게 갈 것도 없잖습니까? 오늘 밤 들러 주세요. 기다리겠습니다. 그럼 이만."

스트라이버는 몸을 돌려 은행을 빠져나갔다. 그가 얼마나 빨리 달려 나갔는지 주변 공기가 출렁거렸고, 그 바람에 창구 뒤에 서서 허리 숙여 인사하던 늙은 직원 둘은 쓰러지지 않도록 안간힘을 써야만 했다. 더욱이 두 늙고 쇠약한 직원은 계속해서 허리를 숙이고 있는 것처럼 보였다. 그래서 외부 사람이 보면 다른 고객이 들어올 때까지 그들이 늘 그런 자세를 취하는 줄로 착각할 것 같았다.

변호사는 머리가 잘 돌아가는 사람이었다. 은행원이 아무런 확신도 없이 그렇게 말하지 않는다는 것 정도는 알고 있었다. 그는 쓰디쓴 알약을 삼킬 준비가 되어 있지 않아 상대의 제안을 받아들이는 척했을 뿐이었다. 스트라이버는 법정에서 변론할 때처럼 검지를 흔들며 혼잣말로 중얼거렸다. "선수를 치는 수밖에 없겠어. 당신들 모두 후회하게 해줄 테야."

이것은 올드 베일리의 책략가들이 쓰는 술책으로, 스트라이버는 여기에서 커다란 위안을 찾았다. "아가씨, 당신은 거절하지 못할 거야." 스트라이버가 중얼거렸다. "내가 먼저 거절할 테니까."

그날 밤 열 시쯤 로리 씨가 들렀을 때, 스트라이버는 오전에 나눈 대화에는 전혀 관심 없다는 듯 책상 가득 책과 서류 더미를 아무렇게나 쌓아놓은 채 일하는 척하고 있었다. 심지어 그는 로리 씨를 보고 뜻밖이라는 표정까지 지었다. 일에 몰두한 나머지 정신이 하나도 없는 사람이라도 되는 양 굴었다.

"자!" 사람 좋은 특사가 관심을 끌려고 30분이나 시간을 헛되이 보낸 뒤 말했다. "소호에 다녀왔습니다."

"소호요?" 스트라이버가 감흥 없는 어조로 말했다. "아, 그렇군요! 내 정신 좀 봐, 깜빡하고 있었네!"

"가서 직접 이야기했습니다." 로리 씨가 말했다. "역시 제 생각이 맞았습니다. 제 의견이 옳다는 걸 확인한 만큼 제 조언은 변함이 없습니다."

"분명히 말씀드립니다만….." 스트라이버가 아주 친근한 태도로 말했다. "댁한테도 유감스러운 일이고, 그 가엾은 아버지한테도 유감스러운 일입니다. 이런 이야기가 그 댁에서는 늘 괴로운 화제라는 걸 압니다. 이제 더는 이야기하지 맙시다."

"무슨 말씀인지 잘 모르겠습니다." 로리 씨가 말했다.

"그러시겠지요." 스트라이버는 부드러우면서도 단호하게 고개를 끄떡이며 대꾸했다. "하지만 그런 건 중요하지 않습니다. 전혀 중요하지 않아요."

"아니, 중요합니다. 아주 중요한 문제입니다." 로리 씨가 반박했다.

"아니요, 아닙니다. 전혀 중요하지 않습니다. 지각없는 사람을 지각 있다고 여기고 아무런 야망도 없는 사람을 야망 있다고 여긴 셈이지요. 이제 그런 착각에서 벗어나게 되었군요. 더 큰 실수를 하지 않았고, 딱히 손해 본 것도 없으니 다행이라고 생각합니다. 젊은 여자들은 아직 완전히 성숙하지 않은 만큼 이런 잘못을 곧잘 저지릅니다. 그러다 훗날 가난에 찌들고 아무도 거들떠보지 않게 되면 그제야 땅을 치고 후회하게 되지요.

제 입장을 떠나 객관적으로 보면 이번 일이 무산된 건 유감스러운 일일 겁니다. 현실적인 관점에서 상대에겐 유리하게 작용했을 테니까요. 이기적인 생각이긴 하지만 저는 이번 일이 무산되어 솔직히 기쁩니다. 현실적인 관점에서 보면 제게 불리한 일이 되었을 테니까요. 굳이 말할 필요도 없겠지만 결혼이 성사되었다면 저한테 경제적으로 이득이 될 만한 게 아무것도 없습니다. 손해를 보면 봤지 말입니다. 아무튼 저는 그 아가씨에게 직접 청혼하지도 않았고, 우리끼리 말이지만 돌이켜보니 제가 결혼을 진지하게 생각이나 했나 싶은 의심이 듭니다. 로리 씨, 아마 댁도 머리가 텅 빈 아가씨들의 어처구니없는 허영심과 경박함은 어쩌지 못하실 겁니다. 그런 아가씨들을 잘 다룰 수 있을 거라고 과신하지 마세요. 그랬다가는 큰코다칠 테니까요.

자, 이런 이야기는 이제 그만합시다. 아까도 말씀드렸듯 이번 일이 다른 사람들 입장에서는 유감스러운 일이지만 제 입장에서는 다행스러운 일입니다. 로리 씨께는 여러모로 감사드립니다. 생각이 어떠신지 여쭤보도록 허락해주시고 조언까지 해주셨으니까요. 그 아가씨에 대해서는 저보다 로리 씨께서 더 잘 아실 테지만 어쨌거나 댁의 말씀이 옳았습니다. 애당초 성사될 수 없는 일이었습니다."

로리 씨는 놀란 표정으로 상대방을 멍하니 바라보았다. 그러는 동안 스트라이버는 그렇게 놀라는 것도 무리는 아니라는 듯 관대하고 호의적인 표정을 지으며 로리 씨의 어깨에 손을 얹고는 문 쪽으로 이끌었다. "나름대로 최선을 다했으니 이제 그 이야기는 그만합시다." 스트라이버가 말했다. "귀중한 조언을 해주셔서 고맙습니다. 지, 그럼 안녕히 가십시오!"

로리 씨는 어리둥절한 상태에서 밤거리로 밀려났다. 스트라이버는 소파에 반듯이 누운 채 윙크하듯 천장을 향해 눈을 깜박였다.

13장

섬세하지 못한 남자

제2부 금빛 실

시드니 카턴은 어디를 가든 눈에 잘 띄지 않는 사람이어서, 마네트 박사의 집에서마저도 존재감이 없었다. 시드니는 일년 내내 그 집을 자주 들락거렸다. 하지만 어딘가 늘 우울하고 뚱한 표정이었다. 그는 기분 좋을 때만 말문을 열었다. 모든 것에 무심한 듯한 태도 때문인지 얼굴 가득 불길한 먹구름이 드리워 있어서, 그 내면의 빛이 좀처럼 바깥으로 드러나지 못했다.

　그런 그조차 관심을 기울이는 것은 있었는데, 바로 집 주변의 거리와 보도에 깔린 무심한 돌멩이였다. 그는 숱한 밤을 불안하고 막연하게 방황했다. 포도주를 마셔도 일시적인 기쁨조차 느끼지 못한 밤이었다. 어스름한 새벽이 오면 고독하게 그곳에서 서성이던 모습이 드러났다. 어둠에 파묻혔던 교회 첨탑과 높디높은 건물의 아름다운 조각들이 첫 아침 햇살 속에 모습을 드러내는 광경을 보고 위안을 얻기도 했다. 그럴 때면 그 고요한 시간이 그동안 까맣게 잊고 있었거나 어렴풋했던 기억을 일깨우는 것 같았다. 최근 들어 템플의 거처에 방치된 그의 침대에는 체온이 머무르는 법이 드물었다. 어쩌다 침대에 드는 날에도 고작 몇 분 만에 일어나서 동네를 어슬렁거리고는 했다.

팔 월의 어느 날, 스트라이버가 "결혼 건은 없던 일로 하기로 결정했다"라고 자칼에게 통보한 뒤, 마치 배려하기라도 한다는 듯 데번셔로 떠났을 무렵이었다. 런던 거리에 만발한 꽃은 자태가 아름다웠고 향기 또한 그윽해서, 악한에게는 선한 마음을 주었고, 병자들에게는 건강함을 주었으며, 노인에게는 젊음의 기운을 느끼게 해주었다. 하지만 그런 중에도 시드니 카턴만은 돌이 깔린 보도를 서성이고 있었다. 이윽고 정처 없이 떠돌던 그의 걸음이 무언가 할 일이 생긴 듯 활기차게 움직이더니 그를 박사의 집 문간으로 데려다 놓았다.

시드니가 안내를 받아 위층으로 올라갔을 때 루시는 혼자서 자수를 놓고 있었다. 평소에 편하게 지내지 않던 시드니가 탁자 가까이 다가오자 그녀는 약간 당황했다. 잠시 뒤 둘은 의례적인 인사말을 주고받았다. 그때 루시는 시드니 카턴이 평소와 다르다고 생각했다.

"어디 편찮으세요, 카턴 씨?"

"아닙니다, 마네트 양. 하지만 제 일상 자체가 건강과는 거리가 멀지요. 저같이 방탕한 사람이 무슨 건강을 기대할 수 있겠습니까?"

"그런 게 아니에요. 죄송해요, 엉뚱한 질문을 해서. 하지만 건강하게 살려고 하면 되지 않을까요?"

"그러지 못해 부끄럽습니다."

"그러지 못하다뇨? 왜죠?"

루시는 다시 시드니를 부드러운 눈길로 바라보다가 그의 두 눈이 눈물에 젖은 것을 발견하고는 놀라움과 함께 슬픔을 느꼈다. 대답하는 그의 목소리도 눈물에 젖어 있었다.

"그러기에는 너무 늦었습니다. 지금보다 나아지긴 어려울 겁니다.

더 타락하고 나빠질 테지요."

시드니는 탁자에 팔꿈치를 대고 손으로 눈을 가렸다. 이어진 침묵 속에서 탁자가 조용히 흔들거렸다.

루시는 지금껏 그토록 연약한 시드니를 본 적이 없었다. 그래서 안타깝고 괴로웠다. 시드니는 루시를 보지 않고도 그녀의 그런 마음을 눈치채고 이렇게 말했다.

"용서하세요, 마네트 양. 드릴 말씀이 있었는데, 그만 감정이 복받쳤습니다. 제 이야기를 들어주시겠습니까?"

"그렇게 해서 조금이라도 도움이 된다면 그리고 카턴 씨 기분이 좋아진다면 얼마든지 들어주겠어요!"

"고운 마음씨를 지닌 마네트 양에게 신의 축복이 있기를!"

시드니는 그렇게 말하고 잠시 뜸을 들였다가 얼굴에서 손을 내린 뒤 천천히 입을 열었다.

"제 말을 듣고 놀라지 마세요. 겁을 먹거나 하지도 마시고요. 저는 이미 젊은 시절에 죽은 거나 마찬가지입니다. 어쩌면 앞으로도 죽은 듯이 지내야 할지도 모르겠군요."

"그렇지 않아요, 카턴 씨. 앞으로 인생에서 최고의 순간은 아직 오지 않았을 거예요. 지금보다 자신에게 훨씬, 훨씬 자랑스러운 사람으로 거듭나게 될 거라고 믿어요."

"마네트 양, 그렇게 말씀해주시니 고맙습니다. 이미 저 스스로 잘 알고 있기에 마음속 깊은 곳에서 비참함을 느낍니다만, 그 말씀만은 절대로 잊지 않겠습니다!"

루시는 얼굴이 창백해지면서 몸을 바르르 떨었다. 시드니는 스스로 깊은 절망에 빠져 있으면서도 그녀를 안심시키려고 했다. 그로 말미암아 두 사람의 대화는 묘한 분위기를 띠었다.

루시에게 마음을 고백하는 시드니 카턴

"마네트 양, 지금 눈앞에 있는 이 남자는 스스로를 구렁텅이에 내팽개친 술꾼에다 자학이나 일삼는 한심한 인간입니다. 마네트 양이 이런 제 사랑을 받아주신다면 저야 더없이 행복할 테지요. 하지만 제가 아가씨에게 드릴 것은 비참함과 슬픔과 후회와 고통과 치욕일 뿐입니다. 그래서 아가씨를 절망의 나락으로 떨어뜨릴 게 분명하지요. 아가씨는 제게 호감을 전혀 느끼지 않는다는 걸 압니다. 저는 아가씨에게 아무것도 바라지 않습니다. 그리고 제가 그럴 수 없다는 사실을 오히려 감사히 여기고 있습니다."

"호감을 느끼지 않더라도 제가 도울 길은 없을까요, 카턴 씨? 제가 당신을 더 나은 삶으로 이끌 수는 없나요? 이런 말밖에 못하는 저를 용서하시길! 저를 믿고 속마음을 털어놓으신 것에 대해 어떻게든 보답하고 싶은데 그럴 수 있는지요? 저에게 하신 얘기가 비밀이라는 것은 잘 알고 있어요." 루시는 잠시 머뭇거린 끝에 진심 어린 눈물을 보이며 이어서 말했다. "다른 사람에게도 얘기하지 않으리라는 것도 잘 알고요. 제가 어떤 식으로든 당신에게 도움이 될 방법이 없을까요, 카턴 씨?"

시드니는 고개를 저었다.

"네, 없어요. 마네트 양, 없습니다. 조금만 더 제 얘기를 들어주신다면 그걸로 되었습니다. 아가씨가 제 영혼의 마지막 희망이었다는 걸 부디 아셨으면 합니다. 저는 타락한 몸이지만 완전히 타락하지는 않았던 모양입니다. 아가씨가 박사님과 함께 있으면서 집에 온기가 도는 것을 본 순간부터 제 안에 죽어 없어진 줄 알았던 옛 감정이 고스란히 살아났습니다.

당신을 본 이후부터 다시는 저를 괴롭히지 않으리라고 믿었던 양심의 가책에 시달렸고, 영원히 침묵했다고 믿었던 옛 목소리가 저를 위로 이끄는 속삭임을 들었습니다. 저는 새롭게 노력해야겠다고, 새로 시작해야겠다고, 나태와 육욕을 떨쳐 버려야겠다고, 포기했던 싸움을 끝까지 해봐야겠다고 막연하게나마 생각하게 되었습니다. 하지만 그저 꿈일 뿐, 아무런 결실도 맺지 못했습니다. 그리고 꿈꾼 자는 누운 그 자리를 벗어나지 못했지요. 그렇더라도 아가씨 덕에 그런 꿈을 꾸게 되었다는 사실만큼은 아셨으면 합니다."

"그래서 아무것도 남지 않았나요? 오, 카턴 씨. 다시 한번 생각해보세요! 다시 노력해보세요!"

"아닙니다, 마네트 양. 꿈을 꾸는 내내 제가 그럴 만한 자격이 없다는 걸 깨달았습니다. 저는 나약한 존재로 살아왔고, 지금도 그렇습니다. 아가씨는 어느 날 갑자기 잿더미에 불과한 저를 불타오르게 하셨습니다. 이 같은 사실도 아셨으면 합니다. 그런데 타고난 제 본성을 벗어날 수 없는 거라서 그 불은 아무것도 소생시키지 못하며, 아무것도 밝히지 못하며, 어떤 도움도 주지 못한 채 그저 헛되이 타올랐다가 이내 꺼져버렸습니다."

"카턴 씨, 당신이 저를 만난 뒤 더 불행해진 건 순전히 저 때문….".

"그런 말씀 마십시오, 마네트 양. 오로지 아가씨만이 저를 바른길로 인도해주었을 테지요. 더 나빠지는 일은 절대로 없었을 겁니다."

"말씀하신 상태가 어쨌든 저로 인한 것이군요. 바라시는 대로 솔직하게 말씀드리고 싶어요. 제가 어떻게든 도움이 되는 쪽으로 영향을 줄 수는 없는지요? 당신을 올바른 길로 이끌 힘이 제게는 없는 걸까요? 전혀 없나요?"

"마네트 양, 지금 이 자리야말로 제가 할 수 있는 최선이었고, 저는 오늘 이 자리에서 남김없이 이루었습니다. 제 잘못 살아온 인생의 남은 날들 동안 산식할 기억이 생겼습니다. 아가씨에게 제 마음을 열어 보였고, 아가씨가 한탄하고 연민할 만한 무언가가 저에게 남아 있었음을 기억하는 것만으로도 제 여생은 의미가 있을 테지요."

"카턴 씨, 온 마음을 다해 간절히 청합니다. 당신 스스로 더 나은 삶을 살아가세요. 부디 그러시기를 빌고 또 빌겠습니다!"

"저더러 그런 신념을 가지라고 간청하지 마세요, 마네트 양. 저는 제가 어떤 인간인지 충분히 겪어서 잘 압니다. 더는 안 됩니다. 그리고 보니 지금도 아가씨에게 괴로움을 드리고 있군요. 제 이야기를 빨리 끝내야겠어요. 먼 훗날 오늘 이 순간을 되돌아볼 때 제가 털어놓은 삶의 마지막 이야기가 아가씨의 순결한 가슴속에 그대로 남아 있다고, 그 누구와도 나누지 않은 채 아가씨가 고스란히 간직하고 있다고 믿어도 되겠습니까?"

"그러는 게 당신에게 위로가 된다면요."

"앞으로 알게 될 그 어떤 소중한 사람에게도 말씀하시지 않겠다는 얘기인가요?"

"카턴 씨." 루시가 당황한 듯 잠시 머뭇거렸다가 대답했다. "이건 당신의 비밀이지 제 것이 아니에요. 하지만 당신의 뜻대로 하겠다고 약속할게요."

"고맙습니다. 다시 한번 마네트 양에게 신의 축복이 있기를 빌겠습니다."

시드니는 루시의 손에 입을 맞추고 문 쪽으로 걸어갔다.

"걱정하지 마세요, 마네트 양. 앞으로 지나가는 말로라도 이 대화를 계속 이어가는 일은 없을 테니까요. 다시는 이런 이야기 입 밖에 내지 않겠습니다. 제가 죽을지언정 침묵하겠습니다. 제가 죽는 그 순간, 저는 좋은 기억을 신성하게 간직하게 될 테지요. 그리고 그럴 수 있다는 것에 감사하며 축복하겠습니다. 제 마지막 맹세를 당신에게 할 수 있어서, 또 제 이름과 과오와 불행을 당신의 마음속에 오롯이 담아둘 수 있어서 말입니다. 그 외에는 더 바라지 않습니다. 부디 아무 근심 없이 행복하시길!"

시드니 카턴은 여태까지 그가 보여준 모습과 사뭇 달랐다. 그가 지금까지 얼마나 자포자기를 많이 했고, 방탕한 생활로 스스로를 파멸의 구렁텅이로 빠뜨렸는지를 생각하자 루시 마네트는 슬픔이 북받친 나머지 급기야 흐느끼기 시작했다. 시드니는 걸음을 멈추고 뒤돌아서 그런 그녀를 가만히 바라보았다.

"슬퍼하지 마세요!" 이윽고 시드니가 다가와서 말했다. "저는 아가씨가 슬퍼할 만한 가치 있는 사람이 절대로 아닙니다. 마네트 양, 지금부터 한두 시간 뒤면 저는 제가 그토록 경멸하면서도 뿌리치지 못하는 천박한 무리와 어울려 더럽기 짝이 없는 짓을 하고 있을 겁니다. 거리에 굴러다니는 그 어떤 놈팡이보다 못하지요. 따라서 저를 위해 눈물을 흘릴 필요가 전혀 없습니다. 슬퍼하지 마십시오! 저는 그런 놈입니다. 하지만 아가씨에 대해서만큼은 언제나 지금 이 모습일 겁니다. 겉으로는 어떨지 모르겠지만 말입니다. 제가 마지막 부탁에 앞서 드리는 청은 이런 제 말을 믿어달라는 겁니다.”

“믿을게요, 카턴 씨.”

“제 마지막 청은 이겁니다. 저를 끝으로, 아가씨와 전혀 어울리지 않는 방문객을 두 번 다시 만날 일은 절대로 없을 겁니다. 이런 말을 해봐야 소용없다는 걸 압니다. 하지만 이는 제 마음에서 우러나오는 말입니다. 아가씨를 위해서라면, 아가씨에게 소중한 사람을 위해서라면, 저는 무엇이든 가리지 않고 할 겁니다. 만약 제 남은 인생이 바람직한 방향으로 흘러가서 아가씨에게 조금이라도 도움이 된다면 어떤 희생이든 기꺼이 감수하겠습니다.

언젠가 모든 것이 제자리를 찾아 조용해지면, 아가씨와 관련된 일에서만큼은 열정적이고 진실했던 저를 기억해주십시오. 머지않아 아가씨에게도 새로운 인연이 생길 테지요. 정말 머지않았습니다. 아가씨가 장차 꾸리게 될 가정을 보다 부드럽고 단단히 이어줄 그런 인연이 생길 겁니다. 아가씨를 더없이 명예롭고 우아하고 기쁘게 해줄 테지요.

아, 마네트 양. 행복한 아버지의 얼굴을 쏙 빼닮은 작은 얼굴이 그대를 올려다볼 때, 발치에서 그대를 쏙 빼닮은 환하고 어여쁜 얼굴이 꽃처럼 피어났을 때, 그대 사랑하는 사람을 위해, 그대 사랑하는 사람이 그대 곁에 있도록 지켜주기 위해서라면 자기 생명도 기꺼이 바칠 남자가 있었다는 걸 가끔이라도 생각해주십시오!”

시드니는 마지막으로 "그럼 안녕히! 신의 축복이 있기를!" 하고 말한 뒤 루시 곁을 떠났다.

                                    제2부 금빛 실

◇◇◇◇◇◇

14장

성실한 장사꾼

제러마이어 크런처는 밉살맞은 어린 아들을 날마다 곁에 끼고, 플리트 거리에 놓인 의자에 앉아서 수많은 사람과 다양한 사물의 움직임을 관찰했다. 하루 중 가장 붐비는 시간에 플리트 거리를 오가는 두 줄기 행렬을 보고도 눈이 어질어질하고 귀가 먹먹해지지 않을 사람이 있을까? 한 행렬은 태양을 따라 서쪽으로, 다른 쪽 행렬은 태양을 등진 채 동쪽으로 향했다. 하지만 두 행렬 모두 해가 저무는 붉은빛과 자주빛 경계 너머의 들판 방향으로 나아가고 있었다.

입에 짚단을 물고, 제리 크런처는 두 물줄기를 바라보며 앉아 있었다. 수세기 동안 한 물줄기만 지켜온 이교도의 촌부처럼 말이다. 다만 제리에게는 그 물이 언젠가 마를 거라는 생각은 전혀 없었다. 행렬이 끊어지기를 바라지도 않았다. 그의 수입 가운데 일부는 텔슨 은행에서 강 건너편으로 겁 많은 여자들을, 대부분 뚱뚱한 중년 여성을 안내해주는 일에서 나왔기 때문이다. 인파가 줄면 그의 수입도 줄어들 터였다. 거리는 짧았지만 크런처는 여자들을 극진하게 대했다. 그들의 앞날을 위하여 축배를 드는 영광을 누리게 해달라고 간청할 정도였는데, 그렇게 손님이 건배를 들라고 건넨 돈은 제리의 호주머니로 들어갔다.

당시는 시인이 공공장소에 놓인 의자에 앉아 행인을 구경하며 사색에 잠기던 시절이었다. 크런처도 그런 의자에 앉아 있었지만 시인이 아니기 때문에 사색은 삼가고 주위를 둘러보았다.

오가는 행인도 거의 없는 데다 귀가가 늦은 여자도 보이지 않아서 전반적으로 수입이 형편없었다. 아무래도 마누라가 납작 엎드려 요상한 자세로 "기도질"이나 하고 있을 거란 의심이 치밀었다. 그때 플리트 거리 서쪽에서 한 무리가 평상시와는 다른 모습으로 쏟아져 내려오는 것이 눈에 띄었다. 크런처는 장례 행렬임을 직감했다. 이윽고 한 무리가 그 행렬을 에워싸고 성토하고 있어서 한바탕 소란이 일어나고 있다는 사실을 알아차렸다.

"제리." 크런처가 아들을 돌아보며 말했다. "저건 장례 행렬이다."

"야호!" 어린 제리가 소리쳤다.

꼬마의 목소리는 괴성 같기도 하고 기뻐서 내지르는 환호 같기도 했다. 크런처는 그 목소리가 거슬려서 잠시 기회를 엿보다가 아이의 귀를 냅다 후려쳤다.

"야호라니, 뭐가 그리 신나서 소리치느냐?" 크런처가 아들을 노려보며 말했다. "아비한테 대체 무슨 말을 하고 싶어서 그렇게 소리친 거냐고, 이 망할 놈아? 한 번만 더 그렇게 소리치면 가만두지 않겠다! 알았어?"

"아무 잘못도 안 했는데, 왜 그래요?" 어린 제리가 뺨을 문지르며 항의했다.

"아무 잘못도 안 했다고?" 크런처가 화를 냈다. "입 닥치고, 의자에 올라서서 사람들이나 잘 지켜봐!"

꼬마는 크런처가 시키는 대로 했다. 이윽고 군중이 몰려들었다. 사람들은 거무튀튀한 장례 마차와 우중충한 조문객 마차를 둘러싸고 고함을 치거나 야유를 퍼부어댔다. 조문객 마차에는 조문객이 달랑 한 사람 타고 있었다. 그는 자신의 지위와 품위에 걸맞은 상복을 입고 있었는데, 어쩐지 초라한 행색이었다. 그런 상황에서 그의 신분은 아무런 도움이 되지 않았다. 마차를 에워싼 사람들의 아우성이 높아지자 그의 얼굴은 점점 일그러졌다. 사람들은 폭도처럼 그를 향해 험악한 표정을 지으며 야유하고 고함을 질러 댔다. "이놈은 첩자다! 망할 놈의 첩자야!" 이 외에도 입에 담기 어려울 정도로 무지막지한 욕설이 난무했다.

장례 행렬은 늘 크런처의 주의를 끌었다. 특히 장례 행렬이 텔슨 은행 앞을 지나갈 때면 그는 촉각을 곤두세우고 흥분했다. 이렇게 사람들이 장례 행렬을 에워싼 모습은 흔치 않았으므로 제리는 지나가는 한 남자를 붙잡고 물었다.

"이봐요, 대체 왜 이러는 거요? 무슨 일 있어요?"

"나도 몰라요." 남자가 대답했다. 그러고는 이렇게 소리치고 앞으로 달려갔다. "첩자다! 와, 첩자다!"

크런처는 다른 남자에게 다가가서 물어보았다. "누가 죽었습니까?"

"나도 몰라요." 남자는 이렇게 말하고 양손을 입가에 모으고는 열성적으로 소리 질렀다. "첩자다! 와와! 첩자다, 첩자!"

크런처는 마침내 사실을 정확히 아는 한 남자를 만나, 이 장례 행렬이 로저 클라이라는 사람의 것임을 알아냈다.

"로저 클라이란 사람이 첩자였어요?" 크런처가 남자에게 물었다.

"올드 베일리 첩자였답니다." 남자가 대답했다. "와, 올드 베일리의

첩자 로저 클라이의 장례 행렬을 조롱하는 군중

첩자다!”

“아, 그렇구나!” 크런처는 예전에 참석했던 재판을 떠올리며 외쳤다. “본 적 있는 사람이에요. 그런데 정말로 죽었답니까?”

“죽어버렸지.” 남자가 대답했다. “근데 죽은 걸로는 부족해. 끌어내라! 첩자를 끌어내! 이놈은 첩자다!”

뭔가 해야 한다는 생각은 있었지만 구체적인 방법은 몰랐던 사람들에게 끌어내라는 구호는 무척 혹할 만했다. 사람들은 유달리 흥분해 있었고, 끄집어내라느니 끌어내라느니 소리치면서 마차 두 대를 에워쌌다. 그 바람에 마차는 앞으로 더 나아가지 못하고 멈추어 섰다. 사람들이 마차 문을 열어젖히자마자 한 명뿐인 조문객이 허둥지둥 밖으로 튀어나왔다가 몇몇 사내의 손에 붙잡혔다. 하지만 그 조문객은 대단히 민첩했다. 그는 틈을 노렸다가 외투, 모자, 기다란 모자 끈, 흰 손수건은 물론이고, 장례 행렬에서나 볼 법한 거추장스러운 감정 따위마저 몽땅 떨쳐내고는 샛길로 도망쳤다.

사람들은 그가 떨어뜨린 물건을 줍는 즉시 신나게 갈기갈기 찢어서 흩뿌렸고, 상인들은 서둘러 가게 문을 닫았다. 그 시절, 군중은 일단 흥분하면 멈출 줄을 모르는, 끔찍할 정도로 무서운 괴물이었기 때문이다. 그들은 이미 마차 뒤를 열어서 관을 끄집어낼 정도였다. 그때 어떤 총명한 자가 나타나서 그러지 말고 모두 떠들썩하게 환호하면서 관을 목적지까지 호송하는 게 어떻겠냐고 제안했다. 마침 구체적인 행동 지침을 기다리던 군중은 환호성을 터뜨리며 그 제안을 받아들였다. 곧 마차 안에는 여덟 명이, 바깥에는 열두 명이 올라탔다. 지붕 위에도 가능한 한 많은 이들이 별의별 기발한 방법을 써가며 기어올랐다. 맨 처음 마차에 오른 사람들 가운데에는 제리 크런처도 끼어 있었다. 그는 텔슨 은행 사람들이 자기를 알아볼까 봐 조문객 마차의 구석에 삐죽삐죽한 머리를 숨겼다.

장례를 집행하는 장의사들은 세상에 이런 장례식이 어디 있느냐며 반발했다. 그러자 군중 속에서 "말 안 듣는 놈들은 차가운 강물에 한 번 처박혀 봐야 말을 듣지!" 하는 고함이 여기저기서 터져 나왔다. 그 소리에 반발은 순식간에 잦아들었다.

새롭게 꾸려진 행렬이 출발했다. 굴뚝 청소부가 장례 마차를 몰았고, 마부는 그 옆에 앉아서 사람들의 감시를 받으며 조언자 역할을 했다. 파이를 만드는 사람은 여러 각료를 거느리고 조문객 마차를 몰았다. 당시 거리에서 인기를 끌던 곰 조련사 한 명이 행렬에 장식처럼 끌려 들어갔다. 검고 털이 듬성듬성 빠진 곰이 같이 걸어갔던 덕분인지, 행렬에서는 장례식에서나 볼 법한 음침한 분위기마저 느껴졌다.

행렬을 이룬 사람들은 맥주도 마시고, 파이프 담배도 피우고, 목청껏 노래도 부르고, 애통한 척 슬픔을 익살맞게 흉내 내면서 시끌벅적

무질서하게 나아갔다. 걸을 때마다 새로운 이들이 합류했고, 가게들은 행렬이 도착하기 전에 서둘러 문을 닫았다. 장례 행렬이 향한 곳은 들판 저 너머에 있는 세인트 판크라스 교회였다. 얼마 뒤 행렬은 교회에 도착했다. 그러자 모두 매장지까지 가겠다고 우겼고, 마침내 고인이 된 로저 클라이를 그들 방식으로, 그들이 마땅하다고 여기는 대로 흙 속에 묻었다.

고인을 저세상으로 떨쳐버리자 사람들은 무언가 다른 오락거리가 필요한 듯 주위를 두리번거렸다. 그때 또 다른 총명한 인재(어쩌면 아까 그 사람일지도 모른다)가 지나가는 사람 아무나 붙잡아서 올드 베일리의 첩자라고 뒤집어씌워 괴롭히자고 제안했다. 이 공상이 실현되었고, 그들은 평생 올드 베일리 근처에도 가본 적 없는 수십 명의 무고한 사람들을 뒤쫓아가서 거칠게 밀치고 난폭하게 다루었다. 그리고 그런 짓은 곧 창문을 깨고, 술집을 털고, 거리의 물건을 부수는 악질적 장난으로 자연스럽게 번져갔다. 몇 시간이 지나자 공원의 정자가 파괴되고 지하 출입구의 철책이 뜯겨서 호전적인 무리의 무기로 사용되었는데, 그럴 즈음 근위병들이 오고 있다는 소문이 돌았다. 이 소문이 돌기 전 군중은 조금씩 흩어지기 시작했다. 사실 근위병들이 왔는지 오지 않았는지 알 수 없었다. 군중이 폭도로 변해가는 과정이 바로 이러했다.

크런처는 마지막 놀이판에는 끼지 않고 교회 묘지에 남아 장의사들과 이야기를 나누며 고인의 명복을 빌었다. 묘지라서인지 마음이 차분하게 가라앉는 것 같았다. 근처 술집에서 파이프 담배를 하나 얻어 피우며 울타리 안을 들여다보고 묘지도 이리저리 살펴보았다.

"제리." 크런처가 평소처럼 혼잣말을 했다. "너는 그날 그곳에서 클라이를 봤어. 젊고 멀쩡한 클라이를 네 두 눈으로 똑똑히 봤다고."

　　　　　　　　　　　　　　　　　　　

크런처는 파이프 담배를 다 피운 뒤 조금 더 생각에 잠겼다가 텔슨 은행의 폐점 시간에 맞추어 자기의 근무지에 가려고 몸을 돌렸다. 그가 죽음에 대해 명상한 탓에 속이 거북해졌다든지, 전부터 건강이 나빴다든지, 조금이라도 유명 인사의 관심을 받고 싶었다든지 하는 건 이 시점에서 전혀 문제가 되지 않았다. 중요한 건 그가 돌아가는 길에 저명한 외과 의사 나리게 잠깐 들렀다는 사실이었다.

그의 아들 제리는 아버지의 자리를 충실하게 지켰다. 아들은 아버지가 없는 동안 아무 일도 없었다고 말했다. 은행은 문을 닫았고, 나이 든 직원들은 모두 퇴근했다. 그리고 평소처럼 경비원들이 경비를 섰고, 크런처와 아들은 저녁을 먹으러 집에 갔다.

"내 말 똑똑히 들어!" 집에 들어서자마자 크런처가 아내에게 말했다. "오늘 밤 성실한 장사꾼인 내 일이 잘못되기라도 하면, 당신이 나한테 해코지하려고 기도한 탓이라고 생각하겠어. 그리고 네가 기도하는 걸 내가 봤든 아니든 아주 혼쭐을 내줄 테다."

크런처 부인은 풀 죽은 표정으로 고개를 숙였다.

"왜, 이젠 코앞에서 기도라도 하시려고?" 크런처가 얼굴 가득 노기를 띤 채 소리쳤다.

"아무 말도 안 했어요."

"그래? 그럼 생각도 하지 마. 당신이란 여자는 생각하는 척하며 기도를 하니까. 당신은 어떻게 해서든 내가 잘못되기를 바라고 있어. 그러니 아무것도 하지 말라고. 알았어?"

"알았어요, 여보."

"알았어요, 여보." 크런처가 저녁 식탁에 앉으며 아내의 말을 되풀이했다. "그럼 그래야지. 알았어요, 여보. 이건 해도 되는 말이야."

달리 특별한 이유가 있어서 아내 말을 되풀이한 건 아니었다. 흔히

들 그러는 것처럼 비아냥거리는 말에 지나지 않았다.

"앞으로 당신은 '알았어요, 여보'라는 말만 해." 크런처는 버터 바른 빵을 한 입 베어 물었다. 그러고는 빵이 마치 커다란 굴이라도 되는 듯 후루룩 삼키고 나서 말했다. "아! 그래. 나는 당신을 믿어."

"오늘 밤에도 나갈 거예요?" 크런처가 다시금 빵을 한 입 베어 물었을 때, 정숙한 아내가 조심스레 물었다.

"그래, 나갈 거야."

"저도 따라가도 돼요, 아버지?" 어린 제리가 씩씩하게 물었다.

"안 돼. 네 엄마도 알 테지만 난 낚시하러 가야 해. 내가 가는 데는 낚시하는 곳이라고."

"아버지 낚싯대는 녹슬었잖아요. 그렇지 않나요, 아버지?"

"너는 그런 거 신경 쓰지 않아도 돼."

"물고기를 잡아서 집에 가져오실 건가요, 아버지?"

"못 가져오면 넌 내일 굶어야 할 거다." 크런처가 고개를 저으며 말했다. "이제 그만 묻거라. 네가 한창 잠들어 있을 시간이나 되어야 나갈 테니."

크런처는 아내가 잘못되라고 속으로 기도할까 봐 남은 저녁 시간 내내 그녀를 감시하면서 자꾸 말을 시켰다. 그는 아들에게도 엄마에게 끊임없이 말을 건네라고 시키는 한편, 엉뚱한 트집을 잡아 아내를 들들 볶음으로써 혼자 생각할 틈을 주지 않으려고 했다. 아내를 전혀 믿지 못하는 크런처가, 아내의 기도는 그토록 두려워하고 있었다. 그런 면에서 보면, 제아무리 신앙심 깊은 사람도 크런처의 '믿음'에는 미치지는 못할 것이다. 유령 따위는 믿지 않는다고 큰소리치면서 유령 얘기만 나와도 겁을 집어먹는 것이나 마찬가지였다.

"그리고 명심해!" 크런처가 말했다. "내일은 허튼짓하지 마! 정직한 장사꾼인 내가 애써서 고기 한두 덩이를 구해왔는데 손도 안 대고 마른 빵만 먹었다간 혼쭐이 날 줄 알라고. 내가 맥주를 사왔는데 맹물만 들이키고 있다면 두고봐. 로마에 가면 로마 법을 따라야 하는 거야. 그렇지 않으면 로마가 가만두지 않지. 나는 네 로마야. 알았어?"

크런처는 이렇게 말하고 다시 툴툴거렸다.

"먹고 마실 음식을 홀대하다니! 당신이 허구한 날 쪼그리고 앉아서 그놈의 기도나 하고 남편 사업을 훼방 놓는 데 정신을 파니까 먹고 마실 음식이 부족한 거야. 이 녀석을 보라고. 당신 아들이잖아? 그런데 꼬챙이처럼 말랐어. 어미라면 자식을 통통하게 살찌우는 게 첫 번째 의무 아닌가? 세상에 그런 것도 모르는 어미가 어디 있어?"

크런처의 이 말이 아들 제리의 민감한 부분을 건드렸다. 아이는 어머니에게 간절히 부탁했다. 다른 건 다 괜찮지만, 무엇보다도 아버지가 그토록 감동적이고 조심스럽게 강조한 '어머니로서의 첫 번째 의무'만큼은 꼭 다해 달라고, 그것만은 꼭 잊지 말아 달라는 것이었다.

이렇게 크런처 가족의 저녁 시간이 지나갔다. 이윽고 어린 제리에게 그만 가서 자라는 명령이 떨어졌고, 아이의 어머니도 자리를 떴다. 크런처는 혼자서 파이프 담배를 뻑뻑 피우며 이른 밤의 지루함을 달랬다. 그는 거의 한 시가 될 때까지 집을 나서지 않았다. 그러다 유령이 출몰하는 한밤중이 되자 자리에서 일어나 주머니에 든 열쇠를 꺼내 벽장을 열고는 자루 하나, 적당한 크기의 쇠 지렛대 하나, 밧줄과 쇠사슬 그리고 갖가지 낚시 도구를 챙겼다. 그런 다음 그것들을 민첩하게 몸에 걸친 뒤, 비아냥대며 아내에게 작별 인사를 하고는 불을 끄고 밖으로 나갔다.

어린 제리는 잠자리에 들 때 옷을 벗는 척만 했기 때문에 곧바로 아버지의 뒤를 밟을 수 있었다. 어둠 속에 몸을 숨기고 방을 나온 아이는 계단을 살금살금 내려가 마당을 지나서는 큰길을 걷기 시작했다. 나중에 집으로 되돌아오는 건 걱정할 필요가 없었다. 세입자가 많아 밤새도록 문이 열려 있기 때문이었다.

어린 제리는 아버지의 정직한 사업이라는 게 무엇인지 알아내고, 그 기술도 익혀야겠다는 기특한 야심에 이끌리고 있었다. 바짝 붙어 있는 그의 두 눈만큼이나 집의 정면과 벽과 출입구에 몸을 바짝 붙인 채 존경하는 아버지를 놓치지 않기 위해 부지런히 걸음을 옮겼다. 존경하는 아버지는 북쪽으로 향하더니 얼마 뒤 아이작 월턴[54]의 또 다른 제자를 만났다. 둘은 함께 천천히 길을 걷기 시작했다.

길을 나서고 반 시간이 안 되어 두 사람은 깜빡거리는 가로등과 꾸벅꾸벅 조는 경비원들을 지나서 외딴길로 접어들었다. 그러고는 그 길에서 또 다른 낚시꾼을 만났다. 그런데 그들의 만남이 얼마나 조용히 이루어졌던지 어린 제리가 의심 많은 아이였다면 두 번째 낚시꾼이 갑자기 두 명으로 갈라졌다고 여겼을 정도였다.

세 사람은 묵묵히 계속 걸었고, 어린 제리도 묵묵히 계속 걸었다. 얼마 뒤 그들은 길 위로 툭 튀어나온 둑 밑에서 멈추어 섰다. 둑 위에는 나지막한 벽돌담이 있었고, 담 위에는 철책이 쳐져 있었다. 세 사람은 둑과 담의 그림자 속에서 길을 벗어나 막다른 골목으로 들어섰다. 골목의 한쪽 면은 이삼 미터 높이로 솟은 벽돌담이었다. 모퉁이에서 웅크리고 앉아 골목 안을 엿보던 어린 제리의 눈에 무언가가 들어왔다. 제리의 존경하는 아버지는 구름에 둘러싸인 희부연 달빛 속에서 선명하게 윤곽이 드러난 채 날렵하게 철책을 기어오르고 있었다.

◇◇◇◇

54 아이작 월턴(Izaak Walton, 1593-1683). 영국의 수필가 겸 전기 작가. 평소 낚시를 즐긴 것으로 알려져 있다.

　　　　　　　　　　　　　　　제2부　금빛 실

크런처는 금세 철책을 가볍게 뛰어넘었고, 곧바로 두 번째 낚시꾼에 이어 세 번째 낚시꾼이 넘어갔다. 그들 모두 출입문 안쪽으로 부드럽게 착지한 뒤 바짝 엎드린 채 가만히 귀를 기울였다. 그런 다음 양손과 무릎을 바닥에 대고 조용히 기어가기 시작했다.

이제 어린 제리가 출입문으로 다가갈 차례였다. 아이는 숨을 죽이고 출입문 쪽으로 살금살금 다가갔다. 그리고 출입문 한쪽 구석에 웅크리고 앉아 안을 엿보았다. 세 낚시꾼이 무성한 수풀 사이를 엉금엉금 기어가고 있었다. 그들이 들어간 곳은 널찍한 교회 묘지였다. 교회 묘지의 비석들이 흰옷 차림의 유령들처럼, 그리고 교회 탑이 기괴한 거인 유령처럼 세 사람을 지켜보고 있었다. 그들은 얼마 기어가지 않고 멈추더니 똑바로 일어섰다. 그러고는 낚시질을 하기 시작했다.

그들은 처음에는 삽으로 낚시했다. 곧이어 어린 제리의 존경하는 아버지가 코르크 마개를 뽑는 기구처럼 생긴 커다란 연장을 어디엔가 맞춰 끼웠다. 그들은 갖은 도구를 활용하여 열심히 작업했다. 이윽고 교회 시계탑에서 무시무시한 종소리가 울려 퍼졌다. 어린 제리는 너무나 놀라서 머리칼이 아버지처럼 쭈뼛 곤두선 채 겁에 질려 달아나버렸다.

하지만 제리는 도망가다 말고 얼마 못 가 되돌아왔다. 아버지가 하는 일이 무엇인지 알고 싶다는 오래된 궁금증 때문이었다. 어린 제리가 출입문에서 안을 다시 들여다보았을 때도 세 사람은 여전히 낚시질을 하고 있었다. 마침내 이번에는 무언가 걸린 것 같았다. 저 아래 땅 밑에서 나사못이 죄어 들어가는 듯한 소리가 들렸다. 그리고 세 사람은 무거운 것을 끌어당기는지 허리를 굽히고 안간힘을 썼다. 잠시 뒤 무거운 물체가 흙을 헤치고 천천히 올라오는가 싶더니 땅 위로 모습을 드러냈다. 어린 제리는 그것이 무엇인지 잘 알고 있었다. 그럼에도 그것을 본 순간, 아니 존경하는 아버지가 그것을 비틀어 열려는 순간, 그런 광경은 처음이라 너무 놀랐다. 그래서 다시 도망쳤고, 거의 일 킬로미터를 달려서야 멈출 수 있었다.

아이는 숨이 차서 가슴이 터질 지경인데도 멈출 수가 없었다. 마치 유령과 달리기 시합이라도 하는 듯, 죽기 살기로 결승점을 향해 돌진하는 육상 선수처럼 달리고 또 달렸다. 어린 제리는 조금 전에 보았던 관이 자기 뒤를 쫓아오고 있다고 생각했다. 그것이 좁은 면으로 땅을 딛고 곧추서서는 깡충거리며 금세 곁에 따라와서 팔을 낚아챌 것 같았다. 어린 제리로서는 어떻게 해서든 관을 따돌려야 했다. 하지만 그것은 어디에나 도사린 변덕스러운 악령 같았다. 등 뒤에서 밤은 온통 공포로 가득했고, 어린 제리는 어두운 골목을 벗어나 큰길을 향해 달음박질쳤다. 마치 괴상하게 부풀어 오른 연(鳶)처럼, 꼬리와 날개를 떼어낸 관이 깡충깡충 골목 어귀를 넘어올 것만 같았다. 그 관은 문간에 숨어 있다가 단단한 어깨로 문을 밀치고, 마치 비웃듯 어깨를 귀까지 으쓱이며 따라오는 듯했다. 그런가 하면 어린 제리의 발을 걸어서 넘어뜨릴 속셈으로 거리의 그림자 속에 납작 엎드려 숨어 있기도 했다. 이렇듯 관이 어린 제리 등 뒤에서 깡충깡충 뛰면서 바짝 쫓아오는 바람에 집 앞에 도착했을 때 소년은 거의 반죽음 상태였다. 그럼에도 관은 놓아주지 않았다. 그러기는커녕 쿵쿵거리며 계단을 타고 위층까지 올라와서 침실로 기어들어서는 잠든 아이의 가슴을 무겁게 짓눌렀다.

동이 텄으나 해는 떠오르지 않은 시각, 어린 제리는 선잠에 빠져 있었다. 그러던 중 아버지가 거실로 들어오는 소리를 듣고 잠에서 깼다. 뭔가 일이 잘 풀리지 않은 모양이었다. 그가 크런처 부인의 양쪽 귀를 붙잡고 뒤통수를 침대 머리에 쿵쿵 찧는 소리로 미루어 짐작할

 제2부 금빛 실

수 있었다.

"내가 말했지, 가만 안 둔다고." 크런처가 말했다.

"여보, 제발! 제발!" 아내가 애원했다.

"당신은 사사건건 초를 치고 있어!" 크런처가 계속 말했다. "나하고 내 동업자들은 고생하느라 죽을 노릇인데! 남편을 받들고 말을 따라야지. 대체 왜 그러지 않지?"

"여보, 나도 좋은 아내가 되려고 애쓰고 있어요." 불쌍한 여인이 눈물을 흘리며 항변했다.

"남편 하는 일에 재를 뿌리는 게 좋은 아내가 하는 짓거리야? 남편 사업에 훼방을 놓는 게 남편을 받드는 거야? 남편 하는 일을 창피하게 여기고 중요한 사안에 시비를 거는 게 남편을 따르는 거냐고?"

"예전에는 그런 끔찍한 일을 하지 않았잖아요?"

"시끄러워! 난 성실한 장사꾼이야. 내 일에 이러쿵저러쿵 떠들지 마. 보름지기 여편네는 남편을 받들고 따르면 그만이야. 남편 일에 관여해서는 안 돼. 당신은 독실한 자신이 자랑스럽지? 나는 신앙심이 없는 여편네가 좋아! 당신은 템스강에 떠내려온 통나무보다 감각도 무디고 눈치도 없어. 차라리 통나무를 끼고 사는 게 좋을 거야."

낮은 목소리로 계속되던 언쟁은 성실한 장사꾼인 크런처가 진흙이 잔뜩 묻은 장화를 벗어 던지고 바닥에 길게 뻗어버렸을 때에야 비로소 끝났다. 녹 묻은 손을 베개 삼아 바닥에 누워 있는 아버지를 살짝 엿본 아들 또한 자리에 누웠고, 금세 잠들었다.

아침 식사에 물고기는 없었다. 특별히 음식이랄 게 없었다. 크런처는 기운도 없고 기분도 언짢아서 혹시라도 아내가 식전 기도를 올릴 기미를 보이면 혼내주려고 쇠 냄비 뚜껑을 옆에 두고 있었다. 그러다가 평소처럼 세수하고 머리를 빗은 뒤, 아들을 데리고 명목상의 직장을 향해 집을 나섰다.

하늘은 맑았고 플리트 거리는 사람들로 붐볐다. 어린 제리는 겨드랑이에 자그마한 의자를 낀 채 아버지 곁에서 나란히 걸었다. 무시무시한 추격자를 피해 어둠을 헤치며 혼자서 집으로 달려오던 전날 밤의 그가 아니었다. 밤과 함께 불안감은 물러갔고, 날이 밝자 어린 제리의 잔꾀가 되살아났다. 그날 아침 플리트 거리와 런던에는, 꼭 어린 제리가 아니더라도, 밤이면 두려워하면서도 낮이면 다시 뻔뻔해지는 이런 이중성을 보이는 사람이 얼마든 있었다.

"아버지." 나란히 걷던 어린 제리가 조심스레 말을 꺼냈다. 그는 아버지와 팔 길이쯤 거리를 두고, 두 사람 사이에 나무의자를 꼭 끼워 넣은 채였다. "부활업자[55]가 뭐예요?"

"그딴 걸 내가 어떻게 알아?" 크런처가 걸음을 멈추고 퉁명스레 대답했다.

"아버지는 뭐든 다 아시는 줄 알았어요." 아이가 순진하게 말했다.

"흐음! 말하자면….." 크런처는 다시 걸으면서 머리카락이 멋대로 삐죽삐죽 솟도록 모자를 벗고는 말했다. "장사꾼이지."

"파는 물건은 뭐예요?" 어린 제리가 명랑한 목소리로 물었다.

"과학과 관련된 물건이지." 크런처는 잠시 머리를 굴린 뒤 말했다.

"물건이란 사람 시체를 말하는 건가요, 아버지?" 어린 제리는 이번에도 명랑한 목소리로 물었다.

"뭐, 그런 것과 비슷하다고 할 수 있지." 크런처가 거만한 투로 대답했다.

"그렇군요. 아버지, 저도 크면 부활업자가 되고 싶어요!"

<hr>

55 시체 도굴범을 말한다.

　　　　　　　　　제2부　금빛 실

크런처는 기분이 조금 누그러졌지만 아무래도 뒤가 켕겨서 몇 마디 덧붙이려고 고개를 저으며 입을 열었다. "그건 네가 얼마나 재능을 잘 계발하느냐에 달렸어. 우선 재능을 계발하는 데 신경 써라. 그리고 그런 사실을 아무한테도 말하지 않도록 조심해. 지금은 네가 그 일에 맞는지 어떤지 알 수 없으니까 말이야."

어린 제리는 그렇게 아버지의 격려를 받고 템플 바의 그늘에 의자를 내려놓으려고 몇 걸음 앞장서 걸어갔다. 그때 뒤에 있는 크런처가 혼잣말로 중얼거렸다. "이봐, 성실한 장사꾼 제리. 저 녀석은 너한테 복덩이가 될 거고, 제 어미가 끼친 피해를 보상해줄 거야!"

15장

뜨개질

제2부 금빛 실

드파르주의 술집에는 평소보다 이른 시간에 술을 마시는 손님들이 있었다. 이른 아침 여섯 시부터 거리를 기웃거리는 이른 아침 여섯 시, 거리를 배회하던 창백한 얼굴들이 창살 사이로 고개를 들이밀면, 그 안에는 이미 포도주를 기울이는 사람들이 보였다. 드파르주는 경기가 좋은 때도 물 탄 포도주를 팔았는데, 요즘 들어서는 포도주가 눈에 띄게 묽어 보였다. 그런 데다 맛도 시금털털해서 마시고 나면 기분이 좋기는커녕 찜찜했다. 포도주를 마신 사람은 우울한 기분에 빠졌다. 드파르주의 압착된 포도에서는 활기찬 바쿠스[56]의 불꽃이 타오르지 않았다. 대신 어둠 속에서 타오르는 위험한 불씨가 포도주 찌꺼기 깊숙이 숨어 있었다.

드파르주의 술집에 이른 아침부터 술꾼들이 모여든 것은 오늘로 정확히 사흘째였다. 월요일에 시작되었으므로 오늘이 수요일이었다.

---

[56] 로마 신화에 나오는 술의 신.

술을 마신다기보다는 아침부터 모여 생각에 잠긴다고 하는 편이 옳았다. 상당수가 문을 연 순간부터 다른 이들의 이야기에 조용히 귀를 기울이거나 나지막이 속삭이거나 살금살금 다녔기 때문인데, 이들 대부분은 목숨이 달린 일이 있다고 해도 카운터에 땡전 한 푼 올려놓을 형편이 못 되는 빈털터리들이었다. 그럼에도 그들은 마치 술을 통째로 주문할 수 있기라도 한 듯 느긋하게 드나들며 술 대신 이야기를 탐했다. 그들은 이 자리에서 저 자리로, 이쪽 구석에서 다른 쪽 구석으로 옮겨 다니며 탐욕스러운 눈빛으로 술 대신 이야기를 삼켰다.

손님이 평소보다 많은데도 술집 주인의 모습은 보이지 않았다. 하지만 그가 없다고 아쉬워하는 손님은 한 사람도 없었다. 문간을 넘나드는 손님 중에서 그를 찾는 사람은 없었다. 그의 행방을 묻는 손님도 없었다. 드파르주 부인만 자리에 앉아서 손님에게 술을 내주는데도 아무도 이를 이상하게 여기지 않았다. 부인 앞에는 찌그러진 동전이 담긴 그릇이 놓여 있었다. 이 동전들은 원래 새겨진 모양을 알아보기 힘들 정도로 낡고 변형되어 있었다. 마치 이 동전이 나온 너덜너덜한 주머니의 주인들만큼이나 흉한 몰골이었다.

술집에서는 전반적으로 망연자실한 기운이 느껴졌고, 그럼에도 뭔가를 기다리는 듯한 긴장된 분위기가 함께 있었다. 왕의 궁전에서부터 범죄자가 들끓는 감옥에 이르기까지 높고 낮은 모든 곳을 염탐하는 첩자라면 아마 이런 분위기를 눈치챘을 수도 있었다. 카드놀이는 거의 끝났고, 도미노를 하는 사람들은 생각에 잠긴 채 도미노로 탑을 쌓고 있었다. 그리고 술을 마시는 사람들은 탁자 바닥에 떨어진 포도주 방울로 그림을 그렸다. 드파르주 부인도 이쑤시개로 소매의 무늬를 따라 짚으면서, 저 멀리 보이지도 않는 곳을 흘끔거리거나 들리지도 않는 소리에 귀 기울이곤 했다.

생탕투안은 정오가 될 때까지 이렇게 술에 젖어 있었다. 한낮이 되자, 먼지투성이 사내 둘이 생탕투안의 거리를 지나 흔들거리는 가로등 아래를 지나갔다. 그 가운데 한 명은 드파르주였고, 나머지 한 사람은 파란 모자를 쓴 도로 보수공이었다. 둘은 햇볕에 그을린 데다 목말라 지친 모습으로 술집에 들어섰다. 그들이 도착하자 생탕투안의 가슴 한가운데에 불이 지펴졌다. 그 불은 두 사람이 가는 곳마다 빠르게 번졌고, 문과 창가에서 있던 얼굴들은 불꽃처럼 일렁였다. 그런데도 아무도 이들을 따라나서지 않았고 술집에 들어왔을 때도 함부로 말을 거는 사람은 아무도 없었다. 하지만 그곳에 있던 모든 이의 눈과 귀가 그들에게 쏠려 있었다.

"안녕하쇼, 여러분!" 드파르주가 말했다.

그것은 입을 떼도 된다는 신호인 셈이었다. 드파르주의 말에 모두 합창하듯 "안녕하십니까!"라고 대답했다.

"날씨가 우중충합니다, 여러분." 드파르주가 고개를 저으며 말했다. 이 말에 모두 옆 사람을 바라보았다가 시선을 떨구고 묵묵히 침묵을 지켰다. 단 한 사람만 자리에서 일어나 밖으로 나갔다.

"여보." 드파르주가 자기 아내에게 말했다. "이 사람은 자크라는 도로 보수공인데, 나와 함께 몇십 리를 여행했소. 파리를 벗어나 하루 반나절쯤 갔을 때 길에서 우연히 만났지. 자크는 좋은 친구요. 이 사람에게 마실 것 좀 내주구려!"

두 번째 남자가 자리에서 일어나 밖으로 나갔다.

드파르주 부인이 자크라는 도로 보수공 앞에 포도주를 내놓았다. 도로 보수공은 파란 모자를 벗어 사람들에게 인사하고는 포도주를 마셨다. 작업복 앞가슴 쪽에는 조악한 검은 빵이 들어 있었다. 그는 드파르주 부인이 앉은 계산대 근처에 자리를 잡고, 포도주를 마시며 중간중간 빵을 꺼내서 씹어 먹었다. 세 번째 남자가 자리에서 일어나 밖으로 나갔다.

드파르주는 포도주 한 모금으로 목을 축이고는 기운을 되찾았다. 그에게 포도주는 별로 진귀한 것이 아니었기에 낯선 손님에게 준 포도주보다 적은 양이어도 상관없었다. 드파르주는 시골 사람이 아침 식사를 마칠 때까지 잠자코 서서 기다렸다. 드파르주는 그곳에 있는 사람들에게 눈길조차 주지 않았고, 마찬가지로 사람들도 그에게 전혀 눈길을 주지 않았다. 심지어 드파르주 부인조차 그를 보지 않고 뜨개질에 열중하고 있었다.

"식사 다 했나, 친구?" 드파르주가 기회를 엿보았다가 도로 보수공에게 물었다.

"네, 고맙습니다."

"그럼 이만 가자고! 자네에게 쓸 만한 방이 있다고 했는데, 보여주지. 마음에 쏙 들 거야."

두 사람은 술집을 나와 거리로, 거리를 지나 안뜰로, 안뜰을 지나 가파른 계단으로, 계단을 올라 다락방으로 들어갔다. 그곳은 예전에 백발노인이 나지막한 작업대에 앉아 구부정히 몸을 숙이고 분주하게 구두를 만들던 바로 그 방이었다.

이제 그곳에 백발노인은 없었다. 그 대신 한 명씩 술집을 나갔던 세 사내가 모여 있었다. 그들과 머나먼 곳의 백발노인 사이에는 아주 작은 연결 고리가 하나 있었는데, 바로 그들이 벽에 난 틈으로 노인을 들여다본 적이 있다는 사실이었다.

드파르주가 조심스레 문을 닫고 목소리를 낮춰 말했다.

"자크 1호, 자크 2호, 자크 3호! 이쪽은 나, 자크 4호가 약속한 대로 데리고 온 목격자네. 이 사람이 전부 말해줄 거야. 말해보게, 자크

5호!”

도로 보수공이 손에 든 파란 모자로 가무잡잡한 이마를 쓱 닦고는 물었다. “어디부터 시작할까요?”

“처음부터 차근차근 시작해보게.” 드파르주가 당연하다는 듯 대답했다.

“동지 여러분, 내가 그 남자를 본 건 말입니다.” 도로 보수공이 말했다. “작년 이맘때 한여름이었어요. 그 남자는 후작의 마차 아래 쇠사슬에 매달려 있었습니다. 일이 어떻게 된 것이냐면, 해 질 무렵 작업을 마치고 돌아가는 길이었어요. 그때 후작의 마차는 느릿느릿 언덕을 오르는 중이었고요. 그러니까 그때 그 남자가 마차 아래 쇠사슬에 매달려 있었던 겁니다. 이렇게요!”

도로 보수공은 다시금 전 과정을 연기하듯 보여주었다. 이제는 동작 하나하나가 완벽에 가까울 정도로 잘 다듬어져 있었다. 그의 연기는 지난 일 년 내내 마을 사람들의 오락거리이자 없어선 안 될 여흥이었기 때문이다.

자크 1호가 끼어들어 그 남자를 진에 본 적이 있느냐고 물었다.

“없습니다.” 도로 보수공이 다시 똑바로 일어서며 대답했다.

자크 3호가 그렇다면 나중에 어떻게 그를 알아보았느냐고 물었다.

“키가 컸거든요.” 도로 보수공이 손가락을 코에 대고 조용히 대답했다. “후작 나리가 그날 저녁에 ‘어떻게 생긴 놈이었느냐?’라고 물으셔서 내가 ‘유령처럼 키도 컸습니다’라고 대답했어요.”

“난쟁이처럼 작다고 대답했어야 했는데.” 자크 2호가 끼어들었다.

“낸들 알았겠어요? 그때는 그 일이 일어나기 전이었고, 그 사람이 내게 언질을 준 것도 아니었다고요. 잘 들어보세요! 그런 상황에서도 나는 나서서 증언하지는 않았어요. 내가 작은 우물터 근처에 서 있는

도로 보수공이 죽어가는 남자의 이야기를 전하다

데, 후작 나리가 손가락으로 나를 가리키며 '저자를 이리 데려와라!' 라고 말했어요. 그런데도 나는 아무 말도 하지 않았습니다."

"이 사람 말이 맞네, 자크." 드파르주가 끼어든 남자에게 나지막이 말했다. "자, 계속하게!"

"알았습니다!" 도로 보수공이 알쏭달쏭한 표정으로 말했다. "얼마 뒤 그 키 큰 남자는 자취를 감췄어요. 그래서 수색이 시작되었지요. 몇 달을 수색했더라? 아홉 달이었나? 열 달이었던가? 아니, 열한 달 이었나?"

"몇 달이든 그런 건 상관없어." 드파르주가 말했다. "아주 잘 숨기는 했지만 결국에는 발각되고 말았지. 자, 계속하게!"

"나는 다시 언덕배기에서 작업하고 있었어요. 해질녘이었지요. 이윽고 날이 저물어 마을에 있는 오두막으로 내려가려고 연장들을 챙겼어요. 그러다 눈을 들어 앞을 보자 병사 여섯 명이 언덕을 넘어오고 있더군요. 그런데 그들 가운데 키 큰 남자가 양팔이 묶여 있었어요. 이렇게 팔이 옆구리에 붙은 채로 꽁꽁 묶여 있었지요.”

그는 한시도 손에서 떼지 않는 모자를 도구 삼아 팔꿈치를 허리께에 찰싹 붙이고는 뒤로 손이 묶인 남자의 모습을 흉내냈다.

“나는 돌무더기 옆에 서서 병사들과 죄수가 지나가는 걸 바라보았어요. 특별한 게 없는 외진 길이라 안 볼래야 안 볼 수가 없었거든요. 처음에 그들이 다가올 때는 병사 여섯 명과 몸이 결박된 키 큰 남자만 보였어요. 그것도 시커멓게 보였지요. 해가 지는 쪽으로 그 사람들의 윤곽이 붉게 물들어 있었어요. 또 그 사람들의 그림자가 길 건너편 움푹한 등마루와 그 위쪽 언덕에 길게 드리워 있었지요. 마치 거인들의 그림자 같았어요. 그들이 걸을 때마다 먼지가 풀썩거렸습니다. 모두 먼지를 뒤집어쓰고 있었으니까요. 그들이 웬만큼 가까이 다가오고 나서야 나는 키 큰 남자를 알아보았어요. 그도 나를 알아봤지요. 아, 나를 처음 봤던 날 저녁, 바로 그 장소에서처럼 그는 다시 한 번 산비탈 아래로 곤두박질치고 싶었을 거예요!”

도로 보수공은 마치 자기가 그곳에 있는 듯 말했다. 그때의 장면이 눈앞에 생생하게 떠오르는 모양이었다. 아마 그는 평생 별다른 구경거리는 보지 못했을 터였다.

“나는 병사들 앞에서 키 큰 남자를 아는 척하지 않았어요. 그 남자도 내색하지 않았지요. 우리는 서로 눈빛만 주고받았어요. 얼마 뒤 일행의 대장이 병사들에게 ‘서둘러! 빨리 무덤으로 데려가라!’라고 소리치며 마을을 가리켰어요. 병사들은 키 큰 남자를 더 빨리 끌고 갔지요. 나는 부지런히 따라갔어요. 남자는 너무 꽉 묶여서 양팔이 퉁퉁

                                    제2부 금빛 실

부어오른 데다 크고 무거운 나막신 탓인지 다리를 절룩이며 걸었어요. 그가 다리를 절어서 느리게 걷자 병사들이 총으로 그를 마구 밀었어요. 이렇게요!"

도로 보수공은 개머리판에 떠밀려 앞으로 비틀거리며 걷는 남자의 동작을 흉내 냈다.

"병사들이 미치광이들처럼 언덕을 우르르 내려가는 바람에 남자가 넘어졌어요. 그러자 병사들이 낄낄거리며 남자를 다시 일으켜 세웠지요. 얼굴에 피가 흐르고 흙먼지가 잔뜩 묻었지만 남자는 얼굴을 만질 수가 없었어요. 묶여 있으니까요. 그런데 남자가 얼굴을 만지려고 버둥거리자 병사들은 또 낄낄거렸어요. 그러고는 남자를 마을로 끌고 갔지요. 마을에 도착하자 사람들이 달려와서 구경했어요. 병사들은 남자를 끌고 방앗간을 지나 감옥으로 올라갔어요. 이윽고 어둠 속에서 온 마을 사람들이 지켜보는 가운데, 감옥 문이 열리더니 남자를 꿀걱 삼켰습니다. 이렇게요!"

도로 보수공은 찢어져라 입을 크게 벌렸다가 앞니로 탁탁 부딪는 소리를 내고는 닫았다. 입을 다시 열면 그 여운이 사라지기라도 할까 봐 그러는지, 그는 입을 다물고 있었다. 드파르주가 그 모습을 보고 말했다. "계속하게, 자크!"

도로 보수공이 뒤꿈치를 들고 낮은 목소리로 말을 이었다. "마을 사람들은 모두 의기소침해서는 샘터에 모여 수군거렸어요. 잠시 후 마을 사람들이 모두 잠들었습니다. 그러고는 꿈을 꾸었지요. 까마득한 바위산 위, 그것도 감옥의 자물쇠와 창살 뒤편에 갇혀 있는 그 불행한 남자의 꿈을 말이에요. 죽기 전까지는 절대로 그곳을 벗어날 수 없을 테죠.

아침이 되자 나는 연장을 어깨에 메고 검은 빵을 질겅질겅 씹으며 일터로 향하는 중에 감옥 옆을 지나갔어요. 거기서 그 남자를 보았지요. 아주 높은 곳, 높다란 쇠창살 뒤에서, 어젯밤 보았던 모습 그대로 피투성이에 먼지투성이가 된 채로 내다보고 있었습니다. 남자는 두 손이 묶여 있어 나를 봤어도 손을 흔들지 못했어요. 나 또한 무서워서 그 이름을 부르지 못했지요. 남자는 마치 죽은 사람처럼 나를 바라봤어요.”

드파르주와 세 남자는 음산한 표정으로 서로를 바라보았다. 시골 남자의 이야기를 듣는 동안 그들의 표정은 하나같이 어두웠고, 억눌려 있는 데다 복수심에 젖어 있었다. 그들의 태도는 비밀스러우면서도 권위적인 데가 있었다. 마치 조악한 재판정에 와 있는 듯한 기분이 들었다. 자크 1호와 2호는 짚으로 만든 낡은 침상에 걸터앉아 저마다 손으로 턱을 괸 채 도로 보수공을 뚫어지게 바라보고 있었다. 자크 3호는 그들 뒤편에서 한쪽 무릎을 꿇고 앉아 시골 남자를 찬찬히 뜯어보며 떨리는 손으로 입과 코 사이에 있는 인중을 연신 문질렀다. 드파르주는 세 명의 자크와 이야기꾼 사이에 있었다. 이야기꾼 바로 옆 창가에서 빛이 비쳐 들고 있었다. 드파르주는 양쪽을 번갈아 돌아보았다.

“계속하게, 자크!” 드파르주가 재촉했다.

“그 남자는 며칠 동안 쇠창살로 만든 우리 안에 갇혀 있었어요. 마을 사람들은 몰래 그를 훔쳐보곤 했지요. 무서우니까요. 하지만 대개 멀찌감치 떨어져 바위산 위의 감옥을 쳐다보는 정도였어요. 저녁에 하루 일을 마치고 우물터에 모여 잡담할 때면 모든 눈이 감옥 쪽으로 향해 있었지요. 예전에는 역참 건물 쪽을 바라보았는데, 이제는 다들 감옥을 쳐다보게 된 거예요. 사람들은 그 남자가 사형선고를 받더라도 실제로 처형은 되지 않을 거랬어요. 사람들 말로는 파리에서 탄원서를 올렸다더군요. 그 내용은 자식이 죽는 바람에 그 남자가 격분한 나머지 정신이 나갔다는 거였대요. 탄원서는 곧장 국왕 폐하께 전달됐다는데, 정말 그랬는지 내가 알 길은 없어요. 충분히 가능한 이야기이긴 해요. 하지만 그럴 수도 있고, 아닐 수도 있다고 생각해요.”

“내 말 들어 봐요, 자크.” 자크 1호가 불쑥 끼어들며 말했다. “탄원서는 국왕과 왕비께 전달됐어요. 당신만 빼고 여기 있는 사람 모두가 국왕이 왕비 옆에 앉아 마차를 타고 가다가 탄원서를 받는 걸 봤습니다. 손에 탄원서를 든 채 달리는 마차 앞으로 목숨을 걸고 뛰어든 사람이 바로 당신 눈앞에 있는 드파르주 씨입니다.”

“계속 들어 보자고요, 자크!” 이번에는 무릎을 꿇고 앉은 자크 3호가 나섰다. 그는 여전히 손가락으로 인중을 문지르고 있었다. 그 표정에는 단순한 허기가 아니라 음식도 술도 아닌 다른 무언가에 굶주린 기색이 역력했다. “그때 기병과 보병 근위대가 드파르주 씨를 에워싸고는 마구 누들겨 팼어요. 무슨 말인지 알아들었습니까?”

“알아들었습니다.”

“마저 말하게, 자크.” 드파르주가 점잖게 말했다.

“네, 우물터에서 사람들이 이렇게도 수군거렸어요.” 시골 남자가 다시 말을 이었다. “그 남자를 우리 마을에 끌고 온 건 즉결 처형을 하기 위해서라고요. 그리고 그 남자가 후작을 살해했고, 후작은 자신이 다스리는 소작인들, 그러니까 농노들이라고 해야 하나, 아무튼 뭐든 간에, 후작이 그들의 아버지이기 때문에 존속 살인죄로 처형할 거랬어요.

우물터에서 한 노인이 말하던데, 죄수의 오른손에 칼을 쥐여 준 다음 눈앞에서 태워버릴 거라고 했어요. 그러고는 팔과 가슴과 다리에 상처를 내서 끓는 기름과 녹인 납과 뜨거운 송진과 밀랍과 유황을 들이붓고는 마지막으로 힘센 말 네 마리가 사지를 갈가리 찢을 거랬지요. 선왕인 루이 15세의 목숨을 노렸던 죄수한테도 실제로 그런 벌을 내렸다고 했어요. 그런데 나로서는 그 노인 말이 거짓인지 사실인지는 잘 모르겠어요. 내가 그걸 어떻게 알겠어요? 학자도 아닌데요.”

“다시 한번 내 말 들어봐요, 자크!” 손을 가만히 두지 못하고 무언가에 굶주린 듯한 분위기를 풍기는 남자가 말했다. “그 죄수 이름은 다미앵[57]이오. 환한 대낮에 파리 시내 한복판에서 공개 처형당했지요. 엄청나게 많은 사람이 그 장면을 구경하려고 드넓은 광장에 모였어요. 군중들 사이에서 가장 눈에 띄었던 이들은 화려하게 차려입은 귀부인들이었지요. 그들은 처형 장면을 끝까지 흥미진진하게 지켜봤지요. 해가 질 때까지 처형이 계속되었는데, 죄수는 두 다리와 한쪽 팔이 잘렸는데도 숨이 붙어 있었어요. 그나저나 당신은 나이가 어떻게 되나요?”

“서른다섯입니다.” 예순은 족히 넘어 보이는 도로 보수공이 답했다.

“그 일이 벌어진 건 당신이 열 살도 넘었을 때인데, 그렇다면 봤을지도 모르겠군.”

“그쯤하지!” 드파르주가 못 견디겠다는 듯 말했다. “저주받을 놈들! 자, 계속하게나.”

“알았습니다. 어떤 이들은 이렇게 수군대고, 어떤 이들은 저렇게 수군댔어요. 오직 그 이야기만 했지요. 우물터를 흐르는 물조차 거기에 맞춰 수군대는 것 같았어요. 마침내 온 마을 사람들이 모두 잠든 일

---

57 로베르 프랑수아 다미엥(Robert François Damiens, 1715-1757). 베르사유 궁전에서 마차에 오르는 루이 15세를 칼로 찔렀으나 가벼운 상처만 입혔다. 대역죄로 기소된 그의 공개 처형은 잔인하기로 악명 높았다.

요일 밤, 병사들이 감옥에서 내려왔어요. 좁은 길의 돌바닥에 병사들의 총이 부딪는 소리가 날카롭게 울려 퍼졌지요. 일꾼들이 땅을 파고 망치질하는 소리도 들렸어요. 병사들의 웃음소리와 노랫소리도 들렸고요. 아침이 되자 우물터 옆에 12미터 높이의 교수대가 세워졌어요. 그 바람에 물은 마실 수 없게 됐지요."

도로 보수공은 낮은 천장을 올려다본다기보다 그 너머를 꿰뚫어 보듯 시선을 두었다. 마치 하늘 위 어딘가에 교수대가 서 있는 양 그쪽을 손가락으로 가리켰다.

"모두 일손을 놓고 그리로 몰려갔어요. 소를 끌고 온 사람은 한 명도 없었어요. 다들 누군가에게 맡기고 온 모양이에요. 정오가 되자 북소리가 울렸어요. 간밤에 감옥으로 돌아간 병사들이 그 남자를 에워싸고 나타났지요. 남자는 여전히 손이 묶여 있었고, 입에는 재갈이 물렸어요. 얼마나 꽉 물렸던지 흡사 웃는 것처럼 보였지요." 그는 엄지손가락 두 개를 입 안쪽에 넣고 귀까지 당겨서 얼굴을 일그러뜨려 보였다. "교수대 꼭대기에는 칼이 붙어 있었어요. 날이 위로 향하고 끝이 공중에 솟도록 칼을 고정해두었던 거예요. 아무튼 남자는 12미터 높이의 교수대에 매달렸고, 도저히 물은 못 마시게 됐지요."

그들은 서로의 얼굴을 바라보았다. 도로 보수공은 그 광경이 머릿속에 떠올라 식은땀이 나는지 파란 모자로 얼굴을 훔쳤다.

"정말 끔찍한 일이에요. 여자들과 아이들이 이제 어떻게 거기서 물을 긷겠어요? 그리고 이제 누가 거기서 수다를 떨 수 있겠어요? 교수대 바로 아래인데 말이에요! 내가 월요일 해 질 녘에 마을을 떠나며 언덕에서 돌아봤더니 남자의 그림자가 교회고 방앗간이고 감옥이고 할 것 없이 기다랗게 드리워져 있더군요. 온 천지에, 하늘과 땅이 맞닿는 저편까지도요!"

무언가에 굶주린 듯한 남자가 손가락을 물어뜯으며 나머지 세 사람을 바라보았다. 그의 손가락도 무언가에 굶주린 듯 파르르 떨렸다.

"이게 다예요, 여러분. 나는 미리 통고받은 대로 해 질 녘에 마을을 떠났고, 그날 밤과 다음 날 한나절 동안 걸어서, 미리 통고받은 대로 여기 있는 이 동지를 만났습니다. 그러고는 어제와 오늘, 지난밤 내내 말을 타기도 하고 걷기도 하면서 함께 이동하여 마침내 여러분을 만나게 된 겁니다!"

무거운 침묵이 흐른 뒤 자크 1호가 입을 열었다. "잘 왔어요. 당신이 행동하고 진술한 내용, 충분히 이해하오. 잠시만 밖에 나가서 기다려 주겠습니까?"

"그러지요." 도로 보수공이 말했다. 드파르주는 그를 계단 꼭대기로 데려가서 거기에 앉혀놓고는 돌아섰다.

드파르주가 다락방에 돌아왔을 때 세 남자는 자리에서 일어나 머리를 맞대고 있었다.

"어떻게 생각해요, 자크?" 자크 1호가 물었다. "명부에 올릴까요?"

"올려야지, 몰살 대상으로." 드파르주가 대꾸했다.

"좋소!" 무언가에 굶주린 남자가 쉰 목소리로 소리쳤다.

"성과 그 일족 모두를요?" 자크 1호가 물었다.

"성은 말할 것도 없고 그 일족을 모두…." 드파르주가 말했다. "아예 씨를 말려야지."

무언가에 굶주린 남자가 황홀감에 젖은 쉰 목소리로 "좋소!"라고 되풀이하고는 다른 손가락을 물어뜯었다.

"괜찮겠어요?" 자크 2호가 드파르주에게 물었다. "이렇게 기록을 남겨도 뒤탈 없을까요? 물론 우리 말고는 해독할 사람이 없으니까 안전하기는 하겠지만요. 그런데 우리가 앞으로도 그걸 읽어낼 수 있을까요? 정확히 말하자면 부인이 알아볼 수 있을 것 같습니까?"

"이보게, 자크." 드파르주가 몸을 일으키며 말했다. "내 아내라면 그 명부를 오로지 기억에만 의존했다 하더라도 한 단어, 아니 한 음절도 잊어버리지 않을 걸세. 제 나름대로 한 땀 한 땀 뜨개질하듯이 짜놓았기 때문에 자신에게는 아침 해가 뜨는 것만큼이나 명료하다네. 내 아내를 믿게. 일단 한번 명부에 이름과 죄목이 올라가면, 그게 누구라도, 단 한 글자도 지우지 못할 걸세. 약해 빠진 겁쟁이가 자기 목숨을 저버리는 게 차라리 더 쉬울 테지."

동조하는 말이 몇 마디 오간 뒤 무언가에 굶주린 남자가 질문했다. "저 시골뜨기는 곧바로 돌려보낼 거요? 그러면 좋겠습니다만. 생각이 너무 단순해요. 아무래도 위험한 것 같은데, 그렇지 않나요?"

"저 친구는 아무것도 모르네." 드파르주가 말했다. "자기도 똑같은 높이의 교수대에 매달리게 될 수도 있다는 것 정도는 알겠지만 말이야. 내가 저자를 책임지겠네. 나와 함께 있을 거야. 내가 곁에서 돌보다 보내줄 걸세. 저자는 신분 높은 나리들이 사는 세계를 보고 싶어 하지. 국왕과 왕비, 궁정 따윌 말일세. 내가 일요일에 구경시켜줄 생각이네."

"뭐라고요?" 무언가에 굶주린 남자가 드파르주를 빤히 쳐다보며 소리쳤다. "저 시골뜨기한테 왕족이나 귀족을 보여줄 생각이라고요? 그래도 괜찮은 겁니까?"

"이보게, 자크." 드파르주가 말했다. "고양이가 갈증을 느끼도록 하려면 우유를 보여줘야 하는 법이네. 개가 사냥하도록 하려면 사냥감을 보여줘야 하고 말이야."

그들은 아무 말도 하지 않았다. 드파르주는 계단 꼭대기에서 꾸벅꾸벅 조는 도로 보수공에게 짚으로 만든 침상에 누워 쉬라고 말했다.

하지만 도로 보수공은 이미 잠든 듯 아무런 반응도 하지 않았다.

도로 보수공 같은 시골 출신 노예들에게는 드파르주 술집도 감지 덕지한 곳이었다. 파리에는 그 술집보다 못한 곳이 널려 있었다. 도로 보수공한테 드파르주 부인은 왠지 모르게 두려운 존재였는데, 그것만 빼면 술집에서의 생활은 아주 새롭고 만족스러웠다. 온종일 카운터에 앉아 있는 부인은 일부러 그를 못 본 척했다. 그가 거기에 머무르는 것이 어떤 일과 관련돼 있다는 사실을 알면서도 모른 척하기로 작정한 듯 대놓고 무시할 때도 있었다. 그래서 그는 어쩌다 드파르주 부인과 눈이라도 마주치면 나막신을 신은 채 온몸을 부들부들 떨었다. 부인이 다음번에는 무엇을 꾸미고 있을지 예측하는 것이 불가능해서인지 그로서는 늘 불안하고 두려웠다. 만에 하나 드파르주 부인이 마음먹고 자신을 살인범으로 몰아가려고 한다면 그녀는 자신이 희생자의 살가죽을 벗기는 광경을 목격했다고 증언할 것이고, 그런 가짜 연극을 끝까지 완벽하게 해내리라는 것도 잘 알고 있었다.

그렇기 때문에 도로 보수공은 일요일이 되었을 때 드파르주와 자기 외에 부인도 베르사유까지 동행한다는 사실을 알고, 겉으로는 기쁘다고 말했지만 내심 하나도 기쁘지 않았다. 기쁘기는커녕 가는 내내 대중 마차 안에서 드파르주 부인이 뜨개질을 하고 있어서 마음이 영 편치 않았다. 그런 데다 그날 오후 국왕과 왕비의 마차를 구경하려고 기다리는 동안에도 부인이 계속 뜨개질을 해서 더더욱 마음이 불편했다.

"정말 열심히 하시는군요, 부인." 그녀 가까이에 있는 한 남자가 말했다.

"네." 드파르주 부인이 대꾸했다. "일이 많거든요."

"무엇을 만드시는 거예요, 부인?"

"이것저것요."

"이를테면…."

"이를테면 수의를 짓고 있지요." 드파르주 부인이 태연하게 말했다.

남자는 기회를 엿보았다가 재빨리 물러났다. 도로 보수공은 답답한 데다 덥기도 해서 파란 모자로 부채질했다. 그때 운 좋게도 국왕과 왕비가 나타나서 기분이 좋아졌다. 얼굴이 넓적한 국왕과 아름다운 왕비가 금빛 마차 안에 앉아 있었다. 궁정의 화려한 핵심 인사들과 더불어 미소를 머금은 귀부인들과 세련되게 차려입은 신사들로 이뤄진 화려한 무리를 거느리고 있었다. 그들은 보석과 실크와 온갖 사치품으로 몸을 치장하고서, 하얗게 분칠한 얼굴로 도도하고 우아하게 사람들의 손길을 뿌리치거나 고상한 자태로 사람들을 경멸했다. 도로 보수공은 그들의 모습에 흠뻑 빠져서는, 도처에 있는 자크의 존재도 까맣게 잊은 듯 "국왕 폐하 만세! 왕비 마마 만세! 모두 모두 만만세!" 하고 외쳐댔다. 그러고는 정원, 안뜰, 테라스, 분수, 푸른 언덕을 구경했고, 다시 국왕과 왕비, 궁정의 핵심 인사들, 지체 높은 신사들과 숙녀들을 보고는 만세를 외치다가 감정이 격해져서 마침내 흐느껴 울기 시작했다.

세 시간쯤 이런 광경이 지속되는 동안, 도로 보수공 말고도 함께 어울려 소리치고 흐느끼고 감격에 겨워하는 이들이 무척 많았다. 드파르주는 도로 보수공의 목덜미를 꼭 붙들고 있었다. 마치 그가 격정에 휩싸여 눈앞의 무언가에 달려들어 손에 잡히는 대로 찢어버릴까 두려워서라도 막는 듯했다.

"브라보!" 모든 것이 끝나자 드파르주는 마치 후견인처럼 도로 보수공의 등을 탁 치며 이렇게 소리쳤다. "정말 잘했네!"

도로 보수공은 그제야 정신을 차리고 자신이 행여 실수하지 않았는지 싶어 걱정스러운 표정을 지었다. 이에 드파르주는 아니라며 도로 보수공을 안심시켰다.

"자네는 우리가 원하던 사람이야." 드파르주가 도로 보수공의 귀에 대고 속삭였다. "자네 덕에 저 얼간이들은 모든 게 영원히 지속되는 줄 믿겠지. 그렇게 되면 더욱더 기고만장해서 건방을 떨겠지만 그럴수록 저들의 종말은 더 가까워지는 거야."

"맞아요!" 도로 보수공이 잠시 생각에 잠겼다가 소리쳤다. "바로 그거예요!"

"저 얼간이들은 아무것도 몰라. 저들은 자네 목숨 따위는 눈 하나 깜짝하지 않고 끊을 수 있다고 생각해. 자네뿐 아니라 자네 같은 수백, 수천의 목숨을 자기 집에서 기르는 말이나 개만도 못하다고 여기지. 저들은 귓구멍에 대고 말하는 것만 알아들어. 그러니까 저들이 속아 넘어가게 그냥 두자고. 저들이라 해서 언제까지고 속지만은 않을 테지만."

드파르주 부인은 오만한 표정으로 도로 보수공을 쳐다보며 남편의 말에 동의하듯 고개를 끄덕인 후 말했다.

"당신은 뭐든 그럴듯하고 요란한 것이면 환호하고 눈물을 흘리는 사람 같아요. 그렇지 않나요? 말해봐요!"

"솔직히 그렇습니다, 부인. 저도 그렇게 생각합니다." 도로 보수공이 대답했다.

"당신에게 인형 한 무더기를 주고 당신 마음대로 마구 헤쳐서 원하는 걸 가지라고 하면, 가장 비싸고 화려한 인형을 고를 거예요. 안 그런가요?"

"솔직히 그렇습니다, 부인."

"맞아요. 그리고 만약 당신에게 날지 못하는 새 수십 마리를 보여주면서 원하는 대로 깃털을 뽑아 가지라고 하면, 가장 깃털이 고운 새를 고르겠죠. 안 그런가요?"

"그렇습니다, 부인."

"당신은 지금 내가 말한 인형과 새를 모두 보았어요." 드파르주 부인은 행렬을 마지막으로 보았던 곳을 손가락으로 가리키며 말했다. "자, 이제 그만 집으로 돌아가요!"

16장

계속되는 뜨개질

드파르주 부인과 그녀의 남편은 생탕투안의 품으로 사이좋게 돌아왔다. 그동안, 파란 모자를 쓴 점 하나가 어둠을 뚫고 흙먼지를 가르며 갓길과 가로수가 있는 대로를 지루하게 몇십 킬로미터나 달려서 나침반이 가리키는 지점으로 향했다. 지금은 무덤 속에 누운 후작 나리의 성이 나무들의 속삭임에 귀를 기울이고 있었다. 이제 돌조각 얼굴들은 나무들의 속삭임뿐 아니라 샘물 소리까지 들을 수 있을 만큼 여유 있는 표정을 짓고 있었다. 마을의 비쩍 마른 허수아비 같은 사람들은 양식으로 쓸 푸성귀라든지 땔감이 될 만한 막대기 같은 것을 찾아 헤매다가 우연히 돌이 깔린 드넓은 안뜰과 테라스 계단이 보이는 장소에서 돌로 된 얼굴상을 보고 표정이 바뀌었다는 생각을 했고, 자신들이 너무 굶주려 헛것을 본 모양이라고 믿었다.

그즈음 마을에는 주민들만큼이나 희미하고 보잘것없는 소문이 돌았다. 후작의 가슴에 칼이 꽂혔을 때 얼굴상의 자부심 가득한 표정이 분노와 고통으로 얼룩진 표정으로 바뀌었고, 처형된 죄수가 샘터 위

12미터 높이에 매달렸을 때 그 얼굴 조각상은 복수를 완수했다는 잔인한 표정으로 다시 바뀌었으며, 그 표정을 영원히 유지하게 될 것이라는 소문이었다. 그런데 살인이 벌어진 침실의 커다란 창문 위에 붙박인 얼굴상의 코 옆에는 조그맣게 팬 두 개의 자국이 생겼다. 지금은 누구나 알아볼 수 있었지만 예전에는 아무도 보지 못했던 자국이었다. 이따금 누더기를 걸친 두세 명의 소작농들이 후작처럼 생긴 그 얼굴 조각상을 훔쳐보곤 했다. 하지만 그들은 앙상한 손가락으로 돌조각 얼굴을 가리켰다가 놀라서 산토끼처럼 이끼와 나뭇잎 사이로 후다닥 달아나기 일쑤였다. 산토끼로 말하자면, 배불리 풀을 뜯어 먹고 산다는 점에서 소작농들보다는 팔자가 더 좋다고 할 수 있었다.

성과 오두막, 얼굴 조각상과 매달린 시체, 돌바닥의 붉은 얼룩과 마을 우물터의 맑은 물, 수천 제곱킬로미터의 땅과 프랑스의 한 지역이, 아니 프랑스 전체가 밤하늘 아래 누워 있었다. 그 모든 것이, 마치 실오라기처럼 가느다란 선을 따라 연결되어 있었다. 온 세상이, 그 안의 크고 작은 모든 것이 반짝이는 별빛을 고르게 받고 있었다. 인간의 보잘것없는 지식으로도 빛을 쪼개고 무엇으로 이루어져 있는지 분석할 수 있듯이, 보다 숭고한 지성들은 우리 지구의 희미한 빛을 보고도 지구상에 사는 모든 이의 생각과 행동, 악덕과 미덕을 읽어낼 수 있을 것이다.

드파르주 부부는 별빛 아래 대중 마차를 타고 덜컹거리며 나아가서 마침내 목적지인 파리 입구에 도착했다. 그들이 검문소에 멈추자 검색과 질문을 하려는 듯 등불을 든 사람들이 다가와 마차 주위를 훑어보았다. 드파르주는 마차에서 내렸다. 그는 그곳에서 근무하는 병사 한두 명과 경찰 한 명을 알고 있었다. 경찰과는 꽤 친근한 사이라서 둘은 와락 끌어안았다.

드파르주 부부는 다시 생탕투안의 어두운 그림자 속에 들어와 있었다. 두 사람이 생탕투안 언저리에서 검은 진흙과 쓰레기로 덮인 거리를 거닐 때 부인이 남편에게 물었다.

"경찰 자크가 뭐라고 했어요? 말해봐요, 여보."

"오늘은 별다른 게 없소. 그래도 아는 건 전부 말해주더군. 우리 구역에 또 다른 첩자가 배치되었나 봐요. 자기가 알기로는 여러 명일 수 있다고 했소. 하지만 확실하게 아는 건 한 명뿐이라더군."

"저기!" 드파르주 부인이 차분하면서 사무적인 태도로 눈썹을 살짝 추켜세우며 말했다. "그자도 명부에 올려놔야겠어요. 뭐라고 부르던 가요?"

"영국 사람이라고 하더군."

"아주 잘됐네요. 성은 뭐래요?"

"바사드." 드파르주가 프랑스어처럼 발음했다. 하지만 자기 아내가 제대로 알아듣지 못했다고 판단한 듯 철자를 불러주었다.

"바사드." 드파르주 부인이 되풀이했다. "좋아요. 이름은 뭔데요?"

"존."

"존 바사드." 부인이 혼잣말로 한 번 중얼거린 뒤 또 되풀이했다. "좋아요. 그런데 외모는 어떻게 생겼대요?"

"나이는 마흔가량이고, 키는 175센티미터쯤 된다오. 검은 머리카락에 가무잡잡한 피부인데, 전체적으로 잘생긴 얼굴이고요. 눈은 짙은 색, 얼굴은 마르고 길쭉한 편이며 낯빛은 약간 누르스름하고 말이오. 코는 매부리코인데 곧지 않고 왼쪽으로 특이하게 기울어진 모양이라오. 그래서 인상이 좀 음산해 보인다오."

"와, 초상화가 따로 없네요!" 드파르주 부인이 웃으며 말했다. "그자는 내일 명부에 올려야겠어요."

고요한 거리, 그러나 이미 혁명의 심장이 뛰고 있던 생탕투안

그들은 술집으로 들어가서 문을 닫았다. 이미 자정이었다. 드파르주 부인은 카운터 앞에 앉고는 자기가 자리를 비운 사이 들어온 얼마 안 되는 돈을 세었다. 재고를 확인한 뒤 장부 목록을 살폈다. 그런 다음 몇 가지 사항을 기록한 뒤 종업원을 불러 이것저것 꼼꼼히 확인하고 나서 그만 자러 가도 좋다고 말했다. 그러고는 그릇 속의 동전을 다시 쏟아 손수건에 올리고 밤새 안전하게 보관하기 위해 매듭을 지어 따로따로 묶기 시작했다. 그러는 내내 드파르주는 입에 파이프 담배를 물고 이리저리 걸으며 아내의 행동을 흐뭇하게 바라보았다. 그는 아내 일에 일절 참견하지 않았다. 사실을 말하자면 드파르주는 장사에서나 가정사에서나 평생 그런 식으로 어슬렁거리며 지켜보기만 했다.

찌는 듯한 더위가 이어지는 밤이었다. 가게 문이 닫혀 있는데도 건물 주변이 지저분한 탓에 악취가 솔솔 풍겨왔다. 드파르주의 후각은 결코 섬세한 편이 아니지만 포도주 재고품은 그 어느 때보다 냄새가 독했다. 럼과 브랜디와 아니스 열매로 담근 술 또한 마찬가지였다. 그는 다 피운 파이프 담배를 내려놓으면서 온갖 냄새가 뒤섞인 연기를 내뿜었다.

"당신 피곤한가 봐요." 드파르주 부인이 매듭을 짓다가 힐끗 쳐다보며 말했다. "평소에 늘 나는 냄새인데 표정이 그런 걸 보면요."

"조금 피곤하긴 하군." 드파르주가 말했다.

"조금 우울하기도 하고." 부인이 말했다. 드파르주 부인은 장부에 시선을 두고 있는 듯했지만 한편으로는 남편을 언뜻언뜻 날카롭게 바라보고 있었다. "그것 참, 남자들이란!"

"하지만 여보!" 드파르주가 재빨리 말했다.

"그래요 여보!" 그의 아내가 고개를 단호하게 끄덕이며 되풀이했다. "오늘 당신은 의기소침해 있군요. 그렇죠?"

"그렇긴 하지만…." 드파르주가 가슴에서 짜내듯 말했다. "시간이 오래 걸리네."

"오래 걸리기는 하죠." 부인이 말했다. "그렇지만 언제는 안 그랬나요? 복수와 응징을 하기 위해서는 시간이 많이 드는 법이에요. 그게 법칙이지요."

"벼락으로 내리치면 오랜 시간이 걸리지 않을 텐데 말이오." 드파르주가 말했다.

"그 벼락이 만들어지고 내리칠 준비가 되기까지는 오랜 시간이 걸리는 법이지요. 그렇죠?" 드파르주 부인이 차분하게 따져 물었다.

드파르주는 아내 말에 무언가 깊은 뜻이 담겨 있기라도 한 듯 생각에 잠긴 표정을 지었다.

"지진이 한 마을을 집어삼키는 데는 어떨 것 같아요?" 그의 아내가 물었다. "지진을 준비하기까지는 얼마나 오래 걸리죠? 말해봐요."

"아마도 오래 걸리겠지." 드파르주가 자신 없이 말했다.

"하지만 일단 준비가 되면, 지진은 그 앞에 놓인 걸 모두 박살 내고 말 거예요. 그동안 보이지도 들리지도 않지만 항상 준비하고 있었던 거예요. 그렇게 생각하면 위안이 될 테지요. 어쨌든 마음 단단히 먹어요." 드파르주 부인은 마치 적의 목을 조르듯 눈을 번득이며 매듭을 묶었다.

"내 말은 이거예요." 부인이 자기 말을 강조하기 위해 오른손을 뻗으며 말했다. "도착하기까지 오랜 시간이 걸리기는 할 테지만 어쨌든 다가오고 있어요. 한 번도 물러서거나 멈추지 않고 다가오고 있어요. 분명히 말하지만 계속해서 다가오고 있어요. 주위를 둘러보세요. 우리가 아는 온 세상 사람이 살아갈 삶을 생각해보세요. 그리고 그 얼굴을 하나씩 떠올려보세요. 매 순간 점점 더 거대해지는 우리 자크 동지들의 분노와 불만을 떠올려 봐요. 이런 상태가 언제까지 지속될 것 같아요? 어리석게 굴지 말아요!"

"당신은 정말 용감한 여자요." 드파르주는 교리 문답 교사 앞에 선 온순한 학생처럼 고개를 살짝 숙이고 양손을 등 뒤에서 맞잡은 채 말했다. "내가 의심에 사로잡힌 건 아니오. 하지만 지금까지만 하더라도 시간이 많이 흘렀잖소. 당신도 잘 알겠지만 어쩌면 우리 생전에는 보지 못할 수도 있을 거요."

"그래요? 그래서요?" 부인이 또 다른 적의 목을 조르듯 매듭 하나를 또 묶으며 말했다.

"그러니까." 드파르주는 반은 불평하고 반은 변명하듯 어깨를 으쓱하며 말했다. "우리가 승리를 보지 못할 거라는 얘기요."

"그래도 승리하는 데 보탬이 되었잖아요." 드파르주 부인이 뻗은 손을 힘차게 저으며 말했다. "우리 행동은 하나도 헛되지 않았어요. 나는 우리가 승리를 보게 될 거라고 믿어요. 설령 보지 못하더라도, 설령 그렇다고 하더라도 독재자 귀족의 목을 보게 되면 그 즉시…."

부인은 이를 악물고 무시무시한 매듭을 하나 더 묶었다.

"잠깐만!" 드파르주가 외쳤다. 그는 겁쟁이라는 비난을 받기라도 한 듯 얼굴이 조금 붉어졌다. "여보, 나도 무슨 일이 있든 멈추지 않을 거요."

"좋아요! 하지만 당신은 이따금 먹잇감이나 기회가 눈앞에 있어야만 직성이 풀리는 사람처럼 굴지요. 그게 당신의 약점이고요. 눈앞에 그런 게 없어도 버틸 줄 알아야 해요. 그러다 때가 되면 호랑이와 악마를 풀어놓는 거예요. 물론 그때까지는 호랑이와 악마를 사슬에 꽁꽁 묶어놔야 하죠. 드러나지 않게 말이에요. 하지만 늘 준비된 상태여야 해요."

드파르주 부인은 자기의 조언을 강조하려는 듯 동전 묶음으로 카운터를 소리나게 탕 하고 내리쳤다. 그러고는 묵직해 보이는 손수건을 겨드랑이에 끼고 이제 자러 갈 시간이라고 말했다.

이튿날, 한낮에 드파르주 부인은 평소처럼 술집의 단골자리에 앉아 부지런히 뜨개질을 하고 있었다. 그녀 옆에는 붉은 장미 한 송이가 놓여 있었다. 가끔 장미 쪽을 흘끗 바라보긴 했지만 평소의 무심한 태도는 조금도 달라지지 않았다. 술집 안에는 술을 마시는 손님, 술을 마시지 않는 손님, 서 있는 손님, 앉아 있는 손님이 드문드문 자리를 채우고 있었다. 무더운 날이었다. 부인 근처에 놓인 끈적끈적한 작은 유리잔 바닥에는 호기심과 모험심을 주체하지 못하고 덤벼들었다가 목숨을 잃은 파리가 깔려 있었다. 그런데도 몇 마리의 파리는 동족의 죽음에 아무런 영향도 받지 않았는지, 마치 자신들은 코끼리 정도로 동떨어진 존재라도 된다는 듯 그 주위를 태평하게 윙윙 날아다녔다. 하지만 그것도 잠시, 드파르주 부인에 의해 똑같은 운명을 맞이하곤 했다. 파리들이 얼마나 미련한지 생각하면 웃음이 절로 나오지 않는가! 어쩌면 화창한 여름날 왕궁에 있는 고관대작들의 운명도 그와 비슷할지도 몰랐다.

이윽고 문이 열리면서 낯선 그림자가 나타나 드파르주 부인의 시선을 끌었다. 그녀는 뜨개질감을 내려놓고 붉은 장미 한 송이를 집어 머리에 꽂았다. 그리고 사내를 바라보았다.

신기하게도 드파르주 부인이 장미꽃을 집어 든 순간, 약속이라도 한 듯 손님들이 대화를 멈추더니 하나둘씩 술집을 떠나기 시작했다.

"안녕하세요, 부인." 낯선 남자가 부인에게 인사했다.

"어서 오세요, 손님." 드파르주 부인은 큰 소리로 인사한 뒤 뜨개질을 계속했다. 그러면서 속으로 이렇게 생각했다. '그래, 어서 오셔. 나이는 마흔쯤, 키는 175센티미터가량, 검은 머리에 가무잡잡한 얼굴, 전체적으로 잘생겼고, 눈동자는 짙은 색, 얼굴은 마르고 길쭉하며 낯빛은 누르스름한 편, 매부리코에다 곧지 않고 왼쪽 뺨에 살짝 치우쳐 있어 교활한 인상. 그럼, 안녕하고말고!'

"부인, 잘 숙성된 코냑 한 잔과 시원한 물 한 잔 주시겠습니까?"

"알았습니다, 손님."

드파르주 부인이 친절하게 응대했다.

"코냑 맛이 기가 막히는데요, 부인!"

코냑에 대한 칭찬은 처음 들어보았다. 드파르주 부인은 남자가 왜 그런 입에 발린 소리를 하는지 알 것 같았다. 하지만 일단은 코냑에 대해 좋게 평해주어 고맙다고 말한 뒤 뜨개질감을 집어 들었다. 남자는 부인의 손가락을 지켜보다가 술집 내부를 둘러보았다.

"뜨개질 솜씨가 보통이 아니네요, 부인."

"손에 익었으니까요."

"무늬도 아주 예쁜데요!"

"그래요?" 드파르주 부인이 미소 지으며 남자를 바라보았다.

"그럼요. 무엇을 뜨시는지 여쭤봐도 되나요?"

"소일거리로 하는 거예요." 부인은 손가락을 쉴 새 없이 움직이면서 여전히 잔잔한 미소로 남자를 쳐다보았다.

"쓰려고 뜨시는 게 아니고요?"

"글쎄요, 일단 무엇이든 뜨개질해놓으면 언젠가 쓰겠죠. 무슨 용도로든 쓸 거예요." 드파르주 부인이 한 차례 숨을 들이쉬고 차가운 미소를 지으며 고개를 끄덕였다.

머리에 장미꽃을 꽂은 부인의 모습은 생탕투안과 어울리지 않았다. 이를테면 그곳 사람들의 취향과 거리가 먼 모습이었다. 남자 둘이 따로 들어와서 술을 주문하려 하다가 그 생경한 장식을 보고 머뭇거리더니 그곳에 없는 친구를 찾는 척하면서 밖으로 나갔다. 이 손님들이 들어왔을 때 술집에 앉아 있던 손님들도 모두 나가서 이제 남아 있는 사람은 한 명도 없었다. 첩자는 두 눈을 크게 뜨고 살폈지만 별다른 낌새를 찾아낼 수 없었다. 가난에 찌는 사람들은 아무런 목적도 없이 무심하게 하나둘 자리를 떴다. 자연스럽고 어디 하나 나무랄 데 없는 모습이었다.

드파르주 부인은 뜨개질하는 자신의 손가락과 낯선 사람을 번갈아 바라보면서 속으로 중얼거렸다. '거기 좀만 더 있어 보라고, 네놈이 가기 전에 '바사드'라는 글자를 다 뜰 테니까.'

"남편이 계신가요, 부인?"

"있어요."

"아이는요?"

"없어요."

"장사가 신통찮아 보이네요."

"장사가 잘 안 돼요. 사람들이 너무 가난하니까."

"아, 불행하고 비참한 사람들! 다들 너무 억압받고 있어요. 부인 말대로요."

"'손님' 말이겠죠. 제 말이 아니라." 드파르주 부인이 말을 바로잡았다. 그러고는 재빠르게 뜨개질바늘을 움직여, 그의 이름 옆에 죄목을 새겨넣었다.

"실례했네요. 제가 그렇게 말했죠. 하지만 부인께서도 당연히 그런 생각을 하시겠지요."

"제가요?" 부인이 목소리를 높여 말했다. "저와 제 남편은 이 술집을 건사하는 것만으로도 할 일이 차고 넘쳐요. 그런 생각할 틈이 없다고요. 앞으로 어떻게 살아가야 할지 오로지 그게 걱정이죠. 온종일 그 생각만 해요. 다른 사람이나 생각하고 있을 여유가 없다고요. 주제넘게 다른 사람 생각을 내가 어떻게 알겠어요? 몰라요, 몰라!"

첩자는 꼬투리를 찾거나 없으면 만들어 내려다가, 순간 자신의 교활한 속내가 얼굴에 드러날까 봐 황급히 감췄다. 그는 갑자기 상냥한 척하며 드파르주 부인의 카운터에 팔꿈치를 대고 기대어 서서 이따금 코냑을 홀짝거리며 능청스럽게 잡담을 늘어놓을 준비를 했다.

"부인, 참으로 안타까운 일이 아닐 수 없습니다. 가스파르의 처형 말입니다. 아, 불쌍한 가스파르!" 남자는 동정심 가득한 한숨을 내쉬었다.

"그건 아니죠!" 드파르주 부인이 냉정하면서도 간결하게 받아쳤다. "칼을 휘둘렀으면 대가를 치러야 하는 거 아닌가요? 자기도 그런 엄청난 짓을 저질렀을 때는 응분 대가를 치르게 될지 알았을 거예요. 그뿐이지요."

"제 생각에는요." 첩자는 이제 그만 속내를 보여도 된다는 듯 목소리를 부드럽게 낮추었다. 그리고 사악한 얼굴 전체에 혁명 동지로서 마음 아파하는 표정을 드러내며 말했다. "듣기로 여기 사람들이 그 불쌍한 자를 동정하고, 또 그 때문에 분노했다지요? 우리끼리 하는 얘기지만요."

"그래요?" 부인이 처음 듣는다는 표정으로 물었다.

"아닌가요?"

"저기 남편이 오네요!" 드파르주 부인이 말했다.

술집 주인이 문간에 나타나자 첩자가 모자에 손을 대고 인사한 뒤 상냥한 미소를 띠며 말했다. "안녕하세요, 자크!" 드파르주는 걸음을 멈추고 그를 빤히 쳐다보았다.

"안녕하세요, 자크!" 첩자가 되풀이했다. 하지만 드파르주가 빤히 본 탓인지, 그다지 자신감 있거나 여유로운 미소는 아니었다.

"뭔가 착각하신 듯합니다, 손님." 술집 주인이 대꾸했다. "저를 다른 사람으로 잘못 아신 것 같아요. 그건 제 이름이 아닙니다. 저는 에르네스트 드파르주라고 합니다."

"아무려면 어떻습니까?" 첩자는 쾌활하게 말했지만 당황한 기색이 역력했다. "안녕하세요!"

"네, 안녕하십니까!" 드파르주가 건조하게 대답했다.

"주인장께서 들어오실 때 저는 부인에게 이런 말을 하고 있었습니다. 당연한 일이긴 합니다만 생탕투안에서 사람들이 딱한 가스파르의 운명을 두고 동정하고 분노했다고 말이에요."

"그런 말은 처음 들어봅니다." 드파르주가 고개를 저으며 심드렁하게 말했다. "저로서는 금시초문입니다."

그는 그렇게 말하고 작은 카운터 뒤로 가서 아내의 의자 등받이에 손을 얹고 선 채, 장벽 너머에서 그들 부부와 반대편에 선 사람을 바라보았다. 그 자리에서 총으로 쏘아 죽여도 시원찮을 자였다.

바사드는 유능한 첩자답게 표정 하나 바꾸지 않았다. 다만 코냑 잔을 비우고 물을 마신 뒤, 코냑 한 잔을 더 주문했다. 드파르주 부인은 잔을 채워준 뒤, 다시 뜨개질감을 잡고 나지막이 콧노래를 흥얼거리기 시작했다.

"손님은 이 지역을 잘 아시는 것 같군요. 그러니까 저보다 잘 아시는 듯합니다. 그런가요?" 드파르주가 물었다.

"그럴 리가요. 하지만 그러고는 싶습니다. 이곳의 가난하고 비참한 사람들에게 관심이 많거든요."

"허!" 드파르주가 짧게 내뱉었다.

"드파르주 씨, 댁과 이야기를 나누다 보니 문득 생각난 게 있습니다." 첩자가 말했다. "댁의 이름과 관련해 뭔가 흥미로운 이야기가 생각났어요."

"그래요?" 드파르주가 시큰둥하게 말했다.

"네, 그렇습니다. 마네트 박사가 석방되었을 때, 그분을 돌본 사람이 바로 당신이었죠. 옛 하인이었다고 들었습니다. 박사를 당신에게 인계했다는 얘기도 알고 있습니다. 어떻습니까? 제가 그 일에 대해 꽤 잘 알고 있는 것 같지 않나요?"

"그건 사실입니다." 드파르주가 말했다. 그때 콧노래를 흥얼거리며 뜨개질하던 드파르주 부인이 우연을 가장하여 팔꿈치를 툭 건드렸다. 정신 차리고 요령껏 짧게 답하라는 신호였다.

첩자가 말했다.

"맞습니다. 마네트 박사가 석방되었을 때 따님이 찾아와 당신이 돌보던 박사를 데려갔죠. 갈색 정장을 단정히 차려입은 신사와 함께 왔는데… 이름이 뭐였더라? 아, 그래요. 텔슨 은행 소속의 로리 씨였죠. 작은 가발을 썼던 신사요. 두 사람은 함께 영국으로 떠났다고 들었습니다."

"그것도 사실입니다." 드파르주가 말했다.

"정말 공교롭지 않습니까?" 첩자가 말했다. "제가 영국에서 마네트 박사와 그분 따님을 알고 지냈거든요."

"그래요?" 드파르주가 관심 없다는 말투로 물었다.

"지금은 그분들 소식을 잘 듣지 않으시나 봅니다." 첩자가 말했다.

"맞습니다." 드파르주가 말했다.

드파르주 부인이 뜨개질과 콧노래를 멈추고 고개를 들며 끼어들었다. "사실 꽤 오랫동안 소식을 못 들었어요. 무사히 도착했다는 편지를 받았지요. 그 뒤로도 한두 통인가 더 받고는 끝이었지요. 그 사람들은 나름대로 살길을 찾아갔고, 우리는 우리대로 사느라 연락이 끊어졌지요."

"그렇군요. 부인, 박사의 딸이 조만간 결혼한다더군요" 첩자가 말했다.

"조만간이라고요?" 부인이 물었다. "이미 오래전에 결혼했어도 이상하지 않을 정도로 예뻤어요. 영국 사람들은 깐깐한 모양이군요."

"오! 제가 영국인인 걸 아시는군요."

"억양 때문이지요," 부인이 말했다. "말투만 들어도 대략 그 사람이 누구인지 짐작이 가지요."

첩자는 자신의 정체가 드러난 것을 칭찬으로 받아들이지 않았다. 하지만 기분 나쁜 기색을 감추려고 억지로 웃었다. 그는 코냑을 다 마신 뒤 이렇게 말했다.

"네, 마네트 양은 곧 결혼할 예정이랍니다. 그런데 영국인과 결혼하는 게 아닙니다. 그녀처럼 프랑스에서 태어난 사람과 할 거예요. 먼저 이 얘기를 하기에 앞서 불쌍한 가스파르를 빼놓을 수가 없군요. 얼마나 잔혹했는지! 여하튼 가스파르를 그렇게 높이 매달아둔 후작 있잖습니까? 묘한 인연이지요. 마네트 양의 결혼 상대가 그 후작의 조카라고 하더군요. 다시 말해 현재의 후작인 것이지요. 하지만 그는 영국에서 신분을 감춘 채 생활하고 있어요. 그러니까 그곳에서는 후작이 아니지요. 이름이 '찰스 다네이'랍니다. 외가 쪽 성은 '돌네'고요."

드파르주 부인은 미동도 하지 않은 채 계속 뜨개질했지만 그녀의 남편은 충격을 받은 게 분명했다. 그는 카운터 뒤에서 성냥을 그어 파이프에 불을 붙이려 했는데, 어떻게 하든 불안해 보였다. 손동작도 몹시 어색했다. 첩자가 그런 드파르주를 눈치채지 못했을 리가 없었다. 그랬다면 첩자로 불릴 자격도 없을 테니까.

바사드는 이번 방문이 앞으로 얼마나 쓸모 있을지는 확신할 수 없었지만 적어도 한 가지 정보는 건졌다고 판단했고, 딱히 도움이 될 법한 손님은 들어오지 않자, 술값을 치르고 그곳을 떠났다. 그는 문을 나서기 전 드파르주 부부를 다시 뵙게 되기를 고대한다고 인사했다. 첩자가 생탕투안의 바깥 거리로 나간 뒤로도 부부는 몇 분 동안 그 자리에 꼼짝하지 않고 있었다. 첩자가 다시 돌아올 수 있다고 생각했기 때문이다.

"저자가 말한 것이 사실 같소?" 드파르주가 조용히 물었다. 그는 아내의 의자 등받이에 손을 얹고 담배를 피우면서 아내를 내려다보고 있었다. "마네트 양에 대한 언급 말이오."

"무슨 말인들 못 할까요." 드파르주 부인이 눈썹을 조금 추켜세우며 말했다. "거짓이겠죠. 뭐, 사실일 수도 있고."

"그렇다면…." 드파르주가 입을 떼었다가 닫았다.

"그렇다면?" 그의 아내가 되풀이했다.

"우리가 살아서 승리하게 되는 날이 온다면 말이오, 그녀를 위해서라도 운명이 그녀의 남편을 프랑스에서 벗어나 있게 해주기를."

"그녀 남편의 운명 말인가요." 드파르주 부인이 평소처럼 차분하게 말했다. "운명은 그를 가야 할 곳으로 데려갈 테고, 정해진 결말을 보게 되겠죠. 그게 다예요."

"하지만 정말 이상하군. 당신은 이상하다고 생각지 않소?" 드파르주가 물었다. 그는 아내한테서 동의한다는 말을 받아내려는 듯 애원하는 표정을 지었다. "우리는 그분과 따님을 그토록 안타까워했지. 그런데 이제 그녀 남편의 이름을 당신 손으로 새겨넣어야 한다니 말이오. 그것도 방금 여기 있던 극악무도한 놈 이름 바로 옆이라니!"

"그날이 오면 이상한 일이 더 많을 거예요." 부인이 말했다. "아무튼 둘 다 이름을 올렸어요. 분명히 올렸어요. 그리고 두 사람 모두 그럴 이유가 있고요. 그거면 됐어요."

드파르주 부인은 그렇게 말하면서 뜨개질감을 둘둘 말아 치운 뒤, 머리에 두른 스카프에서 장미꽃을 떼어냈다. 생탕투안의 주민들이 그 못마땅하던 장식물이 사라진 것을 본능적으로 알아챘는지, 아니면 그것이 사라지기까지 지켜보고 있었는지, 어찌 됐든 얼마 지나지 않아 호기롭게 어슬렁거리며 몰려들었다. 술집은 일상을 되찾았다.

저녁 무렵이 되었다. 특히 여름이 되면 생탕투안 사람들은 집 안팎이 뒤집히기라도 한 듯 문간 계단과 창턱에 앉아 있거나 지저분한 거

생탕투안의 포도주 가게, 혁명의 서막

리와 마당 한구석에 나와서 바람을 쐬었다. 드파르주 부인도 손에 뜨개질감을 들고 이곳에서 저곳으로, 이 무리에서 저 무리로 옮겨 다니고는 했다. 흡사 선교사처럼 보였다. 당시에는 그녀와 비슷한 사람이 꽤 많았는데, 모두 하나같이 다시 없을 여자들이었다. 여자들은 너나없이 모두 뜨개질을 했다. 뜨는 것들은 하나같이 쓸모없었다. 다만 뜨개질을 하면서 기계적으로 손을 놀릴 때는 그나마 주린 배를 잠시나마 잊을 수 있었다. 그들의 손이야말로 턱이자 소화기관이라고 할 수 있었다. 그 깡마른 손가락이 가만히 있었다면 배고픔은 더욱 견디기 어려웠을 것이었다.

하지만 손가락이 움직일 때마다 눈이 뜨였고 생각도 움텄다. 그렇게 드파르주 부인이 한 무리의 여자들과 말을 나눈 뒤에 다른 무리로 옮겨갈 때면 그녀가 지나간 자리마다 손은 더욱 빠르게 움직였고, 눈은 번뜩였으며, 생각이 맹렬히 샘솟았다.

　드파르주는 문간에 서서 담배를 피우며 자기 아내를 존경스러운 눈길로 바라보았다. "참 대단한 여자야." 그가 말했다. "강인한 여자, 위대한 여자, 놀랍도록 훌륭한 여자라고!"

　어둠이 사위를 에워쌌다. 그러자 교회 종소리와 함께 궁정 안뜰에서 군인이 북치는 소리가 들려왔다. 여자들은 여전히 앉아서 뜨개질하고 있었다. 어둠이 그들도 에워쌌다. 그 무렵 또 다른 어둠도 다가오고 있었다. 지금 프랑스 곳곳의 우뚝 솟은 종탑에서 낭랑하게 울리는 교회 종들은 언젠가 쇳물로 녹은 뒤, 우레 같은 소리를 내뿜는 대포로 굳어질 터였다. 머지않아 군악대의 북소리가 울려 퍼질 때가 올 것이다. 지금 이 밤 권력과 풍요, 자유와 생명이라는 이름으로 권세를 누리는 목소리를 잠재우려고 말이다. 하염없이 뜨개질하며 앉아 있는 여자들을 향해 이런 온갖 것들이 닥쳐오고 있었다. 여자들은 장차 건설될 구조물[58] 주위에 둘러앉게 될 운명이었다. 그곳에서 여자들은 뜨개질하고 또 뜨개질하며 굴러떨어지는 머리의 개수를 헤아리게 될 터였다.

<hr>

58　1792년 4월 25일, 파리 오텔드빌 광장에 설치된 기요틴을 말한다.

17장

어느 밤

소호의 조용한 길모퉁이를 물들인 석양은 어느 때보다 눈부셨다. 박사와 딸이 플라타너스 아래에 나란히 앉아 있던 그 잊지 못할 저녁, 런던 위로 달이 그렇게까지 온화한 광채를 내뿜는 것을 본 적이 없었다. 나뭇잎 사이로 은은한 빛이 두 사람의 얼굴을 환히 비추었다.

루시는 내일 결혼할 예정이었다. 그녀는 이 마지막 저녁을 오롯이 아버지와 함께 보내려 했고, 이제 두 사람은 플라타너스 아래 단둘이 앉아 있었다.

"행복하세요, 아버지?"

"그렇단다, 아가."

두 사람은 그곳에 오래 머물렀지만 대화는 거의 나누지 않았다. 날이 충분히 밝아서 다른 일을 하거나 책을 읽어도 될 시간이었지만 루시는 자수를 놓지도 않았고 아버지에게 책을 읽어드리지도 않았다. 평소 루시는 이 나무 아래에서 자수를 놓거나 책을 읽으며 소일하고는 했다. 하지만 오늘은 달랐다. 지금은 여느 때가 아니었고 평소처럼 할 수는 없었다.

"저도 오늘 밤 무척 행복해요, 아버지. 하늘이 저와 다네이의 사랑을 이렇게 축복해주니, 얼마나 감사한지 모르겠어요. 하지만 저는 전과 다름없이 아버지와 있을 거예요. 혼인한다고 해서 아버지와 떨어지게 되었더라면 저는 지금 이 순간 말로 다 표현하지 못할 정도로 불행하고 자책감을 느꼈을지도 몰라요. 지금도…."

그녀는 목소리가 제대로 나오지 않았다.

슬픈 달빛 아래 그녀는 아버지의 목을 끌어안고 얼굴을 아버지 가슴에 묻었다. 달빛은 언제나 덧없기에 슬펐다. 시작이 있으면 끝나게 마련이었다. 태양빛이 그러하듯이 혹은 우리네 인생이라고 불리는 빛이 그러하듯이.

"사랑하는 아버지! 마지막으로 한번 더 말씀해주세요. 제가 새로 찾은 사랑이나 제가 짊어져야 할 의무 때문에 아버지와 제 사이가 멀어지지는 않겠지요? 저는 그러리라고 확신해요. 아버지도 그러시나요? 정말 마음속 깊이 느끼고 계세요?"

그녀의 아버지는 이제껏 보인 적 없을 만큼 밝고도 확신에 찬 목소리로 대답했다. "그렇단다, 아가. 어디 그뿐이겠니?" 그가 딸에게 부드럽게 입맞추며 덧붙였다. "루시, 네가 결혼하는 모습을 보는 건 내 커다란 기쁨이란다. 네가 결혼하지 않았더라면 결코 누릴 수 없었을 테지."

"정말 그러하다면 얼마나 좋을까요, 아버지…."

"얘야, 아비 말을 믿어라. 정말로 그렇단다. 생각해보렴, 너무 자연스럽고 분명한 일이란다. 넌 심성이 고운 데다가 아직 어린 탓에 혹여나 네 인생이 헛되이 흘러가지는 않을지 내심 이 아비가 얼마나 마음 졸였는지 이해하지 못하겠지. 하지만…."

루시는 손을 들어 아버지의 입술에 갖다 댔다. 그래도 박사는 딸의 손을 잡으며 방금 한 말을 되풀이했다.

"인생을 헛되이 보내선 안 된단다, 아가. 더군다나 이 아비 때문이라면 더더욱 한순간이라도 허비되어서는 안 되겠지. 순리에서 벗어나서도 안 돼. 너는 타고나기를 이타적이어서 내가 얼마나 마음 졸였는지 모를 거다. 너 자신에게 물어보렴. 네가 온전히 행복해하지 않는데, 어떻게 내가 행복할 수 있겠니?"

"아버지, 제가 찰스 다네이를 만나지 못했더라도 저는 아버지와 얼마든지 행복하게 지냈을 거예요."

딸이 다네이를 그토록 소중히 생각하고 있다고 무의식중에 인정한 셈이어서 박사는 미소를 지으며 말했다.

"아가야, 너는 좋은 배필을 만났고, 그게 찰스 다네이란다. 만약 찰스가 아니었으면 다른 누군가를 만났겠지. 아무도 만나지 못했다면 그선 나 때문이었을 거고 말이야. 네가 아무도 만나지 않았더라면 내 어두운 과거가 네게 먹구름을 드리웠을 테지."

박사는 재판 이후 처음으로 자신의 고통스러운 과거를 언급한 셈이었다. 아버지의 말이 귓가에 머무는 동안 루시는 낯설면서도 묘한 기분을 느꼈다. 그녀는 그 뒤로도 오랫동안 아버지의 그 말을 잊을 수 없었다.

"봐라!" 보베 출신의 의사가 손을 들어 달을 가리키며 말했다. "나는 감옥 창문을 통해 저 달을 본 적이 있단다. 그때는 저 달빛을 도무지 견딜 수가 없었어. 내가 잃어버린 것들 위로 저 달빛이 비친다는 생각은 거의 고문이었지. 감옥 벽에 머리를 찧을 때도 있었어. 달을 바라보며 내 인생이 너무 무기력하고 몽롱한 나머지, 보름달 위에 가로로 선을 몇 개나 그어 넣을 수 있을지, 또 거기 교차하는 수직선을 몇 개나 그을 수 있을지 따위나 계산하고 있을 정도였지."

박사는 달을 쳐다보며 자신의 내면을 곰곰이 들여다보는 듯한 표정으로 덧붙였다. "내 기억으로는 가로선이든 세로선이든 스무 개가 고작이었지. 그 이상은 어려웠어."

그가 그 시절을 떠올리며 말을 이어 갈수록 루시의 가슴에는 차츰 파문이 일었다. 하지만 이야기를 이어 나가는 박사의 모습에는 충격적이라고 할 만한 내용은 없었다. 그저 지나간 인고의 세월에 비해 지금이 얼마나 유쾌하고 행복한지 비교하는 것처럼 보였다.

"나는 달을 바라보면서 수천 번씩 생각했지. 내게서 앗아간, 아직 태어나지 않은 아이에 대해서 말이다. 살아 있는지, 태어나기는 했는지, 아니면 불쌍한 제 어미가 충격을 받는 바람에 행여 죽은 건 아닌지 그도 아니면 언젠가 아버지의 복수를 해줄 아들인지.

감옥 생활을 하면서 복수심이 끓어오를 때가 있었단다. 그럴 때면 이렇게 생각했단다. '그렇다면 아들은 아버지의 이야기를 전혀 모르겠지. 하지만 어쩌면 아버지가 자발적으로 사라졌다고 믿고 살아가길 바란다. 혹시 아이가 아들이 아니라 언젠가 우아한 여인이 될 딸이라면 어떨까.'"

루시는 아버지에게 다가가서 뺨과 손에 입을 맞추었다.

"나는 상상 속에서 내 딸이 나를 완전히 잊어버렸거나 내 존재를 의식조차 못하는 모습을 그려보기도 했단다. 해마다 딸의 나이를 헤아려보았고, 내 처지를 전혀 모르는 남자와 결혼한 모습도 상상했지. 살아 있는 이들의 기억 속에서 완전히 사라져, 다음 세대에는 내 자리마저 텅 비어 있을지도 모른다는 생각도 했단다."

"아버지! 다행히 그런 일은 없었지만 그런 딸을 떠올려보는 것만으로도, 마치 그게 저인 것처럼 가슴이 쓰려요."

"루시, 그렇지 않아. 네가 나를 위로해주고 보살펴준 덕분에, 이 마지막 밤에 아름다운 달빛을 받으며 이런 기억을 떠올릴 수 있었던 거야. 그런데… 내가 방금 어디까지 말했지?"

"딸이 아버지를 모르고, 아버지에 대한 생각도 하지 않는다면 어떨까 하셨어요."

"그래! 하지만 또 다른 달밤에는 슬픔과 침묵 속에 잠겨 있다가도, 그 속에서 서글프게도 평온함을 느꼈단다. 그럴 때면 상상 속의 아이가 내 감방으로 와서 나를 요새 너머에 있는 자유로운 세상으로 데려가는 모습을 떠올렸단다. 나는 달빛 아래서 그 아이의 모습을 자주 보았지. 지금 너를 보듯이 말이야. 물론 한 번도 품에 안아보지는 못했어. 아이는 작은 창살이 달린 창문과 문 사이에 서 있었기 때문이지. 지금 내가 말하는 아이는 네가 아니라는 걸 이해하겠지?"

"그건… 아버지의 상상이 아니었나요? 환영 같은 거 아니었어요?"

"아니야. 다른 거였어. 어시러운 내 눈앞에 있기는 했지만 한 번도 움직이지 않았어. 내가 마음속으로 붙들던 환영은 다른 존재였고, 어딘가 정말 있을 법한 아이였단다. 그 아이 외모가 네 엄마를 닮았으리라는 점 외에는 아무것도 모르겠더구나. 물론 그 아이도 엄마를 닮았겠지. 지금의 너처럼. 하지만 너와 닮았다고 할 수는 없었어. 아마 이해하기 어려울 것 같구나, 루시. 이런 미묘한 차이를 알려면 고독한 감옥살이를 겪어봐야 할 테니까."

박사가 이처럼 본인의 옛 상태를 분석하려고 애쓰면서 침착하고 차분한 태도를 유지하는 것을 보면서도, 루시는 피가 차갑게 얼어붙는 듯한 기분이 들었다.

"마음이 평온해질 때면 나는 달빛 아래서 그 아이를 상상했단다. 그 아이가 내 손을 이끌고 가서 보여주게 될 풍경을 말이다. 아이는 행복한 결혼 생활을 하고 있었고, 집 안 곳곳에는 아버지에 대한 애틋한 기억이 가득했지. 그 아이 방에는 내 초상화가 걸려 있었고, 그 아이의 기도문 속에도 내가 있었지. 아이의 삶은 활달하고 유쾌하며 보람찼어. 하지만 그 모든 것에는 내 슬픈 과거의 사연도 스며 있었단다."

"아버지, 제가 그 아이예요. 저는 아버지가 상상하셨던 만큼 훌륭하지는 못하지만 아버지를 사랑하는 마음만큼은 그 아이와 하나도 다르지 않아요."

"그리고 상상 속에서 그 아이는 내게 손주들도 보여주었단다." 보베 출신의 의사가 말했다. "아이들은 나에 대해 익히 들어 알고 있더구나. 나를 가엾게 여기도록 배우기도 했겠지. 그 아이들은 나라 안의 어느 감옥이든 그 앞을 지나갈 때면 무시무시하게 생긴 담벼락에서 멀찍이 떨어진 채 그곳의 쇠창살을 올려다보며 조그맣게 수군거렸어. 다만 그 아이는 나를 구해낼 수 없었지. 그 아이는 그런 장면을 보여준 뒤 늘 나를 다시 감옥으로 데려다 놓았어. 그래도 나는 스스로를 위안하듯 눈물을 흘리며 무릎을 꿇고 그 아이에게 신의 축복이 내리기를 빌었단다."

"제가 그 아이면 좋겠어요, 아버지. 오, 사랑하는 아버지! 내일 저를 위해서도 그처럼 뜨겁게 축복을 빌어주시겠어요?"

"루시, 내가 이렇게 옛 고통을 떠올리는 건, 오늘 밤 말로 다 표현할 수 없을 정도로 너를 사랑하기 때문이지. 또한 내게 지극한 행복을 주신 신께 감사드리기 때문이고. 가장 절망적이던 시절에는 지금 너와 이렇게 행복하게 살아가리라고는 감히 상상조차 하지 못했단다."

박사는 딸을 끌어안았다. 그러고는 딸을 자기에게 내려준 하늘을 우러르며 겸허한 마음으로 감사드렸다. 잠시 뒤 두 사람은 집 안으로 들어갔다.

결혼식에 초대된 손님은 로리 씨뿐이었다. 심지어 신부 들러리도 소박하게 프로스 양 한 사람밖에 없었다. 주거지도 특별히 옮기지 않을 예정이었다. 지금 살던 집에서 눌러살기로 한 것이다. 그들은 사는지 마는지 알 수조차 없던 세입자가 쓰던 위층 방으로까지 주거 영역을 넓힐 계획이었고, 그것으로 충분하다고 생각했다.

마네트 박사는 소박하게 차려진 저녁 식사 자리에서 시종 쾌활한 표정을 지었다. 식탁에는 세 사람뿐이었는데, 프로스 양이 세 번째 구성원이었다. 박사는 다네이가 함께하지 못해 아쉬워했다. 오늘만은 다네이를 오지 못하게 한 사랑스러운 장본인에게 살짝 서운함을 표현하고 싶었지만 그는 그 대신 미소를 지으며 그를 위해 따뜻한 건배의 잔을 들었다.

이윽고 박사가 루시에게 밤 인사를 건넬 시간이 되었고, 두 사람은 헤어졌다. 그런데 고요한 새벽 세 시 무렵, 루시는 다시 아래층으로 내려왔다. 그리고는 왠지 모를 막연한 두려움을 완전히 떨쳐내지는 못한 채 살그머니 아버지 방으로 들어갔다.

모든 것이 제자리를 지키고 있었다. 주위는 조용했다. 아버지는 깊이 잠들어 있었다. 흐트러짐 없는 베개 위에 놓인 하얀 머리는 한 폭의 그림 같았고, 두 손은 이불 위에서 고요히 쉬는 듯 보였다. 루시는 거추장스러운 촛불을 멀찍이 어둠 속에 내려놓고 침대로 살금살금 다가가서 아버지 입술에 입을 맞추었다. 그러고는 몸을 살짝 숙이고 아버지 얼굴을 지그시 내려다보았다.

박사의 잘생긴 얼굴에는 감금 생활의 쓰라린 흔적이 남아 있었다. 하지만 그는 강인한 결단력으로 잠자는 동안에도 그 흔적을 억누르고 있는 듯 보였다. 보이지 않는 적에 맞서 조용하고 단호하게 자신을 지켜내는 얼굴이었다. 그날 밤, 광활한 잠의 왕국 어디에서도 그처럼 비범한 얼굴을 찾아보기는 어려울 터였다.

루시는 조심스레 아버지의 가슴 위에 손을 얹고 기도를 올렸다. 아버지를 진심으로 사랑하는 마음만큼, 그리고 아버지가 겪은 아픔만큼 언제나 진실된 딸이 되게 해달라고 신에게 간청했다. 손을 거둔 뒤, 다시 한번 아버지의 입술에 입맞춤하고 밖으로 나왔다.

어느덧 태양이 떠올라 플라타너스 잎사귀가 박사의 얼굴에 그림자를 드리웠다. 그 그림자는 아버지를 위해 기도하던 루시의 입술처럼 부드럽게 움직였다.

18장

아흐레

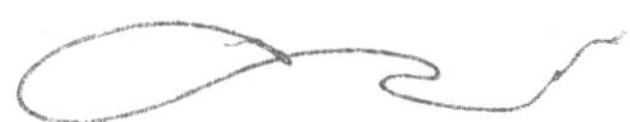

결혼식 날이 환하게 밝았다. 마네트 박사가 찰스 다네이와 이야기를 나누는 동안, 신부 일행은 닫힌 방문 밖에서 기다리고 있었다. 눈부시게 아름다운 신부와 로리 씨 그리고 프로스 양은 교회에 갈 준비를 마친 상태였다. 프로스 양에게 이 결혼식은 어쩔 수 없는 현실과 차츰 화해한 끝에 결정된 축복의 의식이었다. 그래도 그녀의 마음 한구석에서는 남동생 솔로몬이 신랑이어야 한다는 미련이 꿈틀거리고 있었다.

"이거였군요." 소박하지만 예쁜 신부의 드레스를 이리저리 살피며 감탄사를 연발하던 로리 씨가 말했다. "사랑스러운 루시, 내가 당신을 도버 해협 너머로 데려온 이유가 다 오늘을 위해서였다니! 세상에! 그때는 내가 무슨 일을 하고 있는지 감조차 없었어요! 우리 다네이 군에게 이렇게 커다란 호의를 베풀게 될 줄도 모르고 말이야!"

"설마 의도했겠어요?" 프로스 양이 무뚝뚝하게 말했다. "일이 이렇게 될 줄 누가 알았겠냐고요. 신도 아닌데."

"그런가요? 그나저나 이 좋은 날 울지는 말아야지." 친절한 로리 씨가 말했다.

"울기는 누가 운다고 그래요? 선생님이나 울지 마세요." 프로스 양이 쏘아붙이듯 말했다.

"내가요, 프로스 양?" 이쯤 되자 로리 씨도 농담을 건넬 용기가 생긴 모양이었다.

"방금 훌쩍이셨잖아요. 제가 다 봤지요. 그럴 만도 하죠. 선생님이 해주신 저 식기류를 보았다면 누구라도 울었을 거예요. 어젯밤 상자가 도착한 뒤로 식기 세트에서 포크 하나, 스푼 하나…." 프로스 양은 잠시 숨을 고르고 말을 이었다. "그것들을 보면서 얼마나 울었는지 나중에는 앞이 안 보일 정도였다고요."

"선물한 보람이 있구먼." 로리 씨가 말했다. "하지만 내 보잘것없는 선물이 누군가의 눈앞을 가릴 줄은 미처 몰랐네요. 이런! 하필이면 이 좋은 날에 살면서 놓치고 살았던 것들이 스쳐지나가는군요. 이런, 이런, 진작 결혼했다면 거의 50년 동안 로리 부인과 살았을 텐데 말입니다!"

"무슨 말씀을 하시는 거예요?" 프로스 양이 짐짓 놀라며 물었다.

"로리 부인이 없었을 거라고 생각하시나 보군요?" 로리 씨가 신사답게 따져 물었다.

"글쎄요?" 프로스 양이 응수했다. "선생님은 갓난아기 때부터 독신이었을 거예요."

"하하!" 로리 씨가 환하게 웃으며 작은 가발을 고쳐 썼다. "그럴 가능성도 있겠네요."

"선생님은 갓난아기 때부터가 아니라 태어나기도 전부터 이미 독신으로 살 운명이었어요." 프로스 양이 거침없이 말했다.

"그렇다면 말입니다." 로리 씨가 말했다. "내가 운명의 신한데 너무 야박한 대접을 받은 것 같네요. 태어나기도 전에 그런 운명이었다면 미리 내게 알려줬어야지요. 안 그런가요? 좋아요, 내 이야기는 그만 하지요. 자, 우리 예쁜 아가씨." 로리 씨가 한 팔로 루시의 허리를 부드럽게 감싸면서 말했다.

"옆방에서 기척이 들리는 걸 보니 시간이 얼마 남지 않았군요. 루시, 저와 프로스 양은 공식적으로 당신의 아버지를 돌보게 될 사람으로서 당신을 안심시킬 말을 해드리고 싶습니다. 루시, 당신이 아버지를 아끼는 만큼 저와 프로스 양도 그렇게 애쓰겠습니다. 아버지에 대해서는 염려 마세요. 당신이 워릭셔 일대를 여행하는 보름 동안 안심하세요. 텔슨 은행의 업무라고 해도 아버지를 돌보는 일보다는 부차적일 테지요. 물론 상대적으로 그렇다는 말입니다만, 여하튼 보름이 지나고 사랑하는 남편과 당신을 만나러 아버지가 웨일스로 떠날 때쯤이면 누구보다 건강하고 행복한 모습일 거라고 믿어 의심치 않아요. 안심하세요. 자, 누군가가 문 앞에 온 것 같군요. 그가 와서 이 아가씨는 자기 여자라고 주장하기 전에 구닥다리 홀아비인 제가 우리 사랑스러운 루시 양에게 축복의 입맞춤을 해줘야겠군요."

그는 잠시 루시의 어여쁜 얼굴을 멀리 두고 보더니 그녀의 어린 시절을 회상하듯 이마를 바라보았다. 그러고는 그녀의 빛나는 금발 머리를 자기의 갈색 가발에 살며시 갖다 댔다. 이렇게 다정하고 부드러운 태도에는 단순히 구식이라는 말로 치부하기 어려운, 오래되고 근원적인 애정이 섞여 있었다.

이윽고 박사의 방문이 열리면서 박사가 찰스 다네이와 함께 나왔다. 박사는 마치 죽은 사람처럼 창백했다. 방에 들어갈 때는 그렇지 않았는데 얼굴에 핏기가 하나도 없었다. 하지만 침착한 몸가짐은 그대로였다. 다만 로리 씨의 날카로운 눈에는 어떤 흔적이 어렴풋이 보였다. 오래전부터 박사가 회피하고 두려워해왔던 기운이 최근 다시 그를 한 줄기 차가운 바람처럼 스쳐 지나간 것 같았다.

박사는 딸에게 팔을 내밀었고, 함께 아래층으로 내려갔다. 이날을 위해 로리 씨가 빌린 마차가 기다리고 있었다. 나머지 일행도 다른 마차에 타고 박사의 뒤를 따랐다. 얼마 뒤 근처의 작은 교회에서 낯선 구경꾼은 한 사람도 없는 가운데 찰스 다네이와 루시 마네트는 행복한 기분에 젖은 채 부부의 인연을 맺었다.

예식이 끝나자 몇 안 되는 하객들 사이에서 환한 미소와 함께 반짝거리는 눈물이 보였다. 신부의 손가락에서 다이아몬드가 눈부시게 빛났다. 로리 씨가 어두컴컴한 주머니 깊숙이 간직하고 있다가 방금 꺼내준 것들이었다.

일행은 집으로 돌아와 아침 식사를 했고, 모든 일이 순조롭게 진행된 끝에 작별하는 시간을 맞았다. 아침 햇살이 문간에 찬란하게 쏟아지고 있었다. 언젠가 파리의 다락방에서 가엾은 구두장이와 딸이 그랬듯이 아버지의 하얀 머리카락과 딸의 금빛 머리카락이 다시금 섞이며 빛났다.

시간이 오래 걸리지는 않았지만 어쨌든 아주 힘든 작별이었다. 아버지는 딸을 달랜 뒤 그녀의 팔에서 부드럽게 빠져나오며 말했다. "찰스, 데려가게. 이제 이 아이는 자네 사람이야!"

루시는 마차 창문을 열고 눈물을 흘리며 손을 흔들었다. 그러고는 이내 멀어져 갔다.

✝✝✝

박사가 사는 길모퉁이는, 호기심 많은 행인들이 오가는 번화한 거리에서 한참 떨어져 있었다. 게다가 결혼식도 소박하고 조촐하게 준비되었던 터라 박사와 로리 씨와 프로스 양만 덩그러니 남게 되었다. 오래되었지만 시원한 현관의 그늘 속으로 그들이 들어섰을 때, 로리 씨는 박사에게 어떤 커다란 변화가 찾아왔음을 알아차렸다. 마치 거인의 황금 팔이 박사에게 치명적인 일격을 가한 것 같았다.

박사는 늘 감정을 억누르며 살아왔다. 그래서 억누르던 것이 사라지면 일종의 반동으로 감정의 변화가 일어날 수도 있었다. 하지만 정작 로리 씨를 심란하게 하는 것은 따로 있었다. 바로 예전처럼 두려움에 어찌할 줄 모르는 듯한 박사의 불안한 표정이었다. 일행이 위층으로 올라갔을 때 박사는 멍한 얼굴로 머리를 감싸쥔 채 서성이다가 쓸쓸한 모습으로 자기 방으로 들어갔다. 로리 씨는 언젠가 주점 주인 드파르주와 마차를 타고 별빛 아래를 달리던 때를 떠올렸다.

"내 생각에는 말입니다." 로리 씨는 잠시 근심 어린 표정으로 생각하다가 프로스 양에게 속삭이듯 말했다. "지금은 말도 걸지 말고 박사님을 내버려두는 편이 좋겠어요. 조금이라도 방해하지 않는 게 상책일 듯해요. 나는 텔슨 은행에 잠깐 들렀다가 곧 돌아올게요. 그때 박사님을 모시고 시골로 마차를 타고 나가서 식사합시다. 그렇게 하면 괜찮아질 거요."

하지만 로리 씨에게 텔슨 은행은 잠깐 들르기는 쉬워도 빠져나오는 건 쉽지 않은 곳이었다. 그는 두 시간이나 은행에 붙들려 있었고, 허겁지겁 돌아와서는 하인에게 아무것도 묻지 않은 채 혼자서 낡은 계단을 올라갔다. 그는 박사의 방에 들어가려다가 우뚝 멈추어 섰다. 무언가를 두드리는 소리가 나지막이 들렸기 때문이다. 마침 프로스 양이 달려왔다.

"아니, 이게 무슨 소리지요?" 로리 씨가 당황한 표정으로 물었다.

프로스 양이 겁에 질린 얼굴로 그의 귀에 대고 속삭였다. "이를 어쩌면 좋아요? 큰일이에요!" 그녀는 양손을 움켜쥐고 울먹였다. "루시 아가씨에게 뭐라고 말해야 하죠? 박사님이 저를 못 알아보세요. 그저 구두만 만들고 계실 뿐이에요!"

로리 씨는 다정한 말투로 프로스 양을 진정시키고 박사의 방으로 들어갔다. 예전에 구두를 만들던 구두장이처럼 박사는 작업대를 햇빛이 들어오는 쪽으로 돌려놓고 고개를 푹 숙인 채 작업에 열중하고 있었다.

"마네트 박사님, 접니다. 마네트 박사님, 저예요!"

박사는 잠시 고개를 들어, 잠시 왜 그러냐는 듯 혹은 누가 방해해서 기분 나쁘다는 듯이 로리 씨를 쳐다보았다. 그러고는 이내 고개를 숙이고 작업에 몰두했다.

그는 겉옷뿐 아니라 조끼까지 벗고 있었다. 게다가 예전처럼 셔츠의 목 부분을 풀어 젖히고 있었는데, 초췌하고 지친 표정마저 그때와 같았다. 누가 방해하는 바람에 시간을 허비하기라도 했다는 듯 그는 신경질적으로 손을 놀렸다.

로리 씨는 박사의 손에 들린 일감을 보고는 그것이 예전과 똑같은 크기와 모양의 구두라는 걸 알아차렸다. 그는 박사 곁에 놓인 구두 한 짝을 집어 들고는 뭐냐고 물었다.

"젊은 숙녀가 신을 보행용 구두요." 박사는 고개도 들지 않고 나지막이 중얼거렸다. "진작 끝냈어야 하는 건데… 그냥 거기에 내려놓으시오."

"마네트 박사님, 이쪽을 좀 보세요!"

박사는 예전처럼 기계적으로 반응할 뿐 작업을 멈추지 않았다.

"박사님, 저를 아시겠습니까? 잘 생각해보세요. 이건 박사님이 하시던 일이 아닙니다. 잘 생각해보세요, 박사님!"

로리 씨는 나름대로 달래보았지만 박사는 여전히 입을 열지 않았다. 로리 씨가 "이쪽을 보세요" 하고 말했을 때 잠깐 고개만 들었을 뿐이었다. 아무리 애써도 그는 말 한마디 없이 그저 묵묵히 일하고, 또 일하기만 했다. 마치 메아리 없는 벽이나 허공에 대고 말하는 것 같았다. 그런 중에도 로리 씨는 일말의 희망을 발견했다. 박사가 아무도 요구하지 않았는데도 이따금씩 고개를 슬그머니 들었다는 사실이었다. 더욱이 고개를 들 때마다 박사의 얼굴에는 희미하게나마 호기심과 당혹감이 나타나 있었다. 마치 마음속의 혼란스러운 생각들을 정리하려고 애쓰는 것처럼 보였다.

로리 씨는 무엇보다도 두 가지를 떠올렸다. 첫째로 루시에게는 이 일을 비밀에 부쳐야 한다는 것이었고, 둘째로 박사를 아는 누구에게든 이 일이 알려져서는 안 된다는 것이었다. 프로스 양과 상의한 끝에, 박사가 몸이 좋지 않아 며칠산 휴식을 취해야 한다는 내용으로 주변에 알려 두 번째 조건은 자연스럽게 실행되었다. 박사의 딸을 안심시키기 위한 선의의 거짓말도 필요했다. 프로스 양은 박사가 직업상 급히 먼 곳으로 출타해야만 한다는 내용의 편지를 쓰기로 했다. 거기에는 박사가 직접 서둘러 쓴 두세 줄짜리 편지를 같은 우편으로 함께 보낸 것처럼 꾸며 그녀가 아버지의 친필을 본 것처럼 믿게 만들려 했다.

로리 씨는 이처럼 어떤 경우라도 필요하다고 판단되는 조치들을 취함으로써 박사가 곧 제정신으로 돌아오기를 바랐다. 만약 박사가 정신을 차리면 그는 또 다른 조치를 취할 생각이었다. 믿을 만한 전문가에게 박사의 상태에 대한 의견을 구할 셈이었다.

로리 씨는 박사가 회복될 거라는 희망이 실현되어, 전문가에게 의견을 구할 수 있기를 바랐다. 그러면서도 되도록 눈치채지 못하게 박사를 지켜보기로 마음먹었다. 그래서 평생 처음으로 텔슨 은행에 휴가를 내고 박사와 같은 방의 창가에 자리를 잡았다.

하지만 로리 씨는 얼마 지나지 않아, 박사와 쓸데없이 말을 섞는 것이 오히려 방해가 된다는 사실을 깨달았다. 박사는 압박감을 느끼면 불안한 기색을 보이는 듯했다. 결국 첫날에 로리 씨는 말을 붙이려는 시도를 접고, 그 앞에 묵묵히 앉아 있기로 했다. 박사가 흠뻑 빠졌거나 빠져들고 있는 망상을 조용히 일깨워주기 위함이었다. 그는 창가에 자리를 잡고 책을 읽거나 글을 썼다. 그러면서도 몸짓 하나, 시선 하나까지도 자연스럽고 따뜻하게 유지하며 이곳이 그 어떤 감시나 속박도 없는, 자유로운 공간임을 조용히 보여주었다.

그 첫날, 마네트 박사는 주는 대로 받아먹고 마시면서 어두워 앞이 보이지 않을 때까지 작업했다. 온통 어두워져서 로리 씨가 아무것도 읽거나 쓸 수 없는 지경이 되고 나서도, 박사는 삼십 분쯤 작업을 더 이어갔다. 그러다 동이 틀 때까지는 쓸 일이 없게 된 도구를 마침내 옆에 내려놓았을 때, 로리 씨는 자리에서 몸을 일으켜 그에게 말했다.

"밖에 나가시겠습니까?"

박사는 예전처럼 의자 양옆 바닥을 내려다보았다가 고개를 들어 올려다보고는 역시 예전처럼 낮은 목소리로 말했다.

"나간다고요?"

"네, 저와 산책 좀 하시지요. 내키지 않으십니까?"

박사는 싫은 이유를 설명하기는커녕 별다른 대꾸도 하지 않았다. 그저 입을 꾹 다물고만 있었다. 하지만 로리 씨는 박사가 팔꿈치를 무릎에 대고 양손으로 머리를 감싸쥔 채 어둠 속에서 작업대 위로 몸을 숙였을 때 '왜 내키지 않지?' 하고 자문하는 것만 같은 인상을 받았다. 로리 씨의 직업적인 예리한 감각이 번뜩였다. 로리 씨는 그것을 놓치지 않기로 마음먹었다.

그날 밤 프로스 양과 로리 씨는 밤새 번갈아 가며 박사의 상태를 살폈다. 박사는 침대에 눕기 전, 오랫동안 방안을 이리저리 서성였다. 하지만 침대에 누우면 곧바로 잠들었다. 그리고 이튿날 아침 일찍 일어나서 아무 말 없이 작업대 앞에 앉아 일을 시작했다.

둘째 날, 로리 씨는 여느 때처럼 박사의 이름을 밝게 부르며 인사했고, 최근에 그들이 이야기를 나누었던 주제들을 슬그머니 끄집어냈다. 박사는 여전히 아무런 대꾸도 하지 않았지만 그래도 로리 씨 말을 귀 기울여 듣고 무언가 생각하고 있는 듯한 표정을 지었다. 로리 씨는 한껏 고무되어서 프로스 양에게도 하루에 여러 번씩 박사의 방을 방문해달라고 요청했다.

두 사람은 루시나 박사에 관하여, 평상시처럼 자연스럽게 이야기를 나누었다. 마지 아무것도 바뀐 것은 없다는 듯이 두 사람은 대화했다. 대신 박사에게 부담을 주지 않도록 대화가 너무 길거나 잦아서는 안 되었다. 의도도 느껴지지 않게끔 충분히 조심스럽게 진행되었다. 그러자 박사는 전보다 자주 고개를 들고서 두 사람을 쳐다보았고, 자신을 둘러싼 주변 상황에서 무언가 어긋난 점이 있다는 사실을 느끼는 듯, 살짝 동요하는 기색을 내비쳤다. 그 덕분에 로리 씨의 우정 어린 마음은 한결 가벼워졌다.

다시 날이 어두워지자 로리 씨는 전날처럼 박사에게 물었다.

"박사님, 밖에 나가시겠습니까?"

역시 전날과 똑같이 박사가 되물었다.

"밖에?"

"네, 저와 산책 좀 하시지요. 내키지 않으십니까?"

로리 씨는 박사에게서 아무런 대답을 끌어낼 수 없자 이번에는 정말로 나가는 척하면서 한 시간쯤 자리를 비웠다가 다시 돌아왔다. 그 사이 박사는 창가 자리로 가서 플라타너스를 내려다보고 있었다. 그러다 로리 씨가 돌아오자 슬그머니 작업대로 돌아갔다.

시간은 무척 더디게 흘렀고, 로리 씨가 품은 희망은 점점 빛을 잃어갔다. 그의 마음은 다시 무거워지기 시작했고, 날이 갈수록 그 정도는 더 심해졌다. 셋째 날이 왔다가 지나갔고, 넷째 날도 다섯째 날도 그랬다. 엿새, 이레, 여드레, 아흐레도 상황은 달라지지 않았다.

희망은 차츰 사라져가고 마음은 더욱더 무거워지고 있음에도 로리 씨는 이 불안한 시간을 견뎌보기로 했다. 다행히 비밀이 잘 지켜진 덕에 루시는 아무것도 모른 채 행복에 젖어 있었다. 하지만 아흐레의 어스름한 저녁 무렵에 이르러 로리 씨는 처음엔 다소 서툴던 구두장이의 손이 두렵도록 능숙해 있다는 사실을 알아차렸다. 그뿐이 아니었다. 로리 씨가 보기에 박사는 전에 없이 작업에 온 정신을 쏟고 있었다. 손놀림은 그 어느 때보다 민첩하고 노련했다.

19장

의견

로리 씨는 온종일 박사를 초조하게 지켜보았던 탓인지 지쳐서 잠이 들고 말았다. 의심과 걱정으로 보낸 열흘째의 아침이 밝았고, 간밤에 깊은 잠에 빠졌던 로리 씨는 방 안 가득 쏟아져 들어오는 햇빛에 깜짝 놀라 잠에서 깼다.

로리 씨는 눈을 비비며 일어났지만 여전히 꿈속은 아닐지 의심스러웠다. 그도 그럴 것이, 박사의 방문으로 가서 안을 들여다보자 구두장이용 작업대와 연장이 다시 한쪽으로 치워져 있었고, 박사는 창가에 앉아 책을 읽고 있었기 때문이다. 평상시의 아침처럼 차려입고 앉아 있었고, 얼굴은 여전히 창백했지만 차분히 연구에 몰두한 표정이었다.

로리 씨는 꿈을 꾸는 게 아니라는 사실에 안도하면서도, 박사가 구두를 만들던 모습을 본 것이 혹여 꿈속에서 벌어졌던 게 아닌가 싶어 몹시 혼란스러웠다. 지금 눈앞에 보이는 사람은 평소와 같은 옷차림으로 여느 때처럼 행동하고 있지 않은가? 그런 데다 박사의 모습에서는 지난 아흐레 동안 로리 씨를 놀라게 했던 변화의 흔적이 전혀 보이지 않았다.

하지만 이는 오늘 아침 마네트 박사를 보고서 느낀 혼란과 놀라움에서 비롯한 의구심일 뿐, 대답은 분명했다. 만일 박사에게 아무런 일도 일어나지 않았다면 자비스 로리가 그 자리에 있을 이유가 무엇이란 말인가? 어떻게 옷도 갈아입지 않은 채 자신이 마네트 박사의 진찰실 소파에서 잠들었으며, 이른 아침에 박사의 침실 문 앞에서 이런저런 생각에 잠겨 있었겠는가?

얼마 지나지 않아서 프로스 양이 로리 씨 곁에 다가와 조용히 속삭였다. 설령 의구심이 조금이나마 남아 있다손 치더라도, 프로스 양이 와서 곧 해소해줄 터였다. 하지만 이미 그의 머리는 맑아져 있었고, 의심은 손톱만큼도 남아 있지 않았다. 로리 씨는 평소처럼 아침 식사 때까지 기다렸다가 아무 일 없었다는 듯 박사를 대하자고 프로스 양에게 제안했다. 박사가 평소 상태라면 그동안 로리 씨가 불안함을 느끼며 의심해온 것들을 해결해줄 수 있을 것 같았다.

프로스 양은 로리 씨의 제안에 동의했고, 둘은 신중하게 계획을 실행했다. 아침 식사 때까지 아직 여유가 있었으므로, 로리 씨는 평소처럼 꼼꼼하게 몸단장을 한 뒤 하얀 셔츠를 걸치고 말쑥한 긴 양말을 신었다. 그러고는 아침 식사 자리에 나갔다. 박사도 평소처럼 그 자리에 불려 나와서 로리 씨와 함께 식사하기 시작했다.

로리 씨는 차분한 상태에서 차근차근 접근하는 방식이 가장 안전하다고 보았다. 그리고 그렇게 한 결과, 박사는 딸의 결혼식이 전날 일어났다고 여기는 것 같았다. 그래서 일부러 요일과 날짜를 넌지시 흘렸다. 그러자 박사는 생각에 잠긴 채 요일과 날짜를 세는가 싶더니 갑자기 당혹스러운 표정을 지었다. 하지만 그 나머지 면에서는 침착

마네트 박사의 불안과 로리 씨의 위로

했던 데다가 평소와 다를 바 없어 보였다. 그래서 로리 씨는 자신이 필요로 하는 도움을 받기로 마음먹었다. 그 도움이란 다름 아닌 박사 자신이었다.

아침 식사를 마치고 식탁이 치워진 뒤 박사와 단둘이 남게 되었다. 로리 씨가 짐짓 상냥한 목소리로 말했다.

"마네트 박사님, 제가 아는 무척 이상한 사례를 두고, 박사님께 비밀리에 의견을 구하고 싶은데요. 제가 깊이 관심을 가지고 있는 사례이기도 합니다. 물론 제게는 무척 특이해 보이지만 박사님처럼 지식이 해박하신 분에게는 생각보다 특이해 보이지 않을 수도 있을 겁니다."

박사는 얼마 전까지 하던 작업 때문에 얼룩이 묻은 손을 흘깃 바라보더니 심각한 표정으로 주의 깊게 귀 기울였다.

"마네트, 박사님." 로리 씨가 그의 팔에 다정하게 손을 얹으며 말을 이었다. "이건 제게 아주 소중한 친구의 사례입니다. 부디 잘 생각해보시고 그분을 위해, 아니 누구보다 그분의 따님을 위해 조언해주십시오. 부탁드립니다, 마네트 박사님."

"내가 제대로 알고 있다면…." 박사가 조용한 어조로 말했다. "정신적인 충격이 원인인 것 같은데, 그렇지 않은가요?"

"박사님 말씀이 맞습니다!"

"구체적으로 말해보세요." 박사가 말했다. "세세한 부분까지 하나도 빠뜨리지 말고요."

로리 씨는 박사와의 소통이 잘 이루어질 것 같다고 생각하면서 말을 이어갔다.

"마네트 박사님, 이건 오랜 기간 반복해서 정신적으로 충격을 받은 이의 사례이지요. 감정과 느낌 그리고 박사께서 말씀하신 대로 정신에 매우 심각하고 극심한 충격을 받고 무너졌지요. 얼마나 오래되었는지는 말하기 어렵습니다. 제가 알기로 환자 본인도 그 기간을 추산하지 못할 뿐 아니라 우리가 알아낼 방도도 없었으니까요.

하지만 동시에 환자가 회복한 사례이기도 한데요, 환자 본인도 명확히 설명할 수 없는 과정을 거쳐서 회복하게 되었다고 말했지요. 제가 한번 그 환자가 공개된 자리에서 자기 경험을 토로하는 것을 들은 적이 있습니다. 그리고 그렇게 회복된 뒤로는 고도의 정신적 집중이나 격렬한 신체적 활동도 소화할 수 있는 매우 지적인 사람이 되었다고 했지요. 이미 방대한 지식을 갖고 있음에도 새로운 지식을 쌓았던 것입니다. 하지만 안타깝게도 얼마 전…." 로리 씨는 말을 멈추고 깊이 숨을 들이마셨다. "재발한 듯합니다. 아직 경미한 수준이지만요."

박사가 낮은 목소리로 물었다. "얼마나 오랫동안 이어졌나요?"

“아흐레 밤낮입니다.”

“증상이 어땠습니까? 내가 짐작하기로는….” 박사는 얼룩이 진 손을 다시금 바라보며 덧붙였다. “충격과 관련된 예전 일을 되풀이하던가요?”

“네, 그렇습니다.”

“그럼, 혹시 예전에….” 박사는 여전히 낮고 차분한 목소리로 물었다. “그가 그 일을 하는 걸 보신 적 있습니까?”

“한 번 있습니다.”

“그럼 병이 재발했을 때 그 사람이 대체로 아니, 온전히 옛 모습으로 되돌아가던가요?”

“제 생각에는 그랬던 것 같습니다.”

“아까 그분의 딸에 대해 말씀하셨는데, 혹시 딸도 재발 사실을 알고 있습니까?”

“아니, 모릅니다. 딸에게는 비밀로 했고, 앞으로도 계속 비밀로 했으면 합니다. 이 사실을 아는 이는 저와 제가 신뢰할 만한 한 사람밖에 없습니다.”

박사가 그의 손을 꼭 잡고 나지막이 말했다. “참으로 다정하시군요. 정말 사려 깊으십니다.” 로리 씨 역시 답례로 박사의 손을 잡았고, 두 사람은 잠시 아무 말 없이 그 자리에 있었다.

“자, 마네트 박사님.” 로리 씨가 더없이 친절하고 다정하게 말했다. “저는 그저 사무를 보는 사람이라 이렇게 복잡하고 어려운 사안은 잘 다루지 못합니다. 제게는 이런 분야에 필요한 지식도 없고, 정보도 부족합니다. 그래서 저한테는 방향을 제시해줄 길잡이 같은 사람이 필요합니다. 이 세상에서 그 역할을 맡아줄 사람이 제게 박사님 말고 또 누가 있겠습니까? 제발 말씀해주십시오. 어떻게 병이 재발한 겁니까? 또다시 재발할 위험이 있습니까? 재발을 막을 방법은 있나요? 있다면 어떻게 해야 하는지요? 재발하면 어떻게 치료해야 합니까? 도대체 이런 일이 왜 일어나는지 알고 싶습니다. 제가 무엇을 할 수 있는지요?

저는 뭐든 할 수 있습니다. 오랜 친구를 도우려는 제 마음은 누구보다도 더 간절합니다. 하지만 막상 이런 상황에 놓이니까 무엇부터 어떻게 시작해야 할지 모르겠습니다. 박사님의 현명함과 지식과 경험으로 저를 올바른 방향으로 이끌어주신다면 저도 할 수 있는 한 최선을 다하겠습니다. 지금은 아무것도 모르고 갈피조차 못 잡고 있어서 안타깝게도 할 수 있는 일이 거의 없습니다. 부디 저와 상의해주시고, 제가 상황을 명확히 이해하도록 도와주세요. 어떻게 하면 제가 조금이라도 도움이 될지 가르쳐주세요, 박사님."

마네트 박사는 로리 씨의 간청을 듣고 한동안 생각에 잠겼다. 로리 씨는 재촉하지 않고 잠자코 기다렸다.

"제가 생각하기로 그 병이 재발하리라고 당사자가 예상을 못한 건 아닐 겁니다." 마침내 박사가 힘겹게 침묵을 깨고 말했다.

"혹시 환자는 병이 재발할 것을 두려워했을까요?" 로리 씨가 조심스레 물었다.

"틀림없이 두려워했을 거요." 박사는 무의식적으로 몸을 조금 떨며 대답했다. "댁도 아시겠지만 그런 불안감이 환자의 마음을 얼마나 무겁게 짓누르는지 그리고 스스로 억눌린 생각을 억지로라도 입 밖에 내는 일이 얼마나 어렵고, 때로는 불가능에 가깝게 느껴지는지 겪어보지 않으면 짐작조차 못할 겁니다."

"그럼, 불안을 느꼈을 때 다른 사람에게 털어놓을 수 있다면 어떻게 될까요? 마음이 한결 편해지지 않을까요?" 로리 씨가 다시 물었다.

　　　　　　　　　　

"그럴 수도 있지요. 하지만 말씀드렸듯이 그건 사실상 불가능에 가까운 일입니다. 경우에 따라서는 아예 불가능할 수도 있습니다."

잠시 침묵이 이어진 뒤, 로리 씨가 박사의 한쪽 팔에 한 손을 부드럽게 얹으며 물었다. "박사님, 박사님께서는 왜 이런 증상이 생겼다고 생각하십니까?"

"제 생각에는…." 마네트 박사가 뜸을 들이다가 말했다. "애초에 이 병을 일으켰던 일련의 기억과 생각이 강렬하게 되살아났기 때문이에요. 무척 고통스러운 기억들이 생생하게 되살아난 것이지요. 아마 그 환자의 마음속에는 오랫동안 두려움이 잠복해 있었을 겁니다. 언젠가 그 기억이 되살아나리라는, 그러니까 어떤 특별한 계기나 상황이 일어나고야 말 거라는 두려움 말이지요. 환자도 나름대로 애를 쓰고 대비하려고 했지만 헛수고였지요. 어쩌면 그 수고스러움이 되레 환자를 견디기 어렵게 만들었을지도 모르고요."

"병이 재발한 동안 어떤 일이 있었는지는 그가 기억할까요?" 로리 씨가 머뭇거리다가 물었다.

마네트 박사가 우울한 표정으로 방 안을 둘러보고는 고개를 저으며 낮은 목소리로 대답했다. "전혀 기억하지 못할 겁니다."

"그렇다면 환자는 앞으로 어떻게 되는 걸까요?" 로리 씨가 가만히 떠보듯 물었다.

"앞날에 대해서는…." 박사가 다시금 침착함을 되찾은 목소리로 말했다. "전망이 밝을 거라고 봅니다. 하늘의 도움으로 비교적 빨리 회복했으니까 앞으로는 좋아질 거라고 생각합니다. 환자가 오랫동안 두려워하고 막연히 대비하며 억누르기만 했던 것이, 한차례 폭우가 퍼붓듯 분출되고 난 뒤에 회복한 셈이니까요. 일단 최악은 면했다고 봅니다."

"아, 그렇다면 천만다행이군요. 정말 감사한 일입니다!" 로리 씨가 감격스럽게 말했다.

"정말 감사한 일이지요." 박사가 공손하게 고개를 숙이며 말했다.

"그런데 제가 알고 싶은 점이 두 가지 더 있습니다." 로리 씨가 말했다. "여쭈어도 괜찮겠습니까?"

"네, 친구분을 위해서라면 무엇이든 도와야지요." 박사가 손을 내밀며 말했다.

"그럼 첫 번째부터 말씀드리지요. 그는 무척이나 학구적인 데다 대단히 활동적인 사람입니다. 전문 지식을 쌓거나 여러 실험을 하는 등 다방면으로 열정을 쏟고 있지요. 제가 보기에는 그가 지나치게 무리하는 게 아닌가 싶습니다만, 박사님 생각은 어떠신가요?"

"그렇지 않을 겁니다. 뭔가에 몰두하는 건 그의 특이한 성격 때문이겠지요. 부분적으로는 그렇게 타고났기 때문일 테고, 부분적으로는 과거의 고통에서 비롯된 것이지 않나 싶습니다. 그렇게 건강한 활동에 마음을 쏟지 않았더라면, 좋지 않은 방향으로 흘러갈 위험성이 더욱 컸을 겁니다. 아마 자기를 관찰함으로써 그런 해결책을 발견했을 테지요."

"박사님께서는 그가 무리하는 게 아니라고 생각하십니까?"

"네, 그렇게 생각합니다."

"마네트 박사님, 혹시라도 그가 지금 무리하는 거라면…."

"로리 씨, 나는 그가 과로하는 정도는 아니라고 생각합니다. 지금껏 한 방향으로 격렬한 압박을 느꼈으니 균형추가 필요하다고 보면 될 겁니다."

"죄송합니다만, 사무를 보는 사람이다 보니 제가 좀 끈질긴 면이 있는 것 같습니다. 그가 무리하는 거라고 가정해봅시다. 만약 그렇다면 병이 재발할 수 있지 않을까요?"

"그럴 가능성은 희박하다고 생각합니다." 마네트 박사가 확신에 찬 어조로 말했다. "고통스러운 기억을 떠올리게 하지 않는다면 괜찮습니다. 앞으로는 극단적으로 그런 기억을 불러일으키려고 하지 않는 한, 병이 재발하지는 않을 겁니다. 이미 한 차례 그런 일을 겪었고, 회복도 되었지요. 그러니 이 이상으로 고통스러운 기억을 떠올리게 할 만한 일이 벌어지기는 어렵겠지요. 병을 재발시킬 만한 조건은 거의 없어진 것 같습니다. 아니, 없어졌다고 확신합니다."

박사는 정신이라는 섬세한 조직이 얼마나 작은 자극에도 큰 영향을 받는지 아는 사람답게 조심스러운 태도로 말했다. 거기에는 개인적으로 극복하는 과정을 거치며 차츰 얻게 된 확신도 있었다. 로리 씨로서는 그런 확신을 꺾을 이유가 없었다.

그는 생각보다 안심했고 용기도 얻었기 때문에 곧이어 마지막 쟁점으로 넘어가려고 했다. 로리 씨가 보기에 가상 어려운 문제였다. 하지만 프로스 양과 일요일 아침에 나눈 대화를 상기하고, 지난 아흐레 동안 목격한 장면을 하나하나 떠올리자 어떻게 해서든 결단을 내려야 한다는 생각이 들었다.

"다행히 일시적인 고통이었는지, 환자가 예전 일을 되풀이하는 행동은 회복되었습니다." 로리 씨가 목청을 가다듬고 이어서 말했다. "그걸 일단 대장장이 일이라고 하겠습니다. 대장장이 일 말입니다. 당시 상황이 어떠했는지 예를 들어 설명할 필요가 있으므로 불운했던 시기에 그가 작은 대장간에서 일했다고 가정해봅시다. 그런데 어느 날 예기치 않게 그가 다시 대장간에서 작업하는 모습이 목격되었습니다. 그렇다면 대장간을 계속 곁에 두고 있는 게 문제 아닐까요?"

박사는 한 손으로 이마를 감싸쥔 채, 발끝으로 바닥을 초조하게 두드렸다.

"그는 늘 그걸 손 닿는 곳에 두고 있습니다." 로리 씨가 근심 어린 표정으로 친구를 바라보며 말했다. "이제라도 그걸 다른 데로 치우든가 버리는 게 낫지 않을까요?"

마네트 박사는 여전히 이마를 가린 채 발끝으로 바닥을 두드렸다.

"조언해주시기가 쉽지 않은 모양이군요. 그렇지요?" 로리 씨가 물었다. "쉽사리 입을 열기 어려울 정도로 아주 민감한 문제라는 걸 저도 잘 압니다. 그렇더라도 제 생각에는…." 로리 씨는 말을 이으려다가 고개를 저으며 멈추었다.

"글쎄요." 마네트 박사가 불편한 침묵 끝에 입을 열었다. "이 불쌍한 사람 마음 깊숙한 곳에서 무슨 일이 벌어지는지 일관되게 설명하기는 참 어렵습니다. 한때 그는 그 작업을 너무도 간절히 하고 싶어 했습니다. 그런 만큼 그 일을 할 수 있게 되었을 때 무척 기뻐했습니다. 그 덕분에 고통을 크게 덜었음은 두말할 것도 없었지요. 머릿속의 당혹감 대신에 손끝에서 당혹감을 느꼈고, 손재주가 더욱 늘면서 머리로 고투할 때보다 손가락을 바삐 놀릴 때 나오는 창의성의 참맛을 차츰 알게 되었어요. 그래서 그로서는 그 일을 멀리 치워버린다는 생각을 하기 어려웠던 겁니다. 지금은 예전보다 자기에 대해 더 희망적이고, 자신감도 조금 생긴 것 같습니다. 그렇더라도 언젠가 다시 옛 작업이 필요할 수도 있는데 그럴 때 그것을 하지 못하면 어쩌나 하는 생각, 이를테면 길 잃은 어린아이가 느끼는 공포 같은 감정을 느끼고 있는 듯합니다."

박사가 고개를 들어 로리 씨를 바라보았다. 그때 박사의 표정은 방금 그 자신이 말한 어린아이와 같았다.

로리 씨가 조심스럽게 말을 이었다.

"하지만 혹시 말입니다, 박사님. 저는 그저 지폐나 동전 같은 물질적인 것만 다루는 장사꾼일 뿐이긴 하지만 그래도 꼭 한 가지 묻고 싶은 게 하나 있습니다. 그런 물건을 계속 곁에 두는 탓에 기억에 시달리는 것이 아닐까요? 만일 그 물건이 사라지면 두려움도 없어지지 않을까요? 대장간을 곁에 두는 것이 불안한 마음에 굴복해서 그런 건 아닐까요?"

두 사람 사이에 다시금 침묵이 흘렀다.

"아시겠지만…." 박사가 떨리는 목소리로 말했다. "그건 아주 오랫동안 함께한 친구랄 수 있습니다."

"저라면 곁에 두지 않겠습니다." 로리 씨가 고개를 흔들며 단호하게 말했다. 그는 박사가 흔들리는 모습을 보이자 결심을 굳힌 표정이었다. "저라면 그걸 단념하라고 권하겠습니다. 저는 박사님이 허락해 주셨으면 합니다. 그런 건 아무런 도움이 되지 않는다고 확신합니다. 자! 자, 딸을 위해서라도 그렇게 해주세요. 친애하는 마네트 박사님, 제 부탁을 들어주십시오."

박사의 얼굴에서는 내면의 격렬함이 고스란히 드러났다.

"그렇다면… 딸을 위해서 그렇게 하도록 합시다. 허락하겠습니다." 박사가 말했다. "하지만 나라면 그가 있는 자리에서 연장 같은 걸 치우지는 않겠습니다. 그가 자리를 비웠을 때 조용히 치워 주세요. 사라진 오랜 벗을 두고두고 그리워하도록 말입니다."

로리 씨는 기꺼이 그렇게 하겠다고 약속했고, 두 사람의 대화는 거기서 끝났다.

그날 두 사람은 시골에서 하루를 보냈고, 박사는 한결 편안한 모습으로 돌아왔다. 이후 사흘 동안에도 그는 아무 문제 없이 건강했다. 열나흘째 되는 날에는 루시 부부를 만나러 길을 나서기까지 했다.

작업대를 해체하는 로리 씨와 프로스 양

　그동안 박사가 소식을 전하지 못한 이유에 대해서는 로리 씨가 미리 설명해두었다. 그래서 박사는 그 설명대로 루시에게 편지를 썼고, 그녀는 전혀 의심하지 않았다.

　박사가 집을 떠난 날 밤 로리 씨는 손도끼와 톱, 끌, 망치 등을 챙기고, 프로스 양은 촛불을 손에 든 채 함께 박사 방으로 들어갔다. 로리 씨는 문을 꼭 닫고는 마치 무언가 비밀스러운 일이라도 저지를 듯 쭈뼛거리다가 구두장이용 작업대를 산산조각 냈다. 옆에서 프로스 양은 살인을 돕는 사람처럼 촛불을 들고 서 있었다. 그녀의 음산한 표정으로 짐작건대 그런 일에 어울려 보였다.

　미리 적당한 크기로 토막을 내었기에, 두 사람은 일말의 망설임도 없이 부엌 아궁이로 가져가서 불태우기 시작했다. 연장을 비롯하여 구두와 가죽은 마당에 파묻었다. 정직한 이가 보았다면 이렇게 파괴하고 은폐하는 행위를 대단히 사악하게 여겼을 것이다. 그래서 로리 씨와 프로스 양은 흔적을 지우면서도 자신들이 마치 끔찍한 범죄의 공범이라도 된 듯한 기분을 떨칠 수 없었다.

20장

간청

제2부 금빛 실

신혼부부가 집에 돌아왔을 때, 시드니 카턴이 가장 먼저 축하를 건네러 왔다. 두 사람이 집에 돌아온 지 몇 시간도 채 되지 않은 때였다. 옷차림이나 외모나 태도에서나 나아진 건 전혀 없었지만 어딘지 거칠면서도 충실함이 느껴졌다. 그 점이 찰스 다네이에게는 새로워 보였다.

시드니는 기회를 엿보다가 다네이를 창가로 조용히 데리고 가서는 아무도 듣지 못하도록 낮은 목소리로 말했다.

"다네이 씨, 우리가 친구로 지내면 좋겠습니다."

"나는 우리가 이미 친구라고 생각합니다만." 다네이가 대꾸했다.

"친절하게도 그렇게 말씀해주셨지만 그건 예의일 뿐이겠지요. 저는 예의상 말씀드린 게 아닙니다. 사실 제가 친구로 지내면 좋겠다고 말했을 때도 흔히들 말하는 '친구'와 좀 다르기는 합니다."

"그럼 무슨 뜻으로 그렇게 말씀하셨습니까?" 당연하지만 찰스 다네이가 쾌활하고 정다운 말투로 물었다.

"글쎄요." 시드니가 미소 지으며 대답했다. "제 머릿속으로 이해하기는 쉽지만 다네이 씨에게 전달하기는 어렵네요. 그래도 한번 해보겠습니다. 혹시 제가 거나하게 취했던 그날 일을 기억하시나요?"

"카턴 씨가 억지로 저에게 자신이 술 마신 일을 인정하게 하려던 그날 말인가요? 물론 기억합니다."

"맞습니다. 그런 일들이 저를 저주처럼 짓누르는군요. 기억에서 사라지기는커녕 매번 생생히 떠오르곤 하지요. 부디 제 인생이 다할 때쯤엔 이 모든 걸 신께서 헤아려주시길 바랄 뿐입니다. 걱정하지 마세요. 무슨 설교를 늘어놓으려는 건 아니니까."

"걱정이라니요. 카턴 씨는 워낙 진지한 분이니까. 가당찮은 말씀입니다."

"아!" 시드니가 상대방의 말을 막듯 무심하게 손을 흔들었다. "제가 취한 날이 어디 하루이틀이겠냐마는 어찌 되었든 거나하게 취했던 그날, 저는 다네이 씨가 마음에 드니 안 드니 해가면서 볼썽사납게 굴었지요. 부디 그날 일을 잊어주길 바랍니다."

"이미 오래전에 잊었습니다."

"또 예의상 그러시는군요! 하지만 다네이 씨, 댁은 이미 잊었을 수 있어도 저는 뭔가를 잊는 게 결코 쉽지 않습니다. 저는 아직도 그 일을 잊지 못했습니다. 미안합니다만 다네이 씨가 아무리 가볍게 넘어가주려고 하셔도 제가 잊는 데 도움이 되지는 않습니다."

"제 대답이 가볍게 느껴졌군요…." 다네이가 말했다. "부디 용서해주십시오. 그 일이 그렇게나 마음 쓰이는 줄은 미처 몰랐습니다. 저는 다만 사소한 문제로 당신을 괴롭히고 싶지 않았습니다. 신사로서 신의를 걸고서 말씀드리건대 저는 오래전에 그 일을 머릿속에서 지웠습니다. 지우고 말고 할 것도 없지만 말입니다. 안 그렇습니까? 그날 제게 커다란 도움을 주셨지요. 진정 제가 기억해야 할 만한 일은 그것 아니겠습니까?"

"그날 일을 말씀드려야겠군요." 시드니가 말했다. "다네이 씨가 그렇게 말씀하시니 솔직히 고백하지 않을 수 없군요. 그건 어디까지나 내 직업 특유의 허풍이었다고 해두지요. 그날 저는 당신에게 무슨 일이 일어나든 개의치 않았을지도 모르겠어요. 부디 오해 마시길. 당시 마음가짐을 말하는 거니까요. 과거에 그랬다는 거지요."

"댁은 제 마음의 짐을 덜어주려고 하시는 것 같군요." 다네이가 말했다. "배려해주시는 것까지 제가 뭐라 말하고 싶지는 않습니다."

"진심으로 드리는 말씀입니다. 다네이 씨, 부디 저를 믿으세요! 사실 제가 하려던 이야기는 따로 있었는데, 주제에서 벗어났군요. 조금 전 우리가 친구로 지내면 좋겠다고 했잖아요. 댁도 잘 아시겠지만 저는 흔히 말하는 고상하고 훌륭한 인간이 아닙니다. 죽었다 깨어나도 그렇게 될 수 없는 인간이지요. 믿지 못하겠다면 스트라이버에게 물어보십시오. 그는 저를 아주 잘 아는 사람이니까요."

"그 사람의 도움 없이 저 스스로 판단하겠습니다."

"좋아요! 어쨌든 댁의 눈에 저는 방탕한 인간으로, 한 번도 쓸모 있는 일을 해본 적이 없고 앞으로도 그럴 일이 없는 자로 보이겠지요."

"앞으로도 그럴 거라고는 아무도 장담할 수 없습니다."

"아닙니다. 저는 저 자신을 잘 압니다. 제 말을 믿어주세요. 뭐가 됐든 좋습니다! 하지만 저처럼 쓸모도 없고 평판도 좋지 않은 인간이 이따금 이곳에 드나드는 것이 싫지 않으시다면… 외람된 말씀이지만 제가 앞으로도 이곳을 드나들도록 허락해주시면 저는 더 바랄 게 없어요.

저를 쓸모없는 가구의 하나라고 보셔도 좋습니다. 보기 흉한 가구라고 말하고 싶지만 우리가 닮았다고 하는 사람도 있으니 이 말은 삼가겠습니다만, 어찌 되었든 저를 그저 오랫동안 집 안에 있어서 그냥 두는, 아무도 거들떠보지 않는 가구 같은 존재라고 여기면 어떨까요. 댁이 허락해주신다고 해도 제가 그 특권을 남용해서 들락거릴 일은 없을 거예요. 기껏해야 일 년에 네 차례 방문하는 것도 많을 테지요. 허락하신다는 자체만으로도 저는 만족할 수 있을 것 같습니다만."

"그럼 그렇게 하시겠습니까?"

"그 말씀은 제가 청한 관계를 받아들인다는 뜻이겠군요. 고맙습니다, 찰스. 이제 이름을 편하게 불러도 되겠지요?"

"이쯤 됐으니 그래도 좋을 것 같습니다, 시드니."

두 사람은 동의의 뜻으로 악수했다. 시드니 카턴은 돌아서서 자리를 떴다. 얼마 지나지 않아, 그는 늘 그래왔듯이 그림자처럼 희미하고 무심한 사람이 되어 있었다.

시드니 카턴이 떠난 뒤, 마네트 박사와 프로스 양, 로리 씨와 저녁을 먹는 자리에서 찰스 다네이는 그날의 대화를 간략히 말하면서 시드니 카턴을 부주의하고 무모하다고 말했다. 한마디로 문제적 인물인 것처럼 얘기했다. 요컨대 그는 시드니를 비방하려는 의도에서 그렇게 말한 게 아니라 평소 행동을 객관적으로 묘사했을 뿐이었다.

다네이는 젊고 아름다운 아내가 식사 자리에서 했던 그 말을 마음속에 담아두리라고는 예상하지 못했다. 그런데 그날 밤 그가 부부의 침실로 돌아왔을 때 아내는 예전처럼 이마를 살짝 찌푸리고 의미심장한 표정으로 그를 기다리고 있었다.

"무슨 생각을 그리 깊게 하고 있나요?" 다네이가 아내를 껴안으며 물었다.

"사랑하는 찰스." 그녀가 다네이의 가슴에 양손을 얹고 진지한 눈빛으로 바라보며 말했다. "오늘 밤에는 생각에 잠길 수밖에 없네요. 마음에 걸리는 게 있거든요."

"뭔데요, 루시?"

"내가 부탁하면 약속해주실래요? 아무런 질문도 하지 않겠다고 말이에요."

"당연하지요. 사랑하는 그대를 위해서라면 무엇이든 약속하지요."

다네이는 한 손으로 아내의 뺨을 가린 금빛 머리카락을 쓸어 넘기고, 다른 손은 그녀의 고동치는 심장 위에 올려놓았다.

"찰스, 내 생각에 가엾은 카턴 씨는 오늘 밤에 당신이 말한 것보다 훨씬 따듯한 배려와 존중을 받을 만한 사람이에요."

"그런가요, 내 사랑? 왜 그렇게 생각하나요?"

"질문하지 않겠다고 약속했잖아요. 아무튼 내가 보기에, 아니 내가 알기로 그는 대우받아 마땅한 사람이에요."

"당신이 그렇게 생각한다면 그런 거지요. 그럼 내가 어떻게 하면 좋을까요, 사랑하는 루시?"

"언제나 그를 너그럽게 대하고, 그가 없는 자리에서도 그의 단점을 함부로 말하지 않으면 좋겠어요. 그에겐 함부로 내비치지 않는 속마음이 있고, 그 속에는 깊은 상처가 있다는 걸 믿어주면 좋겠고요. 나는 그의 마음속 상처에서 피가 흐르는 걸 봤어요."

"그를 부당하게 대한 것 같아 마음이 아프네요." 찰스 다네이가 놀란 표정으로 말했다. "저는 그런 생각을 해본 적이 없었어요."

"이해해주셔서 고마워요, 여보. 안타깝게도 그가 스스로 변할 가능성은 거의 없어 보여요. 그래도 나는 그가 여전히 따듯하고 심지어 고귀한 일을 할 사람이라고 믿는답니다."

불운한 영혼을 향해 순수한 믿음을 내보이는 아내가 너무나 아름다워서 다네이는 한동안 그녀를 감탄하며 바라보았다.

"오, 내 사랑!" 루시가 남편에게 바싹 다가와 남편 가슴에 머리를 대고 눈을 들어 바라보며 간청했다. "우리가 함께 누리는 행복이 얼마나 큰 힘이 되는지, 그리고 그 사람의 불행이 얼마나 그를 약하게 만드는지 기억해줘요."

루시의 간청이 그의 마음 깊은 곳을 건드렸다. "늘 기억할게요, 내 사랑. 내가 살아 있는 한 절대 잊지 않겠어요."

다네이는 아내의 금발 위로 몸을 숙이고 장밋빛 붉은 입술에 입을 맞추고, 양팔로 아내를 꼭 끌어안았다.

만일 그 자리에 어두운 거리를 배회하던 한 외로운 방랑자가 있었다면 어땠을까. 그가 루시의 순수한 고백을 들었다면 그래서 남편을 바라보는 푸른 눈망울에서 눈물이 흘러서 남편이 입맞춤으로 그 눈물을 씻어주는 장면을 볼 수 있었다면 말이다. 그랬다면 방랑자는 평소 입 밖으로 감히 꺼내어본 적 없는 말을 외치고 말았을 것이다.

"따뜻한 연민을 지닌 저 여자에게 신의 축복이 있기를!"

21장

메아리치는 발소리

사람들은 박사가 사는 그 길모퉁이에서는 소리가 잘 울리더라고 말하고는 했다. 루시는 조용하고 행복한 일상을 누리는 가운데 남편과 아버지 그리고 오랜 세월 함께한 유모이자 벗을 하나로 묶어준 황금빛 실을 부지런히 감았다. 루시는 평온한 집 창가에 앉아서 길모퉁이에서 세월의 발소리가 고요히 메아리치는 것을 듣고 있었다.

물론 그녀는 더없이 행복한 젊은 새댁이었지만 이따금 일감이 손에 잡히지 않고 눈앞이 뿌옇게 흐려질 때가 있었다. 메아리를 타고 무언가가 다가오고 있었던 탓이다. 그건 아직 너무 작고 희미해서 거의 들리지 않았지만 루시의 마음을 뒤흔들어놓는 무언가였다. 모성이라는 감정을 처음 마주한 그녀는 희망과 두려움이 교차하는 마음으로, 앞으로 자신에게 다가올 새로운 기쁨을 품 안에서 알아볼 수 있을지 막연한 불안을 느꼈다. 그럴 때면 상상의 나래를 펴며 젊은 나이에 세상을 떠난 자신의 무덤가를 찾는 발소리를 듣는 듯했고, 홀로 남은 남편이 쓸쓸히 살아가는 모습이 아득히 떠올랐다. 그럴 때마다 루시의 두 눈에는 눈물이 차올라 물결처럼 일렁이곤 했다.

그 시간도 지나갔다. 어느새 어린 루시가 그녀의 품에 안겨 있었다. 그러자 메아리가 조금씩 달라졌다. 다가오는 메아리에는 아이의 자그마한 발소리와 옹알이가 섞여 있었다. 제아무리 큰 메아리가 우렁차게 울려도, 요람 곁을 지키는 젊은 엄마에게는 언제나 그 자그마한 소리만 또렷하게 들렸다. 아이가 태어나자 그들의 집에는 다시 햇살이 가득했다. 그늘진 집 안은 아이의 웃음소리로 환히 밝아졌고, 루시가 고통 속에서 기도하며 자신의 아이를 맡겼던 신성한 친구께서 마치 옛날처럼 그녀의 아이를 품에 안아주시는 듯했다. 그 순간, 루시는 하늘이 주는 거룩한 기쁨을 느꼈다.

루시는 언제나 그들 모두를 하나로 묶어주는 황금빛 실을 부지런히 감고 있었다. 그녀는 자신을 드러내지 않은 채, 조용히 선한 영향력으로 가족의 삶을 단단히 엮어냈다. 세월의 메아리 속에서 루시의 귀에는 늘 다정한 소리만 들려왔다. 남편의 발소리는 언제나 힘차고 든든했으며, 아버지의 발소리는 안정적이고 차분했다. 프로스 양은 마치 채찍으로 길들인 거친 야생마 같아서, 정원 한가운데를 차지한 플라타너스 아래에서 콧김을 내뿜으며 땅을 쿵쿵 울려 또 다른 메아리를 일으켰다.

그 메아리 속에 슬픔 어린 소리가 스며들었던 때가 있었다. 하지만 그때도 그 소리는 가혹하거나 잔인하게 굴지는 않았다. 병색이 완연한 어린 소년의 베개 주위로, 루시를 꼭 닮은 황금빛 머리카락이 광륜처럼 흩어져 있던 그 시절의 일이었다. "사랑하는 아빠, 엄마, 그리고 예쁜 누나를 남겨두고 떠나게 되어 정말 죄송해요. 하지만 하늘의 부름을 받았으니 저는 이만 떠나야 해요!" 소년이 환한 미소를 지으며 그렇게 말했을 때도, 그 어린 영혼이 그녀의 품을 떠나갔을 때도, 젊은 엄마의 뺨에 흐르는 눈물을 오롯이 고통 때문이라고 말하기는 어려웠다. "어린아이들을 용납하고 내게 오는 것을 금하지 말라. 그들은 내 아버지의 얼굴을 보느니라. 하느님 아버지, 축복을 내리소서!"[59]

이렇게 천사의 날갯짓 같은 소리가 다른 메아리들과 섞여 들려왔다. 그 소리는 온전히 이 세상의 것은 아니었다. 하늘의 숨결을 머금고 있었다. 작은 정원의 무덤 위로 불어오는 한숨 같은 바람에도 그것들이 섞여 있었고, 두 소리 모두 루시에게는 조용한 중얼거림처럼 들렸다. 마치 모래 해변에서 잠든 어느 여름날, 바다가 들려준 숨소리 같았다. 어린 루시가 아침 공부를 열심히 하거나 어머니의 발치에서 인형에 곱게 옷을 입힐 때도 그런 소리가 들렸다. 어린 루시가 자기 삶 속에 스며든 '두 도시'의 언어로 재잘거릴 때도 마찬가지였다.

하지만 시드니 카턴의 발소리는 메아리로 울려 퍼지지 않았다. 그는 기껏해야 일 년에 대여섯 차례, 초대받지 않고도 찾아와서 예전처럼 저녁 시간을 보내곤 하였다. 포도주에 얼근히 취해서 나타난 적은 한 번도 없었다. 그럼에도 메아리 속에는 시드니 카턴과 관련된 비밀스러운 속삭임이 깃들어 있었다. 그 속삭임에는 예로부터 변함없이 진실한 감정이 담겨 있었다.

한 남자가 한 여자를 진정으로 사랑했다가 떠나보내고, 훗날 그 여자가 누군가의 아내가 되고 어머니가 되어도 변치 않는 마음으로 그녀를 지켜보게 된다고 하자. 그러면 그 여자의 아이들은 그 남자에게 알 수 없는 연민을 품게 마련이다. 이는 본능적이면서도 섬세한 동정심이다. 메아리는 그 감정이 언제, 어떻게 건드려졌는지는 말해주

---

59 「마태복음」 18장 10절과 19장 14절을 활용한 것이다.

지 않는다. 하지만 감정은 분명히 건드려졌고, 이곳에서도 마찬가지였다. 어린 루시가 처음으로 통통한 팔을 내민 낯선 사람이 바로 시드니 카턴이었다. 그는 아이가 자라는 동안 한결같이 그 곁을 지켰다. 어린 소년도 거의 마지막 순간에 이르러 시드니 카턴을 떠올리며 이렇게 말했다.

"가엾은 카턴 아저씨! 아저씨께 저 대신 입맞춤을 해주세요!"

한편 스트라이버 씨는 혼탁한 물살을 헤치고 나아가는 거대한 배처럼 법조계를 어깨로 밀치며 앞으로 나아갔다. 마치 선미에 보트를 매어 끌고 가듯 필요할 때마다 유능한 친구를 끌고 다녔다. 후미에서 끌려다니는 배는 거친 파도를 만나면 물속에 잠겨 있기 십상이었다. 시드니 카턴 역시 수렁에 빠진 삶을 살았다. 그는 습관에 깊이 사로잡혀 있었고 불행히도 이 습관은 자존심이나 수치심 같은 자극적인 감정보다 훨씬 편안하고 강력했다. 그 습관이 그의 인생을 결정지었다. 그는 스트라이버의 조수라는 자기 처지에서 벗어날 생각을 않았다. 마치 자칼이 사자가 되려는 꿈을 품지 않는 것과 마찬가지였다.

어느덧 스트라이버 씨는 부자가 되어 있었다. 그는 재산 많고 혈색좋은 과부와 결혼했는데, 그녀에게 딸린 세 아들은 머리 모양이 만두처럼 둥글고 머리카락이 솔잎처럼 뻣뻣한 것 외에는 이렇다 할 특징이 없는 아이들이었다.

스트라이버 씨는 이 어린 신사 세 명을 마치 세 마리의 양처럼 소호의 조용한 길모퉁이로 몰고 왔다. 마치 자신이 후원자라도 되는 듯 거만함을 온몸의 땀구멍으로 내뿜고 있었다. 그리고 루시의 남편에게 제자로 삼아 달라며 고상하게 말했다. "안녕하시오, 다네이 씨! 당신네 부부의 피크닉을 위해 치즈를 곁들인 빵 세 덩어리를 가져왔소이다!"

다네이가 치즈를 곁들인 빵 세 덩어리를 정중히 거절하자, 잔뜩 부어오른 얼굴로 씩씩거리며 돌아갔다. 그 뒤부터 스트라이버 씨는 어린 신사들을 훈육할 때마다 그 일을 언급하면서 저 거지 같은 교사 나부랭이들의 알량한 자존심을 경계하라고 일렀다. 또한 알코올 도수가 높은 포도주를 마실 때면 자기 부인에게 한때 다네이 부인이 자기를 '낚으려고' 어떤 술책을 썼는지, 자신은 그녀에게 '낚이지 않기 위해' 어떤 솜씨로 대응했는지에 대해 얼굴을 붉히면서까지 열변을 토했다. 왕실 재판소의 동료들은 이따금 독한 포도주를 마시며 그의 거짓말에 동조하거나 그를 대신하여 변명해주었다. 스트라이버가 하도 자주 말하는 바람에 스스로 거짓을 믿게 된 것 같다고 말이다. 이것은 원래의 죄악을 돌이킬 수 없게 악화시키는 일이었다. 그런 악을 저지른 자는 적당히 외진 곳으로 끌고 가서 교수형에 처하는 것이 마땅하리라.

루시는 어린 딸이 여섯 살이 될 때까지, 때로는 생각에 잠긴 얼굴로, 때로는 즐겁게 웃으며 메아리가 울리는 길모퉁이에서 이런 이야기를 들었다. 메아리에 섞여서 들리는 딸아이의 발소리, 존경하는 아버지의 활달하면서도 침착한 발소리, 사랑하는 남편의 발소리가 그녀에게 얼마나 소중했는지는 말할 필요도 없다. 루시가 현명하고 우아하며 검소하게 꾸려가는 가정의 작은 일상들은 세상 어느 호화로운 곳보다 풍요로웠다. 사랑 넘치는 보금자리에서 울려 퍼지는 아주 작은 소리 하나조차 음악처럼 들렸다는 것은 굳이 설명할 필요도 없었다. 아버지는 거듭 말했다. 루시가 결혼을 했는데도 어찌된 일인지 독신일 때보다 자신에게 더욱 헌신적이라고. 남편도 거듭 물었다. "당신은 마치 한 사람에게 그러듯 우리 모두에게 사랑과 정성을 쏟으면서도 결코 서두르거나 버거워하는 기색이 없으니 대체 그 신비한 비결이 뭐요?"

하지만 그러는 동안에도 멀리서 또 다른 메아리가 달려와 길모퉁이에서 위협적인 소리를 냈다. 어린 루시의 여섯 번째 생일 무렵이었고, 메아리는 굉음으로 바뀌어 있었다. 프랑스에서는 커다란 폭풍이 덮쳐 오고 있었고 바다에서는 험악한 파도가 몸을 뒤채고 있었다.

1789년 7월 중순의 어느 밤, 로리 씨는 텔슨 은행에서 늦게까지 일하고 집에 돌아와 어두운 창가에 앉아 있던 루시와 그녀의 남편 곁에 자리를 잡았다. 밤공기는 후텁지근하고 바람이 거칠었다. 세 사람 모두 오래전 바로 이 창가에서 번개를 바라보던 일요일 밤을 떠올렸다.

"하마터면 텔슨 은행에서 밤을 새워야 하는 줄 알았지." 로리 씨가 갈색 가발을 뒤로 젖히며 말했다. "하루 종일 일이 산더미처럼 몰려서 무얼 먼저 해야 할지, 어느 방향으로 가야 할지 전혀 알 수가 없었어. 파리 분위기가 심상치 않다 보니 불안감이 커져서 우리 쪽에 예금을 맡기려는 사람들이 한꺼번에 몰려들었거든. 파리에 있는 고객들이 한시라도 빨리 자산을 우리 은행에 맡기려고 안달이 난 모양이야. 영국으로 자산을 보내려는 광풍이 일고 있는 것 같아."

"아무래도 조짐이 좋지 않은데요." 찰스 다네이가 말했다.

"조짐이 좋지 않다고, 찰스? 음, 그렇긴 하지. 하지만 무슨 이유에서 분위기가 이렇게 변했는지 도저히 감을 못 잡겠어. 사람들이 불안해서 미쳐가는 것 같다고! 텔슨 은행 직원 중에는 나이 든 사람이 적지 않아서, 특별한 이유가 없는 한 이렇게 과중하게 업무량이 늘면 힘들어서 쓰러질 수밖에 없거든."

"아무튼 말입니다." 다네이가 나지막이 말했다. "하루하루 음울하고 위태로워 보여요."

"나도 그렇게 느끼고 있네." 로리 씨가 말했다. 그는 온종일 시달려서 인내심이 바닥난 탓에 신경질적인 기분임을 스스로 인정하듯이 고개를 끄덕였다. "워낙 힘들었던 하루였다네. 투정 부리듯이 말해도 이해하게. 근데 마네트 박사님은 어디 계시지?"

"여기 있습니다." 마침 박사가 어두운 방으로 들어오며 대답했다.

"이 시간에 집에 계시니, 다행입니다. 온종일 시끄럽고 뒤숭숭한 분위기 속에서 지내다 보니 신경이 곤두서더군요. 오늘 밤 어디 밖에 나가실 일은 없겠지요?"

"없습니다. 시간 여유가 있으면 저랑 백개먼 게임[60]이나 하실까요?"

"솔직히 말씀드리면, 오늘은 정신이 없어 곤란합니다. 박사님과 겨룰 만한 형편이 아닙니다. 차 쟁반이 아직 거기에 있어, 루시? 내 눈엔 보이지 않네."

"네, 있어요. 아저씨를 위해 준비해뒀어요."

"고맙구나. 아이는 아무 탈 없이 잠자리에 들었겠지?"

"네, 아주 깊이 잠들었어요."

"잘됐구나. 모두 무탈하다니 다행이구나! 하긴 이곳처럼 안전한 곳도 없을 테지. 왜인지는 모르겠지만 하루 종일 마음이 불안했단다. 나도 예전만큼 젊지 않으니까 모든 게 힘에 부쳐! 자, 차 좀 주겠니? 고맙구나. 그래, 이리 와서 우리 사이에 앉아 네가 들었다는 메아리에 대해 들려다오."

"직접 들은 것은 아니고요, 그냥 머릿속에 떠올린 상상이에요."

"상상이어도 괜찮아, 똑똑한 루시." 로리 씨는 루시의 손을 가볍게 쓰다듬으며 말했다. "그런데 메아리가 여기저기 아주 많이, 크게 들려오지 않니? 아무튼 들어보자꾸나!"

<hr>

60 두 사람이 하는 주사위 놀이.

†††

그들이 런던의 어두운 창가에 모여 앉아 있을 때였다. 저 멀리 생탕투안에서 사납게 휘몰아치는 발소리가 들렸다. 누군가의 삶에 억지로 끼어들려는 성급하고 광폭한 발걸음이었다. 그 발걸음은 일단 한번 핏빛으로 물들면 쉽사리 지워지지 않을 것이었다.

그날 아침, 생탕투안 거리는 무수한 허수아비들로 가득하여 마치 검푸른 물결처럼 일렁이고 있었다. 머리 위로 번뜩이는 강철 칼날과 총검이 햇빛에 반사되었고, 사람들로 가득 찬 생탕투안 깊숙한 곳에서는 거대한 함성이 터져 나왔다. 벌거벗은 팔들이 추위에 말라붙은 겨울나무 가지처럼 공중에서 몸부림쳤다. 다들 손을 뻗쳐, 무기든 무기 비슷한 것이든 상관없이 저 아래쪽에서 올라오는 것들을 그러쥐려고 아우성이었다.

누가 무기들을 나누어 주었는지, 어디서 나와서 어느 경로를 거쳐서 한번에 수십 개씩 군중 위로 넌져셨는지는 거기 모인 무수한 이들 가운데 한 명도 알지 못했다. 분명한 사실은 머스킷 총을 비롯하여, 탄약통과 화약과 탄환, 쇠막대기와 나무 막대기, 칼, 도끼, 창이 공급되고 있다는 것이었다. 광기에 사로잡힌 사람들의 손에는, 쓸 수 있는 모든 도구가 무기가 되어 쥐어졌다. 아무것도 손에 넣지 못한 사람들은 맨손으로 담벼락에서 돌과 벽돌을 뽑아내느라 손이 피투성이가 되었다. 생탕투안의 모든 심장과 맥박은 폭발 직전의 열기로 들끓었다. 사람들에게 목숨 따위는 안중에도 없었고, 자기 목숨마저 희생하겠다는 광적인 열정에 사로잡혀 있었다.

펄펄 끓어오르며 소용돌이치는 물에도 중심이 있듯이, 이 광기는 드파르주의 주점을 중심으로 휘몰아쳤다. 가마솥에 맺힌 물방울이 소용돌이를 향해 빨려들어가듯 무수한 이가 드파르주 주위로 몰려들었다. 드파르주는 그 중심에서 온몸에 화약 연기와 땀을 뒤집어쓴 채 명령을 내리고, 무기를 나누어 주고, 사람들을 뒤로 물리거나 앞으로 끌어당겼고, 이곳에서 거둔 무기를 저곳으로 옮기는 등 대혼란의 소용돌이 한가운데서 고군분투하고 있었다.

"자크 3호! 내 곁에서 떨어지지 마!" 드파르주가 소리쳤다. "자크 1호와 자크 2호는 따로 움직여 최대한 많은 동지를 모으게! 그나저나 내 아내는 어디 있지?"

"여기 있어요." 드파르주 부인이 차분한 목소리로 대답했다. 그녀는 평소와 달리 뜨개질을 손에서 놓은 모습이었다. 대신에 오른손에는 결연히 도끼를 쥐고 있었고, 허리춤에는 권총과 흉측해 보이는 칼을 차고 있었다.

"당신은 어디로 갈 거요?"

"지금은 당신과 함께 가겠어요." 부인이 말했다. "하지만 곧 여자들 대열의 맨 앞에 내가 있을 거예요."

"좋소!" 드파르주가 우렁찬 목소리로 외쳤다. "동지들이여, 애국자들이여! 준비됐지요? 자, 우리 모두 바스티유로 갑시다!"

마치 프랑스의 모든 숨결이 '바스티유'라는 혐오스러운 단어에 응축되기라도 한 듯, 엄청난 함성과 함께 바다가 살아 꿈틀거리며 높이 솟구쳤다. 파도 위로 또 다른 파도가 겹쳤고, 심연이 심연을 뒤덮으면서 도시를 향하여 범람했다. 여기저기서 경종과 북소리가 울려 퍼졌고, 바다가 사납게 포효하며 이윽고 도달하게 될 해안에 세차게 부딪혀 산산이 부서질 것이었다. 그리하여 마침내 바스티유를 향한 공격이 시작되었다.

깊은 해자, 이중 도개교, 육중한 돌담, 여덟 개의 거대한 탑이 가로막고 있었다. 그리고 대포, 머스킷 총, 불길과 연기도 있었다. 거센 파

민중의 함성이 대포보다 컸던 날

도가 대포 쪽으로 밀어붙이는 바람에, 드파르주는 자신도 모르는 사이에 주점 주인이 아닌 포병이 되어 있었고, 불길과 연기를 헤치며 두 시간 동안 용맹한 병사처럼 싸웠다.

깊은 해자, 이제는 하나만 남은 도개교, 높이 솟은 돌담과 여덟 개의 거대한 탑은 여태 남아 있었다. 그렇지만 대포, 머스킷 총, 불길과 연기도 여전했다. 그리고 마침내 도개교 하나가 함락되었다!

"동지들이여, 계속 돌진하라! 자크 1호, 자크 2호, 그리고 무수한 자크들이여! 천사든 악마든 어느 쪽이든 상관없으니 모두 돌진하라!" 술집 주인 드파르주는 이미 뜨겁게 달아오른 대포 곁에서 쉼 없이 외쳤다.

"여자들은 이쪽으로!" 드파르주의 아내가 목청을 높였다. "우리가 이곳을 함락시키면, 우리도 남자들 못지않게 싸울 수 있다는 걸 증명하는 거야!" 저마다 들고 있는 무기는 다르지만 하나같이 굶주림과 복수심으로 무장한 여자들이 날카롭고 목마른 함성을 내질렀고, 드파르주 부인 곁으로 몰려들었다.

대포, 머스킷 총, 불길과 연기가 계속되었다. 하지만 여전히 깊은 해자, 하나 남은 도개교, 육중한 돌담, 여덟 개의 거대한 탑이 거기 있었다. 부상자들이 속출하면서 기세가 잠시 꺾였지만 군중의 무기는 번쩍거렸고, 횃불은 활활 타올랐다. 젖은 짚을 잔뜩 실은 마차에서도 연기가 피어올랐다. 사방에서 격전이 벌어졌고, 비명과 일제 사격과 저주의 말소리가 뒤엉킨 가운데에서도 사람들의 가슴마다 용기가 솟았다. 파괴의 굉음과 쿵 하고 무너져 내리는 소리, 들끓는 군중의 함성은 여전했다. 그럼에도 깊은 해자, 하나 남은 도개교, 육중한 돌담과 거대한 탑은 끈질기게 버텼다. 주점 주인인 드파르주는 네 시간째 맹렬히 싸우면서 뜨거워질 대로 뜨거워진 대포 곁을 떠나지 않았다.

그러던 중 요새 안에서 하얀 깃발이 올라왔고, 협상을 요구하는 움직임이 나타났다. 하지만 그 움직임은 너무 미미해서 알아차리기 어려웠기에 격노의 물결을 잠재우기에는 역부족이었다. 별안간 바다가 이루 말할 수 없이 높게 치솟았다. 그리고 드파르주의 술집을 한순간 덮쳐버렸다. 이윽고 바다가 내려앉은 도개교를 건넜고, 육중한 돌담 외벽을 타고 넘어갔으며, 백기를 올린 여덟 개의 거대한 탑 사이를 휩쓸었다!

바다의 힘은 감히 거역하기 어려울 정도로 강력해서 드파르주는 남태평양의 파도 속에서 허우적거리는 사람처럼 제대로 숨을 쉬기가 어려웠고 고개 하나 까딱하기조차 버거웠다. 이윽고 그는 바스티유의 바깥쪽 마당에 내던져지듯 도착했다. 그곳에서 드파르주는 간신히 벽 모서리에 몸을 기댄 채 주변을 살폈다. 바로 옆에는 자크 3호가 붙어 있었다. 드파르주 부인은 조금 떨어진 안쪽에서 여전히 여자들 무리의 선봉에 서 있었다. 그녀의 손에는 기다란 칼이 쥐어져 있었다.

　　　　　　　　　　　　　　　　　　　

사방에서 머리가 어지러울 정도의 격동과 소란이 일었고, 귀청이 터질 것 같은 열광적인 함성이 들끓었다. 그리고 광기에 찬 분노의 소리가 맹렬하게 울려 퍼졌다.

"죄수들!"

"기록물!"

"비밀 감방!"

"고문 도구!"

"죄수들!"

여기저기서 고함이 터져 나오고 온갖 목소리가 공중에서 뒤엉켰다. 그중에서도 "죄수들"이라는 목소리가 가장 크게 울려 퍼졌다. 사람들은 바닷물처럼 끝없이 밀려들었고, 그 물결에는 시작도 끝도 없었다. 맨 앞의 파도가 간수들을 덮치며 소리쳤다. "숨겨둔 방이 하나라도 있으면 모두 죽을 줄 알아라!" 그 와중에 드파르주는 간수 한 명의 가슴을 강하게 붙들고, 다른 무리에서 떼어놓은 다음 벽으로 강하게 밀쳤다. 손에 횃불을 들고 있는 그 간수는 머리가 희끗희끗했다.

"북탑으로 나를 안내해!" 드파르주가 명령했다. "어서!"

"알겠습니다." 사내가 말했다. "저와 함께 가시지요. 하지만 그곳엔 지금 아무도 없습니다."

"북탑 105호가 무슨 뜻이지?" 드파르주가 다그쳤다. "빨리 대답해!"

"무슨 뜻이냐고요?"

"죄수를 뜻하는 거야? 아니면 감금 장소를 뜻하는 건가? 아니면 여기서 당장 네놈을 때려죽여야 한다는 뜻이냐?"

"때려죽여요!" 자크 3호가 쉰 목소리로 외쳤다.

"이보시오, 그건 감방을 뜻하는 거예요."

"그렇다면 당장 그곳으로 안내해!"

"알았습니다. 이쪽입니다."

여느 때처럼 굶주린 표정의 자크 3호는 대화가 피 냄새를 풍기는 쪽으로 흘러가지 않자 실망한 기색을 드러내며 드파르주의 팔을 잡았다. 드파르주는 간수의 팔을 잡고 있었다. 짧은 대화를 나누는 동안 이들 셋은 머리를 바짝 붙이고 있어야 했다. 그러지 않으면 서로 무슨 말을 하는지 한 마디도 알아들을 수 없었다. 살아 있는 바다가 내지르는 함성이 워낙 크고 거세서, 요새의 안뜰이고 통로고 계단이고 할 것 없이 범람해 있었던 탓이다. 바깥도 사정은 마찬가지여서 저 깊은 곳에서부터 올라온 거친 함성이 험악한 파도처럼 벽을 때렸고 이따금 격렬한 고함이 단말마의 외침으로 부서져 물보라처럼 공중에서 비산했다.

햇빛이 한 번도 비치지 않은 듯한 음침한 지하실을 지나갔다. 섬뜩하게 생긴 문이 달린 굴과 감방을 지나, 동굴처럼 이어지는 계단을 내려갔고, 다시 돌과 벽돌로 된 험준하고 조악한 계단을 타고 올라갔다. 그 오르막은 계단이라기보다는 메마른 폭포에 가까웠다. 그래도 드파르주와 간수, 자크 3호는 서로 팔을 꼭 붙들고 최대한 빠르게 움직였다. 처음에는 사방에서 살아 있는 바다의 함성이 밀려왔지만 탑으로 이어진 복도를 올라갈 즈음에는 거의 소리가 들리지 않았다. 그곳은 두껍고 견고한 벽과 아치로 둘러싸여 있던 탓에, 요새 밖을 뒤흔드는 폭풍 소리는 무언가로 가로막힌 듯 둔탁하고 희미한 울림으로 바뀌어 있었다. 좀 전의 요란한 함성과 포성이 그들의 청각을 망가뜨리기라도 한 것 같았다.

간수가 어느 낮은 문 앞에서 걸음을 멈추었다. 그러고는 철컹거리는 소리를 내며 자물쇠에 열쇠를 꽂아 돌리고 문을 천천히 열었다. 모두 고개를 숙이고 안으로 들어서려는 찰나, 간수가 말했다.

"이곳이 북탑 105호입니다."

벽 위쪽에 쇠창살이 굳게 박힌 유리 없는 창문 하나가 달려 있었다. 그 앞에는 돌로 된 차단벽이 있어서, 하늘을 보려면 허리를 낮게 굽히고 목을 뒤로 한껏 젖혀 위를 올려다보아야 했다. 안으로 몇 걸음 떨어진 곳에는 굵은 쇠창살이 가로지른 벽난로용 작은 굴뚝이 있었다. 벽난로 바닥에는 오래된 나뭇재가 훅 불면 날아갈 깃털처럼 수북이 쌓여 있었다. 걸상 하나, 탁자 하나, 짚으로 만든 침대 하나가 놓여 있었고 사방의 벽이 온통 시커멓게 그을려 있었다. 그리고 한쪽 벽에는 녹슨 쇠고리가 박혀 있었다.

"횃불로 벽들을 천천히 비춰 봐. 내가 볼 수 있게 말이야." 드파르주가 간수에게 일렀다.

간수는 그의 지시에 따랐다. 드파르주는 빛을 쫓으며 벽을 유심히 살폈다.

"멈춰! 사크, 여기 좀 봐!"

"A. M.!" 자크 3호가 쉰 목소리로 글자를 읽었다.

"알렉상드르 마네트." 드파르주가 화약 검댕이 묻어서 거무튀튀한 검지로 글자를 짚었다. 그리고 간수의 귓가에 대고 나지막이 말했다. "그 옆에는 '가엾은 의사'라고 써놓았군. 여기에 달력을 새긴 이도 그분이 틀림없어. 이봐, 자네 손에 든 게 뭔가? 쇠 지렛대인가? 그거 이리 줘!"

드파르주의 손에는 대포에 불을 붙일 때 쓰는 화승이 쥐어져 있었다. 그는 화승을 간수에게 건네고 쇠 지렛대를 받아 들더니 벌레 먹은 자국이 있는 걸상과 탁자를 마구 내려쳐서 단숨에 박살냈다

"횃불을 더 높이 들어!" 드파르주가 분노에 찬 목소리로 소리쳤다. "이 박살 난 조각들을 자세히 살펴보게, 자크. 그리고 여기, 내 칼이

야.” 그는 자크 3호에게 칼을 던졌다. “저 침대를 찢어서 짚 속도 샅샅이 살펴봐. 이봐, 횃불을 더 높이 들란 말이야!”

드파르주는 간수를 매섭게 노려본 뒤, 화로로 기어 들어가서 굴뚝을 올려다보았다. 그리고 지렛대로 굴뚝의 옆면을 툭툭 건드리고 가로로 쳐진 쇠 살대를 쳤다. 회반죽 부스러기와 흙먼지가 우수수 쏟아져 내렸다. 그는 재빨리 얼굴을 돌려 부스러기와 먼지를 피했다. 그런 후 회반죽과 흙먼지, 오래된 나뭇재를 쇠 지렛대로 헤쳐놓고는 손으로 굴뚝 틈새를 조심스럽게 더듬었다.

“나뭇조각이나 짚 속에서 찾은 건 없나, 자크?”

“없습니다.”

“알았어. 이것들을 감방 한가운데에 모아놓자. 그래, 이제 너, 불을 붙여!”

간수가 모아둔 나무 쪼가리와 부스러기에 불을 붙였다. 곧 불길이 높이 치솟았다. 이윽고 세 사람은 불이 활활 타게 그대로 두었다. 그리고 허리를 숙여 낮은 아치문을 빠져나온 뒤, 왔던 길을 되돌아서 안마당으로 향했다. 계단을 따라 아래로 내려오자 점차 청력이 회복되는 것 같았다. 잠시 후 세 사람은 휘몰아치는 분노의 물결 속으로 되돌아왔다.

그들이 도착했을 때 그 물결은 드파르주를 찾느라 거칠게 요동치고 있었다. 생탕투안 사람들은 바스티유를 지키며 민중에게 총을 쏜 감옥 소장을 호송할 호위대의 맨 앞에 포도주 가게 주인 드파르주가 서야 한다고 한목소리로 외쳤다. 주민들은 드파르주가 앞에 서야만 소장을 시청으로 끌고 가서 재판대에 올릴 수 있다고 했고, 그러지 않으면 민중이 흘린 피에 대한 복수가 이루어지지 않을 것이라고 했다. 오랜 세월 하찮게 여겨졌던 민중의 피가 이제 겨우 얻으려는 이 순간을 누가 망칠 수 있겠는가 하는 결연한 분위기였다.

　음침하고 늙은 소장은 회색 외투를 걸치고 붉은색 훈장을 매달고 있어서 눈에 띄었는데, 그를 에워싼 군중은 격정과 광기로 가득 차서 온통 으르렁거리고 있었다. 이런 가운데서도 오직 한 사람만이 시종일관 흔들리지 않는 모습으로 서 있었는데, 그 사람은 남자가 아닌 여자였다. "저기 남편이 오는군!" 여자가 한 남자를 손가락으로 가리키며 소리쳤다. "드파르주다!"

　드파르주 부인은 늙은 소장 곁에서 꼼짝도 않고 서 있었다. 드파르주와 추종자들이 소장을 연행하여 거리를 지나갈 때도 꼼짝 않고 곁에 서 있었다. 심지어 목적지에 이르러 사람들이 소장을 뒤에서 마구 때리기 시작했을 때도 꼼짝도 하지 않았다. 오랫동안 억눌렸던 감정이 폭발한 듯 군중이 그에게 소나기처럼 매질을 가할 때도 마찬가지였다. 하지만 이윽고 소장이 죽어서 쓰러졌을 때, 그녀의 몸에는 갑자기 생기가 돌았다. 드파르주 부인은 단번에 그의 목을 발로 짓누르더니, 오래전부터 준비해둔 무자비한 칼을 꺼내 머리를 베어버렸다.

　마침내 때가 도래했다. 생탕투안의 주민들이 오랜 세월 품어온 끔찍한 구상이 실행되는 순간이 다가왔다. 그들은 자신의 힘과 의지를 보여줄 목적으로 사람을 가로등처럼 매달 예정이었다. 생탕투안의 피가 뜨겁게 끓어올랐다. 그리고 철권으로 통치하고 폭정을 일삼던 자들의 피는 차갑게 식어 흘러내렸다. 그 피는 소장의 시체가 있는 시청 계단으로 흘러 내려와 그 시체를 밟고 선 드파르주 부인의 구두 밑창을 적셨다. "거기 가로등 좀 내려봐!" 생탕투안 주민이 새로운 처형 방법을 찾아, 눈을 번뜩이며 소리쳤다. "저 보초 놈 하나 남았잖아. 그놈을 달자고!" 순식간에 보초병 하나가 가로등에 매달렸다. 그리고 피로 물든 군중의 바다는 함성에 휩싸여, 또다시 앞으로 밀려나갔다.

검은 바다와 위협적인 파도가 모든 걸 파괴할 듯 연이어 솟구쳤다. 그 깊이와 힘을 알 수도 없고 가늠할 수도 없었다. 무자비한 바다는 육중한 몸체를 뒤집으며 시시각각 모습을 바꾸었고, 복수심에 불타는 목소리를 집어삼켰으며, 무자비한 얼굴들로 가득했다. 그 얼굴은 하나같이 고통이라는 불타는 용광로에서 굳히기라도 한 듯 동정 따위의 감정은 조금도 느껴지지 않는 무자비한 모습이었다.

살아 있는 얼굴들의 바다는 그렇게 온갖 광기와 분노가 뒤엉켜 있었음에도, 두 무리의 얼굴을 추려낼 수 있었다. 각 무리는 모두 일곱 개의 얼굴로 이뤄져 있었다.[61] 이를테면 그들은 난파선에 올라타 있었고, 지금껏 이보다 더 참혹한 파도는 본 일이 없었다. 감옥에 갇혀 있던 일곱 명의 죄수들은 사람들의 머리 위로 높이 들어 올려졌다. 난데없이 무덤을 부순 폭풍 덕택에 갑자기 풀려난 얼굴을 하고 있었는데, 하나같이 겁에 질려 있고, 길을 잃은 듯 놀라고 당혹스러운 모습이었다. 마치 최후의 심판 날이 도래한 것 같았다. 아마도 그들 눈에는 길 잃은 영혼들이 자신을 에워싸고 기뻐 날뛰는 듯 보였으리라.

반대로 두 번째 무리에 있는 일곱 개의 얼굴은 죽은 듯 눈꺼풀이 아래로 축 처져 있었고, 눈동자가 회색빛이었다. 하나같이 최후의 심판을 기다리는 죽은 얼굴이었고, 감정이 느껴지지 않는 무심한 얼굴이었다. 표정이 사라졌다기보다는 중단된 것처럼 보였다. 그래서 그 정적은 사람들의 두려움을 자아냈고, 언젠가 축 처진 눈꺼풀을 부릅뜨고 핏기없는 입술로 이렇게 증언할 것만 같았다. "네놈들이 한 짓이다!"

일곱 명의 풀려난 죄수, 피로 물든 채 창끝에 꽂힌 일곱 개의 머리,

<hr>

61 1789년 7월 14일 바스티유 감옥이 함락되었을 때 풀려난 죄수는 일곱 명이었다.

여덟 개의 거대한 탑을 자랑하던 저주받은 요새의 열쇠, 그리고 이미 오래전 절망 속에서 죽어간 옛 죄수들의 편지와 기록물 등이 어지럽게 뒤엉켜 있었다. 그런 가운데 생탕투안의 주민들 발소리가 앞서 말한 것들을 호위하듯 메아리치고 있었다. 1789년 7월 중순, 파리의 거리에서 벌어진 일들이 바로 이러했다.

이제 하늘을 올려다보며 빌 때가 되었다. 하늘이여, 루시 다네이의 상상을 물리쳐주소서! 그리하여 저돌적이고 광포하며 위험천만한 발소리들이 그녀의 삶에 더는 들어오지 못하게 하소서! 드파르주의 술집 문간에서 포도주 통이 부서졌던 그날 이후 오랜 시간이 흘렀다. 그러나 생탕투안의 발걸음은 한 번 피로 물든 뒤로, 결코 그 붉은 흔적을 깨끗이 씻어낼 수 없었다.

22장

바다는 계속 거세지고

생탕투안의 깡마른 주민들이 승리의 기쁨을 누린 기간은 고작해야 일주일이었다. 그동안 그들은 형제애 넘치게 포옹하고 축하함으로써 그들의 딱딱하고 조악한 빵을 부드럽고 촉촉하게 여길 수 있었다. 그 무렵에도 드파르주 부인은 여느 때처럼 카운터에 앉아서 감독하듯 손님들을 살피고 있었다. 그녀는 이제 더는 머리에 장미꽃을 꽂지 않아도 되었다. 첩자들의 거대한 조직조차 단 일주일 만에 꼬리를 감추었기 때문이다. 이제는 성자의 이름을 빌려 자비를 구걸하며 활보할 수 있는 시대가 아니었다. 그들은 자칫하면 생탕투안 거리에 늘어선 가로등에 매달려 스산하게 흔들거릴 수도 있었다.

드파르주 부인은 아침 햇볕과 더위 속에서 팔짱을 낀 채 술집과 거리를 가만히 바라보고 있었다. 빈둥거리며 거리를 거니는 무리들이 보였다. 그들은 여전히 남루하고 초라했지만 이제는 고통 속에서도 자신들이 지닌 힘을 뚜렷이 드러내고 있었다. 헝클어진 머리에 낡을 대로 낡고 구겨진 나이트캡을 삐뚜름하게 얹은 사람은 이렇게 말하는 듯했다. '이 모자를 쓴 내가 목숨을 부지하기는 쉽지 않겠지. 하지만 마찬가지로 이것을 썼기에 당신들 숨통을 끊어놓기도 한층 수월해졌다는 것을 아시오?'

언제부터인가 앙상하게 마른 팔들은 일거리가 없어졌는데, 이제는 언제든 할 수 있는 일거리가 생겼다. 그것은 바로 마구 때리고 쓰러뜨리는 일이었다. 뜨개질하는 여인들의 손가락은 찢고 잡아 뜯어본 경험으로 말미암아 포악해져 있었다. 생탕투안은 그 겉모습에서부터 달라져 있었다. 수백 년 동안 망치질하듯 눌리고 단련되어 온 그 얼굴에, 마침내 마지막 일격이 가해지자 그 표정은 깊고 거칠게 변해 있었다.

드파르주 부인은 생탕투안 여인들을 이끄는 지도자인 만큼 그에 걸맞게 행동했다. 그녀는 만족스러운 기분을 드러내지 않은 채 주변의 변화를 눈여겨보았다. 어느 날 그녀를 따르는 여인들 가운데 한 명이 옆에서 뜨개질하고 있었다. 볼품없는 식료품 가게 주인의 아내인 이 여인은 자그마한 키에 약간 통통한 편으로 두 아이의 엄마였다. 드파르주 부인의 부관이기도 한 이 여인은 이미 '방장스'[62]라는 찬사 어린 별명을 얻은 터였다.

"잠깐!" 방장스가 말했다. "귀 기울여 들어봐요! 누가 오는 것 같으니까."

마치 생탕투안 구역의 가장 바깥쪽 경계에서 드파르주 술집까지 죽 뿌려놓은 화약 가루에 별안간 불이라도 붙은 듯 웅성거리는 소리가 빠르게 번져 왔다.

"우리 남편, 드파르주예요." 부인이 말했다. "조용히 해요, 동지들!"

---

62 프랑스어로 복수 또는 앙갚음을 뜻하는 여성형 명사다.

곧 드파르주가 숨을 헐떡이며 들어와서는 쓰고 있던 붉은색 모자를 벗어들고 주위를 둘러보았다. 드파르주 부인이 다시 외쳤다. "모두 들어봐요! 우리 남편이 할 말이 있답니다!"

문밖에 모여든 사람들이 호기심 어린 눈을 빛내며 수군거렸다. 술집 안에 있는 사람들도 일제히 자리에서 벌떡 일어나 눈을 번뜩였다.

"여보, 무슨 일인지 어서 말해봐요. 무슨 일이죠?"

"저승에서 온 소식을 전하려 하오!"

"대체 무슨 말을 하는 거예요?" 부인이 어처구니없다는 표정을 지으며 물었다. "저승이라뇨?"

"여러분, 혹시 풀롱을 기억합니까? 굶주린 자들에게 풀이라도 뜯어 먹으라고 했던, 그래서 죽어 지옥에 떨어진 늙은이 말입니다."

"기억하지요!" 사람들이 한목소리로 외쳤다.

"그 늙은이에 대한 소식이오. 그자가 지금 돌아왔다오!"

"살아 있다는 말이에요?" 사람들이 큰 소리로 물었다. "이미 죽었잖아요?"

"죽은 게 아니었어요! 그자는 우리가 너무 무서웠나 보오. 그럴 만도 하지. 어쨌든 죽은 것처럼 위장해서는 가짜로 장례식까지 성대하게 치렀어요. 그러고는 시골 외진 곳에 숨어 지냈다더군요. 그러다 사람들에게 발각되어 붙잡혔고, 이쪽으로 끌려와서 지금은 시청으로 압송되고 있습니다. 방금 끌려가는 그자를 내가 직접 봤지요. 그자는 언젠가 우리를 두려워하게 될 거라고 내가 말하지 않았소? 다들 말해봐요! 결국 그렇게 되지 않았소?"

칠십이 훌쩍 넘은 불쌍한 죄인은, 자신의 운명이 이렇게 될 줄은 꿈에도 몰랐을 것이다. 하지만 그렇다고 하더라도 사람들의 입에서 함성처럼 쏟아져 나오는 대답을 들었다면 앞으로 무슨 일이 벌어질

지 단번에 알아차렸을 거였다.

잠시 깊은 침묵이 흘렀다. 드파르주 부부는 굳은 의지가 담긴 눈빛을 교환했다. 방장스가 허리를 숙이고 카운터 뒤에서 북을 꺼냈다. 북을 치는 둔탁한 소리가 울렸다.

"애국 시민들이여!" 드파르주가 단호한 목소리로 외쳤다. "준비됐습니까?"

드파르주의 말이 끝나기 무섭게 그의 아내가 허리춤에 칼을 꽂았다. 북과 고수가 마치 마법이라도 걸린 듯 거리에 나타나는가 싶더니 북소리가 우렁차게 울렸다. 방장스는 마흔 명이나 되는 퓨리[63]가 한꺼번에 나타나기라도 한 것처럼 귀청이 떨어져 나갈 듯 소리를 높이 지르고 양팔을 머리 위로 마구 흔들어대면서 집집마다 뛰어다니며 여자들을 불러 모았다.

남자들은 창문에서 내려다보다가 분노에 이글거리는 눈으로 저마나 손에 무기를 움켜쥐고 실 한가운데로 우르르 쏟아져 나왔다. 하지만 가장 오싹한 자들은 다름 아닌 여자들이었다. 그 앞에서는 가장 담대하다는 자들조차 맥을 추지 못할 터였다. 여자들은 찢어지게 가난한 가운데 근근이 꾸려가던 살림살이를 내려놓고, 굶주리고 헐벗은 채 차가운 바닥에 웅크린 아이들과 늙은이를 뒤로한 채 거리로 뛰쳐나왔다. 헝클어진 머리카락을 휘날리면서 서로 다그치고 자신을 채찍질하며 성난 함성과 함께 미친 듯이 달려나갔다.

자매들이여, 악당 풀롱이 잡혔답니다! 어머니, 늙은 풀롱이 잡혔대요! 딸아, 저주받을 풀롱이 드디어 잡혔단다!

그러면 어느새 수십 명이 군중 사이로 밀려들었고, 가슴을 치고 스

---

63 그리스 신화에 나오는 방장스이다.

스로 머리카락을 쥐어뜯으며 울부짖었다.

풀롱이 살아 있었구나! 굶주린 사람들에게 풀이나 뜯으라던 풀롱이 살아 있다니! 늙은 우리 아버지께 드릴 빵 한 조각도 없던 그날, 내 아버지에게 풀을 먹이라던 자, 풀롱! 젖가슴이 말라 고통스러워하던 날더러 우리 사랑스러운 아기에게 풀을 빨아 먹게 하라던 놈, 풀롱! 오, 성모 마리아여! 바로 그 풀롱입니다! 아, 하느님! 우리의 고통을 보듬어주소서! 내 죽은 아이와 쇠약한 아버지. 이 돌바닥 위에 무릎 꿇고 맹세하겠습니다, 풀롱 그자에게 당신들의 원수를 갚겠다고! 남편들이여, 형제들이여, 젊은이들이여, 우리에게 풀롱의 피를 주시오! 우리에게 그자의 머리를 주시고, 그자의 심장을 주시고, 그자의 몸과 영혼을 주시오! 풀롱을 갈기갈기 찢어서 땅속에 파묻어 그 시체에서 잡풀이 자라게 해주시오!

이런 격렬한 외침과 함께 수많은 여인이 정신을 잃고 발광한 나머지 자기 동료들마저 마구 치고 물어뜯으며 날뛰다가 급기야 탈진해서 쓰러졌다. 그러다 사람들에게 짓밟혀 죽을 위기에 처했는데 다행히 남자들이 덤벼들어 가까스로 구해냈다.

그럼에도 여자들은 한순간도 지체하지 않았다. 풀롱이 시청에 갇혀 있었지만 금세 풀려날지 모르는 일이었다. 생탕투안 주민들이 지금껏 겪었던 고통과 모욕과 부당함을 기억하는 한 절대로 그를 그냥 놔둘 리 없었다. 무무장한 남녀는 눈 깜짝할 사이에 거리를 빠져나왔고, 그 뒤를 따르는 사람들까지 거대한 소용돌이에 휘말리듯 끌려 나왔다. 불과 15분 만에 생탕투안 거리의 품 안에 남아 있는 자라고는 노파 몇 명과 울어 젖히는 아이들뿐이었다.

가만둘 수 없었다. 그 무렵 사람들은 이 추악하고 사악한 늙은이가 있는 조사실로 모여들었다. 그 수가 얼마나 많은지 조사실이 터져나

풀롱을 짓밟는 군중

갈 지경이었고, 근처의 공터와 거리까지 사람들로 넘쳐났다. 드파르주 부부와 방장스와 자크 3호는 군중의 선두에 있었고, 조사실에 있는 늙은 악당과도 그리 멀지 않은 곳에 있었다.

"저기를 봐요!" 드파르주 부인이 칼로 누군가를 가리키며 소리쳤다. "밧줄에 꽁꽁 묶인 저 늙은 악당을 보라고요. 저자의 등에 풀 한 다발을 묶어놨네요, 아주 좋아! 정말 잘했어! 이제 실컷 풀을 뜯어 먹어 보라지!" 부인은 칼을 겨드랑이에 끼고 마치 연극이라도 보듯 손뼉을 쳤다.

드파르주 부인이 왜 손뼉을 치며 좋아했는지 그녀의 바로 뒤에 있는 여자들이 뒷사람들에게 설명하자, 그들은 다시 뒷사람들에게 설명하고, 그들은 또다시 뒷사람들에게 설명하자 인근 거리에서 박수

소리가 우렁차게 울려 퍼졌다. 마찬가지로 두세 시간 동안 말이 오갔고, 겨가 뒤섞인 곡식을 까불리듯 단어들이 걸러져서 차츰 전달되었다. 드파르주 부인의 성마른 표정도 놀랍도록 빠르게 멀리까지 전파되었다. 몇몇 민첩한 남자들이 건물 외벽을 타고 올라가서 창문을 통해 안을 들여다보고는 그 표정을 건물 밖에 있는 사람들에게 그대로 전했던 까닭이었다.

이윽고 해가 높이 떠올랐다. 마치 희망과 보호의 빛을 내리듯 한 줄기 햇살이 늙은 죄수의 머리 한가운데를 비추었다. 사람들은 그 모습을 두 눈 뜨고 바라볼 수 없었다. 그것은 용납할 수 없는 일이었다. 놀랍도록 오랫동안 버텼던 장벽이 눈 깜짝할 사이에 허물어지는 듯싶더니 어느 사이엔가 생탕투안이 그자를 손아귀에 넣고 말았다!

이 소식은 곧바로 멀리 떨어진 군중에게까지 퍼졌다. 드파르주는 날쌘 동작으로 난간과 탁자를 뛰어넘어 그 비참한 늙은이를 숨을 못 쉬게 할 정도로 세게 부둥켜안았고, 드파르주 부인은 남편을 따라가서 밧줄 하나를 움켜쥐었다. 방장스와 자크 3호는 아직 뒤쪽에 있었고, 창문에 매달렸던 남자들은 맹금처럼 아직 조사실을 내리 덮치기 전이었는데, 벌써부터 도시 곳곳에서는 "밖으로 끌어내! 가로등으로 끌고 가!"라는 함성이 일제히 터져 나왔다.

늙은 죄수는 건물 계단에서 아래위로 뒹굴다가 머리부터 굴러떨어지다시피 내려와서는 무릎을 꿇었다. 한번은 일어서나 싶다가도, 다시 보면 등을 대고 누워 있었고, 질질 끌려가서 사람들에게 얻어맞았다. 수백 개의 손이 풀과 짚 뭉치로 그의 얼굴을 마구 내리눌렀고, 그는 숨이 막힌 듯 헐떡거렸다. 끌려가고 얻어맞고 찢기고 멍들고 피 흘리고… 그러면서도 그는 계속해서 살려달라고 애원했다. 때로는 격렬한 고통으로 몸부림쳤다. 사람들이 앞에서 구경하려고 서로 뒤로 잡아당기는 바람에 늙은 죄수 주위로 작은 공간이 만들어지기도 했다. 그럴 때면 그는 무수한 다리 사이에서 나무토막처럼 질질 끌려 다녔다.

이윽고 죄수는 죽음의 가로등이 매달려 흔들리는 길모퉁이로 끌려갔다. 드파르주 부인은 고양이가 쥐를 잠시 풀어주듯 그를 놓아주고는 차분한 표정으로 내려다보았다. 그러는 동안 사람들은 늙은 죄수를 매달기 위해서 분주히 움직였고, 그는 부인에게 재차 살려달라고 애걸했다. 부인은 말이 없었지만 여자들은 죄수를 향해 악다구니 쓰듯 소리를 질러댔다. 그리고 남자들은 죄수 입에 풀을 쑤셔 넣어서 죽이자고 주장했다.

맨 처음 교수대에 죄수를 매달았을 때 밧줄이 뚝 끊어졌다. 그러자 사람들이 비명을 지르는 죄수를 붙잡아 다시 매달았다. 하지만 밧줄이 또 끊어져 비명을 지르는 죄수를 다시 붙잡아 매달았는데, 이번에는 자비롭게도 밧줄이 끊어지지 않아서 죄수의 입에서 비명이 터져 나오지 않았다. 곧이어 풀롱의 머리가 창끝에 꽂혔고, 그의 입에는 풀이 가득 물려 있었다. 그 모습을 본 생탕투안은 환호하며 다 같이 춤을 추었다.

끔찍한 일은 그것으로 끝나지 않았다. 생탕투안은 한바탕 고함을 지르고 춤을 추면서 분노로 피가 끓어오른 뒤여서 쉽사리 가라앉지 않았고, 하루해가 저물 무렵 또 다른 소식이 들려오자 다시 한번 피가 끓어올랐다. 처형된 풀롱의 사위가 압송되어 오는 중이었기 때문이었다. 그 역시 풀롱의 패거리이자 민중을 모욕한 자였는데, 500명이나 되는 기병대의 호위를 받으며 파리로 들어오고 있다는 소식이 전해졌다. 생탕투안은 불타는 종잇장에 그의 죄목을 써 붙였다. 그리고 그를 붙잡아냈다. 설령 군대의 품속 깊이 숨어 있었다 해도 그를 끌어내어 풀롱의 곁으로 보내고야 말았을 것이다. 결국 생탕투안 주민들은 죄수의 머리와 심장을 창끝에 꽂아서는 그날의 전리품 세 개와 함께 높이 쳐들고 거리를 행진했다.

밤이 깊어서야 남자와 여자들은 굶주림에 울고 있는 아이들 곁으로 돌아갔다. 컴컴한 밤인데도 허름한 빵집마다 긴 줄이 늘어서 있었다. 사람들은 질 나쁜 빵이라도 사려고 참을성 있게 기다렸다. 그들은 현기증이 일도록 허기진 상태에서도 그날의 승리를 만끽하며 서로 포옹했다. 이런저런 이야기를 나누며 승리를 되새기며 지루한 시간을 버텼다. 그러다 보면 남루한 사람들의 줄이 조금씩 줄어들기도 하고 드문드문 빈 자리가 생겼는데, 그럴 때면 높다란 창문에서 희미한 불빛이 새어 나왔고, 거리에는 작고 약한 모닥불이 타올랐다. 주민들은 그 불로 음식을 만들어 이웃들과 함께 나누어 먹었다.

음식이라고 해야 고기는커녕 말라비틀어진 빵뿐, 찍어 먹을 소스도 없는 지극히 초라한 한 끼였다. 그럼에도 불구하고 인간적인 연대감이나 동료애가 모래 같은 끼니에 영양분을 불어넣었고, 음식을 나눠 먹는 이들의 기분을 북돋았다. 부모들은 사납고 잔혹한 하루에 열정을 쏟은 뒤였음에도 가련하게 여윈 자식들과 상냥하게 놀아주었다. 연인들은 이런 세상에서도 서로 사랑하고 내일을 희망했다.

새벽이 되어서야 드파르주의 술집은 마지막 손님들을 내보내고 문을 닫았다. 드파르주는 문을 걸어 잠그면서 갈라진 목소리로 아내에게 말했다.

"마침내 그날이 왔소, 여보."

"그래요." 드파르주 부인이 대답했다. "거의 다 왔어요."

생탕투안도 잠들었고, 드파르주 부부도 잠이 들었다. 방장스도 굶주린 식료품상 남편 곁에 누워 잠들었다. 거리의 북소리도 점점 잦아

혁명의 북을 두드린 여자, 방장스

들었다. 오직 그 북소리만이 피와 광기로 물든 하루를 보내고도 여전히 변함없이 생탕투안에 남아 있었다. 언젠가 방장스가 다시 북을 두드린다면 그 소리는 곧 그날의 함성을 깨울 것이다. 바스티유가 무너지기 직전 혹은 늙은 풀롱이 매달리기 직전의 그와 똑같은 소리를. 그러나 생탕투안의 품에 안긴 주민들의 갈라진 목소리는 이전으로 되돌아가지 않을 것이다.

23장

불길이 치솟다

그 무렵 샘물이 흘러내리던 마을에는 변화가 생겼다. 한때 도로 보수공은 자신의 가련하고 무지한 영혼과 가난하고 쇠약한 육신을 헝겊 조각처럼 이어 붙일 빵 한 조각이라도 얻으려고 날마다 큰길에 나가서 돌멩이를 캐곤 했다. 하지만 상황이 바뀌었고, 바위산 위의 감옥은 예전처럼 모든 걸 내려다보며 위세를 떨치지 못했다. 감옥을 지키는 병사는 있었지만 그리 많지 않았다. 장교들 또한 있었으나 부하들이 무슨 짓을 할지 전혀 예측하지 못했다. 딱 한 가지 분명한 것은 부하들이 명령대로 움직이지는 않으리라는 사실이었다.

멀리까지 드넓게 펼쳐진 시골 풍경은 이제 폐허나 다름없었다. 절망밖에 보이지 않았다. 녹색 잎사귀는 시들고 초라했다. 풀 한 포기, 낟알의 곡식조차 그곳을 살아가는 가련한 사람들과 다르지 않아 보였다. 보이는 모든 풍경에서 굽어지고, 풀이 죽고, 억눌리고, 부서진 모습을 보았다. 집, 울타리, 가축, 남자들과 여자들, 노인들과 아이들, 그리고 그들을 지탱해 온 땅까지, 모두 기운을 잃고 메말라 있었다.

과거에 귀족 나리 하면 인격적으로 훌륭한 신사를 의미했다. 그들은 나라에 공을 세우고, 세상을 기사다운 품격으로 대하며, 많은 이들에게 호화롭고 영예로운 삶의 본보기가 되었다. 아니, 그 이상의 의미와 역할을 담당하는 권위 있는 존재였다. 그런데 이렇듯 당당했던 계급의 귀족 나리들이 오늘의 불행을 자초하였다. 세상이 귀족 나리들을 위해 세심히 노력을 기울였는데도 이렇게 순식간에 메말라버리다니 이상한 일이었다. 신의 영원한 섭리 어딘가에 문제가 있다는 것일까? 뭐가 되었든 현실은 이미 돌이키기 어려운 지경에 이르렀다. 돌처럼 메마른 사람들에게서 고혈을 쥐어짜려고 나사를 끝까지 조이다가 지렛대가 부러진 격이었다. 그런데도 나사를 조이고 또 조였고, 그렇게 귀족 나리들은 저속하고 영문 모를 현실에서 하나둘 도망치기 시작했다.

마을의 변화는 거기서 그치지 않았다. 비슷한 수많은 마을에서 마찬가지로 변화가 일었다. 십수 년 농안 귀속 나리들은 마을을 비틀어 쥐어짜면서도, 신나게 사냥할 때가 아니면 마을에 그 영광스러운 모습조차 내비치지 않았다. 그들은 때로는 사람을 사냥하고, 때로는 짐승을 사냥했다. 그리고 사냥감을 보존한다는 명목으로 야생의 황무지를 자기들의 영토로 남겨두었다. 그래도 귀족 나리의 높으신 신분에는 아무런 변동이 없었다. 나리들의 잘 가꿔진 용모나 아름다운 외양 따위도 그대로였다. 변화는 낮은 신분에 있는 사람들의 얼굴에서 생경한 모습으로 드러났다.

그 시절 도로 보수공은 혼자 흙먼지를 뒤집어쓴 채 일했다. 사람은 흙에서 태어나 흙으로 돌아간다는 창세기 구절을 떠올릴 겨를도 없었다. 그는 거의 밤낮으로 식량이 얼마나 남았는지, 어떻게 하면 배불리 먹을 수 있는지 같은 생각만 하며 시간을 보냈다. 그는 일하다가

문득 고개를 들어 먼 곳을 바라보곤 했다. 그러면 낯선 사내가 흙길을 따라 천천히 다가오는 광경을 자주 보았다. 그 사내들은 하나같이 거칠고 투박한 몰골이었다. 예전에는 그런 사람이 이 근방을 어슬렁거리는 모습을 보는 일이 드물었다. 그런데 이제는 흔한 일이 되었다. 따라서 어느 날 갑자기 낯선 사람이 보여도 도로 보수공은 조금도 당황하거나 놀라지 않았다. 그 모습이 가까워지자, 도로 보수공은 상대가 털복숭이처럼 거의 야만인에 가까운 사내임을 알아차렸다. 그는 키가 훌쩍했는데, 나막신을 신고 걸어오는 모양새가 도로 보수공의 눈에는 어딘가 어색해 보였다. 저지대의 물에 젖어 축축해진 상태로 여러 지역을 거치느라 진흙과 먼지를 뒤집어썼고, 마지막에는 숲을 지나온 모양인지 나뭇잎과 가시와 이끼가 들러붙은 모습이었다.

그가 유령의 몰골을 하고서 나타난 때는 7월의 한낮이었고, 당시 도로 보수공은 우박을 동반한 소나기를 그럭저럭 피하려고 방죽 아래에 쌓아둔 돌무더기에 앉아 있었다.

사내는 도로 보수공을 쳐다보았다가 골짜기의 마을과 방앗간, 바위산 위 감옥을 올려다보았다. 그는 흐릿한 정신 상태로 그런 모든 것을 확인하고는 억양이 심한 사투리로 물었다.

"자크, 그동안 잘 지냈습니까?"

"잘 지냈습니다, 자크."

"그럼 악수부터 합시다."

둘은 손을 맞잡았고, 사내는 돌무더기에 털썩 주저앉았다.

"점심은 없나요?"

"이제는 저녁밖에 없습니다." 도로 보수공이 굶주린 얼굴로 말했다.

"이런, 어디나 똑같구먼. 어디에서든 점심 먹는 사람을 본 적이 없어요."

사내는 꼬질꼬질한 담뱃대를 꺼내 속에 담배를 채우고 부싯돌과 쇳조각으로 불을 붙인 뒤 새빨갛게 타오를 때까지 뻑뻑 소리 나게 물부리를 빨았다. 그러다 잠시 뒤 입에서 물부리를 떼고는 엄지와 검지로 무언가를 담뱃대 속에 쑤셔 넣었다. 이내 불길이 일었다가 연기만 남기고 사라졌다.

"자, 악수합시다." 도로 보수공이 사내의 모습을 지켜보다가 이번에는 자기가 악수를 청할 차례라고 생각한 듯 손을 내밀었다. 사내가 도로 보수공의 손을 잡았다.

"오늘 밤?" 도로 보수공이 물었다.

"오늘 밤." 사내가 담배물부리를 다시 물며 말했다.

"어디서?"

"바로 여기."

두 사람은 돌무더기에 걸터앉아 말없이 서로 바라보았다. 두 사람 사이에 우박이 작은 총섬처럼 날카롭게 쏟아셨다. 하지만 얼마 지나지 않아 마을 쪽 하늘이 조금씩 맑아지기 시작했다.

"어디로 가면 되는지 설명 좀 해주시오." 여행자가 언덕배기로 올라가며 말했다.

"저쪽입니다." 도로 보수공이 손을 뻗어 한 곳을 가리켰다. "저쪽으로 내려가서 길을 따라 쭉 가다가 우물터가 나오면….."

"무슨 소리요?" 사내가 풍경을 둘러보면서 도로 보수공의 말을 잘랐다. "나는 길로도 안 가고 우물터도 안 지날 거요. 그러려면?"

"그럼 마을 위 언덕 꼭대기를 넘어서 10킬로미터쯤 더 가면 될 겁니다."

"좋아요. 당신은 언제 일을 마칩니까?"

"해 질 녘이면 끝납니다."

"가기 전에 나를 좀 깨워줄 수 있어요? 꼬박 이틀 밤을 쉬지 않고 걸었습니다. 담배나 마저 피우고, 잠깐 눈을 붙이고 싶소만. 깨워줄 거지요?"

"그러겠습니다."

사내는 담배를 다 피운 뒤 담뱃대를 가슴 안쪽에 찔러 넣었다. 그러고는 커다란 나막신을 벗은 다음 돌무더기에 등을 대고 눕더니 금세 곤히 잠들었다.

도로 보수공은 흙먼지를 뒤집어쓰며 다시 일에 열중했다. 하늘은 우박 구름이 물러가면서 밝은 띠 모양의 흔적을 남겼고, 이윽고 산과 들에 은빛 광채를 드리웠다. 그런데도 이 작은 사내의 시선은 자꾸 돌무더기 위의 인물에게 머물렀다. 언제부턴가 그는 파란 모자 대신 붉은 모자를 쓰고 있었다. 그는 돌무더기 쪽을 힐끔힐끔 바라보느라 손이 익은 대로만 연장을 놀렸고 그 탓에 일의 속도는 눈에 띄게 느려졌다.

구릿빛 얼굴, 텁수룩한 검은 머리칼과 턱수염이 도로 보수공의 시선을 잡아끌었다. 거친 모직의 붉은 모자, 직접 짠 천과 짐승 털가죽을 기워 만든 조악한 의복도 마찬가지였다. 골격은 튼튼해 보였으나 쪼들리는 생활 탓에 비쩍 마른 몸, 곤히 자면서도 불만스러운 듯 꽉 다문 입술 역시 경이로워 보였다.

여행자는 먼 길을 걸어왔다. 그런 만큼 발이 아팠고, 양쪽 발목은 쓸려서 피가 흘렀다. 나뭇잎과 풀잎으로 속을 채운 커다란 신발은 먼 길을 걷기에는 너무나 무겁고 불편해 보였다. 옷은 닳고 찢긴 데다 군데군데 구멍이 숭숭 뚫려 있었고, 구멍을 통해 몸에 생긴 염증과 상처가 드러났다. 도로 보수공은 허리를 살짝 숙여서 야만스러운 사내의 가슴이나 다른 곳에 숨긴 무기가 있나 싶어 슬쩍 엿보려고 했지만 소용이 없었다. 사내가 가슴 위로 팔짱을, 그것도 다문 입술만큼이나 꽉 끼고 있었기 때문이다. 요새화된 도시라 해도 이 사내에 비하면 아무것도 아닐 듯했다. 제아무리 굳건한 방책과 경비 초소가 있고, 관문과 해자와 도개교가 여전하다고 해도 말이다. 그의 머릿속에는 프랑스 전역의 수많은 얼굴이 겹쳐졌다. 어디서든 이런 사내들이, 어떤 장벽도 두려워하지 않고 중심으로, 불길처럼 몰려들고 있었다.

그 사내는 우박을 동반한 소나기와 햇빛이 번갈아 쏟아지는 동안에도 계속 잠을 잤다. 얼굴에 햇빛이 내리쬐든, 몸 위에서 둔중한 우박 덩어리가 떨어지든, 그것들이 햇빛 속에서 반짝이며 녹아내리든 아무 상관없는 것처럼 보였다. 도로 보수공은 한참 기다렸다가 연장을 챙기고 마을로 내려갈 준비를 모두 마친 뒤 사내를 깨웠다.

"알았습니다!" 사내가 팔꿈치를 짚고 일어나며 말했다. "언덕 꼭대기를 넘어 10킬로미터쯤 가라고 했지요?"

"네, 대략 그 징도."

"알았어요. 대략 그 정도!"

도로 보수공은 바람에 흩날리는 흙먼지에 떼밀리듯 집을 향해 걸었다. 잠시 뒤 우물터에 다다랐다. 그는 물을 마시러 끌려온 야윈 암소들 사이로 비집고 들어가서 마을 사람들에게 은밀한 목소리로 속삭이듯 말했다. 멀리서 보면 그가 암소들에게도 이야기를 들려주는 것 같을 모습이었다. 마을 사람들은 평소라면 초라한 저녁 식사를 마치고 곧장 잠자리에 들었을 텐데, 그날은 다들 밖으로 나와 어두운 우물터에 모여 있었다. 그들은 서로 귓속말하듯 수군거리면서 무언가를 기대하듯 오로지 한 방향으로만 하늘을 쳐다보았다.

사람들의 그런 기색을 보자 마을의 최고 관리인 가벨 씨는 불안해서 견딜 수 없었다. 그는 혼자 옥상에 올라가서 사람들이 쳐다보는 하늘을 향해 고개를 쳐들었다. 우물터에 모인 사람들의 얼굴은 점점 어두워지고 있었다. 굴뚝 뒤에서 그 모습을 지켜보던 그는, 곧 경종을 울려야 할지도 모른다 생각하며 교회 관리인에게 전갈을 보냈다.

밤은 점점 깊어갔다. 홀로 우뚝 선 오래된 성을 둘러싼 나무들이, 거센 바람에 휘청이며 위협하듯 흔들렸다. 이윽고 두 단으로 된 테라스 계단 위로 빗물이 흥건하게 흘러내리며 커다란 문을 두드렸다. 마치 집 안에서 잠자는 사람들을 급하게 깨우는 전령 같았다. 바람도 불안하게 복도로 휘몰아쳐서 창과 칼을 흔들며 지나서는 계단을 타고 올라가 마지막 후작이 잠들었던 침대의 커튼을 흔들어댔다. 그러는 동안 동쪽과 서쪽과 남쪽과 북쪽에서 수염이 텁수룩한 네 남자가 무거운 발걸음으로 풀숲을 헤치고 나뭇가지를 부러뜨리며 성큼성큼 걸어와 성 안마당에 모였다. 그들의 행동은 무척 조심스러웠다. 그들은 저마다 손에 쥔 등에 불을 붙이고는 네 방향으로 흩어졌다. 곧이어 어둠이 다시 모든 것을 집어삼켰다.

하지만 어둠은 오래 버티지 못했다. 이내 성은 스스로 빛을 발하듯 기이하게 환한 모습을 드러내기 시작했다. 건물 정면 뒤쪽에서도 불빛이 어른거리더니 건물 안쪽까지 환해졌다. 어둠 속에 잠겨 있던 난간과 아치와 창문이 비로소 모습을 드러냈다. 불길은 더 높이 치솟았고 더 넓게 번지면서 어둠을 밝혔다. 그러다 스무 개쯤 되는 커다란 창문을 통해 불꽃이 일제히 터져 나왔다. 그러자 돌로 만든 얼굴들이 잠에서 깨어나 불길 속에서 눈을 부릅뜨고 위를 쳐다보았다.

그곳에 남아 있는 몇 안 되는 사람들이 나지막이 웅성거리는 소리가 성 주변에서 희미하게 일더니 말에 안장을 얹고 급하게 떠나는 소리가 들렸다. 어둠 속에서 말발굽 소리와 물웅덩이를 철벅거리며 건너는 소리가 울려 퍼졌다. 이윽고 마을 우물터 옆에서 말이 멈추는

가 싶더니 금세 가벨 씨의 문간에 서 있었다. 말은 입에 거품을 잔뜩 물고 있었다. "도와주시오, 가벨! 어서요!"라고 외치는 소리와 함께 경종이 다급하게 울렸지만 도와주는 사람은 없었다. 도로 보수공과 250명의 동지들은 샘터에서 팔짱을 끼고 선 채 하늘 높이 솟은 불기 둥을 바라보았다.

"12미터는 되겠는걸." 누군가 엄숙하게 중얼거렸다. 그러고는 다시 조용했다. 움직이는 사람도 없었다.

성에서 뛰쳐나온 기수와 입에 거품을 문 말이 마을을 지나 달그락 거리며 달려갔다. 돌로 된 가파른 비탈길을 따라 절벽 위의 감옥을 향했다. 몇몇 장교들이 감옥 정문 앞에서 불길을 내려다보고 있었다. 그들과 조금 떨어진 곳에는 병사들이 모여 있었다. 병사들도 불길을 내려다보고 있기는 마찬가지였다.

기수가 장교들을 향해 소리쳤다. "장교님들, 도와주세요! 성이 불타고 있어요! 빨리 서두르면 귀중품들을 미리 꺼낼 수 있습니다! 제발 도와주세요! 어서요!" 하지만 장교들은 병사들을 힐끗 쳐다보기만 했을 뿐 아무런 명령도 내리지 않았다. 한 장교가 어깨를 으쓱하고 입술을 살짝 깨물며 대답했다.

"타게 두시오."

기수가 다시 언덕을 내려가 거리를 지날 때, 마을 전체는 불빛으로 밝았다. 도로 보수공과 250명의 동지들이 마을을 환하게 밝히자고 제 안하자 남녀노소할 것 없이 각자 자기 집으로 달려가서 때문은 유리 창 앞에 촛불을 밝혀 놓았던 것이다. 모든 것이 부족한 때인 만큼 양 초도 없어 마을 사람들은 가벨 씨에게 가서 거의 강제적으로 빌려왔 다. 마을의 최고 관리인 가벨 씨는 양초를 내주지 않으려고 머뭇거렸 다. 그러자 그때까지 그 권위에 고분고분하던 도로 보수공이 "모닥불을 피우기에는 마차가 최고인데 이참에 말도 구워버립시다!" 하고 소리쳤다.

후작의 성은 불길에 통째로 방치되어 있었다. 불은 맹렬하게 타올랐고 마치 지옥에서 열풍이 뿜어져 나오는 듯 금방이라도 건물을 쓸어버릴 기세였다. 불꽃이 일렁일 때마다 돌로 된 얼굴상들은 고문당하기라도 하듯 흉측하게 일그러져 보였다. 커다란 돌기둥과 들보가 육중한 소리를 내며 무너졌을 때, 코 양쪽 옆이 움푹 팬 얼굴상이 연기 속으로 사라졌다가 곧 다시 모습을 드러내었다. 화형대에 올라서도 후작의 잔혹한 얼굴은 불과 맞서 싸우는 것 같았다.

성은 완전히 불탔다. 성에서 가까운 곳에 서 있는 나무들은 불길에 휩싸여 그슬리고 시들어버렸다. 그리고 멀리 서 있는 나무들은 네 명의 험상궂은 사내들이 불을 붙여 활활 불탔고, 거기에서 퍼져나온 연기가 건물을 휘감았다. 녹아내린 납과 쇠가 분수대의 대리석 수반에서 부글부글 끓었고, 물은 바싹 말라버렸다. 촛불을 덮어 끄는 기구처럼 생긴 뾰족한 첨탑 부분은 열기에 가장자리가 녹아내린 탓에 불길이 솟구치는 우물의 형상을 하고 있었고, 단단했던 벽에서 크고 작은 균열이 얼음 결정처럼 가지를 뻗으며 퍼져나갔다. 새들은 겁에 질려서 주위를 빙빙 돌다가 용광로 같은 불길 속으로 뚝뚝 떨어졌다. 네 명의 험상궂은 사내들은 어둠에 뒤덮인 길을 따라 동서남북으로 흩어졌다. 그러고는 자기들이 불붙인 봉홧불로 길을 밝히며 각자 다음 목적지를 향해 걸어갔다. 여기저기 타오르는 불로 환한 가운데 마을 사람들은 경종을 움켜쥐었다. 종지기를 몰아낸 뒤, 환희에 가득 차서 종을 울려댔다.

거기서 끝이 아니었다. 마을 사람들은 굶주림에 허덕인 데다가 불길과 종소리에 정신이 혼미해진 나머지 가벨 씨가 평소 세금과 소작료를 거두는 일을 했다는 이유만으로 그의 집으로 쳐들어갔다. 사실상 가벨은 세금을 아주 조금씩만 거두었고 소작료는 하나도 거두지 않았는데도, 사람들은 그의 집을 에워싼 채 당장 밖으로 나오라고 말했다. 가벨 씨는 문에 빗장을 지른 뒤 혼자 대책을 숙고했고, 금세 결론을 내렸다. 바로, 지붕 위 굴뚝 뒤에 숨어 있다가 문이 부서지는 순간 곧장 뛰어내려서 몇 사람이라도 깔아뭉갤 작정이었다. 그는 왜소했으나, 과연 남부 사람답게 가만히 당하고만 있지 않을 위인이었다.

모르긴 몰라도 가벨 씨는 그 위에서 기나긴 밤을 홀로 버텼을 것이다. 멀리 불타는 성을 난롯불과 촛불로 삼고, 대문을 두드리는 아우성과 환희에 가득 찬 종소리를 음악 삼아서. 아마 사람들이 역참의 대문 바로 맞은편에 있는 불길한 가로등에 그를 매달려고 했다는 것은 더 말해 무엇할까. 시커먼 바다가 내려다보이는 벼랑 위에서 그 여름밤을 지새우며, 언제든 마음만 먹으면 투신할 기세로 있어야 한다는 것이 얼마나 피가 마르는 일인지는 아무도 감히 짐작하지 못하리라! 하지만 불행 중 다행으로 마침내 새벽이 찾아왔고, 마을을 밝히던 양초가 하나둘 꺼지자 사람들은 뿔뿔이 흩어졌다. 덕분에 가벨 씨는 목숨을 부지한 채 지붕 아래로 내려올 수 있었다.

그러나 160킬로미터 떨어진 마을에서는 가벨 씨보다 운이 나쁜 관료들도 있었다. 그들은 같은 날 밤 혹은 이후 여러 밤에 걸쳐, 불길에 휩싸인 채 처참하게 죽어갔다. 이튿날의 햇빛 속에서 그들은 자신이 나고 자란 거리에 매달린 채 발견되었다. 도로 보수공과 그 동지들에 비해 운이 좋지 못한 사람들도 있었다. 그들은 불행하게도 관리와 병사에게 사로잡혀서 차례로 교수형에 처해졌다. 그럼에도 험상궂은 사내들은 동서남북으로 나뉘어 계속해서 나아갔다. 누가 교수대에 매달리든 아랑곳 않고 불길은 더욱 번져갔다. 아무리 많은 교수대를 세우더라도 이 불길을 끄기에는 역부족이었다. 그 불길을 제압하려면 얼마나 많은 양동이의 물이 필요한지 아무도 셈하지 못했으며, 얼마나 교수대를 높이 세워야 성난 민심이 진정될지 그 누구도 알지 못했다.

제2부 금빛 실

24장

자석 바위에 이끌리다

불길이 치솟고 바다가 솟아올랐다. 그런 중에도 분노한 바다의 물결이 물러서지 않고 오히려 거세게 밀려왔던 탓에 단단했던 대지가 뒤흔들렸고, 해인가에서 이 광경을 지켜보는 마을 사람들은 두려움과 놀라움에 사로잡혔다. 그렇게 3년에 걸친 격랑의 세월이 흘렀다. 그동안 어린 루시는 어느덧 세 번째 생일을 맞이하였는데, 그건 황금빛 실로 가정의 평화로운 일상 속에 수를 놓는 일이나 다름없었다.

이 집 식구들은 수많은 밤과 낮을 보내며 모퉁이에서 몰려오는 발소리에 귀를 기울였다. 그러나 그 발걸음 소리를 들을 때마다 가슴이 덜컥 내려앉는 듯한 기분을 느꼈다. 그 소리가 그들에게는 한 민족의 발걸음처럼 들렸기 때문이다. 그들은 붉은 깃발 아래 조국이 위험에 처했다고 선언하고 있었는데, 정작 그들 자신은 오래전 끔찍한 마법에 걸린 듯 이미 야수로 변해 있었다.

하나의 계급으로서 귀족 나리들은 자신이 인정받지 못하는 현실을 외면했다. 프랑스에서 더는 환영받지 못할뿐더러 고국에서 쫓겨나거나 목숨까지 위험해질 수 있는 처지에 놓여 있는데도 이런 현실을 자신과 상관없는 일로 여겼다. 하고많은 고생 끝에 악마를 불러내고도 그 무시무시한 모습에 겁을 집어먹고 한마디 말도 못하고 줄행랑쳤다는 우화 속의 촌뜨기 같았다. 귀족 나리들은 수년 동안 대담하게도 주기도문을 거꾸로 외며[64] 악령을 부리기 위해 갖은 방법을 다 동원했는데, 정작 악령이 나타나자 과연 귀족처럼 발뒤꿈치를 들고 도망쳤던 셈이다.

궁정의 한복판에서 거들먹거리며 핵심 인사처럼 굴던 귀족 나리들은 사라져버렸다. 안 그랬다가는 민중의 포탄이 쏟아지는 표적이 되고 말았을 것이다. 그들의 눈은 애초에 제대로 보이지도 않았다. 루시퍼[65]의 교만과 사르다나팔로스[66]의 사치와 두더지의 맹목이라는 티끌이 오랫동안 그들의 눈을 가리고 있었던 탓이었다. 그런데 이제는 그런 눈마저 떨어져 나간 지 오래였다. 서로를 견제하고 시기하던 최측근들, 권력 주변부에서 음모와 부패에 빠진 자들, 모두 다르지 않았다. 궁정은 썩어 무너졌고 왕권은 흔적도 없이 사라졌다. 마지막 파도가 닥쳐왔을 때 그들은 궁전에서 포위되어 모든 직무와 권력을 상실한 상태였다.

1792년 8월이 되었고, 그쯤 되자 귀족 나리들은 사방으로 뿔뿔이 흩어져버렸다.

귀족 나리들이 런던으로 건너온 뒤, 본부 삼아 자연스럽게 모였던 장소는 다름 아닌 텔슨 은행이었다. 동전 한 푼 없이 알거지가 된 귀

---

64 중세 유럽에서는 주기도문을 거꾸로 읽으면 악마를 불러낼 수 있다는 미신을 믿었다.
65 루시퍼는 대천사로서 자신의 아름다움과 힘에 도취되어 교만하게 군 나머지 천국에서 추방당하였다.
66 호화롭고 방탕한 생활로 유명한 아시리아 제국의 마지막 왕이다.

   제2부 금빛 실

텔슨 은행으로 도피한 프랑스 귀족 나리들

족 나리들은 한때 자신들의 돈을 보관했던 텔슨 은행 주변을 맴돌았다. 죽은 혼령은 생전 육신이 자주 머물던 곳을 맴돈다는 말이 꼭 맞았다. 더욱이 텔슨 은행은 프랑스와 관련한 정보가 가장 먼저 도착하는 곳이기도 했다. 텔슨 은행이 과거 높은 지위에 있던 옛 고객들에게 커다란 아량을 베풀어준 것도 한몫했을 것이다.

한편 그들 가운데 일부는 선견지명이 있어 다가오는 폭풍을 일찌감치 감지하고 약탈이나 몰수에 대비하여 은행에 미리 송금해놓았다. 아무런 대책 없이 쫓겨 나온 궁핍한 사람들은 텔슨에서 이런저런 소문이나 소식을 주고받으며 서로 돕기도 했다. 이제 막 영국으로 도피한 프랑스인들이 마치 관례처럼 이곳에 모여 소식을 전달했다는 사실도 빼놓을 수 없겠다. 이런 이유로 당시 텔슨 은행은 사실상 프랑스에 관한 소식을 전하는 교환소 같은 역할을 했다. 이런 사실은 대중에게도 공공연히 알려져서 관련한 문의가 빗발쳤다. 그러자 은행 측에서는 아예 최신 소식을 한두 줄로 요약해 창문에 붙임으로써 템플 바를 지나는 모든 이가 읽을 수 있도록 했다.

찌는 듯 덥고 안개가 낀 어느 오후였다. 로리 씨는 책상 앞에 앉아 있었고, 찰스 다네이는 책상에 기대고 선 채 나지막한 목소리로 대화를 나누고 있었다. 한때 은행장과 면담하는 방으로 쓰였던 작은 방은 이제 소식 교환소가 되어 사람들로 넘쳐났다. 은행 문을 닫기까지 채 30분도 남지 않은 때였다.

"로리 선생님이 누구보다 정정하시다는 건 저도 압니다." 찰스 다네이가 조금 주저하면서 말했다. "그래도 감히 말씀드리자면⋯."

"알고 있네. 내가 너무 늙었단 말을 하려는 거 아닌가?" 로리 씨가 말했다.

"날씨도 변덕스러운 데다 여행길도 멀고, 교통편도 마땅치 않을뿐더러 나라도 혼란스럽습니다. 게다가 그 도시도 안전하지 않고요."

"이보게, 찰스." 로리 씨가 확신에 찬 어조로 말했다. "바로 자네가 말한 그 이유 덕분에 내가 갈 수 있는 거라네. 내가 가지 말아야 할 이유가 아닌 거지. 오히려 나는 안전하다고 할 수 있어. 나보다 훨씬 더 중한 인물들이 넘쳐나는데, 누가 나처럼 팔순이 다 되어가는 늙은 이에게 해코지를 하겠는가. 그 도시가 혼란스럽다는 건 잘 알고 있네. 그러지만 않았어도 이쪽에서 그쪽으로 사람을 보낼 일도 없었겠지. 옛날부터 그 도시 사정도 잘 알고 텔슨이 신뢰할 만한 사람을 말일세. 교통수단이 확실하지 않은 데다 일정이 길고 날씨도 좋지 않겠지만 오랜 세월 텔슨에 몸담아 온 나인데, 오히려 그 정도 불편함은 감수해야 하지 않겠나?"

"제가 가면 좋겠습니다." 찰스 다네이가 초조한 표정으로 중얼거리듯 말했다.

　　　　　　　　　　　　　　　　　　　　

"무슨 말을 하는 건가? 자네는 방금 거기 가는 걸 반대했잖은가? 그러더니 자네가 가고 싶다고?" 로리 씨가 목소리를 높여 말했다. "프랑스 태생인 자네가? 무슨 의도로 하는 말인지 모르겠군."

"로리 선생님, 제가 프랑스 태생이기 때문에 그런 생각을 하게 된 겁니다. 원래 이런 자리에서 하려던 말은 아니었지만 말하겠습니다. 저는 누군가 한 사람이라도 저 비참한 이들을 불쌍히 여겨 그들에게 뭔가를 내어줬더라면 상황이 달라지지 않았을까, 늘 생각을 해왔습니다. 그런 생각을 내내 떨쳐 버릴 수 없었지요." 찰스 다네이가 생각에 잠긴 표정으로 말했다. "그랬다면 적어도 그네의 말을 귀 기울여 듣거나, 심지어는 설득당해서 자제하지 않았을까요? 아무튼 저는 그런 생각을 했는데 어젯밤만 해도 선생님께서 떠나시고 난 뒤 제가 루시와 이야기를 나눌 때…."

"루시와 이야기를 나눌 때라니." 로리 씨가 말했다. "이 시국에 프랑스에 가면 좋겠다면서 루시 이름을 입에 올리는 걸 부끄러워하지도 않는다니 놀랍군!"

"하지만 저는 가지 않잖습니까." 찰스 다네이가 미소를 지으며 말했다. "지금 가겠다고 말하는 사람은 선생님이시지요."

"그래, 나는 갈 예정이네. 이게 엄연한 현실일세. 사실이란 말이네, 찰스." 로리 씨는 은행장 쪽을 곁눈질하며 목소리를 낮추었다. "자네는 모를 걸세. 우리 업무가 얼마나 힘들게 이루어지고 있는지, 저쪽에 있는 우리 장부와 이런저런 서류가 어떤 위험에 처해 있는지 말이야. 우리 문서들 가운데 일부라도 압수되거나 소실되면 얼마나 많은 고객이 어떤 피해를 볼지 아무도 모를 걸세. 저 위 하늘에 계신 분은 아실지 모르겠지만.

게다가 자네도 알겠지만 그런 일이 언제 닥칠지 전혀 알 수가 없네. 파리가 오늘 불타든 내일 약탈당하든 이상할 게 없는 세상이니까 말이야. 그래서 문서들 가운데 가장 중요한 걸 우선 골라내어 곧바로 파묻든지 아니면 어떻게든 다른 안전한 곳으로 옮겨놔야 하는데, 지금 이 귀중한 시간을 허비하지 않고도 그런 일을 완벽하게 해낼 사람은 솔직히 나 말고는 거의 없을 걸세. 내가 나서야 하네. 지난 60년 동안 내가 누구 덕에 먹고 살았는데, 내가 관절이 좀 삐걱거리는 늙은이라 해도 어떻게 가만히 몸을 사리고만 있겠는가? 더욱이 텔슨이 모든 사실을 알고 이렇게까지 말하는데 말일세. 솔직히 이곳에 있는 노인네들 대여섯 명에 비하면 나는 팔팔한 청년이라네. 그렇게 안 보이는가?"

"그 젊은 기상과 용기가 정말 존경스럽습니다, 로리 씨."

"허! 농담 그만하게! 말도 안 되는 소리야. 그나저나 찰스." 로리 씨가 은행장 쪽을 다시금 힐끗 바라보며 목소리를 낮추어 말했다. "자네도 알겠지만 요즘 같은 어지러운 시기에 파리에서 뭔가를 빼내 온다는 건, 그게 뭐가 됐든 간에 불가능에 가깝다네. 극비 사항이므로 자네한테도 함부로 말하면 안 되지만 특별히 말하겠네. 오늘만 해도 각종 서류와 귀중품이 우리가 있는 곳으로 넘어왔는데, 그런 걸 운반한 이들이 어떤 사람들인 줄 아는가? 자네가 상상하는 것 이상으로 대범한 사람들이라네. 그들은 하나같이 목숨을 내놓고 관문을 통과했지. 보통 때였다면 질서정연했던 옛 영국처럼 우편물이 쉽게 오갔겠지만 자네도 알다시피 지금은 모든 게 가로막혀 있다네."

"그래서 오늘 밤에 정말로 떠나시려는 겁니까?"

"그래, 오늘 밤에 떠날 걸세. 상황이 너무 긴박해서 하룻밤도 지체할 수가 없네."

"동행은 없습니까?"

"이 사람 저 사람 추천을 받았지만 내키는 이가 없었네. 제리를 데려갈 생각이야. 그는 오랫동안 일요일 밤마다 내 경호원 역할을 해줬지. 그래서 제리가 익숙하고 편하다네. 다른 사람들은 제리를 보면 영국산 불도그라고 생각하겠지만 말이야. 제리는 성격이 단순해서 누군가 나를 건드리려고만 해도 와락 덤벼들 걸세. 충직한 불도그처럼 말이야."

"다시 한번 말씀드리지만 젊은이 못지않은 기상과 용기를 지니신 선생님이 존경스럽습니다."

"또 농담이군. 아무튼 이번 일을 마치고 나면 텔슨의 은퇴 제안을 받아들여 두 다리 쭉 뻗고 편안히 지낼까 생각 중이라네. 그때 가서 늙어가는 게 뭔지 천천히 고민해봐도 되지 않나 싶군."

이 대화는 로리 씨가 평소에 자주 앉는 책상 근처에서 이루어졌다. 거기에서 조금 떨어진 곳에서는 프랑스에서 도망쳐 온 귀족 나리들이 모여서 천한 놈들한테 어떻게 복수할지를 놓고 큰소리로 떠들어대고 있었다. 피난민 처지로 전락하여 신세가 뒤바뀐 귀족 나리들이나 영국의 정통파들이 입에 올릴 법한, 틀에 박힌 사고방식이었다. 그들은 이 무시무시한 혁명이 대관절 왜 벌어졌는지 영문을 모르겠다는 듯이 말했다. 그들은 하늘 아래 이처럼 뿌린 적도 없이 거두어들여야 했던 적이 있느냐고 반문했다. 자신들이 혁명을 초래할 만한 아무런 행동도 하지 않았고 아무것도 등한시한 적이 없다는 듯이 굴었다. 심지어 그들은 이 사태를 미리 예견하지 못한 감시자들을 질책했다. 마치 감시해야 할 의무가 있는 이들이 프랑스의 수백만 민중이 비참하게 살아가는 것을 보지 않았을 뿐 아니라 심지어 민중을 잘 살게 하는 데 쓰여야 할 자원이 오용되고 악용되는 장면을 보았음에도 이런 사건이 초래할 상황을 예견하지 못했으며, 자신이 보고 들은 것을 명백한 말로 기록하지 않았다는 듯이 굴었다.

귀족 나리들은 허황한 생각에 빠져 있었다. 고국이 온통 불모지로 뒤바뀌었고 자신의 처지도 예전과 달라졌는데도 이 형국을 어떻게 갈아엎어서 복원해야 할지 망상을 품고 있었다. 정신이 온전히 박혀 있는 사람이라면 이들의 이야기를 가만히 듣고 있을 수가 없을 정도였다. 이미 마음 깊이 불안감이 잠복해 있었던 데다가 그 같은 터무니없는 이야기가 귓가에 맴돌았던 탓인지 찰스 다네이는 머릿속이 혼란스러웠다. 안절부절 갈피를 잡지 못하고 있었다.

떠드는 사람들 중에는 왕실 재판소의 스트라이버도 있었다. 스트라이버는 승승장구하며 출세 가도를 달리는 변호사답게 목청껏 말하고 있었다. 그는 귀족 나리들에게 민중을 지상에서 말끔히 쓸어버려 그들 없이 살아갈 방법을 모색해야 한다느니, 귀족들의 세상을 재건하려면 수단과 방법을 가려선 안 된다느니 하는 주장을 펼치고 있었다. 그런데 그 방법조차도 독수리를 멸종시키려면 그 꼬리에 소금을 뿌려야 한다는 식이어서 허무맹랑할 따름이었다. 찰스 다네이는 스트라이버의 주장에 강한 거부감을 느꼈다. 그는 자리를 피해 스트라이버의 이야기를 더는 듣지 말아야 할지, 남아서 한마디 던져야 할지 갈피를 못 잡은 채 망설이고 있었다. 바로 그때 일어날 일은 일어난다는 듯, 운명이 비로소 모습을 드러내기 시작했다.

그때 은행장이 로리 씨에게 다가와서 봉투를 뜯지 않은 꾀죄죄한 편지 한 통을 내려놓으며 편지를 받아야 할 수취인의 흔적을 아직도 찾지 못했느냐고 물었다. 은행장이 편지를 내려놓은 곳은 찰스 다네이 바로 코앞이었기에 그는 수취인이 누구인지 단박에 알아볼 수 있었다. 그것은 바로 찰스 다네이 자신이었다. 편지에 적힌 주소를 영어로 옮기면 이랬다.

매우 긴급함. 프랑스의 전(前) 생에브레몽드 후작 나리에게. 영국 런던 텔슨 회사 관계자에게 위탁함.

결혼식 날 아침, 마네트 박사는 찰스 다네이에게 중요하면서도 긴급한 부탁을 하나 했다. 그것은 마네트 박사가 직접 밝히기 전까지는 다네이의 본명을 철저히 비밀로 하자는 것이었다. 박사 말고는 아무도 다네이의 본명을 알아서는 안 되었다. 다네이의 아내는 그런 사실에 대해 아직 의심도 하지 못했고, 이는 로리 씨도 마찬가지였다.

"네, 알았습니다." 로리 씨가 은행장에게 말했다. "지금 여기에 있는 모든 사람에게 문의해봤는데, 이 신사분의 행방을 아는 이는 아무도 없었습니다."

은행 문 닫을 시간이 가까워지자 떠들썩하던 사람들이 로리 씨의 책상 앞을 지나 하나둘 밖으로 나갔다. 로리 씨는 수신인을 찾기라도 하듯 편지를 앞으로 내밀었다. 피난민 모습으로 무언가를 모의하고 분노하던 귀족 나리들이 지나가면서 편지를 쳐다보았다. 곧이어 여기저기서 행방이 묘연한 후작을 두고, 저마다 프랑스어나 영어로 헐뜯기 시작했다.

"살해당한 그 세련된 후작의 조카였다지요. 뭐, 그래야 타락한 후계자일 뿐이었지만." 한 사람이 코웃음 치며 말했다. "다행스럽게도 저는 그자와 일면식도 없었답니다."

"그자는 자기 직분을 내팽개치고 도망간 겁쟁이였다지요." 또 다른 귀족 나리가 쓴웃음을 지으며 말했다. 마차에 실은 건초더미에 거꾸로 처박힌 채 파리를 빠져나온 사내였다.

"새로운 사상에 물들어서는 말이야." 세 번째 남자가 지나가다 단안경 너머로 수취인을 힐끗 보고 말했다. "지금은 고인이 된 후작의 뜻에 맞서 유산 상속을 포기하고 천한 폭도들에게 넘겨줬어요. 그 천한 것들이 그 작자에게 꼭 보답을 해준다면 좋으련만.”

“뭐라고요?” 스트라이버가 우렁찬 목소리로 외쳤다. “정말 그가 모든 걸 포기했다는 말입니까? 뭐 그런 놈이 다 있답니까? 어디 그 파렴치한 자의 이름 좀 봅시다. 천하의 나쁜 놈 같으니라고!”

찰스 다네이는 가만히 보고 있을 수만은 없어서 스트라이버의 어깨를 살짝 치며 말했다.

“제가 아는 사람입니다.”

“그래요? 오, 이런!” 스트라이버가 눈을 동그랗게 뜨고 말했다. “애석한 일이군요.”

“네? 왜 애석하다는 거죠?”

“이봐요, 다네이 씨. 그자가 무슨 짓을 했는지 못 들었어요? 요즘 같은 시국에 그래도 된다고 생각하는 겁니까?”

“왜 안 되는지 묻고 싶습니다만.”

“그렇다면 다시 말씀드리지요. 다네이 씨, 정말 유감입니다. 그런 이상한 질문을 하시다니 말이에요. 그 작자는 이루 말할 수 없이 유해하고 불경스러운 악마의 사상에 빠져서 떼로 몰려다니면서 사람을 죽이는 비열한 인간쓰레기들에게 자기 재산을 넘겨줬습니다. 그런데도 다네이 씨, 당신은 어린 학생들을 가르친다는 사람이 그런 자와 알고 지냈다는 게 아무렇지도 않다는 말입니까? 그런데도 왜 안 되냐고 물으시니, 좋아요, 대답해 드리지요. 그런 악당은 다른 멀쩡한 사람도 전염시키기 때문입니다. 그래서 유감이라는 겁니다.”

다네이는 비밀을 의식하고 힘겹게 자신을 달래며 말했다. “당신은 죽었다 깨어나도 그 신사를 이해하지 못할 겁니다.”

“당신을 궁지에 몰아넣는 방법을 저는 알고 있지요. 다네이 씨.” 스트라이버는 이죽거리며 말했다. "한번 그래 볼까요. 만일 그자가 신사라면 나는 그를 '조금도' 이해하지 못하겠다고요. 그러니 내가 안부를 묻더라면서 이렇게 전해요. 자기 재산과 지위를 잔인무도한 폭도 무리에게 다 넘겨주었으면서 왜 놈들의 우두머리는 되지 않았는지 내가 궁금해하더라고 말이오. 그럼 자, 여러분!" 스트라이버가 주위를 둘러보며 손가락을 튕겨 탁 소리를 냈다. "인간의 본성이라면 제가 잘 알고 있으니 한말씀 드리겠습니다. 이런 부류의 인간은 저 폭도 무리를 감싸고 돌면서도 저들 앞에서 감히 자비를 베풀어달라고 할 만한 배짱은 없지요. 그렇지 않습니까, 신사 여러분. 그자는 실랑이가 벌어지면 그 깨끗하신 구두가 행여 더러워질까 꽁무니를 내빼지요."

스트라이버는 손가락을 한번 더 탁 소리 나게 튕기고 자기를 응원하는 사람들에게 둘러싸인 채 어깨를 으쓱대며 플리트 거리로 나갔다. 사람들이 모두 떠나자 책상 앞에는 로리 씨와 찰스 다네이만이 남아 있었다.

"자네가 이 편지 맡아주겠나?" 로리 씨가 물었다. "어디로 전달할지는 알고 있겠지?"

"네, 알고 있습니다."

"우리라면 어디로 전송하면 되는지 알까 싶어서 이쪽으로 보낸 것 같다고, 그리고 한동안 여기 보관돼 있었다고 설명해주게나. 그럴 수 있지?"

"그럼요. 그건 그렇고 여기서 바로 파리로 떠나실 건가요?"

"그렇지. 여덟 시에 출발하네."

"그럼 배웅하러 다시 오겠습니다."

다네이는 스트라이버와 그곳에 있는 사람들 대부분에게 그리고 자신에게도 화가 났다. 그는 템플에서 가장 조용한 곳으로 가서는 봉투를 열고 편지를 읽었다. 내용은 다음과 같았다.

파리 아베이 감옥
1792년 6월 21일
전 후작 나리께,

저는 오랫동안 마을 사람들에게 생명의 위협을 받아 왔습니다. 극심한 폭력과 모욕을 당한 끝에 먼길을 걸어 파리까지 왔습니다. 여기로 오는 길에서도 온갖 고초를 겪었습니다. 하지만 이것이 전부가 아닙니다. 저의 집도 완전히 파괴되어 아무것도 남아 있지 않습니다.

제가 감옥에 갇히게 된 죄목 그리고 곧 있을 재판에서 목숨을 잃게 될 죄목은 다름 아닌 망명자들을 도와 인민 주권에 대한 반역을 꾀했다는 것이지요. 이제 저는 나리의 도움이 없다면 죽은 목숨이 되었습니다. 저는 나리의 분부에 따라 그들을 도왔으면 도왔지, 결코 해롭게 하지 않았다고 주장했습니다. 그래도 소용이 없었습니다. 망명한 나리의 재산이 몰수되기 한참 전부터, 저는 그들의 세금을 감면해주었고, 소작료는 일절 거두지 않았으며, 아무런 법적 조치도 취하지 않았다고 아무리 호소해도 제 말은 듣지 않았습니다.

더없이 자비로우신 전 후작 나리. 대체 어디에 계십니까? 저는 잠결에도 울부짖습니다. 그분은 어디에 있나요? 저는 하늘에도 물어봅니다. 그분이 저를 구해주러 오실까요? 하지만 아무런 대답이 없었습니다. 아, 전 후작 나리, 이제는 제 절망적인 절규를 바다 건너로 보냅니다. 파리에서도 유명한 텔슨이라는 커다란 은행을 통해 제 목소리가 나리의 귀에 닿기를 간절히 바라면서요!

하느님의 자애로우심으로, 정의로, 관대함으로 그리고 나리의 고귀한 이름으로, 전 후작 나리께 간청드립니다. 저를 석방해주십시오. 제게 잘못이 있다면 나리께 신의를 지켰다는 점뿐입니다. 전 후작 나리, 부디 나리께서도 저에 대한 신의를 지켜주시길 간구합니다!

이 공포스러운 감옥에서, 매순간 죽음을 향해 나아가는 이 순간에도, 전 후작 나리께 비통한 마음으로 충성을 맹세합니다.

나리의 고통받는 종,
가벨 올림

편지를 읽고 나자 다네이의 마음속에 도사린 불안이 격렬하게 꿈틀거렸다. 오랫동안 충직하게 일해온 하인, 지은 죄라고는 자신의 가문에 충실했다는 것밖에 없는 하인에게 닥친 위험천만한 현실이 그를 정면으로 바라보고 있었다. 앞으로 어떻게 해야 할지 고심하며 템플 주변을 서성이던 그는 행인들이 그런 자기를 알아볼까 봐 얼굴을 거의 가리고 있었다.

다네이는 누구보다 잘 알았다. 과거 그의 가문이 저지른 악행과 악명이 마침내 절정에 달했던 때 느꼈던 경악감을. 숙부에 대한 의구심과 분노를. 그가 떠받치고 있는 낡은 체제가 속절없이 무너져 내리는 광경을 지켜보는 순간 그의 마음속에서 일었던 혐오감을. 그리고 무엇보다도 이 모든 상황을 지켜보면서도 제대로 처신하지 못했다는 것을 그 역시 잘 알고 있었다.

그가 모를 리가 없었다. 하루빨리 과거에 누렸던 지위를 포기해야 한다고 생각해왔으나 루시를 향한 사랑에 몰두해 있느라, 과거를 청산하는 일을 서둘렀고, 그런 만큼 일처리가 불완전했다는 것을 말이다. 다네이 자신이 더욱 체계적으로 과정을 들여다보아야만 했고, 또 그렇게 할 작정이었으나, 실제로는 그렇게 하지 못했다는 것도 잘 알았다.

새로 꾸린 가정에서 누리는 행복감은 이루 말하기 어려웠다. 그러나 그는 눈코 뜰 새 없이 바쁜 현실 속에 있었고, 곧이어 급박하게 돌아가는 시대의 변화와 혼란이 뒤따랐다. 이번 주의 사건이 지난주의 미숙한 계획을 송두리째 없는 셈 만들었고, 다음 주의 사건이 또다시 모든 걸 새롭게 만드는 상황에서 저항 한번 제대로 하지 못하고 무기력하게 휩쓸려 왔음을 그는 잘 알고 있었다. 마찬가지로, 행동할 시기가 무르익기를 기다리며 상황을 지켜보았지만 시국이 급격히 변하고 정세가 요동치면서 적기를 놓쳐버렸다는 것도 알았고, 고국의 귀족들이 큰길과 샛길을 가리지 않고 대거 도망쳐 나오고 있다는 것도 알았으며, 그들의 재산이 몰수되고 파괴되었을 뿐 아니라 이름까지 지워지고 있다는 사실도 알고 있었다. 나아가 프랑스에서 새로 권력을 거머쥔 이들이 언젠가 자신의 죄과를 묻게 될 것이라는 사실마저도.

하지만 찰스 다네이는 지금껏 민중을 억압한 적도 없었고, 체포해 감금한 적도 없었다. 그러기는커녕 오랫동안 자신의 권리를 자발적으로 포기한 채 살아왔다. 그는 가혹하게 세금을 징수하는 탐관오리들과 거리를 둔 채, 모든 특권을 포기하고서 세상에 자신을 내던졌다. 그렇게 그만의 보금자리를 마련했고 생계를 이어갔다. 일찍이 그는 가벨에게 서면으로 가문의 재산을 관리해줄 것을 요구하는 한편, 그를 대신하여 궁핍한 이들을 보살피고 무엇이든 나누어 줄 만한 것

　　　　　　　　　　　　　　　　　　　제2부 금빛 실

이 있으면 그렇게 하라고 일렀다. 겨울철을 날 수 있게 땔감을 주거나 여름철에는 수확한 농산물을 나누어 주라고 했다. 분명 가벨은 자신의 목숨을 부지하고 변명하기 위해서라도 지시받은 사실을 증거물 목록에 제시했을 것이므로 아마 지금쯤이면 그 호의 어린 진실이 드러나고도 남았을 터였다.

찰스 다네이는 그 진실에 필사적으로 기대어 보기로 했다. 그는 파리로 가겠다고 결심했다.

그랬다. 옛이야기 속의 뱃사람처럼 바람과 물결이 다네이를 자석 바위의 영향권 안으로 밀어 넣었다. 지나는 배를 난파시키는 전설의 바위가 그를 끌어당겼고 그는 거부할 수 없었다. 가야만 했다. 마음속에서 일렁이는 모든 것이 그를 차츰 빠르고 강하게 끌어당기고 사로잡아 무시무시한 곳으로 이끌었다. 그의 마음 깊은 곳에 도사린 불안감이 샘솟았다. 그의 불행한 조국에서 바람직하지 않은 목적에 바람직하지 않은 수단이 동원되고 있다는 것을 뻔히 알면서도, 그 자리에 없다는 이유만으로 상황을 관망만 하는 탓이었다. 그는 유혈 사태를 막고 자비와 인도주의를 베풀기를 간청할 수도 있었다. 불안감이 그를 억누르고 비난했다. 자연히 그는 의무감이 투철한 노신사 로리 씨와 자신을 비교해보았다. 그런 비교는 그를 해치고 말 것이었다. 언젠가 귀족 나리들이 비웃었던 기억이 그를 아프게 찔렀다. 비웃음을 흘린 자들 중에서는 케케묵은 이유를 들며 그를 야비하게 조롱했던 스트라이버도 있었다. 이윽고 가벨의 편지도 떠올랐다. 곧 죽을 위험에 처한 무고한 죄수가 다네이 가문의 정의와 명예와 이름에 호소하는 모습이 어른거렸다.

그는 결심을 한층 굳혔다. 어떻게 해서든 파리에 가야 했다.

그랬다. 자석 바위가 다네이를 끌어당기고 있었다. 그는 부딪힐 때까지는 나아갈 수밖에 없었다. 그는 암초를 미리 알지 못했고, 어떤 위험이 도사리고 있을지도 몰랐다. 그가 베푼 선의는 온전히 닿지 않았지만 그는 여전히 낙관했다. 진실을 밝힌다면 오히려 프랑스가 그에게 감사할 것이라고 믿었다. 선한 일을 한다는 영광스러운 환영, 주로 선량한 이들의 낙천적인 모습만이 등장하는 환영이 그의 뇌리에 떠올랐다. 그런 환영 속에서 그는 광기에 휩싸인 혁명을 올바른 길로 인도하는 자신의 모습을 보기까지 했다.

다네이는 다시금 마음을 다잡고 몇 걸음 걷다가, 자신이 떠나기 전까지는 루시나 그녀의 아버지 마네트 박사에게 이 사실을 알리지 말아야겠다고 생각했다. 그래야 루시가 이별의 고통을 겪지 않을 테니까. 마네트 박사는 과거의 불행했던 기억을 떠올리는 자체를 꺼렸기에 미리 알려서 괜한 걱정과 불안에 휩싸이게 하기보다 이미 벌어진 일을 받아들이게 하는 편이 나았다. 그러나 다네이는 그런 배려에 지나치게 사로잡힌 나머지 자신이 어떤 위험에 놓여 있는지 또 사태가 얼마나 불확실한지를 생각하지 못했다. 그의 순진한 마음이 결국 결심을 굳히게 했다.

그는 이런저런 생각을 하며 분주하게 서성거리다가 로리 씨를 배웅할 시간이 되자 텔슨으로 향했다. 파리에 도착하는 즉시 이 노신사를 찾아갈 생각이었으나 지금 상황에서는 아무 말도 하지 편이 나을 것 같았다.

은행 문 앞에는 이미 역마차가 대기 중이었고, 제리는 장화와 각종 장비를 갖추고 서 있었다.

"그 편지를 전달했습니다." 다네이가 로리 씨에게 말했다. "그분께 서면으로 된 답신은 전달이 불가능하다고 말했습니다. 구두로 전달하는 건 괜찮을 거라고 했는데, 어떨까요?"

"기꺼이 그러지." 로리 씨가 대답했다. "위험한 내용이 아니면 괜찮겠지."

"전혀 위험하지 않습니다. 수취인이 아베이 감옥에 갇힌 죄수이긴 하지만 말입니다."

"이름이 어떻게 되나?" 로리 씨가 수첩을 펼치고 물었다.

"가벨입니다."

"가벨이라. 감옥에 갇힌 불운한 가벨에게 보내는 전갈은?"

"간단합니다. '편지를 받았으니, 곧 갈 것이다'라는 정도입니다."

"언제라고 하던가?"

"내일 밤 출발한다고 합니다."

"달리 언급된 사람 있나?"

"없습니다."

찰스 다네이는 로리 씨가 코트와 망토를 여러 겹 껴입도록 도와주었다. 그러고는 로리 씨와 함께 고즈닉한 은행 안의 온기를 뒤로하고 안개 자욱한 플리트 거리로 나왔다.

"루시와 아이에게 내 안부를 전해주게." 로리 씨가 헤어질 때 말했다. "그리고 내가 돌아올 때까지 두 사람을 잘 돌봐주게나."

찰스 다네이는 멀어져 가는 마차를 바라보면서 고개를 저었다. 그의 입가에는 알쏭달쏭한 미소가 번져 있었다.

그날은 8월 14일 밤이었다. 다네이는 늦게까지 책상 앞에 앉아서 열정을 담아 편지 두 통을 썼다. 한 통은 루시에게 보내는 것으로 그가 반드시 파리에 가야 할 의무가 있다는 내용이었다. 그는 파리에서 위험에 빠질 일은 절대로 없다고 확신하는 이유를 자세히 밝혔다. 또 한 통은 마네트 박사에게 보내는 편지였다. 다네이는 루시와 소중한 아이를 잘 돌보아달라고 간곡히 부탁하면서 앞에서처럼 그가 안전할 거라고 확신하는 이유를 상세히 설명했다. 두 통의 편지에는 똑같이 파리에 도착하는 즉시 소식을 전하겠다는 내용을 담았다.

다네이에게 그날은 아주 힘든 하루였다. 마음 깊이 근심을 숨긴 채 아무렇지 않은 듯 생활해야 했기 때문이다. 루시와 삶을 함께한 이래 처음 있는 일이었다. 조금도 의심치 않는 루시 앞에서 그것이 선의의 비밀일지라도 입을 꾹 닫고 있기란 여간 힘든 일이 아니었다. 사실 다네이는 반쯤은 털어놓을까 고민했다. 그녀의 묵묵한 내조 없이 무슨 일을 한다는 게 자꾸만 걸렸던 탓이었다. 하지만 마냥 행복해하면서 바쁘게 움직이는 아내를 사랑스러운 눈으로 바라보면서 그는 마음을 굳게 먹었다.

힘든 하루였지만 그날은 생각보다 빨리 지나갔다. 그는 이른 저녁에 아내와 사랑스러운 딸을 꼭 껴안으면서 곧 돌아올 것처럼 일러두었다. 그는 중요한 약속이 있다고 둘러댔고 미리 작은 옷 가방도 준비해두었다. 그러고는 더욱 무거워진 마음을 안고서 무거운 거리에 무겁게 깔린 안개 속으로 걸어 들어갔다.

보이지 않는 힘이 그를 점점 더 빠르게 끌어당겼고, 모든 물결과 바람이 그가 가는 방향으로 거세게 휘몰아쳤다. 그는 믿음직해 보이는 수위에게 편지 두 통을 맡기면서, 자정이 되기 삼십 분 전에 전달하되 그보다 조금이라도 빠르거나 늦어서는 안 된다고 단단히 일러두었다. 그리고 도버로 향하는 말에 올랐다. "하느님의 자애로우심으로, 정의로, 관대함으로 그리고 나리의 고귀한 이름으로!"라고 외치던 가엾은 죄수 가벨을 떠올리며 다네이는 무거운 가슴을 움켜쥐었다. 그리고 지상의 소중한 모든 것을 뒤로 한 채 자석 바위 쪽으로 흘러 갔다.

··· 제3부 ···

폭풍의 진로

◇◇◇◇

독방

1792년 가을, 영국을 떠나 파리로 향하는 여행자의 발걸음은 한없이 더디기만 했다. 몰락한 비운의 국왕이 영화를 누리며 왕좌에 앉아 있던 시절에도 상황은 별반 다르지 않았다. 프랑스의 도로 사정은 열악했고, 마차와 말의 상태 또한 형편없어서 걸핏하면 계획된 여정이 지연되곤 했다. 그런 터에 시대가 바뀌자 또 다른 장애물이 여행자의 길을 가로막았다. 도시 관문과 마을 세무서마다 국민군의 머스킷 총으로 무장한 시민 애국단이 진을 치고 있었다. 이들은 지나가는 이들을 멈춰 세우고 심문하고 서류를 검사하고 자기들이 가진 명단과 대조해 보았다. 그리고 그들을 되돌려 보내거나 통과시키거나 붙잡아 갔는데, 그 과정이 그들의 변덕스러운 기분에 좌우되었음에도 이 모든 것이 새로 도래할 공화국이 내거는 새로운 기치에 꼭 들어맞는다고 여겼다. 그 기치란 '자유, 평등, 박애, 아니면 죽음을!'이었다.

찰스 다네이는 프랑스의 땅에 발을 들이고서 얼마 가기도 전에 알아차렸다. 파리에서 선량한 시민 동지로 인정받지 못하는 한 이 시골

길을 따라 돌아가기는 글렀다는 것을. 이제는 어떤 일이 닥치든 이 여정의 목적지에 이르는 수밖에 없었다. 초라한 마을을 지날 때면 어김없이 그 앞에서 문이 닫혔고, 등 뒤에서 목책으로 된 관문이 내려왔다. 그때마다 다네이는 그것이 자신과 영국 사이에 놓인 일련의 철문임을 깨달았다. 어디를 가든 사람들은 그를 에워싸고 경계했다. 마치 그물에 붙잡혔거나 우리에 갇혀 목적지로 이송될 신세처럼 느껴졌다. 자유를 완전히 박탈당한 것만 같았다.

어디를 가든 다들 경계하는 탓에 고작 도로 한 구간을 가는 데만 해도 스무 번이나 멈춰 서야 했다. 하루에도 스무 번씩 일정이 지연되었다. 사람들은 그를 뒤쫓아와서 다시 데리고 돌아가거나, 앞서 달려가서 그를 막아서거나, 나란히 말을 타고 달리며 그를 주시했다. 프랑스 땅을 밟은 지 이미 며칠은 지난 뒤였다. 그는 파리에서 멀리 떨어진 대로변의 어느 작은 마을에 당도하자마자 녹초가 된 나머지 그대로 곯아떨어졌다.

그나마 그 마을까지 올 수 있었던 것도 아베이 감옥에서 가벨이 보낸 편지 덕분이었다. 그 편지를 보여주지 않았더라면 여기까지 올 수도 없었을 것이었다. 이미 한차례 경비 초소에서 통과시켜 주지 않아 된통 애를 먹은 뒤였고, 그는 이 여정을 더 이어 나갈 수 있을지 위기감을 느꼈다. 그래서인지 마을의 작은 여관에서 한밤중에 자고 있는 그를 누군가 깨웠을 때 그는 생각처럼 크게 놀라지는 않았다.

잠에서 그를 깨운 건 소심한 지역 관리 한 명과 무장한 시민 단체인 애국단원 세 명이었다. 붉은색 투박한 모자를 쓰고 파이프 담배를 입에 문 애국단원들은 다네이의 침대에 걸터앉아 있었다.

"망명자 선생." 관리가 말했다. "호위대를 붙여 선생을 파리로 보낼까 합니다."

　　　　　　　　　　　제3부 폭풍의 진로

"시민 동지들, 파리에 가는 건 제가 무엇보다 바라는 일이오. 하지
만 호위대는 필요 없습니다."

"조용히 해!" 붉은 모자를 쓴 애국단원 한 명이 머스킷 총의 개머리
판으로 침대보를 내리치며 소리쳤다. "입 다물어, 귀족놈아!"

"우리 충직한 애국단원 말이 맞소. 선생은 귀족이니 호위대가 있어
야 합니다. 비용도 부담해야 하고요." 소심하게 생긴 관리가 조심스레
말했다.

"선택의 여지가 없군요." 찰스 다네이가 말했다.

"선택? 이 작자 말하는 것 보게!" 조금 전의 애국단원이 험악한 표
정을 지으며 말했다. "가로등에 매달리지 않게 보호해준 걸 감지덕지
해야 할 판국에?"

"충직한 애국단원의 말씀은 늘 옳습니다." 관리가 굽신거리며 말했
다. "어서 일어나 옷을 입으세요, 망명자 선생."

다네이는 관리 말에 따랐다. 그는 다시 경비 초소로 끌려갔다. 그곳
에서는 붉은색의 투박한 모자를 쓴 다른 애국단원들이 모닥불 옆에
서 담배를 피우거나 술을 마시거나 꾸벅꾸벅 졸고 있었다. 다네이는
호위대 비용을 비싸게 치르고, 새벽 세 시에 호위대와 함께 축축하게
젖은 길을 떠났다.

호위대는 삼색 배지[67]가 달린 붉은 모자를 쓴 두 명의 기마병이었
다. 머스킷 총과 군도로 무장하고서, 다네이의 양옆에서 말을 몰았다.
다네이도 말꼬삐를 쥐고 있었는데, 애국단원 한 명이 그의 말 굴레에
줄을 느슨하게 연결하여 손목에 감고 있었다. 세찬 비가 얼굴을 때리
는 가운데 일행은 길을 나섰다. 돌로 포장된 울퉁불퉁한 마을 길을

◇◇◇◇

67 프랑스 국기처럼 파랑, 하양, 빨강으로 이루어진 배지다.

마치 중무장한 기마병처럼 규칙적인 말발굽 소리를 내며 빠른 속도로 지나쳤고, 일행은 질퍽질퍽한 진창길로 들어섰다. 그들은 그렇게 수도로 이어지는 진창길을 변함없이 계속 나아갔다. 이따금 말이 바뀌었고 그에 따라 속력을 늦추거나 올리는 게 고작이었다.

그들은 주로 밤에 이동했다. 동이 트면 한두 시간 가다가 말을 멈추고는 땅거미가 질 때까지 잠을 자거나 휴식을 취했다. 호위대의 옷차림은 형편없어서 비에 젖지 않도록 헐벗은 다리에는 밀짚을 둘둘 감았고, 훤히 드러난 어깨를 짚대로 덮어야 했다. 다네이는 감시가 너무 삼엄해서 불편하기도 했지만 그 밖에도 애국단원 한 명이 걸핏하면 술에 취해 머스킷 총을 부주의하게 들고 다니는 통에 가슴이 조마조마했다. 비록 그는 속박된 처지였지만 두려움에 위축되지 않으려고 애썼다. 그로서는 지금껏 입장을 밝힐 기회도 없었거니와 아베이에 수감된 가벨이 자신의 처지를 분명히 증언해줄 것이라 믿었다. 그래서 이런 부당한 대우가 오래가지는 않을 것이라고 확신했다.

그러나 일행이 보베에 도착했을 때 다네이는 사태가 매우 심각하다는 사실을 알아차렸다. 그때는 저녁 무렵이었고 거리는 사람들로 가득했다. 불길한 조짐을 보이는 군중은 그가 역참 마당에 내리는 것을 보기 위해 모여 있었고, 일제히 험악하게 소리쳤다. "망명자를 타도하라!"

다네이는 안장에서 내리려다가 곧바로 동작을 멈추었다. 안장 위가 더 안전할 성싶었다. 그는 다시 안장에 앉으면서 큰소리로 항변하듯 말했다.

"동지 여러분, 제가 망명자라니요! 제 발로 프랑스에 돌아온 제가 어떻게 망명자라는 겁니까?"

"저주받을 망명자!" 군중 가운데에서 편자공이 소리쳤다. 그는 손

     제3부 폭풍의 진로

에 망치를 쥐고 군중을 헤치며 격노한 모습으로 다네이에게 달려들며 외쳤다. "저주받아 마땅한 귀족놈!"

역참장이 편자공과 고삐를 쥔 기수 사이에 끼어들었다. 편자공은 굴레를 움켜쥐려 할 것이 분명했기 때문이다. "내버려두게. 건드리지 마! 어차피 파리에서 심판을 받을 테니까."

"심판을 받는다고!" 편자공이 망치를 휘두르며 소리쳤다. "그래! 반역자로 유죄 판결을 받겠군."

편자공 말에 군중이 환호성을 질렀다.

역참장이 다네이의 말 머리를 마당 쪽으로 돌리려고 했다. 하지만 다네이는 역참장을 제지하고는 사람들의 원성 어린 목소리가 어느 정도 수그러들자 곧장 말했다. 그때까지도 술에 취한 애국단원은 손목에 줄을 감은 채 안장에 걸터앉아 태연하게 구경하고 있었다.

"동지들, 여러분은 잘못 아셨거나 잘못 들으신 겁니다. 저는 반역자가 아닙니다."

"거짓말하지 마!" 이번에는 대장장이가 소리쳤다. "법령이 떨어진 순간부터 너는 반역자야. 네 목숨은 민중의 손에 넘어갔다. 네 저주받을 목숨조차 네 것이 아니다!"

다네이가 군중의 눈에서 금방이라도 자신에게 돌진할 것 같은 증오의 기운을 느낀 순간, 역참장이 그의 말을 마당으로 이끌었다. 호위병도 그의 말 양옆에 바짝 붙어서 따라왔다. 잠시 뒤 역참장이 덜컹거리는 이중문을 닫고는 빗장을 질렀다. 그러자 대장장이가 망치로 문을 한 차례 후려쳤고, 군중이 으르렁거렸다. 하지만 그 이상의 일은 일어나지 않았다.

다네이가 마당에서 역참장에게 다가가 고맙다고 말하고는 이렇게 물었다. "대장장이가 말한 법령이 대체 뭡니까?"

"그건 망명자의 재산을 매각해 처분하는 법령이오."

"그 법령이 언제 통과됐습니까?"

"14일에 통과됐소."

"내가 영국을 떠난 날이군요!"

"다들 말하기를, 여러 조항 중 하나일 뿐이라고 합니다. 다른 법령들도—이미 나왔을지도 모르겠지만— 쏟아져 나올 거라더군요. 망명자를 모두 추방하고, 돌아오는 자는 모조리 사형에 처하는 법령 말이오. 아까 그자가 당신 목숨이 당신 것이 아니라고 했잖소. 그 말이 바로 그런 의미라오."

"하지만 그런 법령이 아직 나온 건 아니잖습니까?"

"나왔는지 안 나왔는지 내가 어떻게 알겠소!" 역참장이 어깨를 으쓱하며 말했다. "이미 나왔거나 그렇지 않으면 조만간 나오겠지요. 이러나저러나 마찬가지입니다. 근데 이제 어떻게 하시려고요?"

그들은 다락방의 짚더미 위에서 한밤중까지 쉬다가 마을 사람들이 모두 잠들었을 무렵 짐을 챙겨 다시금 길을 나섰다. 친숙한 풍경과 사물은 이제 없고, 많은 것이 바뀌었다. 그런 가운데서도 이 거친 여정을 더욱 비현실적으로 만드는 것이 있었다. 바로 다들 잠을 잊어버렸다는 사실이었다.

황량한 길을 오래도록 홀로 달리다 보면 옹기종기 모여 있는 가난한 오두막들이 나타나곤 했는데 대부분 어둠에 잠겨 있지 않았다. 오히려 환하게 반짝거렸다. 사람들은 한밤중에 유령 같은 모습으로 손에 손을 맞잡고 말라비틀어진 자유의 나무[68] 둘레를 빙빙 돌거나, 다

---

68 마을 광장 같은 곳에 나무를 심고 자유의 승리를 상징하기 위해 삼색 리본 등으로 장식했다. 당시 프랑스에는 자유의 나무가 6만 그루 있었다.

     제3부 폭풍의 진로

함께 한곳에 모여 선 채 자유의 노래를 불렀다. 하지만 다행스럽게도 그날 밤 보베에는 잠의 정령이 찾아왔기 때문에 일행은 그곳을 무사히 벗어날 수 있었다. 그들은 또 한번 고독과 외로움 속으로 나아갔다. 때 이른 추위와 궂은 날씨에도 말들은 방울 소리를 딸랑딸랑 울리며 그해 한 알의 결실도 맺지 못한 메마른 들판을 쉴 새 없이 달려갔다. 길가에는 시커멓게 불탄 집의 잔해가 널려 있었고, 여정의 단조로움을 깨뜨리듯 곳곳에 애국 순찰대가 매복해 있다가 갑자기 나타나 그들의 앞길을 가로막았다. 그때마다 일행은 말고삐를 급히 잡아당겨야 했다.

동틀 무렵, 마침내 그들은 파리의 성벽 앞에 다다랐다. 그들이 다가갔을 때 성문은 굳게 닫혀 있었고, 보초들이 삼엄하게 경비를 서고 있었다.

보초 한 명이 초소를 바라보며 누군가를 부르자 책임자인 듯한 다부신 사내가 나가와서 단호한 어조로 물었다. "이 죄수의 서류는?"

찰스 다네이는 사내의 무례한 말을 듣고 가히 충격을 받았지만 정중한 태도로 응했다. 자신은 자유로운 여행자이자 프랑스 시민이라고 말했다. 그러면서 덧붙이기를 시국이 워낙 어수선하여 어쩔 수 없이 비용을 지불하고 호위를 받으며 여행하는 거라고 했다.

"어디 있냐고?" 책임자는 다네이의 말은 들은 척도 하지 않고 다시금 퉁명스레 물었다. "이 죄수의 서류 말이야?"

술에 취한 애국단원이 모자에서 서류를 꺼내 책임자에게 내밀었다. 책임자는 가벨의 편지를 훑어보더니 약간 당황하고 놀란 표정으로 다네이를 주의 깊게 살펴보았다.

하지만 책임자는 아무 말 없이 호위하는 이들과 호위를 받는 이를 그대로 남겨 두고 초소로 돌아갔다. 그사이 일행은 성문 밖에서 말을 탄 채 기다려야 했다. 긴장감 속에서 찰스 다네이는 주위를 둘러보았다. 군인들과 애국단원들이 뒤섞여서 함께 성문을 지키고 있었는데, 애국단원의 수가 군인보다 훨씬 많았다. 그리고 농산물을 실은 수레를 끄는 농민이나 그와 비슷한 운송 수단을 끌고 온 장사치들은 비교적 수월하게 성안으로 들어갔지만 도시에서 나오기는 무척 어려워 보였다. 겉보기에 더없이 순박해 보이는 이들조차 마찬가지였다. 온갖 종류의 짐승과 갖가지 운송 수단은 물론이고 남녀노소 많은 이들이 성문을 빠져나가려고 대기하고 있었다. 하지만 사전 신분 확인 절차가 얼마나 까다로운지 아주 더디게 성문을 통과할 수밖에 없었다. 심사 순서가 아직 한참 남았다는 걸 알고 아예 바닥에 드러누워 잠을 자거나 담배를 피우는 사람들도 있었고, 몇몇은 한데 모여 대화를 나누거나 주변을 괜스레 어슬렁거렸다. 삼색 배지가 달린 붉은 모자는 남녀를 불문하고 거의 모든 사람이 쓰고 있었다.

찰스 다네이는 그런 것들을 눈여겨보며 반 시간쯤 말안장에 앉아 있었다. 그때 조금 전의 책임자가 초소에서 나오더니 보초들에게 성문을 열라고 명령했다. 그는 호위대에게 죄수의 인수 확인증을 전달하고 다네이에게는 말에서 내리라고 요구했다. 다네이가 말에서 내리자 두 애국단원은 그 길로 곧장 다네이의 지친 말을 끌고 왔던 길을 돌아갔다.

다네이는 책임자를 따라 초소로 들어섰다. 싸구려 포도주와 담배 냄새가 배어 있는 그곳에는 병사들과 애국단원들이 서 있거나 누워 있었다. 어떤 이는 깊이 잠들어 있었고, 어떤 이는 맑은 정신으로 깨어 있었다. 또 잠들었는지 깨었는지 알 수 없는 사람이 있는가 하면, 취했는지 정신이 말짱한지 모르게 비몽사몽인 사람도 있었다. 초소 내부 역시 흐리멍덩하기는 매한가지였다. 기름등이 반쯤 꺼져 있었

감옥의 문턱에서 인간의 품위를 잃지 않으려고 애쓰다

고 창문 밖은 구름이 끼어 흐릿했다. 책상 위에는 여러 권의 장부가 펼쳐져 있었고, 험악하고 음울한 표정의 관리가 그것들을 살펴보고 있었다.

"드파르주 시민 동지." 관리가 기록할 종이 한 장을 집어 들고 다네이를 데리고 온 책임자를 향해 말했다. "이자가 망명자 에브레몽드인가?"

"맞습니다."

"에브레몽드, 나이는?"

"서른일곱입니다."

"에브레몽드, 결혼은?"

"했습니다."

"어디에서 결혼했지?"

"영국에서 했습니다."

"그렇겠지. 에브레몽드, 아내는?"

"영국에 있습니다."

"그렇겠지. 에브레몽드, 당신을 라포르스 감옥으로 송치하겠다."

"뭐라고요?" 찰스 다네이가 놀라서 목소리를 높였다. "도대체 무슨 법에 따라서, 어떤 죄목으로 말입니까?"

관리가 잠시 종이에서 시선을 들었다.

"새로운 법과 새로운 죄목이 생겼다, 에브레몽드. 당신이 이곳에 온 이후로 말이야."

관리는 차가운 미소를 지으며 그렇게 말하고 다시 종이에 무언가 적기 시작했다.

"제가 자발적으로 왔다는 점을 참작해주시길 간청드립니다. 거기 앞에 놓인 동포의 간절한 호소 편지를 받고 그에 응하기 위해 왔습니다. 거기 쓰인 간절한 호소를 들어줄 기회를 주십시오. 그것 말고는 아무것도 바라지 않습니다. 제 권리이기도 하지 않습니까?"

"망명자에게 권리 따위는 없어, 에브레몽드." 곧바로 냉담한 대답이 돌아왔다. 관리는 계속 써 내려갔다. 그리고 서류 작성을 마친 뒤에는 자기가 쓴 내용을 죽 훑어보고, 그 위에 모래를 뿌린 다음,[69] 드파르주에게 건네며 "독방 수감"이라고 짧게 말했다.

드파르주가 따라오라는 표시로 죄수를 향해 서류를 흔들었다. 죄수는 그의 지시에 따랐다. 무장한 애국단원 두 명이 그와 동행했다.

"당신이었군." 그들이 초소 계단을 내려가 파리로 들어섰을 때 드파르주가 나직한 목소리로 말했다. "박사의 딸과 결혼한 사람이오? 이제 불타 사라진 바스티유 감옥에 수감되었던 마네트 박사의 딸 말이오."

◇◇◇◇

69 18-19세기 유럽에서는 잉크를 빨아들여 글자를 건조하기 위해 모래를 흔히 사용했다.

                    제3부 폭풍의 진로

다네이, 파리에서 사로잡히다

"그렇습니다." 찰스 다네이가 놀란 눈으로 드파르주를 쳐다보며 대답했다.

"나는 드파르주라고 하오. 생탕투안 구역에서 술집을 운영하고 있소. 아마 나에 대해 들어는 봤을 거요."

"들어봤습니다! 제 아내가 부친인 박사님을 되찾으려고 댁의 그 술집으로 갔었지요?"

'아내'라는 단어가 드파르주에게 무언가 음울한 기억을 상기시킨 듯 그가 느닷없이 짜증스럽게 내뱉었다. "새로 태어난 앙칼진 여인, 기요틴[70]의 이름을 걸고 묻겠소. 프랑스에는 왜 온 거요?"

◇◇◇◇

70 단두대를 뜻하는 프랑스어 '기요틴'은 여성 명사이다.

“조금 전에 들었을 텐데요. 진실이 아니라고 믿는 겁니까?”

“당신한테는 진실치고는 불길하군.” 드파르주가 이마를 찌푸리고 앞을 똑바로 바라보며 말했다.

“저는 정말 혼란스럽습니다. 이곳의 모든 게 너무 낯선 데다 온통 변했어요. 그리고 너무나 갑작스럽고 부당해서 저는 완전히 길을 잃었습니다. 저를 좀 도와주시겠습니까?”

“그건 곤란하오.” 드파르주가 앞을 똑바로 바라보며 단호하게 대꾸했다.

“그럼 한 가지만 물어볼 테니 대답해주시겠습니까?”

“글쎄요. 어떤 질문이냐에 따라 달라지겠지요. 일단 질문해보시오.”

“이처럼 부당하게 송치되는 감옥에서 말인데요, 그곳에 가면 제가 바깥세상과 자유롭게 연락을 주고받을 수는 있나요?”

“그거야 가보면 알게 되겠지요.”

“설마 변론의 기회도 없이 미리 정해진 판결을 받고서 영영 갇혀버린다는 말입니까?”

“그것도 가보면 알게 되겠지요. 그런데 그게 어쨌다는 거요? 같은 식으로 더 끔찍한 감옥에 갇힌 사람들도 있었소. 예전에는 말이오.”

“하지만 저는 결단코 누구를 해코지한 적이 없습니다, 드파르주 시민 동지.”

드파르주는 대답 대신 찰스 다네이를 험악한 표정으로 바라보고는 침묵을 지키며 걸어 들어갔다. 드파르주가 깊이 침묵할수록 다네이의 마음속에서 희망은 차츰 사라져갔다. 그래서 다네이는 서둘러 덧붙여 말했다.

“제게 더없이 중요한 일이 있소이다. 시민 동지, 당신이 저보다 더 잘 알 겁니다. 텔슨 은행의 로리 씨라는 영국인 신사가 지금 파리에 있습니다. 그분에게 제가 라포르스 감옥에 갇히게 되었다는 걸 알려주세요. 이 사실만이라도 전하고 싶습니다. 부디 부탁을 들어주시겠습니까?"

"나는 말이오." 드파르주가 모질게 말했다. "당신을 위해 아무것도 하지 않을 거요. 내 임무는 오로지 조국과 민중을 위한 겁니다. 나는 당신 같은 사람과 싸우기로 맹세한 조국과 민중의 종이란 말이오. 당신을 위해서는 아무것도 하지 않을 거요."

찰스 다네이는 더 간청해봐야 소용없다고 판단했다. 자존심만 상한 꼴이었다. 두 사람이 침묵 속에서 걷고 있을 때 다네이는 피부로 생생하게 느낄 수 있었다. 거리를 지나는 사람들이 죄수가 끌려가는 광경에 얼마나 익숙해져 있는지를. 아이들조차 그에게 관심을 거의 두지 않았다. 몇몇 사람이 고개를 돌려 쳐다보거나, 귀족이라며 손가락질 하기는 했다. 하지만 근사한 옷차림의 사내가 감옥으로 향하는 일은 직업복을 입은 노동자가 일터로 가는 일만큼이나 많은 사람들에게 그저 평범한 광경이었다.

두 사람이 걷는 좁고 어둡고 지저분한 거리에서 한 격앙된 연설자가 걸상에 올라서는 마찬가지로 격앙된 청중을 향해 열변을 토하고 있었다. 국왕과 왕족이 민중에게 저지른 범죄 행위에 대해서였다. 찰스 다네이는 연설자의 말 몇 마디를 듣고서야 비로소 국왕이 감옥에 있고, 외국 사절들이 모두 파리를 떠났다는 사실을 처음으로 알게 되었다. 보베에서 잠시 멈추었을 때를 제외하면 파리로 오는 내내 그는 아무런 소식도 전해 듣지 못했다. 호위대도 있었고 사방에서 감시하는 바람에 완전히 고립돼 있었기 때문이다.

찰스 다네이는 영국을 떠날 때보다 더욱 깊은 수렁에 빠졌다는 사실을 알아차렸다. 그 수렁은 빠르게 커지고 있었으며 앞으로도 계속해서 커질지도 몰랐다. 그리고 그는 스스로 인정해야만 했다. 지난 며칠간 벌어진 일을 미리 알았다면 이 여행길에 나서지 않았으리라는 사실을. 그럼에도 그는 불안해하기만 해서는 안 된다고 스스로 다독였고, 곧 있을 빛을 상상하면 그리 어둡게 느껴지지만은 않았다. 미래가 불투명해 보이기는 했어도 아직 어떻게 될지 알 수 없었다. 그 불투명함 속에는 무지에서 비롯된 희망이 깃들어 있었다.

앞으로 시곗바늘이 몇 바퀴만 더 돌면 축복받아 마땅한 추수절이었다. 그날은 곧 무수한 핏자국을 남길 끔찍한 대학살[71]의 날이 될 것이었다. 하지만 다네이에게는 십만 년쯤 뒤에나 일어날 법한 먼 미래의 일처럼 느껴졌다. 그로서는 전혀 알 수 없는 일이었다. "새로 태어난 앙칼진 여인, 기요틴" 역시 다네이를 비롯한 대다수에게는 생소했다. 머지않아 있을 그 무시무시한 일들조차 그 일을 행하는 사람들의 계획 속에 없었을 것이다. 온순한 인간의 마음속에 어떻게 그런 그늘진 생각이 자리할 수 있겠는가?

다네이는 곧 감옥에 갇혀 온갖 고초를 겪고 처자식과 잔혹하게 생이별당하게 되리라는 것을 예감했다. 아니, 그렇게 되리라고 확신했다. 하지만 두려운 것은 오직 그뿐이었다. 그는 이런 감옥 마당에서나 품을 법한 음울한 생각에 사로잡힌 채로 라포르스 감옥에 당도했다.

얼굴이 부은 사내가 튼튼한 쪽문을 열어주자, 드파르주는 그에게 '망명자 에브레몽드'를 넘겼다.

"제기랄! 대체 뭐가 이렇게 많은 거야?" 얼굴이 퉁퉁 부은 간수가 툴툴거렸다.

---

71 1792년 9월 2일부터 며칠 동안 파리의 감옥에서 수많은 죄수가 학살된 '9월 대학살' 사건을 말한다.

                                   제3부 폭풍의 진로

드파르주는 간수의 불평에 아랑곳하지 않고 인수증을 받은 뒤, 애국단원 두 명과 함께 물러났다.

"제기랄! 욕을 안 할 수가 없네!" 아내와 단둘이 남게 된 간수가 또다시 툴툴거렸다. "뭐가 이렇게 많냐고?"

간수의 아내는 달리 할 말이 없는 듯 이렇게 대꾸했다. "참아요. 참을 줄도 알아야 해요, 여보!"

그녀가 울린 종소리를 듣고 들어온 간수 세 명도 참으라는 반응을 보였다. 그중 한 명은 "자유를 위하여!"라고 덧붙였는데 그곳에는 영 어울리지 않는 말이었다.

라포르스 감옥은 암울한 곳이었다. 어둡고 불결하고 악취까지 풍겼다. 특히 잠자리에서 풍기는 악취는 참을 수 없을 정도였다. 관리가 얼마나 엉망인지는 수감자들의 잠자리에서 배어 나오는 역겨운 악취만으로도 알 수 있었다.

"심지어 독방 수감이군." 간수가 서류를 보면서 투덜거렸다. "미어터질 지경인데 왜 자꾸 들어오는 거야?"

간수는 언짢은 기분으로 서류를 철했고, 찰스 다네이는 그가 다시 자기를 상대해줄 때까지 반 시간을 더 기다려야 했다. 다네이는 아치형 구조의 튼튼한 방안을 이리저리 서성이거나 돌의자에 괜히 앉았다 일어서기를 반복했다. 대장과 부하들은 그의 행동을 충분히 관찰하고 기억할 수 있도록 한동안 그를 그곳에 머무르게 했다.

"어이, 망명자!" 마침내 대장이 열쇠 꾸러미를 집어 들고 소리쳤다. "나를 따라와!"

음산한 감옥의 어스름한 불빛 속에서 새로운 담당자는 다네이를 데리고 복도와 계단을 지나갔다. 그들 뒤로 수많은 문이 철커덩 소리를 내며 잠겼다. 얼마쯤 가자 천장이 낮고 둥근 넓은 방이 나왔다. 거기에는 남자와 여자 죄수들이 수두룩했다. 여자들은 기다란 탁자에 앉아서 책을 읽거나 글을 쓰거나 뜨개질하거나 바느질하거나 자수를 놓고 있었다. 남자들은 대부분 의자 뒤에 가만히 서 있거나 방안을 어슬렁거리고 있었다.

흔히들 죄수라고 하면 본능적으로 수치스러운 범죄와 치욕을 떠올리게 마련이라서 다네이는 죄수 무리를 보았을 때 뒤로 물러섰다. 하지만 앞서와는 조금 다른 이유로 눈앞에 비현실적인 장면이 펼쳐졌다. 그동안 겪었던 기나긴 여정이 비현실적이었던 것과 비교도 되지 않았다. 그들은 모두 일제히 일어나서 그를 맞이하고 있었다. 당대에 알려진 모든 격식을 바탕으로, 온갖 품위와 예절로 그를 정중하게 맞이하고 있었다.

감옥이라는 암울한 상황 탓인지 그들이 격식을 차리는 태도에서는 묘한 음울함이 배어 나왔다. 격식과 어울리지 않는 누추함과 비참함 때문에 그들은 영락없는 유령 같았다. 찰스 다네이는 죽은 자들 틈에 서 있는 것만 같았다. 그랬다. 그들 모두는 유령이었다! 아름다운 유령, 위엄 있는 유령, 우아한 유령, 자부심 넘치는 유령, 경박한 유령, 재치 있는 유령, 젊은 유령, 늙은 유령…. 그들은 모두 이 황량한 해안을 떠날 날을 손꼽아 기다리고 있었고, 지금껏 수없이 다른 사람의 죽음을 지켜본 탓에 묘하게 달라진 눈빛으로 다네이를 바라보고 있었다.

다네이는 놀라서 꼼짝도 하지 못하고 있었다. 그의 곁에 서 있는 간수와 주변에서 분주히 움직이는 다른 간수들은 평소였다면 겉보기에 아무런 문제도 없어 보였을 것이다. 하지만 수심 어린 어머니와 꽃 같은 딸들 옆에 나란히 선 모습을 보자, 어처구니없을 정도로 거칠고 상스러워 보였다. 그녀들은 매혹적인 여인, 젊은 미인, 정숙하게 자란 숙녀였으며 비록 유령일지라도 간수들과 비교도 되지 않았다. 이 음울한 광경을 보고 있자니 그동안의 경험과 상식이 뒤집히는 듯했고 비현실적인 느낌이 극에 달했다. 그들은 모두 유령이 틀림없었다. 이 길고 비현실적인 여정이 그를 이 음울한 망상으로 이끈 것이 틀림없었다.

"함께 불행을 짊어진 사람들을 대표하여 말씀드리겠소이다." 외모와 태도에서 점잖은 분위기가 풍기는 신사가 앞으로 나서며 말했다. "라포르스에 오신 걸 환영하오. 불운의 신이 귀하를 이곳에 데려온 데 대해 심심한 위로의 말씀을 드립니다. 부디 이 불행이 조만간 행복으로 바뀌기를 바랍니다. 다른 곳이었다면 무례였겠지만 여기서는 그렇지 않으니 묻겠소. 당신의 성함과 신분이 무엇이오?"

찰스 다네이는 흩어진 정신을 추스르고 가장 적절한 단어를 찾아서 상대가 원하는 정보를 전달했다.

"그런데 설마하니…." 신사가 방을 가로지르는 간수장을 눈으로 좇으며 말했다. "극비 수감, 그러니까 독방 수감은 아니겠지요?"

"그 말이 정확히 무엇을 뜻하는지는 잘 모르겠지만 저들이 그렇게 말하더군요."

"아, 안타깝군요! 정말 유감입니다! 그래도 기운 내십시오. 우리 동료들 가운데 몇 명도 처음에는 독방이었지만 오래가지 않았습니다." 신사는 목소리를 높여 이렇게 덧붙였다. "여러분! 참으로 안타까운 소식이지만 여기 이분은 독방이랍니다."

찰스 다네이가 방을 가로질러 간수가 기다리는 쇠창살 문으로 걸어갈 때 웅성웅성 그를 동정하는 소리가 들렸다. 수많은 목소리가, 그중에서도 특히 여성들의 부드럽고 연민 어린 목소리가 그에게 행운과 격려의 말을 건넸다. 다네이는 쇠창살 문 앞에서 몸을 돌렸고 표정으로나마 그들에게 진심 어린 감사의 뜻을 전했다. 이윽고 간수가 문을 닫자 그들은 환영처럼 어른거렸다가 다네이의 시야에서 영원히 사라졌다.

자그마한 문은 돌계단을 통해 위쪽으로 연결되어 있었다. 그들은 마흔 계단을 올라갔다. 고작 삼십 분만에 죄수 신세가 된 다네이는 계단을 일일이 세었다. 이윽고 간수가 낮고 시커먼 문을 열었고, 두 사람은 독방으로 들어갔다. 방안은 차갑고 눅눅했지만 그다지 어둡지 않았다.

"네 방이다." 간수가 말했다.

"왜 나는 독방입니까?"

"그걸 내가 어떻게 알아!"

"펜과 잉크, 종이를 살 수 있습니까?"

"그건 내 소관이 아니야. 조만간 누가 찾아올 테니까 그 사람한테 물어봐. 지금은 음식만 살 수 있고, 다른 건 안 돼."

감방 안에는 의자 하나와 탁자 하나 그리고 밀짚으로 만든 매트리스 하나가 놓여 있었다. 간수는 나가기 전에 독방의 물건과 사방의 벽을 샅샅이 살폈다. 그동안 맞은편 벽에 기대어 서 있던 다네이의 머릿속에 한 가지 망상이 스쳐 갔다. 간수의 얼굴과 온몸이 비정상적으로 부어서 마치 불에 퉁퉁 불은 익사자처럼 보였다.

간수가 나간 뒤에도 다네이는 여전히 종잡을 수 없는 생각에 사로잡혔다. "이제 나는 죽은 사람처럼 버려진 건가." 그는 잠시 매트리스를 내려다보다가 그만 구역질이 올라와서 재빨리 고개를 돌리고 다시금 생각에 잠겼다. "내가 죽으면 저 기어다니는 벌레들 속에 파묻히게 될 테지."

"가로로 다섯 걸음에 세로로 네 걸음 반, 가로로 다섯 걸음에 세로

로 네 걸음 반, 가로로 다섯 걸음에 세로로 네 걸음 반." 죄수는 좁은 감방 안을 왔다 갔다 하면서 걸음 수를 세었다. 도시의 함성이 천으로 싸맨 북소리처럼 둔탁하게 울려 퍼졌고 점점 커지는 거친 목소리들이 거기에 더해졌다. "그는 구두를 만들었어, 그는 구두를 만들었어, 그는 구두를 만들었어." 죄수는 이렇게 되풀이되는 생각을 떨쳐버리려고 더욱 빨리 걸으면서 다시금 걸음 수를 세었다. "쇠창살 문이 닫혔을 때 사라졌던 유령들. 그들 가운데 검은 드레스를 입은 숙녀가 있었어. 그녀는 벽에 난 조그만 창문에 기대고 있었지. 금빛 머리카락이 햇빛을 받아 반짝반짝 빛나면서 마치… 다시 말을 타고 달리게 해주세요. 제발, 잠들지 않는 불 켜진 마을을 지나도록! 그는 구두를 만들었어, 그는 구두를 만들었어, 그는 구두를 만들었어…. 가로로 다섯 걸음에 세로로 네 걸음 반."

머릿속에서 이런 생각의 조각들이 어지럽게 떠다녔다. 죄수는 점점 더 빨리 걸으면서 고집스럽게 걸음 수를 세고 또 셌다. 그리는 동안 도시의 함성은 차츰 바뀌었다. 여전히 천으로 감싼 북소리처럼 먹먹하게 울려 퍼졌지만 함께 들리던 목소리는 차츰 부풀어 올랐고, 어느덧 그 속에는 그를 아는 이들의 구슬픈 울음소리마저 섞여 있었다.

2장

회전 숫돌

파리의 생제르맹 구역에 있는 텔슨 은행은 어느 대저택의 부속 건물에 자리했는데, 안뜰을 거쳐야만 들어갈 수 있는 데다 튼튼한 대문과 높은 담벼락이 있어서 거리를 지나는 사람이 함부로 들여다보기는 불가능했다. 이 저택은 한때 명문 귀족 소유였다. 그 귀족은 이곳에서 살다가 난리를 피해 요리사 차림으로 변장해 국경을 넘었다. 그는 사냥꾼에 쫓겨 달아나는 짐승의 처지가 되었지만 다시 태어난다고 해도 영락없는 귀족 나리였다. 한때는 코코아 한 잔을 마시기 위해서조차 요리사와 장정 셋이 필요했던 바로 그 나리였다.

대귀족 나리가 도망치자 세 명의 장정은 한때 나리께 높은 급료를 받았던 죄를 사면받고자 했다. 공화국의 새 아침이 밝아오고 '자유, 평등, 박애, 아니면 죽음을!'이라는 기치가 내걸리자 세 명의 장정은 공화국의 제단에 기꺼이 주인의 목을 바칠 각오를 다졌다. 대귀족 나리의 저택은 처음에는 법원에 가압류되었고, 얼마 뒤 몰수당했다. 모든 일이 일사천리로 진행되고, 각종 법령이 쏟아지듯 잇따랐다. 어느덧 가을로 접어든 9월 셋째 날 밤이었다. 법을 관장하는 애국 특사들이 대귀족의 저택을 접수해 삼색기를 내건 뒤, 의전실에서 축하주로 브랜디를 마시고 있었다.

만일 런던의 텔슨 은행이 파리 지점과 같았다면 지점장은 진작 미쳐버려 관보에 파산 공고를 냈을 것이다. 진중한 영국인들은 책임감 있고 존경할 만한 체면을 중시했다. 따라서 영업소 안뜰에 오렌지 나무 화분을 놓는다거나 영업 창구 위에 큐피드 상(像)을 놓는다거나 하는 모습을 도무지 상상하지 못했다. 그런데도 텔슨의 파리 지점에는 그런 것들이 있었다. 회칠한 큐피드 상은 전형적인 모습으로 천장에도 매달려 있었는데, 시원한 리넨으로 몸을 살짝 가린 채 밤낮없이 돈을 가리키고 있었다.

만일 런던 금융의 중심지인 롬바드 거리에 이런 영업소가 있었다면 이교도 신상 때문에라도 파산을 면할 수 없었을 것이다. 그 불멸의 소년 상 뒤에 커튼 쳐진 벽감도 문제였고, 벽에 붙박인 장식용 거울도 문제였고, 걸핏하면 사람들 앞에서 춤추는 젊은 사무원도 문제였다. 그럼에도 텔슨 은행의 프랑스 지점은 평화로운 시대 내내 무사했다. 그때까지는 겁을 먹고 돈을 찾으려는 고객이 아무도 없었다. 하지만 이제, 모든 것이 달라지고 있었다.

앞으로 텔슨에서 얼마나 많은 돈이 인출될지 아무도 알지 못했다. 얼마나 많은 돈이 그대로 맡겨져서 갈 곳을 잃어버리고 잊힐지도 알지 못했다. 예금자들이 감옥에서 썩어가는 동안 얼마나 많은 금은의 식기류와 보석들이 텔슨의 비밀 금고에서 빛이 바래갈지도, 또 얼마나 많은 계좌가 이승에서 결산되지 못하고 저승으로 이월되어야 할지도 모를 일이었다. 그건 자비스 로리 씨라도 마찬가지였다.

그날 로리 씨는 이런 고민에 깊이 잠겨 있었지만 그로서도 뾰족한 수가 없었다. 로리 씨는 새로 불을 지핀 벽난로 앞에 앉아 있었다. 병충해 때문에 흉년이 들었고 추위마저 일찍 찾아온 참이었다. 그의 정직하고 용감한 얼굴에는 천장에 매달린 등불이 만들어내는 것보다 훨씬 짙은 그림자가 드리워 있었다. 방 안의 어떤 물건도 그처럼 그림자를 왜곡하지는 못할 것이었다. 그것은 공포의 그림자였다.

로리 씨는 은행 내 숙소에서 생활했다. 깊이 뿌리 내린 담쟁이덩굴처럼 어느덧 자신의 일부가 되어버린 은행에 대한 충성심 때문이었다. 애국단원들이 본관을 점거하는 바람에 의도치 않게 안전을 보장받고 있었지만 충실한 노신사가 이 사태를 미리 예견한 것은 아니었다. 그는 모든 상황을 뒤로 한 채 임무에만 충실했다.

안뜰 맞은편의 주랑 아래에는 마차를 세워두는 널찍한 공간이 있었다. 실제로 그곳에는 대귀족 나리의 마차 몇 대가 주인을 기다리듯 여전히 서 있었다. 활활 타오르는 횃불 두 개가 기둥 두 개에 묶여 있었고, 그 불빛 속에 눈에 띄는 물체가 있었는데, 그것은 바로 거대한 회전 숫돌이었다. 근처 대장간이나 다른 작업장에서 서둘러 옮겨온 듯한 그것은 아무렇게나 대충 세워져 있었다. 로리 씨는 자리에서 일어나 창가에서 그 무해한 물건을 내다보다가 온몸을 부르르 떨며 다시 난롯가 자리로 돌아왔다. 그러고는 유리창뿐 아니라 바깥쪽 격자 덧창도 열어놓았다가 다시 모두 닫았다. 온몸이 부르르 떨렸다.

높은 담장과 튼튼한 대문 너머 거리에서 도시의 일상적인 소음이 들려왔다. 때때로 거기서 뭐라고 표현하기 소리가 울려 퍼졌다, 기이하고 섬뜩했다. 마치 이 세상 것이 아닌 듯 끔찍하고 낯선 소리가 하늘로 올라가고 있는 것만 같았다.

"신이시여 감사드립니다." 로리 씨가 두 손을 맞잡으며 말했다. "오늘밤 이 끔찍한 도시에 내 친지들은 아무도 없습니다. 다만 위험에 처한 이들에게 자비를 베푸소서!"

이윽고 대문의 종이 울렸다. 로리 씨는 "그자들이 다시 왔군!" 하고 중얼거리면서 앉은 채로 귀를 기울였다. 하지만 그의 예상과 달리 안뜰로 떠들썩하게 몰려오는 소리는 들리지 않았다. 대문이 다시 철커덩 닫히는 소리만 들리더니 주위는 금세 쥐 죽은 듯 조용했다.

로리 씨는 초조하고 두려웠다. 은행과 관련된 막연한 불안감이 엄습했다. 이 같은 변혁의 시기에 그런 감정이 든다는 것은 어찌 보면 자연스러웠다. 은행은 안전하게 지켜지고 있었다.

그가 은행을 지키는 믿음직한 사람들을 보러 가려고 몸을 일으켰을 때였다. 갑자기 문이 벌컥 열리면서 두 사람이 들이닥쳤다. 로리 씨는 그들을 보고 깜짝 놀라서 도로 털썩 주저앉았다.

바로 루시와 그녀의 아버지 마네트 박사였다! 루시는 로리 씨를 향해 두 팔을 뻗었다. 그 옛날의 간절한 표정이 다시금 되살아난 것 같았다. 어찌나 우려스러운 표정이었는지, 마치 인생에서 이 한순간만을 위해 그 표정을 준비해두었던 것만 같았다.

"무슨 일입니까?" 로리 씨가 당황한 나머지 숨 가쁘게 소리쳤다. "도대체 무슨 일이에요? 루시! 마네트 박사님! 무슨 일이 생겼어요? 무슨 일로 여기에 왔습니까? 대체 무슨 일이냐고요?"

루시는 창백한 표정으로 로리 씨 얼굴에 시선을 고정한 채 그의 팔에 안겨 숨을 헐떡이며 흥분한 목소리로 애원하듯 말했다. "오, 아저씨! 제 남편이!"

"루시, 네 남편이 뭐?"

"찰스가요."

"찰스가 뭐?"

"여기에 있어요."

"여기? 파리에?"

"벌써 며칠 됐어요. 사나흘쯤인가? 얼마나 됐는지 정확히는 모르겠어요. 정신을 차릴 수 없어요. 우리에게 알리지 않은 채 누군가를 도우려고 여기로 왔나 봐요. 그런데 관문에서 붙잡혀 감옥으로 보내졌대요."

노신사는 억누르지 못하고 탄성을 내뱉었다. 그와 거의 동시에 대문의 종이 다시 울렸고, 떠들썩한 발소리와 목소리가 안뜰로 쏟아져 들어왔다.

"저 소리는 뭐요?" 마네트 박사가 창문 쪽으로 다가가며 물었다.

"보지 말아요!" 로리 씨가 외쳤다. "내다보지 말라고요! 마네트 박사, 절대로 덧창을 건드리지 말아요!"

마네트 박사가 창문 걸쇠에 손을 얹은 채 돌아보더니 차분하면서도 자신만만하게 미소 지으며 말했다.

"친애하는 벗이여, 나는 이 도시에서 불사신이라오. 바스티유의 죄수였으니까요. 여기 파리에서, 아니 프랑스 전역에서 내가 바스티유의 죄수였다는 사실을 알고도 내게 해코지할 애국단원은 없어요. 나를 포용한다든지 내 품에 안긴다든지 나를 떠받들고 승리의 행진을 한다면 모를까 말이오. 내가 과거에 겪은 고통이 내게 힘이 되어주었어요. 우리가 관문을 통과하게 해주었고, 찰스의 소식을 듣게 해주었으며, 우리를 여기로 데려다주었지요. 나는 그럴 줄 알고 있었습니다. 어떤 위험이 가로막든 찰스를 구해낼 수 있다는 것도 알고 있었고요. 루시한테도 그렇게 말했어요. 그나저나 저 소리는 뭐요?" 마네트 박사는 다시 손을 창문에 얹었다.

"보지 말아요!" 로리 씨가 더없이 절박하게 외쳤다. "안 돼, 루시! 절대로 보지 마!" 그는 루시를 두 팔로 감싸 안았다. "그렇게 겁낼 것

없어, 루시. 네게 엄숙히 맹세하는데, 찰스는 괜찮을 거야. 찰스가 이 위험한 곳에 있으리라고는 꿈에도 생각 못했단다. 지금 어느 감옥에 있지?"

"라포르스요!"

"라포르스! 루시, 너는 용감하고 헌신적인 아이였어. 지금도 그렇지만 말이다. 이제부터는 마음을 다잡고 내가 시키는 대로 하거라. 지금부터 하려는 말은 네가 상상할 수 있는 것보다, 아니 감히 말로 다 못할 정도로 중요하단다. 오늘 밤 네가 할 수 있는 일은 아무것도 없어. 네가 밖으로 나가는 건 절대로 불가능해. 내가 이렇게 말하는 이유가 있단다. 무척 어렵겠지만 찰스를 위해서라도 너는 나가서는 안 돼. 즉시 내 말을 따라서 조용히, 그리고 가만히 있어야 해. 여기 뒤쪽 방으로 안내할 테니 따라오너라. 그리고 네 아버지와 나 단둘이 잠시만 있도록 해다오. 촌각을 다투는 일이기에 단 한순간도 지체해서는 안 된다."

"말씀하신 대로 하겠어요. 아저씨 얼굴을 보니 다른 선택이 없다는 걸 알겠어요. 저는 아저씨가 옳다고 생각해요."

노인은 루시에게 입을 맞추고 서둘러 방으로 데려간 뒤 문을 잠갔다. 그러고는 급히 박사에게 돌아와 창문을 열고 나서 덧창도 일부 연 다음, 박사의 팔에 손을 얹고 함께 안뜰을 내다보았다.

그들이 내려다본 곳에는 남녀로 이루어진 무리가 있었다. 안뜰을 가득 메울 정도로 그 수가 많지는 않았지만 대략 마흔에서 쉰 명 정도는 되어 보였다. 저택을 점령한 이들이 대문을 열어주자 회전 숫돌에서 작업하려고 몰려든 이들이었다. 편하고 한적한 장소였고, 그들이 일하기에 알맞은 위치에 숫돌이 설치되어 있었다.

하지만 그 사람들은 물론이고 그들이 하려는 작업도 섬뜩하기 짝

혁명의 숫돌이 피를 갈던 밤

이 없었다!

회전 숫돌에는 손잡이가 두 개 달려 있는데, 장정 두 명이 하나씩 잡고는 미친 듯이 돌리고 있었다. 숫돌이 빙글빙글 돌아가는 동안 그들이 얼굴을 들면 길게 늘어진 머리카락이 휙휙 뒤로 젖혀졌다. 그런 순간마다 드러난 얼굴들은 야만스럽게 분장한 미개인들보다도 더 흉측하고 잔인해 보였다. 가짜 눈썹과 콧수염이 덕지덕지 붙어 있는 얼굴은 온통 피와 땀으로 범벅이었다. 그들은 그런 얼굴을 잔뜩 일그러뜨린 채 입을 크게 벌려 악을 쓰는 한편, 짐승 같은 광기에다 수면 부족으로 인한 흥분으로 눈을 번득이면서 서로 노려보고 있었다.

그들이 숫돌을 돌릴 때마다 헝클어진 머리카락이 앞으로 휙 쏟아져 눈을 가렸다가, 다시 뒤로 젖혀져 목덜미에 떨어지기를 반복했다.

그러는 동안 몇몇 여자들이 포도주를 마시도록 그들의 입에 병을 대 주었다. 뚝뚝 떨어지는 핏방울과 포도주 방울, 그리고 숫돌에서 튀어 오르는 불꽃까지 뒤섞여서, 그들을 에워싼 공기는 마치 피와 불로 가 득 찬 것처럼 보였다. 그들 중 피로 물들지 않은 사람은 단 한 명도 없는 것 같았다.

사내들은 다음 차례를 기다리면서도 먼저 가겠다고 서로 어깨를 밀쳤다. 하나같이 웃통을 벗고 있었고 온몸이 붉은 피로 얼룩져 있었 다. 남자들은 온갖 종류의 누더기를 걸치고 있었는데 누더기 역시 핏 자국이 가득했다. 여성용 레이스를 비롯해 실크와 리본 같은 약탈품 까지 몸에 두르고 있었다. 악마의 모습이 있다면 가히 이럴 것 같았 다. 그들이 숫돌에 날카롭게 갈려고 가져온 손도끼, 단검, 총검, 대검 따위도 모두 시뻘겋게 피로 얼룩져 있었다. 그들 가운데 몇몇은 이미 갈아 놓은 기다란 칼을 그들 손목에 동여맸는데, 길쭉한 리넨과 천 소삭으로 엮은 끈 역시 처음에는 기지각색이었으나 이제는 하나같이 짙은 붉은빛으로 물들어 있었다. 이 광기 어린 자들이 불꽃 튀는 숫 돌에서 무기를 꺼내 움켜쥐고 거리를 향해 돌진할 때 그들의 핏발 선 눈동자 또한 그 칼날처럼 붉게 타올랐다. 문명인이라면 이 광경을 그 냥 지나칠 수 없었을 것이다. 만일 이 광폭한 눈빛을 단 한 방의 총격 으로 꼼짝없이 잠재울 수만 있다면 그는 제 남은 삶의 스무 해쯤은 기꺼이 내어주었을 터였다.

이 모든 장면은 한순간에 눈앞에 펼쳐졌다. 마치 임종 직전의 순간 에 온 삶이 주마등처럼 스쳐 지나가듯이. 얼마 뒤 그들이 창가에서 물러나자 마네트 박사는 설명을 구하듯 잿빛이 된 친구의 얼굴을 바 라보았다.

로리 씨가 문이 잠긴 방을 걱정스러운 눈길로 흘깃 바라보며 낮은 목소리로 속삭였다. "저들은… 지금 죄수들을 살해하고 있어요. 박사님이 그렇게 확신이 있다면 정말로 본인이 말하는 힘을 가졌다면 저 악마들에게 정체를 알린 뒤 라포르스로 가게 해달라고 하세요. 박사님께 정말로 그런 힘이 있기를 바랍니다. 너무 늦었을지도 모르겠지만 지금부터는 조금도 지체해서는 안 됩니다!"

마네트 박사는 로리 씨의 손을 힘주어 잡고 모자도 쓰지 않은 채 급히 방을 나섰다. 로리 씨가 다시 덧문을 통해 내다보았을 때 박사는 이미 안뜰에 나와 있었다.

마네트 박사는 단숨에 숫돌 주변의 군중 한가운데로 들어갈 수 있었다. 휘날리는 백발, 범상치 않은 표정 그리고 무기 쥔 자들은 좌우로 물리는 부드럽고 자신감 넘치는 태도 덕분이었다. 잠시 침묵이 흐르더니 서두르는 소리, 웅성거리는 소리 그리고 또렷하지는 않지만 박사가 무어라 말하는 소리가 들려왔다. 이윽고 로리 씨는 사람들에게 둘러싸인 박사의 모습을 보았다. 그는 좌우로 길게 늘어선 스무 명의 사내들 한가운데에 서 있었다. 사내들은 서로 어깨동무를 하거나 서로의 어깨에 손을 올린 채 한몸처럼 연결되어 있었다. 잠시 뒤 그들이 일제히 함성을 질렀다.

"바스티유 죄수 만세! 라포르스에 갇힌 바스티유 죄수의 혈육을 구하라! 바스티유 죄수가 지나가신다, 길을 비켜라! 라포르스의 죄수 에브레몽드를 구하라!"

그 외침에 수많은 이가 화답하듯 함성이 터져 나왔다.

로리 씨는 두근거리는 가슴을 부여잡고 덧문을 닫은 뒤, 창문과 커튼까지 단단히 닫았다. 그리고 서둘러 루시에게 가서는 아버지가 군중의 도움을 받아 그녀의 남편인 찰스 다네이를 찾으러 떠났다고 전했다.

그는 그제야 루시의 어린 딸과 프로스 양도 함께 있다는 사실을 알아차렸다. 하지만 그때까지도 경황이 없던지라 로리 씨는 놀라지 않았다. 그러다 한참 뒤, 밤의 적막 속에서 앉아서 그들을 가만히 지켜보고 나서야 비로소 새삼스러워했다.

그 무렵 루시는 바닥에 주저앉아 로리 씨의 발치에서 망연자실한 표정을 짓고 있었다. 그녀는 로리 씨의 손을 꼭 붙들고 놓지 않았다. 프로스 양은 아이를 조심스럽게 침대에 눕혔는데, 조금 있자 그녀의 머리가 아이 옆에 놓인 베개로 차츰 기울었다. 아, 끝도 없이 긴 밤이구나. 가엾은 아내의 한탄과 함께 깊어지는 밤! 그녀의 아버지는 돌아오지 않고, 소식조차 들려오지 않았다!

어둠 속에서 대문의 종이 두 번 더 울렸고, 군중이 안뜰로 들어오는 과정이 몇 번 더 반복되었다. 숫돌은 다시금 요란하게 회전하며 불꽃을 튀겼다.

"무슨 일이에요?" 루시기 겁에 질러 외쳤다.

"쉿! 군인들이 저곳에서 칼을 갈고 있어." 로리 씨가 말했다. "이제 저곳은 국가 소유가 되었고, 일종의 병기고처럼 쓰이고 있단다."

그 이후로도 작업은 두어 번 더 이어졌다. 그나마 마지막 작업은 간간이 이루어지다가 흐지부지되었다. 얼마 지나지 않아 동이 트기 시작했다. 로리 씨는 조심스럽게 루시의 손을 떼어내고, 살며시 일어나 다시금 밖을 조심스레 내다보았다.

피투성이가 된 남자가 눈에 띄었다. 그 모습이 마치 전장에서 심각한 부상을 입은 병사가 홀로 깨어나서 어디론가 기어가는 것만 같았다. 그는 숫돌 바로 옆의 포장도로에서 비틀거리며 일어나서 멍한 눈으로 주위를 둘러보았다. 이 살인자는 어슴푸레한 불빛 너머 대귀족 나리의 마차 한 대를 발견하고는 휘청거리며 다가가서 문을 열고 기어들어갔다. 이내 그는 화려한 쿠션 위로 몸을 던졌고 그 안에 틀어 박혔다.

로리 씨가 다시 바깥을 내다보았을 때 지구는 거대한 숫돌처럼 회전하여 어느덧 태양이 안뜰을 붉게 물들이고 있었다. 하지만 그보다 작은 숫돌은 고요한 아침 공기 속에 홀로 서 있었다. 숫돌은 태양이 한 번도 내어준 적 없는 붉은빛으로 물들어 있었고, 태양조차 그 붉은빛을 거두어가지 못할 것이었다.

3장

그림자

은행의 문이 열릴 시간이 다가오자 로리 씨는 특유의 철저한 직업 의식 때문에 한 가지 걱정이 생겼다. 망명한 죄수의 아내를 은행 건물에 숨겨서 텔슨을 위험에 빠뜨려서는 안 된다는 것이었다. 그는 루시와 아이를 위해서라면 자신의 재산과 안위는 말할 것도 없고 목숨마저 망설이지 않고 내놓았을 것이다. 그러나 로리 씨가 맡은 승책은 어디까지나 은행의 것이었고, 그는 자기 업무에 있어 철저한 사람이었다.

맨 처음 로리 씨가 떠올린 사람은 드파르주였다. 다시 그의 술집을 찾아가 이 혼란스러운 도시에서 가장 안전한 거처가 어디인지 상의해보는 게 좋을 듯싶었다. 하지만 또 한편으로 안전을 고려하면 그는 적절하지 않았다. 드파르주는 폭력이 난무하는 구역에 살고 있었고, 그곳에서 상당한 영향력을 지닌 인물로 통했다. 그는 분명 도시의 위험한 활동에 깊이 관여하고 있을 터였다.

정오가 가까운 시각이었지만 마네트 박사는 여전히 돌아오지 않았다. 아무래도 시간이 지체될수록 텔슨 은행이 곤란해질 수 있었다. 로리 씨는 결국 루시와 상의하기로 했다. 루시는 언젠가 아버지가 은행 근처 구역에 단기 거처를 마련하겠노라고 언급한 기억이 난다고 전했다. 이는 은행 업무상 문제 될 것이 없었고, 만약 다네이가 무사히 풀려난다 해도 당장 도시를 떠나는 건 불가능했다. 이에 로리 씨는 적절한 거처를 찾아 나섰고, 마침내 외진 뒷골목의 건물 높은 층에 있는 적당한 셋집을 발견했다. 높고 네모난 건물들이 늘어서서 음울한 인상을 자아내는 곳이었다. 주변 건물의 창문은 모두 덧문이 굳게 닫혀 있어서 오랜 기간 사람이 살지 않은 듯했다.

로리 씨는 즉시 루시와 그녀의 아이 그리고 프로스 양을 그곳으로 데려왔다. 그들이 최대한 편히 지낼 수 있도록 온 힘을 다했으며, 자신이 머무는 곳보다 훨씬 나은 환경을 제공했다. 그런 뒤에 문간을 지킬 역할을 제리 크런처에게 맡겼다. 그는 어지간한 충격에는 끄덕도 않을 위인이었기에 로리 씨는 안심하고 업무로 돌아갔다. 로리 씨는 불안하고 침울한 마음으로 업무를 처리하며 하루하루를 보냈다. 시간은 그렇게 무겁고 더디게 흘러갔다.

하루가 저물어가고 은행 문이 닫힐 무렵이 되자 로리 씨의 몸과 마음도 지쳐갔다. 그는 전날 밤과 다름없이 혼자 자신의 방에 앉아 무엇을 해야 할지 곰곰이 생각하고 있었다. 그때 계단에서 발소리가 들려왔다. 잠시 뒤 한 사내가 방으로 들어섰다. 그는 예리한 눈빛으로 로리 씨를 주의 깊게 바라보더니 느닷없이 그의 이름을 불렀다.

"저입니다만, 저를 아십니까?" 로리 씨가 물었다.

그의 앞에 선 사람은 다부진 체격에 검은 곱슬머리로, 나이는 마흔다섯에서 쉰 살쯤 되어 보이는 남자였다. 남자는 대답 대신 강세 하나 바꾸지 않고 로리 씨가 한 말을 되풀이했다.

　　　　　　　　　　　　　　　　　　　　제3부　폭풍의 진로

"나를 아시오?"

"어디선가 본 적이 있소만….."

"아마 제 술집에서였겠지요. 안 그런가요?"

로리 씨는 사내에게 더욱 관심을 보이면서 다소 흥분한 목소리로 물었다. "마네트 박사가 보내서 왔나요?"

"그렇습니다. 마네트 박사가 보내서 왔습니다."

"박사가 뭐라고 하던가요? 내게 전할 말이 있나요?"

드파르주는 종이쪽지 한 장을 건넸다. 로리 씨는 초조하게 손을 떨며 쪽지를 펼쳐 보았다. 쪽지에는 마네트 박사의 필체로 이런 글이 적혀 있었다.

> 찰스는 무사하오. 하지만 나는 아직 이곳을 안전하게 빠져나올 수 없소. 다행히 찰스가 아내에게 짧은 편지를 전할 수 있도록 전달자에게 허락을 구했소. 전달자를 그의 아내에게 데려다주시오.

이 편지는 라포르스 감옥에서 보낸 것이었다. 불과 한 시간 전에 작성된 것이었다. 편지를 소리 내어 읽은 뒤, 로리 씨가 안도의 한숨을 내쉬며 기쁜 얼굴로 말했다.

"나와 함께 갑시다. 다네이 부인의 거처로 안내하겠습니다."

"알았습니다." 드파르주가 짧게 대답했다.

드파르주의 말투는 지나치게 조심스러운 데다 기계적이었다. 로리 씨는 아직 그 이유를 뚜렷이 알아차리지 못한 상태로 모자를 쓰고, 앞장서서 안뜰로 내려갔다. 그곳에는 두 여인이 서 있었다. 그중 한 명은 뜨개질하고 있었다.

"혹시 드파르주 부인이신가요?" 로리 씨가 놀란 표정으로 물었다. 그는 17년쯤 전 그녀를 마지막으로 보았을 때를 떠올렸다. 그때도 드파르주 부인은 지금과 똑같은 자세로 뜨개질하고 있었다.

"맞습니다." 남편인 드파르주가 말했다.

드파르주 부인은 남자들이 움직이자 덩달아 걸음을 옮겼다. 그 모습을 지켜본 로리 씨가 물었다.

"부인도 함께 가십니까?"

"네, 그렇습니다. 아내가 얼굴을 알아두어야 하니까요. 그래야 나중에 구분할 수 있습니다. 안전을 위한 일입니다."

드파르주의 말에서 묘한 느낌을 받은 로리 씨는 그를 의심스러운 눈으로 바라보았다. 하지만 그는 이내 아무 말 없이 길을 안내했고, 두 여인도 그 뒤를 따랐다. 두 번째 여인은 부관인 방장스였다.

그들은 거리를 최대한 빨리 지나쳐서 새 거처의 계단을 올라갔다. 제리가 문을 열었고, 안에서는 루시가 홀로 흐느끼고 있었다. 그런데 로리 씨가 남편의 소식을 전해주자 그녀는 기쁨에 겨워 눈물을 터뜨렸다. 루시는 편지를 건넨 손을 꽉 잡았다. 루시는 그 손이 지난밤 남편에게 무엇을 했는지, 또 운이 나빴다면 무슨 짓을 저질렀을지 전혀 모르고 있었다.

> 내 사랑, 용기를 내요. 나는 잘 지내고 있어요. 아버님은 이곳에서 영향력이 있는 분입니다. 당신은 못 받습니다. 나를 대신해 우리 아이에게 입 맞춰줘요.

편지 내용은 이것이 전부였다. 하지만 루시가 보기에는 그 짧은 글 속에 많은 것이 담겨 있었다. 그녀는 드파르주에게서 몸을 돌려 그의 아내를 바라보았다. 그러고는 곧바로 뜨개질하는 손 하나를 잡아 입을 맞추었다. 그것은 열정과 사랑, 감사함이 담긴 숙녀다운 행동이었다. 하지만 그 손은 아무런 반응도 보이지 않았다. 차가운 그 손은 아래로 뚝 떨어지더니 다시금 뜨개질을 계속했다.

차가운 손길에는 루시를 움츠러들게 하는 무언가가 있었다. 그녀는 남편의 편지를 가슴께에 넣으려다 말고 양손을 목 부근에 둔 채 그대로 멈추었다. 그러고는 두려운 빛이 역력한 눈길로 드파르주 부인을 올려다보았다. 하지만 드파르주 부인은 그녀의 놀란 표정을 무표정하면서도 냉랭한 시선으로 받아칠 뿐이었다.

로리 씨가 끼어들어 설명했다. "얘야. 요즘 거리에서 폭동이 자주 일어나고 있단다. 물론 네가 위험해질 일은 없을 거야. 하지만 드파르주 부인은 행여 무슨 일이라도 생겼을 때 너를 보호할 수 있도록 미리 얼굴을 익혀두려는 거란다. 얼굴을 알아야 나중에 보호해줄 수 있으니까."

로리 씨는 루시를 안심시키려고 일부러 온화한 말투로 말했지만 변함없이 냉랭한 세 사람의 태도가 아무래도 겸연쩍게 느껴졌는지 안심시키다가도 다소 머뭇거리고 있었다. "제 말이 맞나요, 드파르주 시민 동지?"

드파르주는 어두운 표정으로 아내를 한번 쓱 바라보고는 대답 대신 걸걸한 목소리로 짧게 헛기침함으로써 동의의 뜻을 내비쳤다.

"루시." 로리 씨가 분위기를 조금이라도 부드럽게 만들려는 듯 밝은 목소리로 말했다. "우리 귀여운 아이를 이리 데려오는 게 좋겠구나. 선량한 프로스 양도 함께 부르는 게 좋겠어. 드파르주 씨, 우리 프로스 양은 영국 숙녀라서 프랑스어는 한마디도 모른답니다."

문제의 숙녀는 어떤 외국인도 자신을 당해낼 수 없다는 뿌리 깊은 신념을 지니고 있었다. 그리고 그 신념은 어떤 고난과 위험에도 흔들리지 않았다. 그녀는 팔짱을 낀 채 모습을 드러내더니 맨 먼저 눈이 마주친 방장스에게 영어로 말했다. "어머나, 정말이지 당차게도 생겼네요! 잘 지내시죠?" 그러고 나서 드파르주 부인을 향해 영국식으로 두어 번 헛기침을 해보였다. 하지만 두 여인 모두 그녀에게 별다른 관심을 기울이지 않았다.

"저 아이가 그 남자의 자식인가요?" 드파르주 부인이 처음으로 뜨개질을 멈추고 운명의 손가락처럼 뜨개바늘을 어린 루시에게 향하며 물었다.

"그렇습니다, 부인." 로리 씨가 대답했다. "우리 가엾은 죄수의 사랑스러운 딸이지요. 그것도 외동딸이랍니다."

드파르주 부인이 그녀의 일행이 드리우는 그림자가 아이에게 위협적으로 느껴졌다. 루시는 본능적으로 아이 옆에 무릎을 꿇고 아이를 품에 꼭 끌어안았다. 드파르주 부인 일행이 어두운 그림자를 드리우는 바람에 엄마와 아이 둘 다 위협적이면서 험악한 분위기를 느꼈다.

"이제 됐어요, 여보. 얼굴 확인했으니까요. 이제 그만 가죠." 드파르주 부인이 말했다.

그녀의 차분한 태도는 분명 위협적인 데가 있었다. 직접 드러내지는 않았고 어렴풋하고 절제된 모습이었지만 루시는 불안감을 느꼈던 터라 드파르주 부인의 옷자락을 붙잡으며 애원하듯 말했다.

"부디 제 남편에게 잘 대해주세요. 그이를 해치지 않으시겠지요? 가능하면 제가 그이를 만날 수 있도록 도와주시겠어요?"

"당신 남편은 내 소관이 아니에요." 드파르주 부인은 여전히 태연한 표정으로 루시를 내려다보며 말했다. "내가 여기 온 건 당신 아버지의 딸, 바로 당신 때문이에요."

"그렇다면 저를 봐서라도 제 남편에게 자비를 베풀어 주세요. 제 아이를 봐서라도요! 이 아이도 두 손 모아 기도하며 부디 자비를 베풀어달라고 할 거예요. 저희는 누구보다도 부인을 가장 두려워하고 있으니까요."

드파르주 부인은 그 말을 칭찬으로 받아들인 듯, 남편을 쳐다보았다. 드파르주는 불안한 표정으로 엄지손톱을 물어뜯으며 아내를 바라보았다. 그러다 이내 표정을 근엄하게 다잡았다.

"편지에서 당신 남편이 뭐라고 썼더라?" 드파르주 부인이 불길한 미소를 지으며 물었다. "영향력이라고 했던 것 같은데?"

루시는 가슴에 넣어 두었던 편지를 서둘러 꺼냈다. 하지만 그녀의 두려운 눈길은 편지가 아니라 질문하는 드파르주 부인을 향하고 있었다. "제 아버지께서… 그이 주변에서 영향력 있는 인물이라고 하셨어요."

"그럼 낭연히 풀려나겠네." 드파르주 부인이 냉소적인 목소리로 말했다. "그럼 된 거 아니겠어요."

"아내이자 엄마로서 간절히 애원합니다." 루시가 더욱 필사적으로 외쳤다. "부디 저를 가엾이 여기시고, 부인께서 가진 힘을 죄 없는 제 남편을 해치는 데가 아니라 그를 돕는 데 써주세요. 아, 저를 같은 여자로서, 같은 아내로서, 같은 엄마로서 생각해주셨으면 합니다!"

드파르주 부인은 여전히 차가운 시선으로 애원하는 루시를 바라보았다. 그리고 동료인 방장스에게 돌아서며 말했다.

"우리가 어렸을 때 봤던 아내와 엄마들 얘긴데 말이야, 아니 내가 훨씬 어렸을 때도 그들이 배려받는 모습은 별로 못 본 것 같아, 그렇지? 남편하고 아버지가 감옥에 갇혀 생이별하는 건 매일 있는 일이었지. 우리는 한평생 우리 자매들과 아이들이 가난하고 헐벗고 굶주리고 목말라할 뿐 아니라 병들고 고통받고 억압받고 방치되는 모습을 수없이 봐 왔잖아."

"수도 없었지요." 방장스가 대꾸했다.

"오랫동안 인간 이하의 대접을 견뎌왔지요." 드파르주 부인이 다시금 루시에게 차가운 시선을 돌리며 말했다. "생각해보세요. 한낱 아내이자 엄마의 고통인데 뭐 그리 대수로울까요?"

드파르주 부인은 다시 뜨개질하면서 방을 나갔다. 방장스도 그 뒤를 따랐다. 마지막으로 드파르주가 나가면서 문을 닫았다.

"루시야, 용기를 내거라." 로리 씨가 루시를 일으켜 세우며 부드럽게 말했다. "그래, 용기야, 용기! 용기를 내야 해. 지금까지는 모든 일이 잘 풀린 거야. 최근에 저 밖의 많은 사람에게 닥친 불행한 일을 생각해보렴. 우리는 훨씬 낫단다. 기운을 내거라. 그리고 감사하는 마음을 갖도록 해."

"감사하는 마음이 없는 건 아니에요. 하지만… 저 무서운 여자가 제 모든 희망에 그림자를 드리운 것 같아요."

로리 씨가 혀를 차며 말했다. "쯧쯧! 그 조그마한 가슴이 담대함으로 가득하던 때가 엊그제 같은데, 무슨 낙담이란 말이니? 그림자라니! 그런 건 실체가 없어, 루시."

로리 씨는 이렇게 말했지만 드파르주 부부의 냉담한 태도는 그의 마음에도 짙은 그림자를 드리웠다. 그는 태연한 척했으나 속으로는 누구보다도 불안해하고 있었다.

◇◇◇◇◇

4장

폭풍 속 고요

마네트 박사는 떠난 지 나흘째 되는 날 아침에 돌아왔다. 그 끔찍한 시간에 일어난 여러 일 가운데 그는 루시에게 숨길 수 있는 건 최대한 철저히 숨겼다. 그래서 루시는 그로부터 오랜 시간이 지난 뒤 프랑스에서 멀리 벗어나고 나서야 비로소 진실을 알게 되었다. 말하자면 남녀노소 가리지 않고 천백 명에 달하는 죄수가 군중에 의해 무방비하게 살해되었고, 나흘 밤낮으로 이어진 잔혹한 만행이 도시 전체를 어둠으로 물들였으며, 그녀가 숨 쉬던 공기마저 살해당한 자들의 피로 물들었다는 사실을 말이다. 당시 루시는 그저 감옥 몇 곳이 습격당했고 정치범들이 위험에 처했으며 그중 일부는 군중에 끌려가서 살해당한 정도만 알고 있었다.

마네트 박사는 로리 씨에게 비밀을 유지해주기를 당부하며 보고 듣고 경험한 것을 털어놓았다. 굳이 당부하고 말 것 없이 사안은 엄중했지만 말이다. 그날 군중은 박사를 데리고 대학살의 현장을 지나 라포르스 감옥까지 갔다. 그곳에서 재판이 열린 광경을 목격했는데,

죄수들이 한 명씩 끌려 나와 신속하게 판결을 받았다. 판결은 단 세 가지뿐이었다. 즉결 처형, 석방 그리고 드물게 감방으로 복귀 명령이었다. 마네트 박사는 자신을 데려온 사람들의 인도로 재판소에 들어갔고, 자신의 이름과 직업을 밝히며 자신은 무려 18년 동안 바스티유에서 죄목도 없이 비밀리에 수감되어 있었다고 말했다. 그러자 재판석에 앉아 있던 사람 중 한 명이 자리에서 일어나 그의 신원을 확인해주었는데, 그가 바로 드파르주였다.

마네트 박사는 탁자 위에 놓인 명부를 펼치고 사위가 아직 살아 있는 죄수들 명단에 포함되어 있다는 걸 확인했다. 그는 즉시 재판소에 간절히 호소했다. 판관들 중 일부는 졸고 있었고 일부는 깨어 있었으며, 일부는 피로 얼룩져 있었고 일부는 깨끗했으며, 또 멀쩡한 자와 취한 자가 뒤섞여 있었다. 박사는 그들에게 사위의 목숨을 살려달라고 자유를 허락해달라고 간청했다. 타도된 구체제에서 오랫동안 고통받았던 인물로 여겨진 덕분에 그는 군중의 열렬한 환대를 받았고, 찰스 다네이를 무법천지의 법정에 데려와 심리를 받게 할 수 있었다.

처음에 다네이는 곧 석방될 듯했지만 분위기가 심상치 않게 돌아가더니 갑자기 상황이 바뀌었다고 했다. 박사로서도 이해할 수 없었다. 그 뒤로 몇 마디 비밀스러운 논의가 이어졌다. 이윽고 재판장석에 앉은 남자가 마네트 박사에게 이르기를, 죄수는 다시 수감되어야 한다고 말했다. 대신 박사를 봐서라도 그를 안전하게 보호하겠다고 약속하면서 말이다. 신호가 떨어지자마자 죄수는 다시 감옥 안으로 끌려갔다. 이에 박사는 간절히 애원했다. 문밖에서 군중이 살기등등한 함성을 지르며 재판 진행마저 삼켜버리는 상황에서 박사는 행여 일이 잘못되어 사위가 군중에게 넘겨지지 않도록 자신이 직접 두 눈으로 확인하겠노라고 말했다. 결국 그는 허락을 받았고 그 '피의 전당'

에 위험이 사라질 때까지 머물렀다.

그곳에서 그가 허기를 달래고 쪽잠을 자면서 이따금 보았던 끔찍한 장면들은 차마 입 밖에 내기 어려웠다. 겨우 살아남은 죄수를 향한 군중의 환호는 가히 광적이었다. 사지가 갈가리 찢긴 자들을 향한 분노 못지않게 경악스러웠다. 한 죄수가 있었는데, 그는 석방되어 거리로 나가자마자 그를 다른 사람으로 오해한 흉포한 사내의 창에 찔렸다. 박사는 부상자를 치료해달라는 요청을 받고 황급히 감옥을 나섰다. 거리로 나선 그의 눈앞에 뜻밖의 광경이 펼쳐졌다. 착한 사마리아인이라 불러도 좋을 사람들이 그 부상자를 부축하고 있었는데, 정작 그들은 자신이 죽인 희생자들의 시체 더미 위에 앉아 있었다. 끔찍한 악몽 속을 걷는 듯 모순으로 가득찬 그곳에서, 그들은 치료를 맡은 박사를 도와주었고 부상자를 지극히 정성스레 보살폈다. 심지어 들것을 직접 만들어 부상자를 조심스럽게 다른 곳으로 옮기기까지 했다. 그리고 그들은 곧바로 무기를 다시 들고는 더 무시무시한 학살 현장으로 뛰어들었다. 그 현장이 너무 끔찍해서 박사는 두 손으로 눈을 가린 채 그 한가운데서 기절해버렸다고 했다.

로리 씨는 이런 비밀스러운 이야기를 들으면서도, 이제 예순두 살에 접어든 친구의 얼굴을 걱정스럽게 쳐다보았다. 그 같은 끔찍한 경험 때문에 예전의 증세가 재발하지는 않을까 싶어 속으로 걱정했다. 하지만 그는 여태까지 한 번도 친구가 지금 같은 모습을 보인 적 없다는 사실을 새삼 깨달았다. 로리 씨는 지금껏 친구에게 이런 기질이 있다는 것조차 알지 못했다.

마네트 박사는 자신이 겪은 고난이 힘이자 권능이라는 것을 그날 처음으로 느꼈다. 아울러 그는 거센 불길 속에서 자신을 천천히 단련해온 강철로 사위를 가둔 감옥 문을 부수고, 그를 구해낼 수 있다고 확신하기에 이르렀다.

"결국 이 모든 과정을 딛고 우리는 선한 결말로 나아가게 될 겁니다, 친구. 내 인생이 헛되이 낭비되고 파괴되기만 한 것이 아니었단 말입니다. 사랑하는 딸이 나를 다시 되돌려놓았듯이, 이번에는 내가 그 아이에게 가장 소중한 존재를 되찾아주겠소. 하늘이 우릴 도울 겁니다!"

이렇게 말하는 마네트 박사의 눈동자는 장작불처럼 활활 타올랐고, 얼굴은 단호함으로 날카롭게 빛났다. 그의 인생은 너무 오래 멈춰 있던 시계와도 같았다. 이제 그는 그동안 정지된 시간 속에 비축해두었던 힘을 마침내 쏟아낼 때가 왔다고 믿는 듯했다.

마네트 박사는 아무리 큰 장애물이 눈앞에 놓여 있다고 해도 끈질긴 의지로 이겨냈을 것이었다. 그는 의사로서 자신의 의무를 다했다. 모든 이를 돌보되 신분의 높고 낮음을 따지지 않았다. 자유인과 노예, 부자와 빈자, 악인과 선인을 모두 동등하게 대했다. 그는 자신의 영향력을 매우 지혜롭게 행사하여 곧 세 개의 감옥에서 진료를 담당하게 되었는데 라포르스 감옥도 거기 포함되어 있었다.

이제 그는 루시에게 확신을 가지고 말할 수 있었다. 남편이 독방에 갇혀 있지 않고 일반 죄수들과 함께 생활하고 있다고 말이다. 박사는 매주 사위를 면회했고, 그때마다 사위 입에서 직접 들은 다정한 말을 딸에게 전해주었다. 때로는 남편이 직접 아내에게 편지를 보내기도 했으나 아내가 남편에게 편지를 보내는 건 허락되지 않았다. 물론 그 편지가 마네트 박사의 손을 거칠 수도 없었다. 감옥 안에서는 언제나 음모가 도사리고 있다는 의심이 제기되고 있었기 때문이다. 특히 외국에 친구가 있거나 연줄이 있는 망명자들이 적과 내통하고 있다는 터무니없는 의심을 받고는 했다.

박사에게 이 새로운 삶은 불안정했다. 그러나 현명한 로리 씨는 그 안에서 새로운 자긍심이 움트고 있다고 느꼈다. 한 점 부끄러움이 없을 뿐 아니라 자연스럽고 가치 있는 자긍심이었다. 로리 씨에게는 그 같은 변화가 그저 신기하게만 느껴졌다. 지금껏 박사에게 과거의 수감 생활은 고통, 박탈, 나약함 따위를 불러일으키는 것이었다. 루시와 로리 씨가 보기에는 그랬고, 박사도 두 사람의 걱정을 잘 알았다. 하지만 이제는 상황이 바뀌었다. 과거의 시련을 통해서 박사는 힘을 얻었고 그로써 루시와 로리 씨는 박사가 찰스 다네이를 구할 수 있으리라고 믿게 되었다. 이런 변화에 고양된 그는 자연스럽게 앞장서서 방향을 제시했다. 이제 그는 고통받던 이가 아니라 강인한 자로서 두 사람에게 자신을 믿고 따르라고 말할 수 있었다.

마네트 박사와 루시의 입장은 이전과 완전히 달라졌다. 서로 뒤바뀐 것이다. 하지만 그것은 깊은 감사와 사랑으로 만들어낸 변화였다. 박사는 딸이 자신에게 얼마나 많은 것을 내어주었는지를 알았고, 그렇기에 이제 자신이 자부심을 느낄 수 있는 일은 그 헌신에 보답하는 길뿐임을 깨달았다. '정말 신기하군.' 로리 씨는 온화한 통찰력으로 그를 꿰뚫어 보며 이렇게 생각했다. '하지만 모든 것이 자연스럽고 올바른 일이지. 그러니 친애하는 벗이여, 계속 주도권을 쥐고 앞장서시오. 당신보다 더 잘 해낼 사람은 없으니 말이오.'

하지만 마네트 박사가 쉼 없이 애썼음에도 석방은커녕 찰스 다네이는 재판조차 받지 못했다. 시대의 흐름은 어찌할 수 없을 만큼 빠르고 거셌다. 새로운 시대가 열린 것이다. 국왕이 재판받고 사형을 선고받아 기요틴의 이슬로 사라졌다. 공화국은 '자유, 평등, 박애, 아니면 죽음을!'이라는 기치를 내걸었지만 곧 온 유럽이 무력으로 맞서자 '승리가 아니면 죽음을!'이라고 선포했다. 노트르담 대성당의 웅장한 탑 위에서는 검은 깃발이 밤낮으로 나부끼고 있었다. 지상의 압제자들에 맞서기 위해 30만 명의 장정이 소집되었고, 이에 프랑스 전역에서 사람들이 분연히 일어섰다. 용의 이빨이 흩뿌려진 자리마다 병사들이 일어나듯 언덕과 평원에서, 바위와 자갈밭에서, 충적토 위에서, 남부의 화창한 하늘 아래와 북부의 구름 낀 대지 위에서, 황무지와 숲속에서, 포도밭과 올리브밭에서, 깎인 풀밭과 옥수수 그루터기 사이에서, 비옥한 강가에서, 너른 강가와 비옥한 강둑을 따라, 심지어 바닷가의 모래사장 위로 한꺼번에 들고일어났다. 한낱 인간의 의지로는 이 자유의 원년(元年)이라는 대홍수를 거스를 수 없을 것이었다. 이 홍수는 위에서 쏟아지는 게 아니라 아래에서 치솟았다. 하늘의 창문이 열린 게 아니라 굳게 닫힌 채 일어났던 것이다.

휴식도 없고 자비도 없고 평화도 없었다. 잠시 마음을 누그러뜨릴 틈도, 시간을 셈할 수도 없었다. 태초에 시간이 열리고 저녁과 아침이 하루를 이룬 것처럼[72] 낮과 밤이 규칙적으로 돌기는 했으나, 이제껏 알았던 시간 개념은 더 이상 존재하지 않았다. 마치 열병에 걸린 환자가 시간 감각을 잃어버리듯 극심한 열병을 앓고 있던 이 나라에서는 시간 개념이 완전히 사라졌다.

그러던 어느 날 도시 전체를 짓누르던 그 부자연스러운 침묵을 깨뜨리고 사형 집행인이 군중 앞에서 국왕의 머리를 높이 쳐들어 보였다. 이윽고 고된 감옥 생활로 머리가 백발이 된 아름다운 왕비의 머리도 들어올려졌는데, 왕이 처형된 지 8개월이나 흐른 뒤였지만 훗날

◇◇◇◇

72 창세기 1장 5절을 인용한 것이다.

73 프랑스 혁명이 일어나고 1793년 1월 21일에 루이 16세가 처형되었고, 같은 해 10월 16일에는 마리 앙투아네트가 처형되었다.

　　　　　　　　　　　　　　　제3부 폭풍의 진로

사람들의 기억 속에서 두 사람은 거의 동시에 처형된 것만 같았다.[73]

이런 상황에서는 으레 그렇듯 모순된 법칙이 적용되는 것 같았다. 시간은 불꽃처럼 맹렬하게 타오르는 동시에 끝없이 길게 느껴졌다. 수도에는 혁명 재판소가 세워졌고, 전국에는 사오만 개의 혁명 위원회가 들어섰다. 자유와 생명을 보장하는 법은 송두리째 사라졌고, 선량하고 무고한 자들이 악하고 죄 많은 자들의 손아귀에 넘어갔다. 무고한 자들이 변명조차 하지 못한 채로 감옥을 채웠다. 이 모든 일이 불과 몇 주 만에 이뤄졌는데도 마치 옛날부터 존재해온 오래된 질서인 듯 자리 잡았다. 그 가운데서도 가장 익숙하고 자연스럽게 자리한 존재가 있었다. 마치 태초부터 인류와 함께하기라도 한 듯 '기요틴'이라는 날카로운 여인의 형상이 있었다.

어느새 기요틴은 대중적인 농담거리처럼 되어 있었다. 두통을 없애는 최고의 치료제였고, 머리카락이 세지 않게 했으며, 안색을 투명하게 만들었다. 그것은 말끔한 솜씨를 뽐내는 '국민 면도날'로도 불렸고, 목이 달아날 죄수를 두고는 '기요틴에 입맞출 사람'이라고 농담했다. 그는 곧 '작은 창문에 목을 내민 뒤 포대 자루 안으로 재채기'할 운명이었다. 기요틴은 이제 인간 사회의 새로운 구원이었다. 십자가를 대체하는 신성한 것이 되었다. 가슴에 십자가가 걸려 있던 자리에는 이제 작은 기요틴 형상이 있었다. 사람들은 그것에 머리를 조아리며 신처럼 경배하고 믿었다.

너무나도 많은 머리를 잘라낸 탓에 기요틴 주변의 땅은 오염되었고 붉게 썩어들어갔다. 기요틴은 마치 어린 악마가 갖고 노는 장난감처럼 조각조각 분해되었다가, 필요할 때마다 다시 조립되었다. 그것은 웅변가를 침묵하게 했고, 권력자들을 쓰러뜨렸으며, 아름답고 선한 자들을 파괴했다. 어느 아침나절에는 스물두 명의 고위 인사들 목을 단 몇 분 만에 잘라버렸다.[74] 당시 사형 집행을 담당한 책임자는 구약성경에 나오는 천하장사의 이름을 물려받았다.[75] 하지만 그는 성경 속의 천하장사보다 힘도 센 데다가 눈까지 멀어서 날마다 하느님의 성전 문을 닥치는 대로 부수었다.

이 공포스러운 무리 사이에서 마네트 박사는 흔들림 없이 나아갔다. 그는 자신의 힘을 굳게 믿었고, 그런 만큼 목표를 향해 신중하면서도 끈질기게 나아갔다. 언젠가는 반드시 루시의 남편을 구해내리라고 믿어 의심치 않았다. 그러나 시대의 조류가 너무 깊고 거센 탓에 시간조차 맹렬히 휩쓸고 지나갔다. 마네트 박사가 그처럼 흔들림 없이 버티면서 나아가는 동안, 찰스 다네이는 일년하고도 석달째 감옥에 갇혀 있었다.

그해 12월, 혁명은 더욱 잔혹하고 혼란스러웠다. 밤마다 남부의 강들에는 비참하게 익사 당한 시신들이 둥둥 떠다녔다. 낮에는 겨울 햇살 아래에서 죄수들이 한꺼번에 혹은 줄지어 총살당했다. 그런 공포 속에서도 마네트 박사는 흔들림 없이 나아갔다. 당시 파리에서는 그보다 더 알려진 인물도 없었고, 그보다 더 기이한 상황에 놓인 사람도 없었다.

마네트 박사는 조용하고 인간적인 사람이었으며, 병원과 감옥에서 반드시 필요한 존재였다. 그는 살인자든 희생자든 가리지 않고 공평하게 의술을 베풀었다. 박사는 누가 보아도 보통 사람들과 달랐다. 특히 의술을 베풀 때면 외모로 보나 바스티유의 죄수였던 사실에 비추

<hr>

74 1793년 프랑스 혁명기에 온건 공화파인 지롱드파(Girondins)의 고위 인사들이 처형된 사건을 가리킨다. 총 22명이 혁명 재판소에서 사형을 선고받았는데 그중 한 명은 전날 스스로 목숨을 끊었다.
75 당시 파리의 사형 집행인은 샤를 앙리 상송으로, 별명이 '삼손'이었다.

어 보나, 그는 여느 사람들과 확연하게 달랐다. 그를 의심하거나 추궁하는 이는 아무도 없었다. 혹시 열여덟 해 전에 죽었다가 다시 살아난 사람은 아닌지, 그리하여 산 자들 사이를 돌아다니는 귀신은 아닌지 의심하는 사람은 있었지만 말이다.

5장

톱장이

일 년하고도 석 달이 더 흘렀다. 그동안 루시는 기요틴이 행여 남편의 목을 베어버리지는 않을까 단 하루도, 단 한 시간도 마음 졸이지 않은 때가 없었다. 돌로 뒤덮인 길 위에서 매일 사형수를 가득 태운 둔중한 호송 마차가 덜컹거리며 지나갔다. 사랑스러운 소녀들, 갈색과 흑색과 회색 머리카락이 눈부시게 출렁이는 아름다운 여인들, 건장한 청년들과 노인들, 귀족과 농민 할 것 없이 모두 기요틴을 타고 흐르는 붉은 포도주가 되었다. 그들은 역겨운 감옥의 어두운 지하 감방에서 매일 밝은 곳으로 끌려 나온 뒤, 거리를 지나 기요틴 앞에 세워졌다. 기요틴의 갈증은 탐욕스러워서 해소될 길이 없었다. '자유, 평등, 박애, 아니면 죽음을!' 과연, 이 기치에서 가장 마지막의 죽음이 가장 손쉬웠다. 오, 기요틴이여!

만일 재난이 갑작스럽게 닥치고 시대가 급변하여 박사의 딸이 무기력한 절망 속에서 그저 결과만 기다렸다면 그녀 역시 다른 이들과 다를 바 없었을 것이다. 하지만 루시는 달랐다. 생탕투안의 한 다락방에서 머리가 허옇게 센 아버지를 가슴에 꼭 끌어안았던 순간부터, 그녀는 자신의 의무에 충실했다. 시련의 시기일수록 그녀는 자신의 도리에 충실했다. 조용히 성실함과 선의를 간직한 이들이 으레 그러하듯이.

새로운 거처에 자리 잡고 아버지가 일과를 시작하자마자 루시는 초라한 살림살이일망정 마치 남편이 곁에 있는 것처럼 정성껏 꾸려 나갔다. 모든 것이 제자리를 찾았고, 모든 일에 정해진 시간이 따랐다. 어린 딸에게도 마치 영국의 집에서 함께 사는 것처럼 규칙적으로 가르쳤다. 루시는 언젠가 가족이 다시 한자리에 모일 거라는 믿음을 굳게 세우기 위해 작은 속임수를 만들었다. 바로 찰스가 곧 돌아오리라 믿고 준비를 마치는 것이었다. 그의 의자와 책을 늘 한 편에 두었고, 밤마다 엄숙히 기도를 올렸다. 이런 것들이 루시의 무거운 마음을 조금이나마 가볍게 해주었다.

외모는 크게 변하지 않았다. 루시와 아이가 입은 어두운 색깔의 수수한 드레스는 마치 상복처럼 보였다. 하지만 행복한 시절 입었던 밝은 옷들만큼이나 깔끔하고 잘 손질되어 있었다. 다만 그녀의 안색은 몹시 창백해졌고, 예전에는 이따금 짓던 골똘한 표정이 이제는 늘 그녀의 얼굴을 떠나지 않고 있었다. 그 외에는 여전히 아름답고 매력적인 여성이었다. 때때로 그녀는 밤에 아버지에게 입을 맞추곤 했는데, 그럴 때면 온종일 억눌러 온 슬픔이 북받쳐 올라, 하늘 아래 의지할 곳이라고는 아버지뿐이라고 털어놓았다. 그러면 마네트 박사는 결연한 목소리로 이렇게 말했다. "내가 있는 한, 다네이에게는 아무 일도 없단다. 나는 반드시 구해낼 거야, 루시."

달라진 삶에 적응한 지 몇 주 지나지 않은 어느 날 저녁이었다. 밖에 나갔던 마네트 박사가 집으로 돌아와 루시에게 말했다.

"애야, 감옥 위층에 창문이 하나 있는데, 다네이가 오후 세 시에 이따금 그곳에 접근할 수 있다고 하더구나. 변수가 있어서 언제나 가능한 건 아니지만 자기가 그곳에 가 있을 때면 거리에서 기다리는 네 모습을 볼 수도 있을 거라고 했어. 네가 어디에 서 있어야 할지는 내가 알려주마. 하지만 넌 다네이를 볼 수 없을 거다, 가엾은 딸아, 혹시 보았더라도 어떤 식으로든 알아봤다는 신호를 보내지는 마라. 위험할 수 있으니까."

"거기가 어딘지 알려주세요, 아버지. 제가 매일 그곳에 가서 서 있을게요."

그때부터 날씨가 어떻든 루시는 그곳에서 매일 두 시간을 기다렸다. 시계가 두 시를 알리면 그녀는 그곳에 서 있었고, 네 시가 되면 체념한 듯 조용히 돌아섰다. 이따금 어린 루시도 데려갔다. 비가 너무 많이 오거나 궂은 날씨만 아니라면 괜찮았다. 물론 아이를 데려갈 수 없을 때는 혼자 그곳에 갔다. 단 하루도 빠지지 않고 말이다.

그곳은 좁고 지저분하고 구불구불한 골목의 어두운 모퉁이였다. 땔감용으로 통나무를 자르는 톱장이의 오두막이 골목 끄트머리에 있는 유일한 집이었다. 그 외에는 온통 담장이었다. 루시가 그곳에 있은 지 사흘째 되는 날, 톱장이가 그녀에게 관심을 보였다.

"안녕하시오, 시민 동지?"

"안녕하세요, 시민 동지." 루시가 대답했다.

이제는 이 같은 호칭법이 법령으로 정해졌다. 이는 얼마 전까지만 해도 애국심이 투철한 애국단원들 사이에서 자발적으로 쓰였으나, 이제는 모든 사람이 반드시 써야만 했다.

"또 여기서 산책하는 겁니까, 시민 동지?"

"보시는 것처럼요, 시민 동지!"

톱장이는 작은 체구에 몸짓이 조금은 과장된 사내로, 한때는 도로 보수공으로 일했다, 감옥을 힐끗 쳐다보더니 그곳을 손가락으로 가리켰다. 그러고 나서는 열 손가락을 쇠창살처럼 얼굴 앞에 펼치고 장난스럽게 그녀를 쳐다보았다.

"그러거나 말거나 내가 참견할 일은 아니지만요." 톱장이는 이렇게 말하고 다시 톱질하기 시작했다.

이튿날 그는 루시가 오기를 기다리고 있다가 그녀가 나타나자마자 말을 걸었다.

"어라? 또 여기서 산책하는군요, 시민 동지?"

"네, 시민 동지."

"아! 애도 데려왔네요! 이분이 네 엄마니, 꼬마 시민 동지?"

"엄마 '네'라고 대답할까요?" 어린 루시가 바싹 다가와서 속삭였다.

"그래, 아가."

"네, 시민 동지."

"뭐, 내가 참견할 일은 아니지만 그렇구나. 나는 이만 내 일이나 해야겠다. 시민 동지, 내 톱 좀 보시오! 나는 이걸 '귀여운 기요틴'이라 부른답니다. 랄랄라, 랄랄라! 이제 이 남자 목을 잘라야지, 싹둑!"

톱장이가 말을 마친 순간 나무토막 하나가 툭 떨어졌고, 그는 그것을 주워 바구니에 던져 넣었다.

"나는 장작 기요틴의 삼손이랍니다. 자, 한번 더 보시오! 룰룰루, 룰룰루! 이제 이 여자 목을 잘라야지, 싹둑! 자, 이제는 아이 차례. 간질간질, 따끔따끔! 아이 목도 싹둑! 온 가족 목을 싹둑!"

루시는 톱장이가 나무토막을 바구니에 두 개 더 던지는 모습을 보면서 몸서리를 쳤다. 톱장이가 일하는 동안 그곳에 있으면서 그의 눈에 띄지 않기란 불가능했다. 그때부터 루시는 그의 비위를 맞추기 위해 먼저 말을 걸었고, 종종 술값을 건네기도 했다. 톱장이는 아무런 거리낌 없이 돈을 받았다.

그는 유난히 호기심이 많은 사내였다. 때때로 루시는 감옥 지붕과 창살을 바라보며 남편에게 온 마음을 쏟느라 톱장이의 존재를 까맣게 잊곤 했다. 그러다 문득 정신을 차리고 보면, 그는 작업대에 무릎을 올린 채 톱질을 멈추고 그녀를 빤히 쳐다보고 있었다. 그리고 그럴 때면 대개 이렇게 말하고 톱질을 계속했다. "뭐 내가 참견할 일은 아니지!"

루시는 어떤 날씨에도 굴하지 않고 날마다 그곳에 서서 두 시간씩 머물렀다. 겨울의 눈과 서리 속에서, 봄의 매서운 바람 속에서, 여름의 뜨거운 햇살 속에서, 가을의 빗줄기 속에서 그리고 다시 겨울의 눈과 서리 속에서도 루시는 그곳을 지켰다. 그리고 그곳을 떠날 때면 감옥 담벼락에 입을 맞추었다. 아버지에게 전해 듣기로, 남편이 그녀를 보았던 건 대여섯 번 중 한 번꼴이었다. 때로는 연달아 두세 번일 수도 있었다. 어떤 때는 일주일 또는 보름 동안 전혀 볼 수 없을 때도 있었다. 그래도 어쩌다 한 번이라도 남편이 그녀를 볼 수 있다는 사실만으로 충분했다. 그녀는 그런 가능성만으로도 하루 종일, 아니 일주일 내내 기다릴 수 있었다.

그렇게 시간이 흘러 루시는 어느덧 12월을 맞이했다. 여전히 마네트 박사는 공포 속에서도 흔들림 없이 앞으로 나아갔다. 가볍게 눈이 날리는 어느 오후에 루시는 언제나처럼 골목 모퉁이에 도착했다. 사람들이 축제라도 벌이는지 분위기가 떠들썩했다. 지나는 길에 고개를 돌리면 집집이 늘어선 풍경이 보였다. 다들 보병용 창(槍) 끝에 작은 붉은 모자를 씌워서 장식한 뒤, 삼색 리본을 달고 공식 구호를 써놓았다. 파랑과 하양과 빨강으로 된 삼색 글씨로 '불가분의 단일 공화국, 자유, 평등, 박애, 아니면 죽음을!'이라고 쓰여 있었다.

톱장이의 초라한 공방은 너무나 협소해서 집의 외벽을 전부 사용해도 구호가 들어갈 자리조차 부족했다. 그래도 톱장이는 누군가에게 간신히 부탁해서 구호를 써달라고 했는데, '죽음을!'이라는 글자를 억지로 욱여넣었다. 톱장이는 충직한 애국단원답게 집 꼭대기에 창과 모자를 내걸었고, 창가에는 '어린 성녀 기요틴'이라 적힌 톱을 세워두었다. 그 무렵 날카롭고 위엄 있는 기요틴은 대중 사이에서 '성녀'로 추앙받고 있었다.

이윽고 톱장이의 공방은 문을 닫았고, 톱장이도 모습을 감추었다. 덕분에 루시는 안도의 한숨을 내쉬며 혼자 있게 되었다. 하지만 톱장이는 멀리 있지 않았다. 조금 있자 소란스러워지더니 멀리서 함성이 다가오는 것이 느껴졌다. 루시는 불안과 두려움에 휩싸였다. 이윽고 한 무리의 사람들이 감옥 담벼락 옆 모퉁이를 돌아서 쏟아져 나왔다. 그 가운데에는 서로 손을 맞잡고 춤을 추는 톱장이와 방장스도 있었다. 군중은 적어도 500명은 되어 보였는데, 마치 5,000명의 악마가 떼를 지어 춤추고 있는 것 같았다. 그들이 직접 만든 노래 말고는 음악이라고 부를 만한 것이 없었다. 사람들은 유행하는 혁명가에 맞추어 춤을 추었다. 마치 일제히 이빨을 갈아대는 것처럼 빠른 박자에 맞춰 춤을 추었다. 남녀가 뒤섞였고 때로는 남자끼리, 또 때로는 여자끼리 닥치는 대로 뒤섞였다.

처음에 사람들은 거친 붉은색 모자와 누더기 옷자락이 뒤엉킨 소용돌이처럼 보였다. 하지만 이제 거리를 가득 메운 그들은 루시를 에워싸기 시작했다. 이윽고 그들의 몸짓은 미친 듯이 날뛰는 춤 동작으로 바뀌어 있었다. 꼭 유령 같은 몸짓이었다.

이들은 앞서거니 뒤서거니 하다가 서로 손바닥을 강하게 부딪쳤고, 서로 머리채를 움켜쥐었다. 혼자서 빙글빙글 돌다가 서로 맞잡고 둘씩 짝을 이루어 돌기도 했는데, 많은 이들이 탈진해서 쓰러질 때까지 그렇게 했다. 쓰러진 이들이 누워 있는 동안에도 나머지는 손에 손을 잡고 모두 함께 빙글빙글 돌았다. 그러다 문득 고리를 끊고, 두 사람씩 혹은 네 사람씩 짝을 이루어 또다시 돌았다. 갑자기 이들은 다시 멈춰 섰다. 짧은 침묵이 흐른 뒤 사람들은 새롭게 박자를 타기 시작했다. 그들은 이내 도로의 폭만큼 길게 줄지어 늘어서더니 머리를 낮게 숙이고 손을 높이 쳐든 채 괴성을 지르며 내달렸다. 싸움이 벌어졌다 해도 이 광기 어린 춤에는 비할 수 없을 터였다.

이것은 분명히 타락한 놀이였다. 한때 순수했던 것들이 악마의 손아귀에 넘어갔다. 건전한 여가 활동이 변질되어 피를 들끓게 하고 정신을 혼잡스럽게 했으며 심장을 차갑게 만들었다. 그 속에서 언뜻언뜻 내비치던 우아함은 외려 춤을 더욱 추하게 만들었다. 본래 선했던 것들이 어떻게 뒤틀리고 타락하는지를 보여주었기 때문이다. 이런 광경을 넋 놓고 바라보는 처녀가 있었고, 이를 보고 머리카락만큼이나 마음이 헝클어진 소녀가 있었고, 이 피와 오물이 뒤섞인 늪에서 연약한 발로 종종걸음 치는 이가 있었다. 이 모든 모습은 혼란한 시대를 보여주는 전형이었다.

이것이 카르마뇰[76]이라는 춤이었다. 광기 어린 무리가 지나갔고, 루시는 톱장이의 공방 문간에 얼어붙은 채 남겨졌다. 그녀는 두려움과 충격에 휩싸인 상태에서 조용히 숨을 고르고 있었다. 순간 방금 아무 일도 일어나지 않았다는 듯 눈송이가 가볍게 흩날리기 시작했다. 하얀 눈이 고요하고 부드럽게 쌓여갔다.

◇◇◇◇

76 프랑스 혁명 당시 유행한 노래와 춤.

혁명의 광장 한가운데서 민중은 죽음의 춤 '카르마뇰'을 추었다.
광란과 해방, 피와 환희가 뒤섞인 프랑스 대혁명의 리듬이었다.

"오, 아버지!" 루시가 잠시 손으로 가렸던 눈을 다시 들었을 때 마네트 박사가 그녀 앞에 서 있었다. "너무나 잔인하고 사악한 광경이었어요."

"애야, 나도 안단다. 이 아비도 알아. 예전에도 여러 번 보았단다. 하지만 두려워하지 말거라! 저들 가운데 그 누구도 너를 해치지 않을 테니까."

"저 때문에 두려운 게 아니에요, 아버지. 남편을 생각하면 과연 저 사람들이 자비를…."

"곧 찰스를 저들 손이 미치지 못하는 곳에 둘 테니 걱정 말거라. 찰스가 창문으로 올라가는 것을 보고 왔어. 그걸 너에게 알려주러 왔단다. 마침 아무도 보는 사람이 없구나. 저쪽에 가장 높은 지붕을 향해 손으로 입맞춤을 전하렴."

"그럴게요, 아버지. 제 영혼도 함께 전하겠어요!"

"가엾은 내 딸, 찰스가 보이지 않는 모양이구나."

"네, 아버지." 루시가 손으로 입맞춤을 전하며 애달프게 흐느꼈다.
"보이지 않아요."

눈 위를 걸어오는 발소리가 들렸다. 드파르주 부인이었다.

"안녕하시오, 시민 동지." 마네트 박사가 먼저 인사했다.

"안녕하세요, 시민 동지." 드파르주 부인이 지나가면서 말했다. 그
녀는 더는 아무 말도 하지 않으며 하얀 눈길 너머로 그림자처럼 사라
졌다.

"얘야, 내 팔을 잡아라. 여기서부터는 찰스를 위해 명랑하고 씩씩한
모습으로 걸어가자꾸나. 그래, 그렇게."

두 사람은 곧 그곳을 벗어났다.

"헛수고로 끝나지는 않을 거야. 찰스가 내일 재판을 받는단다."

"내일이요?"

"망설일 시간 없어! 나는 만반의 준비를 했단다. 몇 가지 미리 손을
써두긴 했지만 찰스가 실제로 법정에 서기 전까지는 아무 소용이 없
을 거야. 찰스는 아직 소환 통보를 받지 않았지만 내일 재판을 받으
러 콩시에르주리[77]로 이송될 거란 소식을 들었단다. 때마침 정보를
얻은 거야. 두렵지는 않지?"

"저는 아버지를 믿어요." 루시가 조용히 대답했다.

"그래, 믿어야지. 이제 곧 모든 게 끝날 거야, 우리 딸. 몇 시간 뒤면

◇◇◇◇

77 당시 파리 법원 청사에 있던 감옥으로 혁명 재판소에 소환되는 죄수들은 재판 전 이곳
에 며칠 수감되었다.

찰스는 네게 돌아올 거란다. 나는 찰스를 위해 만반의 조치를 해뒀어. 이제 그만 자비스 로리를 만나러 가야겠구나.”

박사는 돌아섰다가 걸음을 멈추었다. 묵직한 바퀴 소리가 들려왔다. 두 사람은 그 소리가 무엇을 의미하는지 너무도 잘 알았다. 하나, 둘, 셋… 총 세 대의 사형수 호송 마차가 두려움에 떨고 있는 사람들을 태우고 적막한 눈길 위를 굴러서 점점 멀어져 갔다.

“이제 그만 자비스 로리를 만나러 가야겠구나.” 마네트 박사가 딸을 다른 길로 이끌며 되풀이해서 말했다.

충실한 노신사인 로리 씨는 여전히 자신의 책임을 다하고 있었다. 그는 지금껏 한 번도 책임을 저버린 적이 없었다. 고객의 재산이 몰수되고 국유화되는 문제로 로리 씨에게 이런저런 요청이 쏟아지고 있었다. 그가 쓴 장부도 상황은 마찬가지였다. 그럼에도 로리 씨는 고객을 대신하여 가능한 한 끝까지 재산을 지키고자 했다. 로리보다 그 일에 적합한 인물도 없었다. 그는 텔슨 은행에 보관된 재산을 단단히 붙들고 그것에 관해 입을 꾹 다물었다.

흐릿한 적황색으로 물든 하늘과 센강 너머에서 밀려오는 안개가 어둠이 다가오고 있음을 알리고 있었다. 마네트 박사와 루시가 은행에 도착했을 때 날은 거의 저물었다. 대귀족 나리의 위풍당당하던 저택은 이제 황폐하고 적막했다. 안뜰에 쌓인 재와 먼지 더미 위로 이런 글이 쓰여 있었다. ‘국유 재산. 불가분의 단일 공화국. 자유, 평등, 박애 아니면 죽음을!’

그런데 그 시각, 로리 씨와 함께 있던 저 사람은 누구일까? 그러니까 의자에 놓인 승마용 코트의 주인은 누구일까? 누구이기에 그 모습이 보이지 않을까? 마침 새로 도착한 루시와 마네트 박사를 보고, 로리 씨는 왜 놀란 기색으로 방에서 달려 나와 사랑하는 루시를 감싸

안고 있을까? 도대체 방 안에는 누가 있었기에 로리 씨가 그쪽을 돌아보게 하고, 루시의 떨리는 목소리가 그의 입에서 다시 울려 퍼지게 만든 것일까?

"콩시에르주리로 이송되어 내일 소환되었다니!"

제3부 폭풍의 진로

◇◇◇◇◇

6장

승리

그 무시무시한 재판은 매일 열렸다. 재판은 다섯 명의 판사와 한 명의 검사, 선별된 배심원단으로 이뤄져 있었다. 매일 저녁 사형 명단이 발표되었고, 감옥마다 간수들이 죄수들에게 그 명단을 소리 내어 읽어주었다. 간수들은 늘상 이렇게 농담하고는 했다. "석간신문을 읽어줄 테니, 너, 나와서 들어봐라!"

"샤를 에브레몽드, 일명 다네이!"

마침내 라포르스에서도 석간신문이 읽혔다.

이름이 불리면 당사자는 따로 마련된 자리로 이동해야 했다. 그곳에는 사형 판결을 내려진 죄수들이 모여 있었다. 샤를 에브레몽드, 일명 다네이는 그런 관례를 잘 알고 있었다. 그는 이미 수백 명이 그렇게 불려 나가 다시 돌아오지 못하는 걸 지켜보았다.

얼굴이 퉁퉁 부은 간수는 글씨를 읽으려고 돋보기안경을 쓰고 있었는데, 찰스 다네이가 제자리에 있는지 안경 너머로 확인했다. 그런 다음 각각의 이름을 부를 때마다 짧게 뜸을 들이면서 명단을 읽어 내려갔다. 스물세 명의 이름이 불렸지만 그중 스무 명만 대답했다. 명단에 오른 죄수 중 한 명은 이미 감옥에서 죽어 존재조차 잊혔다. 또 다른 두 명도 이미 기요틴의 이슬로 사라져 잊힌 지 오래였다

명단이 낭독된 장소는 천장이 둥근 방이었다. 처음 이곳에 도착했을 때 죄수 무리를 보았던 바로 그 방이었다. 그때 보았던 사람들은 대학살 기간에 모두 처형되었다. 그 뒤로 그가 애정을 쏟았거나 작별을 고했던 사람들도 하나같이 기요틴에서 목숨을 잃었다.

서둘러 작별을 고하고 이런저런 다정한 말들이 오갔으나 이별은 금세 끝났다. 날마다 그런 일이 반복되었다. 라포르스 감옥의 죄수들은 그날 저녁을 위한 벌칙 게임[78]과 작은 연주회를 준비하느라 정신이 없었다. 그들은 걸핏하면 쇠창살에 몰려와 눈물을 흘렸지만 그 슬픔을 다 털기도 전에 빈자리는 새로운 죄수들로 채워졌고 감옥까지 돌아가려면 시간이 늘 빠듯했기 때문이다. 시간이 되면, 공동 휴게실과 복도는 커다란 개들 차지가 되었다. 사나운 개들은 밤새 그곳을 지켰다.

죄수들이 감수성이 부족하다거나 감정이 메말랐다고 할 수는 없었다. 그들은 자신이 속한 시대와 상황에 알맞게 대처했을 따름이었다. 한 줄기에서 난 두 가지 싹처럼, 일종의 열정이나 도취 상태에 빠져든 이도 있었다. 이런 상태로 말미암아 사람들은 용기로 단단히 무장한 채 단두대로 몰려갔고, 그곳에서 헛되이 죽었다. 그러나 이를 단순한 허세라고 할 수는 없었다. 광기로 뒤틀린 대중 심리에 감염된 결

◇◇◇◇

78 18세기 사교 모임에서 주로 하던 게임이다. 돌아가면서 상대에게 간단히 질문을 하거나 노래, 시 낭송 따위를 요구한다. 만일 올바르게 대답하지 못하거나 요청대로 하지 못하면 즉시 벌칙을 수행한다.

과였다. 역병이 창궐하는 계절에 어떤 이들은 병에 은밀히 이끌린다. 그로써 죽고 싶다는 끔찍하고 순간적인 충동을 느낀다. 우리는 모두 그런 충동을 가슴속 은밀히 품고 살아가며 다만 그것을 불러일으킬 상황을 기다릴 따름이다.

콩시에르주리로 가는 길은 짧고 어두웠다. 벌레가 우글거리는 감방에서 보낸 밤은 길고 추웠다. 다음 날, 찰스 다네이의 이름이 불리기 전 열다섯 명의 죄수가 법정에 불려 갔다. 열다섯 명 모두 유죄 판결을 받기까지 한 시간 반이 걸리지 않았다.

마침내 그의 이름이 불렸다.

"샤를 에브레몽드, 일명 다네이!"

판사들은 깃털 장식이 달린 모자를 쓰고 판사석에 앉아 있었다. 법정에 모인 사람들의 머리에는 하나같이 삼색 배지가 달린 붉은색 모자가 씌워져 있었다. 다네이는 배심원단과 소란스러운 방청객을 바라보면서 무슨 생각을 했을까? 세상이 거꾸로 뒤집혀 흉악범들이 정직한 사람들을 심판하고 있다고 생각했을지도 모른다. 그의 눈에는 이 도시에서 가장 저열하고 잔인하며 사악한 자들이 모여 재판을 쥐락펴락하고 있는 모습이 보였을 것이다. 그들은 판결에 대해 거침없이 떠들고, 환호하고, 반박하고, 예상하고, 재촉하는 불한당들이었다.

남자들은 대개 무기를 지니고 있었으며, 여자들 가운데 일부는 허리에 칼을 차고 있거나 품에 단도를 품고 있었다. 음식을 먹거나 뜨개질하는 여자들도 있었다. 뜨개질하는 여자들 중에는 팔 밑에 여분의 뜨개질감을 끼고 작업하는 이도 있었다. 그녀는 법정 맨 앞줄에 앉아 있었고, 한 남자가 그 옆에 있었다. 다네이가 관문을 통과한 이후로 그 남자를 다시 본 적이 없었음에도 곧 드파르주임을 단박에 알아보았다. 다네이는 여자가 이따금 남자의 귀에 입을 갖다 대고 속삭이는 모습을 보면서 그녀가 드파르주의 아내일 거라고 짐작했다. 다네이는 그들이 바로 앞에 앉아 있었는데도 단 한 번도 자신에게 눈길을 주지 않는다는 것을 이상하게 여겼다. 두 사람은 무언가 단단히 결심한 듯 보였으며, 오직 배심원단만을 응시할 뿐이었다.

재판장 아래쪽에는 마네트 박사가 평소처럼 점잖은 차림으로 앉아 있었다. 다네이가 보기에 참석한 사람들 가운데 이 재판과 관련 없는 사람이라고는 박사와 로리 씨밖에 없었고, 투박한 카르마뇰식 의복을 입지 않은 이도 두 사람뿐이었다.

샤를 에브레몽드, 일명 다네이는 공화국 검사에 의해 망명자라는 죄목으로 기소되었다. 검사는 모든 망명자는 추방해야 하는데 이를 어기고 돌아온 자는 사형에 처한다는 법령이 있으므로 그의 생명은 공화국에 귀속되어 있다고 주장했다. 그 법령이 다네이가 프랑스로 돌아온 이후에 시행되었다는 사실은 중요하지 않았다. 다네이는 프랑스에 있었고, 프랑스에는 그 법령이 있었다. 더욱이 그는 프랑스에서 체포되었으므로 프랑스에 머리를 내놓아야 했다.

"저자의 머리를 잘라라!" 방청석에서 누군가 소리쳤다.

"저자의 머리를 잘라라! 저자는 공화국의 적이다!"

재판장이 종을 울려 방청석의 소란을 잠재우고 죄수에게 물었다.

"피고는 영국에서 수년 동안 살았다는데, 사실인가?"

"의심할 여지 없이 사실입니다."

"그렇다면 피고는 망명자이지 않은가? 피고는 자신을 무엇이라 부르는가?"

"법의 취지와 의미에 비추어 보았을 때 저는 망명자가 아니라고 믿습니다."

"그렇게 믿는 이유는 무엇인가?" 재판장이 궁금하다는 듯 물었다.

"저는 혐오스러운 작위와 신분을 자발적으로 포기하고 조국을 떠났습니다. 당시는 '망명자'라는 단어가 현재 재판소에서 사용되는 의미로 받아들여지기 이전이었습니다. 아무튼 저는 프랑스 민중의 노동을 착취하지 않았습니다. 영국에서 제 손으로 생계를 꾸리며 살아왔습니다."

"그 말을 입증할 만한 게 있는가?"

다네이는 두 명의 증인, 테오필 가벨과 알렉상드르 마네트의 이름을 제출했다.

그러자 재판장이 다시 물었다.

"하지만 피고는 영국에서 결혼하지 않았는가?"

"그렇습니다. 하지만 아내는 영국 여성이 아닙니다."

"프랑스 시민인가?"

"네, 프랑스 태생입니다."

"부인 이름과 가족은?"

"루시 마네트, 저기 앉아 계신 훌륭한 의사 마네트 박사님의 외동딸입니다."

이 대답은 방청석에 긍정적인 반응을 불러일으켰다. 법정은 저명하고 훌륭한 의사 마네트 박사를 칭송하는 소리로 가득 찼다. 조금 전까지만 해도 피고를 거리로 끌어내어 죽이고 싶은 듯 사나운 표정을 짓던 변덕스러운 군중은. 이제는 눈물을 흘리며 감격에 겨운 표정을 하고 있었다.

찰스 다네이는 마네트 박사의 신중한 지침에 따라 한 걸음씩 조심스레 나아가고 있었다. 그 길은 마네트 박사가 다네이를 위해 빈틈없이 준비해놓은 것이었다.

재판장이 다시 물었다.

"왜 그때 프랑스로 돌아왔는가? 더 일찍 돌아올 수는 없었나?"

"프랑스에서는 생계를 유지할 방법이 없었습니다. 이미 포기한 재산 외에는 아무것도 없었으니까요. 반면 영국에서는 프랑스어와 프랑스 문학을 가르침으로써 생계를 유지할 수 있었습니다. 당시 돌아온 이유를 말씀드리자면, 한 프랑스 시민이 긴급히 보내온 서면 요청을 받았기 때문입니다. 그 시민은 제가 없으면 목숨이 위험하다고 했습니다. 저는 그 시민의 목숨을 구하려고 돌아왔습니다. 저에게 어떤 위험이 따르더라도 진실을 증언하기 위해서 말입니다. 이것이 공화국의 눈에는 범죄 행위입니까?"

군중이 열광적으로 외쳤다. "아니오!" 재판장이 다시 종을 울렸지만 군중은 한동안 계속 "아니오!"라고 외치다가 마침내 자발적으로 멈추었다.

"그 시민은 누구요?"

"제 첫 번째 증인입니다."

다네이는 또한 자신이 입국할 때 압수당한 편지가 지금 재판장 앞의 서류들 틈에 있을 것이라고 말했다. 마네트 박사는 그 편지가 증거로 제출될 수 있도록 일찌감치 손을 써 두었다. 그리고 다네이에게도 미리 언질을 준 상황이었다.

이윽고 편지가 제출되어 낭독되었다. 또 내용 확인을 위해 시민 가벨이 소환되었다. 이 시민은 대단히 신중하고 공손한 태도로 이렇게 말했다. "공화국의 수많은 적을 처리해야 하는 재판소의 과중한 업무로 인해 저는 아베이 감옥에서 한동안 방치되어 있었습니다. 그러다 사흘 전 소환되어 심문받았고, 에브레몽드, 일명 다네이 시민 동지가 자진해 돌아옴으로써 제 혐의는 해소되었으며, 마지막으로 배심원단의 판결 덕분에 저는 마침내 자유의 몸이 되었습니다."

 　　　　　　　　　　　　　

다음으로 마네트 박사가 질문을 받았다. 그의 명성과 명료한 증언 덕분에 크나큰 인상을 남길 수 있었다. 박사는 자신이 오랜 감옥 생활에서 풀려난 뒤 피고가 처음으로 친구가 되어 주었으며, 자신과 딸이 망명 생활을 하는 동안에는 자기들을 언제나 충실하고 헌신적으로 대했다고 말했다. 또 피고는 영국의 귀족 정부와 가깝기는커녕 오히려 영국의 적이자 미합중국의 친구라는 이유로 실제로 사형 재판까지 받았다고 밝혔다. 그가 이 모든 사실을 신중하면서도 진솔한 태도로 밝히자, 배심원단과 군중은 하나가 되었다. 마침내 박사는 법정에 와 있는 영국인 신사 로리 씨를 증인으로 지목했다. 그러면서 로리 씨는 당시 영국 재판에서 함께 증언했던 사람이므로 지금까지의 모든 이야기가 사실임을 입증할 수 있다고 말했다. 이에 배심원단은 증언을 더 들을 필요가 없다면서 재판장이 동의하기만 한다면 즉시 표결에 들어가겠다고 선언했다.

배심원들은 소리 내어 각자 의견을 표명했고, 과정이 진행될 때마다 군중은 손뼉을 치며 환호했다. 모든 목소리가 약속이라도 한 듯 피고를 지지했고, 재판장은 다네이의 석방을 선언했다.

이윽고 혁명기 군중이 이따금 보여주는 특출난 장면이 연출되었다. 그것은 민중의 변덕에서 비롯된 것일 수도 있었고, 잠시나마 관용과 자비를 베풀려는 선한 충동에서 나온 것일 수도 있었다. 아니면, 그동안 분노를 극단적인 방식으로 표출해왔던 것에 대한 일종의 속죄 의식일 수도 있었다. 어떤 동기가 영향을 미쳐 이 특출난 장면이 연출되었는지는 알기 어려웠다. 어쩌면 저 모든 요소가 골고루 섞여 있는 중에 두 번째 동기가 가장 크게 영향을 미쳤던 것일지도 몰랐다. 무죄 판결이 선고되자 여기저기서 눈물이 쏟아졌다. 다른 때였다면 피가 흘렀을 순간이었다. 남녀를 불문하고 사람들이 죄수에게 마구 달려들어 형제애 넘치는 포옹을 해댔다. 그 바람에 오랜 감금 생활로 지친 다네이는 탈진해서 쓰러질 지경이었다. 물론 그는 너무도 잘 알고 있었다. 상황이 조금만 달랐어도 지금 이 사람들이 똑같은 열정으로 그에게 달려들어 그를 발기발기 찢어 거리에 뿌렸을 것이라는 사실을 말이다.

다행히 얼마 지나지 않아 다네이는 이 변덕스러운 포옹에서 해방될 수 있었다. 재판을 기다리는 피고인들에게 자리를 내어주어야 했기 때문이다. 다섯 명의 새로운 피고인이 재판을 받기 위해 들어왔다. 그들이 죄목은 간단했다. 말과 행동으로 공화국을 돕지 않았다는 것이 이유였다. 재판소는 방금 놓쳐버린 사형의 기회를 신속하게 되찾으려는 듯 일사천리로 재판을 진행했다. 찰스 다네이가 법정을 떠나기도 전, 다섯 명의 피고인은 유죄 판결을 받고 사형을 선고받았다. 그들 가운데 한 사람이 다네이에게 손가락을 치켜세우는 자세를 보여줬다. 감옥에서 통용되는 죽음의 표시로, 스물네 시간 안에 처형된다는 사실을 의미했다. 그러더니 그는 나머지 네 사람과 함께 소리쳤다. "공화국 만세!"

그들은 방청객의 관심을 받지 못한 채 사형 선고를 받았다. 다네이와 마네트 박사가 법정 문을 나섰을 때 그곳에는 엄청난 군중이 모여 있었다. 거기에는 다네이가 법정에서 보았던 거의 모든 얼굴이 있는 듯했다. 하지만 아무리 둘러보아도 그가 애타게 기다리는 두 얼굴은 보이지 않았다.

그가 나오자 군중은 다시 그에게 몰려들었다. 사람들은 번갈아 또 동시에 울고, 껴안고, 외쳤다. 그 미친 듯한 장면이 벌어진 강둑 아래, 강물조차 강기슭의 사람들처럼 미쳐 흐르는 듯했다.

사람들은 커다란 의자에 다네이를 앉혔다. 법정에서 가져왔거나 아니면 재판소 내 다른 방이나 복도에서 가져온 것이었다. 의자 위에서는 붉은 깃발이 나부꼈고, 의자 뒤쪽에는 보병용 창을 매단 뒤에 끄트머리에 붉은 모자를 씌워놓았다. 박사가 간절히 말렸지만 사람들은 다네이를 승리의 개선 가마에 태우고 그의 집으로 향했다. 다네이는 온통 붉은 모자로 뒤덮인 혼란스러운 파도 한가운데 있었고, 이따금 어떤 얼굴이 풍랑에 난파된 배의 잔해처럼 불쑥불쑥 솟아올랐던 터라 다네이는 자기 스스로 정신이 이상해진 것은 아닌지 또는 기요틴으로 향하는 사형수 호송 마차에 타고 있는 것은 아닌지 한참 동안 의심했다.

격렬하면서도 꿈결 같은 행렬이 이어졌다. 군중은 마주치는 사람마다 껴안고, 그들이 모시고 가는 인물을 손가락으로 가리키며 앞으로 나아갔다. 그들이 지나간 눈 덮인 거리는 공화국의 붉은빛으로 물들어 갔다. 언젠가 그 눈 아래의 땅이 더 짙은 붉은색으로 물들었던 것처럼.

이윽고 행렬은 다네이가 사는 건물의 안뜰에 도착했다. 마네트 박사는 미리 달려가 딸이 남편을 맞이할 준비를 하게 했다. 그러나 다네이가 가마에서 내려 두 발을 땅에 디디는 순간 루시는 정신을 잃고 그의 품에 쓰러졌다.

다네이는 루시를 끌어안았다. 그리고 그녀의 아름다운 머리를 떠들썩한 군중이 보지 못하도록 끌어안은 뒤, 그의 뺨을 타고 흘러내리는 눈물을 그녀의 입술에 포개어 아무도 알아차릴 수 없게 했다. 그러자 몇몇 사람이 춤을 추기 시작했다. 곧이어 나머지 사람들도 일제히 춤을 추면서 안뜰은 카르마뇰의 열기로 넘쳐났다. 이윽고 사람들이 무리 가운데 있던 한 젊은 여인을 빈 의자에 올려 마치 자유의 여신이라도 되는 듯 실어 나르기 시작했고, 이내 인접한 거리와 강둑을 따라 다리 너머로 넘실거리며 점차 세를 불려갔다. 카르마뇰은 마침내 그들을 모두 휩쓸어 데려가버렸다.

카르마뇰이 휩쓸고 지나간 자리에 다네이가 남아 있었다. 그는 의기양양하게 서서 자신을 자랑스럽게 바라보는 마네트 박사의 손을 꽉 쥐었다. 그리고 카르마뇰의 광기 어린 소용돌이를 뚫고 달려오느라 숨을 헐떡거리는 로리 씨의 손도 힘껏 움켜쥔 뒤, 그의 목에 팔을 두르고 안기려는 어린 루시에게 입을 맞추었다. 그런 다음 언제나 열성적이고 충직한 프로스 양을 껴안아 준 다음 마지막으로 아내를 품에 안은 채 집으로 올라갔다.

"루시! 내 사랑! 나는 무사하다오."

"오, 사랑하는 찰스! 하느님께 무릎 꿇고 감사드려야겠어요. 기도드릴 때마다 간절히 바랐던 걸 들어주셨으니까요."

그들은 모두 경건하게 머리를 숙이고 한마음으로 기도했다. 이윽고 루시가 다시 품에 안겼을 때 다네이가 말했다.

"이제 아버님과 이야기를 나누어요, 여보. 온 프랑스를 뒤져도 아버님처럼 나를 위해 모든 일을 해줄 사람은 없을 거요."

루시는 아주 오래전 가엾은 아버지의 머리를 자신의 가슴에 품었던 것처럼, 이번에는 자기 머리를 아버지 가슴에 기댔다. 마네트 박사는 딸에게 보답할 수 있어서 더없이 행복한 기분이었다. 그는 또 지난날의 고통이 헛되지 않았다는 걸 깨달았고, 자신의 힘이 아직 남아 있다는 사실에 뿌듯해했다.

"약해지면 안 돼." 박사가 딸을 바라보며 타이르듯 말했다. "애야, 떨지 마라. 내가 찰스를 구했단다."

7장

문 두드리는 소리

"내가 찰스를 구했단다."

이것은 루시가 자주 꾸던 꿈이 아니었다. 이건 꿈이 아니라 현실이었다. 찰스 다네이는 정말 코앞에 있었디. 그런데도 루시는 몸을 떨었고, 막연하지만 무거운 두려움에 짓눌렸다.

주변을 둘러싼 공기가 너무나 탁하고 어두웠다. 사람들은 극심한 복수심에 불타고 변덕스러웠으며, 죄 없는 사람들이 막연한 의심과 악의로 끝없이 죽어나갔다. 남편이 그녀에게 소중한 존재이듯 누군가에게 소중한 존재일 수많은 무고한 이가 남편처럼 죽을 운명에 놓여 있었다. 그 사실을 잊기란 불가능했다. 그래서 루시는 마땅히 누려야 할 상황에서도 마음의 짐을 내려놓지 못했다.

겨울 오후가 되자 그림자가 내려앉기 시작했다. 지금 이 순간도 그 무시무시한 마차들이 덜컹거리며 거리를 굴러가고 있었다. 루시는 머릿속으로 그 마차를 쫓아가며 사형수들 틈에서 남편의 얼굴을 찾았다. 그러다 현실로 돌아올 때면 옆에 있는 남편에게 바싹 몸을 붙이고는 떨었다.

　루시의 아버지는 딸을 격려하는 한편, 딸의 연약함과 대조를 이루는 다정하면서도 초연한 모습을 보여주었다. 참으로 놀라운 모습이었다. 이제는 다락방도, 구두를 만드는 일도, 북탑 105호도 없었다! 그는 스스로 정한 임무를 완수했다. 박사는 약속을 지켰고, 찰스 다네이를 구해냈다. 이제 모두 그에게 의지했다.

　그들의 살림살이는 무척 검소했다. 그러는 것이 민중의 심기를 최대한 건드리지 않는 가장 안정한 생활 방식이었기 때문이다. 형편이 넉넉지 않은 것도 한몫했다. 찰스가 투옥되었던 기간 내내 그의 부실한 음식값을 대고 담당 간수에게 돈을 찔러주어야만 했던 데다가 처지가 더 딱한 죄수들을 돕느라 막대한 비용을 치렀기 때문이다. 하인을 두지 않은 것도 집 안에 첩자를 들이지 않기 위한 조심스러움이었고 동시에 그럴 여유조차 없었기 때문이었다. 다행히 안뜰 문에서 수위 역할을 하는 남녀 시민 동지들이 이따금 도움을 주었다. 거기다 로리 씨가 거의 넘겨주다시피 한 제리도 있었다. 제리는 매일 밤 그곳에서 잤다.

　한편 모든 집의 문이나 문설주에는 적당한 높이에 일정한 크기의 글씨로 알아보기 쉽도록 거주자의 이름을 새겨넣어야 했다. '자유, 평등, 박애, 아니면 죽음을!'이라는 기치를 내건 불가분의 단일 공화국의 법령에 따른 것이었다. 그래서 제리 크런처 씨의 이름도 문설주 아래쪽을 당당하게 장식하고 있었다.

　어느 날 어둠이 짙어질 무렵 그 이름의 주인공은 친히 문가에 나타났다. 제리는 마네트 박사가 고용한 도장공을 감독하는 일을 막 끝낸 참이었다. 그 일이란 샤를 에브레몽드, 일명 다네이의 이름을 문설주에 새겨넣는 일이었다.

　　　　　　　　　　　　　　

널리 퍼진 불안과 불신이 그 시대를 어둡게 물들이고 있었다. 그동안 무해하던 일상의 생활 양식도 송두리째 바뀌었다. 소박한 살림살이였지만 마네트 박사의 집도 다른 수많은 가정처럼 매일 저녁이면 여러 작은 가게를 들러 필요한 생필품을 조금씩 사 들였다. 남의 이목을 끌지 않고 입에 오르내리지도 않으며 시샘을 살 빌미도 되도록 주지 않는 게 무엇보다 현명한 처세였다.

지난 몇 달 동안 프로스 양과 크런처 씨는 생필품 조달을 맡아왔다. 프로스 양은 돈을 들고 크런처 씨는 장바구니를 들었다. 매일 오후 가로등이 켜질 무렵이면 두 사람은 임무를 수행하러 밖으로 나가서 필요한 물건을 구입해 집으로 가져왔다. 프로스 양은 프랑스인 가족과 오랫동안 함께했기 때문에 원한다면 얼마든 언어를 구사할 수 있었지만 그럴 마음은 조금도 없었다. 그래서 프로스 양은 본인 표현에 따르면 '우스꽝스러운 언어'인 프랑스어를 크런처 씨만큼 알지는 못했다. 프로스 양이 장 보는 방식은 독특했다. 가게 주인 앞에다 대고 별다른 설명도 없이 명사를 툭 뱉는 식이었다. 이름을 모를 때는 그 물건을 직접 찾아서 손에 쥐고는 흥정이 끝날 때까지 단단히 움켜쥐었다. 그녀는 언제나 물건값을 그런 식으로 흥정했는데 주인이 손가락을 몇 개 들든 자신은 그보다 손가락을 하나 적게 들었다. 그게 적정한 가격이라고 주장하면서.

"자, 크런처 씨." 행복감에 눈시울이 붉어진 프로스 양이 말했다. "괜찮으신가요? 저는 준비됐어요."

제리가 쉰 목소리로 프로스 양을 도울 준비가 되었다고 말했다. 한때 그를 덮고 있던 '녹'은 이미 오래전에 닳아 사라졌지만 머리 위의 삐죽삐죽한 머리카락은 조금도 다듬어지지 않았다.

"필요한 게 아주 많아요." 프로스 양이 말했다. "전부 사려면 시간이

만만찮게 걸릴 거예요. 그중에서도 포도주는 꼭 필요한데 그걸 사러 가는 곳마다 붉은 모자 인간들이 죽치고 앉아 축배를 들고 있겠죠."

"내 생각에는 말입니다." 제리가 말했다. "그 녀석들이 건강을 위해 건배하든 그 늙은 것을 위해 건배하든 별로 다를 바가 없을 겁니다."

"늙은 것이 뭐예요?" 프로스 양이 물었다.

크런처 씨가 잠시 머뭇거리다가 '늙은 닉'[79]이라고 말했다.

"하!" 프로스 양이 조금 놀란 표정을 지었다. "그거라면 통역 안 해도 알아요. 달리 뭐겠어요? 한밤의 살인자, 악마들이죠."

"쉿, 프로스 양! 제발 조심해요! 말조심하라고요!" 루시가 조용히 말했다.

"네, 알았어요. 조심할게요." 프로스 양이 말했다. "하지만 우리끼리니까 말인데, 포옹한답시고 양파 냄새, 담배 냄새 풍기며 얼굴까지 비벼서 사람 숨 막히게 하는 짓은 그만 좀 했으면 좋겠어요. 거리에서 다들 그러잖아요. 자, 아가씨! 내가 돌아올 때까지 그 난롯가에서 꼼짝 말고 있어요. 다시 찾은 소중한 남편 잘 돌봐주고요. 그 예쁜 머리를 지금처럼 그대로 남편 어깨에 기대고 있어요. 내가 돌아올 때까지 말이에요! 마네트 박사님, 나가기 전에 하나 여쭤봐도 될까요?"

"얼마든지 자유롭게 물어봐요." 박사가 싱긋 웃으며 말했다.

"박사님, 제발 자유 얘기는 하지 마세요." 프로스 양이 말했다. "자유라면 이제 신물이 나요."

"쉿, 프로스 양! 또 그러네요?" 루시가 나무라듯 말했다.

"알았어요, 아가씨." 프로스 양이 고개를 힘차게 끄덕이며 말했다. "요점만 말하자면, 저는 더없이 자애로우신 조지 3세 국왕의 신민이

---

79 올드 닉(Old Nick)이라고도 한다. 사탄을 가리키는 다양한 표현 중 하나다.

에요." 프로스 양은 국왕의 이름을 말할 때 한쪽 다리를 뒤로 빼고 무릎을 굽혀서 예의를 보였다. "그런 만큼 제 좌우명은 이렇답니다. '그들의 정치에 혼란을, 그들의 간교한 계략에 좌절을, 당신께 저희의 희망을 걸겠으니 신이시여, 국왕 폐하를 지켜주소서!'"[80]

크런처 씨도 불현듯 충성심이 솟구치는지, 꼭 교회에 있기라도 한 듯 특유의 갈라진 목소리로 프로스 양의 말을 공연히 따라했다.

"영국인으로서의 자부심이 대단한 걸 보니 기쁘네요. 목소리가 갈라질 정도로 감기에 걸린 듯해 안타깝지만요." 프로스 양이 만족스러운 표정으로 말했다.

"참, 여쭤볼 게 있는데요, 마네트 박사님." 이 선량한 여인에게는 신기한 재주가 있었다. 다들 마음속에 안고 있는 심각한 걱정거리를 우연히 생각난 듯 말해서 가볍게 만드는 재주였다. "혹시라도 우리가 이곳에서 벗어날 방법은 없나요?"

"안타깝지만 아직은 없어요. 그랬다가는 찰스한테 위험할 거요."

"흠, 흠!" 프로스 양이 벽난로 불빛에 비친 루시의 금빛 머리카락을 흘깃 보고는 나오려는 한숨을 삼키며 쾌활하게 말했다. "그럼 인내심을 갖고 기다려야겠네요. 아무래도 그래야겠죠. 내 동생 솔로몬이 곧잘 말했지요. 고개를 꼿꼿이 쳐들고 조용히 싸워야 할 거예요. 이제 나가죠, 크런처 씨! 아가씨는 꼼짝 말고 있어요!"

두 사람은 루시와 그녀의 남편과 아버지와 아이를 환한 불가에 남겨두고 밖으로 나갔다. 로리 씨는 곧 은행에서 돌아올 예정이었다. 앞서 프로스 양은 등불을 밝혀두었지만 이내 구석으로 치워두었다. 방에 있는 이들이 너무 밝은 빛에 방해받지 않고 난롯불을 쬘 수 있도

◇◇◇◇

[80] 영국 국가의 2절 가사를 살짝 비틀었다.

다네이의 집에 들이닥친 애국단원들

록 말이다. 어린 루시는 두 손으로 할아버지의 팔을 꼭 붙잡고 곁에 앉아 있었다. 마네트 박사는 속삭이듯 조용한 목소리로 훌륭하고 힘 센 요정 이야기를 손녀에게 들려주기 시작했다. 요정이 감옥 벽을 부수고 예전에 자신을 도와준 죄수를 구출하는 이야기였다. 사방이 호수처럼 잔잔하고 고요했다. 루시는 이전보다 마음이 편안했다.

"저게 무슨 소리예요?" 루시가 갑자기 소리쳤다.

"얘야!" 마네트 박사가 이야기를 멈추고 딸의 손을 잡았다. "진정해라. 왜 그리 안절부절못하는지 걱정스럽구나! 별것 아니야. 아무것도 아닌 일에도 이렇게 화들짝 놀라다니. 너는 이 아비의 딸이라는 걸 기억하렴!"

"제 생각에는요, 아버지." 창백하게 질린 루시가 더듬거리며 말했다. "계단에서 수상한 발소리가 난 것 같아요."

"얘야, 계단은 쥐 죽은 듯 조용해."

박사가 이 말을 내뱉은 순간 누군가 문을 쾅쾅 두드렸다.

"오, 아버지, 아버지! 안 돼요! 찰스를 숨겨야 해요. 이이를 구해주세요!"

"애야." 박사가 자리에서 일어나 딸의 어깨에 손을 얹고 말했다. "이미 구했단다. 딸아, 이렇게 약해져선 안 된다! 내가 문에 나가보마."

마네트 박사가 등불을 들고, 중간에 있는 바깥방 두 개를 가로질러서 문을 열었다. 바닥을 쿵쿵 울리는 거친 발소리가 들리더니 붉은 모자를 쓰고 군도와 권총으로 무장한 험상궂은 사내 네 명이 방으로 들어왔다.

"에브레몽드, 일명 다네이 시민 동지!" 첫 번째 사내가 급히 말했다.

"누가 찾는 겁니까?" 찰스 다네이가 물었다.

"내가 찾아. 우리가 찾지. 나는 당신을 알아, 에브레몽드. 오늘 재판소에서 봤어. 당신은 다시 공화국의 죄수야."

루시와 아이가 다네이에게 매달린 가운데 네 명의 사내가 그를 에워쌌다.

"아니 무슨 이유로 내가 다시 죄수인 겁니까?"

"지금은 콩시에르주리로 곧장 돌아가기만 하면 돼. 내일 모든 걸 알게 될 거야. 당신은 내일 재판을 받을 테니까."

마네트 박사는 마치 등불을 든 석상처럼 우두커니 서 있었다. 그러다가 등불을 내려놓고는 방금 전 말한 사람에게 다가갔다. 박사는 그의 붉은색 모직 셔츠의 느슨한 앞자락을 살짝 잡으며 말했다.

"내 사위를 안다고 말했는데, 그럼 나는 아시오?"

"압니다, 의사 시민 동지."

"우리 모두 압니다, 의사 시민 동지." 나머지 셋이 동시에 말했다.

박사는 잠시 이 사람에서 저 사람으로 멍하니 시선을 옮기다가 목소리를 낮추어 말했다.

"그럼 방금 사위의 질문에 대한 답변을 내게 들려주겠소? 무슨 일이 생긴 거요?"

"의사 시민 동지." 첫 번째 사내가 망설이다가 말했다. "생탕투안 구역에서 고발이 들어왔습니다. 그리고 이 시민 동지가 바로 생탕투안 출신입니다." 그는 두 번째로 들어온 사내를 가리켰다.

"생탕투안에서 그를 고발했습니다." 지목당한 시민 동지가 고개를 끄덕이며 말했다.

"무슨 죄목으로 말인가요?" 박사가 물었다.

"의사 시민 동지." 첫 번째 사내가 앞서 그랬듯 망설인 끝에 말했다. "더는 묻지 마세요. 공화국이 희생을 요구하면 시민 동지는 충실한 애국 시민답게 기꺼이 희생할 거라고 믿습니다. 공화국은 모든 것에 우선합니다. 민중이 최우선이고요. 에브레몽드, 시간이 없다."

"하나만 더 물읍시다." 박사가 간청했다. "누가 고발했는지 말해주겠소?"

"그건 규정에 어긋납니다." 첫 번째 사내가 대답했다. "하지만 여기 생탕투안 출신 시민 동지에게 물어볼 수는 있습니다."

박사의 시선이 그 사내를 향했다. 생탕투안 출신 사내는 잠시 주저하듯 발끝을 들썩였다. 그는 수염을 살짝 쓰다듬다가 마침내 입을 열었다.

"규정에 어긋나는 거라 곤란합니다만… 고발한 사람은 바로… 드파르주 시민 동지 부부입니다. 중죄라고 했지요. 그리고 한 사람 더 있습니다."

"그 사람은 누구요?"

"몰라서 물으시는 겁니까, 의사 시민 동지?"

"그렇소."

"그건 말입니다." 생탕투안 출신 사내가 묘한 표정을 지으며 말했다. "내일 대답을 듣게 되실 겁니다. 더는 말 못 하겠습니다!"

8장

손에 쥔 카드

그 시각, 프로스 양은 집에서 새로운 재앙이 벌어지고 있다는 사실은 꿈에도 모르고 있었다. 프로스 양은 비좁은 거리를 헤쳐나가며 퐁뇌프 다리를 통해 강을 건넜다. 마음속으로 꼭 사야 할 물건의 수를 헤아리고 있었다. 크런처 씨는 장바구니를 들고 그녀 곁에서 걸었다. 두 사람은 좌우에 늘어선 가게 대부분을 유심히 살폈다. 사람들이 떼 지어 모인 곳에서는 경계의 눈초리를 보냈고, 몹시 흥분한 듯 떠들썩한 무리가 보이면 피해서 길을 돌아갔다.

저녁 날씨는 무척 싸늘했다. 안개 낀 강은 휘황한 불빛 때문에 더욱 흐릿해 보였고, 소음 탓에 귀가 먹먹했다. 정박한 바지선에서는 대장장이들이 공화국 군대를 위해 총을 만들고 있었다. 감히 그 군대에서 농간을 부리거나 분에 넘치는 자리를 차지하려 든다면 그런 자에게는 반드시 화가 미칠 터였다. 그런 자는 애초에 턱수염을 기르지 않는 편이 나을지도 몰랐다. '국민 면도기'가 말끔히 밀어버릴 테니까 말이다.

　프로스 양은 몇 가지 식료품과 램프에 쓸 기름을 조금 구입한 뒤, 그들에게 꼭 필요한 포도주를 떠올렸다. 그녀는 몇 군데 포도주 상점을 기웃거리다가 '고대의 충실한 공화주의자 브루투스'라는 간판 앞에서 걸음을 멈추었다. 그 상점은 한때 튀일리 궁전이라 불렸던 국립 왕궁에서 멀지 않은 곳에 있었는데, 프로스 양은 그 전체적인 모양새가 마음에 들었다. 무엇보다 지금껏 지나온 비슷한 가게보다 한산해 보였다. 말하자면 애국단원들의 붉은 모자가 보이기는 했어도 다른 곳만큼 색깔이 붉지는 않았던 것이다. 프로스 양이 크런처 씨에게 의견을 물어보니 그도 같은 생각이었다. 그래서 프로스 양은 크런처 씨를 호위병 삼아 '고대의 충실한 공화주의자 브루투스'로 들어갔다.

　프로스 양은 가게 안을 살펴보았다. 연기가 자욱한 불빛 아래 사람들이 파이프 담배를 물고 낡은 카드로 노름을 하거나 누런 도미노를 가지고 놀고 있었다. 검댕을 뒤집어쓰고 새까매진 한 노동자가 가슴과 팔을 드러낸 채 소리 내어 신문을 읽으면, 다른 사내들이 그의 말에 귀를 기울였다. 어떤 이들은 무기를 몸에 지녔거나 풀어서 곁에 두었다. 또 어떤 이들은 앞으로 고꾸러져 잠들어 있었는데 그들은 당시 유행하던 어깨가 솟고 털투성이인 검은색 재킷을 입고 있어서 마치 곰이나 개처럼 보였다. 두 이방인 고객은 이런저런 모습을 곁눈질하며 카운터로 다가가서 원하는 물건을 가리켰다.

　점원이 주문한 포도주를 따르고 있을 때였다. 한쪽 구석에서 한 사내가 다른 사내와 헤어져 가게를 떠나려고 자리에서 일어섰다. 남자는 나가는 길에 프로스 양과 얼굴을 마주칠 수밖에 없었는데, 남자와 눈이 마주친 순간 프로스 양이 짧은 비명을 지르며 손뼉을 쳤다.

　순식간에 가게 안의 모든 사람이 자리에서 벌떡 일어났다. 보통 이런 경우 서로 다투다가 한쪽이 다른 한쪽을 살해했을 가능성이 높았기 때문이다. 모두 누군가 쓰러지는 장면을 기대하며 바라보았지만 눈에 들어온 건 한 남자와 여자가 서로 물끄러미 쳐다보고 서 있는 장면이었다. 외모로 보아 남자는 프랑스인에 확고한 공화주의자임이 분명했고, 여자는 틀림없는 영국인이었다.

이 맥빠지는 상황에서 '고대의 충실한 공화주의자 브루투스'의 단골 손님들이 무슨 말을 했는지는 알기 어려웠다. 그들의 말소리가 매우 수다스럽고 시끌벅적했다는 것 외에는 말이다. 설령 프로스 양과 그녀의 호위병이 귀담아들었다고 해도 그들에게는 히브리어나 칼데아어와 마찬가지였을 것이다. 하지만 두 사람은 너무 놀란 나머지 들으려는 생각조차 없었다. 더욱이 프로스 양만 놀란 게 아니었다. 크런처 씨도 그에 못지않게 무척 놀란 상태였다. 그 나름의 개인적인 이유 때문이었다.

혁명의 소용돌이 속으로 들어가는 두 번째 인연의 시작

"어쩐 일이야?" 프로스 양에게 비명을 지르게 한 장본인이 짜증스럽고 퉁명스러운 목소리로 물었다. 영어였고 낮은 목소리였다.

"오, 솔로몬, 우리 솔로몬!" 프로스 양이 다시 손뼉을 치며 외쳤다. "그렇게 오랫동안 보지도 못하고 소식도 듣지 못했는데, 여기서 너를 만날 줄이야!"

"나를 솔로몬이라 부르지 마. 나 죽는 꼴 보려고 그래?" 남자는 주위를 두리번거리며 겁먹은 목소리로 말했다.

"내 동생, 내 동생!" 프로스 양이 울음을 터뜨리며 외쳤다. "내가 너한테 무슨 잘못을 했길래 모질게 말하는 거니?"

"호들갑 떨지 말라는 거야." 솔로몬이 말했다. "그리고 나한테 할 말 있으면 밖에 나가서 해. 그리고 포도주 값은 치르라고. 그런데 저 남자는 누구야?"

프로스 양은 조금도 살갑지 않은 남동생을 향해 애정과 낙담이 뒤섞인 눈길을 던지며 눈물 젖은 목소리로 말했다. "크런처 씨야."

"저 사람도 밖으로 나오라고 해." 솔로몬이 말했다. "그런데 저자는 왜 나를 유령 보듯 하는 거야?"

표정으로 보건대 크런처 씨는 정말 그런 것 같았다. 하지만 크런처 씨는 한 마디도 하지 않았다. 프로스 양은 눈물을 흘리며 어렵사리 손가방을 더듬어서 포도주 값을 치렀다. 그녀가 계산하는 동안 솔로몬은 '고대의 충실한 공화주의자 브루투스'의 신봉자들에게 프랑스어로 몇 마디 해명했다. 그러자 그들은 모두 원래 자리로 돌아가 하던 일을 계속했다.

"자, 말해 봐." 이두컴컴한 길모퉁이에서 솔로몬이 걸음을 멈추고 말했다. "원하는 게 뭐야?"

"너 왜 이렇게 매정하게 나오니? 지금껏 너를 얼마나 애지중지했는데, 누나한테 이래도 되는 거야?" 프로스 양이 흐느꼈다. "인사하는 것도 그렇고, 좀 살갑게 대하면 어디 덧나니?"

"이런, 젠장! 자, 그럼!" 솔로몬이 프로스 양의 입술에 건성으로 입을 맞추었다. "이제는 좀 괜찮아?"

프로스 양은 고개를 저으며 말없이 흐느꼈다.

"내가 놀라기를 기대했다면 헛다리 짚은 거야." 남동생 솔로몬이 말했다. "나는 누나가 여기 있는 줄 알고 있었어. 나는 여기에 있는 사람들 거의 다 알아. 정말로 나를 위험에 빠뜨리고 싶지 않다면 되도록 빨리 누나 갈 길이나 가. 누나는 이미 반쯤은 나를 위험에 빠뜨렸어. 내 갈 길 가게 내버려둬. 나는 바쁜 사람이야. 지금 공무 수행 중이라고."

"내 영국인 동생 솔로몬이…." 프로스 양이 눈물이 그렁그렁한 눈으로 남동생을 바라보며 탄식하듯 말했다. "고국에서 더없이 훌륭하고 위대한 인물이 될 자질을 지녔던 내 동생이 외국인들 틈에서 관리 노릇이나 하고 있다니, 그것도 이런 외국인들 틈에서 말이야! 이런 모습을 보느니 차라리 무덤에 누운 너를 보는 게 좋을…."

"말했잖아!" 남동생이 누나의 말을 끊으려고 버럭 소리 질렀다. "이럴 줄 알았어. 나를 죽일 셈인 거야! 누나 때문에 의심받게 생겼어. 이제 막 자리를 잡았는데 말이야!"

"자비롭고 은혜로우신 하느님, 제 동생이 부디 그러지 않게 해주세요!" 프로스 양이 외쳤다. "그렇게 될 바엔 누나가 다시는 너를 보지 않겠어. 오, 우리 솔로몬, 지금껏 온 마음으로 너를 사랑했지만 앞으로도 영원히 그럴 거야. 제발 이 누나한테 따뜻한 말 한마디만 해다오. 우리 사이에는 화날 일도 없고, 서먹한 감정도 없다고 말해다오. 그러면 너를 이제 붙잡지 않을게."

가여운 프로스 양! 그녀는 둘 사이가 서먹해진 이유가 자기 때문이라는 듯 말했다. 프로스 양은 수년 전 소호의 한적한 길모퉁이에서 로리 씨가 말해준 소식을 까맣게 잊은 듯했다. 그녀의 소중한 남동생이 그녀의 돈을 다 써버리고 홀연히 사라졌다는 소식 말이다.

솔로몬은 무슨 대단한 인심이라도 쓰는 듯한 말투로 마지못해 다정한 척 한마디를 건넸다. 예전처럼 프로스 양에게 간청해야 하는 입장에 있었을 때는 상상도 못할 일이었다. 물론 어딜 가든 염치없는 이들은 흔히 그러기는 하지만 말이다.

그때 크런처 씨가 전혀 예상치 못하게 솔로몬의 어깨를 툭 치고 탁한 목소리로 질문을 던지며 갑자기 끼어들었다.

"잠깐, 뭐 좀 물어봅시다. 당신 이름은 존 솔로몬입니까, 아니면 솔로몬 존입니까?"

공화국 공무원이 별안간 불신감이 들어 크런처 씨를 향해 돌아섰다. 크런처 씨는 이 질문을 하기 전에는 한마디도 하지 않고 있었다.

"자, 어서 말해 봐요! 똑바로 대답해 보라고요!" 크런처 씨가 재촉했다. 정작 그러는 본인조차 발음이 뭉개지고 있었다. "존 솔로몬이오, 아니면 솔로몬 존이오? 이분은 당신을 솔로몬이라 부르는데, 누나가 남동생 이름을 모를 리 없겠지. 나는 당신을 존으로 알고 있거든. 대체 어느 게 먼저요? 존이오, 솔로몬이오? 그리고 프로스라는 성도 그래요. 바다 건너에 있을 때 당신 성은 프로스가 아니었잖아요."

"그게 무슨 소리입니까?"

"글쎄, 나도 정확히 무슨 소리인지 모르겠네요. 바다 건너에서 당신 성이 뭐였는지 기억이 안 나니까."

"기억이 안 난다?"

"그래요. 하지만 맹세컨대 세 음절이었어요."

"확실합니까?"

"그래요. 다른 한 명의 성도 세 음절이었지요. 나는 당신을 압니다. 당신은 첩자였어요. 올드 베일리에서 증인으로 있었고 말이오. 거짓의 아버지이자, 당신이 섬기는 악마의 이름을 걸고 묻겠소만, 그때 당신은 뭐라고 불렸습니까?"

"바사드." 다른 목소리가 불쑥 끼어들었다.

"기억났어, 과연 천 파운드짜리 이름이군!" 제리가 소리쳤다.

불쑥 끼어든 목소리의 주인은 시드니 카턴이었다. 그는 승마용 코트 자락 아래로 뒷짐을 지고 마치 올드 베일리에 서 있을 때처럼 무심하게 크런처 씨 곁에 서 있었다.

"너무 놀라지 마세요, 친애하는 프로스 양. 로리 씨도 놀라긴 했지요. 저는 어제 저녁 그분 거처에 도착했거든요. 모든 일이 잘 풀리거나 아니면 제가 도움을 줘야 하는 상황이 아닌 한, 모습을 드러내지 않기로 서로 얘기해두었으니까요. 제가 이곳에 나타난 이유는 동생분과 잠깐 이야기를 나누고 싶어서입니다. 프로스 양에게 일자리가 번듯한 동생이 있었으면 좋았을 텐데, 아쉽습니다. 바사드 씨가 '감옥의 양'이 아니었다면 좋았을 텐데요."

'양'은 당시 간수들 밑에서 일하는 첩자를 뜻하는 은어였다. 첩자의 창백했던 얼굴이 더욱 창백해지는가 싶더니 어느새 시드니에게 바짝 다가가 있었다. 어떻게 감히 그런 말을 할 수 있느냐며 따지는 듯한 표정이었다.

"내가 대답하겠소." 시드니가 그 표정을 읽고 말했다. "바사드 씨, 한 시간쯤 전에 콩시에르주리 감옥의 벽을 바라보다가 당신이 그곳에서 나오는 걸 우연히 목격했어요. 당신 얼굴은 한 번만 봐도 기억하기 쉽게 생겼고, 나는 사람들 얼굴을 잘 기억합니다. 아무튼 그런

    제3부 폭풍의 진로

곳에서 낯익은 얼굴을 보니 궁금해지더군요. 불현듯 당신을 보고 있으려니 불행히도 지금은 명을 달리한 어떤 친구도 떠올랐고요. 그래서 이곳까지 당신 뒤를 따라왔지요. 이곳 술집에서도 일부러 당신과 가까운 곳에 앉았고요. 당신의 거침없는 말을 통해서든, 당신 추종자들 사이에서 공공연히 떠도는 소문을 통해서든 당신이 어떤 직업을 가졌는지 파악하는 건 그렇게 어렵지 않더군요. 게다가 바사드 씨, 별생각 없이 시작했는데 그 일이 점점 어떤 목적을 향해 나아가는 것 같은 기분이 들었습니다."

"목적이라니, 대체 그게 뭐요?" 첩자가 물었다.

"거리에서 설명하기엔 번거롭고 위험할 수도 있어요. 그러니 조용한 곳에서 나와 몇 분간 이야기 나눌 수 있겠소? 이를테면 텔슨 은행 사무실 같은 곳에서 말이오."

"협박하는 겁니까?"

"이런! 협박으로 들렸던가요?"

"그럼 내가 왜 거기를 가야 합니까?"

"바사드 씨, 당신이 못하겠다면 저도 어쩔 수 없군요."

"밀고하겠다는 겁니까?" 첩자가 망설이다 물었다.

"내 말을 제대로 이해하신 것 같군요. 바사드 씨, 맞습니다."

시드니 카턴의 무심한 듯 앞뒤 가리지 않는 태도는 큰 도움이 되었다. 특히 이런 내밀한 일을 처리하거나 지금 마주한 부류를 상대할 때 그는 더욱 기민하고 능란해졌다. 그는 노련하게 기회를 포착하고 활용했다.

"그것 봐. 내가 뭐랬어." 첩자가 누이를 비난하는 듯한 눈길로 쏘아보며 말했다. "이 일로 무슨 문제가 생기면 전부 누나 탓이야."

"이런, 이런, 바사드 씨!" 시드니가 외쳤다. "그렇게 배은망덕하게

굴면 안 되지요. 제가 프로스 양을 진심으로 존경하지 않았다면 우리
가 이렇게 서로 흡족해할 만한 제안을 주고받지 못했을 겁니다. 나와
함께 은행으로 가겠소?”

“좋아요, 함께 갈게요. 할 말이 뭔지 들어나 봅시다.”

“우선 당신 누님부터 안전하게 집 근처 길모퉁이까지 모셔다드립
시다. 프로스 양, 제가 팔을 잡아 드리지요. 지금 이 도시는 동행 없
이 다니기에는 안전하지 않습니다. 그리고 동행자께서 바사드 씨를
아는 듯한데 저분도 우리와 함께 로리 씨 댁에 가도록 청하겠습니다.
준비되셨나요? 그럼 가시지요!”

프로스 양은 나중에 이날을 회상하면서, 훗날까지 평생토록 잊지
못했다. 프로스 양이 시드니의 팔을 꼭 붙들고 그의 얼굴을 올려다보
며 솔로몬을 해치지 말아달라고 간청한 일을 말이다. 그때 그의 팔에
서는 확고한 결의가 느껴졌고 눈에는 일종의 영감이 번득였던 사실
도 잊지 못했다. 언제나 가벼워 보이던 그와는 전혀 달랐고, 그는 마
치 완전히 다른 사람처럼, 고귀하게 보였다. 그러나 당시 프로스 양은
애정받을 자격도 없는 남동생의 안위를 걱정하느라 자신이 본 것을
제대로 이해할 겨를이 없었다. 시드니가 친절하게 건네는 위로의 말
에 온통 마음을 빼앗긴 것도 한몫했다.

그들은 길모퉁이에서 프로스 양과 헤어졌고, 시드니는 로리 씨의
거처로 두 사람을 이끌었다. 그곳까지는 걸어서 몇 분 걸리지 않았다.
존 바사드인지 솔로몬 프로스인지 알쏭달쏭한 사내는 시드니 곁에서
걸었다.

로리 씨는 저녁 식사를 마치고 나서 작은 통나무 한두 개가 기분
좋게 타고 있는 난롯가에 앉아 있었다. 어쩌면 그는 활활 타는 불길
속에서 과거 자신의 모습을 떠올리고 있었는지도 몰랐다. 텔슨의 노

     제3부 폭풍의 진로

신사는 수년 전 도버의 로열 조지 호텔에서 시뻘건 석탄불을 바라보고 있었고, 지금보다는 젊은 모습이었을 것이다. 이윽고 사람들이 들어오는 소리에 로리 씨는 고개를 돌렸다가 낯선 이를 보고는 다소 놀라는 표정을 지었다.

"프로스 양의 남동생입니다, 선생님." 시드니가 소개했다. "바사드 씨라고 합니다."

"바사드?" 노신사가 되물었다. "바사드라… 이름이 왠지 낯익은걸. 얼굴도 어디서 본 듯하고 말이야."

"내가 말했잖아요, 바사드 씨. 당신 얼굴은 기억하기 쉽다고." 시드니가 태연하게 말했다. "자, 앉으세요."

그도 자리에 앉으며 얼굴을 살짝 찡그렸다. 그러고는 로리 씨에게 의미심장한 눈빛을 보내며 말했다. "그 재판에서 증인이었던 사람입니다."

로리 씨는 그 말을 듣자마자 기억을 되살렸다. 그리고 혐오를 감추지 못한 얼굴로 새 방문객을 바라보았다.

"프로스 양이 우연히 바사드 씨와 마주쳤다더군요. 선생님도 들어보셨던 다정한 남동생이 바로 이분입니다." 시드니가 말했다. "바사드 씨 본인도 관계를 인정했고요. 이제 나쁜 소식으로 넘어가지요. 찰스 다네이가 다시 체포됐습니다."

"대체 그게 무슨 소리요?" 노신사가 깜짝 놀라서 외쳤다. "불과 두 시간 전 내가 떠날 때만 해도 안전하고 자유로운 몸이었는데 말이오! 안 그래도 찰스에게 다시 가보려던 참이었소!"

"아무튼 그는 체포됐습니다. 그게 언제죠, 바사드 씨?"

"방금일 겁니다. 체포되었다면요."

"바사드 씨는 이런 정보에 가장 밝은 사람입니다, 선생님." 시드니가 계속 말했다. "저는 바사드 씨가 포도주 한 병을 앞에 두고, 동료이자 형제인 어떤 '양'에게 말하는 걸 듣고서야 체포 소식을 알게 됐습니다. 바사드 씨는 법정 집행관들과 문 앞에서 헤어졌고, 수위가 그들을 집 안으로 들이는 걸 지켜봤답니다. 아무튼 그가 다시 체포되었다는 건 틀림없는 사실입니다."

로리 씨는 상대의 얼굴을 보는 순간 이 문제를 더 따져봤자 시간 낭비라는 것을 직감했다. 혼란스러웠지만 이럴 때일수록 침착함이 필요하다는 걸 알고 마음을 다잡은 그는 조용히 귀를 기울였다.

"그래도 저는…." 시드니가 로리 씨에게 말했다. "마네트 박사님의 명성과 영향력이 내일 다네이에게 큰 도움이 되기를 바랍니다. 내일 다시 재판받는다고 했지요, 바사드 씨?"

"네, 그럴 겁니다."

"박사님의 영향력이 큰 도움이 되면 좋겠습니다만, 그렇지 않을 수도 있지요. 솔직히 말씀드리자면 로리 씨, 마네트 박사님이 이번 체포를 막지 못했다는 사실에 저는 좀 충격을 받았습니다."

"미리 알지 못했을 수도 있잖소." 로리 씨가 말했다.

"바로 그런 점이 우려스럽습니다. 다들 박사님이 장인이라는 걸 알 텐데도 그랬잖습니까."

"그건 맞아요." 로리 씨가 떨리는 손을 턱에 대고 흔들리는 눈빛으로 시드니를 바라보며 말했다.

"절박한 시기입니다" 시드니가 말했다. "우린 절박한 판돈을 갖고 절박한 게임을 벌여야 하지요. 박사님은 이기는 게임을 하게 합시다. 저는 지는 게임을 하겠습니다. 이곳에서 사람 목숨은 한 푼 가치도 없습니다. 오늘 군중의 환호를 받으며 개선 가마에 태워져 귀가한 사람도 내일이면 사형 선고를 받을 수 있는 세상입니다. 이제 최악의 경우를 대비해, 저는 콩시에르주리에 있는 그 친구에게 판돈을 걸겠습니다. 그리고 제가 이 게임에서 승리하려면 바사드 씨가 필요합니다."

"그러려면 패가 좋아야 할 텐데요." 첩자가 말했다.

"어떤 패를 쥐고 있는지 한번 훑어보도록 하지요. 로리 씨, 제가 어떤 인간인지 잘 아시잖습니까. 우선 브랜디를 좀 주시겠어요?"

브랜디가 앞에 놓이자, 그는 한 잔을 따라 단숨에 들이켰다. 그리고는 다시 한 잔을 마신 뒤 곰곰이 생각하는 표정을 지으며 술병을 옆으로 밀어놓았다.

"바사드 씨." 시드니는 마치 카드 패를 들여다보는 듯한 말투로 말했다. "당신은 감옥의 양이자 공화국 위원회의 밀사, 때로는 간수이고 때로는 죄수이며, 지금껏 첩자이자 비밀 정보원이었지요. 영국인이라는 이유로 이곳에서 더 값어치가 나가고, 또 영국인이라는 이유로 프랑스인보다 매수되었다는 의심에서도 벗어나 있으니까요.

그런 그가 고용주들에게 가짜 이름으로 행세했다니요. 이만하면 아주 쓸 만한 패군요, 바사드 씨. 현재는 프랑스 공화국 정부를 위해 일하지만 예전에는 프랑스의 적이자 자유의 적인 영국 귀족 정부를 위해 일했습니다. 정말이지 훌륭한 패가 아닙니까? 의심 가득한 이 지역에서 환한 낮처럼 다들 아는 사실이 있습니다. 바로 바사드 씨가 영국 귀족 정부의 녹을 받아먹고 있으며, 피트[81]의 첩자라는 겁니다. 또 공화국의 품 안에 웅크리고 있는 음험한 적이고, 온갖 악행을 저지르고도 소문만 무성할 뿐 찾기 힘든 영국인 반역자라는 겁니다. 이 정도면 절대로 질 수 없는 카드이지요. 자, 이제 내가 쥐고 있는 패가

<hr>

81 프랑스 혁명 시기 영국 수상이었던 윌리엄 피트(William Pitt, 1759-1806)를 말한다.

뭔지 눈치채셨나요, 바사드 씨?"

"무슨 얘기를 하는 건지 모르겠군요." 첩자가 다소 불안한 표정으로 말했다.

"저는 이제 에이스를 내겠습니다. 바사드 씨를 가장 가까운 구역 위원회에 고발하는 것이지요. 당신 패를 한번 훑어보시지요, 바사드 씨. 손에 쥔 패가 뭔지 보시란 말입니다. 서두를 필요는 없어요."

시드니는 브랜디 병을 자기 쪽으로 당겨 다시 한 잔을 따라 쭉 들이켰다. 첩자는 시드니가 이렇게 계속 술을 마시다가 술김에 갑자기 자신을 고발하지 않을까 두려워하는 눈치였다. 그런 그를 힐긋 보며 시드니는 다시 한 잔을 따라 일부러 천천히 마셨다.

"바사드 씨, 패를 천천히 그리고 꼼꼼하게 살펴보세요. 시간은 충분하니까."

바사드가 쥔 패는 시드니가 예상했던 것보다 훨씬 형편없었다. 바사드는 절대로 이길 수 없는 패를 손에 들고 있었다. 그 외에도 시드니 카턴이 모르는 불리한 패가 더 있었다.

일찍이 그는 영국에서 뻔뻔스러운 위증을 하다가 너무 많이 발각된 나머지 명예로운 직장에서 쫓겨나고 말았다. 물론 영국에서 일자리가 아예 없었던 것은 아니었다. 기밀을 빼돌리거나 첩보 활동을 하는 따위는 우월한 영국인에게는 어울리지 않는다고 말하기 시작한 것은 최근 들어서였다. 하지만 어쩐 일인지, 그럼에도 바사드는 영국 해협을 건너 프랑스에서 일자리를 찾았다.

처음에는 그곳의 영국인 동지들을 꾀어내어 정보를 캐냈고, 점차 프랑스인 사이에서 미끼를 던져 정보를 수집하는 일을 했다. 그리고 지금은 타도되어 없어져 버린 정부 아래에서 생탕투안 구역과 드파르주의 술집을 염탐했다. 마네트 박사의 투옥과 석방 및 그의 과거사에 관한 정보를 경찰에게서 얻은 뒤, 드파르주 부부와 가까워지려고 했다. 하지만 드파르주 부인에게 접근했다가 실패하고 결국 그들과 완전히 멀어져버렸다. 그 무시무시한 여인은 바사드와 대화할 때마다 뜨개질했는데, 불길한 눈초리로 쏘아보면서 부지런히 손가락을 놀리던 모습을 떠올리면 그는 자기도 모르게 두려움에 몸을 바르르 떨었다.

바사드는 그 뒤에도 생탕투안 구역에서 그녀가 뜨개질로 만든 명단을 제출해 사람들을 고발하는 장면을 여러 차례 목격했다. 그렇게 고발당한 사람들은 어김없이 기요틴의 날카로운 칼날 아래서 목이 달아났다. 다른 첩자들처럼 바사드 또한 절대로 안전하지 않다는 것을 알고 있었다. 도망치기란 불가능했다. 이미 자신은 기요틴의 그림자에 매여 있었다. 최선을 다해 변절과 배신행위를 해왔더라도, 당시 공포 정치가 자행되는 현실에서는 말 한마디만 잘못해도 모든 것이 단번에 끝장난다는 사실도 알았다.

고발되는 것도 문제였지만 특히 방금 머리를 스쳐 지나간 그 중대한 죄목으로 고발당하면 끝장이었다. 냉혹한 성격의 그 무시무시한 여인이 죽음의 장부를 꺼내어 마지막 삶의 기회를 짓밟아버릴 것이 뻔했다. 첩자들이 대체로 겁쟁이라는 사실을 잠시 접어두더라도 바사드가 손에 쥔 패는 그의 낯빛을 창백하게 할 정도로 나쁜 패밖에 없었다.

"아무래도 손에 쥔 패가 마음에 안 드시나 보군요." 시드니가 능글맞게 말했다. "한판 치실 거요?"

"저기, 선생님." 첩자가 로리 씨를 향해 돌아서서 더없이 비굴한 태도로 말했다. "선생님처럼 연륜 있고 자비로운 신사분께 부탁을 드려야 할 것 같습니다. 부디 연배가 훨씬 아래인 저 신사분께 말씀 좀 해주십시오. 이유야 뭐가 됐든 신사분의 사회적 지위를 고려하여 에이스 패를 단념해주십사 말씀 부탁드립니다. 제가 첩자고, 그것이 떳떳하지 못한 직업이라는 점은 인정합니다. 누군가는 반드시 해야 하는 일이지만 말입니다. 그런데 저 신사분은 첩자도 아니면서 왜 스스로 위신을 떨어뜨리면서까지 첩자 같은 행동을 하는지 궁금하네요."

"이제 에이스를 내겠습니다, 바사드 씨." 시드니가 직접 대답하면서 손목시계를 들여다보았다. "저는 거리낄 게 없어요. 이제 시간이 다 됐어요."

"두 신사분, 부디 간청합니다" 첩자는 어떻게 해서든 로리 씨를 대화에 끌어들이려 애썼다. "제 누님을 생각하시어…."

"당신 누님을 생각해서 말하는 겁니다. 이런 남동생에게서 한시라도 빨리 벗어나게 해드리는 것보다 더 나은 방법은 없어요." 시드니 카턴이 단호하게 말했다.

"다른 방법은 없을까요, 선생님?"

"저는 이미 마음을 굳혔습니다."

첩자가 흔들렸다. 허세 가득한 거친 옷차림이나 평소 행실로 미루어 보았을 때 이상할 정도로 사근사근한 태도였음에도 시드니 앞에서는 아무런 효과가 없었다. 누구보다 지혜롭고 정직한 이들에게도 시드니는 수수께끼 같은 존재였기 때문이다. 결국 그는 말까지 더듬거리며 어찌할 줄을 몰랐다. 시드니는 그가 당황해하는 사이 다시 카드 패를 천천히 훑어보듯 말을 이어갔다.

"가만 보니까 아직 말하지 않은 괜찮은 카드가 또 한 장 있는 것 같군요. 당신의 친구이자 동료인 '양' 말입니다. 시골 감옥에서 풀을 뜯고 있다고 했던 것 같은데, 그자를 아시오?"

"프랑스인입니다. 선생은 모르시는 사람이고요." 첩자가 재빨리 대

    제3부 폭풍의 진로

답했다.

"프랑스인이라고요?" 시드니가 상대의 말을 그대로 따라 했지만 마치 전혀 듣지 않은 듯 생각에 잠긴 목소리로 덧붙였다. "음, 어쩌면 그럴 수도 있겠군."

"그렇습니다." 첩자가 말했다. "그다지 중요한 일은 아니지만."

"그다지 중요한 일은 아니지만….' 시드니가 기계적인 어조로 이번에도 첩자의 말을 그대로 흉내 냈다. "그래요. 그다지 중요한 일은 아니지요. 맞아, 그다지 중요한 일은 아니지. 그래도 그 얼굴은 본 적이 있는 것 같은데요."

"그럴 리 없습니다. 확실히 아닙니다. 그럴 수가 없다고요." 첩자가 황급히 부정했다.

"음, 그럴 수가 없다라." 시드니가 기억을 더듬듯 중얼거렸다. 그는 잔을 만지작거렸는데, 다행히도 작은 잔이었다. "그럴 수가 없다…. 프랑스어를 아주 유창하게 했는데 말이야. 그래도 어딘가 모르게 외국인 같았는데요?"

"지방 출신입니다." 첩자가 재빨리 말했다.

"아니, 외국인이오!" 시드니가 갑자기 손바닥으로 탁자를 쾅 치면서 소리쳤다. "클라이! 변장했지만 그 사람이야! 올드 베일리에서 우리 앞에 섰던 바로 그자!"

"어쩐 일인지 다급하시군요, 선생님." 바사드가 말하고는 씩 웃었다. 그러자 매부리코가 한층 더 비뚤어져 보였다. "이제 제가 확실히 유리한 패를 잡은 것 같습니다만. 클라이는 몇 년 전에 죽었습니다. 시간이 흘렀으니 밝히자면 그는 제 파트너였습니다. 내가 그 친구의 임종을 지켰지요. 그는 런던 세인트 판크라스 인더필즈 교회의 묘지에 묻혔습니다. 당시 불한당 같은 군중 사이에서 그의 평판이 워낙 나빴던 탓에 장례 행렬은 따라가지 못했지만 입관할 때는 저도 거들어서 압니다."

바사드의 말이 끝났을 때, 로리 씨는 벽에 드리워진 도깨비 같은 기이한 그림자를 알아차렸다. 이상하기 짝이 없는 그 그림자가 어디에서 왔는지 옆을 살펴보니, 크런처 씨의 삐죽한 머리카락이 일어서서 더욱 뻣뻣해져 있었다.

"이치에 맞게 따져봅시다." 첩자가 말했다. "공정하게 생각해보자고요. 선생이 얼마나 잘못 알고 있는지, 그리고 선생의 추측이 얼마나 터무니없는지를 보여드리기 위해 클라이의 매장 증명서를 이 자리에 꺼내놓겠습니다. 마침 지갑에 있으니까요." 그는 서둘러 지갑을 꺼내어 증명서를 펼쳤다. "그날 이후로 줄곧 갖고 다녔습니다. 자, 보세요. 똑똑히 보시라고요! 손에 들고 자세히 보세요. 위조한 것인지 아닌지 두 눈 똑바로 뜨고 보시란 말입니다!"

이때 로리 씨는 벽에 비친 그림자가 길어지는 걸 보았다. 크런처 씨가 자리에서 일어나 앞으로 다가왔다. 동요 〈잭이 지은 집〉에 나온다는 휘어진 뿔 달린 젖소가 그의 머리를 핥고 지나간 것 같았다. 머리 끄트머리가 날카롭게 곤두서 있었다.

크런처 씨는 첩자 곁에 저승사자처럼 몰래 다가가 서더니, 그의 어깨를 툭 건드렸다.

"그 로저 클라이 말이오, 선생." 크런처 씨가 경직되어 보이는 뚱한 얼굴로 말했다. "그러니까 선생이 그자를 관에 넣었다고 했나요?"

"맞습니다."

"그럼 관에서 꺼낸 사람은 누구요?"

바사드는 의자에 등을 기대며 더듬거렸다. "그, 그게 도대체 무, 무슨 소리요?"

크런처 씨의 이중생활

"무슨 소리냐고요?" 크런처 씨가 말했다. "그자는 관에 없었어요. 안 그래? 없었다고! 그자가 관에 있었다면 내 목을 쳐도 좋아!"

첩자가 고개를 돌려 두 신사를 바라보았다. 두 사람은 어안이 벙벙한 표정으로 제리를 쳐다보고 있었다.

"내가 말할까?" 크런처 씨가 퉁명스레 말했다. "당신은 관 속에 자갈과 흙을 넣었어. 그러니까 나한테 클라이를 묻었다는 헛소리는 두 번 다시 하지 마. 사기 치지 말란 말이야. 나 말고도 두 사람이 그 사실을 알고 있어."

"당신이 그걸 어떻게 아는데?"

"내가 그걸 왜 말해야 하지? 빌어먹을!" 크런처 씨가 으르렁거렸다. "그때 나를 물 먹인 게 바로 당신이었군. 비열하게 나 같은 성실한 장사꾼을 속여먹다니, 그럼 우리 사이에는 해묵은 감정이 있는 거로군 그래! 누가 금화 반 푼만 준대도 당신 모가지를 확 비틀어서 숨통을 끊어버리겠어.”

　시드니 카턴은 로리 씨와 마찬가지로 이 갑작스러운 상황 변화에 놀라서 멍하니 있다가, 크런처 씨에게 다가가서는 진정하고 자초지종을 말해보라고 부탁했다.

　“나중에요, 선생님.” 크런처 씨가 얼버무리듯 말했다. “지금은 설명하기가 좀 그렇습니다. 제가 확실히 말할 수 있는 건, 저자도 클라이가 그 관 속에 없었다는 걸 알고 있었다는 사실입니다. 아니라고만 해봐라. 그랬다가는 그 모가지를 확 비틀어 숨통을 끊어버릴 테다.” 크런처 씨는 아주 관대한 제안이라도 하듯 말했다. “아니면 당장 나가서 고발해버릴까?”

　“흠! 한 가지는 분명하군요.” 시드니가 말했다. “내 손에 카드 한 장이 더 생겼네요, 바사드 씨. 온갖 의심으로 가득한 이 살벌한 파리에서 당신이 살아남기는 어렵겠군요! 당신과 비슷한 전력이 있는 귀족 정부의 첩자와 내통하고 있다니요. 게다가 그 수수께끼 같은 자는 죽음을 가장하고 다시 살아났으니 말이에요! 공화국에 맞서 감옥에서 음모를 꾸민 외국인이라⋯. 아주 강력한 카드입니다. 기요틴으로 직행하는 확실한 카드지요! 자, 한판 칠 겁니까?”

　“아뇨!” 첩자가 재빨리 대답했다. “안 치겠습니다. 솔직히 털어놓지요. 우리는 미쳐 날뛰는 군중 사이에서 악명이 자자했지요. 그래서 나는 물에 빠져 죽을 위험을 무릅쓰고 영국을 빠져나왔습니다. 클라이로서는 자기를 찾아내려고 사방에서 눈에 불을 켜고 달려들었으니 달리 수가 없었을 겁니다. 사기극이 아니었다면 결코 탈출하지 못했겠죠. 그건 그렇고 저자가 이런 사실을 어떻게 알았는지 정말 놀랄 따름이네요.”

　“이 몸은 상관 말라고.” 크런처 씨가 불평하듯 말했다. “넌 저 신사분을 상대하는 것만으로도 골치 아플 테니. 그리고 다시 한번 말해주지!" 크런처 씨는 자비로움을 과시하고 싶어 자제가 안 되는 모양이었다. "누가 금화 반 푼만 준대도 당신 모가지를 확 비틀어서 숨통을 끊어버리겠어."

감옥의 '양'이 크런처 씨에게서 시드니로 시선을 옮기며 결연하게 말했다. "이제 본론으로 들어갑시다. 곧 근무 시간이라 오래 못 있습니다. 제안할 게 있다고 했지요? 그게 뭡니까? 너무 많은 걸 요구하면 안 됩니다. 일터에서 모가지가 날아갈 만한 위험한 일을 요구하면 나로서는 승낙보다 거절하는 쪽을 택할 수밖에 없습니다. 절박한 상황이라고 했나요? 지금은 우리 모두 절박한 상황입니다. 그렇지만 알아둬요! 필요하다고 생각하면 나는 선생을 즉시 고발할 테니. 나는 여차하면 돌담도 뚫고 갔다고 위증할 셈이오. 자, 나한테 원하는 게 뭐니까?"

"별거 아니오. 그쪽은 콩시에르주리의 간수 맞지요?"

"분명히 말하는데 탈옥은 꿈도 꾸지 마십시오." 첩자가 단호하게 말했다.

"묻지도 않은 말을 왜 하는 거요? 콩시에르주리의 간수가 맞냐고만 물었습니다."

"이따금 간수 노릇도 합니다."

"원하는 때에 할 수 있어요?"

"원하는 때에 드나들 수 있습니다."

시드니 카턴이 브랜디를 한 잔 더 따르더니 벽난로에 천천히 쏟으며 방울방울 떨어지는 모습을 가만히 지켜보았다. 잔이 비자, 그가 자리에서 일어나며 말했다.

"지금까지 두 분 앞에서 이야기를 나누었지요. 좋은 패는 모두 알고 있는 편이 낫겠다고 생각했기 때문입니다. 하지만 남은 얘기는 저 어두운 방으로 들어가서 둘이서만 나누도록 하시죠."

◇◇◇◇◇

9장

게임 시작

시드니 카턴과 감옥의 양이 어두운 옆방에서 들릴 듯 말 듯한 낮은 목소리로 이야기를 나누고 있을 바로 그 시각이었다. 로리 씨는 의혹과 불신의 눈조리로 세리 크런치를 바라보았다. 이 성실한 장사꾼의 태도는 신뢰감을 전혀 주지 못했다. 마치 다리가 쉰 개나 있어서 하나씩 시험이라도 해보려는 듯 끊임없이 발을 바꿔가며 들썩거렸다. 수상쩍을 만큼 세심하게 자신의 손톱을 들여다보기도 했다. 로리 씨와 눈을 마주칠 때면 손바닥을 입으로 가리며 독특하다 싶을 정도로 밭은기침 소리를 냈다. 여러모로 숨긴 것이 적지 않아 보였다.

"제리." 로리 씨가 말했다. "이리 좀 와 보게."

크런처 씨는 어깨 한쪽을 앞으로 내밀고 게걸음으로 로리 씨에게 다가갔다.

"심부름 일을 하기 전에는 뭘 했다고 했지?"

크런처 씨는 고용인의 얼굴을 빤히 바라보며 잠시 곰곰이 생각한 끝에 번뜩이는 대답을 생각해냈다. "농사 비슷한 일을 했어요."

"나는 몹시 걱정되는구면." 로리 씨가 괘씸한 듯 그를 향해 검지를 흔들며 말했다. "자네가 명성 높고 훌륭한 텔슨 은행을 가림막 삼아 행여 법으로 금지된 파렴치한 일에 가담하지는 않았는지 자꾸만 의심이 가니 말이야. 만일 그랬다면 영국으로 돌아갔을 때 내가 자네를 곁에 두고 지낼 거라는 생각은 손톱만큼도 말았으면 하네. 내가 자네 비밀을 덮어주리라는 기대도 말고. 나에게 텔슨 은행을 기만한다는 건 용납할 수 없네."

"부탁드려요, 선생님." 당황한 크런처 씨가 간청했다. "선생님처럼 훌륭한 신사분을 모시고 머리카락이 희끗희끗해질 때까지 텔슨 은행에서 온갖 허드렛일을 한 저입니다요. 설령 그랬다고 하더라도 벌하시기 전에 부디 다시 한번 생각해주셨으면 해요. 제가 정말 그랬다는 건 아니고요. 혹시 제가 그랬다고 하더라도 고려하셔야 할 사실이 있어요. 그러니까 가정하는 거지 정말 그랬다는 건 아닌 거 아시죠? 제 말은 모든 일에는 한쪽 면만 있는 게 아니란 말입니다요. 양쪽 면을 다 봐야 하잖아요.

지금 이 순간도 의사 나리들은 쉽게 돈을 긁어모으실 테죠. 근데 저 같은 성실한 장사꾼은 동전 한 푼 벌기 어려워요. 한 푼은커녕 반 푼도, 반의반 푼조차 구경하기 힘들지요. 그런 자들은 연기처럼 홀연히 나타나서 텔슨 은행에서 돈을 쓸어 담지요. 번쩍이는 눈빛을 던지며 자가용 마차를 타고 들락거립니다. 그러고는 갈 때도 연기처럼, 아니 그보다 빠르게 사라집니다. 제 생각에는 이 또한 텔슨 은행을 기만하는 일이 아닐까 싶습니다. 안 그렇습니까? 이건 암거위 요리에만 양념을 치고 숫거위에게는 쓰지 말라는 격이지요. 불공평해요.

제 아내만 해도 그래요. 영국서 살던 시절부터도 그랬지만 무슨 구실만 생겼다 하면 남편 일이 망하라고 기도질입니다. 내일도 그럴 테지요. 아주 쫄딱 망하라는 거예요! 반면에 의사 양반의 부인들은 그런 기도를 안 하겠지요. 기도를 했다고 해도, 아마 환자가 늘어나게 해달라고 그랬을 겁니다. 한쪽 날개가 있으면 다른 쪽 날개도 있어야 날 수 있지 않겠습니까?

그런데 제 아내는 망하라고 기도하는 통에 저는 저대로 장의사 일도 하고, 교구 서기 일도 하며, 교회 묘지기 일도 하고, 사설 야경꾼 노릇도 해야 합니다. 누가 보면 욕심이 많아서 이것저것 다 해 먹는 줄 알 겁니다. 하지만 그렇게 해도 손에 쥐는 건 별로 없습니다. 열심히 해도 말입니다. 어느 정도 벌었다고 해도 살림은 절대로 나아지지 않습니다, 선생님. 이 바닥에 들어서면 좋은 일이 없습니다. 빠져나갈 구멍이라도 보인다면 당장에라도 빠져나가려고 하겠지요. 하지만 아무리 둘러봐도 그런 구멍은 없습니다.”

“이런!” 로리 씨가 조금 누그러졌지만 여전히 꾸짖는 투로 말했다. “자네를 가만히 보고 있자니 그저 경악스럽기만 하네.”

“저기, 송구스러운 제안이 있습니다만.” 크런처 씨가 말했다. “정말 그랬다면 말입니다. 뭐, 반드시 그랬다는 건 아니지만…”

“말을 빙빙 돌리지 말게.” 로리 씨가 말했다.

“네, 안 그러겠습니다, 선생님.” 크런처 씨가 다짐하듯 말했다. “정말 그랬다는 건 아니고요. 송구스러운 제안이 뭐냐면, 바로 저기 템플 바에 놓인 저 의자에 앉은 제 자식 놈 말입니다. 이제는 다 큰 사내가 되었지요. 그래서 말씀드리는 건데 녀석이 심부름도 하고 전갈도 전하고 잡일도 두루두루 하게 하면 어떨까요? 선생님께서 은퇴하실 때까지 말입니다.

설령 제가 그랬다고 하더라도, 저는 여전히 그렇다고 말하지 않았습니다만, 여하튼 그 녀석에게 이 아비가 하던 일을 대신 하도록 허락하시어, 제 자식놈의 어미를 돌보게 해주세요. 그리고 부디 바라건대 아비를 밀고하지 마시고 차라리 정상적인 무덤지기 일을 시켜서 그동안 파헤친 것들을 다시 제대로 묻어서 속죄하게 하세요. 앞으로는 그것들을 안전하게 지키겠노라는 신념의 징표로요." 크런처 씨는 장황한 연설이 끝나간다는 것을 알리려는 듯 팔로 이마를 훔쳤다. "이것이 제가 로리 선생님께 정중히 드리는 제안입니다. 지금 이 순간에도 주변에서는 끔찍한 일들이 벌어지고 있잖습니까. 여기저기 목 없는 시체가 넘쳐나고 있습니다. 그런데 그런 시체를 넘겨받아 봐야, 고작 짐꾼 품삯이나 쥐는 정도예요. 이런 형편이다 보니 어떻게든 살아남아야겠다는 생각을 하지 않을 수 없습니다. 제 이야기는 어디까지나 선한 뜻으로 드린 것입니다. 그냥 입 다물고 있을 수도 있었지만 말입니다."

"적어도 그 말은 사실이네." 로리 씨가 말했다. "이제 더는 말하지 말게. 어쩌면 앞으로도 자네와 가까운 사이로 지낼 수 있을지도 모르지. 자네가 그럴 만한 가치가 있는 사람이고, 말이 아닌 행동으로 속죄한다면 말일세. 아무튼 알겠으니까 말은 그쯤하게."

크런처 씨는 주먹으로 이마를 문질렀다. 때마침 시드니 카턴과 첩자가 어두운 방에서 나왔다.

"잘 가시오, 바사드 씨." 시드니가 말했다. "이제 계약을 맺었으니 나를 두려워할 필요는 없소."

시드니는 로리 씨 맞은편 난롯가의 의자에 앉았다. 둘만 남게 되자 로리 씨가 무슨 계약을 맺었느냐고 물었다.

"별것 아닙니다. 혹 상황이 죄수에게 불리하게 흘러간다고 해도 꼭 한 번은 만날 기회를 달라고 했습니다."

로리 씨의 표정이 어두워졌다.

"그 정도가 제가 할 수 있는 전부입니다." 시드니가 말했다. "이 이상을 요구하게 되면 되레 저자의 목이 달아날 테니까요. 저자는 최악 경우에 자기가 고발된다고 해도 더 잃을 게 없다는 식으로 나올 테지요. 확실히 상황이 우리에게 좋지는 않아요. 달리 수가 없습니다."

"재판 결과가 나쁘게 나올 경우 죄수를 만난다고 한들 무슨 소용 있겠소? 그를 구할 수는 없잖소. 안 그런가요?"

"구할 수 있다고 말한 적 없습니다."

로리 씨의 시선이 천천히 난롯불 쪽으로 향했다. 그의 눈앞이 차츰 흐려졌다. 아끼는 이에 대한 연민의 감정이 솟았고, 두 번이나 체포되는 다네이를 보며 깊이 좌절했던 탓이었다. 그는 이제 노인이었다. 최근 들어 근심거리가 이어지면서 심적으로 내몰려 있었다. 결국 그의 눈에서 눈물이 주르륵 흘러내렸다.

"선생님은 참 좋은 분이자 진실한 친구이십니다." 시드니가 달라진 어조로 말했다. "제가 선생님의 슬픔을 알아차렸다면 용서하십시오. 제 아버지가 눈물 흘리시는 모습을 보고도 가만히 앉아 있을 정도로 제가 무심하지는 않습니다. 저는 선생님을 깊이 존경합니다. 선생님이 제 아버지였다면 이렇게 존경하지는 못했을 테지요. 다행스럽게도 선생님은 제 아버지가 아니지만 말입니다."

마지막 말을 할 때 시드니의 태도는 여느 때와 다르지 않았다. 그러나 그의 말투와 손짓에는 놀라울 만큼의 진심과 존경이 배어 있었다. 그의 그런 선한 면모를 본 적이 없던 로리 씨로서는 전혀 예상하지 못한 일이었다. 로리 씨가 손을 내밀자 시드니가 부드럽게 쥐었다.

"가엾은 다네이 이야기로 돌아가지요." 시드니가 말했다. "루시에게는 이 면담이나 계약에 대해 말씀하지 마세요. 그녀가 안다 해도 남편을 볼 수는 없으니까요. 최악의 경우, 형이 집행되기 전에 남편에게 스스로 생을 포기할 수단을 전하려는 것이라고 그녀가 오해할 수도 있습니다."

로리 씨는 그런 생각을 전혀 하지 않았기 때문에 당황한 표정으로 시드니를 바라보았다. 시드니는 그렇게 생각하는 모양이었다. 그는 로리 씨의 시선을 마주 보고 그 의미를 이해한 것 같았다.

"루시는 수많은 생각을 할 겁니다." 시드니가 말했다. "하지만 그 생각 하나하나가 그녀를 더욱 괴롭게 할 뿐입니다. 그러니 그녀에게 제 이야기는 하지 마십시오. 제가 처음 여기 왔을 때 말씀드렸듯 저는 그녀를 만나지 않는 편이 낫습니다. 그래야 그녀를 위해 조금이나마 도움이 되는 일을 찾을 수 있습니다. 이제 그녀를 만나러 가시는 거지요? 오늘 밤 그녀는 몹시 괴로워하고 있을 겁니다."

"지금 당장 가겠소."

"잘 생각하셨습니다. 루시는 선생님을 무척 따르고 의지하고 있으니까요. 그녀 모습은 어떻던가요?"

"불안하고 불행해 보이지만 여전히 매우 아름답소."

"아!"

그것은 긴 탄식 같은 소리였다. 거의 흐느끼는 소리처럼 들렸다. 로리 씨의 눈길이 시드니에게 향했다. 시드니는 난롯불을 바라보고 있었다. 밝은 빛 혹은 어떤 그림자가 그의 얼굴을 빠르게 스쳐 지나갔다. 마치 화창한 날 휘몰아치는 바람이 산허리를 순식간에 훑고 지나가듯이. 노신사는 그것이 무엇인지 알아채지 못했다. 시뻘겋게 타오르던 장작개비 하나가 앞으로 굴러 나오자 시드니가 발을 들어 다시 밀어 넣으려 했다. 그는 당시 유행하는 흰색 승마용 코트와 장화를 신고 있었는데, 난롯불에 비친 연한 색깔 때문에 그의 얼굴은 유난히 창백하게 보였다. 그의 갈색 머리카락은 다듬지 않은 탓에 아무렇게

     제3부 폭풍의 진로

나 헝클어져 있었다. 시드니가 불에 워낙 무신경했던지라 로리 씨로서는 한마디 거들지 않을 수 없었다. 시드니가 불붙은 장작개비가 부서지도록 시뻘건 잉걸불을 밟고 서 있었기 때문이다.

"이런, 밟고 있는 줄 몰랐습니다." 시드니가 장화 신은 발을 떼며 말했다.

이윽고 로리 씨의 눈이 다시 시드니의 얼굴로 향했다. 타고난 잘생긴 얼굴을 덮고 있는 피폐한 기색이 눈에 들어오자 그는 최근 계속 보아온 죄수들의 표정을 떠올렸다.

"이곳에서의 임무는 이제 마무리하셨습니까?" 시드니가 로리 씨에게 돌아서며 물었다.

"그렇소. 어젯밤 루시가 갑자기 들어오는 바람에 말이 중단되었지만 결국 내가 여기서 할 수 있는 모든 일을 끝냈다오. 그들이 안전한지 꼼꼼히 확인한 뒤 파리를 떠나고 싶어 기다렸소. 통행증도 받았고 나는 인제든 떠날 준비가 되어 있다오."

둘은 잠시 아무 말도 하지 않았다.

"선생님께서는 지난날을 되돌아보실 수 있을 만큼 긴 인생을 사셨습니다. 그렇잖습니까?" 시드니가 아쉬운 듯 물었다.

"올해로 일흔여덟이오."

"선생님은 평생 훌륭한 삶을 사셨겠지요? 늘 성실하게 일하셨고, 사람들에게 신뢰와 존경을 받으셨을 겁니다. 제 말이 맞지요?"

"성인이 된 이후 줄곧 열심히는 살았소. 소년티를 벗기도 전부터 일꾼이었다고 해도 과언이 아닐 거요."

"올해 일흔여덟인 선생님께서 어떤 자리에 계신지 한번 보십시오. 그 자리를 떠나실 때 얼마나 많은 사람이 선생님을 그리워할까요?"

"혼자 쓸쓸하게 살다 간 늙은이일 뿐일 텐데요, 뭐." 로리 씨가 고개를 흔들며 조용히 대꾸했다. "나를 위해 울어줄 사람도 없을 테고 말이오."

"무슨 말씀을 그렇게 하십니까? 루시가 선생님을 그리워하며 울지 않겠어요? 루시의 아이는 어떻고요?"

"그렇긴 하군요. 하느님께 감사할 일이지요. 내가 마음에도 없는 말을 했군요."

"정말 하느님께 감사할 일이지요. 그렇지 않습니까?"

"그렇지요. 그렇고 말고요."

"만일 오늘 밤 선생님께서 고독한 가슴에 맹세코 이렇게 진실을 고백했다고 생각해보세요. '나는 지금껏 아무에게서도 사랑과 지지, 감사와 존경을 받지 못했고, 어느 한 사람의 마음속에서도 다정한 추억으로 자리 잡지 못했으며, 누군가 기억해줄 만한 좋은 일이나 의미 있는 일을 하지 않았다.' 그랬더라면 선생님의 일흔여덟 해는 일흔여덟 개의 저주가 되었겠지요. 그렇지 않겠습니까?"

"그 말이 맞소, 카턴 씨. 그럴 것 같군요."

시드니는 다시 불길을 바라보았다가 잠시 침묵한 뒤 입을 열었다. "한 가지 여쭙고 싶습니다. 어린 시절이 까마득히 먼 과거로 느껴지시나요? 어머니 무릎에 앉았던 시절이 먼 옛날 같은가요?"

"20년 전에는 그랬지요." 시드니의 부드러워진 말투에 로리 씨도 한층 누그러진 듯 말했다. "하지만 이 나이에 와서 보니 그렇지 않은 것 같습니다. 인생은 원과 같아서 끝에 점점 가까워질수록 시작점에 가까워지는 듯한 느낌이 들지요. 이는 아마도 평온하게 떠날 준비를 시키는 신의 친절한 섭리인 것 같아요. 젊고 예뻤던 우리 어머니와 함께했던 그 시절의 기억, 그 오랫동안 잠들어 있던 추억들을 떠올리면 가슴이 뭉클하군요. 그때는 어려서인지 세상이라는 것에 대해 현실 감각도 없었고, 비록 내 결점도 아직 굳어지기 전의 시절이기는 하지만 말이오. 어느덧 나는 이렇게 늙었답니다."

"그 기분 이해합니다!" 시드니가 밝은 얼굴로 말했다. "그런데 선생님은 그로 인해 예전보다 행복하신가요?"

"그러길 바라오."

시드니는 이쯤에서 입을 다물고 자리에서 일어나 코트를 입는 로리 씨를 도왔다.

"하지만 선생은 젊잖소." 로리 씨가 다시 대화를 이끌었다.

"네." 시드니가 말했다. "늙지는 않았지요. 하지만 저는 젊은 시절부터 늙음을 대비하며 살아오지는 않았습니다. 제 이야기는 이만하면 된 듯합니다."

"내 이야기도 이만하면 되었겠지." 로리 씨가 말했다. "이제 나갈 건가요?"

"그녀의 집 대문까지 모셔다드리겠습니다. 제가 얼마나 정처 없이 떠돌아다니는 사람인지 잘 아실 겁니다. 제가 거리를 오랫동안 헤매고 다녀도 괘념치 마세요. 아침이면 다시 나타날 겁니다. 내일 법정에 가시나요?"

"그래요. 유감스럽게도."

"저도 갑니다. 군중 틈에 섞여서요. 첩자가 자리를 구해놓기로 했습니다. 자, 제 팔을 잡으세요, 선생님."

로리 씨는 시드니의 팔을 잡고 계단을 내려와 거리로 나섰다. 몇 분 뒤, 로리 씨의 목적지에 도착하자 시드니는 그곳에서 그와 헤어졌다. 하지만 그는 조금 떨어진 곳에서 서성이다가 이윽고 대문이 닫히자 다시 돌아와 손으로 문짝을 어루만졌다. 시드니는 루시가 매일 감옥벽에 간다는 사실을 들어서 알고 있었다.

"루시는 이곳으로 나왔겠군." 시드니가 주위를 둘러보며 혼잣말로 중얼거렸다. "그리고 이쪽으로 돌아서 이 돌들을 밟고 지나갔을 거야. 좋아, 루시의 발자취를 따라가보자."

시드니가 라포르스 감옥 앞에 섰을 때는 밤 열 시였다. 루시가 수백 번이나 서 있던 곳이었다. 한참 전에 가게 문을 닫은 자그마한 체구의 톱장이가 문가에서 파이프 담배를 피우고 있었다.

"안녕하십니까, 시민 동지." 시드니가 걸음을 멈추고 말했다. 톱장이가 호기심 어린 눈초리로 그를 바라보았기 때문이다.

"안녕하쇼, 시민 동지."

"요즘 공화국 상황은 어떻습니까?"

"기요틴 말인가요? 나쁘지 않아요. 오늘이 예순셋이니까 곧 백을 채울 거요. 삼손과 그 부하들이 이따금 피곤해 죽겠다고 불평을 늘어놓는다더군요. 하하하! 정말 웃기는 친구요. 삼손이란 인간 말이오. 아주 대단한 이발사라니까요!"

"자주 구경 갑니까? 그자가…."

"면도하는 거 말이오? 늘 가지요. 날이면 날마다 갑니다. 정말 끝내주는 이발사예요! 삼손이 일하는 걸 본 적 있어요?"

"아뇨, 없습니다."

"면도할 손님이 많은 날 꼭 한번 가보쇼. 내 말을 기억하고 말이오, 시민 동지. 오늘 삼손이 예순셋을 면도했는데, 내가 파이프 담배를 채 두 대도 피우기 전에 모두 해치웠다오! 담배 두 대라니까요. 맹세코 정말입니다!"

작은 사내가 히죽거리며 자신이 피우던 담배를 내밀었다. 사내는 담배 피우는 시간으로 사형 집행인이 일을 끝내는 속도를 어떻게 쟀는지 설명했다. 순간 시드니는 그 자리에서 그를 때려죽이고 싶은 강

　　　　　　　　　　　　　　제3부 폭풍의 진로

한 충동을 가까스로 억누른 채 몸을 돌렸다.

"그런데 영국인 아니지요?" 톱장이가 물었다. "옷차림은 영국인 같은데 말이오."

"영국인입니다." 시드니가 걸음을 멈추고 어깨 너머로 대답했다.

"말투는 프랑스인 같군요."

"오래전에 이곳에서 공부했습니다."

"아하, 그럼 프랑스이나 다름없지요! 잘 가쇼, 영국인 선생."

"안녕히 계세요, 시민 동지."

"참, 그 웃긴 놈은 꼭 보러 가쇼." 작은 사내가 시드니의 등 뒤에 대고 소리쳤다. "갈 때 파이프 담배도 챙기고 말이오!"

사내의 시야에서 벗어나고 얼마 지나지 않았을 때 시드니는 희미하게 빛나는 가로등 밑의 길 한복판에 멈추어 섰다. 그러고는 연필로 종이쪽지에 몇 글자 적은 뒤, 길을 아주 잘 아는 사람처럼 거침없는 발걸음으로 어둡고 더러운 거리를 두어 번 가로질렀다.

공포 정치의 시대에는 가장 좋은 공공 도로도 제대로 청소되지 않아 평소보다 훨씬 더러웠다. 시드니는 마침내 약국 앞에 멈춰 섰다. 주인이 막 문을 닫으려던 참이었다. 좁고 칙칙한 약국은 구불구불한 오르막길에 자리했는데, 주인도 가게를 닮아 작고 칙칙한 인상에 허리도 구부정했다.

시드니는 약국 판매대에서 주인과 마주하자 이 시민 동지에게도 "안녕하세요" 하고 인사를 건넸다. 그런 다음 약국 주인 앞에 종이쪽지를 내밀었다.

"후유!" 약제사가 쪽지를 읽고는 나직이 휘파람 소리를 냈다. "이런, 이런!"

시드니 카턴이 아무런 반응을 보이지 않자 약제사가 물었다. "시민 동지가 쓰실 겁니까?"

"네, 내가 쓸 겁니다."

"따로따로 조심해서 보관하실 거지요, 시민 동지? 섞으면 어떻게 되는지 잘 알고 있나요"

"알고 있습니다."

약제사는 작은 꾸러미 몇 개를 만들어서 시드니에게 건넸다. 시드니는 꾸러미를 하나씩 재킷 안쪽 주머니에 넣은 뒤, 돈을 세어 건네고는 약국을 천천히 나섰다.

"이제 더 할 일은 없군. 내일까지는 말이야." 그는 달을 올려다보며 중얼거렸다. "아무래도 잠이 쉽게 오지 않겠는걸."

시드니가 빠르게 흘러가는 구름 아래서 이런 말들을 소리 내어 중얼거렸다. 절망한 사람의 무모함이라고는 할 수 없었다. 태만하다거나 반항적이라고도 할 수 없었다. 그것은 오히려 결연했다. 지금껏 길을 잃고 지쳐 방황하다가 마침내 제 갈 길을 찾아 그 끝을 본 사람 같았다.

오래전 시드니가 전도유망한 청년으로 경쟁자들 사이에서도 이름을 날렸을 때 그는 아버지의 운구 행렬을 따라 장지에 간 적 있었다. 어머니는 이미 수년 전에 세상을 떠난 터라 그는 오갈 데 없는 고아가 되었다. 당시 아버지의 무덤가에서 읽혔던 엄숙한 말들을 그는 여태 기억하고 있었다. 그리고 구름과 달이 하늘 높이 항해하는 가운데 그는 음울한 그림자가 드리워진 어두운 거리를 걸어 내려가면서 그날의 말들을 떠올렸다.

"예수께서 이르시되 나는 부활이요 생명이니 나를 믿는 자는 죽어도 살겠고 무릇 살아서 나를 믿는 자는 영원히 죽지 아니하리니."

시드니는 기요틴의 칼날이 지배하는 도시를 한밤에 홀로 걸으며 저도 모르게 슬픔이 차오르는 것을 느꼈다. 그날 죽음에 처해진 예순세 명의 사람들과 내일의 희생자들 그리고 다음 날과 그다음 날의 희생자들을 생각했다. 그들은 지금 감옥에서 운명을 기다리고 있을 터였다. 이런 상황에서 언젠가 마음에 담아두었던 그 구절이 자연스럽게 떠올랐고, 마치 깊은 바다에서 끌어올린 녹슨 닻과 같은 기억이 꼬리에 꼬리를 물고 이어졌다. 그는 그 이유를 분석하려 하지 않았고 다만 성경 구절을 되뇌면서 계속 걸어갔다.

시드니는 침통한 눈길로 불 켜진 창문들을 바라보았다. 사람들은 자신을 둘러싼 끔찍한 현실을 잊은 채, 몇 시간의 평온을 꿈꾸며 휴식에 잠겨 있었다. 종탑이 있는 교회에서는 기도가 멎은 지 오래였다. 부패한 성직자와 약탈자들, 방탕한 자들에 대한 민중의 분노가 오랜 세월 이어지면서 신앙의 뿌리까지 무너뜨려 버린 것이다. 저 멀리 보이는 묘지 입구에는 '영원히 잠드소서'라고 쓰여 있었다. 감옥이 넘쳐났고, 거리에서는 예순 남짓한 이들이 죽음으로 떠밀려가고 있었다. 죽음이 너무 흔하고 눈앞의 현실이 되었기에 구천을 떠도는 영혼의 슬픈 사연 따위는 사람들의 입을 오르내리지 않았다. 이 모두 기요틴이 쉼 없이 일한 덕분이었다.

시드니 카턴은 도시 전체의 삶과 죽음을 바라보았다. 분노로 가득 찬 도시가 짧은 밤 동안 휴식을 취하며 누그러들어 있었다. 그는 센 강을 건너 더 밝은 거리로 나아갔다.

거리를 오가는 마차는 거의 눈에 띄지 않았다. 마차를 타면 의심받기 쉬워서 상류층도 붉은 나이트캡을 눌러쓰고 무거운 신발을 신은 채 힘겹게 걸어 다녔다. 그런데 극장은 대부분 만석이었다. 시드니가 한 극장 앞을 지나갈 때 사람들이 유쾌한 얼굴로 쏟아져 나와서는 떠들썩하게 재잘거리며 저마다 집으로 향했다. 극장 쪽을 바라보는 시드니 눈에 어린 소녀와 소녀의 어머니가 들어왔다. 어린 소녀는 어머니와 함께 진창길을 건너려고 서성이고 있었다. 시드니는 아이를 번쩍 안아서 건너편으로 옮겼다. 그러고는 자기 목을 끌어안은 가느다란 팔이 풀리기 전에 아이에게 입맞춤을 해달라고 부탁했다.

"예수께서 이르시되 나는 부활이요 생명이니 나를 믿는 자는 죽어도 살겠고 무릇 살아서 나를 믿는 자는 영원히 죽지 아니하리니."

이윽고 거리는 고요해졌고, 밤은 한층 깊어 갔다. 그 구절이 시드니의 메아리치는 발걸음 소리에 실려서 공중으로 울려 퍼졌다. 그는 그 구절을 자꾸 되뇌면서 침착하고 차분하게 걸음을 옮겼다. 어디선가 그 성경 구절을 읽는 소리가 계속해서 들려왔다.

밤이 지나갔다. 시드니가 다리 위에 서서 시테섬의 강둑을 때리는 물소리에 귀 기울이고 있을 때 하늘에서 죽은 자의 얼굴처럼 창백한 아침이 다가왔다. 좀 전까지 그곳은 집과 성당이 고풍스럽게 늘어서서 달빛을 받아 환하게 빛나던 곳이었는데, 이제 달과 별이 있던 밤이 사그라들며 파리하게 빛을 잃고 죽은 듯 고요했다. 순간 온 세상이 죽음의 손에 넘어간 듯 보였다.

하지만 곧 찬란한 태양이 솟아올라 길고 환한 빛줄기를 내렸고, 밤새 머릿속을 맴돌던 그 구절이 따스하게 그의 가슴에 와닿았다. 경건하게 눈을 반쯤 가리고서 그 빛줄기 쪽을 바라보자 빛의 다리가 그와 태양 사이의 허공에 걸쳐 있었다. 그 아래로 강물이 반짝였다.

힘찬 물살이 빠르고 거침없이 흘러가고 있었다. 시드니는 아침의 고요함 속에서 그것을 자신과 마음이 통하는 벗이라고 여겼다. 주택가에서 멀리 떨어진 채 강물을 따라 걷다가, 강둑에 이르러 따듯한 햇살을 받으며 잠이 들었다. 시드니가 다시 잠에서 깨어났을 때, 그는 잠시 그곳에 머물며 하릴없이 서성이다가 물살에 휩쓸려 바다로 떠

내려가는 소용돌이를 바라보았다. 그러면서 이렇게 중얼거렸다. "영락없는 나구나!"

죽은 잎사귀처럼 부드러운 빛깔의 돛을 매단 상선 한 척이 시드니의 시야로 조용히 미끄러져 들어왔다가 그의 곁을 지나서 서서히 멀어져갔다. 이윽고 물결을 가르는 자국이 완전히 가라앉았다. 순간 지금껏 저지른 모든 어리석음과 실수에 대고 용서와 자비를 구하며 기도하고픈 마음이 솟구쳤다. 그 기도는 이런 구절로 끝나기 마련이었다. "나는 부활이고 생명이다."

시드니가 돌아왔을 때 로리 씨는 이미 나가고 없었다. 선량한 노신사가 어디로 갔는지 짐작하기는 쉬웠다. 시드니는 커피를 몇 모금 마시고 빵을 조금 먹었다. 그리고 심신을 새롭게 하려고 씻고 옷을 갈아입은 뒤 재판장으로 향했다.

법정은 온통 떠들썩했다. 검은 양이 소란한 군중 틈에서 눈에 띄지 않는 구석 자리로 시드니를 밀어넣었다. 로리 씨가 보였고, 마네트 박사도 보였다. 루시도 그 곁에 앉아 있었다.

남편이 끌려 들어왔을 때 루시는 그를 바라보았다. 그녀의 두 눈은 남편을 향한 지지와 격려, 감탄해 마지않을 사랑과 부드러운 다정함으로 가득 차 있었다. 그랬기에 남편의 얼굴에서는 건강한 혈색이 돌았고, 두 눈은 밝게 빛났으며, 심장은 힘차게 뛰었다. 한편 그녀의 시선이 시드니 카턴에게 어떤 영향을 미쳤는지 주의 깊게 살펴본 사람이 있을까? 그랬다면 그는 시드니 카턴에게도 정확히 같은 영향을 주었다고 말하리라.

부당한 재판 절차에는 피고에게 정당한 심리를 보장할 장치가 거의 없었다. 사실 법과 형식, 절차가 이토록 어처구니없이 남용된 결과가 바로 혁명이었다. 그러나 그 혁명은 결국 자신을 삼켜버리는 복수

에브레몽드, 재판대에 서다

심으로 모든 것을 무너뜨릴 운명이었다.

모든 시선이 배심원단에게 쏠렸다. 거기 모인 선량한 공화주의자들은 어제와 그제처럼, 내일과 모레도 결의에 가득 찬 애국시민 행세를 했다. 그들 가운데에서도 눈에 띄게 열정적인 사내가 있었다. 그는 무언가를 간절히 기다리는 듯한 표정으로 입술 주변을 손가락으로 끊임없이 매만졌다. 그런 그의 모습이야말로 방청객들이 무엇을 원하는지를 충분히 대변하고 있었다. 그는 피에 굶주린 식인종과 다름없는 생탕투안의 자크 3호였다. 이 배심원단을 두고 보자면 마치 사슴을 재판하라고 개떼를 풀어놓은 꼴이었다.

이윽고 다섯 명의 판사와 검사에게 모든 눈과 귀가 쏠렸다. 그들에게서 호의적인 기색이라고는 찾아보기 어려웠다. 포악할 뿐 아니라

완고하고 사무적이면서도 살기등등한 기운이 어려 있었다. 군중 속에서도 시선들이 뒤엉켜 서로를 찾았다. 잠시 후, 눈빛이 맞닿자 모두가 동의의 미소를 지으며 고개를 끄덕였다. 긴장과 흥분에 사로잡힌 몸이 자연스레 앞으로 쏠렸다.

"샤를 에브레몽드, 일명 다네이는 어제 석방되었습니다. 그러나 어제 다시 기소되어 재수감되었습니다. 어젯밤 그에게 기소장을 전달한 바입니다. 그는 공화국의 적이자 귀족으로서 폭정을 일삼은 가문 출신이 틀림없습니다. 그는 추방당한 일족의 일원으로서 그의 가문은 폐지된 특권을 악용하여 민중을 악랄하게 억압하고 착취한 죄를 물어 고발된 바가 있습니다. 그리하여 추방법에 의거하여 샤를 에브레몽드, 일명 다네이는 법률상 사형에 처함이 마땅합니다."

이 비슷한 취지로 검사가 몇 마디 말을 더 보태었다.

재판장이 물었다. "피고에 대한 고발은 공개적으로 이루어졌습니까, 아니면 비밀리에 이루어졌습니까?"

"공개적으로 이루어졌습니다, 재판장님."

"누가 고발했습니까?"

"세 사람입니다. 생탕투안의 술집 주인 에르네스트 드파르주."

"계속하십시오."

"그의 아내 테레즈 드파르주입니다."

"계속하십시오."

"의사 알렉상드르 마네트입니다."

법정이 크게 술렁이는 가운데 마네트 박사가 창백하게 질린 얼굴로 몸을 부르르 떨며 자리에서 일어섰다.

"재판장님, 도저히 용납할 수 없기에 이의를 제기합니다. 날조이자 사기입니다. 재판장님도 아시다시피 피고는 제 딸의 남편입니다. 제 딸이 소중히 여기는 사람은 제게 목숨보다 훨씬 소중한 존재입니다. 제가 제 자식의 남편을 고발했다니요? 그런 거짓 음모를 꾸민 자는 대체 누구이고 지금 어디에 있습니까?”

“마네트 시민 동지, 진정하시오. 법정의 권위에 복종하지 않으면 범법 행위로 간주하겠소. 목숨보다 소중한 것으로 말하자면 충직한 시민 동지에게 공화국보다 소중한 것은 없소.”

재판장의 질책에 방청석에서 떠들썩한 환호성이 터져 나왔다. 재판장이 종을 울리고는 격앙된 어조로 이어서 말했다.

“공화국이 귀하에게 자식을 희생하라고 요구한다면 마땅히 그래야 합니다. 그게 귀하의 의무입니다. 계속하겠으니 조용히 경청하시오!”

다시 한번 열광적인 환호성이 터졌다. 마네트 박사는 다시 자리에 앉아 주위를 두리번거리며 입술을 파르르 떨었다. 딸이 아버지 곁으로 바짝 다가앉았다. 배심원석에서 무언가 갈망하는 표정으로 앉은 사내가 두 손을 비비더니 습관처럼 다시금 손을 입가로 가져갔다.

증언을 들을 만큼 법정이 조용해지자 드파르주가 앞으로 나왔다. 그는 마네트 박사의 투옥 사실을 비롯해 자신이 박사의 하인이었던 소년 시절, 박사의 석방과 당시의 상태 등을 빠르게 진술했다. 곧바로 짧은 심문이 이어졌는데 이는 법정이 떠맡은 일을 속전속결로 처리해야 했기 때문이다.

“바스티유 함락 당시 혁혁한 공을 세웠지요, 드파르주 시민 동지?”

“그랬던 것 같습니다.”

이때 방청석에서 흥분한 여인의 날카로운 목소리가 터져 나왔다.

“시민 동지는 그날 그곳에 있던 애국자들 가운데 최고였어요! 왜 그 말을 안 해요? 그날 그곳에서 포병으로 활약했고, 저주받은 요새가 함락될 때 누구보다 먼저 진입했잖아요. 애국 시민 여러분, 제 말은 틀림없는 사실입니다!"

방청객들의 뜨거운 환호 속에서 그렇게 드파르주의 진술을 도운 사람은 바로 방장스였다. 재판장이 종을 울렸다. 하지만 방장스는 청중의 격려에 힘입어 "그깟 종으로 나를 막을 수 없어요!" 하고 소리쳤다. 그러자 다시금 열렬한 환호가 터져 나왔다.

"시민 동지, 그날 바스티유 안에서 어떤 일을 했는지 낱낱이 고하시오!"

"제가 알기로….” 드파르주가 아내를 내려다보며 말했다. 드파르주 부인은 남편이 올라선 단의 맨 아래에 서서 흔들림 없는 시선으로 그를 올려다보고 있었다.

"제가 알기로, 지금 제가 말하고 있는 이 죄수는 북탑 105호라는 감방에 수감되어 있었습니다. 그에게 직접 들었습니다. 제 보살핌을 받으며 구두를 만들던 당시 그는 자신을 북탑 105호라는 이름으로만 알았습니다. 그날 대포를 쏘며 저는 바스티유가 함락되면 반드시 그 감방을 조사하기로 마음먹었습니다. 마침내 바스티유가 함락됐고, 저는 여기 배심원 가운데 한 시민 동지와 함께 간수의 안내를 받아 감방으로 올라갔습니다. 그러고는 그곳을 꼼꼼히 살펴보았습니다. 굴뚝 안에 돌 하나를 빼냈다가 다시 끼운 흔적이 있었는데 거기에서 글이 적힌 문서를 발견했습니다. 이것이 그 문서입니다. 저는 거기 적힌 글씨를 마네트 박사가 쓴 필체 견본과 비교해보았습니다. 거기 쓰인 것은 마네트 박사의 필체입니다. 틀림없습니다. 마네트 박사의 필체로 쓰인 이 문서를 재판장님께 제출합니다."

"낭독하시오."

아주 잠시, 죽은 듯한 침묵과 정적이 찾아왔다. 그 짧은 시간 동안 피고석에 앉은 따네이는 아내 루시를 사랑스럽게 바라보았고, 루시

역시 남편을 바라보다가 이따금 마네트 박사를 걱정스럽게 쳐다보았
지만 마네트 박사는 증인석의 낭독자를 뚫어져라 바라보고 있었다.
그런 외중에 드파르주 부인은 한순간도 눈을 떼지 않고 있었으며, 드
파르주는 그런 아내를 만족스럽다는 듯이 바라보고 있었다. 무엇보
다 마네트 박사가 이 모든 시선을 의식하지 못하는 가운데 방청객의
눈은 마네트 박사에게 쏠려 있었다. 이윽고 문서가 낭독되었다.

10장

그림자의 실체

나, 알렉상드르 마네트는 불행한 의사로, 보베에서 태어나 훗날 파리에 보금자리를 마련하였다. 1767년의 마지막 달인 오늘, 나는 바스티유의 쓸쓸한 삼방에서 비통한 심정으로 이 글을 쓴다. 나는 온갖 어려움 속에서도 남의 눈을 피해 이 글을 틈틈이 써 내려갈 작정이다. 다 쓴 뒤에는 굴뚝 벽 속에 숨겨둘 것이다. 그동안 더디지만 공을 들여 굴뚝에 은밀한 공간을 마련해두었다. 나와 내 슬픔이 먼지가 되어 사라진대도 훗날 누군가 연민의 손길을 뻗쳐 이 편지를 발견할 수도 있으리라.

이 글자들은 녹슨 쇳조각으로 어렵사리 새긴 것이다. 나는 굴뚝에서 긁어낸 검댕과 숯가루에 피를 섞어 이 글을 쓴다. 희망은 이미 내 안에서 남김없이 사라진 지 오래다. 내 안에서 고개를 쳐드는 끔찍한 징조로 짐작건대, 지금처럼 정신이 온전할 날도 얼마 남아 있지 않았다. 허나 나는 지금 이 순간 정신이 온전하며, 기억도 정확하고 세밀하다. 이 마지막 기록이 훗날 사람들 눈에 띄든 띄지 않든 나는 최후

바스티유에 수감된 마네트 박사

의 심판대 앞에 섰다는 마음가짐으로 이 글에 진실만을 담을 것을 엄숙히 선언한다.

1757년 12월 셋째 주, 어느 흐린 달밤(아마도 22일경)이었다. 나는 찬 공기를 쐬어 기분 전환이나 할까 싶어, 의과 대학 거리의 내 집에서 한 시간쯤 떨어진 센강 부둣가의 한적한 길을 걷고 있었다. 그때 내 뒤쪽에서 마차 한 대가 갑자기 빠른 속도로 달려왔다. 나는 마차에 치일까 싶어 황급히 길가로 비켜섰다. 그런데 창문 밖으로 머리 하나가 쑥 나오더니 마부에게 멈추라고 소리쳤다.

마부가 고삐를 재빨리 당겨 마차가 멈추었다. 순간 좀전과 같은 목소리가 내 이름을 불렀다. 내가 대답했지만 마차는 이미 나보다 훨씬 더 앞질러 가서 멈추어 있었다. 내가 다가가려고 하자 이미 마차에서 내린 두 남자가 내 쪽을 바라보고 있었다.

두 남자 모두 외투로 몸을 단단히 감싸고 있었다. 마치 자신들의 정체를 숨기려는 것 같았다. 마차 문 옆에 나란히 서 있는 둘은 나와 나이가 비슷하거나 조금 젊어 보였다. 두 남자는 키나 태도, 목소리만이 아니라 당시 내가 보기에는 얼굴까지도 놀라울 만큼 서로 닮아 있었다.

"마네트 박사입니까?" 한 남자가 물었다.

"그렇소만."

"보배 출신의 마네트 박사." 그 옆의 남자가 말했다. "젊은 의사로서 원래는 외과 전문의였다고 들었습니다. 최근 한두 해 동안 파리에서 유명세를 떨치고 계신다지요?"

"신사분들," 내가 답했다. "친절한 말씀 감사하오. 마네트 박사 맞습니다."

"자택에 들렀다 오는 길입니다." 첫 번째 남자가 말했다. "유감스럽게도 댁에 계시지 않더군요. 이 방향으로 산책을 나갔을지도 모른다는 말을 듣고 서둘러 뒤따라왔습니다. 자, 마차에 오르시겠습니까?"

두 남자의 태도는 고압적이었다. 그들은 나를 마차 문 앞에 세워두고는 양쪽에서 감싸듯 다가왔다. 나는 두 남자의 말을 고분고분 따랐다. 그들은 무장을 했고, 내게는 아무것도 없었다.

"신사분들." 내가 말했다. "죄송하지만 저는 평소에 도움을 청하시는 분이 누구인지, 그리고 제가 가서 만날 환자가 어떤 증상인지 먼저 여쭙고는 합니다."

내 말에 두 번째 남자가 대꾸했다. "박사, 당신의 의뢰인은 높은 지위에 계신 분이오. 이 일의 성격상 길게 설명드리기 어렵소. 당신의 실력을 믿기에 하는 말이오만 우리가 설명하는 것보다 직접 두 눈으로 확인하는 편이 나을 거요. 안 그렇소? 자, 어서 마차에 오르시오."

그 말에 순순히 따르는 것 말고는 달리 방법이 없었다. 나는 말없이 마차에 올랐다. 두 남자도 나를 따라 마차에 올랐는데, 맨 뒤의 남자는 디딤대를 접고 뛰어오르듯 올라탔다. 마차는 곧바로 방향을 돌려서 올 때처럼 질주하기 시작했다.

나는 그들과 나눈 대화를 있는 그대로 정확히 옮기려고 한다. 토씨 하나 틀리지 않을 거라고 확신한다. 나는 이 글을 쓰면서 정신이 흐트러지지 않도록 주의하며 모든 상황을 그대로 묘사하려고 애쓰고 있다. 아래의 표시는 당분간 글쓰기를 멈추고 은닉 장소에 글을 숨겨 놓는다는 뜻이다.

✝✝✝

마차는 거리를 벗어나 북쪽 관문을 지나더니 시골길로 접어들었다. 관문에서 2킬로미터쯤 갔을 때였다. (당시에는 거리를 측정하지 못했다. 나중에 돌아올 때야 비로소 거리 감각이 생겼다.) 마차는 큰길에서 벗어나 어느 외딴 저택 앞에 멈추어 섰다. 나는 두 남자를 따라 마차에서 내렸다. 방치된 분수에서 흘러넘친 물로 축축해진 정원의 보도를 따라 저택의 현관까지 걸어갔다. 초인종을 울려도 곧바로 문이 열리지 않았다. 뒤늦게 한 사내가 문을 열어주자 나를 데려온 남자 중한 명이 그의 얼굴을 묵직한 승마용 장갑으로 후려쳤다.

　　　　　　　　제3부　폭풍의 진로

특별히 놀랄 일은 아니었다. 평민이 개처럼 두들겨 맞는 장면을 한두 번 본 게 아니기 때문이었다. 나머지 한 명도 화가 난 듯 같은 식으로 사내를 후려쳤는데, 두 남자의 생김새나 태도가 너무나 똑같았기 때문에 나는 그제야 둘이 쌍둥이라는 사실을 알아차렸다.

바깥쪽 대문에서 내린 때부터(대문은 잠겨 있었고, 쌍둥이 중 한 명이 문을 열어 우리를 들여보낸 뒤 다시 잠갔다), 나는 위층의 방에서 터져 나오는 비명을 들은 참이었다. 나는 곧장 그 방으로 안내되었고, 계단을 올라갈수록 비명은 더욱 커졌다. 이윽고 나는 침대에 누워 있는 환자를 발견했다. 고열의 뇌막염 환자였다.

환자는 매우 아름답고 젊은 여자였다. 스물을 갓 넘긴 듯했다. 머리카락은 쥐어뜯긴 듯 헝클어져 있었다. 양손은 끈과 손수건으로 허리춤에 묶여 있었다. 여자를 묶은 끈은 신사들이 입는 옷가지였는데, 술장식이 있는 예복용 스카프도 보였다. 거기에는 귀족 가문의 문장과 함께 'E'라는 머리글자가 수놓아 있었다

나는 환자를 처음 봤을 때부터 그것을 알아챘다. 여자가 심하게 몸부림치면서 침대 가장자리에 엎드려 있었고, 스카프 자락이 입에 말려 들어가서 질식할 위험에 처해 있었기 때문이다. 나는 곧바로 달려들어 여자가 호흡할 수 있도록 스카프부터 입에서 빼냈다. 그 과정에서 스카프 모퉁이에 수 놓인 문장과 글자를 보았던 것이다.

나는 조심스럽게 환자를 똑바로 눕혔다. 가슴에 양손을 얹고 진정시킨 뒤 얼굴을 자세히 들여다보았다. 여자의 눈동자는 동그랗게 팽창되어 있었고, 입에서는 날카로운 비명이 계속해서 터져 나왔다. 여자는 "내 남편, 내 아버지, 내 동생!"이라고 소리치고는 열둘까지 숫자를 센 뒤 "쉿!" 하고 말했다. 그러고 나서 잠시 숨을 고르는 듯 조용히 있다가, 이내 다시 날카로운 비명을 지르며 "내 남편, 내 아버지, 내

남동생!"이라고 소리 지른 뒤 열둘까지 센 다음 "쉿!" 하기를 반복했다. 순서와 방식이 똑같았고, 반복되었고. 잠깐 숨을 고를 때가 아니고서는 계속 비명을 질렀다.

"언제부터 이랬습니까?" 내가 쌍둥이에게 물었다.

쌍둥이 형제를 구별할 필요가 있으므로 두 사람을 형과 아우로 나누어 부르겠다. 형은 좀더 고압적인 사람이다.

"어젯밤 이맘때였소." 형이 말했다.

"환자에게 남편과 아버지와 남동생이 있습니까?"

"남동생이 있소."

"실례지만 혹시 남동생이십니까?"

"아니." 그가 매우 경멸적이라는 듯 대답했다.

"이 여자분이 최근에 열둘이라는 숫자와 관련된 일을 겪었습니까?"

"열두 시와 관련 있겠지요!" 아우 쪽이 마냥 잠자코 있을 수만은 없다는 듯 목소리를 높여 말했다.

"신사분들, 제 말을 들어보십시오." 내가 여전히 여자의 가슴에 양손을 얹은 채 말했다. "이런 상태인데 저를 데려오신 건 아무런 의미가 없습니다. 환자 상태가 이런 줄 알았다면 미리 약이라도 준비해서 왔을 겁니다. 시간만 허비할 뿐 이런 상황에서는 어떻게 할 방법이 없습니다. 이곳은 외진 곳이라 약조차 구할 수 없잖습니까."

형이 아우 쪽을 바라보자 아우가 나를 향해 거만하게 말했다. "여기 약상자는 있소." 아우는 곧바로 벽장에서 약상자를 꺼내 탁자에 놓았다.

✝✝✝

나는 약병 몇 개를 열어 냄새를 맡고, 마개 하나하나를 입술에 대어 보았다. 모두 마약성 진정제뿐이었다. 독에 가까운 약들이라, 다른 약을 섣불리 쓰면 위험했다. 결국 선택의 여지는 없었다.

"지금 의심하는 거요?" 아우 쪽이 물었다.

"아닙니다. 이 약을 쓸 겁니다." 나는 이렇게 대답하고 그 이상 아무 말도 하지 않았다.

나는 여러 번의 시도 끝에 가까스로 환자에게 적당한 양의 약을 삼키게 했다. 나는 잠시 후에 그것을 반복할 생각이었다. 약의 효과가 어떤지 지켜봐야 했기 때문에 침대 옆에 자리를 잡고 앉았다. 소심하고 위축되어 보이는 하인 여자가 시중을 들다가 구석으로 물러났다. 아래층에서 문을 열어주다가 뺨을 맞은 사내의 부인이지 싶었다.

집은 축축하다 못해 썩어갔고, 변변찮은 가구의 모양새로 보아 최근에야 임시로 사람이 들어와서 살기 시작한 모양이었다. 비명이 밖으로 새어 나가지 않도록 창문마다 두껍고 낡은 커튼이 못으로 박혀 있었다. 환자는 끊임없이 비명을 지르며 "내 남편, 내 아버지, 내 남동생!"이라고 외친 뒤 열둘까지 세고는 "쉿!" 하는 행동을 규칙적으로 반복했다. 환자의 착란 상태가 매우 심각해서 나는 양팔을 에워싼 붕대를 풀어놓지 않았다. 다만 묶인 부위가 짓무르지 않도록 살펴보기만 했다. 환자는 내가 가슴에 손을 얹을 때는 잠시나마 진정이 되었고, 몇 분간은 잠자코 있었다. 그것이 내게는 유일한 위안거리였다. 하지만 비명에는 아무런 효과가 없었다. 비명은 시계추만큼이나 정확하고 규칙적이었다.

추측건대 내 손이 그나마 진정 효과가 있었던 덕분에 나는 두 형제가 지켜보는 가운데 반 시간 남짓 환자를 돌볼 수 있었다. 이윽고 형 쪽이 입을 열었다.

"환자가 한 명 더 있소."

나는 당황해서 물었다. "급한 환자입니까?"

"직접 보시오." 그가 무심히 말하며 램프를 집어 들었다.

†††

다른 환자는 두 번째 계단 건너편에 있는 뒤쪽 방에 누워 있었다. 흡사 마구간 위에 있는 다락 같았고, 방이라기보다 헛간이라고 해야 할 것 같았다. 회반죽이 칠해진 낮은 천장이 한쪽만 있을 뿐, 나머지는 기와지붕 꼭대기까지 뚫려 있어서 지붕의 들보가 훤히 보였다. 천장이 없는 쪽에는 건초와 밀짚과 땔감용 장작이 쌓여 있었다. 모래에 섞어 보관한 사과도 보였다. 반대편으로 가려면 그 공간을 지나야 했는데, 아무튼 내 기억이 이토록 세밀한 만큼 정확하다고 할 수 있다. 감금 생활 10년째가 저물어가는 지금도 나는 이 바스티유 감방에서 그날 밤 보았던 모든 장면을 하나하나 생생하게 떠올릴 수 있다.

바닥에 깔린 건초 위에 한 잘생긴 소년이 머리 아래 쿠션을 베고 누워 있었다. 소작농인 듯했다. 나이는 많아야 열일곱 살 정도로 보였다. 소년은 이를 악물고 오른손을 가슴 위에서 꽉 쥔 채 두 눈을 부릅뜨고 천장을 응시하며 누워 있었다. 나는 소년 옆에 한쪽 무릎을 대고 앉았다. 상처 부위가 어디인지 보이지 않았지만 날카로운 물건에 찔린 탓에 소년은 서서히 죽어가고 있었다.

"애야, 나는 의사란다." 내가 다정하게 말했다. "조금 살펴봐도 되겠니?"

"보이고 싶지 않아요." 소년이 힘겹게 대답했다. "그냥 두세요."

상처는 소년의 손 아래에 있었다. 나는 소년을 살살 달래며 상처를 살펴보았다. 칼에 찔린 상처인데, 스무 시간 내지는 스물네 시간 전에 생긴 것 같았다. 즉시 치료했더라도 소년을 구할 수는 없었을 것이다.

소년은 이미 빠르게 죽어가고 있었다. 형 쪽으로 고개를 돌리자 그는 이 잘생긴 소년이 죽어가는 모습을 차분히 내려다보고 있었다. 그 눈빛에는 인간을 바라보는 연민이라곤 없었다. 마치 상처 입은 새나 들토끼, 혹은 사냥감 하나를 무심히 관찰하는 사람처럼 냉담했다.

"어쩌다 이렇게 된 겁니까?" 내가 물었다.

"천한 놈이 미쳐서 날뛰었던 거요! 농노 주제에 말이야! 내 아우가 기어이 칼을 뽑도록 설쳐대더니 결국 쓰러진 것이지요. 자기가 무슨 신사라도 되는 줄 알았나 봅니다."

그의 말에는 동정심이나 슬픔이나 안타까움 같은, 인간적인 감정이 전혀 담겨 있지 않았다. 그저 신분이 천한 아이가 그곳에서 죽어가는 게 몹시 불편하다는 표정을 지었다. 벌레는 벌레답게 어두운 구석에서 죽어야 마땅하다는 투로 말했다. 죽어가는 소년의 운명을 앞에 두고도 아무런 동정심도 일지 않는 모양이었다.

그가 말할 때 소년의 눈은 천천히 그쪽을 향했는데, 이제는 조금씩 내 쪽으로 기울기 시작했다.

"선생님, 저 귀족들은 자존심이 세지요. 하지만 우리 같은 천한 사람들에게도 자존심이 있어요. 가끔은 말이에요. 저자들은 우리를 약탈하고 함부로 짓밟고 마구 때리고 죽이지요. 그래도 우리에게는 자존심이란 게 남아 있어요. 늘 그렇지는 않지만요. 여자, 여자를 보셨나요, 선생님?"

거리가 있어 희미했지만 그곳에서도 여자의 비명과 절규가 들렸다. 소년은 여자가 바로 옆에 누워 있는 것처럼 말했다.

"그래, 보았단다." 내가 말했다.

"제 누나예요, 선생님. 저 귀족들은 오래전부터 자신의 권리를 말하며 우리 누이들의 정조와 순결을 욕보였지요. 수치스러운 권리지요.

누나는 정숙한 여자였어요. 저도 잘 알고, 제 아버지도 그렇게 말씀하셨어요. 저자의 소작인이었던 착한 청년과 결혼도 약속했지요. 우리는 모두 저기 서 있는 저자의 소작인이었어요. 다른 한 명은 저자의 아우인데, 저 악독한 가문에서도 최악의 인간이에요."

소년은 이 말을 하느라 온몸의 힘을 가까스로 짜냈다. 그러고도 놀라운 정신력으로 버티면서 한마디 한마디 힘주어 말했다.

"우리는 저기 서 있는 저자에게 똑같이 착취당했어요. 천한 것들은 으레 귀하신 존재들에게 그렇게 당해야 한다는 듯이요. 저자는 인정사정없이 세금을 뜯어갔고, 품삯 한 푼 주지 않으면서 강제로 일을 시켰습니다. 우리 곡식은 그자의 방앗간에서 빻아야 했고, 결국 빻은 곡식도 그자가 기르는 새 수십 마리의 먹이로 빼앗겼지요. 우리는 평생 새 한 마리 기르지 못하게 하면서 말이에요.

얼마나 짓눌렸는지 어쩌다 고기 한 점이라도 생기면 문을 꼭꼭 걸어 잠그고 덧창까지 내리고도 두려움에 떨면서 먹었어요. 저자의 하인들에게 들켜서 빼앗길까 봐요. 그렇게 약탈당하고 쫓기며 우리는 가난해졌습니다. 아버지는 우리에게 이 세상에서 아이를 낳는 것은 끔찍한 일이라고 말씀하셨지요. 차라리 우리 여인네들이 모두 불임이 되어 비참한 우리 일족의 씨가 아예 끊기길 간절히 기도해야 한다고요!"

이전까지 나는 억눌린 분노가 그렇게 불길처럼 치솟는 장면을 본적이 없었다. 사람들 마음속 어딘가에 그런 억압감이 잠들어 있으리라 어렴풋이 짐작은 했지만, 그것이 실제로 폭발하는 순간을 본 것은 처음이었다. 죽어가는 그 소년에게서 그것이 터져 나오는 것을 보기 전까지는.

"그런데도 선생님, 누나는 결혼했답니다. 매형은 가엾게도 병을 앓고 있었습니다. 그래도 누나는 사랑해서 매형과 결혼했어요. 우리 오두막, 그러니까 저자가 개집이라고 모욕했던 곳에서 매형을 위로하고 돌보려고 했지요. 그런데 결혼한 지 몇 주 지나지도 않았을 때 저자의 아우가 누나를 보고는 탐을 내어 형에게 누나를 빌려달라고 했어요. 우리 같은 천한 사람들에게 남편이 있다 한들 무슨 대수겠어요! 저자는 기꺼이 내어주려 했지만 누나는 착하고 정숙한 데다가 저 못지않게 저자의 아우를 증오했어요. 일이 잘되지 않자 저 두 사람은 어떻게든 매형을 설득하려고 했지요. 저자들이 누나의 마음을 돌리려고 매형한테 어떤 짓을 했는지 아세요?"

그때까지 내게 고정되어 있던 소년의 눈이 천천히 구경꾼에게 옮겨 갔다. 나는 두 사람의 얼굴을 보면서 소년의 말이 모두 진실이라는 걸 깨달았다. 그날, 서로 다른 유의 두 자존심이 팽팽하게 맞서던 광경이 아직까지도 내 눈에 선하다. 지금 나는 바스티유 감옥에 갇힌 신세인데도 말이다. 신분 높은 지의 자존심이 태연하고 냉담한 오만이라면, 소작농의 자존심은 짓밟힌 감정과 복수심으로 이글거렸다.

"선생님도 아시겠지만 귀족들에게는 우리 같은 천한 이들을 수레에 묶어 말처럼 몰고 다녀도 되는 권리가 있습니다. 저자들은 매형을 수레에 묶고 마구 몰았어요. 또 하나의 권리도 있지요. 그들의 고귀한 잠이 방해받지 않도록 우리를 밤새 영지에 붙잡아두고 개구리 울음소리 하나라도 새어 나오지 않게 감시하게 하는 겁니다. 저자들은 밤마다 건강에 해로운 안개 속으로 매형을 불러냈고, 낮에는 다시 수레를 몰도록 했어요. 그래도 매형은 끝내 설득당하지 않았어요. 절대로 넘어가지 않았습니다! 어느 날 정오 무렵, 매형은 음식을 먹을 시간이 되어서야 비로소 마구를 벗고 수레에서 풀려났어요. 물론 음식 따위는 없었고, 그날 매형은 쓰러져 흐느꼈지요. 종이 한 번 울릴 때마다 한 번씩, 모두 열두 번을 말이에요. 그리고 누나 품에서 숨을 거두었습니다.”

자신의 억울한 사연을 남김없이 털어놓겠다는 굳은 의지를 보였다. 그것만이 소년의 생명을 붙들고 있었다. 소년은 시시각각 다가오는 죽음의 그림자를 물리치듯 여전히 오른손을 꽉 쥔 채 상처를 가리고 있었다.

“끝내 저자의 아우놈은 누나를 데려갔어요. 저자가 그렇게 허락했고 심지어 돕기까지 했지요. 누나가 저자의 아우에게 어떻게 간청했는지 저는 알고 있어요. 그게 무슨 내용인지는 머지않아 선생님도 알게 되겠죠. 이미 아실 수도 있고요. 아무튼 저자의 아우는 잠시의 쾌락과 오락을 위해 누나를 데려갔어요. 저는 길을 지나가는 누나를 봤어요. 집에 돌아가 그 소식을 전하자, 아버지는 심장이 찢어지는 듯한 고통으로 그 자리에서 쓰러져 돌아가셨습니다. 가슴 가득 담겨 있는 말들을 한마디도 꺼내지 못한 채 말이에요. 제게는 어린 누이가 하나 있어요. 저는 누이를 저자의 손길이 미치지 못하는 곳으로, 최소한 저자의 노예로 살지 않을 곳으로 데려다 놓았어요. 그리고 나서 저자의 아우를 추적했고, 지난밤 여기까지 와서 담을 넘었던 거예요. 저는 미천한 몸이지만 칼을 쥐고 있었죠. 그런데 다락방 창문이 어디 있지요? 여기 어딘가에 있을 텐데요.”

소년의 눈앞에서 방이 점점 어두워져 갔다. 소년을 에워싼 세상도 좁아지고 있었다. 나는 주변을 둘러보다가 격렬한 몸싸움이라도 벌어진 듯 건초와 밀짚이 어지럽게 짓밟혀 있는 바닥을 내려다보았다.

“누나가 제 목소리를 듣고 뛰어왔어요. 저는 그자를 죽일 작정이니 그가 죽기 전에는 근처에 오지 말라고 일렀어요. 그자는 방에 들어오더니 동전 몇 닢을 던져주었어요. 그러고는 채찍으로 저를 내리쳤지

에브레몽드 후작의 악행을 폭로하는 순간

요. 비록 천한 몸이기는 하나 저도 공격해서 그자가 칼을 뽑게 했어요. 그는 자기 목숨을 부지하려고 칼을 빼 들었고, 온 힘을 다해 저를 찔렀지요. 이제 그자의 칼은 제 천한 피로 얼룩져 있어요. 아마 여러 조각으로 부서뜨린다고 해도 그 피의 흔적은 지워지지 않을 겁니다.”

조금 전 시선을 떨구었을 때 건초 위에 부서진 칼 조각들이 흩어져 있는 걸 보았다. 그것은 신사의 무기였다. 또 다른 곳에는 낡은 군용 칼 한 자루가 놓여 있었다.

“선생님, 이제 저를 일으켜주세요. 저를 좀 일으켜주세요, 선생님. 그자는 지금 어디에 있지요?”

“여기에 없단다.” 내가 소년을 부축하며 대답했다. 나는 소년이 아우 쪽을 찾는 줄 알았다.

"그자! 그렇게 콧대 높은 귀족이라면서도 저를 보기 두려워하는군요. 여기 있던 남자 어디 갔죠? 제 얼굴을 저쪽으로 돌려주세요."

나는 소년의 머리를 내 무릎에 받치고 얼굴을 살짝 돌렸다. 그런데 그때 소년이 초인적인 힘을 발휘해 몸을 일으켰다. 소년을 부축하려면 나 또한 일어나야 했다.

"후작." 소년이 눈을 부릅뜨고 오른손을 높이 쳐들며 외쳤다. "언젠가 이 모든 일에 대해 반드시 책임을 묻겠다. 그날이 오면 나는 당신과 당신의 온 가문을 한 사람도 빠짐없이 불러내어 그 죄를 갚게 하겠다. 그 증표로 이 피의 십자가를 당신에게 남기겠다. 그리고 그날이 오면, 가문에서조차 최악이라 불리는 당신의 아우도 따로 불러내어 같은 심판을 내리겠다. 그자에게도 이 피의 십자가를 새겨 주마."

소년은 두 번이나 자기 가슴의 상처에 손을 갖다 대고는 집게손가락으로 허공에 십자가를 그렸다. 그러고는 손가락을 든 채 잠시 서 있더니, 손가락을 내리면서 푹 쓰러졌다. 나는 숨을 거둔 소년을 조심스레 바닥에 뉘었다.

✝✝✝

내가 젊은 여자의 병상으로 돌아왔을 때 그녀는 여전히 똑같은 순서대로 헛소리하며 비명을 질러대고 있었다. 이 상태가 몇 시간만 더 이어지면 결국 무덤 같은 침묵으로 끝나리라 짐작했다.

나는 앞서 주었던 약을 다시 투여하고는 밤이 꽤 깊어질 때까지 침대 곁을 지켰다. 귀청을 찢는 듯한 비명은 잠시도 잦아들지 않았다. 발음은 또렷했고 순서가 뒤바뀌는 일도 없었다. 그녀는 늘 똑같이 외쳤다. "내 남편, 내 아버지, 내 남동생! 하나, 둘, 셋, 넷, 다섯, 여섯, 일곱, 여덟, 아홉, 열, 열하나, 열둘, 쉿!"

내가 그녀를 처음 본 순간부터 이 증상이 꼬박 스물여섯 시간이나 지속되었다. 그동안 나는 두 번이나 자리를 비웠다가 돌아왔는데, 다시 곁에 앉았을 때 그녀가 갑자기 말을 더듬기 시작했다. 나는 재빨리 손을 써서 그녀를 안정시켰다. 이윽고 그녀는 혼수 상태에 빠져 죽은 듯이 누워 있었다.

마치 길고 사나운 폭풍이 지나가고 비바람도 가라앉은 것만 같았다. 나는 그녀의 양팔을 풀어준 다음, 시중드는 여자를 불러 도와달라고 했다. 침상에 누운 그녀의 옷이 찢어지고 흐트러져 있었기 때문이었다. 나는 비로소 그때 그녀가 임신 초기 상태라는 것을 알았다. 동시에 그녀를 두고 품었던 작은 희망마저 사라져버렸다.

"죽었소?" 내가 형이라고 부르는 후작이 물었다. 말을 타고 돌아와 장화를 신은 채 방으로 들어온 참이었다.

"아직 아닙니다. 하지만 죽을 것 같습니다."

"이 천한 몸뚱이에 대체 무슨 힘이 이렇게 있는지!" 그가 호기심 어린 눈으로 여자를 내려다보며 말했다.

"놀라운 힘이 있지요." 내가 말했다. "슬픔과 절망 속에는."

그는 내 말에 처음에는 껄껄껄 웃더니 이내 눈살을 찌푸렸다. 그러고는 발로 의자를 밀어서 내 옆으로 옮겨 놓고 시중드는 여자에게 나가라고 명령한 뒤 낮은 목소리로 내게 말했다.

"의사 선생, 내 아우가 촌뜨기들을 상대하느라 곤경에 빠진 것을 나는 뒤늦게 알았지요. 그래서 내가 선생에게 도움을 청하자고 권했소. 선생은 평판이 좋지 않소? 앞길이 구만리 같은 젊은이로서 어떻게 해야 자신에게 득이 될지 잘 알리라 봅니다. 선생이 여기서 본 일들 말인데, 입 밖에 꺼내지 않는 편이 좋을 거요."

나는 아무런 대답을 하지 않았다. 그저 환자의 숨소리에 귀를 기울이고만 있었다.

"내 말 듣고 있는 거요, 선생?"

"후작님." 내가 조심스럽게 말했다. "제 직업상 환자와 나눈 대화는 비밀이 원칙입니다." 나는 신중히 대답했다. 방금 보고 들은 것들 때문에 머릿속이 몹시 혼란스러웠던 까닭이다.

여자의 숨소리가 매우 희미해져 있었다. 나는 조심스럽게 맥박을 짚어보았다. 생명은 흐릿한 기척만 남아 있다시피 했다. 다시 자리에 앉으며 주위를 둘러보았다. 형제가 나를 뚫어지게 바라보고 있었다.

✝✝✝

글쓰기가 몹시 힘들다. 추위는 혹독하다. 혹시라도 발각되어 어두컴컴한 지하 감옥으로 끌려갈까 봐 너무 두렵다. 내 이야기를 짧게 줄여야 할 것 같다. 내 기억은 잠깐의 혼란스러움이나 한 치의 흐려짐도 없다. 나는 그 형제와 나 사이에 어떤 대화가 오갔는지 한 단어도 빠짐없이 정확히 떠올릴 수 있다.

그 여자는 일주일을 더 버텼다. 마지막 순간이 다가왔을 때는 그녀의 입술에 귀를 바짝 대고서야 몇 마디 알아들을 수 있었다. 그녀가 여기가 어디냐고 힘겹게 물었다. 나는 말해주었다. 내가 누구인지 물었다. 나는 말해주었다. 그녀에게 어느 집안 출신이냐고 물었지만 대답은 돌아오지 않았다. 그녀는 베개 위에서 머리를 힘없이 저었다. 그 소년이 그랬듯이 비밀을 지켰다.

나는 그녀에게 질문할 기회가 전혀 없었다. 그녀가 급격히 쇠약해져 오늘을 넘기기 어렵다는 말을 들을 때까지는 말이다. 그때까지도 그녀는 시중드는 여자와 나 말고는 다른 이의 존재를 의식하지 못했다. 그런데도 내가 병상에 있을 때면 형제 중 꼭 한 명이 침대 머리맡

　　　　　　　　　　　제3부　폭풍의 진로

의 커튼 뒤편에 시기 어린 표정으로 앉아 있었다. 하지만 마지막 순간이 다가오자 그들은 무슨 말을 주고받든 개의치 않았다. 그때 내 머릿속으로 이런 생각이 스쳐 지나갔다. 나 역시 죽어가고 있는 게 아닌가 하는.

나는 두 사람을 늘 눈여겨보았다. 내가 아우라고 부르는 이는 자신이 한낱 소작농과 결투했다는 것에, 그것도 꼬마나 다름없는 소년과 맞붙었다는 사실에 분개했다. 그들에게는 가문의 위신이 가장 중요했다. 그들은 오로지 가문의 명성이 추락하고 세간의 조롱거리가 될까봐 전전긍긍했다. 아우 쪽과 눈이 마주칠 때면 나를 깊이 싫어하고 있다는 것을 알 수 있었다. 내가 소년에게 모든 것을 들어서 안다는 이유에서였다. 아우의 태도는 형보다 상냥하고 정중했지만 그 역시 마음 깊숙한 곳에서 나를 방해물로 여기고 있음이 분명했다.

환자는 자정을 두 시간쯤 앞두고 숨을 거두었다. 시계를 보니 맨 처음 그녀를 보았던 시각과 거의 일치했다. 여자의 작은 머리가 쓸쓸하게 한쪽으로 스르르 떨어졌다. 그녀가 지상에서 겪었던 부당함과 고통과 슬픔이 끝나는 순간에도 나는 곁을 지키고 있었다.

형제는 아래층 방에서 기다리고 있었는데 한시라도 빨리 그곳을 떠나고 싶어 안달이 난 것 같았다. 병상 곁에 홀로 앉아 있는 내 귀에는 그들의 발소리가 또렷이 들렸다. 승마용 채찍으로 장화를 툭툭 치며 방을 이리저리 오가는 모양이었다.

"드디어 죽었소?" 내가 아래층 방에 들어서자 형이 물었다.

"죽었습니다." 내가 대답했다.

"축하한다, 아우야!" 형이 아우를 돌아보며 잘됐다는 듯한 목소리로 말했다.

형은 앞서 내게 사례를 하겠다고 말했는데 나는 대답을 미루고 있었다. 이번에는 그가 둘둘 말아 포장한 금화 뭉치를 내 앞에 내밀었다. 나는 그의 손에서 돈을 받았다가 잠시 뒤 탁자에 내려놓았다. 이번 일을 곰곰이 되짚어본 끝에 내린 결론은 아무것도 받지 않는 편이 마음 편하다는 것이었다.

"이해하시기 바랍니다." 내가 말했다. "지금 상황에서는 이걸 받을 수 없습니다."

형제는 서로 눈빛을 교환했지만 그들에게 고개를 숙이며 작별 인사를 하자 그들도 내게 고개를 숙였다. 그들과 나는 아무 말도 나누지 않은 채 그 길로 헤어졌다.

✝✝✝

나는 지치고, 지치고, 또 지쳤다. 고통이 나를 끝없는 나락으로 곤두박질치게 한다. 이 앙상한 손으로 쓴 것을 읽기 힘들다.

이른 아침이었다. 작은 상자 하나가 문 앞에 놓여 있었다. 상자 안에는 금화 뭉치가 들어 있었고, 상자 겉면에는 내 이름이 적혀 있었다. 나는 전부터 내가 보고 겪은 문제를 어떻게 처리해야 할지 불안해하며 고민하던 참이었다. 나는 그날 장관에게 은밀히 편지를 쓰기로 작정했다. 내가 불려 가서 보살폈던 두 환자의 상태와 내가 있었던 장소의 위치를 상세히 진술했다. 사실상 모든 상황을 있는 그대로 밝히고 진술했던 것이다. 나는 궁정의 영향력이 어느 정도인지, 또 귀족들의 면책 특권이 어디까지인지도 잘 알고 있었다. 또 이런 문제가 공식적으로는 여간해서 잘 다루어지지 않으리라는 사실도 예상했다. 그럼에도 마음의 무거운 짐을 내려놓고 싶었다. 나는 이 일을 철저하게 비밀에 부쳤다. 심지어 아내에게조차 말하지 않았다. 나는 그러한 사실도 편지에 밝히기로 마음먹었다. 내게 실제로 어떤 위험이 닥칠

지는 전혀 개의치 않았다. 다만 내가 아는 정보를 다른 사람도 알게
되면 그 사람도 연루되어 위험에 처하게 될 것을 경계했다.

그날은 일이 많아서 밤까지 편지를 끝내지 못했다. 이튿날 아침에
는 평소보다 훨씬 일찍 일어났다. 편지를 끝내기 위해서였다. 그날은
마침 한 해의 마지막 날이었다. 막 편지를 완성했을 즈음, 나를 만나
려고 한 귀부인이 기다리고 있다는 전갈을 받았다.

‡‡‡

나 자신에게 맡긴 이 임무가 점점 더 버겁게 느껴진다. 너무 춥고
너무 어둡다. 내 모든 감각은 무뎌졌다. 나를 휘감은 어둠은 너무나
끔찍하다.

귀부인은 젊고 매력적이며 아름다웠지만 오래 살 것 같지 않았다.
그녀는 몹시 초조해하고 있었다. 자신을 생에브레몽드 후작의 아내
라고 내게 소개했다. 나는 소년이 형 쪽을 칭할 때 썼던 작위와 스카
프에 수놓인 머리글자를 연결해보았다. 그러자 최근에 만난 귀족이
바로 생에브레몽드 후작이라는 결론이 나왔다.

내 기억은 여전히 정확하다. 하지만 그녀와 나눈 대화를 전부 그대
로 옮길 여력은 없다. 나는 예전보다 훨씬 가까이 감시받고 있는 데
다, 언제 어떻게 감시당할지 모른다. 간략히 말하면, 후작 부인은 일
부 사실만 알았고 나머지는 어렴풋이 추측할 따름이었다. 남편이 이
잔혹한 사건에 관련되어 있고, 내가 그 일로 불려갔다는 사실은 몰랐
다. 심지어 여자가 죽은 사실도 모르고 있었다. 후작 부인은 몹시 괴
로워하며, 같은 여자로서 비밀스럽게 연민을 표하고 싶다고 말했다.
또한 가문이 오랜 세월 수많은 사람에게 미움을 받아왔지만 하늘의
진노만은 피하기를 바란다고 했다.

후작 부인은 그들의 어린 누이가 아직 살아 있다고 믿을 만한 근거가 있다고 했다. 그 아이를 돕는 게 자기에게는 가장 큰 소망이라고 말했다. 나는 누이가 있다는 사실 외에는 아무것도 말해줄 수 없었다. 그 이상의 정보는 모르기 때문이었다. 부인은 내가 비밀을 간직하고 있으리라 생각하며 그들의 누이 이름과 거처를 알기 위해 나를 찾아온 것이었다. 하지만 이 비참한 순간에도 나는 그 이름도, 거처도 알지 못한다.

✝✝✝

종잇조각이 다 떨어져 간다. 어제는 경고와 함께 하나를 빼앗겼다. 나는 오늘 모두 기록해야 한다.

후작 부인은 선량하고 동정심 많은 여자였다. 그러나 결혼 생활은 불행했다. 그럴 수밖에! 아우가 그녀를 불신하고 싫어했기 때문이다. 그는 자신의 모든 영향력을 동원해 사사건건 그녀를 괴롭혔다. 부인은 그런 시동생을 두려워했다. 남편도 두려워했다. 내가 부인을 문 앞까지 배웅했을 때 그녀가 타고 온 마차 안에 두세 살쯤 되는 예쁘장한 사내아이가 있었다.

"이 아이를 위해서라도, 선생님." 그녀가 눈물을 흘리며 아이를 가리켰다. "작게나마 제가 할 수 있는 보상은 모두 하겠어요. 그러지 않는다면 이 아이는 자신이 짊어져야 하는 유산 때문에 결코 행복하지 못할 거예요. 어떤 방식으로든 속죄하지 않으면 언젠가 이 아이가 대가를 치르게 될 거라는 불길한 예감이 들어요. 제가 가진 것이라고는 보석 몇 점밖에 안 돼요. 하지만 아이가 직접 그 불쌍한 가족을 찾아가서 이걸 건네도록 할 거예요. 이것을 아이의 삶에서 가장 중요한 일로 여기게 할 거예요. 살날이 머지않은 이 어미가 보내는 애도와 연민도 함께요. 그들의 누이를 꼭 찾고 싶어요."

후작 부인은 아이에게 입 맞춘 뒤 다정하게 쓰다듬으며 말했다. "이건 모두 사랑하는 너를 위해서란다. 우리 샤를, 엄마의 부탁을 들어줄 거지?" 아이가 씩씩하게 대답했다. "네, 엄마!" 내가 부인의 손에 입을 맞추자 그녀는 아이를 품에 안고 머리를 쓰다듬으며 떠났다. 그 뒤로는 그녀를 두 번 다시 보지 못했다.

부인이 이미 남편의 이름을 밝히며 내가 알고 있을 거라 여겼기에, 장관에게 보내는 편지에는 그 이름을 따로 언급하지 않았다. 나는 편지를 봉인한 뒤, 누구의 손에도 맡기지 않고 직접 전달했다.

그날 밤, 그러니까 그해의 마지막 밤 아홉 시 무렵이었다. 검은 옷을 입은 한 남자가 문 앞에서 현관 종을 울렸다. 남자는 나를 만나겠다면서 당시 내 시중을 들던 소년인 에르네스트 드파르주를 따라 조용히 위층으로 올라왔다. 그때 나는 내 사랑해 마지않는 영국인 아내와 방에 함께 앉아 있었다. 하인이 방에 들어섰을 때 우리는 그 남자를 보았다. 현관 앞에서 기다리고 있는 줄 알았던 그는 하인 뒤에 조용히 서 있었다.

남자는 생토노레 거리에 위급한 환자가 있다고 말했다. 시간이 오래 걸리지 않을 것이며, 이미 마차를 대기시켜 놓았다고도 했다.

그 마차는 나를 이곳에 데려다 놓았다. 나를 내 무덤으로 데려온 것이다. 집에서 나온 순간 누군가 등 뒤에서 검은 스카프로 내 입을 꽉 막고는 양팔을 결박했다. 형제는 어두운 길모퉁이에서 나타나서 길을 건너오더니, 꼭 한 번의 몸짓으로 누군가에게 나를 확인해주었다. 후작이 주머니에서 내가 쓴 편지를 꺼냈고, 내게 보이고는 손에 든 램프 불을 가까이 갖다 대어 편지를 불태운 뒤 발로 재를 짓이겼다. 그동안 그는 한마디도 하지 않았다. 그렇게 나는 이곳으로 끌려왔다. 산 채로 무덤에 끌려온 것이다.

이 끔찍한 세월 내내, 나는 하느님이 형제의 굳어진 마음에 은총을
내리시기를 바랐다. 그리하여 형제 중 한 사람이라도 내게 아내의 소
식을 전해주었더라면, 아니 아내가 살았는지 죽었는지 그것만이라도
알려주었더라면, 나는 하느님이 그들을 버리지 않았다고 생각했으리
라. 그러나 이제 나는 그 붉은 십자가 표시가 그들의 파멸을 의미한
다고 믿는다. 그들이 하느님의 자비로우심에 동참하지 않았다고 믿
는다.

나, 알렉상드르 마네트, 비록 불행한 죄수이며, 1767년의 마지막 밤
을 견디기 힘든 고통 속에 있으나 이 모든 일에 책임을 물을 그날이
오기를 바라며, 그자들과 그들의 자손, 그 일족의 마지막 한 사람까지
남김없이 고발하려 한다. 나는 하늘과 땅에 맹세코 그들을 고발한다.

†††

문서 낭독이 끝나자 무시무시한 함성이 터져 나왔다. 그것은 갈망
이 담긴 함성이었다. 오로지 피를 원하는 갈망이었다. 문서의 내용으
로 말미암아 복수심은 이글거리며 최고조에 달했고, 그 앞에 머리 숙
이지 않을 사람은 나라 안에 아무도 없었다.

드파르주 부부가 왜 그 문서를 지금껏 공개하지 않았는지는 굳이
재판부와 청중 앞에서 설명할 필요가 없었다. 부부는 바스티유에서
전리품과 함께 행진할 때 그 문서를 따로 보관하기로 결정했고, 때가
무르익기를 기다렸던 것이다. 마찬가지로 사람들이 이 혐오스러운
가문의 이름을 오래전부터 저주해왔으며, 그들을 죽음의 명부에 올
려놓았다는 사실도 굳이 설명할 필요가 없으리라. 그날 법정에서 그
고발 내용을 듣고도 자신의 미덕과 공로를 내세우며 다네이를 구해

사형 선고가 떨어진 뒤에

줄 사람은 아무도 없다.

이 비운의 죄수에게는 설상가상이었다. 그를 고발한 자가 명망 있는 공화국의 시민이었던 데다 그 자신의 충직한 벗이었으며 아내의 아버지였기 때문이다. 당시 대중을 휩쓸었던 광기 어린 열망도 한몫 거들었다. 바로 고대 로마에서 볼 법한 의심스러운 덕목을 흉내 내어, 민중의 제단에 자신과 친지를 제물로 바쳐야 한다는 것이었다.[82] 재판장은 그 분위기에 휩쓸려 애국적 열정에 들뜬 채 판결을 내렸다.

◇◇◇◇

[82] 프랑스 혁명 당시, 공화국 수호라는 명분 아래 가족이나 친지를 포함해 자기 자신마저 민중의 제단에 제물로 바치는 것을 본받아야 할 덕목으로 여기는 풍조가 유행처럼 번졌다. 여기에는 로마 공화국의 초대 집정관이던 루키우스 유니우스 브루투스가, 공화정을 배신하고 타르퀴니우스왕의 복위를 꾀한 자신의 두 아들에게 사형을 선고하고 처형식을 지켜본 사건이 크게 한몫했다.

그렇지 않았다면 자신의 목숨조차 위태로웠을 것이다. 그는 공화국의 훌륭한 의사가 추악한 귀족 가문을 뿌리 뽑음으로써 공화국에 더 커다란 공로를 세울 것이라고 했다. 또한 자기 딸을 과부로 만들고 그 아이를 고아로 만드는 데서 신성한 환희와 기쁨을 느꼈을 것이 틀림없다고 말했다. 인간적인 연민은 티끌만큼도 담겨 있지 않았다.

"저 의사의 영향력이 꽤 크다고 했지?" 드파르주 부인이 방장스에게 미소를 지으며 속삭였다. "그렇다면 이제 사위를 구해보시지, 의사 선생. 어서 구해봐!"

배심원들이 표결할 때마다 함성이 터졌다. 한 표, 또 한 표. 환호가 겹겹이 쌓여 방안을 뒤덮었다.

만장일치로 유죄 평결이 내려졌다. 사상으로 보나 혈통으로 보나 귀족이며, 공화국의 적이자 민중의 악명 높은 압제자. 콩시에르주리로 즉시 이감. 스물네 시간 이내에 사형 집행!

◇◇◇◇

11장

황혼

이제 형장의 이슬로 사라질 무고한 남자의 가엾은 아내는 판결이 내려지자 쓰러져버렸다. 치명적인 일격이라도 당한 듯했다. 하지만 그녀는 아무런 소리도 내지 않았다. 그녀 안에서 마지막 순간까지 남편에게 힘이 되어줄 사람은 이 세상에서 오로지 자기뿐이라는 목소리가 강하게 울려 퍼졌기 때문이다. 남편의 고통을 덜어줄 사람은 그녀밖에 없었기에 곧 충격을 떨치고 일어났다.

판사들이 바깥에서 열리는 대중 시위에 참여해야 했기 때문에 재판이 중단되었다. 사람들은 여러 통로를 통해 왁자지껄 떠들면서 법정을 빠져나갔다. 루시는 사랑과 연민이 가득 담긴 표정으로 남편을 향해 두 팔을 뻗고 서 있었다.

"저이를 만질 수만 있다면! 한 번만이라도 안을 수만 있다면! 오, 선량한 시민 동지들이여, 제발 저희를 불쌍히 여기세요!"

그 자리에는 간수 한 명과 지난밤 그를 데려갔던 사내 넷 가운데 두 명 그리고 바사드만 남아 있었다. 사람들 대부분이 거리 시위를 위해 몰려나가서 법정은 텅 비어 있었다. 바사드가 남아 있는 사람들에게 제안했다.

"한번 안게 해주자고. 잠깐이니까 말이야."

침묵이 흘렀다. 루시는 그들의 묵인 아래 방청석을 가로질러 높은 곳의 피고석에 앉아 있는 남편에게 다가갔다. 남편은 피고석 너머로 몸을 내밀어 아내를 품에 안았다.

"잘 있어요, 내 영혼을 바쳐 사랑하는 당신. 그대를 위해 마지막으로 축복을 빌겠소. 우리는 다시 만날 거요. 지친 이들이 편히 쉬는 그곳에서 말이오!" 다네이는 루시를 가슴에 꼭 끌어안고 말했다.

"사랑하는 찰스, 나는 얼마든지 견딜 수 있어요. 하느님이 나를 붙들어주시니까요. 나 때문에 마음 아파하지 마요. 우리 딸에게도 축복을 빌어줘요."

"당신이 우리 딸에게 내 축복을 전해줘요. 당신을 통해 아이에게 입맞춤을 전하겠어요. 작별 인사도 전하고요."

"여보! 안 돼요! 잠깐만요!" 다네이는 이미 그녀의 품에서 몸을 떼고 있었다. "우리는 오래 헤어져 있지 않을 거예요. 저도 머지않아 심장이 미어져서 당신을 따라가겠죠. 하지만 할 수 있는 한 당신 아내로서의 도리를 다하겠어요. 그러다 언젠가 내가 아이 곁을 떠나게 될 텐데, 그때는 하느님께서 우리 딸에게 친구를 만들어주실 거예요. 내게 그러셨던 것처럼요."

어느새 루시의 아버지가 딸을 뒤따라와서 두 사람 앞에 무릎을 꿇으려고 했다. 다네이가 재빨리 손을 내밀어 장인을 붙잡으며 큰 소리로 말했다.

"이러시면 안 됩니다! 이러시면 안 돼요! 장인께서 무슨 잘못을, 대체 무슨 잘못을 하셨다고 저희에게 무릎을 꿇으시려는 겁니까? 지난

날 장인어른께서 어떤 고생을 하셨는지 저희는 이제 잘 압니다. 제 출생을 의심하셨을 때 그리고 진실을 아셨을 때 어떤 고통을 겪으셨는지 이제는 전부 알고 있습니다. 사랑하는 딸을 위해 저에 대한 반감을 얼마나 힘겹게 극복하셨는지도 잘 압니다. 저희의 온 마음을 담아, 사랑과 존경을 담아 아버님께 감사드립니다. 언제나 아버님께 은총이 함께하시길!"

루시의 아버지는 대답 대신에 양손으로 백발을 움켜쥐고 마구 비틀면서 고통스러운 비명을 질렀다.

"어차피 이렇게 될 수밖에 없었습니다." 죄수가 말했다. "모든 것이 이미 이렇게 흘러가도록 예정되었던 겁니다. 애초에 제 치욕스러운 신분을 아버님께 소상히 밝히고 가엾은 제 어머니가 하셨던 약속을 지키려 했지만 허사가 되고 말았습니다. 악의 뿌리에서 선의 가지가 나올 수는 없습니다. 시작부터 불행하였으니 끝이 행복할 리 없지요. 부디 편안한 여생 누리시고, 저를 용서하십시오. 다시 한번 아버님께 하느님의 은총이 있기를 기원합니다!"

다네이가 법정에서 끌려 나갈 때 루시는 그를 놓아주었다. 루시는 기도하듯 두 손을 맞잡았다. 그러고는 그 자리에 서서 멀어져 가는 남편의 뒷모습을 바라보았다. 루시의 얼굴은 밝게 빛났고, 남편을 위로하듯 미소를 짓고 있었다. 이윽고 다네이가 죄수용 출입문으로 나가자 그녀는 몸을 돌려 아버지 가슴에 머리를 다정하게 기댔다. 무언가 말하려는 듯하더니 그의 발치에 쓰러져버렸다.

그때 어둑한 구석에서 꼼짝 않고 서 있던 시드니 카턴이 다가와서 루시를 부축했다. 그녀 곁에는 아버지와 로리 씨뿐이었다. 루시를 일으켜 머리를 받치고 있는 시드니의 팔이 떨렸다. 하지만 그 태도에는 단순한 연민이 아닌 어떤 기운이 배어 있었다. 그는 자부심으로 상기

사형 선고를 받고 법정을 떠나는 다네이

되어 있었다.

"마차까지 모시고 갈까요? 무게가 전혀 느껴지지 않을 만큼 가볍습
니다."

시드니는 루시를 가볍게 안고 밖으로 나가서 마차 안에 조심스레
눕혔다. 그녀의 아버지와 오랜 벗인 로리 씨가 마차에 올랐고, 시드니
는 마부 옆에 앉았다.

마차가 대문에 이르렀다. 불과 몇 시간 전만 해도 시드니가 어둠
속에서 멈춰 섰던 바로 그곳이었다. 그때 그는 루시의 발이 어느 거
친 돌길을 밟았을지 상상하고 있었다. 시드니는 다시금 루시를 안고
계단을 올라가서 방까지 데려갔다. 그러고는 소파 위에 조심스레 눕
혔다. 어린 루시와 프로스 양이 그녀를 보고 흐느껴 울었다.

"깨우지 마요." 시드니가 프로스 양에게 나지막이 말했다. "이대로
두는 편이 낫습니다. 혼절한 것뿐이니까 억지로 깨울 필요는 없어요."

　　　　　　　　　　　제3부　폭풍의 진로

"오, 아저씨, 아저씨, 카턴 아저씨!" 어린 루시가 울음을 터뜨리며 벌떡 일어나서 시드니에게 매달렸다. "아저씨가 오셨으니 우리 엄마를 도와주실 거죠? 아빠도 구해주실 거고요! 엄마를 좀 보세요, 카턴 아저씨! 다른 사람은 몰라도 아저씨는 엄마의 저 모습을 보고도 가만히 있지 못할 거예요, 그렇죠?"

시드니는 아이 앞에서 허리를 숙이고 그 불그스름한 뺨을 자기 얼굴에 살짝 갖다 댔다. 그러고는 아이를 살며시 내려놓고 의식 없는 루시를 바라보았다.

"저는 가겠습니다." 그가 이렇게 말하고 잠시 머뭇거렸다가 다시 입을 열었다. "그 전에 루시 양에게 입맞춤을 해도 될까요?"

훗날 사람들은 회상하기를, 그때 시드니가 허리를 숙여 루시 얼굴에 입술을 살짝 대면서 몇 마디 속삭였다고 말했다. 그와 가장 가까이 있던 아이가 나중에 사람들에게 그 사실을 알려주었다. 먼 훗날 노부인이 되어서 손주들에게도 말해주었는데 시드니는 이렇게 속삭였다고 했다. "그대 사랑하는 사람을 위해."

시드니는 옆방으로 물러났다가 뒤따라온 로리 씨와 루시의 아버지를 향해 갑자기 돌아섰다. 그러고는 루시의 아버지에게 말했다.

"마네트 박사님, 박사님께서는 어제까지만 해도 큰 영향력을 갖고 계셨습니다. 다시 한번 그 영향력을 발휘해 주십시오. 판사들과 권력자들 모두 박사님께 매우 호의적인 데다 박사님의 공로를 인정하고 있습니다. 그렇지 않습니까?"

"찰스와 관련된 일이라면 내가 모르는 건 하나도 없었소. 그를 구할 수 있다는 강한 확신을 품고 있었고 실제로 구하기도 했소." 박사는 괴로운 듯 아주 천천히 말했다.

"다시 시도해보십시오. 지금부터 내일 오후까지는 몇 시간 남지 않았지만 그래도 시도는 해보셔야지요. 부탁합니다."

"그럴 생각이오. 잠시도 쉬지 않고 해보겠소."

"당연히 그러셔야지요. 저는 박사님처럼 대단한 열정으로 위대한 일을 성취한 사람을 여럿 보았습니다. 물론 지금 하시려는 일에 비할 바는 안 되겠지요." 시드니는 미소를 지으며 가볍게 한숨을 쉬고 나서 덧붙였다. "그래도 시도해보십시오! 헛되이 애쓸 때는 삶이 보잘 것없고 가치 없이 느껴지게 마련이지요. 그럼에도 노력해볼 가치는 충분합니다. 노력할 가치가 없는 삶은 없습니다. 그럼 삶을 버리는 일도 아무것도 아닌 일이 될 테니까요."

"지금 가보겠소." 마네트 박사가 말했다. "곧바로 검사와 재판장을 만나고, 이름을 밝히지 않는 게 좋을 유력 인사도 만나볼 참이오. 편지도 쓰겠소. 그리고… 잠깐만! 지금 거리는 온통 축제 분위기라서 어두워질 때까지는 누구도 만나기 어려울 듯하오."

"그렇군요. 하지만 괜찮습니다! 애당초 가망 없는 일이었습니다. 어두워질 때까지 늦어진다 해도 사정이 더 나빠지지는 않을 겁니다. 일이 어떻게 되어 가는지만 알려주십시오. 그리고 잊지 마세요! 큰 기대는 하지 않겠습니다. 그나저나 그 유력인사들은 언제쯤 만나실 것 같습니까, 마네트 박사님?"

"날이 어두워지는 대로 곧바로 만나려고 하오. 지금부터 한두 시간 안에 만나지 않을까 싶소."

"네 시가 넘으면 금방 어두워질 겁니다. 한두 시간 더 여유 있게 잡 도록 하세요. 제가 아홉 시쯤 로리 씨 거처로 찾아가면, 일이 어떻게 되었는지 들을 수 있을까요? 여기 계신 친구분에게서나 박사님한테 서요?"

"물론이오."

"꼭 성공하시길 빌겠습니다."

로리 씨가 바깥문까지 시드니를 따라 나와서는 그가 막 떠나려 할 때 그의 어깨를 가볍게 건드려 돌아서게 했다.

"나는 전혀 기대하지 않소." 로리 씨가 쓸쓸한 목소리로 속삭이듯 말했다.

"저 또한 그렇습니다."

"그들 가운데 누군가가, 아니 모두 찰스를 살려줄 생각이 있다손 치더라도 이미 법정에서 다들 그 무시무시한 광경을 목격했잖소. 터무니없는 가정이긴 하오만 꼭 그의 생명이 아니라 다른 누구의 생명이었다고 해도 그들에게는 별반 다르지 않을 것이오. 그러니 선뜻 돕겠다고 나설 리는 만무하지요."

"저도 같은 생각입니다. 함성 속에서 기요틴 칼날 떨어지는 소리가 들리더군요."

로리 씨가 분설주에 팔을 기대고 고개를 푹 숙였다.

"낙담하지 마십시오." 시드니가 부드럽게 말했다. "슬퍼하지도 마시고요. 제가 마네트 박사님께 이런 말씀을 드리는 이유가 있습니다. 언젠가 그녀에게 작은 위안이라도 되기를 바랐기 때문입니다. 그러지 않으면 그녀는 '남편의 생명이 아무렇게나 버려지거나 허비되었다'라고 생각하고 말겁니다. 더 괴로워지겠지요."

"그래요, 그럴 수 있겠지요." 로리 씨가 눈물을 훔치며 말했다. "당신 말이 맞소. 하지만 다네이는 죽게 될 거요. 실제로는 아무런 가망이 없소."

"네. 그는 죽게 될 겁니다. 실제로 아무런 가망이 없습니다."

시드니가 메아리처럼 그 말을 되풀이했다. 그러고는 침착하고 단호한 걸음으로 아래층으로 내려갔다.

◇◇◇◇◇

12장

어둠

시드니 카턴은 거리를 걷다가 어디로 가야 할지 몰라서 걸음을 멈추었다. "아홉 시에 텔슨 은행에서 만나기로 했지." 그가 생각에 잠긴 얼굴로 중얼거렸다. "그전에 사람들에게 내 모습을 비추는 편이 좋을까? 아무래도 그러는 게 좋겠지. 그래, 이곳 사람들에게 나라는 존재가 있다는 걸 알리는 편이 유리해. 그게 안전한 예방책이기도 하고. 어쩌면 반드시 해야만 하는 일인지도 몰라. 하지만 조심하고, 또 조심해야 해! 신중히 생각하고 행동해야 한다고!"

시드니는 어디론가 향하려던 발걸음을 멈추고 땅거미가 지기 시작하는 거리를 서성거렸다. 앞으로 어떤 일이 펼쳐질지 머릿속으로 차근차근 헤아려보았다. 문득 가장 처음 든 생각이 옳다는 확신이 들었다. "그래, 그게 최선이야." 시드니는 마침내 마음을 다잡고 말했다. "이곳에 나라는 인간도 있다는 걸 사람들에게 알리는 편이 좋겠어." 그는 생탕투안 쪽으로 발길을 돌렸다.

드파르주는 그날 법정에서 자신을 생탕투안 교외에 위치한 술집 주인이라고 소개했다. 도시 지리에 익숙한 사람이라면 수고스럽게 묻지 않고도 그의 술집을 찾아낼 수 있었다. 그곳의 위치를 확인한 뒤, 시드니는 다시 좁은 거리를 빠져나와 간단한 음식을 파는 가게에서 저녁 식사를 하고는 곧 깊은 잠에 빠졌다. 수년 만에 처음으로 그는 독한 술을 입에 대지 않았다. 어젯밤과 다름없이 가볍고 묽은 포도주로 입을 적실 뿐이었다. 전날 밤에는 브랜디 따위는 두 번 다시 입에 대지 않을 사람처럼 로리 씨의 벽난로에 그것을 천천히 쏟아 버리기까지 했다.

시드니가 상쾌한 기분으로 잠에서 깨어 다시 거리로 나선 건 일곱 시 무렵이었다. 생탕투안으로 향하던 중, 그는 거울이 있는 가게 진열장 앞에서 걸음을 멈추었다. 느슨하게 매고 있던 넥타이와 헝클어진 외투 깃, 흐트러진 머리카락을 살짝 매만졌다. 그러고는 곧바로 드파르주의 술집으로 들어갔다.

술집 안에는 불안한 듯 손을 쉼 없이 움직이는 자크 3호 외에는 손님이 없었다. 시드니가 배심원석에서 본 적이 있는 사내였다. 그는 카운터에 서서 술을 마시며 드파르주 부부와 이야기를 나누고 있었다. 방장스도 그 무리의 고정 일원인 양 대화에 적극 나서고 있었다.

시드니가 자리를 잡고 매우 서툰 프랑스어로 포도주 작은 병을 주문하자, 처음에는 무심한 듯 눈길을 던지던 드파르주 부인의 눈이 샐쭉해지면서 날카롭게, 차츰 날카롭게 그를 바라보았다. 급기야 바싹 다가와서 무엇을 주문했느냐고 되묻기까지 했다.

시드니는 조금 전에 한 말을 그대로 되풀이했다.

"영국인?" 드파르주 부인이 무언가 비밀을 캐내려는 듯 짙은 눈썹을 치켜올리며 물었다.

시드니가 드파르주 부인을 바라보았다. 마치 프랑스어가 한 단어씩 느릿느릿 들리기라도 한다는 듯 익숙지 않은 표정이었다. 그는 전처럼 외국인 특유의 억양으로 대답했다. "네, 그렇습니다, 부인. 영국인입니다!"

드파르주 부인이 포도주를 가지러 가려고 돌아섰다. 시드니는 자코뱅 잡지를 펼쳐서 괜히 들여다보는 척하고 있었다. 그때 부인의 말소리가 들렸다. "정말이에요. 에브레몽드와 닮았다고요!"

드파르주가 포도주를 들고 와서는 시드니에게 "안녕하십니까." 하고 인사했다.

"네?"

"안녕하십니까."

"아, 안녕하십니까, 시민 동지." 시드니가 잔을 채우며 말했다. "이거 아주 좋은 포도주군요. 공화국을 위해 건배합시다."

잠시 뒤 드파르주가 카운터로 다가와서 말했다. "그렇군. 조금 닮긴 했어."

그러자 드파르주 부인이 단호하게 대꾸했다. "아주 많이 닮았어요."

자크 3호가 끼어들어 말했다. "그건 부인이 그 사람 생각을 너무 많이 해서 그래요."

사근사근한 성격의 방장스가 웃으며 맞장구쳤다. "맞아요! 정말 그래요. 내일 그 사람을 다시 보게 되기를 너무 고대하고 있어서 그런가 봐요!"

시드니는 집게손가락으로 단어 하나하나를 꼼꼼히 짚어가며 진지한 표정으로 기사를 읽었다. 한편, 네 사람은 서로 바짝 붙어 카운터에 팔을 괴고 낮은 목소리로 말했다. 잠시 침묵이 흘렀다. 네 사람은 자코뱅 잡지에 온통 빠져들어 있는 그를 가만히 바라보다가 그가 눈치채지 못하게 좀 전까지 하던 얘기를 계속 이어나갔다.

"부인 말이 맞습니다." 자크 3호가 말했다. "왜 멈춰야 합니까? 반응이 엄청나던데 말입니다. 멈출 이유가 없잖아요."

"하지만 하지만 말이야." 드파르주가 설득하듯 말했다. "어딘가에서는 멈춰야 해. 문제는 언제 어디서 멈추느냐는 거겠지."

"전멸시키고 나서겠지요." 드파르주 부인이 말했다.

"훌륭합니다!" 자크 3호가 쉰 목소리로 외쳤다. 방장스 역시 손뼉을 치며 찬성했다.

"전멸이라. 그것 참 훌륭한 신조군요, 여보." 드파르주가 조금 심란한 말투로 말했다. "나도 일반적으로는 거기에 반대하지 않아요. 하지만 의사 선생은 큰 고통을 겪었소. 당신도 오늘 봤잖소. 문서가 낭독될 때 그의 표정이 어땠는지 말이오."

"물론 그 표정을 봤지요!" 드파르주 부인이 경멸과 분노가 섞인 목소리로 말했다. "그래요. 그 표정이 어땠는지 똑똑히 봤어요. 공화국의 진정한 동지였다면 절대로 짓지 않을 표정이었어요, 표정 관리나 잘하라고 해요!"

"여보, 당신도 봤잖소." 드파르주가 항변하듯 말했다. "그의 딸이 괴로워하는 모습을 말이오. 딸의 그런 모습을 지켜본 의사 선생 마음은 또 얼마나 괴롭겠소!"

"그 딸도 봤죠." 드파르주 부인이 날카롭게 되받아쳤다. "그래요. 그의 딸도 똑똑히 봤어요. 그것도 여러 번이나. 오늘도 봤고, 전에도 봤죠. 법정에서도 봤고, 감옥 옆의 거리에서도 봤어요. 내가 손가락을 들기만 하면!" 부인이 손가락을 들어 올리더니 자기 앞의 선반을 탁 소리 나게 내리쳤다. 마치 기요틴의 칼날이 떨어지듯이. 이런 대화를 엿들으면서도 시드니의 시선은 잡지에 고정돼 있었다.

"여성 시민 동지, 만세!" 배심원 사내가 쉰 목소리로 말했다.

"천사가 따로 없네요!" 방장스가 이렇게 말하며 부인을 껴안았다.

"당신이라는 사람은⋯." 드파르주 부인이 남편을 향해 차갑게 말했다. "당신한테 결정권이 없기에 망정이지, 만일 있었더라면 당신은 지금이라도 그자를 구하자고 했을 거예요."

"그렇지 않소!" 드파르주가 항의하듯 말했다. "설령 당장 이 잔을 들면 그를 구할 수 있더라도 나는 절대 그러지 않을 것이오! 어쨌든 얘기는 이 정도로 끝내지요. 여기서 멈춥시다."

"자크, 내 말 잘 들어봐요." 드파르주 부인이 격분해서 말했다. "방장스, 당신도 잘 들어요. 둘 다 잘 들으라고요! 그 일족은 폭정과 압제라는 죄목으로 이미 오래전부터 내 명부에 올라 있었어요. 처형되고 몰살되어야 할 대상이었지요. 남편에게 물어봐요, 사실인지 아닌지."

"그랬소." 드파르주가 시인했다.

"바스티유가 함락되고 위대한 시대가 열리던 날, 남편이 오늘 낭송한 이 문서를 발견해서 가져왔어요. 우리는 손님이 다 가고 나서 가게 문을 닫은 뒤 한밤중에 문서를 읽었죠. 바로 이곳에서 램프를 켜놓고 말이에요. 사실인지 아닌지, 이이한테 물어보세요."

"우리는 그렇게 했소." 드파르주가 인정했다.

"그날 우리는 밤을 꼬박 새워 문서를 끝까지 다 읽었지요. 어느덧 램프의 불이 다 타고, 저 덧창 위로, 저 쇠창살 사이로 날이 어슴푸레하게 밝아올 무렵이었지요. 나는 이이에게 말했어요. 털어놓을 비밀이 있다고 말이에요. 이이한테 한번 물어보세요. 사실인지 아닌지."

"사실이오." 드파르주가 다시 인정했다.

"나는 이이한테 지금처럼 두 손으로 이 가슴을 쿵쿵 치면서 이렇게 말했죠. '드파르주, 나는 바닷가 어부들 사이에서 자랐어요. 바스티유 문서에 묘사된 소작인 가족이 바로 내 가족이랍니다. 에브레몽드 형제에게 모진 고통을 받았다는 그 가족 말이에요. 여보, 치명적인 상처를 입고 바닥에 쓰러졌던 소년의 누이는 내 언니였고, 언니 남편은 내 형부였어요. 태어나지 못한 아기는 언니 부부의 아기, 그러니까 내 조카였고요. 그리고 그 남동생은 내 오빠였고, 가슴이 미어져서 죽은 아버지는 내 아버지였어요. 죽은 사람들은 모두 내 가족이었죠. 그래서 그 일에 대한 심판의 부름이 내게 내려온 거예요!' 자, 이이한테 물어보라고요. 내 말이 사실인지 아닌지."

"그랬소." 드파르주가 또 한번 인정했다.

"그러니 멈추라는 말은 바람이나 불한테나 하세요." 드파르주 부인이 단호히 말했다. "나한테 하지 말고."

드파르주 부인 곁에서 사연을 전해 들은 두 사람은 부인의 가공할 분노에서 소름 끼치는 쾌감을 느끼는 한편 그녀를 높이 칭송했다. 이 얘기를 엿들은 시드니로서는 부인의 얼굴이 얼마나 창백했을지 보지 않아도 눈에 선했다. 드파르주는 힘없는 소수로서 후작 부인의 자애롭던 심성을 기억해달라며 몇 마디를 덧붙였다. 그러나 부인 입에서 튀어나온 말은 전과 다름없었다. "멈추라는 말은 바람이나 불한테나 하라고요. 내가 아니라!"

손님들이 들어오는 바람에 그들은 흩어졌다. 영국인 손님은 술값을 지불하고 잔돈 계산에 서툰 척을 했다. 거스름돈을 세어본 뒤 이 도시가 초행인 것처럼 국립 궁전으로 가는 길을 물었다. 드파르주 부인은 영국인 손님을 문으로 안내하면서 자기 팔을 그의 팔 위에 얹고 방향을 가리켰다. 그 순간 영국인 손님은 그 팔을 붙잡아 들어올린 뒤 옆구리를 날카롭고 깊게 찌르고 싶은 충동을 느꼈다.

하지만 시드니는 제 길을 갔고, 곧 감옥 담벼락의 그림자 속으로 사라졌다. 그러다 약속된 시간이 되자 그곳에서 나와 로리 씨의 방에 다시 모습을 드러냈다. 방에서는 노신사가 초조한 듯 이리저리 서성거리고 있었다. 그는 조금 전까지 루시와 함께 있었다면서 약속을 지키기 위해 그녀 곁을 잠시 떠나온 것뿐이라고 말했다. 루시의 아버지는 오후 네 시 무렵 은행을 나선 뒤로 돌아오지 않았다. 루시는 아버지의 중재로 찰스를 구할 수 있을지도 모른다는 일말의 희망을 품고 있었지만 그럴 가능성은 희박했다. 마네트 박사가 자리를 비운 지도 다섯 시간이 넘었다. 도대체 그는 지금 어디에 있는 걸까?

로리 씨는 열 시까지 기다렸다. 그러다 마네트 박사가 돌아오지 않자 더는 루시를 혼자 두면 안 될 것 같아서 일단 그녀에게 돌아갔다가 자정에 다시 은행에 오기로 했다. 그동안 시드니는 난롯가에서 혼자 박사를 기다리기로 했다.

시드니는 기다리고 또 기다렸다. 시계 종이 열두 번 울렸지만 마네트 박사는 나타나지 않았다. 로리 씨가 돌아왔으나 박사의 소식을 알지 못했고 특별히 가져온 소식도 없었다. 도대체 박사는 지금 어디에 있다는 말인가?

두 사람은 이 문제를 논의했다. 마네트 박사가 오랫동안 돌아오지 않는 것이 미약하나마 희망의 증거가 아닐까 하는 가설을 세우고 있었을 때 마침내 계단에서 기척이 들렸다. 그러나 박사가 방에 들어서는 순간 모든 것이 물거품이 되었다는 걸 알았다.

마네트 박사가 정말 누구를 만났는지 아니면 그 긴 시간 동안 거리를 헤매다 돌아왔는지는 아무도 몰랐다. 박사는 두 사람을 빤히 쳐다보며 서 있었지만 아무도 그에게 질문하지 않았다. 박사의 행색이 모든 것을 말해주었기 때문이다.

"아무리 찾아도 없어." 박사가 말했다. "꼭 있어야 하는데 없었다고. 대체 어디에 있는 거지?"

박사는 모자도 쓰지 않고 옷깃을 풀어헤쳐 목을 훤히 드러내고 있었다. 그러고선 멍하니 주위를 두리번거리더니 코트를 벗어 바닥에 툭 떨어뜨렸다.

"내 작업대가 어디 있지? 작업대를 찾으려고 온 사방을 뒤졌는데도 안 보여. 내 일감을 어떻게 한 거지? 시간이 없어. 그 구두를 완성해야 한다고."

두 사람은 서로를 바라보았다. 둘 다 마음이 무너져 내리는 것 같았다.

"어서, 어서!" 박사가 안타깝게 훌쩍이며 말했다. "일을 하게 해줘. 내 일감을 달라고!"

아무런 대답이 없자, 박사는 떼쓰는 아이처럼 머리를 쥐어뜯으며 쾅쾅 소리 나게 발을 굴렀다.

"이 외롭고 불쌍한 사람 괴롭히지 말아줘요." 그가 처량하게 울부짖으며 애원했다. "내 일감 주세요! 오늘 밤까지 그 구두를 완성하지 못하면 우리가 어떻게 되는 줄 알아요?"

모든 것이 끝났다! 희망도 사라졌다!

박사를 이성적으로 달래거나 정신을 차리도록 애써도 소용없는 일 같았다. 시드니와 로리 씨는 서로 약속이나 한 듯 박사의 어깨에 손을 얹었다. 곧 일감을 가져다주겠노라고 안심시키고는 그를 벽난로 앞에 앉혔다. 박사는 의자에 파묻혀 잉걸불을 바라보며 눈물을 흘렸다. 마치 다락방에서 지내던 시절 이후에 일어난 모든 일이 한순간의 환상이나 꿈이라고 믿는 것 같았다. 그의 모습은 다시 드파르주의 돌봄을 받던 시절로 되돌아간 듯 한없이 작고 무력해 보였다. 로리 씨는 박사를 물끄러미 바라보았다.

시드니와 로리 씨는 처참하게 무너진 박사의 모습을 보며 충격과

박사가 정신을 잃다

공포를 느꼈다. 하지만 마냥 그런 감정에 사로잡혀 있을 때가 아니었다. 박사의 외로운 딸은 마지막 희망을 잃고 의지처마저 사라진 셈이었다 그런 그녀를 생각하는 것만으로도 마음이 무겁게 짓눌렸다. 두 사람은 다시 약속이라도 한 듯 얼굴을 마주 보며 눈빛을 교환했다. 서로 생각이 같았다. 먼저 입을 연 쪽은 시드니였다.

"마지막 희망마저 사라졌습니다. 처음부터 가능성이 희박한 일이었지만요. 이제 박사님을 루시에게 모셔다드리는 편이 좋겠습니다. 하지만 그러기 전에 드릴 말씀이 있습니다. 제가 지금부터 몇 가지 조건과 약속을 요구해도 될까요? 그 이유는 묻지 말아주십시오. 물론 타당한 이유가 있습니다."

"믿어 의심치 않아요." 로리 씨가 대답했다. "말해보세요."

두 사람 사이에 앉은 박사는 몸을 앞뒤로 단조롭게 흔들면서 이따금 신음을 뱉었다. 둘은 깊은 밤 병상을 지키는 사람들처럼 조용한 어조로 부드럽게 말했다.

이윽고 시드니가 그의 발치에 떨어진 코트를 집으려고 몸을 숙였다. 그때 박사가 하루의 업무 목록을 담아서 들고 다니는 작은 상자가 바닥에 떨어졌다. 시드니가 상자를 집어 들었다. 상자 안에는 접힌 종이 한 장이 들어 있었다.

"뭔지 좀 봐야겠어요." 시드니가 말했다. 로리 씨가 동의의 뜻으로 고개를 끄덕였다. 시드니가 종이를 펼쳐 보더니 갑자기 "하느님, 감사합니다!" 하고 외쳤다.

"뭡니까?" 로리 씨가 재빨리 물었다.

"잠깐만요. 이따가 말씀드리겠습니다. 그보다 중요한 게 있습니다." 시드니는 자신의 코트 속에 손을 넣어서 다른 종이를 꺼냈다. "이건 제가 이 도시를 빠져나갈 수 있게 해주는 증명서입니다. 보십시오. 여기에 '시드니 카턴, 영국인'이라고 되어 있지요?"

로리 씨는 펼쳐진 종이를 손에 들고 진지한 얼굴로 시드니를 바라보았다.

"내일까지 이걸 좀 맡아주십시오. 아시다시피 저는 내일 다네이 씨를 만나러 갑니다. 감옥에는 가져가지 않는 편이 좋을 것 같습니다."

"왜 그런가요?"

"저도 잘 모르겠습니다만, 그냥 그러는 편이 좋아 보입니다. 자, 마네트 박사님이 몸에 지니고 다니셨던 이 서류를 보세요. 제 것과 비슷한 증명서입니다. 이게 있으면 박사님과 루시와 어린아이가 언제든 관문과 국경을 통과할 수 있습니다. 보이시죠?"

"보입니다!"

"아마도 박사님은 최악의 상황에 대비해 마지막 수단으로 어제 이 서류를 마련하셨을 겁니다. 날짜가 언제로 되어 있나요? 뭐, 그런 건 중요하지 않습니다. 굳이 확인할 필요까지는 없습니다. 제 것과 선생님 것과 함께 이걸 잘 넣어두십시오. 자, 잘 들으세요! 이 서류는 취소되기 전까지는 유효합니다. 한두 시간 전까지만 해도 저는 박사님이 가진 이 서류가 언제까지고 유효할 거라고 생각했습니다. 하지만 곧 취소될지도 몰라요. 제가 그렇게 생각하는 이유가 있습니다."

"설마 우리가 위험에 처한 건 아니겠지요?"

"아주 큰 위험에 처해 있습니다. 드파르주 부인에게 고발당할 위험에 처해 있지요. 그 여자의 입으로 직접 들었습니다. 아까 그 여자가 하는 말을 우연히 엿들었습니다. 위험의 징후가 분명했습니다. 저는 지체하지 않고 곧바로 첩자를 만났고, 그자는 제 추측이 사실임을 확인해주었습니다. 그는 감옥 담벼락 옆에 톱장이가 산다면서 그자가 드파르주 부부의 통제를 받고 있다고 했습니다. 드파르주 부인이 그 톱장이보고 증언하라고 했답니다. 루시라는 이름을 입에 담지는 않았지만 '그녀'가 죄수들에게 어떤 몸짓과 신호를 보내는 걸 봤다고 진술하라고 미리 연습시켰다는 겁니다. 그들 속셈이야 뻔하지요. 옥중에서 음모를 꾸몄다고 할 테지요. 그러면 루시의 생명은 위태로워질 수밖에 없습니다. 루시의 아이도 그리고 아버지의 생명도 그러합니다. 어린 루시와 마네트 박사도 그녀와 함께 있는 모습이 목격되었기 때문입니다. 아니, 그렇게 놀란 표정 짓지 마십시오. 저는 선생님이 그들을 모두 구해내실 거라고 믿습니다."

"부디 그렇게 되면 좋겠소, 시드니! 그런데 무슨 수로?"

"이제부터 그 방법을 알려드리겠습니다. 이 일은 전적으로 선생님 손에 달려 있습니다. 아니, 선생님보다 더 적합한 사람도 없을 테지

                          제3부 폭풍의 진로

요. 아마 고발은 내일 이후로 이뤄질 겁니다. 아마 이틀이나 사흘 뒤, 운이 좋으면 일주일쯤 뒤가 될 가능성이 큽니다. 선생님도 잘 아시다시피 기요틴 희생자를 애도하거나 동정하는 건 사형에 이르는 중죄입니다. 루시와 마네트 박사는 틀림없이 이런 죄목으로 고발될 겁니다. 드파르주 부인이란 여자는 집념이 어찌나 대단한지 말로 다 표현하기 어렵습니다. 아마 고발장에 이런 죄목을 써서 거듭 확실하게 처리하려고 하겠지요. 제 말뜻을 이해하십니까?"

"선생의 말이 워낙 설득력 있고 신뢰가 가는지라 빠져들 정도였소." 로리 씨가 마네트 박사의 의자 등받이에 손을 얹으며 말했다. "잠시 박사의 비참한 상태조차 머릿속에서 잊었을 정도라오."

"선생님은 돈도 있으니까 해안까지 최대한 빠르게 이동할 교통수단을 구하실 수 있을 겁니다. 그런 데다 이미 며칠 전부터 영국으로 돌아갈 준비를 마치셨지요. 내일 일찍 마차를 대기시켜 놓으세요. 오후 두 시 정각에 출발할 수 있도록 말입니다."

"그렇게 하겠소!"

그렇게 말하는 시드니가 얼마나 열정적이고 고무적이었는지, 로리 씨마저 그 열정에 사로잡혀서 마치 젊은이가 된 것처럼 민첩해졌다.

"선생님은 고결한 분입니다. 저희가 의지하기에 선생님보다 나은 사람은 없다고 말했잖아요? 오늘 밤 루시에게 가서 선생님이 아시는 대로 루시 본인뿐 아니라 딸과 박사님까지도 위험하다는 걸 알려주세요. 위험하다는 점을 강조하셔야 합니다. 루시는 죽어서라도 그 아리따운 머리를 남편 방향에 두려고 할 테니까요." 시드니는 잠시 머뭇거렸다가 계속 말했다. "아이와 아버지를 위해서라도 반드시 정해진 시각에 가족과 선생님과 함께 파리를 떠나야 한다는 점을 꼭 강조하세요. 남편이 마지막으로 세운 계획이라는 말도 하시고요. 그녀가 감히 믿고 기대하는 것 이상으로 중요한 일이라고 하세요. 선생님이 보시기에 마네트 박사가 지금 상태에서도 루시의 말을 따를 거 같습니까?"

"따를 거라 확신하오."

"제 생각도 그렇습니다. 조용하고 차분하게 이 안뜰에서 모든 준비를 마치십시오. 마차에 선생님 자리도 마련해두시고요. 제가 돌아오는 즉시 저를 태우고 바로 출발하시는 겁니다."

"무슨 일이 있어도 당신을 꼭 기다리라는 말이군요."

"제 증명서도 다른 것들과 함께 선생님 손에 있으니까 반드시 제 자리도 준비해두셔야 합니다. 제가 돌아오면 더 지체할 것 없이 곧장 영국으로 출발하는 겁니다!"

"그럼 그래야지요." 로리 씨는 시드니의 손을 꼭 쥐며 말했다. 그 손은 열정적이면서도 놀라울 정도로 단단하고 흔들림이 없었다. "이 모든 일이 늙은이 한 사람에게만 달려 있는 게 아니군요. 열정적인 젊은이가 곁에 있으니 적잖이 안심됩니다."

"하늘이 우리를 도와주실 겁니다! 어떤 일이 있어도 지금 서로에게 약속한 이 계획을 바꾸지 않겠다고 엄숙히 맹세해주십시오."

"맹세하겠소, 시드니."

"내일 이 말을 꼭 기억하십시오. 무슨 이유로든 이 계획을 바꾸거나 지체해서는 안 됩니다. 그리하면 아무 목숨도 구할 수 없습니다. 많은 이의 목숨이 희생될 겁니다."

"기억하리다. 내 맡은 역할을 충실히 해내고 싶소."

"저도 제 역할을 충실히 해내도록 애쓰겠습니다. 자, 그럼 안녕히 계십시오!"

시드니는 진지하고 엄숙하게 미소 지으며 인사했고, 로리 씨의 손에 입까지 맞추었다. 하지만 곧바로 떠나지는 않았다. 마네트 박사는 잉걸불 앞에 앉아 여전히 몸을 흔들고 있었고, 로리 씨가 박사를 일으켜 코트를 입히고 모자를 씌웠다. 시드니는 곁에서 그 일을 도왔다. 그들은 박사에게 그가 그토록 신음하며 달라고 애원하는 작업대와 일감을 찾으러 가자고 설득했다. 시드니는 박사 옆에서 걸으며 자택 안마당까지 그를 안전하게 배웅했다. 언젠가 시드니가 끔찍한 밤을 지새며 자신의 황량한 마음을 털어놓았던 그 자리였다. 당시 시드니는 비록 쓸쓸하였으나 마음을 털어놓을 수 있었기에 행복했고, 그리하여 그 시절을 잊지 못할 것이다. 시드니는 안마당에 들어가 잠시 홀로 섰다. 그녀 방의 불 켜진 창문을 올려다보았다. 그러면서 그녀의 축복을 빌고 작별 인사를 건넨 뒤 어둠 속으로 총총히 사라졌다.

13장

쉰둘

콩시에르주리의 칠흑 같은 감옥에서 그날의 사형수들이 운명을 기다리고 있었다. 그들은 모두 쉰두 명으로, 한 해의 주 수와 같았다. 그날 오후, 쉰둘에 달하는 이가 도시로 몰려든 인파에 휩쓸려, 끝없이 펼쳐진 영원의 바다로 떠밀려 갈 예정이었다. 그들이 있던 감방이 채 비워지기도 전에 새 수감자가 이미 배정되었다. 그들의 피가 어제 흘린 피와 섞이기도 전에 내일 흘릴 피가 미리 정해졌다.

쉰둘이 새로 호명되었다. 그 안에는 막대한 재산을 가진 일흔 살의 징세 도급인도 있었는데 그는 재산으로도 목숨을 사지 못했다. 스무 살의 재봉사 처녀도 있었다. 그녀는 가난과 미천함으로도 목숨을 사지 못했다. 이렇듯 인간의 악덕과 방치에서 말미암은 육체적 질병이 지위와 신분의 높고 낮음을 가리지 않고 사람들을 집어삼켰다. 그리고 이루 말할 수 없는 고통과 견딜 수 없는 억압, 비정한 무신경함에서 태어난 끔찍한 도덕적 혼란도 마찬가지로 예외 없이 사람들을 덮쳤다.

 제3부 폭풍의 진로

찰스 다네이는 감옥 독방에 갇혀 있었다. 혁명 재판소에서 이곳으로 옮겨온 뒤, 그는 단 한 번도 달콤한 망상에 기대어 자신을 달랜 적은 없었다. 편지가 한 줄 한 줄 낭독될 때마다 자신에게 내려지는 사형 선고를 들었던 것이다. 누구도 자신을 구해낼 수 없었다. 사실상 수백만의 이름으로 유죄 판결을 받았기에 한 개인의 힘으로는 아무 소용도 없다는 것을 이해하고 있었다.

그럼에도 담담히 받아들이기는 쉽지 않았다. 사랑하는 아내의 얼굴이 눈앞에 어른거렸다. 다네이로서는 삶을 강하게 움켜쥐고 있는 손을 느슨히 하는 것이 무척 힘들었다. 한쪽 손을 조금씩 풀어내려 하면, 다른 한쪽이 다시 삶을 더 세게 움켜쥐었다. 온 힘을 다해 한쪽을 풀면 다른 쪽을 움켜쥐는 식이었다. 이런저런 생각에 마음도 다급해졌다. 뜨겁게 달아오른 심장이 격렬하게 뛰면서 체념하고 싶은 마음을 질책했다. 잠깐 체념하는 마음이 들었다가도 이내 남편 없이 살아가야 할 아내와, 아버지 없이 살아가야 할 딸아이가 자기를 가리켜 이기적인 사람이라고 원망하는 소리가 들리는 것 같았다.

하지만 그 같은 마음의 동요는 잠시뿐이었다. 오래지 않아 자신이 맞닥뜨릴 운명이 조금도 부끄럽지 않게 느껴졌고, 매일 수많은 사람이 자신처럼 부당하고 억울한 길을 당당하게 걸어가고 있다는 생각이 들었다. 그러자 마음이 한결 편해졌다. 그는 자신이 죽음을 의연하게 받아들여야만 사랑하는 사람들이 마음 편히 살 수 있을 거라는 생각도 했다. 그런 생각에 다다르자 고요한 가운데 정신이 맑아졌고, 차츰 고양되는 것만 같았다.

유죄 선고를 받은 그날, 밤이 어두워지기 전에 이미 다네이는 자신의 마지막을 예감하고 마음의 준비를 해놓았다. 그는 간수의 허락을 받아 종이와 펜을 구입했고 감옥 소등 시간이 될 때까지 차분히 앉아서 글을 썼다.

다네이는 먼저 아내 루시에게 긴 편지를 썼다. 편지에서 다네이는 이렇게 밝혔다. 자신은 그녀에게 직접 듣기 전까지는 장인의 투옥 사실을 몰랐으며, 재판정에서 그 문서가 낭독되기 전까지는 자기 아버지와 숙부가 그런 불행에 책임이 있다는 사실을 그녀만큼이나 전혀 몰랐다고 했다. 또 이미 그녀에게 설명했지만 이름을 바꾼 사실을 그녀에게 숨긴 것은 장인이 그들의 약혼에 내건 유일한 조건이기 때문이라고 썼다. 결혼식 아침에도 마네트 박사가 재차 요구했던 약속이었는데 그 조건을 내건 이유는 오늘에 이르러서야 밝혀졌다.

다네이는 루시에게 한 가지를 당부했다. 장인을 위한 일이라며, 바스티유에서 발견된 편지의 존재를 그동안 잊고 있었는지 혹은 일부러 외면했는지 따위는 절대 묻지 말라는 것이었다. 또 오래전 어느 일요일, 장인이 오래된 플라타너스 그늘 아래에서 런던탑 이야기를 들었을 때 그날의 기억이 되살아났는지 역시 캐묻지 말라고 했다. 설령 장인이 그 편지를 또렷이 기억하고 있었다 하더라도 군중이 바스티유에서 죄수의 물건을 세상에 내보였을 때 그 편지의 존재가 언급된 적은 없었으므로 아마도 함께 사라졌다고 생각했을 수도 있다고 덧붙였다.

나아가, 다네이는 불필요한 당부인 것을 알면서도 몇 마디 말을 덧붙이겠다고 썼다. 장인을 온갖 다정한 방법으로 성심껏 위로해달라는 것이었다. 그렇게 해서 장인이 스스로 책망할 일을 전혀 하지 않았으며, 오히려 딸네 부부를 위하여 자신을 잊은 채 살아왔다는 진실을 일깨워주라고 했다. 그런 다음, 다네이는 마지막으로 우리 부부는 언젠가 천국에서 다시 만날 테니, 남편인 자신이 보내는 감사와 사랑과 축복을 잊지 말 것이며, 나아가 모든 어려움을 견뎌내어 사랑스러운 아이를 훌륭히 키워달라고 부탁했다.

다네이는 장인에게도 같은 맥락의 편지를 썼다. 편지 끝부분에 이르러서는 부끄럽고 송구하지만 아내와 아이를 잘 보살펴달라는 당부를 덧붙였다. 그는 일부러 끝부분을 매우 강조하였는데, 마네트 박사가 행여 절망하거나 위험한 기억에 매몰되지 않기를 바라는 마음에서였다.

다네이는 로리 씨에게 가족 모두를 부탁하는 한편, 자기의 재산과 사업에 대해 상세히 설명했다. 그러고는 감사와 우정을 담은 따뜻한 문장을 여러 줄 쓴 뒤 편지를 마무리했다. 이제 그가 할 일은 모두 끝났다. 그런데 그는 시드니 카턴에 대해서는 전혀 생각하지 않았다. 그의 마음은 다른 이들로 가득 차 있어 시드니가 끼어들 자리가 없었다.

다네이는 소등이 되기 전에 편지를 완성했다. 그리고 밀짚 침대에 가만히 누워 이제는 정말로 이 세상과 작별하게 되었다고 생각했다.

하지만 세상은 꿈속에서 다시 그를 손짓해 불렀다. 세상은 찬란한 형상으로 그 앞에 나타났다. 다네이는 행복한 마음으로 소호의 옛집에 돌아와 있었다. 물론 실제 집 같은 구석은 하나도 없었지만 어찌 된 일인지 감옥에서 풀려나서 자유의 몸이 되어 있었다. 다네이는 홀가분한 기분으로 루시와 함께 있었다. 그러나 루시가 말하기를, 모든 게 꿈이며 그는 결코 런던을 떠난 적이 없다고 말했다. 잠시 의식을 잃은 뒤, 다네이는 심지어 사형당하고 시체가 된 채 그녀에게 돌아와 있었다. 평화로운 죽음에 이르렀지만 다네이의 처지는 변함이 없었다. 또 한 번 의식을 잃은 뒤, 그가 깨어났을 때는 음울한 아침이었다. 한동안 그는 자신이 어디에 있고 무슨 일이 벌어졌던가 기억하지 못했다. 그러다가 불현듯 알아차렸다. '오늘이 내가 죽는 날이구나!'

비로소 쉰두 개의 머리가 떨어지는 날이 찾아왔다. 그는 영웅처럼 마지막을 차분하고 조용히 맞이할 수 있기를 바랐다. 그런데 막 깨어난 그의 의식 속에서는 생각이 새롭게 움트기 시작했다. 다스릴 수도 억누를 수도 없는 생각이었다.

다네이는 자신의 목숨을 앗아갈 도구를 지금껏 한 번도 본 적 없었다. 그게 지면에서 얼마나 높이 떠 있는지, 거기까지 오르는 계단은 몇 개나 되는지 알지 못했다. 자신이 어디에 서게 될지, 자신이 어떻게 되는 것인지도 알지 못했다. 자신의 몸을 만질 손이 시뻘건 피로 물들어 있는지, 자신의 얼굴이 어느 방향을 향하게 될지, 자신이 첫 번째인지 마지막인지도 알 수 없었다. 이런 이상한 의문이 꼬리에 꼬리를 물었다. 하지만 두려움에서 비롯한 의문은 아니었다. 다네이는 아무런 두려움도 없었다. 오히려 때가 되면 무엇이 어떻게 되는지 알고 싶은 기묘한 욕망이 집요하게 고개를 쳐들었다. 찰나와 같은 마지막 순간에 비하면 그 욕망은 지나치리만치 컸다. 그의 영혼이 아닌 내면에 깃든 또 다른 영혼의 궁금증에서 비롯된 것이라고 해야 했다.

그가 감방 안에서 이리저리 서성이는 동안에도 시간은 흘러갔고, 시계의 종소리가 이제 다시는 들을 수 없을 그 시간을 알렸다. 아홉 시가 영원히 지나갔고, 열 시가 영원히 사라졌으며, 열한 시도 그렇게 흘러갔다. 그리고 열두 시가 마지막을 향해 한 걸음씩 다가오고 있었다. 이윽고 다네이는 조금 전까지도 자신을 사로잡았던 기묘한 생각과 힘겹게 싸워서 승리했다. 그는 감방 안에서 서성이며 사랑하는 이들의 이름을 조용히 되뇌었다. 갖은 발버둥을 치던 시기도 끝났다. 이제 그는 마음을 어지럽히는 망상에서 완전히 벗어나 감방 안을 거닐며 자신과 그들을 위해 기도할 수 있게 되었다.

마침내 열두 시가 영원히 사라졌다.

다네이는 최종 처형 시각이 세 시라는 통보를 받았지만 일찍이 사

　　　　　　　　　　　　　　　　　제3부　폭풍의 진로

형수의 호송 마차가 거리를 느릿느릿 덜컹거리며 나아간다는 사실을 알았기에, 더 빨리 호출되리라고 예상했다. 그래서 내심 두 시를 마지막 시각으로 생각하고, 그때까지 스스로 마음을 굳건히 하기로 했다. 그래야 남겨질 가족들도 흔들리지 않을 것이라 믿었다.

다네이는 가슴 앞에 팔짱을 낀 채 감방 안을 규칙적으로 서성였다. 라포르스 감옥에서 초조한 듯 우왕좌왕하던 예전 죄수 때의 모습과는 생판 다른 사람이었다. 따라서 그는 한 시를 알리는 종소리가 영원히 사라져가는 것을 들으면서도 전혀 놀라지 않았다. 앞으로 남은 한 시간도 전과 다름없이 흘러갈 것이었다. 다네이는 스스로 마음의 평정을 되찾게 해준 하늘에 경건한 감사의 기도를 올렸다. 그러고는 '이제 한 시간밖에 남지 않았구나' 하고 생각하면서 다시 서성이기 시작했다.

그때 문밖에서 돌바닥을 울리는 발소리가 들렸다. 다네이는 걸음을 멈추었다.

열쇠가 자물쇠에 꽂혀 돌아가는 소리가 들렸다. 문이 열리기 전인지 열린 순간인지 정확히 알 수 없었지만 한 사내가 영어로 나지막이 말했다. "그는 이곳에서 나를 본 적 없소. 내가 일부러 피해 다녔으니까요. 당신 혼자 들어가시오. 나는 근처에서 기다리겠소. 자, 서두르시오!"

문이 재빨리 열렸다가 닫혔고, 이어서 다네이 앞에 엷은 미소를 띤 얼굴이 나타났다. 사내는 다네이를 가만히 바라보다가 "쉿!" 하고 입술에 손가락을 갖다 대며 조용히 하라고 일렀다. 상대는 다름 아닌 시드니 카턴이었다.

그의 표정은 놀라울 만큼 밝고 평온했다. 그 빛나는 눈빛과 미소에 다네이는 순간 그가 현실의 인물이 아니라 자신이 만들어낸 환영이 아닌가 하고 의심했다. 하지만 그가 입을 열자 튀어나온 것은 의심의 여지 없이 시드니의 목소리였다. 그가 손을 잡았을 때도 다네이는 그 것이 시드니의 손이라는 사실을 단박에 알아챘다.

"하고많은 사람 중에서 내가 당신을 만나러 올 줄은 꿈에도 몰랐겠 지요?"

"정말 믿기지 않는군요. 당신이 올 줄 어떻게 알았겠어요? 눈앞에 서 있는데도 잘 믿기지 않습니다. 설마…." 다네이 가슴에서 갑자기 불안감이 꿈틀거렸다. "나처럼 죄수는 아니겠지요?"

"아닙니다. 우연히 연줄이 닿아 이곳 간수 한 명을 구워삶을 수 있 었어요. 그 덕에 이렇게 당신 앞에 설 수 있게 된 거지요. 그녀가 보내 서 왔습니다. 당신의 아내 루시 말입니다, 친애하는 다네이 씨."

다네이는 시드니 카턴의 손을 꽉 움켜쥐었다.

"루시의 부탁을 전하러 왔습니다."

"무슨 부탁입니까?"

"저에게 간절하고 절박하고 단호하게 간청하더군요. 누구보다 당 신이 소중히 여길 그 목소리로 말이지요."

죄수는 고개를 살짝 갸우뚱했다.

"내가 왜 이 부탁을 전하러 왔는지, 무슨 뜻으로 왔는지 질문할 시 간이 없습니다. 대답할 시간도 없고요. 따질 것 없이 무조건 내 말에 따르십시오. 지금 신고 있는 장화를 벗고, 여기 내 것을 신으세요."

죄수의 뒤쪽, 감방 벽 가까운 곳에 의자 하나가 놓여 있었다. 시드 니는 성큼성큼 다가가서 번개 같은 속도로 다네이를 의자에 앉히고 자신은 맨발인 채로 그 앞에 섰다.

"어서 내 장화를 신어요. 발을 넣은 다음 손으로 힘껏 잡아당겨요. 어서!"

"카턴 씨, 이곳을 빠져나갈 방법은 없어요. 탈옥은 절대적으로 불가능합니다. 그러다 당신까지 죽을 거예요. 이건 미친 짓입니다."

"내가 당신더러 탈옥하라고 하면 그건 미친 짓이겠지요. 하지만 나는 그러지 않았잖아요. 내가 그랬습니까? 혹시 내가 저 문으로 빠져나가라고 하면 그때는 내가 미쳤다고 여기고 그냥 여기 남으십시오. 어서, 그 넥타이도 내 것과 바꿉시다. 코트도 바꾸고요. 당신이 코트를 입고 넥타이를 매는 동안 나는 당신 머리끈을 풀어 머리카락을 나처럼 헝클어 놓겠습니다."

시드니는 거의 초자연적이라 할 정도의 의지력과 실천력을 발휘하여, 상대를 민첩하게 뒤바꾸어놓았다. 다네이는 어린아이처럼 시드니에게 몸을 내맡겼다.

"카턴 씨! 카턴 씨! 왜 이럽니까? 이건 미친 짓이에요. 성공할 수 없어요. 불가능합니다. 이전에도 시도되었지만 그때마다 실패했어요. 간청힙니다. 제발 내 비통한 죽음에 당신 죽음까지 보태지 마세요."

"내가 저 문으로 나가라고 했나요, 다네이 씨? 내가 그러거든 거절해요. 여기 탁자에 펜과 잉크, 종이가 있군요. 글을 쓸 만큼 손에 힘이 남아 있어요?"

"당신이 나타나기 전까지는 그럴 힘이 있었어요."

"그렇다면 힘을 내세요. 내가 불러주는 대로 받아써요. 서둘러요, 친구. 시간 없어요!"

다네이는 혼란스러운 머리를 손으로 감싸면서 탁자 앞에 앉았다. 시드니가 오른손을 웃옷 안에 넣은 채 그의 곁에 섰다.

"정확히 내가 말하는 대로 받아 적어요."

"수신인은 누굽니까?"

"없으니 생략해요." 시드니가 여전히 가슴 쪽에 손을 넣고 말했다.

“날짜는요?”

“쓸 필요 없어요.”

죄수는 질문할 때마다 고개를 들어 올려다보았고, 시드니는 가슴 쪽에 손을 넣은 채 죄수를 내려다보았다.

시드니가 받아쓰라고 하며 말을 시작했다. “‘오래전 우리 사이에 오갔던 대화를 기억하고 계실까요. 그럼 아마 이것이 무슨 의미인지 단번에 이해하게 될 테지요. 제가 한 말을 기억하고 있으리라는 것을 저는 잘 압니다. 당신은 성품상 잊어버릴 사람이 아니니까요.’”

시드니가 가슴에서 손을 빼냈다. 그때 죄수는 글을 쓰다가 이상한 느낌이 들어 고개를 번쩍 들었다. 시드니의 손이 무언가를 움켜쥔 채 멈추었다.

“‘잊어버릴 사람이 아니니까요’까지 썼나요?” 시드니가 물었다.

“네, 거기까지 썼어요. 그런데 손에 든 건 무기입니까?”

“아닙니다. 무기 같은 건 없습니다.”

“그럼 손에 든 건 뭡니까?”

“곧 알게 될 겁니다. 계속 쓰십시오. 이제 몇 마디 안 남았어요.” 시드니는 다시 불러주었다. “‘언젠가 제가 했던 약속을 지킬 때가 와서 감사할 따름입니다. 제가 이렇게 하는 것은 후회할 일도 슬퍼할 일도 아닙니다.’”

시드니는 자신의 말을 받아 적는 다네이를 응시했다. 이윽고 그의 손이 다네이의 얼굴 가까이에 천천히 그리고 조용히 내려왔다.

다네이의 손에 쥔 펜이 탁자 위로 툭 떨어졌다. 그는 멍하니 주위를 둘러보았다.

“뭔가 뿌옇지 않습니까?”

“뿌옇다니요?”

"뭔가 눈앞을 스쳐 지나간 것 같은데요?"

"나는 아무것도 느끼지 못했어요. 이곳에 그런 게 있을 리 없잖아요. 자, 펜을 집어서 마저 써요. 어서요, 서둘러야 합니다!"

다네이는 기억이 흐려지고 감각이 무뎌지는 것을 느꼈고, 애써 정신을 가다듬으려고 했다. 눈앞이 흐려지고 호흡이 가빠져서 시드니를 올려다보았다. 시드니는 다시 가슴 쪽에 손을 넣고 침착하게 다네이를 내려다보고 있었다.

"어서 서둘러요!"

죄수는 다시 종이 위로 고개를 숙였다.

"'제가 더 나은 사람이었다면….'" 시드니의 손이 다시 조심스럽게 미끄러지듯 슬그머니 아래로 내려갔다. "'이렇게 오래 망설이지 않았을 텐데요. 만일 제가 더 나은 사람이었다면 아마 더 많은 일을 해낼 수도 있었을 겁니다. 제가 더 나은 사람이었다면….'"

시드니의 손이 이윽고 죄수의 얼굴에 완전히 닿았다. 펜 끝에서 글씨들은 알아볼 수 없는 기호처럼 흘러내리고 있었다.

시드니의 손은 이제 가슴으로 돌아가지 않았다. 죄수가 놀라며 '무슨 짓입니까' 하는 눈으로 그를 올려다보며 벌떡 일어섰지만 시드니는 오른손으로 그의 코를 막고 왼팔로는 그의 허리를 휘감았다. 다네이는 자신을 위해 목숨을 내놓으려고 온 사내와 몇 초 동안 실랑이를 벌였다. 하지만 곧 의식을 잃고 바닥에 쓰러졌다.

시드니는 재빨리 움직였다. 굳은 마음만큼이나 흔들림 없는 손길로 죄수가 벗어놓은 옷을 입고 머리카락을 뒤로 빗어 넘긴 뒤, 죄수의 머리끈으로 묶었다. 그리고는 나지막이 말했다. "거기, 들어오시오! 어서!" 곧바로 첩자가 모습을 드러냈다.

시드니는 의식을 잃은 다네이 곁에 한쪽 무릎을 꿇고 앉아 그의 가슴 안쪽에 종이쪽지를 넣고는 위를 올려다보며 말했다. "보시겠소? 이래도 위험 부담이 클 것 같습니까?"

"카턴 씨." 첩자가 초조한 듯 손가락을 탁 튕기며 대꾸했다. "일이 이쯤 진행됐으니, 당신이 약속만 지켜준다면 내가 위험할 일은 없을 거요."

"그 점은 걱정하지 마시오. 죽는 순간까지 약속을 지킬 테니."

"꼭 그래야 합니다, 카턴 씨. 쉰둘이라는 머릿수가 맞아떨어지려면 다시 말해 당신이 그 옷차림으로 메워주어야만 모든 게 어긋나지 않 겠지요."

"걱정하지 마시오! 나 때문에 다칠 일도 없을 뿐 아니라 다른 사람 들도 모두 여기를 떠날 겁니다. 하느님의 은총이 있기를! 자, 이제 사 람을 불러서 나를 마차에 태우시오."

"당신을?" 첩자가 불안한 표정으로 물었다.

"이 사람 말이오. 나와 옷을 바꿔 입은 이 사람! 아까 나를 데리고 들어온 문으로 나갈 거지요?"

"그야 당연하지요."

"나는 맨 처음 이곳에 들어올 때도 몸 상태가 좋지 않았는데, 지금 은 더 나빠졌다고 합시다. 작별 인사가 내게 너무 고통스러웠다고 말 하면 됩니다. 여기서 이런 일은 흔하지요. 정말 흔합니다. 아무튼 당 신 목숨은 당신 손에 달렸습니다. 어서! 사람을 부르시오!"

"나를 배신하지 않겠다고 맹세할 수 있습니까?" 첩자가 머뭇거리며 떨리는 목소리로 물었다.

"이 사람이!" 시드니가 발을 동동 구르며 소리쳤다. "이 일을 끝까 지 해내겠다고 내가 이미 엄숙하게 맹세했잖소? 그런 걸로 이 귀한 시간을 낭비하는 이유가 뭡니까? 당신이 잘 아는 그 안마당으로 이 사람을 직접 데려가서 마차에 태우고, 로리 씨에게 각성제는 주지 말고 맑은 공기만 쐬게 하라고 전해요. 그리고 어젯밤 내가 했던 말과 그분이 했던 약속을 명심하라고 일러준 뒤 곧장 출발하시오!"

첩자가 물러나자 시드니는 탁자 위에 팔을 괴고 양손으로 이마를 감쌌다.

잠시 뒤 첩자가 사내 둘을 데리고 돌아왔다.

"도대체 왜 이러는 거야?" 한 사내가 쓰러진 사람을 내려다보며 말했다. "자기 친구가 성녀 기요틴에 당첨되었다는데 이렇게 가슴 아파하다니."

"이 자는 진정한 애국자가 되기는 글렀군. 난 또 귀족이 낙첨되어 사형을 면하기라도 했다는 줄 알았네." 다른 사내가 거들었다.

그들은 의식을 잃은 사람을 조심스레 들었다. 그러고는 미리 문간에 가져다놓은 들것에 눕혔다. 그런 다음 몸을 숙여 들것을 들었다.

"시간이 얼마 없소, 에브레몽드." 첩자가 경고하듯 말했다.

"잘 알고 있소." 시드니가 대답했다. "부디 내 친구를 잘 돌봐주시오. 자, 어서 가시오."

"자, 여보게들!" 바사드가 외쳤다. "어서 나가자고!"

문이 닫히고 시드니 혼자 남았다. 그는 혹시 그들이 자신을 의심하거나, 행여 바사드가 밀고하지는 않을까 싶어서 귀를 기울였다. 아무 소리도 들리지 않았다. 열쇠가 돌아가고, 문이 쾅 닫히고, 멀리 복도를 따라 걸어가는 발소리만 들릴 뿐이었다. 고함이나 서두르는 기척도 없었다. 평소와 다를 바 없었다. 잠시 뒤 시드니는 숨을 깊게 들이마셨다가 천천히 내쉰 다음, 탁자 앞에 앉아 다시금 귀 기울였다. 이윽고 시계가 두 시를 알렸다.

그때 소리가 들리기 시작했다. 다네이는 그 의미를 충분히 짐작했기에 두려워하지 않았다. 이어 몇 개의 문이 잇달아 열리는 소리가 들리더니 마침내 그가 있는 감방 문도 열렸다. 손에 명단을 든 간수가 얼굴만 내밀고 "따라와, 에브레몽드!"라고 짧게 말했다. 그는 간수를 따라 한참 떨어진 크고 어두운 방으로 들어갔다. 바깥은 겨울 특유의 잿빛 날씨였다. 방에는 곧 양팔이 결박될 이들이 모여 있었는데, 안팎으로 어두웠던 탓인지 모두 흐릿하게 보였다. 몇몇은 서 있었고 몇몇은 앉아 있었다. 흐느끼며 안절부절못하는 이들도 있었지만 소수에 불과했다. 대다수는 꼼짝하지 않은 채 말없이 바닥만 뚫어져라 내려다보고 있었다.

그가 어둑한 구석 벽에 서 있을 때 쉰두 명 가운데 몇 사람이 더 들어왔다. 그중 한 남자가 지나가다 그를 아는 듯 걸음을 멈추고 양팔을 벌려 껴안았다. 그는 정체가 탄로 날까 봐 조마조마했다. 다행히 남자는 아무 말 없이 금세 팔을 풀고 지나갔다. 이윽고 소녀처럼 가냘픈 체구의 여자가 그의 눈에 띄었다. 상냥한 얼굴이었지만 야위고 핏기가 하나도 없어 보였는데 그와 눈이 마주치자 자리에서 일어서더니 눈을 동그랗게 뜨고 다가왔다.

"에브레몽드 시민 동지." 여자가 차가운 손끝으로 그의 팔을 살짝 건드리며 말했다. "저는 가난하고 보잘것없는 재봉사예요. 예전에 라포르스 감옥에서 함께 있었죠."

"그랬지요." 그가 중얼거리듯 나지막이 말했다. "그런데 죄목이 뭐였나요?

"음모죄요. 공정하고 정의로우신 하느님은 제가 아무 죄도 없다는 걸 아시겠지만 음모죄라니, 이게 말이 되는 거예요? 누가 저처럼 작고 힘없는 여자와 음모를 꾸밀 생각을 하겠어요?"

여자가 이 말을 하면서 쓸쓸한 미소를 지었다. 다네이는 가슴이 아

578제3부 폭풍의 진로

파서 눈물이 솟았다.

"죽는 건 두렵지 않아요, 에브레몽드 시민 동지. 하지만 저는 아무 잘못도 하지 않았어요. 그래도 우리 가난한 사람들을 공화국에서 많이 도와줄 테니까, 제 죽음이 조금이나마 보탬이 된다면 저는 죽는 것도 마다않겠어요. 그런데 어떻게 그게 가능한지 모르겠어요, 에브레몽드 시민 동지. 전 그저 작고 나약하고 보잘것없는 존재인데 말이에요!"

그는 자신이 지상에서 마지막으로 따뜻한 인정으로 대할 대상은 바로 이 불쌍한 젊은 여자라고 생각했다. 그의 마음이 여자를 향해 따스하면서도 부드럽게 열렸다.

"에브레몽드 시민 동지께서 석방되셨다고 들었어요. 저는 그게 사실인 줄 알았는데요?"

"사실이었지요. 하지만 다시 체포돼 유죄 선고를 받았습니다."

"같은 호송 마차를 타게 된다면 에브레몽드 시민 동지, 제 손 좀 잡아주실래요? 두렵지는 않지만 저는 작고 나약해서, 그렇게 해주시면 용기가 생길 것 같아요."

여자는 차분한 시선으로 그의 얼굴을 올려다보았다. 순간 여자의 눈동자에서 미심쩍어하는 듯하다가 흠칫 놀라는 기색이 엿보였다. 그는 수고로움과 굶주림의 흔적이 고스란히 느껴지는 여자의 여린 손가락을 꼭 쥐었고, 자신의 입술에 부드럽게 갖다 댔다.

"그분을 위해 대신 죽는 건가요?" 여자가 나지막이 물었다.

"쉿! 그래요. 그 사람의 아내와 아이를 위해서이기도 해요."

"그 의로운 손을 제가 잡아도 될까요?"

"쉿! 좋아요. 가엾은 누이여, 마지막 순간까지 함께해요."

✝✝✝

같은 시각, 감옥을 뒤덮은 어두운 그림자가 이른 오후부터 사람이 잔뜩 몰려 있는 관문에도 드리워져 있었다. 이윽고 파리를 떠나는 마차 한 대가 검문을 받으려고 관문에 나타났다.

"누구요? 안에 누가 타고 있는 거요? 여행증명서 좀 봅시다!"

서류가 건네지고 관리가 읽기 시작했다.

"알렉상드르 마네트, 의사, 프랑스인. 누구요, 이 사람이?"

"이분입니다." 누군가가 어눌하게 횡설수설하는 무력한 노인을 손가락으로 가리켰다.

"보아하니 의사 시민 동지가 정신이 온전치 못한 것 같구먼. 내 말이 맞소? 혁명 열기가 지나치게 뜨거워서 그런 거요?"

"맞아요. 이분한테는 그 열기가 너무나 뜨거웠지요."

"음, 그런 사람이 많긴 하지. 루시, 의사의 딸, 프랑스인. 이 사람은 또 누구요?"

"이 여자입니다."

"그래 보이는구먼. 루시라면 에브레몽드의 아내 아니오?"

"맞습니다."

"음, 남편은 다른 약속이 있으시다지. 딸 루시, 영국인. 이 아이가 맞소?"

"맞습니다. 이 아이 아니면 누가 또 있겠습니까?"

"애야, 아저씨한테 입맞춤을 하겠니? 옳지. 이제 넌 훌륭한 공화국 시민에게 입맞춤을 한 셈이란다. 너희 귀족 가문으로서는 아주 새로운 경험일 테지. 잘 기억해두렴! 시드니 카턴, 변호사, 영국인. 누가 이 사람이오?"

"여기 마차 구석에 누워 있습니다." 누군가의 목소리가 말했다.

　　　　　　　　　　　제3부　폭풍의 진로

"영국인 변호사께서 기절하신 것 같은데?"

"신선한 공기를 쐬면 나아질 거라고 봅니다. 원래부터 건강이 좋지 않은 터에 공화국의 노여움을 산 친구와 이별해서 너무 슬픈 나머지 이렇게 된 듯합니다."

"그게 다요? 별 대단한 일도 아니구먼! 공화국의 노여움을 사서 철창신세가 된 사람이 어디 한둘인가? 자비스 로리, 은행원, 영국인. 이 사람은 또 누구요?"

"접니다. 남은 사람은 저밖에 없지 않습니까?"

지금껏 질문에 대답한 사람은 자비스 로리였다. 마차에서 내려 문에 손을 대고 서서, 한 무리의 관리에게 대답한 이도 바로 그였다. 관리들은 느긋하게 마차 주위를 돌고, 또 느긋하게 마부석에 올라가 지붕 위에 올려진 작은 짐들을 살펴보았다. 시골 사람들이 어슬렁어슬렁 마차 문 가까이 다가와서 탐욕스러운 눈으로 안을 들여다보았다. 어머니 품에 안긴 어린아이가 짧은 팔을 뻗어 기요틴에 희생된 귀족의 아내를 만지려고 했다.

"자비스 로리 씨, 서류 받으시오. 확인했소."

"이제 출발해도 됩니까, 시민 동지?"

"출발하시오. 마부들, 어서 출발! 조심해 가시오!"

"고맙습니다, 시민 동지들." 자비스 로리가 두 손을 맞잡고 하늘을 올려다보며 말했다. "이로써 첫 번째 고비는 넘겼군!"

마차 안은 공포의 분위기가 흐르는 가운데 흐느끼는 소리와 의식을 잃은 여행객의 거친 숨소리가 가득했다.

"너무 느리게 가는 것 아니에요? 조금만 더 빨리 달리라고 할 수 없나요?" 루시가 노신사에게 매달려 물었다.

"애야, 그러면 달아나는 것처럼 보일 거야. 마부를 너무 재촉하면 안 돼. 의심을 살 수 있다고."

"뒤를 보세요. 한 번만 뒤를 확인해보세요. 쫓아오는 사람 있지 않을까요?"

"애야, 길에는 아무도 없어. 다행히 아직은 우리를 쫓아오는 사람이 없단다."

늘어선 집들을 두세 채씩 휙휙 스쳐 지나갔다. 외딴 농장, 허물어진 건물, 염색 공장, 무두질 공장 따위를 지나갔다. 탁 트인 들판 너머로 잎사귀가 다 떨어진 가로수 길도 지나갔다. 마차 아래는 단단하고 고르지 않은 포장도로가 깔려 있었다. 그 양옆에는 부드럽지만 푹푹 빠지는 진창길이 있었다. 워낙 마차가 덜컹거리고 흔들렸던 탓에 돌을 피하려고 길 가장자리의 진창으로 들어서기도 했다. 마차는 깊게 팬 바퀴 자국이나 진흙 구렁에 빠져서 옴짝달싹 못 하기도 했다. 그럴 때마다 그들은 초조해져서 극도로 고통스러운 나머지 마차에서 뛰어내려서 숨고 싶을 지경이었다. 어떻게든 멈추지 않을 수만 있다면 뭐든 하고 싶었다.

탁 트인 들판을 벗어나자 다시금 허물어진 건물들, 외딴 농장, 염색 공장, 무두질 공장, 이와 비슷한 공장 건물들, 두세 채씩 모인 집들, 헐벗은 나무들이 늘어선 가로수 길이 스쳐 지나갔다. 이 사람들이 우리를 속여 다른 길로 되돌아가고 있는 건 아닐까? 이 길은 아까 지나간 것 같은데? 아, 다행히 아니구나! 마을이다. 뒤를 보세요. 제발 뒤를 보세요! 쫓아오는 사람이 있는지 보시라고요! 쉿, 역참이야!

역참 사람들은 모든 일을 느긋하게 처리했다. 이곳까지 마차를 끌고 온 말 네 필에서 마구를 아주 여유롭게 풀어 내렸다. 말들이 천천히 마차에서 떨어져 나오자, 다시는 움직이지 않겠다는 듯 좁은 길에 멈춰 섰다. 이윽고 새 말들이 아주 여유롭게, 한 마리씩 눈앞에 나타났다. 그 뒤로 새 마부들이 어슬렁거리며 나타났다. 채찍 끈을 손으로 훑거나 끄트머리에 매듭을 지으면서 말이다. 마차를 몰았던 마부들이 여유롭게 돈을 새다가 계산이 틀리기라도 한 듯 마뜩잖은 표정을 짓는다. 그러는 동안에도 일행의 심장은 미친 듯이 뛰고 있었다. 지금껏 가장 빨리 달린다는 말도 이처럼 심장이 빨리 뛰지는 않았으리라.

마침내 새 마부들이 안장에 올라타고, 임무를 마친 마부들은 그 자리에 남겨졌다. 일행을 태운 마차는 마을을 지난 뒤 언덕을 몇 번 오르내린 뒤, 축축한 저지대에 접어들었다. 마부들이 갑자기 요란하게 손짓하며 몇 마디 주고받는가 싶더니 말들의 앞다리가 들릴 정도로 고삐를 확 당겨 급하게 마차를 세웠다. 무슨 일이 생긴 걸까?

"저기요! 마차 안에 있는 분들, 묻고 싶은 게 있어요!"

"그게 뭐요?" 로리 씨가 창밖으로 얼굴을 내밀며 불안한 목소리로 물었다.

"몇 명이라고 하던가요?"

"몇 명이라니, 무슨 말인지 모르겠소."

"방금 지난 역참에서 말이오. 오늘 기요틴에 가는 사람이 몇 명이랍니까?"

"쉰둘이오."

"그것 봐, 내 말이 맞잖아! 쉰둘, 근사한 숫자 아닙니까? 내 옆에 있는 이 시민 동지는 마흔둘이라고 우겼다오. 머리가 열 개나 차이 나는데 말입니다. 아무튼 기요틴이 멈추지 않고 일을 참 잘하는 것 같습니다. 아주 마음에 쏙 들어요. 자, 어서 달리자. 이랴!"

그날 밤 이슥할 무렵이었다. 마침내 그가 몸을 움직였다. 조금씩 의식을 되찾았고 웅얼거리던 발음도 차츰 분명해졌다. 그는 여전히 시드니가 자신과 함께 있다고 믿었다. 그는 시드니의 이름을 부르며, 손에 든 게 뭐였냐고 물었다. 오 자비로운 하늘이여, 우리를 불쌍히 여기고 도와주소서! 밖을 보세요! 밖을 보세요! 누가 쫓아오지 않는지 제발 밖을 보시라고요!

바람이 뒤에서 그들을 추격해 오고 있었다. 구름이 그 뒤를 따랐고, 이내 달마저 따라오며 빛을 비추었다. 온 밤이 사납게 그들을 따라왔다. 하지만 아직까지는 그뿐이었다.

◇◇◇◇◇◇

14장

뜨개질이 끝나다

쉰둘의 생명이 운명의 순간을 기다리던 바로 그 시각, 드파르주 부인과 방장스는 혁명 재판소의 배심원단인 자크 3호와 함께 음산하고 불길한 회의를 열고 있었다. 드파르주 부인이 이 참모들과 회의한 곳은 드파르주의 술집이 아니라 한때 도로 보수공이었던 톱장이의 오두막이었다. 톱장이는 회의에 직접 참석하지 않았고, 마치 홀로 겉도는 위성처럼 일행에게서 조금 떨어진 자리에 앉아 있었다. 그는 시킬 때만 말했고 묻는 말에만 대답했다.

"하지만 우리 드파르주 동지는 충실한 공화주의자가 분명하잖아요? 안 그래요?" 자크 3호가 말했다.

"당연하죠. 우리 동지 같은 사람이 또 있을 줄 알아요?" 입심 좋은 방장스가 새청맞은 목소리로 항의했다. "프랑스를 다 뒤져도 없어요."

"조용히 해, 방장스!" 드파르주 부인이 살짝 인상을 찌푸리며 부관의 입술에 손가락을 갖다 댔다. "내 말 좀 들어봐요. 내 남편 시민 동지는 충실한 공화주의자이고 용감한 사람이에요. 그이는 공화국에 큰 공을 세웠고, 공화국의 신임을 받고 있어요. 하지만 그런 그이에게도 약점은 있지요. 그 의사한테는 마음이 한없이 누그러져서 동정하고 만답니다."

"정말 안타까운 일이 아닐 수 없군요." 자크 3호가 잔인한 손가락을 굶주린 입술에 대고 의심스럽다는 듯 고개를 가로저으며 쉰 목소리로 말했다. "충직한 시민 동지가 그러면 안 돼요. 참으로 유감스러운 일입니다."

"이봐요." 드파르주 부인이 말했다. "나는 그 의사에게는 손톱만큼도 관심 없어요. 그자의 머리가 멀쩡히 달려 있든 아니든 내 알 바 아닙니다. 나와는 상관없는 일이에요. 하지만 에브레몽드 일족은 반드시 멸족되어야 해요. 그의 아내와 자식도 남편과 아버지 뒤를 따라야 합니다."

"그 여자 머리 참 멋지더군요." 자크 3호가 쉰 목소리로 말했다. "전에 처형장에서 푸른 눈에 금발인 여자를 봤는데, 삼손 손에 들려 있는 모습이 대단히 매력적이었어요." 자크 3호는 식인귀처럼 입맛을 다시며 말했다.

드파르주 부인은 눈을 내리깔고 잠시 생각에 잠겼다.

"그 아이도 말이죠." 자크 3호가 자기 말을 곱씹으며 즐기듯 덧붙였다. "푸른 눈에 금발이잖아요. 그런 곳에서 어린아이를 보는 일은 드문데, 아주 멋진 구경거리가 될 것 같아요!"

"솔직히 말하고 싶군요." 드파르주 부인이 잠깐 생각에 잠겼다가 말했다. "이번 일에서만큼은 남편을 믿지 못하겠어요. 어젯밤 이후로 그이에게 내 계획을 세세히 털어놓으면 안 되겠다는 생각이 들더군요. 게다가 조금이라도 지체하면 그이가 귀띔해서 그자들이 달아날지도 모른다는 생각도 들었어요."

"절대로 그래서는 안 됩니다!" 자크 3호가 목소리를 높여 단호하게 말했다. "아무도 달아나게 해서는 안 돼요. 지금도 절반을 못 채우고 있어요. 하루에 120명은 해치워야 하는데 말이에요."

"요컨대 남편은 나하고 입장이 달라요. 남편에게는 그 가문을 끝장내야 할 이유가 없지요. 나에게는 그 의사에게 동정심을 품을 이유가 없고요. 그래서 나 혼자 움직일 수밖에 없죠. 이리 와 봐요, 작은 시민 동지." 드파르주 부인이 말했다.

톱장이는 드파르주 부인을 극도로 두려워했기에 경외의 대상으로 여겼고, 복종의 의미로 붉은 모자에 손을 얹고 다가왔다.

"그 신호 말입니다, 작은 시민 동지." 드파르주 부인이 엄하게 말했다. "그 여자가 죄수들에게 보냈다는 그 신호 말이에요. 오늘 당장 그것에 대해 증언할 준비가 되어 있죠?"

"그럼요. 당연히 준비되어 있지요!" 톱장이가 자신 있게 외쳤다. "날이면 날마다, 비가 오나 눈이 오나 두 시부터 네 시까지 끊임없이 신호를 보냈습니다. 어떤 날은 꼬마랑 함께, 어떤 날은 혼자 왔지요. 확실해요. 저도 알 건 압니다요. 내 두 눈으로 똑똑히 봤어요."

톱장이는 이렇게 말하면서 본 적도 없는 갖가지 신호를 몸짓으로 선보였다.

"음모를 꾸몄군요." 자크 3호가 중얼거리듯 말했다. "음모를 꾸민 게 분명합니다!"

"배심원단은 확실하죠?" 드파르주 부인이 음산한 미소를 지으며 자크 3호에게 시선을 돌리고 물었다.

"애국 배심원단을 믿으십시오, 친애하는 여성 시민 동지. 동료 배심원들은 내가 보장합니다."

"잠깐 가만 있어 봐요." 드파르주 부인이 다시금 생각에 잠기며 말했다. "한 번만 더! 남편을 봐서 의사를 살려줄까요? 그가 죽든 살든 나는 상관없는데, 살려주는 게 좋을 것 같아요?"

"그자도 머리 하나로 계산될 텐데요." 자크 3호가 나지막이 말했다. "머릿수가 많이 모자란답니다. 안타깝게도 말입니다."

"내가 그 여자를 봤을 때, 그 의사도 함께 신호를 보냈어요." 드파르주 부인이 주장했다. "한쪽을 말하면서 다른 쪽을 말하지 않을 수 없죠. 게다가 이 사건을 여기 작은 시민 동지한테만 맡기고 내가 입을 다물 수는 없어요. 나 또한 증인으로 나설 자격이 충분히 있다고 생각해요. 그렇지 않나요?"

방장스와 자크 3호는 드파르주 부인이야말로 전에 없이 훌륭하고 뛰어난 증인이라며 앞다투어 열변을 토했다. 작은 시민 동지인 톱장이 또한 그에 질세라 그녀를 천상의 증인이라며 입에 침이 마르도록 칭찬했다.

"의사에게도 자기 운을 시험해볼 기회를 줘야겠어." 드파르주 부인이 말했다. "그래, 살려줄 수 없어요! 시민 동지들은 세 시에 볼일이 있겠죠. 오늘도 처형되는 무리를 구경하러 가야 할 테니까. 그쪽은 어때요?"

이 질문은 톱장이에게 던진 것이었다. 톱장이는 구경하러 간다고 허둥지둥 대답했다. 그러고는 이 기회에 좋은 인상을 남기겠다는 듯, 자신보다 더 열성적인 공화주의자는 없다고 말했다. 자신은 오후에 파이프 담배를 피우면서 익살맞은 국민 이발사를 구경하는 것이 낙이라고도 말했다. 만일 그걸 보지 못하게 한다면 그는 공화주의자로서 너무 비참할 것 같다고도 말했다. 그러나 너무 과장되게 말을 쏟아낸 탓인지, 그는 자기 몸뚱어리 하나만 건사하는 데 온 마음이 쏠려 있는 소심한 이로 비쳐졌을까 봐 내심 불안했다. 드파르주 부인의 어두운 시선이 경멸스럽게 그를 향한 것으로 보건대 실제로 그랬을 지도 몰랐다.

"나도 그 시간에 거기 갈 일이 있어요." 드파르주 부인이 말했다. "일이 끝나면, 그러니까 오늘 밤 여덟 시쯤 생탕투안으로 나를 찾아 오세요. 나와 함께 우리 구역에서 이 사람들을 고발할 테니까요."

톱장이는 여성 시민 동지를 돕게 되어 자랑스러우며 무한한 영광 이라고 말했다. 그는 여성 시민 동지가 자기를 바라보자 불안에 떠는 강아지처럼 그녀의 시선을 피했다. 그러고선 나뭇단 사이로 슬그머 니 물러나서 톱 손잡이를 움켜쥐었다.

드파르주 부인은 손짓으로 배심원 자크와 방장스를 문 가까이 불 러 세우고 앞으로의 계획을 자세히 설명했다.

"그 여자는 지금 남편의 처형 순간을 기다리며 집에 있을 거예요. 몹시 애달프겠지요 공화국의 정당성을 의심하고 있겠지요. 여차하면 공화국의 적들에게 동조할 마음을 먹고 있을지도 몰라요. 내가 직접 가 봐야겠네요."

"정말 존경스럽습니다! 정말 감탄하지 않을 수 없군요!" 자크 3호 가 열광적으로 소리쳤다.

"아, 나의 소중한 분!" 방장스도 소리치면서 드파르주 부인을 끌어 안았다.

"내 뜨개질감을 가져가요." 드파르주 부인이 부관의 손에 뜨개질감 을 쥐여 주며 말했다. "내가 늘 앉는 자리에다 이걸 갖다놓아요. 내가 늘 앉는 의자도 챙겨두고. 자, 지금 바로 가요. 오늘은 아마 평소보다 사람이 더 많이 모일 거예요."

"대장님의 명령에 기꺼이 복종하겠습니다." 방장스가 활기차게 말 하고는 부인의 뺨에 입을 맞추었다. "늦지 않게 오실 거죠?"

"처형이 시작되기 전에 갈 거예요."

"사형수 호송 마차가 도착하기 전에 오셔야 해요. 반드시 그러셔야 합니다!" 방장스가 이미 거리로 나선 부인의 등 뒤에 대고 소리쳤다. "호송 마차가 도착하기 전에 오세요!"

드파르주 부인은 손을 살짝 흔들어 보여주었다. 알아들었으며 늦지 않게 도착하겠노라는 의미였다. 그러고는 이내 진창길을 헤치고 감옥 벽 모퉁이를 돌아서 사라졌다. 방장스와 배심원은 멀어져가는 부인의 뒷모습을 바라보았다. 그리고 그녀의 늘씬한 자태와 빼어난 도덕적 기개에 감탄하면서 서로 앞다투어 찬사를 늘어놓았다.

그 시절에는 이렇듯 비틀린 여인들이 많았다. 세월이 그들을 가혹한 손아귀로 쥐어짜고 일그러뜨린 탓이었다. 하지만 그중 누구도 지금 거리를 걸어가고 있는 이 무자비한 여인에 비할 바는 아니었다. 그녀는 강인하고 용맹한 성정, 예리한 감각과 순발력, 굳센 결단력을 지니고 있었다. 그뿐 아니라 자신의 확고한 태도와 적의를 누구라도 본능적으로 알아차리게 만드는 묘한 아름다움이 있었다. 격랑의 시대가 그녀를 에워싸고 높이 끌어올렸다. 이런 상황에서 어린 시절부터 견뎌야 했던 억울함, 특정 계급을 향한 뿌리 깊은 증오와 적개심이 켜켜이 쌓인 끝에 그녀는 암호랑이가 되어 있었다. 그녀에게 동정심 따위는 손톱만큼도 없었다. 한때 그런 미덕을 갖고 있기는 했으나 이미 오래전에 완전히 사라진 뒤였다.

아버지 세대가 죄를 지었다는 이유로 아무 죄도 없는 남자가 죽게 되더라도 그녀는 눈 하나 깜빡하지 않았다. 그녀는 가문 전체를 보았으며, 그 한 사람만 보지 않았다. 아내가 남편을 잃고, 딸이 아버지를 잃는다는 것에 조금도 개의하지 않았다. 그들은 그저 자신의 천적이자 먹잇감일 뿐이었다. 그들에게 살아남을 권리나 자격은 없었다. 그녀의 인정에 호소하는 것은 헛수고였다. 타인을 연민하지 않는 것은 물론이었고, 자신조차 연민하지 않았다. 지금껏 가담한 무수한 싸움터 한가운데서 쓰러져 죽었더라도 그런 자신을 불쌍히 여기지 않았을 것이다. 설령 내일 당장 기요틴으로 끌려간다 해도 마찬가지였다. 순순히 목을 내놓기보다는 차라리 자신을 그 자리에 세운 자와 자리를 맞바꾸겠다는 격렬한 의지로 불타올랐을 것이다.

드파르주 부인은 남루한 옷 속에 그런 감정을 숨기고 있었다. 아무렇게나 차려입었어도 옷은 묘하게도 그녀에게 잘 어울렸고, 투박한 붉은 모자 아래의 짙은 머리카락은 늘 풍성해 보였다. 그녀의 가슴에는 장전된 권총이, 허리춤에는 날카로운 단도가 숨겨져 있었다. 그녀는 완전 무장한 채로 타고난 기질 그대로 자신만만한 걸음으로 거리를 걸어갔다. 소녀 시절 맨발로 갈색 바닷가 모래를 밟으며 다녔던 때와 다름없이 유연하고 거리낌 없는 발걸음이었다.

한편 같은 시각 로리 씨 일행은 마차에 화물을 싣는 모습을 지켜보고 있었다. 화물을 거의 다 실은 참이었다. 전날 밤, 여행을 계획하면서 로리 씨는 프로스 양을 마차에 함께 태우는 문제로 고심했다. 마차의 정원을 초과하지 않는 게 안전할 뿐 아니라 마차와 승객을 검사하는 데 걸리는 시간을 최대한 단축하는 게 무엇보다 중요했기 때문이다. 그들이 무사히 탈출하려면 조금이라도 시간을 단축해야 했다. 로리 씨는 초조한 표정으로 숙고한 끝에 결론을 내렸다. 프로스 양과 제리 크런처는 언제라도 도시를 자유롭게 떠날 수 있었다. 따라서 그들에게는 이튿날이 밝으면 되도록 가장 빠른 마차를 구해서 오후 세 시에 출발하라고 일러두었다. 그들에게는 거추장스러운 짐이 없었으므로 곧 일행을 따라잡을 수 있을 것이었다. 더욱이, 그들이 앞질러가서 미리 말을 대기시켜 놓으면 한밤을 틈타 한결 빠르게 나아갈 수 있었다. 특히 밤중에는 한시라도 지체되어선 안 됐다.

프로스 양은 로리 씨의 제안을 흔쾌히 받아들였다. 이 긴박한 상황에서 자신이 실질적으로 도움을 줄 수 있다는 데서 희망을 느꼈다. 그녀와 제리는 마차가 출발하는 모습을 지켜보았다. 처음에 두 사람은 솔로몬이 마차에 태워 데려온 사람을 보고는 심장이 얼어붙는 줄 알았다. 그렇게 초조해하며 10여 분을 보내고 나서 두 사람은 일행을 따라갈 준비를 마무리하고 있었다.

바로 그때 드파르주 부인이 거리를 헤치며 두 사람만 남은 숙소를 향해 시시각각 다가오고 있었다. 그때까지도 두 사람은 장차 계획을 상의하고 있었다.

"어떻게 생각하세요, 크런처 씨?" 프로스 양이 물었다. 숨이 막힐 만큼 불안한 나머지 그녀는 말도 제대로 잇지 못했고 몸을 가누기도 힘들었다. "아무래도 이 안마당에서 출발하지 않는 게 좋을 듯한데, 어떻게 생각하세요? 오늘 이미 마차 한 대가 여기서 출발했으니까 의심을 살 수도 있거든요."

"나도 그렇게 생각합니다. 프로스 양 말이 맞아요. 이제부터는 옳든 그르든 나는 프로스 양 뜻에 따를 겁니다." 크런처 씨가 말했다.

"저는 지금 사랑하는 사람들을 걱정하느라 정신이 하나도 없어요. 계획도 세우기 어렵네요. 당신이 무슨 계획이든 세울 수 있나요, 친애하는 크런처 씨?" 프로스 양이 울먹이며 말했다.

"앞으로의 삶에 대해서라면, 프로스 양." 크런처 씨가 대꾸했다. "좋은 계획이 떠오를 수 있겠지요. 하지만 지금 당장 이 늙은 머리를 가지고는 아무것도 떠올릴 수가 없어요. 부탁 하나 드려도 될까요, 프로스 양? 지금 이 위기 상황에서 제가 약속과 맹세 두 가지를 기록으로 남기고 싶은데 증인이 돼 주실 수 있나요?"

　　　　　　　　　　　　　　　　　　　제3부　폭풍의 진로

"오, 제발!" 프로스 양이 여전히 울먹이면서 큰 소리로 말했다. "훌륭한 남자답게 속 시원히 털어놓고 깨끗이 떨쳐버리세요."

크런처 씨가 잿빛이 된 얼굴로 몸을 부들부들 떨면서도 근엄한 표정을 지으며 말했다. "먼저… 저 가엾은 분들을 무사히 벗어나게 해주신다면 다신 그런 짓을 하지 않겠습니다. 다시는!"

"잘 생각했어요, 크런처 씨." 프로스 양이 말했다. "당신은 절대로 하시지 않을 거예요. 그게 뭔지는 모르겠지만요. 그렇다고 굳이 자세히 설명하지는 마세요."

"알겠습니다, 프로스 양." 크런처 씨가 말했다. "뭔지 설명하지 않을게요. 다음으로, 저 가엾은 분들을 무사히 벗어나게 해주신다면 앞으로 마누라가 이상한 기도를 하건 말건 아무 간섭하지 않겠습니다. 절대로 다시는!"

"집안 살림에 대해서라면 말이지요, 부인이 전적으로 알아서 하도록 놔두시는 게 최선이라고 생각해요. 그건 그렇고, 오, 우리 가엾은 분들!" 프로스 양이 눈물을 닦고 마음을 가라앉히려 애쓰며 말했다.

"프로스 양, 한 가지 더 있습니다." 제리 크런처는 교회 연단에 올라서 설교라도 늘어놓을 듯 심각한 표정으로 말했다. "내 말을 잘 기억하셨다가 마누라에게 꼭 전해주세요. 기도에 대한 내 생각이 바뀌었다고 말입니다. 아니, 지금 이 순간에도 마누라가 기도하고 있기를 진심으로 바란다고 전해주세요."

"그래요, 그래요, 부디 그러길 바랍니다, 좋은 분." 프로스 양이 안타깝게 외쳤다. "그리고 그 기도가 꼭 응답되길요."

"그렇지 않다면 큰일이지요." 크런처 씨가 더욱 엄숙한 태도로, 한층 느릿한 목소리로 설교를 이어갔다. "제가 그동안 한 말이나 행동이 지금 저 불쌍한 사람들에게 벌처럼 돌아가선 안 됩니다! 혹시 우리 모두 저 가엾은 분들이 끔찍한 위험에서 벗어나게 빌어야 하는 게 아닐까요? 상황이 허락한다면 말이지요. 프로스 양! 부디 간절히 바랍니다! 제발….” 크런처 씨는 더 감동적인 말을 찾느라 시간을 끌었지만 그의 연설은 이렇게 끝났다.

그가 그러는 중에도 드파르주 부인은 진창길을 헤치며 가까이 다가오고 있었다.

“혹시라도 우리가 고국에 돌아간다면 크런처 씨가 한 말을 잘 기억했다가 부인한테 전할 테니까 저를 믿으세요.” 프로스 양이 말했다. “그리고 이 끔찍한 순간에도 크런처 씨가 조금도 흔들리지 않고 얼마나 진지했는지에 대해서도 증언할 테니까, 저를 믿으세요. 그러니 자, 이제 생각해봅시다! 존경하는 크런처 씨, 생각 좀 해보자고요!”

프로스 양이 말하는 중에도 드파르주 부인은 성큼성큼 다가오고 있었다.

“크런처 씨가 먼저 가는 건 어때요.” 프로스 양이 다시 입을 열었다. “마차와 말들이 이쪽으로 오지 못하게 하고, 어딘가 다른 곳에서 저를 기다리면 어떨까요? 그게 낫지 않을까요?”

크런처 씨도 그게 낫다고 생각했다.

“어디에서 기다리실래요?” 프로스 양이 물었다.

크런처 씨는 너무 당황한 나머지 머릿속이 하얘졌다. 그가 떠올릴 수 있는 장소라고는 템플 바밖에 없었다. 하지만 템플 바는 수백 킬로미터나 떨어져 있었다. 게다가 이미 드파르주 부인이 코앞까지 와 있었다.

“대성당 문 옆에서 보기로 해요,” 프로스 양이 말했다. “두 탑 사이에 있는 대성당 문 근처에서 저를 태우면, 꽤 많이 돌아가게 되나요?”

“아닙니다, 프로스 양.” 크런처 씨가 재빨리 대답했다.

"그럼 훌륭한 남자답게 곧장 역참으로 가서 말과 마차를 바꿔주세요." 프로스 양이 말했다.

"걱정됩니다." 크런처 씨가 천천히 고개를 저었다. "프로스 양을 혼자 놔둬도 되는지, 아무래도 마음이 놓이지 않습니다. 어떤 일이 일어날지 모르잖아요."

"그런 건 하느님만 아실 거예요. 우리야 알 수 없죠, 뭐." 프로스 양이 말했다. "하지만 제 걱정은 마세요. 세 시에, 최대한 그 시간에 가깝게 대성당에서 저를 태우셔야 해요. 여기서 출발하는 것보다는 그편이 훨씬 나을 거예요. 확신합니다. 자, 부디 몸조심하세요, 크런처 씨! 제 걱정일랑 마시고 우리 둘에게 달려 있을 목숨을 생각하세요!"

프로스 양이 말을 마치자 크런처 씨는 마음을 굳혔다. 그녀는 괴로움과 간절한 마음을 두 손에 담아 크런처 씨의 손을 꽉 쥐었다. 크런처 씨는 격려하는 듯 고개를 한두 번 끄덕인 뒤, 프로스 양의 제안대로 그녀를 남겨 두고 그곳을 떠났나.

미리 대책을 마련해서 이미 실행하고 있었기에 프로스 양은 크게 안심이 되었다. 또한 머리를 만지고 매무새를 고치면서 마음의 위안을 얻기도 했다. 거리에서 사람들의 이목을 끌지 않으려면 용모를 단정히 해야만 했다. 시계를 보니 어느덧 2시 20분이었다. 서두를 수밖에 없었다. 즉시 준비해야만 했다.

프로스 양은 텅 빈 방의 적막한 분위기가 두렵고, 어쩐지 속이 타는 듯한 불안감마저 느껴졌다. 열린 방문 뒤에서 누군가 반쯤 얼굴을 내밀고 그녀를 엿보는 것만 같았다. 프로스 양은 찬물을 한 그릇 가져와서 붉게 부어오른 두 눈을 씻었다. 불안함과 초조함은 쉽사리 가시지 않았다. 프로스 양은 거의 병적으로 불안에 사로잡혀 있었다. 물방울이 떨어져 시야를 잠시라도 가리면 그 짧은 순간조차 견디지 못하겠다는 듯 두 눈을 거칠게 비벼댔다. 계속해서 멈추고 주위를 두리 번거리며 누가 자신을 지켜보는 건 아닌지 확인해야 했다. 그러던 중 그녀는 소스라치게 놀라서 비명을 질렀다. 정말 방 안에 어떤 여자가 서 있었기 때문이다.

그릇이 바닥에 떨어지면서 깨졌다. 물이 드파르주 부인의 발치로 흘러갔다. 붉은 피로 얼룩진 험한 길을 지나온 그 발이, 이제 그 물 위에 멈춰 선 것이다.

드파르주 부인이 프로스 양을 차갑게 노려보며 말했다. "에브레몽드의 아내는 어디 있지?"

프로스 양은 방문이 모두 열려 있어 가족이 도망친 사실을 부인이 눈치챌지 모른다는 생각이 퍼뜩 들었다. 그녀는 재빨리 문부터 닫았다. 그곳에는 문이 네 개 있었다. 프로스 양은 문을 죄다 닫고는 루시가 묵었던 방문 앞을 가로막고 섰다.

드파르주 부인의 검은 눈이 프로스 양의 뒤를 재빠르게 추격했다. 이윽고 모든 동작을 마친 프로스 양에게 고정되었다. 프로스 양에게는 '아름답다'는 말이 어울리지 않았다. 세월은 그녀의 용모에서 뿜어 나오는 투박한 기세와 야성을 길들이지 못했다. 그러나 그녀 또한 결코 만만한 상대가 아니었다. 두 여자가 걸어온 길은 달랐지만 그 심지의 강도만큼은 놀라울 정도로 닮아 있었다. 프로스 양은 드파르주 부인을 구석구석 뜯어보았다.

"눈앞에서 보니 악마의 마누라가 따로 없군요." 프로스 양이 거칠게 숨을 몰아쉬며 말했다. "그래도 나를 못 당할걸. 나는 영국 여자이니까."

드파르주 부인은 경멸 어린 눈초리로 프로스 양을 바라보았다. 하지만 동시에 드파르주 부인은 어렴풋이 알 수 있었다. 프로스 양이 자신과 같은 느낌을 받았다는 것을, 두 사람 모두 뒤가 없다는 사실을. 부인 눈앞에는 굳세고 억척스러운 여자가 우뚝 서 있었다. 언젠가 로리 씨가 프로스 양의 억센 손을 보면서 받았던 인상을 지금 부인도 똑같이 받았다. 드파르주 부인은 프로스 양이 마네트 박사 가족의 헌신적인 친구라는 사실을 잘 알았다. 프로스 양 또한 드파르주 부인이 박사 가족과 원수지간이라는 사실을 잘 알았다.

"저쪽으로 가는 길에 잠깐 들렀지." 드파르주 부인이 처형장 쪽을 향해 손가락을 가볍게 까딱하며 말했다. "동지들이 내 자리를 잡아놓고 뜨개질감도 챙겨놨을 거야. 아무튼 지나가는 길에 그 여자에게 인사나 하려고 왔어. 만났으면 좋겠는데 말이야."

"내가 당신의 그 시커먼 속내를 모를 줄 알아요?" 프로스 양이 거칠게 말했다. "당신이 뭔 짓을 하든 손놓고 구경만 하지는 않을 거야."

두 사람은 각자 자기 나라 언어로 말했다. 그래서 서로 말을 알아듣지 못했다. 둘 다 서로의 표징과 몸짓을 예리하게 주시하면서 무슨 뜻인지 알려고 애썼다.

"지금 날 피해 숨는다고 해서 그 여자한테 득 될 일은 아무것도 없어." 드파르주 부인이 말했다. "훌륭한 애국자라면 무슨 말인지 알았을 텐데. 아무튼 그 여자를 만나야겠어. 가서 내가 보러 왔다고 전해. 내 말 알아들었어?"

"당신 눈이 침대 조임쇠라면, 나는 기둥 네 개짜리 튼튼한 영국 침대야." 프로스 양이 큰소리로 당당하게 말했다. "당신은 내 몸에서 털 끝 하나 뽑지 못해. 알았어요? 사악한 외국 여자 같으니라고! 당신의 상대는 나라고."

드파르주 부인이 프로스 양의 말을 알아들을 리 없었다. 하지만 적어도 자신이 무시당하고 있다는 사실만큼은 이해할 수 있었다.

"멍청하고 돼지 같은 여자로군!" 드파르주 부인이 얼굴을 찌푸리며 말했다. "너하고는 할 말 없어. 나는 그 여자를 반드시 만나야겠어. 가서 내가 보자고 전하든지, 아니면 내가 직접 봐야겠으니까 길이나 내줘!" 부인은 어서 비키라는 듯 오른팔을 세게 휘둘렀다.

"정말 꿈에도 몰랐네." 프로스 양이 빈정거리듯 말했다. "당신네들의 그 우스꽝스러운 말을 이해하고 싶어질 날이 올 줄은. 뭐가 그렇게 또 의심스러워서 찾아왔는지 모르겠네요. 그걸 알려주기만 한다면 없는 것 빼고는 다 내드리지요."

두 사람 모두 한순간도 상대방의 눈에서 시선을 떼지 않았다. 드파르주 부인은 프로스 양이 맨 처음 자신의 존재를 알아차렸을 때부터 제자리에서 한 발자국도 움직이지 않고 있었다. 하지만 이제 막 한 발을 앞으로 뗐다.

"나는 영국 여자예요." 프로스 양이 말했다. "그리고 뒤가 없지요. 나는 나 자신이 어떻게 되든 손톱만큼도 신경 안 써요. 당신을 여기 오래 붙들어두면 둘수록 우리 아가씨에게는 이로울 테지요. 내 몸에 까딱 손이라도 댔다가는 당신 머리털이 남아나질 않을 거예요!"

프로스 양은 말하는 내내 머리를 흔들었고 눈을 번뜩였다. 빨리 말하느라 호흡이 가빠져서 중간중간 숨을 들이쉬어야 했다. 그녀는 이제껏 살아오면서 누구 하나 때려본 기억도 없었다.

하지만 프로스 양의 용기는 감정에서부터 우러나오는 자연스러운 것이었던 터라, 잠시 북받친 나머지 두 눈에서 주체할 수 없이 눈물이 흘렀다. 드파르주 부인은 그런 감정을 전혀 이해하지 못했다. 따라서 그것을 나약함으로 오인했다.

"흥!" 드파르주 부인이 콧방귀를 뀌었다. "불쌍하구나! 상대할 가치도 없군. 의사와 직접 이야기해야겠어. 의사 시민 동지!" 부인은 갑자기 목소리를 높여 외쳤다. "아니면 에브레몽드의 아내! 에브레몽드의 자식! 이 한심한 바보 말고 누구든, 이 드파르주 여성 시민 동지 말에 대답해요!"

뒤이은 정적 탓이었을까? 아니면 프로스 양의 표정에서 어떤 낌새를 눈치챈 걸까? 그도 아니면 앞선 두 이유와 무관하게 불현듯 어떤 의혹이 드파르주 부인의 머리를 스쳤을지도 몰랐다. 마네트 박사 일행이 이미 떠나버린 건 아닐까 하는 불길한 예감이었다. 부인은 별안간 문을 세 개를 열어젖히고 안을 들여다보았다.

"방마다 엉망진창이군. 급하게 짐을 싼 거지. 바닥은 온통 잡동사니뿐이고 말이야. 네 등 뒤에 있는 그 방에는 누가 있지? 저리 비켜, 확인해야겠어!"

"절대 안 돼!" 프로스 양이 단호히 소리치며 막아섰다. 그 순간 드파르주 부인과 프로스 양은 서로 무슨 말을 하는지 완벽히 이해했다.

"만약 그 방에도 없다면 그자들은 이미 떠난 거야. 뒤쫓아가서 다시 잡아 와야 해." 드파르주 부인이 혼잣말처럼 중얼거렸다.

"이 방에 사람이 있는지 없는지 확인 못하고, 당신이 뭘 더 할 수 있을지는 두고 보죠." 프로스 양도 혼잣말하듯 중얼거렸다. "그래요, 내가 이렇게 막고 있는 한 당신은 아무것도 못할 걸요. 이 사실을 아는지 모르겠지만 내가 여기 있으면 당신은 이곳에서 한 발짝도 못 벗어나요."

"나는 이 길거리에서 나고 자란 사람이고 아무도 날 막지 못해. 널 조각조각 내서라도 그 문 앞에서 비키게 할 테다!" 드파르주 부인이 매섭게 말했다.

"지금 우리는 외딴 안마당, 높은 건물의 꼭대기층에 단둘이죠. 그래서 우리 목소리를 누군가 들을 가능성은 없어요. 나는 당신을 계속

프로스 양이 드파르주 부인을 가로막다

붙잡아둘 힘을 달라고 기도하겠어요. 당신이 여기 붙잡혀 있는 동안 흘러가는 일분일초가 우리 아가씨에게는 수만 개 금화보다 가치 있으니까!" 프로스 양이 말했다.

　드파르주 부인이 갑자기 문 쪽으로 달려들었다. 프로스 양은 본능적으로 부인의 허리를 양팔로 휘감고 힘을 주었다. 드파르주 부인은 프로스 양을 떼어내려고 필사적으로 몸부림치면서 주먹을 마구 휘둘렀다. 그래도 아무 소용이 없었다. 예나 지금이나 증오보다 사랑의 힘이 강한 법이다. 프로스 양은 마네트 가족을 향한 사랑을 발휘하여 부인을 죽기 살기로 붙들었다. 심지어 몸싸움이 일어났을 때는 상대방을 공중에 번쩍 들어 올리기까지 했다. 드파르주 부인이 두 손으로 프로스 양의 얼굴을 마구 때리고 짓이겼다. 하지만 프로스 양은 그럴

　　　　　　　　　　　　　　　제3부　폭풍의 진로

수록 더욱 고개를 숙인 채 부인의 허리를 힘껏 껴안았다. 물에 빠진 사람도 그처럼 절박하게 매달리지는 않았을 것이다.

드파르주 부인은 미친 듯이 휘두르던 두 손을 내리고 프로스 양의 팔에 휘감긴 허리춤을 더듬었다. 권총을 꺼내려고 했지만 프로스 양이 팔을 휘감고 있어서 그럴 수 없었다.

"그건 내 팔 아래에 있어!" 프로스 양이 숨을 몰아쉬며 말했다. "당신은 절대로 그걸 꺼내지 못할 거야. 하느님께 기도한 덕에 내가 당신보다 힘이 더 세졌으니까. 둘 중 하나가 쓰러지거나 죽기 전까지는 붙들고 있을 거라고!"

드파르주 부인은 허리에서 무기를 빼내지 못하자 손을 가슴 쪽으로 옮겼다. 프로스 양은 고개를 들어 부인이 또 다른 권총을 꺼내려 한다는 것을 알아채고, 손목을 주먹으로 힘껏 쳤다. 순간 불꽃이 번쩍 일면서 귀청을 찢을 듯한 폭발음이 울렸다.

뿌연 연기 속에서 프로스 양이 눈먼 채로 서 있었다. 그야말로 눈 깜짝할 새 벌어진 일이었다. 무서운 정적이 감도는 가운데 서서히 연기가 걷히기 시작했다. 그 연기는 드파르주 부인의 축 늘어진 몸에서 빠져나온 영혼이라도 되는 듯 공중으로 서서히 흩어지고 있었다.

프로스 양은 너무 놀라고 두려운 나머지 바닥에 누운 시체를 멀찌감치 두고서 도움을 구하려고 계단을 뛰어 내려갔다. 하지만 곧 소용없는 짓이라는 것을 깨닫고서 되돌아갔다.

다행히도 그녀는 자기 행동이 가져올 결과를 생각했다. 다시 방 안으로 들어가는 건 끔찍했지만 어쩔 수 없었다. 방 안으로 들어간 프로스 양은 시체 가까이 다가가서는 모자와 몸에 걸칠 옷을 챙겼다. 그러고는 문을 닫아 잠그고 열쇠를 챙긴 뒤 바깥 계단에서 옷을 입었다. 그런 다음 계단에 앉아 잠시 숨을 고르고는 감정이 북받쳐 흐느껴 울었다. 하지만 곧 자리에서 일어나 서둘러 그곳을 떠났다.

운 좋게도 그녀가 쓴 모자에는 베일이 달려 있어 얼굴을 반쯤 가릴 수 있었다. 그렇지 않았다면 길 한가운데서 붙잡혀도 이상할 게 없었다. 아마 다른 여자였다면 이목을 끌었겠지만 프로스 양은 원래부터 조금 외모가 유별난 편이었기에 오히려 자연스러워 보였다. 프로스 양의 얼굴에는 손톱자국이 깊게 패 있었고 머리는 산발이었다. 게다가 치마는 급히 매무새를 가다듬은 탓에 아무렇게나 구겨지고 늘어져 있었다. 그럼에도 아무도 그녀에게 관심을 두지 않았다.

프로스 양은 다리를 건너면서 출입문 열쇠를 강물에 던졌다. 그녀는 제리 크런처보다 몇 분 먼저 대성당에 도착했고 그곳에서 그를 기다리며 이런 생각을 했다. '혹시라도 열쇠가 그물에 걸려 어느 집 열쇠인지 밝혀지면 어쩌지? 누군가 열쇠로 문을 열고 들어가서 시체를 본다면? 검문소에서 붙잡혀 감옥에 끌려가고 살인죄로 기소된다면?' 그녀가 이렇게 안절부절못하고 불안한 생각을 하고 있었을 때 마침내 동행이 나타나서 그녀를 마차에 태우고 출발했다.

"거리에서 아무 소리도 안 들리나요?" 프로스 양이 물었다.

"늘 듣던 소리지요." 크런처 씨는 대답하면서도 프로스 양이 이상한 몰골로 이상한 질문을 하는 통에 적잖이 놀랐다.

"무슨 말인지 안 들려요." 프로스 양이 말했다. "방금 뭐라고 했죠?"

크런처 씨는 했던 말을 되풀이했다. 그래도 소용없었다. 프로스 양은 그의 말을 전혀 알아듣지 못했다. '그렇다면 고개를 끄덕여야겠군.' 크런처 씨는 당황하며 생각했다. '어쨌거나 눈으로 보기는 할 테니까.' 실제로 프로스 양은 그가 고개 끄덕이는 모습을 보았다.

"지금 거리에서 소리가 들려요?" 프로스 양이 다시 물었다.

이번에도 크런처 씨는 고개를 끄덕였다.

“저는 아무 소리도 안 들려요.”

“한 시간 사이에 귀가 먹은 건가?” 크런처 씨는 머리가 갑자기 복잡해지는 기분이었다. “이 여자에게 대체 무슨 일이 생긴 거지?”

“번쩍하고 불꽃이 일면서 탕 하는 폭발음이 울렸어요. 연기도 났는데 그 폭발음이 이번 생에서 제가 마지막으로 들은 소리 같다니까요.” 프로스 양이 말했다.

“정말 상태가 안 좋은데! 용기를 내려고 술이라도 마셨나?” 크런처 씨가 혼란스러워하며 중얼거렸다. “저기요, 내 말 좀 들어봐요! 저 끔찍한 마차들이 덜컹덜컹 요란한 소리를 내며 굴러가잖아요. 저 소리는 들리나요, 프로스 양?”

“안 들려요. 아무것도 안 들린다고 했잖아요.” 프로스 양이 크런처 씨가 말 거는 것을 알아채고 말했다. “저기요, 크런처 씨! 커다란 폭발음이 울렸다니까요. 그런 뒤에 정적이 흘렀어요. 근데 그 정적이 왠지 영원히 이어질 것만 같아요. 어쩜 내가 살아 있는 내내 말이에요.”

“지금 황천길 끝에 다다른 저 끔찍한 마차 바퀴 굴러가는 소리도 못 듣다니.” 크런처 씨가 어깨 너머로 프로스 양을 바라보며 중얼거렸다. “그럼 이제 두 번 다시 다른 소리를 듣기는 글렀군.”

사실이었다. 프로스 양은 이제 아무런 소리도 듣지 못했다.

15장

발소리가 영원히 사라지다

죽음의 마차들이 파리 거리를 덜그럭거리며 굴러간다. 바퀴 소리는 공허하고 가혹하다. 여섯 대의 호송 마차가 오늘치 포도주를 싣고 기요틴을 향한다. 인간이 상상력을 기록하기 시작한 이래, 만족을 모르고 탐욕으로 번들거리는 모든 상상의 괴물들이 한데 모여, 오늘의 기요틴이 되었다. 한때 프랑스는 토양이 기름지고 기후가 온화했지만 혁명의 공포를 움트게 한 지금의 환경에서는 풀 한 포기, 잎사귀 하나, 뿌리 하나, 잔가지 하나, 후추 한 알조차 제대로 자라지 않는다. 만약 같은 망치로 인간성을 내려친다면 어느 시대의 인간이든 똑같이 일그러질 것이다. 누군가 똑같이 탐욕스러운 방종과 억압의 씨앗을 뿌린다면 어느 땅에서든 흉측하게 찌그러진 열매가 맺힐 것이다.

사형수를 태운 호송 마차 여섯 대가 거리를 굴러간다. 아, 강력한 마법사인 시간이여! 이 마차들을 본래 모습으로 되돌려 다오. 그러면 이것들은 절대 군주의 위엄 있는 사륜마차가 되고, 봉건 귀족의 호화찬란한 마차, 요부가 몸을 단장하던 화려한 객실이 되고, 하느님의 집이라 불리던 교회—그러나 사실은 탐욕스러운 도둑들의 소굴—가 되며, 굶주림에 신음하던 농민들의 초라한 오두막이 되리라.

하지만 그럴 수 없다. 시간이라는 위대한 마법사는 창조주의 명령 아래 오직 앞으로만 나아가며 그 손으로 일으킨 변화를 결코 되돌리지 않는다. 신비로운 아라비안나이트에 등장하는 예언자들은 마법에 걸린 자들을 향해 이렇게 말한다. "그대가 신의 뜻에 따라 이런 모습으로 변했다면 그대로 있으라! 하지만 그대가 단지 덧없는 마법으로 이런 모습이 되었다면 그대의 본래 모습으로 되돌아가라!" 사형수의 호송 마차들은 아무런 변화도, 희망도 없이 계속 굴러가기만 한다.

여섯 대의 마차, 칙칙한 바퀴들이 빙글빙글 돌며 군중 사이를 가르듯 길고 구불구불한 자국을 남겼다. 마차들이 쟁기처럼 앞으로 나아가자 수많은 얼굴이 길 양쪽으로 밀려나며 이랑을 이룬다. 이 거리의 집들에 사는 주민들은 이런 장면에 익숙할 대로 익숙한 탓인지 아무도 창밖을 내다보지 않는다. 어떤 이들은 일손을 멈추지도 않은 채 호송 마차에 실린 얼굴들을 눈으로 좇기만 한다. 어떤 이들은 자기 친지들을 집으로 초대한 뒤, 마치 공인된 해설자나 박물관 안내원이라도 된 양 여유로운 자태로 이 마차 저 마차를 손가락으로 가리킨다. 어제는 저 마차에 누가 앉았고, 그제는 누가 앉았는지 설명하는 것만 같다.

호송 마차에 실린 사형수들 가운데 몇몇은 이런 장면과 더불어, 이승의 마지막 거리 풍경을 멍하니 바라본다. 삶과 인간에 미련이 남아 있는 듯 호기심 어린 눈으로 주변을 바라보는 사형수들도 있다. 고개를 폭 숙인 채 묵묵히 절망에 잠겨 있는 사형수들이 있는가 하면, 자신이 어떻게 보일지 무척 신경쓰면서 연극이나 그림에서나 볼 법한 시선을 군중에게 던지는 사형수들도 있다. 두 눈을 감은 채 생각에 잠기거나 흐트러진 마음을 다잡으려고 애쓰는 사형수들도 있다. 오직 한 사람, 미치광이 같은 몰골의 가련한 사내 한 명만 극심한 공포에 질려 정신이 혼미해진 나머지 노래를 부르고 춤까지 출 기세다. 하지만 표정으로든 몸짓으로든 군중의 연민에 호소하려는 이는 아무도 없다.

말 탄 호위대가 호송 마차와 길가에서 나란히 달리고 있다. 사람들은 종종 말 탄 호위병을 올려다보며 뭐라고 묻는다. 항상 같은 질문인 듯하다. 질문을 던진 뒤에는 하나같이 세 번째 수레 쪽으로 몰려들기 때문이다. 그 수레와 나란히 달리는 호위병은 수레 안에 탄 사내를 자주 칼끝으로 가리키고는 한다. 다들 누가 그 사내인지 가장 궁금해한다. 사내는 호송 마차 뒤쪽 구석에서 고개를 숙인 채 옆에 앉은 처녀와 이야기를 나누고 있다. 아직 소녀티를 완전히 벗지 못한 듯한 처녀는 사내의 손을 꼭 움켜쥐고 있다. 사내는 자신을 둘러싼 광경에는 아무런 호기심도 관심도 보이지 않고 처녀에게만 말을 건넨다. 생토노레 거리를 가득 메운 군중이 사내를 향해 야유를 터뜨린다. 그 야유 소리에 사내는 별다른 반응을 보이지 않는다. 기껏해야 입가에 미소를 머금은 채 머리카락이 좀 더 얼굴을 가리도록 고개를 살짝 흔드는 것이 전부다. 사내는 두 팔이 묶여 있어서 손으로 얼굴을 만질 수 없다.

교회 계단에서 첩자이자 감옥의 양인 남자가 사형수 호송 마차가 올라오기를 기다리고 있다. 그는 첫 번째 마차 안을 들여다본다. 그가 찾는 사람이 없다. 두 번째 마차 안을 들여다본다. 그곳에도 없다. 그는 나지막이 중얼거린다. "나를 배신할 셈인가?" 그때 세 번째 마차가 다가오고, 그는 그 안을 들여다본다. 그의 얼굴이 환해진다.

"누가 에브레몽드야?" 첩자의 뒤에 선 사내가 묻는다.

"저자, 저기 뒷자리."

"젊은 여자의 손을 잡고 있는 녀석인가?"

"그래."

사내가 갑자기 소리친다. "타도하라, 에브레몽드! 모든 귀족을 기요 틴으로! 타도하라, 에브레몽드!"

"쉿, 쉿!" 첩자가 조심스레 말린다.

"왜 그만하라는 거야, 시민 동지?"

"저자는 지금 죗값을 치르러 가는 길이잖아. 어차피 오 분 뒤면 죽을 텐데, 그때까지만이라도 마음껏 숨 쉬게 놔두자고."

하지만 사내는 계속해서 "타도하라, 에브레몽드!"라고 외친다. 에브레몽드의 얼굴이 사내가 서 있는 쪽으로 향한다. 에브레몽드는 첩자가 누구인지 아는 듯, 잠시 주의 깊게 바라보고는 얼굴을 돌린다.

시계가 세 시를 알린다. 그 바퀴가 지나간 자리는 마치 쟁기가 갈아놓은 밭고랑처럼, 수많은 얼굴들이 일렬로 파이고 뒤틀린다. 이윽고 마지막 쟁기가 지나가자, 길 양쪽으로 밀려난 얼굴들이 곧 무너져 내려서 다시 뒤를 가로막는다. 모든 사람이 기요틴을 따라가고 있기 때문이다. 기요틴 앞에는 마치 공공 정원 한쪽에 마련된 쉼터라도 되는 듯 의자들이 늘어서 있다. 여자들은 거기 앉아서 부지런히 뜨개질하고 있다. 방장스는 맨 앞줄에 있는 의자 위로 올라가서 연신 두리번거린다.

"테레즈!" 방장스가 새청맞은 목소리로 외친다. "누구 테레즈 드파르주 본 사람 없어요?"

"이제껏 한 번도 빠진 적 없는데." 뜨개질하는 여자들 가운데 한 명이 말한다.

"빠진 적 없어. 이번에도 그럴 거고. 테레즈!" 방장스가 안달하며 다시 크게 외친다.

"크게 불러봐." 옆자리 여자가 거든다.

그래, 더 크게! 방장스여, 한껏 크게 외쳐라. 그래도 테레즈는 그대의 목소리를 듣지 못할 테니. 그러나 방장스여, 아무리 크게 외친다고 한들 소용없다. 심지어 그대가 욕지기를 섞어 외친다고 한들 테레즈는 나타나지 못할 것이다. 방장스여, 테레즈가 어딘가에서 뜨개질하고 있을지도 모르니 여자들을 이곳저곳에 보내 샅샅이 뒤지게 해보라! 그래도 끝내 찾지 못할 것이다. 지금까지 그대의 전령들이 온갖 끔찍한 짓을 저질러왔지만 테레즈를 찾겠다고 자진해서 저세상까지 가지는 않을 테니!

"운도 없지!" 방장스가 의자에서 발을 구르며 외친다. "벌써 호송 마차가 도착하다니! 에브레몽드는 눈 깜짝할 사이에 처형될 텐데, 아직도 안 오다니! 뜨개질감도 내 손에 있고 자리까지 맡아놓았는데. 속상하고 분해서 눈물이 다 날 지경이야!"

방장스가 처형 장면을 보려고 비로소 의자에서 내려왔을 때 호송 마차에서 짐을 부리기 시작한다. 성 '기요틴'의 사제들이 예복을 갖춰 입고 대령하고 있다. 쿵! 하는 소리가 난다. 이윽고 머리 하나가 들어올려진다. 뜨개질하던 여자들은 그 머리의 주인이 생각하고 말할 수 있을 적에는 눈길조차 주지 않다가, 일제히 숫자를 센다. "하나!"

두 번째 호송 마차가 짐을 부려놓고 떠난다. 세 번째 호송 마차가 도착한다. 쿵! 뜨개질하는 여자들은 일손을 주저하지도 멈추지도 않은 채 수를 센다. "둘!"

에브레몽드로 추정되는 사내가 호송 마차에서 내린다. 그 뒤를 이어 재봉사 처녀가 사내의 부축을 받으며 내린다. 사내는 마차에서 내릴 때도 재봉사 처녀가 차분히 내민 손을 놓지 않는다. 약속했던 대

세 번째 마차, 시드니 카턴과 무고한 희생자

로 계속 잡고 있다. 그는 재봉사 처녀가 기계를 등지고 설 수 있도록 부드럽게 돌려세운다. 기계는 쉼 없이 휙휙 소리를 내며 올라갔다가 떨어지기를 반복한다. 재봉사 처녀가 사내의 얼굴을 바라보며 고맙다고 말한다.

"낯선 분이여, 선생님이 아니었으면 저는 이 자리에 이처럼 차분히 있지는 못했을 거예요. 저는 보잘것없는 데다가 본디 겁도 많고 마음도 약하거든요. 게다가 오늘 이 순간, 우리에게 희망과 위안을 주시기 위해 돌아가신 주님을 떠올리지도 못했을 거예요. 하늘이 당신을 제게 보내주신 게 틀림없어요."

"아니, 오히려 하늘이 당신을 내게 보냈을 겁니다." 시드니 카턴이 말한다. "친애하는 아가씨, 나만 바라보고 계십시오. 다른 건 걱정하지 말고요."

"선생님 손을 잡고 있는 동안에는 아무 걱정이 없어요. 선생님의 손을 놓쳐도 신경 쓰지 않을게요. 저들이 빨리 목숨을 거둬주기만 한다면."

"잠깐이면 돼요. 두려워하지 말아요."

두 사람은 빠르게 줄어드는 희생자들 가운데 서 있으면서도 마치 단둘만 있는 듯 태연하게 이야기를 나눈다. 눈과 눈으로, 목소리와 목소리로, 손과 손으로, 마음과 마음으로 두 사람은 마주하고 있다. 평소였다면 동떨어져 서로 다른 삶을 살고 있겠지만 지금 이 순간만큼은 우주라는 한 어머니 품 안에 난 두 아이처럼 어둠의 길목에서 만나 함께 집으로 돌아가듯 그 품속에서 잠들 준비를 하고 있었다.

"용감하고 너그러우신 선생님, 마지막으로 한 가지 여쭤봐도 될까요? 저는 아무것도 모르지만 왠지 마음이 쓰여요. 대단한 건 아니지만요."

"뭔지 말해봐요."

"제게 사촌이 하나 있어요. 제 유일한 혈육으로 저처럼 고아예요. 제가 무척 사랑하는 동생이고요. 저보다 다섯 살 어리고, 남쪽 지방의 농가에서 살고 있어요. 저희는 가난 때문에 헤어졌는데, 동생은 제가 죽는 걸 전혀 몰라요. 저는 글을 모르거든요. 설령 글을 알았다 해도 이런 처지를 어떻게 편지로 전하겠어요! 그냥 이대로 가만히 있는 편이 낫겠지요?"

"그래, 맞아요. 이대로가 나아요."

"이곳에 오는 길에 줄곧 생각한 게 있어요. 제게 큰 위안을 주시는 선생님의 다정하고 굳건한 얼굴을 대하는 지금도 생각하고 있죠. 바로 이런 생각이에요. 만약 공화국이 정말로 가난한 사람들에게 좋은 일을 하고, 그래서 그들이 덜 굶주리고 여러모로 고생도 덜 하게 된다면 그 아이는 오래 살 수 있지 않을까 싶어요. 어쩌면 노인이 될 때까지 살 수도 있겠죠."

"그러면요? 그다음에는 어떻게 될까요, 착한 아가씨?"

"선생님 생각은요?" 인내심 많고 남 원망할 줄 모르는 처녀의 두 눈에는 눈물이 가득 맺혀 있고, 살짝 벌어진 입술은 파르르 떨린다. "선생님이나 저나 자비로운 하느님의 은총으로 더 좋은 곳에서 편안히 쉬게 될 거라고 믿는데요, 혹시 그곳에서 제가 동생을 기다릴 때 시간이 길게 느껴질까요?"

"그렇지 않을 거예요, 아가씨. 그곳에서는 시간이란 게 없어요. 고통이란 것도 없고요."

"선생님 덕분에 정말 큰 위로가 되네요! 저는 이렇게 뭐 하나 제대로 아는 게 없답니다. 이제 선생님께 입 맞춰도 될까요? 시간이 다 되었겠지요?"

"그래요."

재봉사 처녀가 시드니 카턴의 입술에 입을 맞춘다. 시드니도 처녀의 입술에 입을 갖다 댄다. 두 사람은 서로에게 엄숙히 신의 가호를 빌어준다. 시드니가 처녀의 손을 놓아도 그녀의 야윈 손은 떨리지 않

는다. 차분하고 상냥한 얼굴에는 결의에 찬 밝은 표정뿐, 아무런 흔들
림도 없다. 처녀가 시드니보다 먼저 나가고, 먼저 사라진다. 뜨개질하
는 여자들이 수를 센다. "스물둘!"

"예수께서 이르시되 나는 부활이요 생명이니 나를 믿는 자는 죽어
도 살겠고 무릇 살아서 나를 믿는 자는 영원히 죽지 아니하리니…."

수많은 목소리가 뒤섞여 웅성거리고, 수많은 얼굴이 위를 향해 올
려다본다. 군중의 가장자리에서부터 몰려온 발소리의 물결이 거대한
파도처럼 눈앞에서 솟구쳤다가 이내 사라진다.

"스물셋!"

⸸⸸⸸

그날 밤 도시 곳곳에서는 사내에 대한 수많은 뒷이야기가 나돌았
다. 사람들은 처형장에서 그토록 평온한 얼굴은 한 번도 본 적이 없
었다고들 했다. 사내의 얼굴이 숭고한 예언자의 모습이었다고 말하
는 사람도 적지 않았다.

얼마 전, 그와 똑같은 칼날 아래서 목숨을 잃은 이 가운데 기억할
만한 여자가 있었다. 그 여자는 기요틴 밑에서 자기 머릿속에 떠오른
생각을 받아적게 해달라고 요구했다.[83] 만약 시드니도 자기 생각을
남겼다면 그리고 그것들이 예언의 형태를 띠었다면 아마도 다음과
같으리라.

"나는 바사드와 클라이, 드파르주와 방장스, 배심원과 판사를 본다.

---

[83] 지롱드파의 핵심 인물인 롤랑 부인은 기요틴에 처형되기 직전 종이와 펜을 달라고 요
청했다가 거절당하자, "오! 자유여, 그대의 이름으로 얼마나 많은 죄를 범할 것인가!"라
는 말을 남기고 생을 마감했다고 한다.

제3부 폭풍의 진로

그리고 옛 압제자들의 폐허 위에서 태어난 새로운 압제자들의 긴 행렬도 본다. 앙갚음의 도구가 그 주어진 역할을 다하기도 전에, 그들이 모두 그 도구로써 멸망하는 것을 본다. 나는 이 절망의 구렁텅이에서 일어선 아름다운 도시와 눈부시게 빛나는 사람들을 본다. 그리고 그들이 긴 세월에 걸쳐 진정한 자유를 얻으려고 투쟁하는 가운데 승리와 패배를 거듭하는 모습을, 이 시대의 죄악과 그것을 잉태한 지난 시대의 죄악이 스스로 속죄함으로써 소멸해가는 모습을 본다.

나는 비록 영국 땅을 두 번 다시 밟지 못할 것이나, 내가 목숨 바쳐 구한 존재들이 그 땅에서, 평화롭고, 보람되고, 풍요롭고, 행복하게 살아가는 모습을 본다. 나는 그녀가 내 이름을 딴 어린아이를 품에 안고 있는 모습을 본다. 그녀의 아버지는 늙고 구부정하긴 하나, 다행히 온전히 건강을 회복하여 그의 진찰실을 찾는 모든 이를 성심껏 대하며 평화로이 살아간다. 오랜 세월 가족의 친구였던 그 선량한 노인은 십 년 후 자신이 가진 것을 모두 내주어 가족의 삶을 풍요롭게 하고 평온히 하늘나라로 떠난다.

나는 내가 그들의 마음속에 남아 있는 모습을 본다. 그리고 먼 훗날 그 자손들의 마음에도 성스럽고 편안한 안식처로 남아 있는 모습을 본다. 나는 세월이 흘러 노파가 된 그녀가 매년 오늘이 되면 나를 기리며 눈물짓는 모습을 본다. 그녀와 남편이 생을 마치는 순간에 그들의 침대에 마지막으로 나란히 누운 모습을 본다. 그리고 나는 잘 알고 있다. 그들이 서로의 영혼 속에 귀하고 성스러운 존재로 자리하였듯이, 나도 마찬가지로 두 사람의 영혼 속에 그렇게 자리하였다는 것을.

나는 그녀의 품에 안긴, 내 이름을 물려받은 아이를 본다. 그 아이는 어른이 되어 한때 내가 걸었던 인생의 길을 훌륭히 개척한다. 그

가 자신에게 주어진 길을 성실히 걸어감으로써 그의 이름 아래서 내
이름 또한 다시 빛난다. 그때 내가 그 이름에 남긴 모든 오점이 깨끗
이 지워지는 것을 본다.

　나는 장성한 아이가 공정한 판사들과 명예로운 인물들을 뒤에 거
느린 채 내 이름을 물려받은 또 다른 소년을 이 장소로 데려오는 것
을 본다. 그 소년의 이마가 왠지 낯익고, 머리카락은 금빛으로 반짝
인다. 이 장소에서 오늘날의 흉측한 모습은 흔적 없이 사라지고 그저
아름다움으로 빛나는 모습을 본다. 그리고 나는 듣는다. 장성한 아이
가 그 소년에게 내 이야기를 더듬거리면서도 다정하게 들려주는 목
소리를.

　내가 이제부터 하려는 일은 지금껏 해온 그 어떠한 일보다도 훨씬
더 근사하다. 내가 이제부터 가려는 길은 지금껏 걸어온 그 어떠한
길보다도 훨씬 더 평안하다."

두 도시의 평행우주:

런던의 이성과 파리의 광기가 충돌하다

정회성

1부. 찰스 디킨스의 생애와 문학 세계:
기자, 속기사, 그리고 사회 개혁가

1. 문학과 산업혁명의 만남, 대중작가의 탄생

19세기 빅토리아 시대 영국에서 독자들에게 가장 많은 사랑을 받은 작가는 단연 찰스 디킨스(Charles John Huffam Dickens, 1812‒1870)이다. 그의 나이 20대에 이미 폭넓은 독자층을 확보한 그는, 사후 150여 년이 지난 지금도 셰익스피어와 함께 영국 문학을 대표하는 상징적 존재로 남아 있다.

디킨스는 예술성과 상업성을 성공적으로 결합한 최초의 작가로 평가받고 있다. 그가 작가로서 성공한 데에는 19세기 이후 급격히 대중화된 '소설'이라는 장르의 발전과, 교육 확대로 독서 인구가 크게 증가하고 작가들의 권리를 보호하기 위한 법적 제도가 마련되기 시작한 사회적 변화도 한몫했다. 특히 산업혁명으로 인한 중산층의 성장과 인쇄술의 발달 그리고 정기간행물 문화의 확산은 디킨스가 활동할 수 있는 최적의 문학적 토양을 제공했다.

디킨스의 명성은 당시 '해가 지지 않는 나라'였던 빅토리아 대영제국의 권위와 깊게 연결되어 있다. 그는 '런던의 전도사'로 불릴 만큼 작품의 무대를 대부분 런던으로 삼았다. 『어려운 시절』(1854)을 제외한 모든 작품에 런던의 풍경이 생생하게 묘사되어 있는데, 그의 펜은 템스강변에서 이스트엔드의 빈민가까지, 웨스트민스터에서 시티까지 런던 곳곳을 세밀하게 그리면서 런던을 세계적인 도시로 각인시키는 데 큰 역할을 했다.

2. 빈곤이 그를 키우고, 연민이 그를 썼다 (1812-1827)

1812년 2월 7일 영국 남부 포츠머스에서 태어난 디킨스는 경제적 어려움을 겪는 가정에서 성장했다. 아버지 존 디킨스(John Dickens)는 해군 경리국 사무원이었지만 씀씀이가 헤픈 탓에 걸핏하면 빚을 졌다. 어머니 엘리자베스 배로(Elizabeth Barrow)는 교사 출신이었으나 경제적 능력은 없었다. 이따금 냉정하지만 대체로 밝고 선량한 어머니는 빠듯한 살림을 꾸려나가면서도 어린 디킨스에게 틈틈이 동화와 소설을 읽어줌으로써 문학적 소양을 다지도록 도왔다.

소년 시절 디킨스는 어려운 가정 형편에도 불구하고 셰익스피어, 세르반테스, 다니엘 디포, 헨리 필딩과 같은 고전 작가의 작품을 탐독하며 감수성과 상상력을 키웠다. 특히 『로빈슨 크루소』, 『톰 존스』, 『길 블라스』 등을 통해 서사 문학의 매력에 빠졌고, 종종 거리 풍경과 사람들을 유심히 관찰함으로써 일찌감치 작가로서의 싹을 틔웠다.

하지만 아버지의 잦은 이사와 채무 문제로 디킨스의 집안 형편은 갈수록 악화되었다. 1822년 런던 캠던 타운에 정착했으나 상황은 좀처럼 나아지지 않았다. 가족의 재정적 어려움은 1824년 아버지의 채무자 감옥 수감으로 절정에 달했다. 당시 열두 살인 디킨스는 생계를 위해 구두약 공장에서 힘든 노동을 해야만 했다. 그는 매일 10시간씩 일하며 주당 6실링을 받았는데, 공장 노동자로서 겪은 고단함과 외로움은 그에게 깊은 상처를 남겼지만 동시에 문학적 자산이 되어 작품 전반에 상당한 영향을 끼쳤다.

빈곤, 감옥, 사회적 부조리, 신분 상승에 대한 집념 등 디킨스 문학에서 반복적으로 나타나는 주제들은 바로 그 무렵에 형성된 것이다. 특히 어린 시절의 절망적 체험은 후에 그로 하여금 사회 하층민과 소외계층에 대한 깊은 공감과 연민을 갖게 했으며, 이는 그의 모든 작품을 관통하는 휴머니즘의 원천이 되었다.

3. 기자에서 작가로: 문학적 여정의 시작 (1827-1836)

아버지가 석방된 뒤 디킨스는 웰링턴 하우스 아카데미에 입학했으나, 2년 뒤인 1827년 집안 사정으로 학교를 그만두고 변호사 사무실의 사환으로 일했다. 이후 속기술을 익혀 1832년부터 의회 속기 기자로 일하기 시작했다.

의회 기자로서의 경험은 그에게 정치와 사회 제도에 대한 깊은 통찰력을 제공했으며, 특히 정치인들의 위선과 부패한 관료제에 대한 비판적 시각을 형성하는 데 결정적 역할을 했다.

그 무렵 디킨스는 기자로 활동하며 만난 마리아 비드넬과 사랑에 빠졌지만, 비드넬의 부모가 그녀를 파리로 유학 보내면서 헤어지게 되었다. 이 첫사랑의 좌절은 그에게 깊은 상처를 남겼고, 후에 『리틀 도릿』의 플로라 피니칭이나 『위대한 유산』의 에스텔라와 같은 여성 캐릭터 창조에 영향을 미쳤다.

디킨스는 법원 출입 기자로도 활동하면서 런던 사람들의 삶과 사회상을 깊이 들여다보았다. 그 결과 런던 거리를 배경으로 소시민의 삶을 그린 단편 「포플러 거리의 만찬」(1833)을 『먼슬리 매거진』에 발표했다. 그리고 기자로서의 경험을 살려 런던의 일상과 다양한 풍속을 담은 『보즈의 스케치』(1836)를 '보즈'(Boz)라는 필명으로 발표함

으로써 큰 인기를 얻었다. 같은 해 디킨스는 자신이 기자로 근무하던
『더 모닝 크로니클』의 편집자 조지 호가스(George Hogarth)의 딸 캐서
린 호가스(Catherine Hogarth)와 결혼했다.

4. 웃음으로 세상을 바꾼 사회 개혁가 (1837-1842)

25세 때인 1837년에는 첫 장편 『픽윅 클럽 여행기』를 발표했다. 소박
하고 유머 넘치는 등장인물들의 여행기를 통해 인간애와 사회적 풍
자를 담아낸 이 작품은 큰 성공을 거두어 디킨스는 일약 유명 작가의
반열에 올랐다. 이 작품의 성공은 단순히 문학적 성취에 그치지 않고,
연재소설이라는 새로운 출판 형태의 가능성을 보여주며 19세기 문학
출판계에 혁명을 일으켰다.

이듬해 발표한 『올리버 트위스트』(1838)도 반응이 상당했다. 고아
소년 올리버가 빈민층과 노동교화소의 혹독한 현실을 견디며 인간의
존엄을 지키는 과정을 통해 당시 영국 사회의 불평등과 불의를 날카
롭게 비판한 이 작품은 출간된 뒤 여러 차례 각색되어 무대에 올려질
정도로 선풍적인 인기를 끌었다. 특히 구빈법(Poor Law) 개정과 노동
교화소의 비인간적 운영에 대한 신랄한 비판은 당시 사회에 큰 파장
을 일으켰다.

다음 해인 1839년에 발표한 『니컬러스 니클비』는 학대받는 아이들
을 위한 교육기관의 열악함과 학대의 현실을 폭로하며 사회적 개혁
을 촉구한 작품이다. 이 또한 인기를 끌며 대중과 평단의 호평을 받
았을 뿐 아니라, 실제로 요크셔 지역 사립학교들의 교육환경 개선에
기여하는 사회적 효과까지 거두었다.

1841년에는 순수한 소녀 넬의 비극적 운명을 중심으로 산업화와
도시화가 초래한 비정함을 그린 『오래된 골동품 상점』을 발표해 독

자들의 깊은 공감을 얻었다. 그리고 같은 해『바너비 러지』도 발표했는데, 1780년 반가톨릭 폭동(Gordon Riots)을 배경으로 역사적 사건 속에서 개인과 군중의 심리를 섬세하게 묘사한 이 작품을 통해 디킨스는 역사 소설가로서의 입지를 확고히 다졌다.

5. 성숙기: 사회비판과 인간애, 디킨스 문학의 두 축 (1843-1857)

1842년에는 아내 캐서린과 함께 미국과 캐나다를 포함한 북미 지역을 방문했다. 디킨스는 이때의 경험을 바탕으로 미국 사회의 위선과 노예제를 비판한『아메리칸 노트』를 발표했고, 2년 뒤에는 미국을 풍자적으로 묘사한『마틴 처즐위트』를 통해 인간의 탐욕과 위선을 날카롭게 비판했다. 디킨스는 두 작품으로 영국을 넘어 미국 평단에 큰 파장을 일으키며 뜨거운 주목을 받았다.

1843년에는 크리스마스를 배경으로 한『크리스마스 캐럴』을 발표했는데, 인색한 사업가 스크루지의 도덕적 각성을 통해 크리스마스의 의미와 인간의 따뜻함을 그린 이 작품은 영국과 미국은 물론이고 세계적으로 선풍적인 인기를 끌기 시작해 오늘날까지 크리스마스의 상징적인 작품으로 사랑받고 있다. 이 작품은 디킨스 특유의 사회 비판을 넘어서 인간의 도덕적 회생 가능성에 대한 희망을 제시한 점에서 특별한 의미를 갖는다.

디킨스는 그 뒤로도 부와 권력 중심의 가족 관계가 인간성을 어떻게 파괴하는지를 풍자적으로 그린『돔비와 아들』(1848)을 비롯해 자신의 어린 시절과 성장 과정을 진솔하게 묘사한『데이비드 코퍼필드』(1850)를 발표함으로써 독자들로부터 큰 공감을 얻었다. 특히『데이비드 코퍼필드』는 디킨스 자신이 "내 마음의 아이"라고 불렀을 만큼 애착을 보인 작품으로, 자전적 요소가 강하게 반영되어 있다.

또한 부패한 법률 제도와 그로 인해 파괴되는 개인의 삶을 날카롭게 비판한『블릭 하우스』(1853)와 산업혁명 시기의 공리주의에 입각한 비인간적 교육과 산업 도시의 비인간적 환경을 고발한『어려운 시절』(1854)을 발표해 대중의 열광적인 사랑과 지지를 받는 작가로 부상했다. 디킨스는 사회의 그늘에 자리한 빈곤층과 소외 계층에 지대한 관심을 기울였다. 이를 증명하는 작품 가운데 하나가 사회 전반이 감옥 같은 구조 속에서 개인의 삶이 어떻게 억압받는지를 묘사한『리틀 도릿』(1857)이다.

6. 끝까지 글로 싸운 인간, 디킨스의 마지막 여정 (1858-1870)

개인적으로는 그다지 행복하지 못했던 디킨스는 아내 캐서린과의 사이에 열 명의 자녀를 두었지만, 결혼한 지 22년째인 1858년 결국 두 사람은 별거하게 되었다. 이 시기 디킨스는 젊은 여배우 엘런 터넌과의 밀애 관계로 인해 개인적 갈등을 겪었으나, 작품 활동만큼은 중단하지 않았다.

1859년 주간지『올 더 이어 라운드』를 창간하여 그해부터『두 도시 이야기』를 연재했다. 만년에 이르러 디킨스는『위대한 유산』(1861)을 통해 신분 상승과 금전적 욕망에 대한 환상이 인간성을 어떻게 왜곡시키는지를 보여주었다. 아울러『우리 공통의 친구』(1865)로는 탐욕과 부패로 얼룩진 사회를 비판함과 동시에 사랑과 인간적 관계의 중요성을 강조했다.

이렇듯 디킨스는 사회 문제를 비판하는 작품을 지속적으로 발표함으로써 독자들 사이에서 늘 화제의 작가로 끊임없는 인기를 얻었다. 게다가 범죄의 이중성과 도덕적 문제를 다룬『에드윈 드루드의 미스터리』(1870)를 쓰기 시작했는데, 끝을 맺지 못한 채 과로에 인한 심장

마비로 1870년 6월 9일 세상을 떠났다. 그러고는 닷새 뒤인 6월 14일 그의 평소 바람대로 웨스트민스터 사원의 시인 묘역에 안장되었다.

2부. 『두 도시 이야기』 작품론:
'최고의 시절, 최악의 시절', 프랑스 혁명의 해부

1. 작품 개관과 시대적 배경

찰스 디킨스의 대표작 가운데 하나인 『두 도시 이야기』는 빅토리아 시대의 문학을 대표하는 역사 소설로, 19세기 문학 전체를 통틀어 가장 널리 읽히는 작품 중 하나다. 디킨스는 이 작품을 통해 18세기 말 프랑스 혁명을 배경으로 영국 런던과 프랑스 파리라는 두 도시가 겪은 격변의 시대가 어떠했는지를 생동감 있게 펼쳐 보인다. 특히 그는 다음과 같은 유명한 첫 문장으로 독자를 단번에 사로잡는다.

"최고의 시절이었고 최악의 시절이었다. 지혜의 시대였고 어리석음의 시대였다."

이 대조법을 통한 시작은 작품 전체를 관통하는 이중성과 모순의 주제를 예고하며, 혁명 시대의 복합적 성격을 압축적으로 보여준다.

작품의 시대적 배경인 1775년부터 1794년까지는 프랑스 역사상 가장 격동적인 시기였다. 루이 16세의 전제 정치, 귀족들의 방탕과 부패, 삼부회의 소집, 바스티유 감옥 습격, 인권선언, 왕정 폐지, 공포 정치에 이르기까지 불과 20년간 프랑스 사회 전체가 뒤바뀌는 대변혁을 겪었다. 디킨스는 이러한 역사적 사실을 바탕으로 하되, 개인의 운명과 사랑, 복수, 희생이라는 보편적 주제를 직조해 넣음으로써 역사 소설의 새로운 경지를 개척했다.

2. 혁명과 인간: 역사적 격변의 생동감 있는 재현

이 작품을 읽다 보면 혁명을 전후한 사회상이 극적으로 교차하는 가운데 귀족 계층의 부패와 빈민층의 비참한 삶이 냉혹하게 대비되는 것을 눈으로 보듯 확인하면서, 폭력과 뜨거운 혁명의 열기를 온몸으로 느끼게 된다. 작가 디킨스는 귀족의 오만과 민중의 분노가 충돌하며 빚어내는 잔혹한 결과를 현장감 넘치게 서술함으로써 독자들이 혁명적 공기를 몸소 체험하도록 이끈다.

특히 생 앙투안 지구의 포도주 통이 깨져 붉은 포도주가 거리에 흐르는 장면은 곧 흘러나올 피를 상징적으로 예고하며, 마담 드파르주가 뜨개질하며 복수의 명단을 작성하는 모습은 혁명의 조직적이면서도 개인적인 성격을 극명하게 보여준다. 바스티유 감옥 습격, 베르사유 행진, 기요틴 처형 등의 역사적 사건들은 단순한 배경이 아니라 인물들의 운명을 좌우하는 결정적 요인으로 작용한다.

디킨스는 1789년 혁명 발발에서 자코뱅파의 공포 정치에 이르기까지 기요틴 처형과 폭도들의 광기 그리고 그 뒤에 도사린 인간적 고뇌를 긴박하게 묘사함으로써 사실감을 한껏 끌어올린다. 그와 함께 역사 속 폭력과 인간성을 지키려는 노력 사이의 갈등을 예리하게 포착해 독자들이 깊이 있는 성찰을 하도록 독려한다. 또 귀족 사회의 병폐, 불합리한 사법 제도, 부유층의 무관심이 혁명의 도화선이 되었음을 지적하는 동시에 지나친 폭력이 어떻게 비극을 낳는지를 보여줌으로써 혁명의 아이러니를 느낄 수 있게 한다.

3. 세 인물로 본 인간의 빛과 그림자

작품의 주요 인물들은 각각 상징적 의미를 지니며 복합적인 관계망을 형성한다. 억울하게 바스티유 감옥에 수감되었다가 풀려난 마네트 박사는 딸 루시와 재회해 평온한 삶을 꿈꾸지만, 혁명의 소용돌이는 그들을 쉽사리 놓아주지 않는다. 18년간의 감금으로 인한 정신적 외상은 그를 때때로 과거로 되돌려 보내며, 이는 개인이 역사적 상처로부터 완전히 자유로울 수 없음을 상징적으로 보여준다.

루시를 사랑하는 찰스 다네이는 프랑스 귀족 출신이면서도 귀족의 악행을 부끄러워한 나머지 영국으로 망명한 인물이다. 그는 과거의 죄악과 결별하려 하지만 결국 조상의 죄악에 대한 책임을 져야 하는 운명에 처한다. 이는 개인이 역사와 혈통으로부터 완전히 벗어날 수 없다는 숙명적 주제를 드러나게 한다.

그리고 그와 외모가 닮은 시드니 카턴은 무기력한 생활 끝에 루시를 통해 삶의 의미를 발견하고 극적인 희생을 택하는 이타적인 인물이다. 카턴의 캐릭터는 디킨스가 창조한 인물 중에서도 가장 복합적이고 매력적인 존재로, 자기혐오와 숭고한 사랑이 공존하는 인간의 이중성을 보여준다.

한편 복수에 사로잡힌 마담 드파르주는 혁명의 파괴적 측면을 체현하는 인물로, 개인적 원한이 정치적 이념과 결합할 때의 위험성을 경고한다. 그녀의 뜨개질은 복수의 명단을 기록하는 상징적 행위로, 기억과 복수의 지속성을 나타낸다.

4. 핵심 주제: 부활과 속죄의 변주

작품의 핵심 모티프는 '부활과 속죄'(Resurrection and Redemption)라고 할 수 있다. 기나긴 감금 끝에 '죽음 같은 삶'에서 깨어나는 마네트 박사 그리고 무가치하다고 여긴 자신의 인생을 희생을 통해 고귀하게 승화시키는 시드니 카턴은 혼란 속에서도 선과 희망을 추구하는 인간의 가능성을 보여준다.

특히 카턴의 마지막 독백은 작품의 정신적 클라이맥스를 이룬다. "내가 이제부터 하려는 일은 지금껏 해온 그 어떠한 일보다도 훨씬 더 근사하다. 내가 이제부터 가려는 길은 지금껏 걸어온 그 어떤 길보다도 훨씬 더 평안하다."

이 대사는 독자에게 깊은 울림과 함께 고전적 감동을 선사하며, 죽음을 통한 부활이라는 기독교적 주제를 세속적 맥락에서 재해석한 것이다.

부활의 주제는 작품 전반에 걸쳐 다양한 층위로 전개된다. 마네트 박사의 정신적 부활, 다네이의 도덕적 각성, 카턴의 영적 승화 등은 모두 개인적 차원의 부활을 나타내며, 한편으로는 프랑스 사회의 혁명적 변화 역시 낡은 질서의 죽음과 새로운 사회의 탄생이라는 거시적 부활로 해석될 수 있다.

5. 서사 기법과 문체적 특징

이 작품은 연재 소설의 장점이 극대화되어 있어 읽다 보면 자꾸만 다음 장면이 궁금해진다. 1859년 4월부터 11월까지 주간지 『올 더 이어 라운드』에 31회로 연재된 『두 도시 이야기』는 회차 말미마다 반전과 서스펜스를 배치해 독자의 호기심을 끊임없이 자극했고, 그 때문에 당시 독자들은 매주 등장인물들의 운명을 손에 땀을 쥐고 지켜보았다고 한다.

이 작품은 문체 면에서도 함축적이고 긴장감 있는 서술을 통해 『올리버 트위스트』나 『니컬러스 니클비』보다 짧고 간결한 구성을 취하고 있다. 특히 불필요한 감상주의를 줄이고 역사적 사건과 개인 드라마를 밀도 있게 결합함으로써 문장의 텐션을 계속 유지하고 있다. 그런 가운데 '박살이 난 포도주 통에서 거리에 붉은 액체가 흐르는 장면'처럼 상징적 장치를 곳곳에 배치해 일찌감치 혁명의 폭력을 예견할 수 있게 한다.

디킨스는 또한 대조법과 평행법을 효과적으로 구사한다. 런던과 파리, 마네트 박사와 다네이, 카턴과 다네이의 대조를 통해 주제 의식을 부각시키며, 개인사와 역사적 사건을 평행하게 배치함으로써 거시사와 미시사의 조화를 이룬다. 특히 회상과 현재, 예언적 서술이 교차하는 복합적 시간 구조는 인물들이 처한 운명의 필연성을 강조하는 효과를 거둔다.

6. 법률가 카턴, 인간의 양심으로 변론하다

이 작품은 '법과 문학'의 상관성 연구에도 중요한 소재를 제공한다. 문학 속 전형적 법률가는 대개 약자를 억압하거나 지나치게 고지식하게 법을 집행하는 인물로 묘사된다(『위대한 유산』의 재거스가 후자의 전형적 인물이다). 대중의 눈에는 이 작품의 스트라이버 같은 속물 변호사가 더욱 익숙할 것이다.

반면 시드니 카턴처럼 자신을 완전히 희생하는 법률가는 흔치 않은 만큼 낯설다. 카턴은 탁월한 능력과 선한 감성을 지녔음에도 그것을 자기 행복을 위해 쓰지 못하는 인물로, 비인간적인 법 제도에 회의하면서도 이를 개혁하려는 적극적 의지는 보이지 않는다. 그럼에도 사랑하는 여인을 위해 단호하게 자신의 생명을 바치는 것은 법률가의 차원을 넘어선 이타적 행위이자 숭고한 정신의 산물이라고 할 수 있다.

작품 속에서 법은 양면적 존재로 나타난다. 한편으로는 구체제의 불합리한 특권을 보호하는 억압 기제로, 다른 한편으로는 정의를 실현하는 수단으로 제시된다. 카턴의 법률적 지식은 다네이를 구하는

626

데 결정적 역할을 하지만, 동시에 그 자신은 법적 절차를 우회하는 극적 희생을 선택한다. 이는 제도적 정의의 한계와 개인적 희생의 윤리적 가치를 대비시키는 효과를 거둔다.

7. 150년의 생명력, 아직도 팔딱이는 고전

출간 직후부터 큰 호응을 얻은 『두 도시 이야기』는 연극, 영화, TV 드라마, 애니메이션, 뮤지컬 등으로 끊임없이 재탄생하며 "디킨스의 가장 위대한 소설", "2억 부 이상 판매된 베스트셀러"라는 수식어를 얻었다. 영화나 연극 등의 각색 과정에서 원작의 풍부한 언어유희와 세밀한 설정이 일부 생략되는 경우도 있지만 시드니 카턴의 숭고한 자기희생이라는 중심 플롯은 언제나 많은 사람에게 강렬한 울림을 주는 요소로 작용한다.

1789년 혁명기는 자유와 희망이 분출한 동시에 파괴와 학살이 난무한 시대였다. 이 작품이 던지는 핵심 질문은 사랑, 구원, 부활 그리고 혁명을 대하는 인간의 자세다. 디킨스는 극도의 혼란 속에서 역사의 수레바퀴가 개인을 얼마나 가혹하게 짓누를 수 있는지, 그리고 인간이 얼마나 숭고한 선택을 할 수 있는지를 직설적으로 묻는다.

이는 현대 사회에서도 여전히 유효한 화두다. 극단으로 치닫는 집단적 분노, 사회적 불평등, 변화와 혁신에 대한 갈망 속에서 개인의 윤리적·도덕적 선택이 어떤 의미를 갖는지 우리는 종종 되돌아보게 된다. 특히 21세기의 혁명적 변화—디지털 혁명, 기후 위기, 팬데믹 등—가 가져오는 사회적 혼란 속에서도 인간다운 가치와 연대의 중요성을 재확인하게 해주는 것이 작품의 현재적 의의라고 할 수 있다.

작품 속 각각의 인물은 입체적인 성격을 지닌다. 디킨스는 마네트 박사의 내면적 상처, 루시의 헌신, 찰스 다네이의 책임감, 시드니 카턴의 희생 등을 통해 선악 이분법을 넘어선 인간상을 구현해 보인다. 그리고 이로써 혁명이라는 거대한 소용돌이 속에서도 고결한 사랑과 숭고한 희생이 어떻게 희망의 불씨가 되는지를 보여준다.

8. 절망 속에서도 인간을 믿은 작가

세상을 거대한 감옥으로 보는 디킨스의 시각에 따르면,『두 도시 이야기』또한 감옥 이야기로 비칠 수 있다. 혁명 전 프랑스 사회는 감옥 같은 구조 탓에 붕괴되어 무정부 상태로 추락했다. 정치적이면서 종교적인 우화의 성격을 띤 이 소설은 이렇게 역설한다. 타락한 사회의 재건은 우정, 가족애, 영웅적 희생 등으로 가능하며, 그 모든 원동력이자 기초는 사랑이라고 말이다.

이야기는 끝까지 핵심 퍼즐을 서서히 드러내며, 마지막 조각이 맞춰질 때 비로소 치밀한 구조를 실감나게 보여준다. 독자는 책의 두께만큼이나 두꺼운 안개 속을 긴장감 속에 질주하다가 끝부분에서 확연히 드러나는 결말을 대하고 깊은 탄성을 터뜨리게 된다. 이렇게 긴 서사를 속도감 있게 끌고 가며 감동을 선사하는 작품은 드물다고 할 수 있다.

특히 디킨스는 역사적 필연성과 개인적 선택 사이의 변증법적 관계를 섬세하게 포착한다. 혁명은 역사적 필연이지만, 그 속에서 개인이 어떤 선택을 하느냐에 따라 파괴와 창조, 복수와 용서, 절망과 희망이 갈린다. 이러한 통찰은 현대 독자들에게도 깊은 성찰을 요구하며, 역사의 주체로서 개인의 책임과 가능성을 일깨운다.

결론적으로『두 도시 이야기』는 역사적 사실에 기반하면서도 사랑, 희생, 속죄, 구원을 노래한 문학적 걸작이다. 디킨스가 창조한 인물들의 희망과 고뇌, 폭력과 자비 사이의 갈등은 시대를 초월해 독자의 가슴을 울리며, 지금은 물론이고 앞으로도 "사랑과 희생이 절망을 넘어 세상을 구원할 수 있다"는 믿음을 깊이 심어줄 것이다. 이 작품이 150년 이상 사랑받아온 이유는 단순히 흥미로운 이야기 때문만이 아니라, 인간 존재의 근본적 가치에 대한 깊이 있는 탐구와 불멸의 휴머니즘 때문일 것이다.

찰스 디킨스 연보

1812년(출생)

2월 7일 영국 포츠머스에서 해군 경리국 사무원인 존 디킨스(John Dickens)와 교사인 엘리자베스 배로(Elizabeth Barrow)의 여덟 자녀 중 둘째로 태어남.

1817년(5세)

아버지 근무지인 켄트 주 채텀으로 이주. 유년 시절은 대체로 불우했으나 이 시기는 비교적 행복하게 생활함. 이 무렵부터 읽고 쓰는 법을 익히기 시작함.

1822년(10세)

경제적 어려움으로 여러 차례 이사를 다니던 가족이 아버지의 발령으로 런던 캠던 타운에 정착.

1824년(12세)

아버지가 빚을 갚지 못해 채무자 감옥에 석 달 동안 수감됨. 당시 관례에 따라 가족이 감옥에 거주하게 되자 디킨스는 홀로 하숙하며 구두약 공장에서 일함. 매일 열 시간씩 일하며 주당 6실링을 받았던 이 시기의 혹독한 경험은 훗날 여러 작품에 깊은 영향을 끼침.

1825년(13세)

아버지가 석방된 뒤 웰링턴 하우스 아카데미 입학.

1827년(15세)

집안 사정으로 학교를 그만두고 변호사 사무실의 사환으로 근무.

1832년(20세)

속기술을 익힌 뒤 의회의 속기 기자로 근무. 『데이비드 코퍼필드』(*David Copperfield*)의 '도라' 모델로 알려진 마리아 비드넬을 만나 사랑에 빠졌으나 비드넬의 부모가 그녀를 파리로 유학 보내면서 헤어짐.

1833년(21세)

『먼슬리 매거진』에 첫 단편 「포플러 거리의 만찬」(*A Dinner at Poplar Walk*) 발표.

1834년(22세)

『더 모닝 크로니클』의 기자로 근무. '보즈'(Boz)라는 필명으로 런던의 풍속과 일상을 그린 단편을 발표해 좋은 평가를 받음.

1835년(23세)

『더 모닝 크로니클』의 편집자 조지 호가스(George Hogarth)의 딸 캐서린과 약혼.

1836년(24세)

단편과 에세이를 모은 첫 작품집 『보즈의 스케치』(*Sketches by Boz*) 출간.
4월, 캐서린 호가스와 결혼.

1837년(25세)

1월, 열 자녀 중 첫째인 찰리 태어남. 6월, 연재 소설 형식으로 발표된 첫 장편 『픽윅 클럽 여행기』(*The Pickwick Papers*)를 단행본으로 출간해 큰 인기를 끌면서 유명 작가의 길을 걷기 시작함. 12월, 문예 잡지 『벤틀리스 미셀러니』의 초대 편집장을 맡음.

1838년(26세)

『벤틀리스 미셀러니』에 연재한 『올리버 트위스트』(*Oliver Twist*) 출간. 빈민과 고아 문제를 다룬 이 작품은 출간 뒤 다수의 표제작이 나올 정도로 선풍적인 인기를 끔.

1839년(27세)

『니컬러스 니클비』(*Nicholas Nickleby*) 출간.

런던 리젠트 파크로 이사.

1841년(29세)

장편 『오래된 골동품 상점』(*The Old Curiosity Shop*)과 첫 역사 소설 『바너비 러지』(*Barnaby Rudge*) 출간.

1842년(30세)

1월부터 6월까지 아내 캐서린과 함께 북미 지역 여행. 미국의 노예제도와 언론 환경에 대해 비판적 견해를 갖게 됨. 이 경험을 토대로 여행기 『아메리칸 노트』(*American Notes*) 출간.

1843년(31세)

크리스마스와 인간애를 주제로 쓴 『크리스마스 캐럴』(*A Christmas Carol*) 출간. 일주일 만에 6천 부가 판매되는 큰 성공을 거둠. 이 작품을 시작으로 몇 년 동안 크리스마스 시즌마다 '크리스마스 북'(Christmas Books) 출간.

1844년(32세)

『마틴 처즐위트』(*Martin Chuzzlewit*) 출간.

가족과 함께 이탈리아, 스위스, 프랑스를 여행.

두 번째 크리스마스 북 『종소리』(*The Chimes*) 출간.

1845년(33세)

가족과 함께 이탈리아에서 돌아옴.

세 번째 크리스마스 북 『화롯가의 귀뚜라미』(*The Cricket on the Hearth*) 출간.

1846년(34세)

여행기 『이탈리아의 초상』(*Pictures from Italy*)과 네 번째 크리스마스 북 『인생의 전투』(*The Battle of Life*) 출간.

1847년(35세)

집 없는 여성들의 쉼터인 '우라니아 코티지'(Urania Cottage) 설립.

1848년(36세)

장편 『돔비와 아들』(*Dombey and Son*)과 마지막 크리스마스 북 『유령에 홀린 남자와 유령의 거래』(*The Haunted Man and the Ghost's Bargain*) 출간.

1850년(38세)

주간지 『하우스홀드 워즈』 발간. 『데이비드 코퍼필드』 출간.

1851년(39세)

아버지에 이어 8개월 뒤 어머니도 사망함.

1853년(41세)

아홉 번째 장편 『블릭 하우스』(*Bleak House*) 출간.
『크리스마스 캐럴』과 『화롯가의 귀뚜라미』를 통해 자선 낭독회 개최.

1854년(42세)

『하우스홀드 워즈』에 연재하던 『어려운 시절』(*Hard Times*) 출간.

1857년(45세)

『리틀 도릿』(*Little Dorrit*) 출간.
윌키 콜린스(Wilkie Collins)의 연극 『얼어붙은 바다』의 연출을 맡고 배우로 출연하면서 배우 엘런 터넌(Ellen Ternan)과 사랑에 빠짐.

1858년(46세)

아내 캐서린과 별거.
4월부터 이듬해 2월까지 영국 49개 도시에서 129회의 낭독회 개최.

1859년(47세)

주간지『올 더 이어 라운드』발간. 4월 호부터 매주『두 도시 이야기』연재 후 출간. 12월 호에 게재된「귀신 들린 집」(*The Haunted House*)을 시작으로 1867년까지 매년 크리스마스 관련 단편 발표.

1861년(49세)

『올 더 이어 라운드』에 연재하던 열세 번째 장편『위대한 유산』(*Great Expectations*) 출간.

1862년(50세)

초자연 현상과 유령에 대한 관심으로 이 해에 창설된 '유령 클럽'(The Ghost Club)에 가입. 멤버 중에는 디킨스 외에 윌키 콜린스,『마지막 날들』(*The Last Days of Pompeii*) 저자 에드워드 블러 리튼(Edward Bulwer-Lytton)도 있었음.

1865년(53세)

엘런 터넌과 파리 여행에서 돌아오다 열차가 전복되는 '스테이플허스트 철도 사고'(Staplehurst rail crash)를 겪음. 신체적으로 큰 부상은 없었으나 큰 충격을 받아 단편「신호수」(*The Signalman*)를 비롯한 몇몇 환상 및 공포 소설의 토대가 됨. 생전의 마지막 장편『우리 공통의 친구』(*Our Mutual Friend*) 출간.

1867년(55세)

두 번째 미국 여행. 보스턴, 뉴욕, 워싱턴 등지에서 70여 회에 걸친 낭독회 개최.

1868년(56세)

미국에서 귀국 후 영국 전역을 돌며 낭독회를 진행하지만 과도한 일정으로 건강이 나빠짐.

1869년(57세)

4월, 낭독회 도중 랭커셔 프레스턴에서 마비 증세를 겪고 쓰러짐. 의사의 권유로 낭독회 취소.

1870년(58세)

6월 8일, 열두 권의 대작으로 기획된 미스터리 소설 『에드윈 드루드의 미스터리』(*The Mystery of Edwin Drood*)를 집필하던 중 심장마비로 쓰러져 의식을 회복하지 못하고 이튿날 세상을 떠남. 유언에 따라 웨스트민스터 사원의 시인 묘역(Poets' Corner)에 안장됨.

옮긴이 **정회성**

인하대학교 영문과를 졸업하고 도쿄대학교 대학원에서 비교문학을 공부했다. 성균관대학교와 명지대학교에서 번역 이론을 강의했고, 현재 인하대학교 영어영문학과 초빙교수로 재직하면서 문학 전문 번역가로 활동하고 있다. 『피그맨』으로 2012년 IBBY(국제아동청소년도서협의회) 어너리스트 번역 부문 상을 받았다.

옮긴 책으로 『1984』, 『에덴의 동쪽』, 『뻐꾸기 둥지 위로 날아간 새』, 『리브라』, 『아마존 최후의 부족』, 『휴먼 코미디』, 『침대』, 『어느 수학자의 변명』, 『골드바흐의 추측』, 『수학자의 공부』, 『어린 가정부 조앤』, 『첫사랑의 이름』, 『줄무늬 파자마를 입은 소년』, 『기적의 세기』, 『온 뷰티』, 『런던 NW』, 『월든』, 『위대한 개츠비』, 『인간 실격』, 『동물 농장』, 『북샵』 등이 있다.

현대지성 클래식 71

두 도시 이야기

1판 1쇄 발행 2025년 11월 28일

지은이 찰스 디킨스
옮긴이 정회성
발행인 박명곤 **CEO** 박지성 **CFO** 김영은
기획편집1팀 채대광, 백환희, 이상지, 김진호
기획편집2팀 박일귀, 이은빈, 강민형, 김유선, 박고은
기획편집3팀 이승미, 김윤아, 이지은
디자인팀 구경표, 유채민, 윤신혜, 권지혜
마케팅팀 임우열, 김은지, 전상미, 이호, 최고은

펴낸곳 (주)현대지성
출판등록 제406-2014-000124호
전화 070-7791-2136 **팩스** 0303-3444-2136
주소 서울시 강서구 마곡중앙6로 40, 장흥빌딩 10층
홈페이지 www.hdjisung.com **이메일** support@hdjisung.com
제작처 영신사

ⓒ 현대지성 2025

"Curious and Creative people make Inspiring Contents"
현대지성은 여러분의 의견 하나하나를 소중히 받고 있습니다.
원고 투고, 오탈자 제보, 제휴 제안은 support@hdjisung.com으로 보내 주세요.

이 책을 만든 사람들
편집 김진호, 채대광 **디자인** 구경표

현대지성 클래식 살펴보기